IV

Golon · Unbezähmbare Angélique

Anne Golon

Unbezähmbare Angélique

Roman

Einmalige Sonderausgabe Anne Golon in 14 Bänden
Lizenzausgabe 1990 für
Schuler Verlag GmbH, 8153 Herrsching
Originaltitel: Indomptable Angélique
Übersetzer: Günther Vulpius
© 1961 by Opera Mundi, Paris
Alle deutschsprachigen Rechte
Blanvalet Verlag GmbH, München 1976
ISBN 3-7796-5288-9

Meinen Leserinnen und Lesern,

Angelique, eine schillernde, sagenumwobene Frau unserer Zeit. Ein historisch-abenteuerliches Epos, das 30 Jahre im Leben einer Frau umfaßt, niedergeschrieben von einer Frau.

Angelique, eine faszinierende Persönlichkeit, mit der sich Frauen wie Männer in unserer heutigen Zeit identifizieren können, wie mit einem Freund, der ihr Leben teilt.

Angelique – sie bezaubert uns nicht nur mit ihrer Schönheit. Sie zieht uns in ihren Bann mit ihrer inneren Freiheit, mit ihrem Lebenshunger, mit ihrem Aufbegehren,mit ihrem Humor.

Sie stärkt uns mit ihrer Warmherzigkeit. Intuitiv und mutig, wie sie ist, stellt sie sich den materiellen und moralischen Prüfungen, die das Leben ihr auferlegt, aber auch um ihre Liebe zu dem Mann, von dem sie getrennt ist.

Sie weicht den täglichen Auseinandersetzungen zwischen Mann und Frau, zwischen Frau und Kirche, zwischen dem freien Menschen und der politischen Macht nicht aus.

Diese Themen durchkreuzen jede einzelne Folge der Saga und ziehen so den Leser unwiderstehlich in das Geschehen hinein.

Die reiche Vielfalt der Handlungselemente, die diese 6900 Seiten bestimmen, verbindet vielseitige Lesarten:

- Sie bietet Spannung, die uns nicht mehr losläßt.
- Sie fasziniert durch die historische Detail-Treue und Genauigkeit des Handlungsablaufs.
- Sie führt uns ein in mystische Welten.
- Sie hält uns gefangen mit dem epischen Atem, der sich durch all diese Seiten zieht, und das Leben eines vergangenen Jahrhunderts wiedererstehen läßt, das uns wie in einem Spiegel unser eigenes Schicksal erkennen läßt.
- Sie zeigt uns eine bewundernswerte Tatkraft und Entschlossenheit, die Schwierigkeiten des Lebens zu meistern und Angst und Haß zu überwinden.
- Sie schenkt uns eine ganz neue empfindsame Sicht der Liebe:

Einer Liebe wie das Meer. Unendlich, immer wiederkehrend.
Das Geheimnis des Gefühls.
Das Geheimnis der Sinnlichkeit.
Das Geheimnis des Liebens.

Angelique ist die Frau der Vergangenheit wie der Gegenwart. Sie ist uns so nahe, in unseren Hoffnungen wie in unseren Ängsten, daß wir nicht umhinkönnen, während wir sie durch die Seiten begleiten, uns die ewige Frage zu stellen:

Wo sind unsere Träume geblieben?
Wo ist unsere Liebe geblieben?

Versailles, im April 1990

Erster Teil

Der Aufbruch

Erstes Kapitel

Die Kutsche des Stellvertretenden Polizeipräfekten Desgray holperte durch das Hoftor seines Hauses im Faubourg Saint-Germain und bog gemächlich in die grob gepflasterte Rue de la Commanderie ein. Es war ein nicht gerade luxuriöses, aber doch stattliches Gefährt: dunkles, mit Schnitzereien verziertes Holz, goldene Troddeln an den häufig zugezogenen Vorhängen, zwei Schecken, ein Kutscher, ein Diener — kurz, die typische Kutsche eines wohlangesehenen Beamten, der reicher ist, als er erscheinen möchte, und dem seine Nachbarschaft nur den einzigen Vorwurf machte, unverheiratet zu sein. Ein gutaussehender Mann wie er, der in den besten Gesellschaftskreisen verkehrte, war es sich schließlich schuldig, eine jener sittsamen, fähigen Töchter des gehobenen Bürgerstandes an seiner Seite zu haben, die grämliche Mütter und tyrannische Väter in diesen einander so ähnlichen düsteren Behausungen des Faubourg Saint-Germain produzierten. Doch der umgängliche und spottsüchtige Monsieur Desgray hatte es offenbar nicht eilig, und allzu viele auffällige Frauen und verdächtige Gestalten mischten sich auf der Schwelle seines Hauses unter die vornehm gekleideten Besucher von Rang und Namen.

Die Kutsche ächzte ein wenig, als sie über die in der Mitte der Straße befindliche Gosse hinwegfuhr, und die Pferde legten sich tüchtig ins Geschirr, nachdem der Kutscher sie in die gewünschte Richtung gelenkt hatte. Die zahlreichen Fußgänger, die in der Dämmerung dieses schwülen Sommerabends noch unterwegs waren, wichen willig zur Seite.

Nur eine Frau, die eine Maske trug und auf jemand gewartet zu haben schien, trat an den Wagen heran, der eben in verlangsamter Fahrt in eine Seitengasse einbiegen wollte, und steckte den Kopf durch das der Hitze wegen offengebliebene Fenster.

„Maître Desgray", sagte sie in munterem Ton, „dürfte ich mich wohl neben Euch setzen und Euch um eine kurze Unterredung bitten?"

Der Polizeibeamte, der in tiefes Nachdenken über das Ergebnis kürzlich angestellter Nachforschungen versunken war, schrak zusammen, und sein Gesicht bekam alsbald einen ungemein zornigen Ausdruck.

Er brauchte die Unbekannte nicht erst zu bitten, ihre Maske abzunehmen: er hatte Angélique sofort erkannt.

„Ihr?" brummte er wütend. „Habe ich Euch nicht deutlich genug gesagt, daß ich Euch nicht mehr zu sehen wünsche?"

„Ja, ich weiß, aber es handelt sich um etwas sehr, sehr Wichtiges, Desgray. Ich habe es mir lange überlegt, aber ich bin immer wieder zum gleichen Ergebnis gekommen. Ihr seid der einzige, der mir helfen kann."

„Ich habe Euch gesagt, daß ich Euch nicht mehr sehen will!" wiederholte Desgray mit zusammengebissenen Zähnen und in einem heftigen Ton, der ihm im allgemeinen fremd war.

Zynisch und hart von Natur, pflegte er seine Aufwallungen zu unterdrücken. Diesmal jedoch verlor er die Beherrschung.

Angélique war auf einen solchen Ausbruch nicht gefaßt gewesen. Sie hatte zwar vorausgesehen, daß er sie zunächst abweisen würde, denn mit diesem Schritt brach sie ihr halbes Versprechen, ihn nicht mehr zu behelligen. Aber nach einiger Überlegung hatte sie sich gesagt, daß das, was sie vom König erfahren, ungewöhnlich genug war, um sie der Verpflichtung zu entheben, mit dem Herzen eines hartgesottenen Polizeibeamten schonungsvoll umzugehen. Sie brauchte ihn zu nötig. Sie war indes nicht verwundert gewesen, als man ihr bei jedem ihrer beiden Versuche, ihn zu sprechen, erklärt hatte, der Herr Stellvertretende Polizeipräfekt sei nicht zugegen, und es bestünde wenig Aussicht, daß er zu Hause sein werde, wenn sie das nächste Mal käme. So hatte sie einen günstigen Augenblick abgepaßt, um ihn direkt anzusprechen, fest überzeugt, daß er sie schließlich anhören und ihre Bitte erfüllen werde.

„Es ist ungeheuer wichtig, Desgray", beschwor sie ihn mit gedämpfter Stimme. „Mein Mann lebt . . ."

„Ich habe Euch gesagt, daß ich Euch nicht mehr sehen will", wiederholte Desgray zum drittenmal. „Ihr habt genug Freunde, die sich Eurer und Eures Mannes annehmen können, ob er nun lebendig ist oder tot. Und jetzt laßt gefälligst die Wagentür los, sonst werden die Pferde scheu."

„Nein, ich lasse sie nicht los", sagte Angélique empört. „Eure Pferde sollen mich meinetwegen über das Pflaster schleifen, aber Ihr müßt mich unbedingt anhören."

„Laßt die Wagentür los!"

Desgrays Stimme klang böse und schneidend. Er nahm seinen Spazierstock und hieb mit dem verzierten Knauf auf Angéliques Finger. Die junge Frau stieß einen Schrei aus, ließ los, und die Kutsche rollte mit erhöhter Geschwindigkeit weiter. Angélique war halb auf die Knie gestürzt. Ein Wasserverkäufer, der die Szene beobachtet hatte, sagte spöttisch, während sie ihren Rock abklopfte:

„Heut abend wird nichts draus, meine Schöne. Mußt dich schon damit abfinden. Man kann nicht immer große Fische angeln. Obwohl man sagt, daß der da was für hübsche Mädchen übrig hat, und wenn man dich so anschaut … verdammt, muß man schon zugeben, daß du Chancen hattest. Hast eben den falschen Augenblick erwischt, weiter nichts. Magst du 'nen Becher Wasser zur Erfrischung? Es ist schwül, das macht die Kehle trocken. Mein Wasser ist sauber und gesund. Sechs Sol der Becher."

Angélique ging wortlos davon. Sie fühlte sich durch Desgrays unerhörtes Verhalten tief verletzt, ihre Enttäuschung verwandelte sich in Trübsinn. „Der Egoismus der Männer übersteigt jedes vorstellbare Maß", sagte sie sich. Schön, dieser da suchte sich vor den Martern der Liebe zu bewahren, indem er sie, Angélique, aus seinem Denken verbannte – aber hätte er sich nicht dieses eine Mal noch überwinden können, da sie doch völlig ratlos war und nicht wußte, an wen sie sich wenden sollte? Desgray allein war in der Lage, ihr zu helfen. Er hatte sie zur Zeit von Peyracs Prozeß gekannt und war mit dem Prozeß selbst aufs engste verknüpft gewesen. Er war Polizeibeamter, und kraft seines scharfen Verstandes würde er fähig sein, die Tatsachen von den Hirngespinsten zu unterscheiden, Schlüsse zu ziehen, den Ausgangspunkt für die Nachforschungen zu bestimmen, und, wer weiß, vielleicht war ihm auch die eine oder andere Einzelheit der abenteuerlichen Geschichte bekannt. Er wußte ja über so viele verborgene Dinge Bescheid. Er bewahrte sie peinlich geordnet in seinem Gedächtnis oder in Form von Akten, von Berichten in Laden und Kassetten auf. Und außerdem brauchte sie Desgray, ohne es sich einzugestehen, um die drückende Last ihres Geheimnisses loszuwerden. Sich nicht mehr allein fühlen mit den unsinnigen Hoffnungen, der zaghaften Freude, die der eisige Windhauch des Zweifels dämpfte wie

11

eine flackernde Flamme. Mit ihm über die Vergangenheit reden, über die Zukunft, diesen Schlund voller Ungewißheit, in dessen Tiefe vielleicht ein großes Glück ihrer harrte. „Du weißt sehr wohl, daß dich etwas erwartet, dort, auf dem Grunde des Lebens ... Du wirst nicht darauf verzichten ...“

Desgray selbst hatte ihr das einmal gesagt. Und nun wies er sie auf so häßliche Weise ab. Sie machte eine bekümmerte, hilflose Geste. Sie ging mit raschen Schritten, denn sie hatte sich von Javotte kurze Röcke und einen Sommermantel ausgeborgt, um unter der Menge nicht aufzufallen, wenn sie Desgray vor seinem Hause erwarten würde. Volle drei Stunden hatte sie gewartet – und mit welchem Ergebnis! Es begann zu dunkeln, und es waren nur noch wenige Menschen auf den Straßen zu sehen. Als sie den Pont-Neuf überquerte, wandte sie sich um. Sie zuckte zusammen. Die beiden Männer, die sie in den letzten Tagen zu wiederholten Malen in der Nähe ihres Hauses bemerkt hatte, folgten ihr. War es Zufall? Aber sie fand es doch merkwürdig, daß dieser Bursche mit dem roten Gesicht, der ewig in der Umgebung von Beautreillis Maulaffen feilhielt, sich ausgerechnet heute und zu so später Stunde auf dem Pont-Neuf und im Faubourg Saint-Germain herumtrieb.

„Ein stiller Verehrer, vermutlich“, dachte sie. „Immerhin ist es ärgerlich. Wenn er nicht bald aufhört, mich zu belästigen, werde ich ihn durch Malbrant Schwertstreich diskret auffordern lassen, sein Glück bei einem anderen Objekt zu versuchen ...“

In der Gegend des Justizpalastes fand sie eine Mietsänfte und einen Fackelträger. Sie ließ sich auf dem Quai des Célestins absetzen, von wo sie mit wenigen Schritten die kleine Pforte ihrer Orangerie erreichte. Sie durchquerte das vom Duft der noch grünen Früchte erfüllte Gewächshaus, ging an dem mittelalterlichen Brunnen mit seinen steinernen Fabelwesen vorbei und stieg hastig die Treppe hinauf.

In ihrem Wohnzimmer stand neben dem Schreibtisch aus Ebenholz und Perlmutter ein brennender Leuchter. Mit einem Seufzer der Erschöpfung ließ sie sich nieder und zog die Schuhe aus. Ihre Fußsohlen brannten. Sie war es nicht mehr gewohnt, über das holperige Pflaster der Gassen zu gehen, und infolge der Hitze hatte sie sich an dem derben Leder der Bedientenstiefel wund gescheuert.

„Ich bin nicht mehr so ausdauernd wie früher. Und wenn ich daran denke, daß ich eine strapaziöse Reise vor mir habe ..."

Der Gedanke an diesen Plan verfolgte sie unablässig. Sie sah sich auf den Landstraßen, barfuß, arm, eine Pilgerin der Liebe auf der Suche nach dem verlorenen Glück. In die Ferne ziehen! Doch wohin? So hatte sie sich denn noch eingehender mit den ihr vom König übergebenen Dokumenten befaßt, diesen wenigen, im Lauf der Zeit fleckig gewordenen, mit Siegeln und Unterschriften bedeckten Blättern. Sie waren das einzig Greifbare der schier unglaublichen Enthüllung. Als das Gefühl sie überkam, geträumt zu haben, las sie sie ein zweites Mal. Sie entnahm ihnen, daß der Sieur Arnaud de Calistère vom König persönlich mit einem Auftrag betraut worden war, über den strengstes Stillschweigen zu bewahren er sich eidlich verpflichtet hatte. Er hatte sechs Begleiter zu seiner Unterstützung bestimmt, allesamt Musketiere aus den Regimentern Seiner Majestät, bekannt für ihre Zuverlässigkeit und für ihr wortkarges Wesen. Um ihrer Verschwiegenheit sicher zu sein, brauchte man ihnen nicht erst die Zunge abzuschneiden, wie das in alten Zeiten üblich gewesen war. Ein weiteres, von dem Sieur de Calistère sorgfältig abgefaßtes Aktenstück enthielt die Aufstellung der durch dieses Unternehmen entstandenen Kosten:

20 Livres für das Mieten der Schenke zum Blauen Rebstock am Morgen der Hinrichtung.

30 Livres Schweigegeld für den Wirt dieser Schenke, Meister Gilbert.

10 Livres an das Leichenschauhaus für den Erwerb eines Leichnams, der an Stelle des Verurteilten zu verbrennen war.

20 Livres Schweigegeld für die beiden Burschen, die den Leichnam zur Hinrichtungsstätte brachten.

50 Livres für den Henker, zugleich als Schweigegeld.

10 Livres für den mit Heu bedeckten Kahn, der gemietet wurde, um den Gefangenen vom Hafen Saint-Landry aus Paris hinauszubringen.

10 Livres Schweigegeld für die Flußschiffer.

Insgesamt 150 Livres.

Doch war es vor allem das folgende Dokument, bei dem Angélique länger verweilte. Es bezog sich auf den Ausbruch eines Gefangenen aus dem Château d'If.

Dieser Bericht war vier Jahre später abgefaßt worden, zweifellos um die Zeit, als Angélique, nun Gattin Philippe du Plessis-Bellières, wieder bei Hofe aufgetaucht war. Der König hatte sich aus diesem Anlaß offenbar über das Schicksal des seit langem im Kerker vergessenen einstigen Grafen von Toulouse informieren wollen.

Die Meldung, daß dieser unbequeme Gefangene bei einem Fluchtversuch den Tod gefunden hatte, mußte die aufkeimenden religiösen Skrupel des Herrschers beschwichtigt haben. Diese Flucht und dieser Tod kamen wie gerufen. Zu auffällig wie gerufen! Denn wenn man sich näher damit befaßte, klang in diesem Bericht des Gouverneurs des Château d'If etwas falsch. Sah es nicht sogar so aus, als sei ein anderer Name ausradiert worden, bevor man den zweiten, den des Grafen Peyrac, dafür hinschrieb? Denn an dieser Stelle hatte sich die Gänsefeder des Gouverneurs offenbar beharrlich gesträubt und Tinte verspritzt.

Angélique seufzte.

Wenn sie diesen Arnaud de Calistère, der ihren Mann nach seiner „Hinrichtung" aus Paris herausgeschafft hatte, nur wiederfinden könnte!

Sie suchte in ihrer Erinnerung.

Nie hatte sie diesen Namen gehört, solange sie bei Hof gewesen war. Gleichwohl mußte es verhältnismäßig leicht sein, in Erfahrung zu bringen, was aus einem einstigen Leutnant der Musketiere des Königs geworden war. Kaum zehn Jahre waren seit jenen Ereignissen vergangen. Zehn Jahre! Das schien eine kurze Zeit, und doch kam es ihr vor, als habe sie seitdem mehrere Leben gelebt. Sie war in tiefstes Elend gesunken und auf den Gipfel des Reichtums emporgestiegen. Sie hatte sich wiederverheiratet. Sie hatte das Herz des Königs beherrscht. All das zerrann wie ein Traum.

Ein Brief Madame de Sévignés lag offen auf der heruntergelassenen Platte ihres Sekretärs, zwischen verstreuten Papieren:

„Nun sind es bald zwei Wochen, Liebste, daß man Euch in Versailles nicht mehr zu sehen bekommen hat. Wir wissen nicht, was wir davon halten sollen, und sind besorgt. Der König ist düster gestimmt... Was ist mit Euch?"

Sie zuckte die Achseln.

Ja, allerdings, sie hatte Versailles verlassen, und nie würde sie dorthin zurückkehren. Es war ein unumstößlicher Entschluß. Die Marionetten würden in Zukunft ihren Reigen ohne sie tanzen. Sie hatte deren Existenz vergessen. Ihr ganzes Denken konzentrierte sich auf jene ferne Vision eines plumpen Kahns, der an einem Wintertag langsam zwischen vereisten Ufern die Seine hinabglitt.

Aus ihr erwuchs Angélique die Kraft zu neuem Leben. Und sie vergaß ihren Körper, den andere besessen hatten, ihr neues Gesicht, jenes vollkommene Gesicht, dessen Anblick den König erschauern machte, und die Male des Lebens, die ein brutales Geschick ihr aufgeprägt hatte. Sie fühlte sich köstlich geläutert, selbstsicher und unbefangen wie in ihren frühen Jahren, wunderbar weich und *ihm* zugewandt.

„Ein Mann möchte Euch sprechen!" Malbrant Schwertstreichs weißhaariger Kopf zeichnete sich wunderlich auf dem Wandbehang vor ihr ab.

„Ein Mann möchte Euch sprechen!" wiederholte er.

Ein wenig taumelnd fuhr sie hoch. Sie wurde sich bewußt, daß sie ein Weilchen geschlafen hatte, aufrecht auf ihrem Schemel sitzend, die Hände um die Knie geschlungen. Der Stallmeister hatte sie geweckt, als er durch die kleine Tapetentür getreten war. Sie strich sich über die Stirn.

„Ach! Wie? Ja . . . Ein Mann? Was für ein Mann? . . . Wieviel Uhr ist es?"

„Drei Uhr früh."

„Und Ihr sagt, ein Mann möchte mich sprechen?"

„Ja, Madame."

„Der Pförtner hat ihn zu solch ungewöhnlicher Stunde eingelassen?"

„Der Pförtner kann sozusagen nichts dafür. Der Mann ist nicht durch die Tür hereingekommen, sondern durch mein Fenster. Ich lasse zuweilen meine Dachluke offen, und da dieser Herr über die Regenrinne gekommen ist . . ."

„Ihr wollt mich zum besten haben, Malbrant! Wenn es sich um einen Einbrecher handelt, so habt Ihr ihn hoffentlich unschädlich gemacht?"

„Genau genommen, nein ... Dieser Herr hat sozusagen mich zunächst unschädlich gemacht. Dann hat er mir versichert, daß Ihr ihn erwartet, und ich habe mich überzeugen lassen. Er muß ein Freund von Euch sein, Madame. Er hat mir bestimmte Dinge gesagt, die beweisen ..."

Angélique runzelte die Stirn. Gewiß wieder irgendein Verrückter! Sie dachte an den Mann, der sie seit einer Woche zu verfolgen schien.

„Wie sieht er aus? Klein, dick, rotes Gesicht?"

„Meiner Treu, nein! Er ist im Gegenteil ein stattlicher Bursche. Aber ihn zu beschreiben, ist eine schwierige Sache. Er trägt eine Maske, hat die Kapuze über die Stirn gezogen und den Mantel bis zur Nase hochgeschlagen. Wenn Ihr wissen wollt, Madame, was ich von ihm halte: er ist in Ordnung."

„Einer, der zu nächtlicher Stunde über die Dächer bei den Leuten eindringt? ... Nun gut. Bringt ihn herein, Malbrant, aber haltet Euch bereit, um Alarm schlagen zu können."

Sie wartete, trotz allem neugierig, und auf den ersten Blick erkannte sie die Gestalt, die da eintrat.

Zweites Kapitel

„Ihr!"

„Jawohl", erwiderte Desgray.

Angélique machte dem Stallmeister ein Zeichen.

„Ihr könnt uns allein lassen."

Desgray streifte seine Kapuze herunter, legte seine Maske und seinen Mantel ab.

„Uff!" machte er.

Er trat auf sie zu, ergriff die Hand, die sie ihm nicht darbot, und küßte ihre Fingerspitzen.

„Dies, um meine Brutalität von vorhin wiedergutzumachen. Ich hoffe, ich habe Euch nicht allzu weh getan."

„Ihr habt mir mit Eurem Stock fast die Fingergelenke gebrochen,

16

Rohling! Ich muß gestehen, daß ich Euer Verhalten nicht begreife, Monsieur Desgray."

„Das Eurige ist kaum begreiflicher noch erfreulicher", meinte der Polizeibeamte kummervoll.

Er schob einen Stuhl heran und ließ sich rittlings auf ihm nieder. Er trug keine Perücke und war auch nicht geschniegelt wie gewöhnlich, vielmehr hatte er einen abgetragenen langen Rock übergezogen, wie er es zuweilen noch immer tat, wenn er sich zu irgendeinem geheimen Erkundungsgang aufmachte. Und Angélique saß ihm in Janines Kleidern mit gekreuzten bloßen Füßen gegenüber.

„Muß das wirklich sein, daß Ihr mitten in der Nacht zu mir kommt?"

„Ja, es muß sein."

„Ihr seid Euch Eures unmöglichen Benehmens bewußt geworden und konntet den Morgen nicht abwarten, um Euch zu entschuldigen?"

„Nein, ganz so ist es nicht. Weil Ihr mir wiederholt in allen Tonarten erklärt habt, Ihr müßtet mich dringend sprechen, wollte ich nicht bis zum Morgen warten."

Er machte eine Geste, die ausdrücken sollte, daß er wohl oder übel bereit sei, sich ins Unvermeidliche zu schicken.

„Da Ihr nicht begreifen wollt, daß ich genug von Euch habe, daß ich über Euch vermaledeite kleine Person nichts mehr hören will ... muß ich eben kommen!"

„Es ist sehr wichtig, Desgray."

„Natürlich ist es wichtig. Ich kenne Euch ja. Keine Gefahr, daß Ihr die Polizei wegen einer Lappalie behelligt. Bei Euch ist es immer etwas Ernstes: Ihr seid nahe daran, ermordet zu werden oder Euch das Leben zu nehmen, oder Ihr habt beschlossen, die königliche Familie zu verunglimpfen, das Königreich in seinen Grundfesten zu erschüttern, dem Papst Trotz zu bieten und was weiß ich ..."

„Aber Desgray, ich habe die Dinge nie übertrieben."

„Das ist es ja, was ich Euch vorwerfe. Könnt Ihr denn nicht mal ein bißchen Komödie spielen – wie jede nette kleine Frau, die etwas auf sich hält? Ihr macht aus allem gleich eine Tragödie. Aber eben keine echte! Bei Euch muß man dauernd rennen und den Himmel anflehen, daß man nicht zu spät kommt. Nun ja, da bin ich – und zur rechten Zeit, wie mir scheint."

17

„Wollt Ihr mir tatsächlich noch einmal helfen, Desgray?"

„Mal sehen", meinte er düster. „Sagt mir, was Ihr auf dem Herzen habt."

„Warum seid Ihr durch das Fenster gestiegen?"

„Ja, habt Ihr denn nicht begriffen?" sagte er. „Habt Ihr noch nicht gemerkt, daß Ihr seit einer Woche von der Polizei beschattet werdet?"

„Von der Polizei beschattet? Ich?"

„Ja. Laßt Euch sagen, daß über das Kommen und Gehen von Madame du Plessis-Bellière peinlich genau Buch geführt werden muß. Ihr könnt Euch in keinen Winkel von Paris begeben, ohne daß Euch zwei oder drei Schutzengel folgen. Kein Brief von Eurer Hand, der nicht aufgefangen und sorgfältig durchgelesen wird, bevor er an den Empfänger gelangt. An allen Stadttoren hat man Euretwegen die Wachen verstärkt. In welcher Richtung Ihr auch versuchen mögt, sie zu verlassen, nach spätestens hundert Metern würdet Ihr eingeholt werden. Laßt Euch ferner sagen, daß ein hoher Beamter persönlich für Euer Verbleiben in der Hauptstadt haftet."

„Wer?"

„Der Stellvertreter des Polizeipräfekten de La Reynie, ein gewisser Desgray. Er ist Euch doch nicht ganz unbekannt, wie?"

Angélique war niedergeschmettert.

„Wollt Ihr sagen, daß Ihr den Auftrag habt, mich zu überwachen und daran zu hindern, die Stadt zu verlassen?"

„Genau das. Ihr werdet einsehen, daß es mir unter diesen Umständen unmöglich war, mich in aller Öffentlichkeit mit Euch einzulassen und Euch vor den Augen derer, die ich mit Eurer Überwachung betraut hatte, in meiner eigenen Kutsche mitzunehmen."

„Und wer hat Euch diesen schändlichen Auftrag gegeben?"

„Der König."

„Der König? . . . Und warum?"

„Seine Majestät hat es mir nicht anvertraut, aber Ihr werdet den Grund ja wohl erraten, wie? Ich weiß nur das eine: der König will nicht, daß Ihr Paris verlaßt, und ich habe meine entsprechenden Anordnungen getroffen. Doch davon abgesehen, was kann ich für Euch tun? Was erwartet Ihr von Eurem Diener?"

Angélique verkrampfte ihre Hände auf den Knien. Der König hatte ihr also mißtraut! Er duldete nicht, daß sie sich ihm widersetzte. Er wollte sie mit Gewalt an sich fesseln. Bis ... bis sie Vernunft angenommen haben würde. Aber da konnte er lange warten!

Desgray betrachtete sie. In ihrer schlichten Kleidung und mit ihren bloßen Füßen, die sie fröstelnd kreuzte, dem ruhelosen Blick ihrer blauumrandeten Augen, die einen Ausweg suchten, kam sie ihm wie ein gefangener Vogel vor, der von dem unbändigen Drang besessen ist, davonzufliegen. Der goldene Käfig der kostbaren Möbel und prunkvollen Wandbehänge, in dem diese Frau lebte, paßte schon nicht mehr zu ihr, denn sie hatte sich der Äußerlichkeiten ihres höfischen Lebensstils begeben, und in diesem Rahmen, den sie doch selbst mit Geschmack und Hingabe geschaffen, wirkte sie seltsam fremd. Plötzlich war sie wieder das barfüßige Hirtenmädchen geworden, von Einsamkeit umschlossen und so entrückt, daß Desgrays Herz sich zusammenkrampfte. Ein Gedanke keimte in ihm auf, den er mit einer Kopfbewegung verscheuchte: „Sie war nicht für uns geschaffen. Es ist ein Irrtum."

„Was gibt es? Was wünscht Ihr von Eurem Diener?" wiederholte er.

Angéliques Blick belebte sich.

„Ihr wollt mir also helfen?" fragte sie.

„Ja, unter der Bedingung, daß Ihr mit Euren sanften Augen keinen Mißbrauch treibt und Distanz bewahrt. Bleibt, wo Ihr seid", sagte er abwehrend, als sie eine Bewegung zu ihm hin machte. „Seid brav. Es ist keine vergnügliche Angelegenheit. Macht sie nicht zur Tortur, unausstehliches kleines Frauenzimmer."

Desgray holte seine Pfeife aus seiner Weste hervor und begann, sie umständlich zu stopfen.

„So, Kindchen, und nun packt aus!"

Sie mochte seine distanzierte, beichtväterliche Art gern. Alles kam ihr einfach vor.

„Mein Mann lebt", sagte sie.

Er blieb ungerührt.

„Welcher denn? Ihr hattet deren zwei, soviel ich weiß, und beide sind ja wohl tot. Der eine wurde verbrannt, der andere verlor sein Leben im Krieg. Gibt es etwa noch einen dritten auf dem Kampfplatz?"

Angélique schüttelte den Kopf.

„Tut nicht so, als wüßtet Ihr nicht, um was es geht, Desgray. Mein Mann lebt, er ist nicht auf der Place de Grève verbrannt worden, wozu ihn die Richter verurteilt hatten. Der König hat ihn im letzten Augenblick begnadigt und seine Rettung vorbereitet. Seine Majestät selbst hat es mir gestanden. Mein Mann, der Graf Peyrac, vor dem Tod auf dem Scheiterhaufen bewahrt, aber gleichwohl als die Sicherheit des Königreichs gefährdend betrachtet, ist insgeheim in ein Gefängnis außerhalb von Paris verbracht worden. Von dort entwich er ... Seht, hier sind Schriftstücke, die diese unwahrscheinlich klingende Enthüllung bestätigen."

Der Polizeibeamte hielt seinen Feuerschwamm auf den Pfeifenkopf. Er machte ein paar Züge und rollte gemächlich den Schwamm zusammen, bevor er gleichgültig das Aktenbündel zurückschob, das sie ihm reichte.

„Unnötig! Ich kenne sie."

„Ihr kennt sie?" wiederholte Angélique verblüfft. „Ihr habt diese Papiere bereits in Händen gehabt?"

„Ja."

„Wann?"

„Schon vor ein paar Jahren. Ja ... Aus purer Neugier, die mich eines Tages plötzlich überkam. Ich hatte gerade meine Polizeioffiziersstelle gekauft. Zuvor hatte ich mich mit Erfolg bemüht, in Vergessenheit zu geraten. Man entsann sich nicht mehr jenes kümmerlichen Advokaten, der törichterweise darauf versessen gewesen war, einen im voraus für schuldig erklärten Hexenmeister zu verteidigen. Über die Sache war Gras gewachsen, aber zuweilen wurde sie in meiner Gegenwart wieder aufgewärmt ... Gewisse Dinge kamen zur Sprache. Ich bin ihnen nachgegangen. Einem Polizeibeamten bleibt ja kaum eine Tür verschlossen. Schließlich bin ich auf dies hier gestoßen. Ich habe es gelesen."

„Und Ihr habt mir nie etwas davon gesagt", hauchte sie.

„Nein!"

Hinter einer blauen Rauchfahne betrachtete er sie aus halb zugekniffenen Augen, und sie begann von neuem, ihn zu hassen, die raffinierte Art zu verabscheuen, in der er seine Geheimnisse von sich gab. Es traf durchaus nicht zu, daß er sie liebte. Er hatte keine Schwächen. Er würde immer stärker sein als sie.

„Entsinnt Ihr Euch jenes Abends, meine Liebe", sagte er endlich, „an dem Ihr in Eurer Schokoladenschänke Abschied von mir nahmt? Ihr hattet mir Eure Absicht mitgeteilt, den Marquis du Plessis-Bellière zu heiraten. Und in einer jener wunderlichen Anwandlungen von Zutraulichkeit, die das Geheimnis der Frauen sind, habt Ihr zu mir gesagt: ‚Ist es nicht seltsam, Desgray, daß ich die Hoffnung nicht aufgeben kann, ihn eines Tages wiederzusehen? Gewisse Leute haben behauptet, daß ... nicht er es war, den man auf der Place de Grève verbrannt hat ...'"

„In jenem Augenblick hättet Ihr es mir sagen müssen!" schrie sie auf.

„Wozu?" meinte er in hartem Ton. „Erinnert Euch doch! Ihr wart im Begriff, die Früchte übermenschlicher Mühen zu ernten. Vor nichts seid Ihr zurückgeschreckt, um Euer Ziel zu erreichen, weder vor den niedrigsten Arbeiten noch der übelsten Erpressung, ja, Ihr habt dem Ehrgeiz sogar Eure Tugendhaftigkeit geopfert. Der Triumph war Euch sicher. Hättet Ihr, wenn ich nicht verschwiegen gewesen wäre, nicht alles zerstört ... um eines Hirngespinstes willen?"

Sie hörte ihm kaum zu.

„Ihr hättet reden müssen", wiederholte sie. „Denkt daran, was für eine schreckliche Sünde Ihr mich damals begehen ließet, als ich einen anderen Mann heiratete, obwohl mein Gatte noch am Leben war!"

Desgray zuckte die Achseln.

„Am Leben ...?"

„Aber er war noch eingekerkert im Château d'If. Der König hat es mir selbst gesagt."

Der Polizeichef schüttelte den Kopf.

„Mag sein, aber trotzdem stimmt diese Geschichte nicht. Der Gouverneur hat sie sich in allen Einzelheiten aus den Fingern gesogen, als er, in die Enge getrieben durch wiederholte Nachfragen des Königs nach einem Gefangenen, den er niemals hinter seinen Mauern gehabt hatte, obwohl er seit vier Jahren in einem seiner Kerker hätte schmachten müssen, sich keinen anderen Rat wußte, als dem König den Schwindel von dem Fluchtversuch und dem vom Meer ans Land gespülten Kadaver aufzutischen. Mit gefälschten Dokumenten hat er Seine Majestät beruhigt. In Wirklichkeit ist der Graf Peyrac zwar gleichfalls entflohen, und wir haben auch allen Grund zu der Annahme, daß er ertrunken ist, aber *in der Seine,* und das nur ein paar Stunden, nachdem er Paris unter der Obhut Arnaud de Calistères verlassen hatte. Dieser einstige Musketier und jetzige untergeordnete Polizeiagent hat es mir gestanden. Hier sind die Akten seines Berichts. Selbst auf die Gefahr hin, daß es dem König mißfällt – meine Quellen sind verläßlicher als die seinen . . . denn auch den Königen liegt zuweilen nicht viel daran, die nackte Wahrheit zu erfahren."

Der Polizeibeamte zog aus der Tasche seines alten Rocks ein Bündel Papiere. Mit zitternder Hand nahm Angélique es an sich.

Was auf ihnen niedergeschrieben war, hatte sich ereignet, während die letzten Flammen des Scheiterhaufens auf der Place de Grève erloschen und die von allen verlassene Angélique sich auf einer der elenden Pritschen des Hôtel-Dieu qualvoll bei der Geburt des kleinen Cantor gewunden hatte.

In der Stille der weiten Landschaft hatte sich damals eine schwerfällige, geheimnisumwitterte Barke entfernt . . .

„. . . Gegen Mitternacht machte der Kahn, der uns zusamt dem Gefangenen transportierte, unterhalb von Mantes halt und legte am Steilufer an. Wir alle ruhten uns ein wenig aus; ich ließ eine Wache bei dem Gefangenen zurück. Dieser hatte seit dem Augenblick, da wir ihn von dem Henker übernahmen, kein Lebenszeichen von sich gegeben. Wir hatten ihn durch den unterirdischen Gang tragen müssen, der vom Keller des Blauen Rebstocks zum Hafen führt. Seitdem lag er, fast ohne zu atmen, unter dem Heuhaufen . . ."

Angélique versuchte, sich den gefolterten, bereits in das weiße Hemd der zum Tode Verurteilten gehüllten Körper vorzustellen.

„Bevor ich mich dem Schlafe hingab, hatte ich mich nach seinen Wünschen erkundigt. Er schien mich nicht gehört zu haben."

In Wirklichkeit hatte sich der Sieur de Calistère gesagt, während er sich in seinen Mantel wickelte, um „sich dem Schlafe hinzugeben", daß er seinen Gefangenen am nächsten Morgen vermutlich eher tot als lebendig vorfinden werde. Nun, er hatte ihn überhaupt nicht mehr vorgefunden!

Und Angélique mußte lachen. Joffrey de Peyrac bezwungen, sterbend, tot – das war eine Vorstellung, die sie immer als unmöglich empfunden hatte. Sie brachte es nicht fertig, ihn so zu sehen. Vielmehr sah sie ihn, wie er bis zuletzt gewesen sein mußte: hellwachen Geistes, instinktiv sich gegen den Tod sträubend, entschlossen, die Partie standhaft zu Ende zu spielen. Ein Wunder an Willenskraft. Und so, wie sie ihn in Erinnerung hatte, war ihm das auch durchaus zuzutrauen – und noch manches andere. Am Morgen hatte man im Heu nichts als den Abdruck seines mächtigen Körpers gefunden. Der Wachposten hatte kleinlaut zugeben müssen, daß er sich angesichts des hoffnungslosen Zustandes des Gefangenen nicht zu allzu großer Wachsamkeit verpflichtet gefühlt habe, überdies sei er mit der Zeit müde geworden und habe sich eben auch ein Nickerchen erlaubt.

„Das Verschwinden des Gefangenen bleibt nichtsdestoweniger unerklärlich. Wie konnte sich dieser Mann, der nicht mehr die Kraft hatte, die Augen aufzuschlagen, aus dem Kahn schleichen, ohne unsere Aufmerksamkeit zu erregen? Und was konnte er danach unternehmen? Wenn er es in seinem Zustand überhaupt vermocht hat, die Uferböschung zu erklimmen, mußte er infolge seiner verdächtigen Kleidung damit rechnen, sehr bald aufgegriffen zu werden."

Sie hatten sofort Nachforschungen angestellt und die Bauern der Umgebung zusamt ihren Hunden zur Mithilfe herangezogen. Da sich keine Spuren fanden, kam man zu dem Schluß, daß der Gefangene, nachdem er es mit übermenschlicher Anstrengung fertiggebracht hatte, sich aus dem Boot zu schleichen, von der Strömung mitgerissen worden war. Zu schwach, um gegen sie anzukämpfen, mußte er ertrunken sein.

Kurz danach hatte jedoch ein Bauer gemeldet, sein am Ufer festgemachter Kahn sei ihm in jener Nacht gestohlen worden. Der Sieur de Calistère war der Sache nachgegangen. Das Boot hatte man in der Nähe von Porcheville wiedergefunden, woraufhin der ganze Bezirk durchgekämmt wurde. Die Bewohner wurden vernommen, ob sie etwa einem abgezehrten, hinkenden, umherirrenden Manne begegnet seien. Einige positive Aussagen führten die Musketiere zu einem kleinen, zwischen Pappeln verborgenen Kloster, dessen Abt zugab, drei Tage zuvor einen jener Aussätzigen beherbergt zu haben, die sich noch immer auf dem Lande umhertrieben: einen mit Wunden bedeckten armen Teufel, der sein vermutlich allzu entstelltes Gesicht hinter einem verschmutzten Leinenfetzen verbarg. War dieser Mann groß gewesen?

Hatte er gehinkt? Ja ... schon möglich. Die Mönche konnten sich nicht mehr deutlich erinnern. Hatte er sich in gewählten, für einen Landstreicher ungewöhnlichen Worten ausgedrückt? Nein. Der Mann war stumm gewesen. Er hatte von Zeit zu Zeit heisere Laute ausgestoßen, wie die Aussätzigen zu tun pflegen. Der Abt hatte ihn darauf hingewiesen, daß er verpflichtet sei, ihn zum nächsten Aussätzigenhospital zu bringen. Der Mann hatte sich nicht dagegen gesträubt und den Karren des Laienbruders bestiegen, es war ihm dann aber geglückt, zu entweichen, als man durch einen Wald fuhr. Man verlor seine Spur. Später wurde er noch einmal in der Nähe von Saint-Denis, in den Außenbezirken von Paris gesehen. War es der gleiche Aussätzige oder ein anderer? Jedenfalls hatte Arnaud de Calistère die gesamte Pariser Polizei alarmiert. Während dreier Wochen nach dem Verschwinden des Gefangenen ließen die Torwächter von Paris keinen Karren in die Stadt hinein, ohne ihn gründlich durchsucht, und keinen Fußgänger oder Reiter, ohne seine beiden Beine gemessen und jede Einzelheit seines Gesichts geprüft zu haben.

Das Aktenbündel, in dem Angélique blätterte, enthielt zahllose Berichte irgendwelcher übereifriger Wachsergeanten, in denen vermeldet wurde, man habe „am heutigen Tage einen Greis mit verkürztem Bein festgenommen, der jedoch untersetzt und nicht schön, aber auch nicht verunstaltet war" ... oder „einen maskierten Edelmann, der aber nur eine Maske trug, weil er zu einer Dame ging, und dessen Beine gleichlang waren" und so fort ...

Der aussätzige Landstreicher wurde nicht aufgegriffen. Gleichwohl tauchte er in Paris auf. Man fürchtete sich vor ihm. Er glich dem Teufel. Sein Gesicht mußte ganz besonders abschreckend sein, denn er verbarg es stets hinter einem Leinentuch oder sogar durch eine Art Kutte. Ein Polizist, der ihm eines Nachts begegnet war, hatte nicht den Mut gehabt, seine Kapuze abzustreifen. Der Mann war verschwunden, bevor jener die Soldaten der Nachtstreife hatte herbeirufen können.

Hiermit endeten die Erhebungen hinsichtlich des aussätzigen Vagabunden, zumal da ungefähr zu dieser Zeit bei Gassicourt unterhalb von Mantes im Schilf die Leiche eines vor etwa einem Monat ertrunkenen Mannes aufgefunden wurde. Diese Leiche war bereits stark verwest. Man hatte lediglich feststellen können, daß es sich um einen sehr großen Mann handelte.

Endlich überzeugt, daß sein Gefangener nicht wieder auftauchen würde, hatte sich der Leutnant de Calistère sehr geschickt aus der mißlichen Situation gezogen, in die er durch seine Nachlässigkeit geraten war, indem er sich durch Bestechung der Verschwiegenheit und Hilfe des Gouverneurs des Château d'If versichert hatte. Dieser Gouverneur stand ohnehin in zweifelhaftem Ruf. Seine Gefangenenliste enthielt schon einige fiktive Pensionäre derselben Art, für deren Unterhalt er ohne irgendwelche Gewissensbisse die von der Verwaltung ausgeworfenen, ziemlich knickrig bemessenen Summen einstrich. Da nun ein recht namhafter Kredit gewährt worden war, um die Bequemlichkeit des Grafen Peyrac in der Mittelmeer-Festung zu sichern, hatte der Gouverneur mit Freuden die günstige Gelegenheit ergriffen, mit Hilfe dieses von der Vorsehung gespendeten Kredits seine eigene Bequemlichkeit zu fördern. Und da Arnaud de Calistère noch zusätzlich seine Börse um eine beträchtliche Anzahl Taler erleichterte, um die Skrupel des kaum durch Skrupel beschwerten Gouverneurs vollends zu überwinden, hatte der letztere nicht gezögert, die Einlieferungsbescheinigung für den entflohenen und vermutlich ertrunkenen Gefangenen zu unterzeichnen. Zudem wurden Gefangene ohnedies nur ins Château d'If geschickt, um dort gründlich und für alle Zeiten vergessen zu werden. Wenn es in Paris gegen alle Wahrscheinlichkeit zufällig jemand dennoch gefiel, sich nach einem der lebenden Leichname zu erkundigen, blieb dem Gouverneur immer noch die Möglichkeit, auf Flucht und Tod in den Wogen zu verweisen. Dieses Auswegs hatte er sich schon mehrere Male mit Erfolg bedient. Ergaben sich dabei allzu viele verwaltungsmäßige Schwierigkeiten, wurde, um der Wahrheit zu genügen, irgendein anderer Insasse der düsteren Kerkerzellen ertränkt. Auf diese Weise war man immer zurechtgekommen.

„Ihr seht also", schloß Desgray, „daß Euer Gatte um die Zeit, als Ihr es darauf anlegtet, Monsieur du Plessis-Bellière zu heiraten, nicht im Château d'If lebte. Lebte er überhaupt? Das ist eine ganz andere Frage. Nun, alles, was wir wissen, läßt vermuten, daß er der Ertrunkene von Gassicourt gewesen ist. Und was ändert das für Euch, ob er nun verbrannt oder ertrunken ist?"

Angélique erzitterte.

„Nein, nein, das ist unmöglich!" rief sie aus, während sie erregt aufsprang.

„Was hättet Ihr getan, wenn ich geredet hätte?" beharrte Desgray.

„Ihr hättet alles zerstört, wie Ihr in diesem Augenblick alles zu zerstören im Begriff seid. Ihr hättet alle Eure Karten in den Wind geworfen, Eure Chancen, Eure Zukunft und die Eurer Kinder. Einer Besessenen gleich, wärt Ihr auf und davon gegangen, um nach einem Schatten, einem Phantom zu forschen, wie Ihr es jetzt im Sinne habt. Gebt doch zu", sagte er drohend, „daß Ihr das beabsichtigt: auf und davon gehen, um Euren seit zehn oder elf Jahren verschwundenen Gatten zu suchen!"

Er erhob sich und pflanzte sich dicht vor ihr auf.

„Wohin? Auf welche Weise?" fragte er. „Und weshalb?"

Sie zuckte bei dem letzten Wort zusammen.

„Weshalb?"

Desgray fixierte sie mit seinem eigentümlichen Blick, der sie bis ins Herz durchbohrte.

„Er *war* der Graf von Toulouse", sagte er. „Der Graf von Toulouse existiert nicht mehr. Er herrschte über einen Palast . . . Es gibt keinen Palast mehr. Er war der reichste Edelmann des Königreichs. Sein Besitz ist ihm genommen worden . . . Er war ein weltbekannter Gelehrter . . . Hinfort ist er vergessen, und wo sollte er seine Wissenschaft ausüben? . . . Was bleibt von dem, was Ihr an ihm liebtet?"

„Desgray, Ihr versteht nichts von der Liebe, die ein Mann wie er zu erwecken vermag."

„O doch, ich glaube zu verstehen, daß er sich mit einem für ein weibliches Herz unwiderstehlichen Zauber zu umgeben wußte. Aber da dieser Zauber nun einmal geschwunden ist . . ."

„Desgray, versucht nicht, mich glauben zu machen, daß Ihr so wenig Erfahrung habt. Aber Ihr wißt nicht, wie Frauen lieben."

„Ich weiß immerhin ein wenig, wie Ihr liebt."

Er faßte sie bei den Schultern und drehte sie, bis sie sich in dem goldgerahmten ovalen Standspiegel sehen konnte.

„Zehn Lebensjahre haben ihre Spuren auf Eurer Haut, in Euren Augen, in Eurem Herzen hinterlassen. Und was für ein Leben das war! Wenn ich an all die Liebhaber denke, denen Ihr Euch hingegeben habt . . ."

Sie riß sich von ihm los, ihre Wangen glühten. Aber sie sah ihn nichtsdestoweniger herausfordernd an.

„Ja, ich weiß. Aber das hat nichts mit der Liebe zu tun, die ich für ihn empfinde . . . die ich immer für ihn empfinden werde. Unter uns gesagt, mein lieber Monsieur Desgray, was würdet Ihr von einer Frau halten, die von der Natur gewisse Gaben mitbekommen hat und, allein geblieben, von allen verlassen, ins tiefste Elend zurückgestoßen, sie nicht ein wenig nutzen würde, um sich wieder hochzuarbeiten? Ihr würdet sagen, sie sei eine Törin, und Ihr hättet recht. Ihr werdet mich für zynisch halten, aber heute noch würde ich gegebenenfalls nicht zögern, von der Macht Gebrauch zu machen, die ich über die Männer habe, um mein Ziel zu erreichen. Die Männer, alle Männer, die nach ihm gekommen sind – was haben sie mir bedeutet? Nichts."

Sie sah ihm mit einem bösen Ausdruck in die Augen.

„Nichts, hört Ihr? Und selbst heute empfinde ich für sie alle ein Gefühl, das dem Haß nahekommt. Für sie *alle*."

Desgray starrte nachdenklich auf seine Fingernägel.

„Ich bin von Eurem Zynismus nicht so ganz überzeugt", sagte er und stieß einen tiefen Seufzer aus. „Wenn ich an einen gewissen kleinen Schmutzpoeten denke . . . Und was den schönen Marquis Philippe du Plessis betrifft, habt Ihr ihm etwa keine Zärtlichkeiten oder keine leidenschaftlichen Gefühle entgegengebracht?"

Mit einer jähen Bewegung schüttelte sie ihr schweres Haar.

„Ach, Desgray, Ihr könnt das nicht verstehen. Ich mußte mir einfach etwas vorgaukeln, mußte versuchen, mit dem Leben fertig zu werden . . . Eine Frau verlangt so sehr danach, zu lieben und geliebt zu werden . . . Aber sein Bild, meine Sehnsucht nach ihm sind immer in mir lebendig geblieben."

Sie betrachtete ihre Hand.

„Er hat einen Goldreif über meinen Finger gestreift, in der Kathedrale von Toulouse. Das ist vielleicht das einzige, was außer unseren Söhnen von unserer Gemeinschaft zeugt, aber ist es nicht ein Band, das eine gewisse Kraft besitzt? . . . Ich bin seine Frau, und er ist mein Gatte. Ich werde immer ihm und er wird immer mir angehören. Und deshalb will ich nach ihm forschen . . . Die Erde ist groß, doch wenn er an einem Ort dieser Erde lebt, werde ich ihn finden, und müßte ich mein Leben lang wandern – bis zu meinem neunzigsten Jahr!"

Die Stimme versagte ihr, denn sie sah sich, zur Greisin gealtert und von jahrzehntelangem Hoffen erschöpft, auf einer heißen Landstraße wandern.

Desgray nahm sie in seine Arme.

„O weh!" sagte er. „Ich bin wieder einmal sehr hart mit Euch umgegangen, mein Kindchen, aber Ihr habt Gleiches mit Gleichem vergolten, das kann man schon sagen."

Er preßte sie an sich, daß ihr der Atem verging, dann löste er sich von ihr und begann, in sich versunken, aufs neue zu rauchen.

„Schön!" erklärte er nach einer Weile. „Da Ihr nun ei..mal entschlossen seid, Torheiten zu begehen, Eure Existenz zu zerstören, Euer Vermögen und womöglich auch Euer Leben aufs Spiel zu setzen, und da Euch niemand davon abbringen kann – was gedenkt Ihr zu unternehmen?"

„Ich weiß es nicht", sagte Angélique.

Desgray schien nachzudenken. Offensichtlich hätte er am liebsten geschwiegen, konnte sich aber der tragischen Erwartung der schönen, flehend ihm zugewandten Augen nicht entziehen.

„Hm . . . Es stimmt . . . Arnaud de Calistère hat freiwillig eingestanden, daß der Ertrunkene von Gassicourt – ‚ein ausgezeichneter Ertrunkener, der die Freundlichkeit hatte, sich gerade dort finden zu lassen, wo wir ihn brauchten', versicherte er – seinem entflohenen Gefangenen nur sehr vage ähnlich sah."

„Wie!" rief Angélique freudig erregt. „Dann wäre also die Spur des aussätzigen Vagabunden die richtige?"

„Wer weiß!"

„Man müßte nach Pontoise gehen und die Mönche jener kleinen Abtei ausfragen, die ihn beherbergt haben."

„Ist geschehen."

„Wieso?"

„Das heißt, hm . . . Ich habe gelegentlich einer Dienstreise, die mich in jene Gegend führte, das kleine Kloster aufgesucht."

„O Desgray, Ihr seid ein großartiger Mann!"

„Bleibt sitzen", versetzte er mürrisch. „Ich bin durch diesen Besuch nicht viel schlauer geworden. Der Abt konnte mir kaum mehr sagen als seinerzeit den Musketieren, die ihn verhört hatten. Aber ein kleiner Laienbruder, der Krankenwärter der Gemeinschaft, den ich in seinem Kräutergarten aufsuchte, hat sich einer Einzelheit entsonnen. Er hatte damals die Wunden des armen Teufels mit einem Balsam bestreichen wollen und war zu diesem Zweck in die Scheune gegangen, in der der erschöpfte Landstreicher wie tot in tiefem Schlaf lag. ‚Es war kein Aussätziger', hat der kleine Laienbruder zu mir gesagt. ‚Ich habe das Leinentuch hochgehoben, mit dem er sein Gesicht bedeckt hatte. Es war nicht zerfressen, sondern nur von tiefen Narben gezeichnet.'"

„Er war es also, nicht wahr, er war es! Aber wie kam er nach Pontoise? Wollte er nach Paris zurückkehren? Welche Torheit!"

„Die Art von Torheit, die ein Mann wie er um einer Frau wie Euch willen nur zu leicht begeht."

„Aber seine Spur verliert sich an den Toren der Stadt."

Angélique blätterte fieberhaft in den Papieren.

„Freilich wird behauptet, er sei in Paris beobachtet worden."

„Das halte ich für ausgeschlossen! Er hat die Stadt nicht betreten können. Bedenkt, daß während der auf die Flucht folgenden Wochen strengste Anweisung bestand, alle Ausgänge zu überwachen. Erst dann haben die Auffindung des Ertrunkenen von Gassicourt und die Erklärungen Arnaud de Calistères der Ungewißheit ein Ende gemacht. Die Akte wurde geschlossen. Um mein Gewissen zu beruhigen, habe ich noch ein wenig in den Archiven gestöbert. Es wurde nichts Verläßliches mehr bekannt, das mit der Angelegenheit in Zusammenhang stehen könnte."

Ein bedrückendes Schweigen breitete sich zwischen ihnen aus.

„Ist das alles, was Ihr wißt, Desgray?"

Der Polizeibeamte machte ein paar Schritte durch den Raum, ehe er erwiderte: „Nein!"

Starren Blicks nagte er an seinem Pfeifenrohr. „Wartet mal!" brummte er zwischen den Zähnen.

„Was ist? Redet!"

„Nun, vor . . . drei Jahren . . . vielleicht ist es auch etwas länger her, suchte mich jemand auf. Es war ein Priester, ein hagerer Mann mit glühenden Augen in einem wachsbleichen Gesicht, einer von der Sorte, die man umpusten könnte, die sich aber in den Kopf setzen, die Welt zu retten. Er erkundigte sich, ob ich etwa jener Desgray sei, den man im Jahre 1661 in dem Prozeß des Grafen Peyrac zum Verteidiger bestimmt habe? Er hatte bei meinen Kollegen vom Justizpalast vergeblich nach mir geforscht und große Mühe gehabt, mich in der unscheinbaren Kleidung eines finsteren Polizeiagenten wiederzuerkennen. Nachdem er sich vergewissert hatte, daß ich der ehemalige Advokat Desgray war, gab er sich zu erkennen. Es war der Pater Antoine, der dem von Vincenz von Paul gegründeten Orden der Lazaristen angehörte. Er war Gefängnispriester gewesen und hatte in dieser Eigenschaft dem Grafen Peyrac auf dem Scheiterhaufen geistlichen Beistand geleistet."

Jäh tauchte in Angélique die Erinnerung an die Gestalt des wie ein erstarrtes Heimchen vor dem Herd des Henkers sitzenden kleinen Priesters auf.

„Nach langen Umschweifen fragte er mich, ob ich wisse, was aus der Frau des Grafen Peyrac geworden sei. Ich bejahte, wollte aber meinerseits wissen, wer sich für sie interessiere, für eine Frau, deren Namen von allen vergessen sei. Er wurde äußerst verlegen. Er selbst sei es, sagte er. Er habe oft an jene verlassene Unglückliche gedacht und für sie gebetet. Er hoffe, daß das Schicksal ihr schließlich doch noch Gutes beschieden habe. Ich weiß nicht, wieso, aber irgend etwas klang unecht in seinen Beteuerungen. Unsereiner hat ein feines Ohr. Gleichwohl sagte ich ihm, was ich wußte."

„Was habt Ihr ihm gesagt, Desgray?"

„Die Wahrheit: daß Ihr Eure Schwierigkeiten gemeistert, daß Ihr den Marquis du Plessis-Bellière geheiratet hättet und daß Ihr derzeitig eine der beneidetsten Frauen des Hofs von Frankreich wärt. Seltsamerweise schienen ihn diese Nachrichten nicht etwa zu erfreuen, sondern im Gegenteil niederzuschmettern. Vielleicht bangte er um Euer Seelenheil, denn ich gab ihm zu verstehen, Ihr wärt auf dem Wege, Madame du Montespan zu verdrängen."

Angélique schrie verzweifelt auf: „Oh, warum habt Ihr ihm das gesagt? . . . Ihr seid ein Unmensch, Desgray!"

„War das nicht die strikte Wahrheit? Euer zweiter Mann lebte damals ja noch, und Ihr standet dermaßen offenkundig in Gunst, daß alle Welt davon sprach. Was aus Euren Söhnen geworden sei, fragte er noch. Ich sagte ihm, sie seien gesund und erfreuten sich im Hofstaat Seiner Hoheit des Dauphin gleichfalls großer Gunst. Als er schließlich gehen wollte, sagte ich, ihm quasi das Messer an die Kehle setzend: ‚Ihr müßt jene Hinrichtung in der Tat deutlich in Erinnerung behalten haben. Solche Tricks werden nicht allzu häufig gespielt.' Er zuckte zusammen: ‚Was wollt Ihr damit sagen?' – ‚Daß der Verurteilte sich im letzten Augenblick empfiehlt, während Ihr einen namenlosen Leichnam segnet. Ihr müßt doch einigermaßen verdutzt gewesen sein, als Ihr die Vertauschung bemerktet?' – ‚Ich gebe zu, daß ich sie nicht gleich bemerkte', sagte er. Da trat ich dicht vor ihn hin, so daß ich fast seine Nasenspitze berührte. ‚Und wann habt Ihr sie bemerkt, Herr Abbé', fragte ich. Sein Gesicht war so weiß wie sein Beffchen. ‚Ich verstehe Eure Andeutungen nicht', sagte er zögernd, um sich wieder zu fangen. ‚Doch, Ihr versteht mich sehr wohl. Ihr wißt so gut wie ich, daß der Graf Peyrac nicht auf dem Scheiterhaufen umgekommen ist. Und doch gibt es nur wenige, die von dieser Tatsache Kenntnis haben. Ihr bekamt kein Schweigegeld, Ihr wart nicht mit im Komplott. Aber Ihr *wißt*. Wer hat Euch aufgeklärt?' Er spielte weiterhin den Ahnungslosen und ist gegangen."

„Und Ihr habt ihn gehen lassen?... Aber das durftet Ihr doch nicht, Desgray! Ihr hättet ihn zum Reden zwingen, ihm drohen, ihn auf die Folter spannen, ihn nötigen müssen zu sagen, wer ihn eingeweiht, wer ihn geschickt hatte. Wer?... Wer?"

„Was hätte das für einen Zweck gehabt?" fragte Desgray. „Ihr wart ja doch Madame du Plessis-Bellière. Oder nicht?"

Angélique barg ihr Gesicht in den Händen. Desgray hätte ihr diesen Vorfall nicht erzählt, wäre er ihm bedeutungslos erschienen. Desgray dachte wie sie: Hinter dem seltsamen Unternehmen des Gefängnispriesters steckte vermutlich Angéliques erster Mann. Von wo aus hatte dieser seinen Boten geschickt? Auf welche Weise hatte er Kontakt mit ihm aufgenommen?

„Ich muß jenem Priester auf die Spur kommen", sagte sie. „Das dürfte nicht schwer sein. Ich weiß ja nun, wie er heißt und welchem Orden er angehört."

„Er befindet sich nicht mehr in Paris. Seit mehreren Jahren ist er Seelsorger der Galeerensklaven in Marseille."

Angéliques Gesicht hellte sich auf. Endlich wußte sie, wo sie ansetzen konnte. Zunächst einmal würde sie nach Marseille reisen und dort mühelos den Pater Antoine auffinden. Der Geistliche würde ihr schließlich den Namen der mysteriösen Person anvertrauen, die ihn zu Desgray geschickt hatte, um sich nach dem Schicksal Madame de Peyracs zu erkundigen. Womöglich wußte er den Ort, wo jener Unbekannte sich aufhielt? . . . Ihre Augen leuchteten, und sie nagte an ihrer Oberlippe, während sie überlegte.

Desgray beobachtete sie mit ironischem Ausdruck. „Vorausgesetzt, daß Ihr aus Paris herauskommt", sagte er, ihre Gedanken beantwortend, die sich deutlich von ihrem Gesicht ablesen ließen.

„Desgray, Ihr werdet mich doch nicht etwa daran hindern?"

„Mein liebes Kind, ich bin *beauftragt*, Euch daran zu hindern. Wißt Ihr denn nicht, daß ich, habe ich einmal eine Aufgabe übernommen, wie ein Hund bin, der sich in den Mantel eines Übeltäters verbeißt? Ich erkläre mich bereit, Euch alles mitzuteilen, was ich in Erfahrung bringe, aber daß ich untätig zuschaue, wenn Ihr das Weite sucht, darauf verlaßt Euch lieber nicht."

Angélique sah den Polizeibeamten beschwörend an.

„Desgray! Mein Freund Desgray!"

Er blieb ungerührt.

„Ich habe mich beim König für Euch verbürgt. Dergleichen Verpflichtungen nehme ich nicht auf die leichte Schulter, glaubt mir."

„Und Ihr nennt Euch meinen Freund!"

„Solange ich nicht den Anordnungen Seiner Majestät entgegenzuhandeln brauche."

Angélique fühlte sich bitter enttäuscht. Sie haßte Desgray, wie sie ihn immer gehaßt hatte. Sie wußte, daß er zäh und gewissenhaft war in seiner Arbeit und daß es ihm gelingen würde, eine unübersteigbare Mauer vor ihr aufzurichten.

„Wie konntet Ihr diesen empörenden Auftrag übernehmen, obwohl Ihr wußtet, daß er mich betraf? Das werde ich Euch nie verzeihen."

„Ich gebe zu, daß ich ganz froh war, Euch von einer Torheit abhalten zu können."

„Kümmert Euch nicht um mein Leben", schrie sie außer sich. „Ich verabscheue Euch und Euresgleichen aus tiefster Seele. Mir wird übel, wenn ich Euch Heuchler sehe, Euch Fratzenschneider, Euch kriecherische Lakaienseelen!"

Desgray mußte lachen. Nie erschien sie ihm liebenswerter, als wenn sie sich in die Marquise der Engel zurückverwandelte, wie sie es bei ihren Zornesausbrüchen zu tun pflegte.

„Hört zu, Kindchen . . ."

Er faßte sie beim Kinn und zwang sie, ihm ins Gesicht zu sehen.

„Ich hätte diesen Auftrag ablehnen können, wenn auch der König ihn mir auf Grund meines guten Rufes erteilt hat. Er wußte genau, daß man die tüchtigsten Polizeibeamten von Paris würde aufbieten müssen, um Euch festzuhalten, falls Ihr es Euch in den Kopf gesetzt haben solltet, das Weite zu suchen. Ich hätte mich weigern können, aber er hat besorgt mit mir geredet, von Mann zu Mann . . . Und ich selbst war, wie ich Euch schon sagte, entschlossen, Euch mit allen Mitteln daran zu hindern, abermals Eure Existenz zu zerstören."

Seine Züge entspannten sich, und sein Blick bekam etwas ungemein Zärtliches, während er das verschlossene, kleine Gesicht betrachtete, das er zwischen seinen Händen festhielt.

„Törin! Liebe Törin!" murmelte er. „Seid Eurem Freund Desgray nicht böse. Ich möchte verhüten, daß Ihr Euch in ein unseliges, gefährliches Abenteuer stürzt . . . Ihr riskiert, alles zu verlieren, nichts zu gewinnen. Und der Zorn des Königs wird fürchterlich sein. Man kann ihm über ein gewisses Maß hinaus nicht trotzen. Hört zu, kleine Angélique . . . arme, kleine Angélique . . ."

Nie zuvor hatte er so liebevoll zu ihr geredet wie zu einem Kind, das man vor sich selbst schützen muß, und sie hatte das Verlangen, ihre Stirn an seine Schulter zu legen und sich ganz leise auszuweinen.

„Versprecht mir", sagte er, „versprecht mir, vernünftig zu sein, und ich verspreche Euch meinerseits, daß ich mich bemühen werde, Euch bei Euren Nachforschungen behilflich zu sein . . . Aber Ihr müßt es mir versprechen!"

Sie schüttelte den Kopf. Es drängte sie nachzugeben, aber sie mißtraute dem König, sie mißtraute Desgray. Immer würden sie darauf aus sein, sie einzusperren und zurückzuhalten. Nichts wäre ihnen lie-

33

ber, als daß sie vergäße und nachgäbe. Und auch sich selbst gegenüber war sie mißtrauisch; sie fürchtete, mit der Zeit mutlos und gleichgültig zu werden. Der König würde sich ihr wieder nähern und sie anflehen, zu ihm zurückzukehren. Sie stand allein, vollkommen allein und wehrlos den Kräften gegenüber, die sich mit dem Ziel verbündeten, sie an der Wiedervereinigung mit dem geliebten Manne zu hindern.

„Versprecht es mir", drängte Desgray.

Sie machte aufs neue eine ablehnende Geste.

„Starrkopf!" sagte er und ließ sie seufzend los. „Es wird also künftighin darauf ankommen, wer von uns beiden der Stärkere ist. Nun ja, wie Ihr wollt. Viel Glück, Marquise der Engel."

Nachdem er gegangen war, begab sich Angélique zu Bett, obwohl bereits der Morgen dämmerte. Aber sie fand keinen Schlaf, ihre Gedanken kreisten unaufhörlich um den mysteriösen aussätzigen Vagabunden, und sie stellte sich vor, ihr Gatte sei jener einsame und abstoßende Wanderer gewesen, den man auf den Landstraßen der Ile de France gen Paris hatte humpeln sehen. Dieser letztere Umstand allein hätte eigentlich schon alle Illusionen zerstören müssen. Wie konnte ein entwichener Gefangener, dessen Aussehen genau bekannt war und der sich verfolgt wußte, so verwegen gewesen sein, nach Paris, diesem Wespennest, zurückzukehren? Joffrey de Peyrac wäre der letzte gewesen, eine solche Torheit zu begehen. Oder vielleicht doch? Angélique fand nach reiflichem Überlegen, daß es ganz zu seiner Art paßte. Sie bemühte sich, seine Absichten zu erraten. War er etwa zurückgekommen, um sie zu suchen? . . . Welch ein Unterfangen! In Paris, der großen Stadt, die ihn verdammt hatte, würde er weder Freund noch Herberge finden. Sein Haus im Stadtviertel Saint-Paul war versiegelt, das schöne Palais Beautreillis, das er Angélique zu Ehren hatte erbauen lassen. Sie entsann sich der häufigen Reisen, die er damals von Aquitanien aus nach der Hauptstadt gemacht hatte, um persönlich die Arbeiten zu überwachen. Sollte es dem geächteten Joffrey de Peyrac eingefallen sein, in diesem Hause Zuflucht zu suchen? Vielleicht hatte er, aller Mittel bar, den Plan gefaßt, das Gold oder die Juwelen zu holen, deren geheimer Aufbewahrungsort ihm allein bekannt war? Je länger sie darüber nachdachte, desto wahrscheinlicher erschien es ihr. Joffrey de Peyrac war durchaus fähig,

34

alles aufs Spiel zu setzen, um wieder in den Besitz einiger Kostbarkeiten zu gelangen. Gold und Silber konnten ihm zur Flucht verhelfen, mittellos war er jedoch dazu verurteilt, ohne jede Hoffnung umherzuirren. Die Bauern würden mit Steinen nach ihm werfen, früher oder später würde man ihn der Polizei übergeben. Mit einer Handvoll Gold aber konnte er die Freiheit gewinnen! Und er wußte, wo dieses Gold lag. In seinem Palais Beautreillis, dessen sämtliche Schlupfwinkel er kannte.

Angélique glaubte, seine Stimme zu hören, folgte seinen Gedankengängen, erkannte seine ihr so vertraute, ein wenig zynische Schlußfolgerung wieder. „Gold vermag alles", hatte er gesagt. Der Ehrgeiz eines jungen Königs, stärker noch als die Gier nach Gold, hatte diesem Prinzip Schach geboten. Aber die Regel blieb gültig. Der Unglückselige war mit ein wenig Gold in der Tasche nicht mehr wehrlos gewesen. Er war nach Paris zurückgekehrt.

Ja, er war hierhergekommen, sie zweifelte jetzt nicht mehr daran. Es war durchaus einleuchtend. Damals hatte der König noch nicht seine Hand auf den gesamten Besitz gelegt. Er hatte das Palais noch nicht dem Fürsten Condé geschenkt. Es lag noch verödet, ein Fluch lastete auf ihm, und es wurde lediglich von einem verängstigten Pförtner und einem alten baskischen Diener bewacht, der keine andere Bleibe gefunden hatte.

Angéliques Herz begann erregt zu klopfen. Mit einem Schlag war Gewißheit über sie gekommen. „Ich habe ihn gesehen . . . ja, ich habe ihn noch einmal gesehen, den geächteten Grafen, in der unteren Galerie . . . Ich habe ihn gesehen. In einer Nacht kurz nach dem Scheiterhaufen. Ich habe Geräusche in der Galerie gehört und seinen Schritt wiedererkannt . . ."

So hatte damals der alte baskische Diener gesprochen, an die steinerne Brüstung des mittelalterlichen Brunnens hinten im Garten gelehnt, als sie ihm eines Abends, kurz nach ihrem Einzug in das Palais Beautreillis begegnet war.

„Wer würde seinen Schritt nicht wiedererkennen . . . den Schritt des Großen Hinkenden aus dem Languedoc? Ich habe meine Laterne angezündet, und als ich um die Ecke der Galerie gebogen bin, habe ich ihn gesehen. Er stand an die Tür der Kapelle gelehnt und wandte sich

35

nach mir um . . . Ich habe ihn erkannt, wie ein Hund seinen Herrn erkennt, aber sein Gesicht habe ich nicht gesehen. Er trug eine Maske . . . Plötzlich ist er in der Mauer verschwunden, und ich habe ihn nicht mehr gesehen . . ."

Schaudernd war Angélique davongelaufen. Sie hatte das Gefasel des einfältigen Alten nicht mehr mit anhören können, der ein Gespenst gesehen zu haben glaubte . . .

Sie richtete sich in ihrem Bett auf und läutete. Janine kam herein, eine rothaarige Magd von geziertem Wesen, die Thérèse abgelöst hatte. Sie verzog ihr Gesicht, als ihr der Ruch des Tabakqualms in die Nase stieg, den Desgray in den Räumen hinterlassen hatte, und erkundigte sich nach den Wünschen der Frau Marquise.

„Bring mir sofort den alten Diener her . . . Wie heißt er doch? Ach ja: Pascalou. Großvater Pascalou."

Die Magd zog verblüfft die Brauen zusammen.

„Du weißt doch genau", drängte Angélique, „ein ganz alter, der den Wassereimer im Brunnen hochzieht und die Holzscheite für die Kamine hereinträgt . . ."

Janine machte ein resigniertes Gesicht, wie jemand, der nicht versteht, aber bereit ist, sich zu erkundigen. Kurze Zeit danach kam sie wieder und erklärte, der Großvater Pascalou sei seit einem Jahr tot.

„Tot?" wiederholte Angélique niedergeschmettert. „Tot! O mein Gott! Das ist schrecklich."

Janine fand diese verspätete jähe Reaktion ihrer Herrin auf ein Ereignis, von dem sie ein Jahr zuvor keine Notiz genommen hatte, reichlich sonderbar.

In Gedanken versunken, ließ Angélique sich von ihr ankleiden. So war der gute Mann also tot und hatte sein Geheimnis mit ins Grab genommen. Zu jener Zeit war sie bei Hof gewesen und hatte es versäumt, dem treuen Diener in seiner letzten Stunde die Hand zu halten. Ihre Pflichtvergessenheit kam sie teuer zu stehen. Aber seine Worte blieben unauslöschlich in ihrem Gedächtnis haften:

„Er stand an die Tür der Kapelle gelehnt."

Sie stieg hinunter, ging durch die Galerie mit ihren zierlichen Bögen und öffnete die Tür zur Kapelle. Es war eher ein Betzimmer, in dem zwei Betstühle aus Korduanleder standen und ein kleiner Altar aus grünem Marmor unter einem wundervollen Gemälde eines spanischen Malers. Der Raum war von Kerzen- und Weihrauchduft erfüllt. Angélique wußte, daß der Abbé de Lesdiguières hier seine Messe zelebrierte, wenn er sich in Paris aufhielt. Sie kniete nieder.

„O Herr!" sagte sie laut. „Ich habe gar manchen Fehler begangen, Herr, aber ich flehe Dich an, ich flehe Dich an ..."

Sie wußte nicht mehr zu sagen.

Eines Nachts war er hierhergekommen. Wie war er in dieses Haus, wie in die Stadt gelangt? Was wollte er in diesem Betraum?

Angélique sah sich um. Alle Gegenstände stammten aus der Zeit des Grafen Peyrac. Der Fürst Condé hatte sie nicht angetastet. Außer dem Abbé de Lesdiguières und einem kleinen Lakaien, der ihm als Ministrant diente, kam kaum jemand hier herein.

Wenn es in diesem Betraum ein Versteck gab, konnte es kaum entdeckt worden sein ... Angélique stand auf und begann systematisch zu forschen. Sie untersuchte den Marmor des Altars, fuhr mit dem Fingernagel durch jede Ritze, in der Hoffnung, einen geheimen Mechanismus auszulösen. Sie betastete jedes plastische Ornament, klopfte unermüdlich die Bodenplatten, danach die Wandverkleidung ab. Ihre Ausdauer wurde belohnt. Gegen Mittag geriet sie an eine Stelle der Wand hinter dem Altar, die hohl zu klingen schien. Mit bebenden Händen zündete sie eine Kerze an und entdeckte mit ihrer Hilfe, in einem Holzornament versteckt, die Spuren eines Schlosses. Hier war es also!

Fieberhaft bemühte sie sich, hinter das Geheimnis des Mechanismus zu kommen, aber sie mußte es aufgeben. Mit einem Messer und einem Schlüssel, die sie einem an ihrem Gürtel befestigten Täschchen entnahm, gelang es ihr schließlich, das Holz zu lösen. Sie griff in die Höhlung und fand einen Drücker, den sie betätigte. Die kleine Tür des Verstecks ging knarrend auf. Dahinter entdeckte sie eine Kassette. Es erübrigte sich, sie zu öffnen. Ihr Schloß war bereits aufgebrochen worden. Die Kassette war leer ...

Angélique drückte das staubbedeckte Kästchen an ihr Herz.

37

„Er ist gekommen! Er hat das Gold und die Juwelen an sich genommen. Gott hat ihn geleitet! Gott hat ihn behütet."

Aber danach?

Was war aus dem Grafen Peyrac geworden, nachdem er sich in seinem eigenen Hause unter Lebensgefahr das kleine Vermögen wieder angeeignet hatte . . .?

Drittes Kapitel

Als Angélique nach Saint-Cloud fahren wollte, um Florimond abzuholen, mußte sie feststellen, daß Desgrays Warnung kein Scherz gewesen war. Beim Einsteigen in ihre Kutsche würdigte sie den „stillen Verehrer", der seit Tagen unter ihrem Fenster promenierte, keines Blicks. Sie beachtete auch die beiden Reiter nicht, die aus einer benachbarten Schenke auftauchten und ihr durch die Straßen nachjagten. Aber kaum hatte sie die Porte Saint-Honoré durchfahren, als eine Abteilung der Stadtwache ihren Wagen umstellte, während ein junger Offizier sie äußerst höflich bat, nach Paris umzukehren.

„Befehl des Königs, Madame!"

Sie protestierte. Er mußte ihr das vom Polizeipräfekten de La Reynie unterzeichnete Schriftstück vorweisen, das den Befehl enthielt, Madame du Plessis-Bellière am Verlassen der Stadt zu hindern.

Sie biß die Zähne zusammen und wies den Kutscher an, umzukehren. Der Zwang weckte ihre kämpferischen Instinkte. Wenn es dem kranken, von seinen Verfolgern gehetzten Joffrey de Peyrac damals gelungen war, sich nach Paris hineinzuschleichen, würde sie ihrerseits gewiß einen Weg finden, die Stadt zu verlassen . . .!

Sie schickte einen Boten nach Saint-Cloud. Bald darauf traf Florimond in Begleitung seines Erziehers, des Abbé de Lesdiguières, ein. Der Abbé erklärte, er habe gemäß dem Auftrag Madame du Plessis' Verhandlungen eingeleitet, um Florimonds Amt zu verkaufen. Monsieur de Loane sei interessiert, es für seinen Neffen zu erwerben. Er biete einen guten Preis. „Wir reden noch darüber", sagte Angélique. Sie wollte sich durch ihr Verschwinden nicht den Zorn des Königs zuziehen, ohne zuvor hinsichtlich ihrer Kinder alle Vorkehrungen getroffen zu haben.

„Warum soll ich denn mein Amt wieder verkaufen?" fragte Florimond. „Habt Ihr eine bessere Stelle für mich gefunden? Muß ich nach Versailles zurück? Ich habe mich doch in Saint-Cloud bewährt. Monsieur hat mich wegen meines Diensteifers gelobt."

Mit lautem Jubelgeschrei kam Charles-Henri herbeigelaufen. Er liebte seinen älteren Bruder abgöttisch, und dieser war ihm nicht minder zugetan. Jedesmal, wenn er nach Paris kam, nahm er sich des Kleinen an, ließ ihn auf seinen Schultern reiten und mit seinem Degen spielen. Von neuem geriet Florimond über Charles-Henris anziehende Erscheinung in Entzücken:

„Mama, ist er nicht der hübscheste Junge der Welt? Er würde es verdienen, Dauphin zu sein an Stelle des wirklichen, der so tölpelhaft ist."

„Unterlaßt solche respektlosen Reden, Florimond", mahnte der Abbé de Lesdiguières.

Angélique wandte den Blick von dem Bild, das ihre beiden Söhne boten: von Charles-Henri, blond, rund und rosig, der seine azurblauen Augen zu dem zwölfjährigen, braunhaarigen Florimond erhob. Ein bitteres und zugleich sehnsüchtiges Gefühl überkam sie, wenn sie den Lockenkopf von Philippes Sohn betrachtete. Warum war sie diese Ehe eingegangen? Joffrey de Peyrac hatte einen Sendboten ausgeschickt, um nach ihr zu forschen, und er hatte erfahren, daß sie wieder verheiratet war. Es war eine grauenhafte, ausweglose Situation. Wie hatte Gott dergleichen zulassen können!

In aller Heimlichkeit traf sie die Vorbereitungen für ihre Abreise. Sie würde Charles-Henri mit Barbe und ihren Dienstboten nach Plessis ins Poitou schicken. Selbst in seinem Zorn würde der König es nicht wagen, sich an dem Knaben und dem Besitz des Marschalls zu vergreifen. Hinsichtlich Florimonds hatte sie andere, geheimere Pläne.

„Wird mir denn der König wirklich so sehr grollen?" suchte sie sich zu beruhigen. „Ja, weil ich ihm den Gehorsam verweigere. Aber kann er mir einen ernsthaften Vorwurf daraus machen, wenn ich nur eben nach Marseille reise? Ich komme ja wieder . . ."

Um jeden Verdacht zu zerstreuen und einen augenfälligen Beweis ihrer Fügsamkeit zu liefern, bestellte sie ihren Bruder Gontran zu sich. Endlich fand sie die Zeit, ihre Kinder porträtieren zu lassen. Während sie sich mit langweiligen Rechnungen befaßte, weil sie ihre Angelegenheiten geordnet hinterlassen wollte, hörte sie aus dem Nebenzimmer mit an, wie Florimond tausend Schnurren erfand, um den Benjamin zum Stillhalten zu bringen.

„Kleiner Cherubim mit dem Engelslächeln – Ihr seid allerliebst.
Kleiner Vielfraß, fett wie ein Mönch – Ihr seid allerliebst",

deklamierte er, die Litaneien der Heiligen parodierend. Worauf sich die Stimme des Abbé de Lesdiguières milde verweisend hören ließ:

„Florimond, Ihr solltet mit solchen Dingen keinen Scherz treiben. Ihr habt eine Neigung zum Anstößigen, die mich beunruhigt."

Unbekümmert um den Tadel sang Florimond weiter vor sich hin:

„Kleiner kraushaariger Hammel, der Bonbons kaut – Ihr seid allerliebst.
Kleines Wichtelmännchen voller Bosheit – Ihr seid allerliebst . . ."

Charles-Henri juchzte vor Vergnügen. Gontran brummte wie gewöhnlich, und auf der Leinwand gewannen der braune und der blonde Kopf von Angéliques Söhnen Gestalt: Florimond de Peyrac, Charles-Henri du Plessis-Bellière, in denen sie das Abbild der beiden Männer erkannte, die sie geliebt hatte.

Florimond, flatterhaft wie ein Schmetterling, machte sich gleichwohl seine Gedanken. Eines Abends gesellte er sich zu Angélique, die vor dem Kaminfeuer saß.

„Mutter", fragte er unvermittelt, „was geht eigentlich vor? Ihr seid offenbar doch nicht die Mätresse des Königs, denn es sieht ganz so aus, als hielte er Euch in Paris eingesperrt?"

„Was geht dich das an, Florimond?" fuhr Angélique ärgerlich auf.

Florimond wußte, wie leicht seine Mutter aufbrauste, und er hütete sich, sie zu reizen. Er setzte sich ihr zu Füßen auf einen kleinen Schemel und sah sie aus seinen dunklen, leuchtenden Augen an, deren verführerischen Zaubers er sich wohl bewußt war.

„Seid Ihr nicht die Mätresse des Königs?" wiederholte er mit einem gewinnenden Lächeln.

Angélique überlegte, ob sie das Gespräch nicht mit einer wohlgezielten Ohrfeige abbrechen solle, aber sie beherrschte sich im letzten Augenblick. Florimond meinte es ja nicht böse. Wie der ganze Hof vom ersten Edelmann bis zum letzten der Pagen mußte er sich Gedanken über den Ausgang des Duells gemacht haben, in das Madame de Montespan und Madame du Plessis-Bellière verstrickt waren. Und da die letztere seine Mutter war, ging es ihn besonders an, denn die Beweise königlicher Gunst hatten ihn unter seinen Kameraden hervorgehoben. Die schon auf ihre künftigen Aufgaben dressierten, intriganten Höflinge in spe hatten sich bereits seines Wohlwollens zu versichern gesucht. „Mein Vater sagt, daß deine Mutter beim König alles vermag", hatte ihm der junge d'Aumale zugeflüstert. „Du hast Glück. Deine Karriere ist gemacht. Aber vergiß nicht deine Freunde. Ich bin dir doch immer gefällig gewesen, nicht wahr?"

Und nun hatte ihn seine Mutter plötzlich aus dem Hause Monsieurs geholt, sprach sie davon, sein Pagenamt zu verkaufen, und lebte wie in einer Einsiedelei in Paris, fern von Versailles.

„Habt Ihr das Mißfallen des Königs erregt? Wodurch?"

Angélique legte ihre Hand auf die glatte Stirn des Jungen und strich seine dunklen Locken zurück, die immer wieder herabfielen. Es überkam sie das gleiche leicht melancholische Gefühl, das sie an jenem Tage empfunden, da Cantor den Wunsch geäußert hatte, in den Krieg zu ziehen – ausgelöst durch die überraschende Feststellung, daß ihre Kinder denkende Wesen geworden waren und daß sie auf ihre eigene Weise dachten.

Sie antwortete in warmem Ton auf Florimonds Frage:

„Ja, ich habe das Mißfallen des Königs erregt, und er ist mir böse."

Er runzelte die Stirn und ahmte den bekümmerten und sorgenvollen Ausdruck nach, den er auf den Gesichtern in Ungnade gefallener Höflinge beobachtet hatte.

„Das ist ja eine Katastrophe! Was soll denn aus uns werden? Ich wette, dahinter steckt wieder diese Metze von Montespan. Dieses Weibsstück!"

„Florimond, was ist das für eine Sprache!"

Er zuckte die Achseln. Es war die Sprache der königlichen Vorzimmer. Er schien sich plötzlich mit der Situation abzufinden und ihr gegenüber die gelassene Haltung eines Menschen einzunehmen, der schon so manches Kartenhaus hat wachsen und zusammenfallen sehen.

„Man sagt, daß Ihr zu verreisen beabsichtigt?"

„Wer sagt das?"

„Man sagt es."

„Das ist ärgerlich. Ich möchte nicht, daß meine Pläne bekannt werden."

„Ich verspreche Euch, mit niemand darüber zu reden, aber ich möchte doch wissen, was Ihr mit mir vorhabt, da nun alles so verfahren ist. Nehmt Ihr mich mit?"

Sie hatte erwogen, ihn mitzunehmen, war aber wieder davon abgekommen. Das Abenteuer konnte soviel Unvorhergesehenes mit sich bringen. Sie wußte nicht einmal, wie sie Paris verlassen sollte. Und was für Auskünfte würde sie in Marseille von Pater Antoine bekommen, und auf welche Fährte würden sie sie lenken? Ein kleiner Junge, auch wenn er so selbständig war wie Florimond, konnte einen Hemmschuh für sie bedeuten.

„Mein Sohn, du wirst vernünftig sein. Was ich mit dir vorhabe, ist nicht eben vergnüglich. Aber da du unwissend bist wie ein Esel, ist es an der Zeit, daß etwas für deine Bildung geschieht. Ich werde dich deinem Onkel, dem Jesuiten, anvertrauen, der bereit ist, deine Aufnahme in eins der Kollegien zu veranlassen, die der Orden im Poitou unterhält. Der Abbé de Lesdiguières wird dich dorthin begleiten und dein Betreuer bleiben während meiner Abwesenheit."

Sie hatte den Pater Raymond de Sancé aufgesucht und ihn gebeten, sich Florimonds anzunehmen und ihm gegebenenfalls seinen Schutz angedeihen zu lassen.

Wie erwartet, zog Florimond ein schiefes Gesicht. Lange Zeit saß er nachdenklich und mit zusammengezogenen Brauen da. Angélique legte freundschaftlich ihren Arm um seine Schultern, um ihm das Verdauen

42

der unerfreulichen Neuigkeit zu erleichtern. Sie war im Begriff, ihm die Freuden des Studiums und der Kameradschaft zu schildern, als er den Kopf hob und sachlich erklärte:

„Wenn das alles ist, was mich erwartet, bleibt mir nichts anderes übrig, als Cantor zu folgen."

„Um Gottes willen, Florimond", schrie Angélique fassungslos auf, „sprich nicht so, ich bitte dich! Du hast doch nicht das Verlangen zu sterben!"

„O nein", sagte der Junge höchst vergnügt.

„Warum sagst du dann, daß du Cantor nachfolgen willst?"

„Weil ich ihn wiedersehen möchte. Ich fange an, ihn zu vermissen, und ich fahre immer noch lieber auf dem Meer herum, als mir von den Jesuiten Latein eintrichtern zu lassen."

„Aber ... Cantor ist doch tot, Florimond."

Florimond schüttelte selbstgewiß den Kopf.

„Nein, er ist meinem Vater nachgefolgt."

Angélique spürte, daß sie bleich wurde, und sie glaubte, den Verstand zu verlieren.

„Was ... was sagst du da?"

Florimond schaute ihr voll ins Gesicht.

„Ja, meinem Vater ... dem andern ... Ihr wißt doch ... dem, den man auf der Place de Grève verbrennen wollte."

Angélique versagte die Sprache. Nie hatte sie mit ihnen darüber gesprochen. Mit den Kindern von Hortense hatten sie keinen Umgang, und ihre Schwester hätte sich eher die Zunge abgebissen, als den schrecklichen Skandal zu erwähnen. Angélique war immer darauf bedacht gewesen, ihre Söhne vor jeder Indiskretion zu bewahren, und hatte sich beklommen gefragt, was sie ihnen an dem Tage antworten sollte, an dem sie sich nach Namen und Schicksal ihres richtigen Vaters erkundigen würden. Doch nie hatten sie eine Frage in dieser Richtung gestellt, und erst heute wurde sie sich verwundert dieser Tatsache bewußt. Sie hatten keine Fragen gestellt, weil sie orientiert waren.

„Wer hat dir davon erzählt?"

Die Frage offenlassend, wandte sich Florimond, der seine Trümpfe nicht auf einmal ausspielen wollte, dem Kaminfeuer zu und ergriff die kupferne Zange, um die zur Seite gefallenen Scheite wieder aufzu-

43

türmen. Wie naiv seine Mutter war! Und wie liebenswert! Seit Jahren hatte Florimond sie reichlich streng gefunden. Er fürchtete sich vor ihr, und Cantor weinte, weil sie immer just in dem Augenblick verschwand, in dem man hoffte, sie werde endlich einmal mit einem spielen. Aber schon vor einer guten Weile war er dahintergekommen, auf wie unsicherem Grund ihre Existenz ruhte. Er hatte sie an jenem Tage zittern sehen, als Duchesne den Versuch gemacht hatte, sie umzubringen. Er hatte die Beklommenheit gespürt, die sie hinter ihrem Lächeln verbarg, und das giftige Gerede über die „zukünftige Favoritin", das ihm bei Hofe zuweilen zu Ohren gekommen war, hatte ein neues Gefühl in ihm geweckt, das ihn reifen ließ. Eines Tages würde er erwachsen sein und sie beschützen können.

Florimond streckte in einer spontanen Geste beide Hände nach ihr aus und lächelte sie strahlend an:

„Mein Mütterchen!" sagte er in innigem Ton.

Sie drückte den Lockenkopf an ihr Herz. Es gab keinen hübscheren Jungen auf der Welt, und keinen bezaubernderen. Er besaß bereits den ganzen natürlichen, verführerischen Charme des Grafen Peyrac.

„Weißt du, daß du deinem Vater sehr ähnlich siehst?"

„Ja, ich weiß. Das hat mir schon der alte Pascalou gesagt."

„Der alte Pascalou? Aha! Von ihm also hast du erfahren . . ."

„Ja und nein", sagte Florimond ein wenig wichtigtuerisch. „Der alte Pascalou war unser Freund. Er spielte auf der Querpfeife und auf einem kleinen Schellentamburin und erzählte uns Geschichten. Er sagte immer, ich gliche dem verfemten Edelmann, der das Palais Beautreillis habe erbauen lassen. Er hatte ihn schon als Kind gekannt, und er sagte, ich sähe genau aus wie er, abgesehen von seiner Wange, die ihm ein Säbelhieb gespalten habe. Da baten wir ihn, uns von diesem wundersamen Leben zu erzählen. Unser Vater war ein Mann, der alles wußte, er konnte sogar Gold aus Staub machen. Er sang so schön, daß seine Zuhörer wie gebannt auf ihren Plätzen saßen. Im Duell hat er alle seine Gegner besiegt. Am Ende ist es neidischen Menschen gelungen, ihn ins Gefängnis zu bringen, und man hat ihn auf der Place de Grève verbrannt. Aber Pascalou sagte, er sei so stark gewesen, daß er es fertiggebracht habe, ihnen zu entrinnen, denn er, Pascalou, habe ihn gesehen, als er hierher in sein Palais zurückgekommen sei, obwohl alle

Welt glaubte, er sei verbrannt. Und Pascalou sagte, das Sterben werde ihm nicht schwer bei dem Gedanken, daß jener große Mann, der sein Herr gewesen sei, noch lebe."

„Und das ist wahr, mein Liebling. Er lebt, er lebt ganz bestimmt."

„Aber wir wußten lange Zeit nicht, daß jener Mann unser Vater war. Wir fragten Pascalou nach seinem Namen. Er wollte ihn nicht nennen. Endlich hat er ihn uns heimlich anvertraut: Graf Peyrac, Regent von Toulouse und Aquitanien. Ich erinnere mich noch, wir waren an jenem Tag allein mit ihm im Bedientenzimmer. Zufällig kam Barbe vorbei. Sie hörte, worüber wir sprachen, und wurde abwechselnd blaß und rot und sagte zu Pascalou, er dürfe auf keinen Fall über diese schrecklichen Dinge reden. Ob er denn wolle, daß der Fluch des Vaters auf seine armen Kinder zurückfalle, die ihre Mutter mit so unsäglicher Mühe ihrem traurigen Schicksal entrissen habe ... Sie redete und redete, aber wir verstanden nichts und der alte Pascalou ebensowenig. Am Ende sagte er: ‚Wollt Ihr behaupten, gute Frau, diese beiden Kinder seien seine Söhne?‘ Barbe schnappte nach Luft wie ein Fisch. Dann faselte sie endlos. Es war zu komisch! Aber sie war dumm genug, sich einzubilden, wir würden uns damit zufriedengeben. Wir ließen ihr keine Ruhe: ‚Wer war unser Vater, Barbe? War er es, der Graf Peyrac?‘ Eines Tages kamen wir auf eine gute Idee, Cantor und ich. Wir haben sie auf ihrem Stuhl vor dem Kamin festgebunden und ihr erklärt, wenn sie uns nicht wahrheitsgetreu alles erzähle, was sie über unseren richtigen Vater wisse, würden wir ihr die Fußsohlen versengen, wie es die Straßenräuber machen ..."

Angélique schrie entsetzt auf. War das die Möglichkeit! Diese kleinen Jungen, die aussahen, als könnten sie kein Wässerchen trüben ...! Florimond wollte sich bei dieser Erinnerung totlachen.

„Als sie ein bißchen angesengt war, hat sie alles gesagt, aber wir mußten schwören, Euch gegenüber nie ein Wort davon verlauten zu lassen. Und wir haben das Geheimnis bewahrt. Aber wir waren glücklich und stolz, daß er unser Vater war und den Menschen entrann, die ihm übelwollten ... Dann hat sich's Cantor in den Kopf gesetzt, aufs Meer zu gehen, um ihn zu suchen."

„Warum aufs Meer?"

„Weil das sehr weit ist", sagte er mit einer vagen Geste.

45

Offensichtlich war das Meer für ihn ein Begriff, von dem er keine rechte Vorstellung hatte: er mochte sich sagen, daß es zu grünen Paradiesen führen müsse, in denen alle Träume sich erfüllten.

„Cantor hatte ein Heldenlied verfaßt", fuhr Florimond fort. „Ich entsinne mich nicht mehr genau der Worte, aber es war sehr hübsch. Es war die Geschichte unseres Vaters. Er sagte: ‚Ich werde überall dieses Lied singen, und viele Menschen werden ihn darin wiedererkennen und mir sagen, wo er ist . . .!"

Angéliques Herz krampfte sich zusammen, und ihre Augen wurden feucht. Sie stellte sich die beiden vor, wie sie die unmögliche Odyssee des kleinen Troubadours auf den Spuren des legendären Mannes ausgeheckt hatten.

„Ich für mein Teil war nicht begeistert von der Sache. Ich hatte keine Lust, mich ihm anzuschließen, weil mir mein Dienst in Versailles so gut gefiel. Man macht nicht Karriere, wenn man sich auf dem Meer herumtreibt, nicht wahr? Cantor ist fortgegangen. Er setzt immer durch, was er will – Barbe hat es auch gesagt: ‚Wenn er was im Kopf hat, ist er schlimmer als seine Mutter . . .' Mama, glaubt Ihr, daß er bei meinem Vater ist?"

Angélique streichelte sein Haar, ohne ihm zu antworten. Sie brachte es nicht übers Herz, ihm aufs neue klarzumachen, daß Cantor tot war, daß er gleich den Rittern vom Heiligen Gral die Suche nach dem Unerreichbaren mit dem Leben bezahlt hatte. Armer, kleiner Ritter! Armer, kleiner Troubadour! Sie sah vor ihrem geistigen Auge, wie sein lebloses Gesicht mit den verschlossenen Lippen in den Fluten versank. Das Meer war ebenso unergründlich wie sein träumerischer Blick.

„. . . nur durch sein Singen", murmelte Florimond, der seinen Gedanken weiterspann.

Sie hatte nicht gewußt, was diese treuherzigen Augen verbargen. Die Welt des Kindes, in der sich Torheit und Verständigkeit aufs wunderlichste vermengen, war ihr nicht mehr zugänglich.

„Alle Kinder haben Dummheiten im Kopf", sagte sie sich, „Das Schlimme ist nur, daß die meinen sie ausführen . . .!"

Doch dieser Tag sollte ihr noch weitere Überraschungen bescheren.

Viertes Kapitel

Nachdem Florimond eine gute Weile geschwiegen hatte, hob er den Kopf. Sein bewegliches Gesicht trug plötzlich einen gequälten, bekümmerten Ausdruck.

„Mama", hub er von neuem an, „es ist der König, der meinen Vater verurteilt hat? Ich habe viel darüber nachgedacht und mich gegrämt, denn der König ist gerecht . . ."

Es schmerzte ihn, sich ein Idol aus dem Herzen reißen zu müssen. Um ihn zu beruhigen, sagte sie:

„Die Neider haben ihn ins Verderben gestoßen, und der König hat ihn begnadigt."

„Oh, da bin ich froh!" rief Florimond aus. „Denn ich liebe den König, aber noch mehr liebe ich meinen Vater. Wann kommt er zurück, da der König ihn doch begnadigt hat? Wird er seine frühere Stellung wieder einnehmen können?"

Angélique seufzte, das Herz war ihr schwer.

„Das ist eine dunkle und recht verworrene Geschichte, mein guter Junge. Bis vor kurzem glaubte ich selbst, dein Vater sei tot, und jetzt gibt es Augenblicke, in denen ich zu träumen vermeine. Er ist nicht tot, er ist geflüchtet und hierher zurückgekommen, um Gold zu holen. Es steht einwandfrei fest . . . und dennoch mutet es unwahrscheinlich an. Die Tore von Paris waren bewacht, Posten standen vor dem Palais – wie hätte er da hineingelangen können?"

Sie sah, daß Florimond sie achselzuckend mit einem überlegenen Lächeln anschaute, und da sie dem erstaunlichen kleinen Burschen allmählich alles zutraute, rief sie aus:

„Du weißt am Ende auch das?"

„Ja."

Er flüsterte ihr ins Ohr:

„Durch den unterirdischen Gang des Brunnens!"

„Was meinst du damit?"

Mit geheimnisvoller Miene stand Florimond auf und griff nach ihrer Hand.

47

„Kommt!"

Im Vorbeigehen nahm er eine Nachtlampe mit, die neben dem Portal brannte, dann führte er seine Mutter in den Garten. Der Mond beleuchtete die Wege zwischen den gestutzten Taxushecken bis hin zu dem Platz vor der großen Mauer, den Angélique absichtlich im Zustand malerischer Verwahrlosung beließ, um seinen mittelalterlichen Charakter zu wahren. Ein Säulenstumpf, ein blütenumranktes, an eine Bank gelehntes Wappenschild und der alte Brunnen mit seinem schmiedeeisernen Deckel zeugten von der vergangenen Pracht des 15. Jahrhunderts, als dieser Bezirk des Marais noch aus einem einzigen, riesigen Palast mit zahllosen Höfen bestanden hatte, Residenz der französischen Könige und Prinzen.

„Pascalou hat uns das Geheimnis verraten", erklärte Florimond. „Er sagte, mein Vater habe persönlich die Instandsetzung des alten unterirdischen Gangs überwacht, als er das Palais erbauen ließ. Er habe drei Arbeitern eine Menge Geld gegeben, damit sie das Geheimnis wahrten. Pascalou war einer von ihnen. Er hat uns alles gezeigt, weil wir die Söhne seines Herrn sind! Schaut!"

„Ich sehe nichts", sagte Angélique, während sie sich über das schwarze Loch beugte.

Florimond stellte die Nachtlampe in den großen, kupferbeschlagenen Holzeimer, der an der Kette hing, und ließ ihn langsam hinunter. Das Licht beleuchtete die von Feuchtigkeit glänzenden Schachtwände.

Auf halbem Weg hielt der Junge die Kette an.

„Jetzt! Beugt Euch ein wenig hinunter, dann könnt Ihr in der Wand eine kleine Holztür erkennen. Dort ist es. Wenn der Eimer direkt davor angelangt ist, öffnet man sie und betritt den Gang. Er liegt sehr tief. Er unterquert die Keller der Nachbarhäuser und die Wälle in der Gegend der Bastille. Früher mündete er im Faubourg Saint-Antoine, wo er auf alte Katakomben und das einstige Seinebett trifft. Aber da man den Boden darüber bebaut hat, ließ mein Vater ihn bis zum Wald von Vincennes verlängern. Man kommt in einer verfallenen kleinen Kapelle heraus und hat's geschafft. Mein Vater war sehr vorausschauend, nicht wahr?"

„Wer weiß, ob dieser unterirdische Gang noch begehbar ist?" meinte Angélique.

„Oh, er ist es! Dafür hat der alte Pascalou gesorgt. Der Riegel der Tür ist immer noch geölt. Sie öffnet sich beim leisesten Druck, und der Mechanismus der Klapptür in der verfallenen Kapelle funktioniert gleichfalls. Der alte Pascalou sagte, alles müsse in gutem Zustand sein für den Fall, daß der Herr wiederkäme. Aber er ist noch nicht wiedergekommen, und zuweilen haben wir drei, der alte Pascalou, Cantor und ich, in der Kapelle von Vincennes auf ihn gewartet. Wir lauschten. Wir hofften, seinen Schritt zu hören. Den Schritt des Großen Hinkenden aus dem Languedoc . . ."

Angélique sah ihren Sohn prüfend an.

„Florimond, du wirst mir doch nicht etwa erzählen wollen, daß ihr, du und Cantor . . . daß ihr in diesen Brunnen hinuntergestiegen seid?"

„Doch, doch!" sagte Florimond obenhin. „Und mehr als einmal, das könnt Ihr mir glauben."

Er zog den Eimer wieder herauf und mußte plötzlich lachen.

„Barbe wartete hier auf uns und betete dabei ihren Rosenkranz, verstört wie eine Henne, die Entenküken ausgebrütet hat."

„Diese törichte Person hat also Bescheid gewußt!"

„Sie mußte uns doch helfen, den Eimer heraufzuziehen!"

„Das ist ja unerhört! Wie konnte sie solch gefährliche Streiche zulassen, ohne mir ein Wort zu sagen!"

„Nun ja, sie hatte eben Angst, wir würden ihr noch einmal die Füße versengen!"

„Florimond, bist du dir klar darüber, daß du ein paar gesalzene Ohrfeigen verdienst?"

Florimond sagte weder ja noch nein. Er hängte den Eimer an seinen Haken und stellte die Nachtlampe auf die Brüstung. Der Brunnenschacht lag wieder in geheimnisvollem Dunkel. Angélique fuhr sich über das Gesicht, bemüht, Ordnung in ihre Gedanken zu bringen.

„Was ich nicht begreife . . .", murmelte sie.

Sie verstummte und verfiel von neuem in Grübeleien. Dann fuhr sie fort:

„Ja. Wie ist er allein aus dem Brunnen gekommen, ohne Hilfe?"

„Das ist gar nicht schwer. In die Schachtwand sind zu diesem Zweck Krampen eingelassen. Aber Pascalou wollte nicht, daß wir sie benutzen. Wir seien noch zu klein, und er selbst fühle sich allmählich

49

ein wenig zu alt, meinte er. Da mußten wir eben Barbe bitten, uns hochzuziehen, und ihre Jeremiaden in Kauf nehmen. Als der alte Pascalou spürte, daß es mit ihm zu Ende ging, ließ er mich rufen. Ich war in Versailles. Wir haben uns aufs Pferd gesetzt, der Abbé und ich. Mama, es ist traurig, einen guten Diener sterben zu sehen. Ich habe ihm bis zum letzten Augenblick die Hand gehalten."

„Das war schön von dir, mein Florimond."

„Und er hat zu mir gesagt: ‚Ihr müßt den Brunnen instand halten, für den Fall, daß der Herr zurückkehrt.' Ich habe es ihm versprochen. Jedesmal, wenn ich nach Paris komme, steige ich hinunter und sehe nach, ob der Mechanismus noch in Ordnung ist."

„Du machst das . . . allein?"

„Ja. Barbe hab' ich satt. Ich bin jetzt alt genug, es allein zu schaffen."

„Du steigst auf den Krampen hinunter?"

„Natürlich! Ich sage Euch ja, es ist ganz einfach. Man muß nur ein bißchen gewandt sein."

„Und der Abbé hat nie Einspruch erhoben gegen deine Dummheiten?"

„Der Abbé weiß nichts davon. Er schläft. Ich glaube nicht, daß er jemals etwas geahnt hat."

„Meine Kinder sind wirklich gut behütet", sagte Angélique bitter. „Du machst dich also in der Nacht zu deinen gefährlichen Unternehmungen auf? Hast du dich nie dabei geängstigt, Florimond?"

Der Junge schüttelte den Kopf. Wenn er sich zuweilen geängstigt hatte, würde er es jedenfalls nicht eingestehen.

„Mein Vater beschäftigte sich mit dem Bergbau, hat man mir gesagt. Vielleicht kommt es daher, daß ich so gern unter der Erde bin."

Er schaute sie verstohlen an, geschmeichelt von der Bewunderung, die sie nicht verbergen konnte, und im Mondlicht, das auf das kindliche Gesicht traf, erkannte sie den spöttischen Mund, den dunklen, funkelnden Blick und jenen ein wenig diabolischen Ausdruck des letzten der Grafen von Toulouse wieder, der so gerne die eingeschüchterten Bürgersleute verblüfft, erschreckt und schockiert hatte.

„Wenn Ihr wollt, Mutter, zeige ich Euch den unterirdischen Gang."

Fünftes Kapitel

Die königliche Galeere fuhr gemächlich in den Hafen von Marseille ein. Ihre flammenden Banner aus karmesinroter Seide mit den goldenen Troddeln spiegelten sich gleich einer Feuersbrunst auf der glatten Wasserfläche. An den Mastspitzen trug sie das Kennzeichen des Admirals und die Standarte der Marine, gleichfalls rot und mit goldenen Lilien bestickt.

Alsbald geriet die Menge auf den Kais in Bewegung. Die Fischweiber und die Blumenhändlerinnen ergriffen ihre Körbe mit Feigen und Mimosen, Melonen oder Nelken, Tintenfischen oder Muscheln, und während sie das Ereignis mit beträchtlichem Stimmaufwand kommentierten, begaben sie sich zu der Stelle, wo das schöne Schiff anlegen würde. Flanierende Damen, gefolgt von ihren Hündchen, Fischer mit roten Mützen, die gerade ihre Netze flickten, kamen gleichfalls herbei. Zwei türkische Lastträger in grüner und roter Pluderhose, deren mahagonibraune Oberkörper von Schweiß troffen, ließen ihre riesigen Ballen getrockneter Fische fallen, setzten sich darauf und zündeten ihre langen Pfeifen an. Die Ankunft der Galeere erlaubte ihnen, ein paar Züge zu tun, denn die ameisenartige Geschäftigkeit in dem großen Hafen stockte. Man ging zum Landeplatz des Fahrzeugs wie zu einem Spektakel, weniger um die schnittige Form des Schiffes und seine herausgeputzten Offiziere zu bestaunen, als vielmehr um die Galeerensklaven vorbeiziehen zu sehen. Ein grausiger Anblick, der die Frauen veranlaßte, sich zu bekreuzigen, wenn sie auch des Schauens nicht müde wurden.

Angélique erhob sich von der Kanonenlafette, auf der sie seit vielen Stunden wartend gesessen hatte.

Flipot folgte ihr mit der Reisetasche.

Sie mischten sich unter die Menge.

Die Galeere dort draußen befand sich jetzt auf der Höhe der Tour

Saint-Jean und schien zu zögern. Sie glich einem großen, rötlich-gelben Vogel, und das Gold ihres Schnitzwerks glitzerte in der Sonne.

Endlich glitt sie, von ihren vierundzwanzig weißen, verzierten Rudern befördert, dem Kai zu. Sie drehte sich vollends, so daß sie dem offenen Meer ihren langen, spitz zulaufenden, in einer riesengroßen Sirene aus vergoldetem Holz endenden Schnabel und den Gaffern auf der Hafenmauer das mit Wappenschildern und Schnitzereien geschmückte Heck zukehrte, über dem das Tendaletto aus rotem und goldenem Brokat aufragte. Es war ein viereckiges, geräumiges Zelt, das auch Tabernakel genannt wurde und den Offizieren als Aufenthaltsraum diente.

Kurz vor dem Anlegen hoben sich die Ruder und verharrten bewegungslos. Man vernahm die Pfiffe der Galeerenvögte, die Schläge eines Gongs und dann, alles übertönend, die mit Flüchen untermischten Befehle des Kapitäns an die Matrosen, die die Segel rafften.

Einige Offiziere in Galauniform erschienen an der Reling neben dem Fallreep aus vergoldetem Holz. Einer von ihnen beugte sich vor, nahm seinen Federhut ab und schwenkte ihn grüßend in Angéliques Richtung. Sie wandte sich um und entdeckte zu ihrer Erleichterung eine Gruppe junger Damen und Kavaliere, die eben aus einer Kutsche gestiegen waren. Ihnen also galt die Begrüßung. Eine der jungen Frauen, eine Brünette mit reizvollem Gesicht, das freilich ein wenig zu reichlich mit Schönheitspflästerchen gespickt war, rief entzückt aus:

„O dieser himmlische Vivonne! Wenn er auch Admiral ist und in Marseille mehr zu sagen hat als Seine Majestät der König – wie liebenswürdig und schlicht ist er dennoch geblieben. Er hat uns bemerkt und hält es nicht für unter seiner Würde, uns seine Huldigung darzubringen."

Noch während die junge Frau sprach, gleich nachdem sie den Grafen Vivonne erkannt hatte, war Angélique in der Menge untergetaucht.

Der Bruder der Madame de Montespan betrat das schmutzige Pflaster und ging lächelnd mit ausgestreckten Armen auf die junge Brünette zu. Mit offenen Mündern lauschten die Gaffer den konventionellen Begrüßungsfloskeln, die der Admiral und seine Freunde austauschten. Der Graf Vivonne machte eine glänzende Figur in seiner Rolle als quasi Vizekönig. Seine gebräunte Hautfarbe paßte vortrefflich zu seinen blauen Augen und seinem üppigen blonden Haar. Hochgewachsen, leicht zur Korpulenz neigend, umgänglich, von heiterem Naturell, hatte er viel Ähnlichkeit mit seiner strahlenden Schwester, der Mätresse des Königs.

„Ich verdanke es dem Zufall, daß ich heute eine Ruhepause einlegen kann", erklärte er. „In zwei Tagen setzen wir unsere Fahrt nach Kandia fort. Eine durch den Sturm verursachte Havarie und der schlechte Gesundheitszustand der Besatzung haben mich gezwungen, Marseille anzulaufen. Ihr alle seid meine Gäste. Wir wollen es uns zwei Tage lang wohl sein lassen."

Ein knallartiges Geräusch ließ die Gesellschaft zusammenzucken. Einer der Galeerenvögte schwang seine Peitsche und gebot der Menge, Platz zu machen.

„Wir wollen gehen, meine Schönen", sagte Monsieur de Vivonne, während er der jungen Frau seine weißbehandschuhte Hand auf die Schultern legte. „Gleich werden die Sträflinge herunterkommen. Ich habe einigen fünfzig von ihnen erlaubt, sich zu ihrem Lager in der Felsenbucht zu begeben, um dort einen der Ihren zu begraben. Mein erster Offizier schlug vor – und ich stimmte ihm bei –, den Leichnam sofort ins Meer zu werfen, wie es Brauch ist, wenn die Galeere sich auf hoher See befindet. Doch der Geistliche hat sich dem widersetzt. Er meinte, so kurz vor der Landung werde er nicht genügend Zeit haben, die Gebete zu sprechen und die üblichen Zeremonien zu vollziehen. Man könne mit einem toten Christenmenschen nicht wie mit einem krepierten Hund verfahren. Kurz, er wolle ihn begraben. Ich habe nachgegeben, weil mich die Erfahrung gelehrt hat, daß dieser kleine Lazaristenpater am Ende doch alles erreicht. Wenn er sich etwas in den Kopf gesetzt hat, vermag nichts ihn davon abzubringen, weder Überredung noch Zwang. Kommt also. Ich möchte Euch geradenwegs zu dem Eishändler Scevola führen, um Pistaziensorbett zu naschen und einen türkischen Kaffee zu schlürfen."

Sie entfernten sich, während der Galeerenvogt am Fuße der Laufbrücke noch immer mit der Peitsche knallte. Er glich einem Dompteur, der die Raubtiere durch die geöffnete Käfigtür in die Arena treibt.

Hinter der goldverzierten Reling erklangen schauerliche Geräusche, schleifende Ketten und heisere Stimmen.

Ein Raunen erhob sich, als die roten Gestalten der ersten Sträflinge oben auf der Laufbrücke erschienen. Einer hinter dem andern wankten sie über den Steg, der das Schiff mit dem Kai verband. Sie waren zu vieren zusammengekettet. Schmutzige Tuchfetzen, um das Handgelenk gewickelt, das den Ring trug, sollten vor Verletzung schützen, doch häufig genug waren die Fetzen blutbefleckt.

Männer und Frauen bekreuzigten sich, wenn sie, barfüßig und mit gesenktem Blick, an ihnen vorbeigingen. Ihre Kleidung, Hemd und Hose aus roter Wolle mit breitem, ursprünglich weißem Gürtel, war mit Seewasser getränkt und verbreitete einen unerträglichen Gestank. Die meisten trugen Bärte. Auf ihren struppigen Köpfen saßen bis über die Brauen gezogene Mützen aus roter Wolle. Einige trugen grüne Mützen. Das waren die „Lebenslänglichen".

Die meisten zogen gleichgültig vorbei. Andere boten das Schauspiel, das die Zuschauer erwarteten. Mit brennenden Augen riefen sie den Frauen unflätige Worte zu und vollführten obszöne Gesten. Ein „Lebenslänglicher" ließ seinen Ingrimm an einem harmlosen Bürgersmann aus, dessen satte Biederkeit ihn reizte.

„Das macht dir wohl Spaß, wie? Dickwanst! Weinfaß!"

Ein Aufseher stürzte mit erhobener Peitsche herbei, und die Hanfschmitze fuhr auf die ohnehin blutunterlaufene und wundenbedeckte Haut des Sträflings nieder. Frauen stießen mitleidige Schreie aus.

Indessen erschien eine neue Gruppe von Sklaven, die ihre Mützen in den Händen hielt. Ihre Lippen bewegten sich, und man vernahm gemurmelte Gebete. Zwei unter ihnen trugen einen in grobes Segeltuch gehüllten Leichnam. Ihnen folgte der Priester, dessen schwarze Soutane sich düster von den roten Lumpen abhob. Die Menge verharrte in feierlicher Stille.

Angélique betrachtete den Priester gespannt. Sie erkannte ihn nicht mit Bestimmtheit wieder. Vor zehn Jahren war sie ihm begegnet, und seine äußere Erscheinung hatte sich ihr unter den damaligen Umständen begreiflicherweise nicht eingeprägt.

Während der bejammernswerte Trupp sich entfernte, begleitet vom Klirren der über das Pflaster schleifenden Ketten, zog Angélique Flipot am Ärmel.

„Du wirst diesem Priester folgen", flüsterte sie hastig. „Er heißt

Pater Antoine. Sobald du dich ihm nähern kannst, wirst du ihm folgendes sagen – hör genau zu. Du wirst ihm sagen: Madame de Peyrac ist hier in Marseille und möchte Euch in der Herberge zum Goldenen Horn sprechen."

Sechstes Kapitel

„Tretet ein, Pater", sagte Angélique.

Der Geistliche zögerte auf der Schwelle des Zimmers, angesichts der kostbar-schlicht gekleideten vornehmen Dame, die ihn begrüßte. Er schämte sich sichtlich seiner groben Schuhe und seiner abgetragenen Soutane, deren knappe Ärmel die vom Meersalz geröteten und aufgesprungenen Hände unbedeckt ließen.

„Verzeiht, daß ich Euch hier in meinem Zimmer empfange", erklärte die junge Frau. „Ich bin heimlich in Marseille und möchte unerkannt bleiben."

Der Priester gab zu verstehen, daß er begreife und daß diese äußeren Umstände ihm gleichgültig seien. Er folgte der Aufforderung, auf einem Schemel Platz zu nehmen. Und nun erkannte sie ihn wieder, so wie sie ihn eines Abends vor dem Herd des Henkers von Paris hatte sitzen sehen, mit seinen ein wenig gewölbten Schultern einem erstarrten Heimchen gleichend und mit jenen jäh aufleuchtenden kohlschwarzen Augen, wenn er die Lider hob.

Sie setzte sich auf einen Stuhl ihm gegenüber.

„Entsinnt Ihr Euch meiner?" fragte sie.

Pater Antoine verzog die Lippen zu einem flüchtigen Lächeln.

„Ich entsinne mich."

Er musterte sie prüfend, verglich die Frau, die da vor ihm saß, mit der verstörten, unförmigen, dem Wahnsinn nahen Gestalt, die er an einem frühen Wintermorgen um die Reste eines Scheiterhaufens hatte streichen sehen, dessen letzte Glut der Wind anfachte.

„Ihr habt damals ein Kind erwartet", sagte er sanft. „Was ist aus ihm geworden?"

„Es war ein Knabe", erwiderte sie. „Er ist noch am selben Tage zur Welt gekommen ... und bereits gestorben. Im Alter von neun Jahren."

Aufgewühlt von der Erinnerung an den kleinen Cantor, wandte sie sich nach dem Fenster um. Das Mittelmeer hat ihn genommen, dachte sie.

Es begann zu dunkeln. Geschrei, Gesang, Rufe drangen aus den Gassen herauf, die sich mit Türken, Spaniern, Griechen, Arabern, Neapolitanern, Negern und Engländern belebten, während die Bordelle und Schenken ihre Pforten öffneten.

Eine Gitarre präludierte irgendwo in der Nähe, und eine Männerstimme begann zu singen, warm und vibrierend. Trotz all dieses Lärms blieb das Meer gegenwärtig, und zu Füßen der Stadt hörte man es gleich einem Bienenschwarm brausen.

Der Pater Antoine betrachtete Angélique nachdenklich.

Diese Frau in ihrer strahlenden Schönheit hatte kaum etwas gemein mit dem verzweifelten jungen Geschöpf, das er im Gedächtnis bewahrte. Man spürte, daß sie selbstsicher, bedacht und in einem gewissen Maße beängstigend war. Wieder einmal wurde er sich mit Bestürzung bewußt, wie das Leben die Menschenwesen prägte. Er hätte sie nicht wiedererkannt, und es wäre ihm schwergefallen, ihre Identität anzuerkennen, hätte sie nicht mit jenem schmerzlichen Ausdruck von ihrem Kind gesprochen.

Sie wandte ihm wieder ihren Blick zu, und der kleine Sträflingspriester faltete die Hände über den Knien, wie um sich auf einen Kampf vorzubereiten. Er fürchtete sich plötzlich davor, reden zu müssen. Sie würde ihn zwingen, alles zu sagen, und das würde ihn mit einer großen Verantwortung belasten.

„Mein Vater", sagte Angélique, „ich habe nie erfahren – und heute wünsche ich es zu erfahren –, welches die letzten Worte meines Gatten auf dem Scheiterhaufen gewesen sind ... Auf dem Scheiterhaufen", wiederholte sie nachdrücklich. „Im letzten Augenblick. Als er bereits an den Pfahl gebunden war. Was hat er gesagt?"

Der Priester runzelte die Stirn.

„Das ist ein recht verspäteter Wunsch, Madame", protestierte er. „Habt Nachsicht mit meinem schwachen Gedächtnis. Die Jahre sind dahingegangen, und ich habe seit damals leider gar vielen Verurteilten beigestanden. Glaubt mir, ich sehe mich außerstande, Euch genaue Auskunft zu geben."

„So werde ich es Euch sagen! Er hat nichts gesagt. Der Mann auf dem Scheiterhaufen hat nichts gesagt, weil er bereits tot war. Es war ein Toter, den man an den Pfahl gebunden hatte. Und mein Gatte wurde – noch lebend – durch einen unterirdischen Gang geschleppt, während vor den Augen der Menge das Feuer die Todesstrafe vollstreckte, die ungerechterweise über ihn verhängt worden war. Der König hat mir alles gestanden."

Sie wartete auf eine Geste der Überraschung, auf Widerspruch. Aber der Priester rührte sich nicht.

„Ihr wußtet es, nicht wahr?" sagte sie tonlos. „Ihr habt es von jeher gewußt?"

„Nein, nicht von jeher. Die Vertauschung wurde so geschickt vorgenommen, daß ich zu jener Zeit nicht den leisesten Verdacht empfand ... Man hatte ihm eine Kapuze übergezogen. Erst später ..."

„Später ...? Wo? Wann? Durch wen habt Ihr es erfahren?"

In atemloser Spannung beugte sie sich vor, ihre Augen glühten.

„Ihr habt ihn gesehen, nicht wahr?" sagte sie leise. „Ihr habt ihn gesehen ... nach dem Scheiterhaufen?"

Er sah ihr ernst ins Gesicht. Jetzt erkannte er sie wieder. Sie hatte sich nicht verändert.

„Ja", sagte er. „Ja, ich habe ihn gesehen. Hört mich an."

Und nun berichtete er, was sich zugetragen hatte.

Es geschah in Paris, Ende Februar des Jahres 1661. War es dieselbe eisige Nacht, in der der Mönch Becher, „von den bösen Geistern überwältigt", mit den Worten: „Erbarmen, Peyrac!" umgekommen war ...?

Der Pater Antoine befand sich betend in der Kapelle. Ein Laienbruder kam zu ihm, um ihm mitzuteilen, ein Armer verlange dringend, ihn zu sprechen. Ein Armer, der dem Laienbruder ein Goldstück in die Hand gedrückt hatte. Und der letztere hatte es nicht gewagt, ihm die Tür zu weisen. Der Pater Antoine begab sich ins Sprechzimmer.

Dort stand der Arme, auf eine grob zusammengezimmerte Krücke gestützt, und der kümmerliche Schein der Öllampe warf seinen unförmigen Schatten an die gekalkte Wand. Er war ordentlich gekleidet und trug eine stählerne Maske. Als er sie abnahm, sank der Pater Antoine auf die Knie und flehte den Himmel an, ihn von dieser grausamen Vision zu erlösen, denn vor ihm stand ein Geist, der Geist des Hexenmeisters, den er mit eigenen Augen auf der Place de Grève hatte brennen sehen.

Der Geist lächelte spöttisch. Er versuchte zu sprechen, doch aus seinem Mund kamen nur heisere, unverständliche Laute. Plötzlich war der Geist verschwunden. Der Pater Antoine brauchte eine ganze Weile, um festzustellen, daß der Unglückliche ganz einfach ohnmächtig geworden war und zu seinen Füßen auf den Fliesen lag. Da überwand er, von Barmherzigkeit getrieben, seine Angst und beugte sich über das Gespenst. Es war durchaus lebendig, wenn auch äußerst hinfällig. Sein Körper war zum Skelett abgemagert. Doch sein schwerer Brotbeutel enthielt eine verblüffende Menge von Louisdors und Juwelen.

Viele Tage lang schwebte der Graf zwischen Leben und Tod. Der Pater Antoine, der sein Geheimnis dem Prior der Gemeinschaft anvertraut hatte, pflegte ihn.

„Er hatte den äußersten Grad der Hinfälligkeit erreicht. Es war unvorstellbar, daß dieser vom Henker gefolterte Körper soviel Widerstandskraft aufzubieten vermochte. Das eine Bein, das verkrüppelte, von der Folterbank ausgerenkt, war unter dem Knie und an der Hüfte mit grauenhaften offenen Wunden bedeckt. Und dennoch war er in diesem Zustand einen Monat lang unermüdlich gewandert. Ein solch eiserner Wille macht dem Menschengeschlecht Ehre, Madame!"

Der einstmals so vielvermögende Graf von Toulouse sagte zu dem bescheidenen Gefängnisgeistlichen: „Ihr seid jetzt mein einziger Freund!"

Er war unter Aufbietung seiner letzten Kräfte in sein Palais Beautreillis zurückgekehrt. Dort aber hatte er sich dem Erschöpfungstod nahe gefühlt, und da war ihm der kleine Priester eingefallen. Er hatte das Palais durch eine geheime Gartenpforte verlassen, deren Schlüssel er besaß. Dann hatte er sich durch ganz Paris bis zum Haus der Lazaristen geschleppt, wo es ihm gelang, den Pater Antoine aufzufinden.

Nun galt es, seine Flucht vorzubereiten. Der Graf konnte nicht in Frankreich bleiben. Zu jener Zeit war der Pater Antoine im Begriff, nach Marseille zu reisen, als Begleiter einer Abteilung Galeerensträflinge. Dort sollte er sein Werk der Barmherzigkeit fortsetzen.

Joffrey de Peyrac hatte einen genialen Einfall. Er mischte sich unter die Galeerensträflinge und gelangte auf diese Weise nach Marseille, wo er seinen schwarzen Diener Kouassi-Ba wiederfand. Der Pater Antoine hatte das Gold und die Juwelen in seiner Kleidung verborgen. Bei der Ankunft gab er sie ihm zurück. Kurz danach verschwanden der Graf Peyrac und sein Maure – ihre Flucht auf einem Fischerkahn erregte beträchtliches Aufsehen.

„Und Ihr habt sie nie wieder gesehen?"

„Nie."

„Und Ihr habt keine Ahnung, was aus dem Grafen Peyrac nach seiner Flucht geworden ist?"

„Ich habe keine Ahnung."

Sie sah ihn mit fragenden Augen an. Fast schüchtern meinte sie:

„Seid Ihr nicht vor ein paar Jahren nach Paris gekommen, um Euch nach meinem Schicksal zu erkundigen? Wer hat Euch geschickt?"

„Ich sehe, daß Ihr über meinen Besuch beim Advokaten Desgray orientiert seid."

„Er selbst hat mich davon in Kenntnis gesetzt."

Sie wartete gespannt, und da er schwieg, wiederholte sie mit Nachdruck:

„Wer hat Euch geschickt?"

Der Priester seufzte.

„Ich habe es tatsächlich nie erfahren. Es war vor ein paar Jahren, hier in Marseille, wo ich mich im besonderen um das Hospital der Galeerensträflinge kümmerte. Ein arabischer Händler suchte mich auf und teilte mir unter dem Siegel der Verschwiegenheit mit, ‚man' wünsche zu erfahren, was aus der Gräfin Peyrac geworden sei. Man bat mich, in die Hauptstadt des Königs von Frankreich zu reisen. Ein Advokat namens Desgray könne mir vielleicht Auskunft geben, sowie einige weitere Personen, deren Namen man mir nannte. Für meine Dienste empfing ich eine Börse, die eine beträchtliche Summe enthielt. Im Gedanken an meine armen Sträflinge ging ich darauf ein, aber ich gab mir vergebliche Mühe, den Mittelsmann nach der Person seines Auftraggebers auszufragen. Er zeigte mir lediglich einen goldenen Ring, in den ein Topas eingelassen war und den ich als zu den Schmucksachen des Grafen Peyrac gehörig wiedererkannte. Ich begab mich nach Paris, um meinen Auftrag auszuführen. Dort erfuhr ich, daß Madame de Peyrac die Frau eines Marschalls des Königs geworden war, des Marquis du Plessis-Bellière. Sie sei sehr reich, wurde mir gesagt, und sie stünde zusamt ihren Söhnen in Gunst."

„Ihr wart gewiß entsetzt über diese Auskunft. Ich war mit einem anderen verheiratet, obwohl mein erster Mann noch lebte! Vielleicht wirkt es beruhigend auf Euer priesterliches Gewissen, wenn ich Euch sage, daß der Marschall bei der Belagerung von Dôle umkam und daß ich mich seither als zwiefache Witwe betrachtet habe."

Der Pater Antoine stieß sich nicht an ihrem bitteren Ton. Er lächelte sogar leise, wie um ihr zu verstehen zu geben, daß er gar manche absonderlichen Situationen kennengelernt hatte, wenngleich man zugeben mußte, daß die Vorsehung Angélique auf recht gewundene Pfade führte. Er bedauerte sie aus tiefstem Herzen.

„Ich bin dann wieder nach Marseille zurückgekehrt, und als der Kaufmann sich abermals bei mir einfand, habe ich ihm die erhaltenen Auskünfte mitgeteilt. Seitdem habe ich nichts mehr von ihm gehört. Das ist alles, was ich weiß, Madame, wirklich alles."

In Angéliques Herzen stritten sich die Gefühle: Sehnsucht, Gewissensbisse, Niedergeschlagenheit. Joffrey hatte also wissen wollen, was aus ihr geworden war!

„Jener Araber", sagte sie, „was wußtet Ihr über ihn? Woher kam er? Entsinnt Ihr Euch seines Namens?"

Der Priester runzelte die Stirn in angestrengtem Nachdenken.

„Ich bemühe mich seit einer Weile vergeblich, mir alle seine Person betreffenden Einzelheiten ins Gedächtnis zurückzurufen. Er nannte sich Mohammed Raki, aber er war kein arabischer Kaufmann. Ich habe es an seiner Kleidung erkannt. Die arabischen Kaufleute vom Roten Meer pflegen sich auf türkische Art zu kleiden. Die in der Berberei lebenden tragen weite Mäntel aus Wolle, Burnus genannt. Der Mann, der mich aufsuchte, stammte aus dem Königreich Algier oder dem Königreich Marokko. Aber mehr weiß ich nicht zu sagen, und es ist wenig genug. Ich erinnere mich indessen, daß ich mich mit ihm über einen seiner Onkel unterhielt, dessen Namen mir eben wieder einfällt: Ali Mektoub. Es ging um einen berberischen Sklaven, den ich von den Galeeren her kannte und den jener Onkel, der sehr reich ist, losgekauft hatte. Ali Mektoub betrieb einen blühenden Handel mit Perlen, Schwämmen und allerlei Ramschware. Er wohnte in Kandia und wohnt vermutlich noch immer dort. Möglicherweise könnte er Auskünfte über seinen Neffen Mohammed Raki geben."

„In Kandia?" wiederholte Angélique nachdenklich.

Angélique und Flipot befanden sich auf dem Weg zum Hafen, in der Hoffnung, ein Schiff ausfindig zu machen, das sie auf die lange Reise nach den Inseln der Levante mitnehmen würde. Plötzlich blieb Angélique verblüfft stehen; sie glaubte zu träumen. Ein paar Schritte entfernt erblickte sie einen kleinen, schwarzgekleideten Greis. Er stand, tief in Nachdenken versunken, regungslos am Rande des Kais und beachtete weder die Vorübergehenden, die ihn streiften, noch den Mistral, der sanft seinen kleinen weißen Kinnbart bewegte. Das leuchtende Käppchen, das dicke Schildpattlorgnon, die altväterische Halskrause, der Regenschirm aus Wachstuch und eine große, bauchige Flasche in einem Weidenkorb neben seinen Füßen ließen keinen Zweifel zu: es war Meister Savary, der Pariser Apotheker aus der Rue du Bourg-Tibourg.

„Meister Savary!" rief sie.

Er zuckte so heftig zusammen, daß er um ein Haar ins Wasser gefallen wäre. Als er Angélique erkannte, funkelten seine Augen vor Befriedigung.

„Ah, da seid Ihr ja, kleine Abenteurerin! Ich hab' es mir gedacht, daß ich Euch hier treffen würde."

„Wirklich? Dabei hat mich der pure Zufall hierhergeführt."

„Hm! Der Zufall pflegt alle abenteuerlustigen Leute an die gleichen Orte zu führen. Kennt Ihr etwa einen Erdenwinkel, wo man geneigter ist, sich zu erfolgversprechenden Unternehmungen einzuschiffen? Ihr, die Ihr so ehrgeizig seid, mußtet nach Marseille kommen. Das steht auf Eurer Stirn geschrieben. Riecht Ihr den berauschenden Duft, der an diesem Gestade herrscht, den typischen Duft verheißungsvoller Reisen?"

Er breitete die Arme zu einer schwärmerischen Geste aus.

„Die Gewürze! Oh, die Gewürze, riecht Ihr sie? Diese listigen Sirenen, denen die verwegensten Seefahrer nachgejagt sind . . ."

In schulmeisterlichem Ton zählte er an seinen Fingern auf:

„Ingwer, Zimt, Safran, Paprika, Nelke, Koriander, Kardamome und ihrer aller König, der Pfeffer! Der Pfeffer!" wiederholte er ekstatisch.

Sie ließ ihn von diesem brennenden Königtum weiterträumen, denn Flipot kam in Begleitung eines langen Burschen mit roter Seemannsmütze zurück, der sich Melchior Pannasave nannte.

„Ihr seid das also, die ein ganzes Vermögen bietet, um nach Kandia mitgenommen zu werden?" rief der Seemann aus, während er die Arme gen Himmel erhob. „Unglückselige! Ich dachte, Ihr wärt zum mindesten eine verrückte Alte, die nur noch ihre Knochen zu verlieren hat. Habt Ihr denn keinen Mann, der Euch den Kopf zwischen die Ohren setzt? Oder seid Ihr gar so liederlich, daß Ihr Eure Tage im Harem des Sultans beschließen wollt?"

„Ich habe gesagt, daß ich nach Kandia möchte, nicht nach Konstantinopel."

„Aber in Kandia sind die Türken, Kleines. Die Insel steckt voller Eunuchen, schwarzer und weißer, die dort frisches Fleisch für den großen Herrn einkaufen. Ihr könnt noch von Glück sagen, wenn Ihr bis dorthin kommt, ohne unterwegs von Seeräubern geschnappt zu werden!"

„Aber Ihr fahrt doch nach Kandia?"

„Ich fahre hin, das stimmt schon, ich fahre hin", brummte der Marseiller. „Nur weiß ich nicht, ob ich dort auch ankommen werde."

„Wenn man Euch zuhört, könnte man meinen, die Berber lägen schon da draußen am Ausgang des Hafens auf der Lauer."

„Tun sie auch, Herzchen, tun sie auch. Erst in der vergangenen Woche hat man eine türkische Galeere gesichtet, die in der Gegend der Hyerischen Inseln kreuzte. Unsere Flotte ist nicht stark genug, um sie einzuschüchtern. Verlaßt Euch drauf, über kurz oder lang würdet Ihr

62

auffallen, und sämtliche Sklavenhändler des Mittelmeers, weiße oder braune, christliche, türkische oder berberische, würden sich darum schlagen, Euch für teures Geld an irgendeinen alten, kurzatmigen Pascha verkaufen zu können. Da, schaut Euch das an! Würde es Euch Spaß machen, Euch von einem solchen Papageien durchwalken zu lassen?" fragte er und deutete mit einer heftigen Bewegung auf einen dicken türkischen Kaufmann und sein Gefolge, die den Kai entlangschritten.

Neugierig betrachtete Angélique den Aufzug, dessen Anblick den Marseillern vertraut, für sie etwas völlig Neues war: die mächtigen Turbane aus grünem oder orangefarbenem Musselin, umfänglich wie Kürbisse, die über den dunklen Gesichtern der Türken schwankten, die Kleider aus schillernder Seide, die perlenverzierten Schnabelschuhe, die Sonnenschirme, die zwei Negerknaben über ihre Herren hielten, all das sah viel eher nach einer liebenswerten Komödie aus als nach einer gefährlichen Invasion.

„Sie machen gar keinen bösartigen Eindruck", sagte Angélique, um den Marseiller zu kitzeln, „und sie sind sehr schön gekleidet."

„Es ist nicht alles Gold, was glänzt. Sie wissen, daß sie sich hier im fremden Land nichts erlauben können. Die Kaufleute, die in Marseille landen, um Geschäfte zu machen, geizen nicht mit Bücklingen und befleißigen sich eines honigsüßen Tons. Aber kaum haben sie das Château d'If hinter sich gelassen, gibt's für sie nur noch Seeräuberei... Nein, Madame, es lohnt sich nicht, mich so verführerisch anzuschauen. Zu einem solchen Abenteuer leihe ich Euch nicht meine Hand. Die Heilige Jungfrau würde es mir nicht verzeihen . . ."

„Und mich, nehmt Ihr mich mit?" fragte Savary.

„Wollt Ihr auch nach Kandia?"

„Nach Kandia und noch weiter. Im Vertrauen gesagt, ich will nach Persien."

„Wieviel bietet Ihr mir für die Überfahrt?"

„Offen gestanden, ich bin nicht reich. Ich schlage Euch dreißig Livres vor. Aber als Besitzer eines Geheimnisses, das alles Gold der Welt aufwiegt . . ."

„Schon gut, schon gut! Ich weiß Bescheid."

Melchior Pannasave zog seine buschigen schwarzen Brauen hoch.

„Tut mir leid, aber ich kann nichts für Euch tun, noch für Euch, Madame. Nichts für Euch, Großvater, weil Ihr nicht mal genug habt, um nach Nizza zu reisen . . ."

„Dreißig Livres!" rief der Greis entrüstet aus.

„In Anbetracht all dessen, was man riskiert, ist das eine Lappalie . . . Und nichts für Euch, Madame, weil Ihr die Seeräuber auf mein Schiff lenken würdet, wie ein Stück Aas die Drachenköpfe ins Netz lockt, mit Verlaub gesagt."

Mit majestätischer Geste lüftete er seine Mütze und kehrte wiegenden Schrittes zu seinem Segler „La Joliette" zurück, der am Kai wartete.

„Einer wie der andere, diese Marseiller!" rief Savary zornig aus. „Geldgierig und krämerhaft wie die Armenier. Keiner würde der Wissenschaft zuliebe seinem Herzen einen Stoß geben!"

„Ich habe mich schon vorher vergeblich an verschiedene Kapitäne kleiner Fahrzeuge gewandt", erklärte Angélique. „Alle reden sie gleich von Harem und Sklaverei. Man könnte meinen, man führe nur mit dem Ziel übers Meer, beim Großtürken zu landen."

„Oder beim Bey von Tunis oder beim Dey von Algier oder beim Sultan von Marokko", vervollständigte Savary verbindlich. „Ja, ja, meistens ist das schon so. Aber wer nichts riskieren will, soll daheim bleiben."

Die junge Frau seufzte. Vom frühen Morgen an war ihr Ansuchen immer mit der gleichen spöttischen Verwunderung, dem gleichen Achselzucken, der gleichen Ablehnung beantwortet worden: Eine alleinstehende Frau? Nach Kandia reisen? . . . Wahnsinn! Da müßte man von der ganzen königlichen Flotte eskortiert werden . . . Und Savary stieß auf Schwierigkeiten aus Mangel an Geld.

„Tun wir uns zusammen", sagte Angélique entschlossen zu ihm. „Ihr sucht mir ein Schiff, und ich bezahle dafür auch Eure Überfahrt."

Sie gab ihm die Adresse der Herberge, in der sie abgestiegen war, und während der Greis sich entfernte, setzte sie sich für eine Weile auf das Rohr einer neuen Kanone, um sich auszuruhen.

Diese Geschütze, die in Mengen auf dem Hafenplatz standen und dort offenbar von irgendeinem Arsenalverwalter der Marine vergessen worden waren, schienen eher dazu bestimmt, den Müßiggängern als

Bänke zu dienen, als dazu, Kugeln auf die berberischen Galeeren zu schießen.

Die Gevatterinnen der Cannebière strickten auf ihnen in Erwartung der Rückkehr der Fischer, und die Händler breiteten auf ihnen ihre Waren aus.

Angéliques Füße schmerzten. Sie spürte auch, daß sie einen Sonnenbrand auf der Stirn bekommen hatte. Neidvoll betrachtete sie die Frauen, die unter den Schutzdächern ihrer Schaubenhüte aus besticktem Stroh schöne griechische Gesichter mit großen Augen und sinnlichen, stolzen Lippen verbargen. In majestätischer Haltung boten sie den Vorübergehenden Nelken oder Muscheln an, überschütteten diejenigen, die ihrer Aufforderung nachkamen, mit Liebenswürdigkeiten, und verwünschten jene, die nicht vor ihrem Stand stehenblieben.

„Kauft mir diesen Stockfisch ab", rief eine von ihnen Angélique zu. „Es ist der letzte in meinem Korb. Er glänzt wie ein Silberstück!"

„Ich weiß nicht, was ich damit soll."

„Du lieber Gott – essen! Was tut man sonst mit einem Stockfisch?"

„Ich bin hier nicht zu Hause, und ich habe nichts, um ihn mitzunehmen."

„Tut ihn in Euren Magen. Er wird Euch nicht behindern."

„Soll ich ihn denn roh essen?"

„Bratet ihn im Kohlenbecken der Kapuzinerpatres. Hier habt Ihr einen Thymianzweig, den steckt Ihr ihm in den Bauch, während er schmort."

„Ich habe keinen Teller."

„Nehmt einen flachen Kiesel vom Strand."

„Auch keine Gabel."

„Seid Ihr aber heikel, armes Ding! Wozu habt Ihr denn Eure hübschen Finger?"

Um sie loszuwerden, kaufte Angélique schließlich den Fisch. Flipot packte ihn am äußersten Schwanzende und lief zur Ecke des Kais, wo drei Kapuzinerpatres eine Art Freiluftküche unterhielten. Aus einem großen Kessel verteilten sie Fischsuppe an die Armen und erlaubten den Seeleuten für ein paar Sols, ihre Mahlzeiten über zwei Kohlenfeuern zu kochen. Der Geruch des Gebratenen und der Bouillebaisse war verlockend, und Angélique fühlte sich hungrig. Die Sorgen ver-

65

flogen, wenn man sich die Zeit nahm, für eine Weile im Gewühl des Hafens von Marseille unterzutauchen. Es war die Stunde, in der selbst die griesgrämigsten Bürger zum Ufer hinuntergingen, um diese einzigartige Atmosphäre zu genießen.

In Angéliques Nähe stieg eine vornehm gekleidete Dame aus einer Sänfte, gefolgt von einem kleinen Jungen, der alsbald neidisch zu ein paar Knirpsen hinüberschaute, die auf Leinwandballen Purzelbäume schlugen.

„Darf ich mit ihnen spielen, Mutter?" bettelte er.

„Untersteh dich, Anastase", protestierte die Dame entrüstet. „Das sind kleine Taugenichtse."

„Die haben's gut", sagte der Junge schmollend.

Angélique betrachtete ihn teilnahmsvoll. Sie mußte an Florimond und Cantor denken. Auch sie hatte Entenküken ausgebrütet.

Nur mit Mühe hatte sie Florimond überredet, sie nicht zu begleiten. Es war ihr nur dadurch geglückt, daß sie ihm versicherte, sie werde höchstens drei Wochen fortbleiben, bei einigem Glück vielleicht nur zwei. Wenn sie per Postkutsche bis Lyon fuhr, von dort mit dem Marktschiff die Rhone hinunter und sofort nach ihrer Unterredung mit dem Galeerenpriester in ihr Pariser Haus zurückkehrte, würde der Polizei des Königs ihre Abwesenheit aller Voraussicht nach nicht einmal auffallen. „Das wäre der beste Streich, den ich Euch je gespielt hätte, Monsieur Desgray", dachte sie. Mit einigem Herzklopfen vergegenwärtigte sie sich, auf welch abenteuerliche Weise sie Paris verlassen hatte. Florimond hatte ihr nicht die Unwahrheit gesagt. Der unterirdische Gang erwies sich als durchaus begehbar. Das mittelalterliche Gewölbe, von einer Hand instand gesetzt, die im Stollenbau geübt war, würde noch auf lange Zeit hinaus den Einwirkungen der Feuchtigkeit widerstehen. Florimond hatte sie bis zur verlassenen kleinen Kapelle im Wald von Vincennes geführt, die sich im Zustand des Verfalls befand. Angélique nahm sich vor, sie nach ihrer Rückkehr wiederherstellen zu lassen. Wie der alte Pascalou war auch sie jetzt der Meinung, alles müsse im Hinblick auf die Rückkehr des Herrn in gutem Zustand bleiben. Aber warum war er nach so vielen Jahren noch nicht wiedergekommen?

Bewegt hatte sie ihren Sohn in die Arme geschlossen, als es im Walde eben zu tagen begann. Wie beherzt er doch war, und wie stolz durfte sie sein, daß er ein Geheimnis zu wahren verstand! Sie hatte zugeschaut, wie die Falltür sich langsam über seinem Lockenkopf schloß, nachdem er ihr noch einmal verschmitzt zugewinkert hatte. All das bedeutete für ihn ein Spiel, das ihn berauschte und bei dem er sich ungemein wichtig vorkam.

Dann war Angélique, gefolgt von Flipot, der ihre Reisetasche trug, bis zum nächsten Dorf gewandert und in einem gemieteten Bauernwagen nach Nogent gefahren. Dort hatte sie die Postkutsche genommen und war allmählich an ihr Ziel gelangt: nach Marseille. Und nun stand eine zweite Etappe in Aussicht: Kandia. Die Unterredung mit dem Priester hatte ihr eine neue Spur gewiesen – aber eine gar heikle und fragwürdige ...

Das nächste Glied der Kette war also ein arabischer Juwelier, dessen Neffe als letzter Joffrey de Peyrac lebend gesehen hatte. Den Juwelier in Kandia ausfindig zu machen, war nicht das einzige Problem. Würde er bei der Suche nach dem Neffen behilflich sein? Doch Angélique sah in Kandia ein günstiges Omen, da sie das Amt des französischen Konsuls auf jener Mittelmeerinsel käuflich erworben hatte. Freilich wußte sie nicht, in welchem Maß sie aus diesem Titel würde Nutzen ziehen können, da sie in diesem Augenblick einem Gebot des Königs zuwiderhandelte. Aus diesem und vielen anderen Gründen hielt sie es für angebracht, Marseille so rasch wie möglich zu verlassen und insbesondere jede Möglichkeit einer Begegnung mit Leuten ihres Standes auszuschalten.

Flipot kam nicht zurück. Brauchte er denn so lange, um einen Fisch zu braten? Sie hielt nach ihrem kleinen Diener Ausschau und entdeckte ihn im Gespräch mit einem Mann in braunem Überrock, der ihm Fragen zu stellen schien. Flipot wirkte verlegen. Den gebratenen, noch dampfenden Fisch auf der flachen Hand tragend, hüpfte er von einem Bein aufs andere, und sein Mienenspiel ließ eindeutig erkennen, daß er sich jämmerlich verbrannte. Doch der Mann schien nicht gesonnen, ihn gehen zu lassen. Endlich wandte er sich nach einem mißbilligenden

Kopfschütteln ab und tauchte in der Menge unter. Zu ihrem Erstaunen sah Angélique Flipot in die ihr entgegengesetzte Richtung davonlaufen.

Kurz darauf erschien er wieder und schlug die wunderlichsten Haken, als wolle er seine Herrin meiden und dennoch ihre Aufmerksamkeit erregen. Angélique erhob sich und holte ihn in einer dunklen Gasse ein, wo er sich hinter dem Pfeiler eines Hoftors verborgen hatte.

„Was soll das alles bedeuten? Wer war der Mann, der eben mit dir geredet hat?"

„Weiß ich nicht. Zuerst hab' ich mir gar nichts dabei gedacht ... Da ist Euer Fisch, Frau Marquise. Viel ist nicht mehr davon übrig. Hab' ihn ein paarmal fallen lassen, weil ich so geschüttelt worden bin."

„Was hat er dich gefragt?"

„Wer ich bin. Woher ich komme. Bei wem ich in Dienst stehe. Da hab' ich gesagt: ‚Das weiß ich nicht.' – ‚Komm, komm, du wirst mir doch nicht weismachen wollen, daß du den Namen deiner Herrin nicht kennst?' Nur an der Art, wie er hinterrücks geredet hat, hab' ich schließlich gemerkt, mit wem ich's zu tun hatte: mit der Polizei. Ich wiederholte: ‚Nein, ich weiß es wirklich nicht ...' Da hat er aufgehört, den Liebenswürdigen zu spielen. ‚Ist es etwa die Marquise du Plessis-Bellière? ... In welcher Herberge ist sie abgestiegen?' Was hätte ich ihm antworten sollen?"

„Was hast du geantwortet?"

„Ich hab' einfach irgendeinen Namen angegeben, den Namen einer Herberge, das Weiße Roß, die am andern Ende der Stadt liegt."

„Komm rasch."

Während sie die Gassen hinaufeilte, versuchte Angélique zu begreifen. Die Polizei interessierte sich für sie? Weshalb? Hatte etwa Desgray ihr Verschwinden sogleich entdeckt und ihr seine Sbirren nachgeschickt? ... Plötzlich glaubte sie den Sachverhalt zu erfassen. Monsieur de Vivonne hatte sie gestern in der Menge bemerkt, als er vom Schiff heruntergekommen war. Zuerst hatte er dieses ihm bekannte Frauengesicht nicht unterzubringen vermocht, dann hatte er sich ihrer erinnert und seine Diener beauftragt, sie ausfindig zu machen. Aus Neugier? Aus Artigkeit? Um sich beim König beliebt zu machen? ... Jedenfalls lag ihr nichts daran, ihm zu begegnen, aber Vivonnes Interesse war nicht bedenklich. Er war zu häufig auf dem Land, fern von

Versailles, um alle Nuancen der Hofintrigen verfolgen zu können. Vermutlich wollte er Madame du Plessis-Bellière, der zukünftigen Mätresse des Königs, eine Aufmerksamkeit erweisen. Sie beruhigte sich bei diesem Gedanken. Ja, sicher war es so ... Oder war jener Mann vielleicht vom Sträflingspriester geschickt worden, der als einziger wußte, daß sie sich in Marseille aufhielt? Womöglich sollte er ihr einige Auskünfte bezüglich Ali Mektoubs oder Mohammed Rakis übermitteln? ... Aber dann hätte er diesen Freund in die Herberge zum Goldenen Horn geschickt, da er ja wußte, wo sie abgestiegen war ...

In Schweiß gebadet und mit wild pochendem Herzen langte sie in der Herberge an.

„Wie unvernünftig, Euch so abzuhetzen!" rief die Wirtin aus. „Kommt mit mir. Ich habe ein leckeres Ragout mit Auberginen und Tomaten für Euch zubereitet, eine provenzalische Spezialität."

Angéliques wohlgespickte Börse flößte ihr geradezu mütterliche Gefühle für diese alleinreisende junge Frau ein, deren spärliches Reisegepäck sie nicht täuschte. Sie hatte sofort gemerkt, daß es sich um eine vornehme Dame handelte, die es gewohnt war, von einer Dienstbotenschar umgeben zu sein, die aber nicht aufzufallen wünschte. Je nun, die Liebe ...

„Kommt, setzt Euch in das stille Eckchen dort am Fenster", sagte sie. „An diesem kleinen Tisch bleibt Ihr ungestört, und meine Gäste werden Euch nur aus der Ferne zuzwinkern dürfen. Was soll ich Euch zu trinken bringen? Ein Gläschen Rosé aus dem Var?"

Madame Corinnes üppige Formen wurden von einem roten Leinenmieder gebändigt; dazu trug sie einen apfelgrünen Rock und eine bestickte schwarze Schürze. Das pechschwarze, gekräuselte und geölte Haar unter der flachen Haube vermischte sich mit zwei langen Korallengehängen zu beiden Seiten ihres runden Gesichts, dessen Teint erstaunlich weiß und rein war. Sie stellte einen Zinnbecher und einen glasierten irdenen Krug vor Angélique hin.

In diesem Augenblick sah Angélique auf und bemerkte an der Schwelle des kleinen Saals Flipot, der ihr aufgeregt Zeichen machte. Als Madame Corinne sich abwandte, näherte er sich flink seiner Herrin und flüsterte:

„Er kommt! ... Der Böse! ... Das Ekel! ... Der Böseste von allen."

Sie warf einen Blick nach dem Fenster. Gemächlichen Schrittes, in einen Überrock aus violetter Seide gezwängt, einen Spazierstock mit silbernem Knauf in der Hand, schlenderte Maître François Desgray die Gasse herauf und auf die Herberge zu.

Siebentes Kapitel

Angéliques erste Reaktion war, ihren Stuhl zurückzustoßen, mit einem Satz die beiden Stufen zu nehmen, die sie vom großen Wirtsraum trennten, und, diesen wie der Blitz durchquerend, zur Holztreppe zu stürzen, die in die oberen Stockwerke führte. Flipot folgte ihr.

Die Marseillerin rang die Hände.

„Madame, was ist denn? Und Euer Ragout?"

„Kommt", rief Angélique ihr zu, „kommt rasch mit mir in mein Zimmer. Ich muß mit Euch reden."

Ihr Gesichtsausdruck und ihre Stimme waren so gebieterisch, daß die Wirtin ihr nacheilte, ohne im Augenblick nähere Erklärungen zu fordern.

Angélique drängte sie ins Zimmer. Sie hielt ihr Handgelenk umklammert und bohrte ihre Nägel in die Fettpolster.

„Hört zu! Gleich wird ein Mann die Herberge betreten. Er trägt einen violetten Überrock und einen Stock mit silbernem Knauf."

„Vielleicht ist es der, der Euch heute vormittag eine Botschaft geschickt hat."

„Wie meint Ihr das?"

Madame Corinne griff in ihr Mieder und holte einen Brief aus grobem Pergament hervor.

„Ein Junge war da, um Euch das zu übergeben, kurz bevor Ihr zurückkamt."

Angélique entriß ihr das Schreiben und entfaltete es. Es war eine Nachricht Pater Antoines. Er teilte ihr mit, der frühere Advokat Desgray, dem in Paris im Jahre 1666 zu begegnen er die Ehre gehabt habe, sei bei ihm gewesen. Er habe keine Notwendigkeit gesehen, ihm die Anwesenheit von Madame du Plessis-Bellière in Marseille noch ihre Adresse zu verheimlichen. Immerhin wolle er sie davon in Kenntnis setzen.

Die junge Frau zerknüllte den jetzt nutzlosen Brief. „Das Schreiben ist für mich nicht mehr von Interesse. Hört genau zu, Madame Corinne. Wenn der besagte Mann sich nach mir erkundigt, sagt Ihr ihm, Ihr kennt mich nicht, habt mich nie gesehen. Sobald er gegangen ist, laßt es mich wissen. Hier, das ist für Euch."

Sie drückte ihr drei Goldstücke in die Hand. Viel zu sehr beeindruckt, um eine andere Antwort zu finden, zwinkerte Madame Corinne ihr verständnisinnig zu und trat mit der verstohlenen Umsichtigkeit eines Verschwörers auf den Flur hinaus.

An ihren Fingern nagend, lief Angélique fieberhaft auf und ab. Flipot beobachtete sie besorgt.

„Pack meine Sachen", sagte sie zu ihm. „Schließ meine Reisetasche. Halte dich bereit."

Desgray hatte rasch gehandelt. Aber sie würde sich nicht wieder einfangen und vor den König schleppen lassen, gefesselt wie eine Sklavin. Jetzt konnte nur noch das Meer sie retten.

Es dunkelte, und wie am Abend zuvor begannen in den Gassen Gitarren und weiche provenzalische Stimmen von der Liebe zu singen.

Angélique würde Desgray und dem König entwischen. Das Meer würde sie entführen . . .

Schließlich blieb sie regungslos in der Fensternische stehen und lauschte auf die Geräusche im Hause.

Es klopfte leise.

„Ihr habt ja kein Licht gemacht", flüsterte die behäbige Frau, während sie ins Zimmer schlüpfte.

Sie schlug Feuer und zündete die Lampe an.

„Er ist immer noch da", fuhr sie fort. „Er läßt nicht locker. Oh, das ist ein gar höflicher, feiner Mann, und er hat eine Art, einen anzuschauen . . .! Aber ich lasse mich nicht weich machen, da könnt Ihr beruhigt sein. ‚Als ob ich nicht wüßte, wen ich in meinem Haus beherberge', hab' ich zu ihm gesagt. ‚Eine Dame wie Ihr sie mir beschreibt, die hätt' ich doch bemerkt, wenn sie bei mir wäre! Grüne Augen, die und die Haare und so weiter . . . Ich sage Euch doch, daß ich nicht mal

71

ihre Nasenspitze gesehen habe ...' Schließlich hat er mir geglaubt, oder wenigstens so getan. Er hat ein Abendessen verlangt. Was ihn neugierig zu machen schien, war der kleine Raum, wo ich für Euch gedeckt hatte. Es sah so aus, als schnuppere er nach etwas mit seiner langen Nase."

Nach meinem Parfüm, dachte Angélique. Desgray hatte ihr Parfüm wiederzuerkennen vermocht, jene Mischung aus Verbene und Rosmarin, die in der Retorte einer bekannten Parfümerie des Faubourg Saint-Honoré eigens für sie hergestellt wurde. Und Desgray hatte es ja auf ihrer Haut eingeatmet, auf diesem Körper, den zu küssen und zu umschlingen sie ihm erlaubt hatte. Ach, verwünscht sei das Leben, das einen an dergleichen Menschen ausliefert!

„Und dazu ein Satansauge", fuhr die Wirtin eifrig fort. „Gleich hat er die Goldstücke erspäht, die Ihr mir gegeben hattet und die ich noch in der hohlen Hand hielt. ,Oh! Oh! Ihr habt freigebige Gäste, Gevatterin ...' Mir war ziemlich unbehaglich zumute. Ist es Euer Gatte, dieser Mann, Madame?"

„Nein", protestierte Angélique erschauernd.

Die Marseillerin schüttelte ein paarmal mißbilligend den Kopf. „Ich verstehe schon, worum es sich handelt", sagte sie. Dann lauschte sie gespannt.

„Wer kommt denn da? Das ist keiner meiner Gäste. Ich kenne den Schritt eines jeden."

Sie öffnete die Tür ein wenig, um sie sofort hastig wieder zu schließen.

„Er ist im Flur ... Er macht die Türen der Zimmer auf."

Die Fäuste in die Hüften gestemmt, entrüstete sie sich:

„So eine Frechheit! Der soll mich kennenlernen, dieser Herumspionierer."

Dann besann sie sich eines anderen.

„Jawohl! Und danach geht die Geschichte womöglich schief. Ich kenne sie, die Leute von der Polizei. Man kann ihnen eine ganze Weile standhalten, aber früher oder später kommt unweigerlich der Augenblick, wo man anfängt, in sein Taschentuch zu schluchzen und zu flennen."

Angélique hatte ihre Reisetasche ergriffen.

„Madame Corinne, ich muß hier heraus ... unbedingt ... Ich habe nichts Unrechtes begangen."

Sie hielt ihr eine Börse voller Goldstücke hin.

„Geht hier hinaus", flüsterte die Wirtin.

Sie drängte Angélique auf den kleinen Balkon und schob eines der Gitter zur Seite.

„Springt! Springt! Ja, auf das Nachbardach. Schaut nicht hinunter. So. Jetzt findet Ihr links eine Leiter. Wenn Ihr im Hof seid, klopft. Sagt Mario dem Sizilianer, daß ich Euch schicke und daß er Euch zu Santi dem Korsen bringen soll. Nein, es ist nicht sehr weit. Bis zu Juanito, dann ins Levantinerviertel ... Ich werde mich mit diesem Neugierigen befassen, damit Ihr Zeit gewinnt."

Sie fügte ein paar Wünsche auf provenzalisch hinzu, bekreuzigte sich und kehrte rasch ins Zimmer zurück.

Es war eine Flucht, die einem Katz-und-Maus- oder einem Versteckspiel glich. Ohne sich Zeit zum Atemholen zu nehmen, liefen Angélique und Flipot durch Türen, die in den Himmel zu führen schienen, tauchten in Schächte, die sich in Gärten öffneten, durchquerten Häuser, in denen Familien friedlich bei der Mahlzeit saßen, ohne bei ihrem Passieren vom Teller aufzuschauen, stiegen Treppen hinunter, tauchten aus einem römischen Aquädukt hervor, kletterten über die Reste eines griechischen Tempels, wanden sich zwischen Hunderten flatternder Hemden hindurch, die an quer über Gäßchen gezogenen Seilen trockneten, glitten auf Melonenschalen, auf Fischresten aus, wurden in allen Sprachen der Welt angerufen und erreichten endlich, unter Führung eines Spaniers, keuchend das levantinische Viertel. Hier sei man sehr weit ab von allem, was der Herberge zum Goldenen Horn vergleichbar wäre, meinte er. Ob die Dame denn noch weiter wolle? Der Spanier sah sie forschend an.

Sie wischte sich mit ihrem Taschentuch die Stirn. Der rötliche Schein der zögernd einfallenden Dämmerung stritt im Westen mit den Lichtern der Stadt. Eine monotone Musik in seltsamem Rhythmus drang durch die geschlossenen Türen und Jalousien, die die Kaffeehäuser verbargen. Dort wurden den arabischen oder türkischen Lastträgern und Händlern weiche Diwans geboten, die Nargileh und das schwarze Getränk, das man an den Ufern des Bosporus aus kleinen silbernen Tassen trinkt. Ein unbekannter Duft vermischte sich mit dem durchdringenden Geruch nach Gebratenem und Knoblauch.

„Ich will zur Admiralität", sagte Angélique, „zu Monsieur de Vivonne. Könnt Ihr mich dorthin bringen?"

Der Spanier schüttelte sein ebenholzfarbenes Haar und den goldenen Ring, den er am rechten Ohr trug. Das Admiralitätsviertel hielt er offenbar für noch gefährlicher als das übelriechende Labyrinth, durch das er Angélique geführt hatte. Da sie indessen ihm gegenüber freigebig gewesen war, beschrieb er ihr ausführlich den einzuschlagenden Weg.

„Hast du's verstanden?" fragte sie Flipot.

Der Junge schüttelte den Kopf. Er ängstigte sich zu Tode. Ihm waren die Gesetze dieser buntscheckigen Gaunerzunft nicht bekannt, die in Marseille regierte und der, wie er ahnte, das Messer locker im Gürtel saß. Wenn seine Herrin angegriffen wurde, wie sollte er sie beschützen?

„Hab keine Angst", sagte sie.

Die alte Phokäerstadt erschien ihr nicht feindselig. Hier konnte Desgray nicht willkürlich schalten und walten wie im Herzen von Paris.

Es war inzwischen dunkel geworden, doch der durchsichtige Nachthimmel warf einen bläulichen Schein über die Stadt, und zuweilen ahnte man die Umrisse antiker Trümmer, eine geborstene Säule, einen römischen Bogen, Ruinen, zwischen denen halbnackte Knaben geräuschlos wie Katzen spielten.

Endlich tauchte das vornehme, hell erleuchtete Gebäude auf. Unaufhörlich fuhren Mietkutschen und Karossen vor, und aus den geöffneten Fenstern drangen Lauten- und Violenklänge.

Angélique blieb unschlüssig stehen. Sie zog die Falten ihres Kleides zurecht und fand, daß sie nicht eben besuchsfähig aussah. Eine vierschrötige Gestalt löste sich von einer Gruppe.

Der Mann kam geradenwegs auf sie zu, als ob er sie erwartet habe. Sie sah ihn im Gegenlicht, so daß sie sein Gesicht nicht erkennen konnte. Vor ihr angelangt, betrachtete er sie prüfend, dann zog er seinen Hut.

„Madame du Plessis-Bellière, nicht wahr? Ja, ohne Zweifel. Erlaubt, daß ich mich vorstelle: Carroulet, Polizeibeamter in Marseille. Ich bin ein guter Freund von Monsieur de La Reynie, der mich brieflich gebeten hat, Euch während Eures Aufenthalts in dieser Stadt behilflich zu sein . . ."

Angélique fixierte ihn standhaft. Er hatte ein harmlos-gutmütiges Gesicht mit einer dicken Warze im Nasenwinkel. Seine Stimme war überaus salbungsvoll.

„Ich habe auch seinen Stellvertreter, Monsieur Desgray, gesprochen, der gestern früh angekommen ist. In der Annahme, daß Ihr die Absicht haben würdet, den Herzog von Vivonne zu begrüßen, der, wie er weiß, zu Euren Freunden zählt, hat er mich beauftragt, Euch vor seinem Palais zu erwarten, damit keinerlei bedauerliche Mißverständnisse . . ."

Mit einem Schlag verwandelte sich Angéliques Angst in Wut. Desgray hetzte also sämtliche Polizisten von Marseille auf sie, sogar den Sieur Carroulet, den Polizeipräfekten, berüchtigt wegen seiner Brutalität, die er hinter liebenswürdigen Umgangsformen verbarg.

Sie sagte brüsk:

„Ich verstehe absolut nicht, was Ihr mir da erzählt, Monsieur."

„Je nun, Madame, die Beschreibung, die man mir von Euch gemacht hat, ist ziemlich eindeutig", meinte er nachsichtig.

Eine Kutsche rollte auf sie zu. Carroulet wich zur Seite. Angélique hingegen warf sich buchstäblich unter die Pferdehufe und nutzte den Augenblick, in dem der Kutscher erschrocken das Gespann zurückriß, um sich unter die Gruppen zu mischen, die das Palais des Herzogs von Vivonne betraten. Lakaien mit Fackeln beleuchteten die zur Vorhalle führenden Treppen. Festen Schrittes stieg sie zwischen den Gästen hinauf.

Flipot folgte ihr auf den Fersen mit der Reisetasche.

Diskret wie eine Dame, die spürt, daß sich ihr Strumpfband gelöst hat, zog sich Angélique in einen dunklen Winkel des großen Treppenhauses zurück.

„Geh und versteck dich irgendwo im Gesindeflügel, aber laß dich nicht erwischen", sagte sie zu dem kleinen Bedienten. „Wir treffen uns morgen früh am Hafen bei der königlichen Galeere. Versuch zu erfahren, wann sie abfährt. Wenn du nicht da bist, reise ich ohne dich. Hier hast du Geld."

Sie trat aus ihrem Versteck hervor und stieg mit dem gleichen bestimmten Schritt wie zuvor eine Treppe hinauf, die zu den oberen Stockwerken führte. Diese waren verlassen, denn die Dienerschaft drängte sich in den Salons des Erdgeschosses und in den Höfen.

Kaum hatte sie den ersten Treppenabsatz erreicht, als sich der Polizeibeamte, den sie gerade losgeworden war, gleichfalls in der Vorhalle einfand. Angéliques Neugier war größer als ihre Angst, und über die Balustrade gebeugt, beobachtete sie ihn, überzeugt, daß er sie nicht erkennen könne, da sie sich im Dunkeln befand. Der Sieur Carroulet schaute unzufrieden drein. Er wandte sich an einen Bedienten, dem er eine Reihe von Fragen stellte. Der Mann schüttelte mehrmals verneinend den Kopf. Dann entfernte er sich jedoch, und kurz darauf erschien der Herzog von Vivonne, noch über irgendeinen Scherz lachend. Der Polizeipräfekt grüßte verlegen. Der Admiral der königlichen Flotte war eine angesehene Persönlichkeit. Er erfreute sich des Wohlwollens Seiner Majestät, und jedermann wußte, daß seine Schwester die derzeitige Mätresse des Königs war. Und da er überdies als ein höchst reizbarer Herr galt, mußte man sich bei ihm vorsehen.

„Was erzählt Ihr mir da?" rief Vivonne mit seiner Stentorstimme. „Madame du Plessis-Bellière ... unter meinen Gästen? Sucht sie im Bett des Königs, wenn ich den jüngst aus Versailles zu mir gedrungenen Gerüchten Glauben schenken darf ..."

Der Sieur Carroulet schien nicht locker zu lassen. Vivonne wurde ungeduldig.

„Eure Geschichte hat weder Hand noch Fuß! ... Sie war da, sagt Ihr, und mit einemmal ist sie nicht mehr da ... Ihr habt wohl Halluzinationen ... Ihr solltet Euch purgieren lassen."

Der Polizeibeamte zog mit hängenden Ohren ab.

Vivonne sah ihm achselzuckend nach. Einer seiner Freunde trat auf ihn zu und erkundigte sich offenbar nach dem Zwischenfall, denn Angélique hörte den jungen Admiral in ärgerlichem Ton erwidern:

„Dieser ungeschliffene Mensch hat behauptet, ich empfinge in meinen Salons die schöne Angélique, die neueste Leidenschaft des Königs."

„Madame du Plessis-Bellière?"

„Keine andere! Gott bewahre mich davor, diese intrigante Dirne unter meinem Dach zu haben!... Meine Schwester ärgert sich zu Tode über allen Schimpf, den diese Dame ihr antut ... Sie schreibt mir verzweifelte Briefe. Wenn die Sirene mit den grünen Augen ihr Ziel erreicht, kann Athénaïs die Segel streichen, und den Mortemart steht eine böse Zeit bevor."

„Sollte diese schöne Person, von der wir alle träumen, tatsächlich in Marseille sein? Ich brenne schon lange darauf, sie kennenzulernen."

„Ihr brennt umsonst. Sie ist eine grausame Kokotte. Die Verehrer, die ihr nachlaufen, können ein Lied davon singen. Sie gehört nicht zu denen, die sich auf unnützes Liebesgetändel einlassen, wenn sie sich ein Ziel gesteckt hat. Und dieses Ziel ist der König ... Eine Intrigantin, sage ich Euch ... In ihrem letzten Brief berichtete mir meine Schwester ..."

Die Unterhaltung wurde unverständlich, da die beiden Männer sich entfernten und in die Salons zurückkehrten.

„Das sollst du mir büßen, mein Lieber", sagte sich Angélique im stillen, empört über Vivonnes Äußerungen.

Sie betrat einen düsteren Flur, der sich durch die ganze Etage zu ziehen schien, und nachdem sie sich eine Weile an den Wänden entlanggetastet hatte, fand sie eine Tür, deren Knauf sie behutsam drehte. Das Zimmer war verlassen, kein Licht brannte in ihm, nur durch das offene Fenster drang ein schwacher Schein herein. Erschöpft sank Angélique auf einen weichgepolsterten orientalischen Diwan, der mit Decken und Kissen belegt war. Ein gongartiges Geräusch ertönte, denn sie war mit dem Fuß gegen eine auf der Erde stehende kupferne Schale gestoßen. Sie lauschte ängstlich, dann fand sie schließlich einen Leuchter, mit dessen Hilfe sie die Örtlichkeit auskundschaften konnte. Das Appartement – ein Boudoir, ein Schlafzimmer und ein anstoßender Waschraum – war augenscheinlich das des Herzogs von Vivonne: die Wohnung eines Seemannes, der sich an Land der Frauengunst erfreut. Binnen kurzem hatte Angélique in dem Wirrwarr von Fernrohren, Landkarten und Uniformen einen Spind entdeckt, der eine eindrucksvolle Sammlung von Damenkleidern und duftigen Negligés enthielt.

Angélique wählte eines aus weißem, mit Stickereien verziertem chinesischem Musselin. Sie wusch sich in einem Becken, das man für den

Herrn des Hauses und seine Mätresse mit Lavendelwasser gefüllt hatte, und bürstete sich das staubige Haar. Mit einem Seufzer des Wohlbehagens hüllte sie sich schließlich in das schmiegsame Kleidungsstück. Barfüßig kehrte sie über die dicken türkischen Teppiche ins Boudoir zurück, taumelnd vor Müdigkeit. Eine Weile lauschte sie noch auf die gedämpften Geräusche im Palais, dann sank sie auf den Diwan. Was kümmerten sie die Zukunft und alle Polizeibeamten der Welt! Sie wollte schlafen.

„Oh!"

Der schrille Schrei weckte Angélique. Sie richtete sich auf und legte, vom Licht geblendet, die Hand über die Augen.

„Oh!"

Die junge brünette Frau, deren Gesicht mit Schminkpflästerchen besät war, stand wie angewurzelt vor ihrem Lager, die verkörperte Verblüffung und Entrüstung. Plötzlich wandte sie sich um und verabfolgte jemand eine gepfefferte Ohrfeige.

„Unmensch! Das also ist die angekündigte Überraschung ... Meinen Glückwunsch! Sie ist gelungen. Diese unerhörte Kränkung werde ich Euch nie vergessen. Ich will nichts mehr von Euch wissen!"

Worauf sie unter heftigem Fächerwedeln hinausrauschte. Sich die Wange reibend, starrte der Herzog von Vivonne abwechselnd auf die Tür, auf Angélique und auf seinen Diener, der zwei Leuchter trug.

Der Diener faßte sich zuerst. Er stellte die Leuchter auf die Konsole, verneigte sich vor seinem Herrn und obenhin vor Angélique, dann machte er sich, leise die Tür schließend, heimlich davon.

„Monsieur de Vivonne ... es ist mir äußerst peinlich", murmelte Angélique mit einem gezwungenen Lächeln.

Beim Klang ihrer Stimme schien er endlich zu erfassen, daß er es mit einem Menschen aus Fleisch und Blut zu tun hatte und nicht mit einem Gespenst.

„Es stimmte also, was mir dieser Dummkopf vorhin erzählt hat ... Ihr wart in Marseille ... Ihr wart unter meinem Dach ... Konnte ich es ahnen? Warum habt Ihr Euch nicht gemeldet?"

„Ich wollte nicht erkannt werden. Mehr als einmal wäre ich um ein Haar festgenommen worden."

Der junge Mann fuhr sich über die Stirn. Er ging zu einem kleinen Ebenholzsekretär, klappte die Platte herunter, um eine Karaffe und ein Glas hervorzuholen.

„So hat Madame du Plessis-Bellière also die gesamte Polizei des Königreichs auf den Fersen! . . . Habt Ihr jemand umgebracht?"

„Nein! Schlimmer! . . . Ich habe mich geweigert, mit dem König zu schlafen."

Die Brauen des Höflings hoben sich in Verwunderung.

„Weshalb?"

„Aus freundschaftlichen Gefühlen für Eure liebe Schwester, Madame de Montespan."

Die Karaffe in der Hand, starrte Vivonne sie sprachlos an. Dann entspannte sich sein Gesicht, und er lachte lauthals. Er füllte sein Glas und setzte sich neben sie.

„Ich glaube fast, Ihr haltet mich zum besten."

„Ein bißchen . . . Aber nicht so sehr, wie Ihr denkt."

Sie lächelte noch immer verschüchtert und blinzelte ihn aus leicht verschlafenen Augen an.

„Ich fühlte mich so müde", seufzte sie. „Ich bin stundenlang durch diese Stadt gewandert und hatte mich verirrt . . . Dies hier empfand ich als eine Zuflucht. Vergebt mir. Ich gebe zu, daß ich sehr indiskret war. Ich habe mich in Eurem Badezimmer gesäubert und diesen Frisiermantel aus Eurem Kleiderschrank genommen."

Sie deutete auf den um ihren Körper geschlungenen Musselin. Unter dem duftigen Weiß verriet ein rosiger Schein die Linie der Hüften und Schenkel.

Vivonne betrachtete den Frisiermantel und wandte die Augen ab. In einem Zuge trank er sein Glas Branntwein aus.

„Eine verdammt üble Geschichte!" brummte er. „Der König wird nach Euch fahnden lassen, und mir wird man vorwerfen, Euer Komplice zu sein."

„Monsieur de Vivonne", protestierte Angélique, in Harnisch geratend, „seid Ihr wirklich so töricht? Ich glaubte, Ihr wärt auf das Glück Eurer Schwester bedacht . . . von dem auch das Eure ein wenig abhängt. Wollt Ihr wahrhaftig, daß ich dem König in die Arme sinke und daß Athénaïs seine Gunst verliert?"

„Natürlich nicht", stammelte der arme, dieser ungewöhnlichen Situation sichtlich nicht gewachsene Vivonne, „aber ich möchte auch nicht das Mißfallen Seiner Majestät erregen . . . Es steht Euch frei, ihm Eure Gunst zu verweigern. Aber warum seid Ihr in Marseille . . . und bei mir?"

Sanft legte sie ihre Hand auf die seine.

„Weil ich nach Kandia möchte."

„Wie bitte?"

Er fuhr hoch, als habe ihn eine Wespe gestochen.

„Ihr fahrt morgen ab, nicht wahr?" bohrte Angélique. „Nehmt mich mit."

„Es wird immer toller! Ich glaube, Ihr verliert den Verstand. Nach Kandia! Wißt Ihr überhaupt, wo das liegt?"

„Und Ihr? Wißt Ihr überhaupt, daß ich Konsul von Kandia bin? Ich habe dort wichtige Geschäfte, und es erschien mir im Augenblick angebracht, sie persönlich zu überwachen. Mittlerweile hat der König genügend Zeit, sich zu beruhigen. Ist das nicht eine glänzende Idee?"

„Das ist eine Gewissenlosigkeit! . . . Kandia!"

Er hob die Augen gen Himmel und verzichtete darauf, ihr ihre Unbesonnenheit zu Bewußtsein zu bringen.

„Ja, ja, ich weiß schon", sagte Angélique. „Der Harem des Sultans, die Berber, die Seepiraten und so weiter . . . Aber bei Euch habe ich nichts zu befürchten. Was kann mir unter dem Schutz der königlichen Galeere passieren?"

„Madame", erklärte Vivonne feierlich, „ich habe Euch stets unendliche Hochachtung entgegengebracht . . ."

„Zuviel vielleicht", ließ sie mit einem betörenden Lächeln einfließen.

Die Unterbrechung entwaffnete den jungen Admiral, der eine ganze Weile stammelte, bis er den Faden seiner Rede wiederfand.

„Nun ja . . . hm . . . Wie dem auch sei, ich habe Euch immer für eine kluge, vernünftige Frau gehalten. Aber zu meiner großen Enttäuschung muß ich feststellen, daß Ihr kaum mehr Verstand habt als jene jungen Dinger, die reden, bevor sie handeln, und handeln, bevor sie denken."

„So wie die hübsche Brünette, die uns vorhin verlassen hat. Ich hätte mich gern mit Eurer reizenden Mätresse ausgesprochen. Wütend wie sie ist, wird sie die Kunde verbreiten, daß ich hier bin."

„Sie weiß Euren Namen nicht."

„Es wird ihr ein leichtes sein, mich zu beschreiben, und danach werden mich die Lästigen wiedererkennen. Nehmt mich mit nach Kandia."

Dem Herzog von Vivonne war die Kehle trocken geworden. Angéliques Augen verursachten ihm ein Schwindelgefühl. Eilig strebte er seinem Sekretär zu, um sich ein zweites Glas einzuschenken.

„Niemals!" sagte er schließlich. „Ich bin ein besonnener Mensch ... Wenn ich mich zum Komplicen Eurer Flucht machte – was früher oder später herauskommen müßte –, würde ich den Zorn des Königs auf mich laden."

„Und die Dankbarkeit Eurer Schwester?"

„Ich falle unweigerlich in Ungnade."

„Ihr unterschätzt Athénaïs' Macht, mein Lieber. Dabei kennt Ihr sie besser als ich. Sie bleibt allein auf weiter Flur für den König zurück, den sie durch tausend Kleinigkeiten an sich zu fesseln verstanden hat. Haltet Ihr sie nicht für stark und geschickt genug, ihre Überlegenheit zurückzugewinnen und wiederherzustellen, was ich, wie ich zugebe, in der letzten Zeit ein wenig beeinträchtigt haben mag?"

Stirnrunzelnd bemühte sich Vivonne, nachzudenken.

„Das schon", sagte er.

Und er schien sich die blendende Erscheinung der Mortemart zu vergegenwärtigen, das Echo ihres schallenden Lachens und ihrer unnachahmlichen Stimme zu vernehmen, denn sein Gesicht heiterte sich auf.

„Das schon", wiederholte er. „Man kann sich auf sie verlassen."

Er schüttelte mehrmals den Kopf.

„Aber Ihr", meinte er, „Ihr, Madame ..."

Er beobachtete sie verstohlen. Jeder seiner scheuen Blicke machte ihr deutlich, daß er sich ihrer Gegenwart in seinem Hause, zu solcher Stunde, bewußt wurde, der Gegenwart einer Frau, die eine der Zierden von Versailles gewesen war, vom König begehrt. Mit einer gewissen Verwunderung stellte er ihre Vollkommenheit fest, als sähe er sie zum erstenmal. Ja, es war schon so. Sie besaß eine unvergleichliche Haut, goldglänzender als die der meisten Blondinen, ihre Augen waren grün und von einer klaren Helligkeit, die sich von dem intensiven Schwarz der Pupille scharf abhob. In Versailles war sie ihm in ihren Hofkleidern wie ein Idol erschienen, das die Montespan vor Wut erblassen ließ.

In diesem Negligé mit den schmiegsamen Falten wirkte sie beängstigend weiblich und lebendig. Zum erstenmal in seinem Leben dachte er mitleidig an den König: Wenn sie sich ihm tatsächlich verweigert hatte . . .

Angélique tat nichts, um das lastende Schweigen zwischen ihnen abzukürzen. Sie genoß das seltene Vergnügen, einen Mortemart im ungewissen zu lassen. An Temperament und Reizbarkeit schien es den Mitgliedern dieser Familie nicht zu mangeln. Man konnte sie nur hassen oder vergöttern, bis hinauf zur Ältesten, der Äbtissin von Fontevrault, die hinter ihren dunklen Schleiern von madonnenhafter Schönheit war, den König faszinierte und die Höflinge bezauberte. Nichtsdestoweniger besaß sie einen feurigen Geist, sie las sämtliche Kirchenväter auf lateinisch und führte ihr Kloster und ihre unterjochten Nonnen auf den Pfad der höchsten Tugend. Vivonne ähnelte seinen sowohl an Vorzügen wie an Mängeln reichen Schwestern. Er war grillenhaft und ungezwungen, gebärdete sich bald abweisend, bald überaus liebenswürdig, einmal närrisch, ein andermal genialisch . . . Letzten Endes imponierte er, und ebenso wie sich Angélique anfangs auf Grund einer gewissen freundschaftlichen Art magnetisch zu Athénaïs hingezogen gefühlt hatte, hatte sie von jeher für den Herzog von Vivonne eine amüsierte Vorliebe gehegt. Gemessen an den übrigen Edelleuten, die sich an die Fersen des Monarchen hefteten und von seinen Zuwendungen lebten, schien er ihr aus kostbarerem Holz geschnitzt.

Sie betrachtete ihn noch immer mit dem gleichen heimlichen Lächeln um die Lippen, das ihn entwaffnete, und mußte sich eingestehen, daß sie im Grunde diese schrecklich lüsternen, verrückten und schönen Mortemarts liebte. Langsam hob sie einen Arm, um ihn unter ihren zurückgebeugten Kopf zu schieben, und warf dem jungen Mann einen spöttischen Blick zu.

„Und ich?" wiederholte sie.

„Ja, Ihr, Madame! Ihr seid eine seltsame Frau! Habt Ihr etwa nicht zugegeben, daß Ihr darauf aus gewesen seid, meine Schwester zu verdrängen? Und jetzt stellt Ihr Euch mit einemmal in den Schatten, wollt

sie plötzlich die Partie gewinnen lassen . . . Welches Ziel verfolgt Ihr?
Was kann Euch diese Komödie einbringen?"

„Nichts. Allenfalls Unannehmlichkeiten."

„Also?"

„Steht mir nicht wie jeder Frau das Recht zu, meine Launen zu haben?"

„Gewiß! . . . Aber sucht Euch passende Opfer dafür aus. Beim König
könnte es zu unerfreulichen Folgen führen."

Angélique verzog das Gesicht.

„Du lieber Himmel! Was kann ich dafür, wenn ich für jene allzu verschlossenen, empfindlichen Männer nichts übrig habe, die kaum je einmal lachen und in intimen Stunden einen Mangel an Raffinement offenbaren, der an Grobheit grenzt?"

„Wen meint Ihr damit?"

„Den König."

„Nun, Ihr erkühnt Euch, ihn auf eine Weise zu beurteilen, die . . ."

Vivonne war höchst ungehalten.

„Mein Lieber, wenn es sich um Alkovenangelegenheiten handelt,
müßt Ihr uns das Recht zubilligen, als Frau zu urteilen und nicht als
Untertanin."

„Keine jener Damen denkt wie Ihr – glücklicherweise."

„Es steht ihnen frei, zu dulden und sich zu langweilen. Ich für mein
Teil finde auf diesem Gebiet alles verzeihlich, nur das nicht. Titel, Ansehen, Ehrenämter sind mir nie gewichtig genug erschienen, um eine
solche Art der Unterwerfung und des Zwanges zu kompensieren. Ich
überlasse Athénaïs mit Vergnügen die einen wie die andern."

„Ihr seid . . . schrecklich!"

„Was wollt Ihr, ich kann nichts dafür, daß mir von jeher die munteren, temperamentvollen jungen Männer lieber waren . . . wie Ihr,
beispielsweise. Jene galanten Edelleute, denen die Zeit nicht zu schade
ist, um sich mit den Frauen zu befassen. Nicht die Eiligen, die schnurstracks aufs Ganze gehen. Ich liebe diejenigen, die die Blumen am
Wege zu plündern verstehen."

Der Herzog von Vivonne wandte die Augen ab und brummte vor
sich hin. „Ich weiß schon, wie die Sache ist. Ihr habt einen Liebhaber,
der in Kandia auf Euch wartet, einen kleinen Marineoffizier mit hüb-

83

schem Schnurrbart, der nichts Besseres zu tun weiß, als Mädchen zu verführen."

„Da irrt Ihr Euch gewaltig. Ich bin noch nie in Kandia gewesen, und niemand erwartet mich dort."

„Warum wollt Ihr dann nach dieser Pirateninsel reisen?"

„Das sagte ich Euch bereits. Ich habe dort Geschäfte zu erledigen. Und außerdem gibt diese Reise dem König die Möglichkeit, mich zu vergessen."

„Er wird Euch nicht vergessen! Bildet Ihr Euch ein, Ihr gehört zu jenen Frauen, die man leicht vergißt?" fragte Vivonne, der merkwürdig beklommen wirkte.

„Ich versichere Euch, er wird mich vergessen. Aus den Augen, aus dem Sinn. Seid Ihr Männer nicht alle so? Er wird mit Leichtigkeit zu seiner Montespan zurückfinden, seinem zuverlässigen und unerschöpflichen Sinnenschmaus, und froh sein, bei ihr stets . . . einen gedeckten Tisch vorzufinden. Er ist weder ein komplizierter noch ein empfindsamer Mensch."

Der Herzog von Vivonne mußte lachen.

„Wie bösartig seid Ihr Frauen doch untereinander!"

„Glaubt mir, der König wird Euch Dank wissen, wenn er erfährt, daß Ihr ihm behilflich gewesen seid, sich eine hoffnungslose Leidenschaft aus dem Sinn zu schlagen. Er braucht sich dann auch nicht als Tyrann zu gebärden und mich nach meiner Rückkehr einsperren zu lassen. Bis dahin ist Gras über die Sache gewachsen. Er wird selber über seinen Zorn lachen, und Athénaïs wird es zu schätzen wissen, daß Ihr sie von der Nebenbuhlerin befreit habt."

„Und wenn der König Euch nicht vergißt?"

„Nun, dann ist immer noch Zeit, sich etwas auszudenken. Vielleicht bin ich auch in mich gegangen, habe meinen Irrtum eingesehen. Die Beständigkeit des Königs wird mich rühren. Ich werde in seine Arme sinken, seine Favoritin werden, und . . . auch Euch nicht vergessen. Ihr seht also, wenn Ihr mir Eure Hilfe gewährt, sorgt Ihr zugleich für Eure Zukunft und heimst womöglich doppelten Gewinn ein."

Sie hatte die letzten Worte in einem leicht verächtlichen Ton ausgesprochen, der den Edelmann reizte. Er errötete bis zu den Haarwurzeln und protestierte hochmütig.

„Haltet Ihr mich für eine Memme, einen Speichellecker?"

„Das habe ich nie getan."

„Laßt Euch sagen, daß ich imstande bin, Sch . . . zum König zu sagen, genau wie zu Euch."

„Daran zweifle ich nicht."

„Aber darum geht es nicht", fuhr der junge Admiral in strengem Ton fort. „Ihr vergeßt offenbar, Madame, daß ich Geschwaderkommandant bin und daß der Auftrag, um dessentwillen die königliche Flotte morgen in See sticht, ein militärischer, also gefahrvoller ist. Außerdem hat mir der König für diese Gebiete des Mittelmeers polizeiliche Funktionen übertragen, und ich habe strikte Weisung, keine Fahrgäste, und schon gar keine weiblichen, mitzunehmen."

„Monsieur de Vivonne . . ."

„Nein!" donnerte er. „Laßt Euch gesagt sein, daß ich Herr an Bord bin und daß ich weiß, was ich zu tun habe. Eine Kreuzfahrt auf dem Mittelmeer ist keine Spazierfahrt auf dem Großen Kanal von Versailles. Ich bin mir der Bedeutung der mir übertragenen Aufgabe bewußt und versichere Euch, daß der König an meiner Stelle genauso reden und handeln würde, wie ich es tue."

„Meint Ihr? . . . Ich hingegen bin überzeugt, daß der König zu dem, was ich Euch anbiete, nicht nein sagen würde."

Sie sagte das in einem so ernsthaften Ton, daß Vivonne abermals die Farbe wechselte und seine Schläfen heftig zu pochen begannen. Er sah sie verstört, fragend an. Eine ganze Weile schien ihm, als habe sich alles Leben in das sanfte Auf und Ab dieses Busens unter dem Spitzenausschnitt geflüchtet.

Er war wie gelähmt vor Verblüffung. Madame du Plessis galt als stolz, zugeknöpft und nannte sich selbst kapriziös. Durch und durch Höfling, war es ihm nicht in den Sinn gekommen, man könnte ihm anbieten, was man dem König verweigerte.

Er hatte plötzlich ein trockenes Gefühl in der Kehle; er leerte sein Glas in einem Zug und stellte es behutsam auf die Platte des Sekretärs, als fürchte er, es fallen zu lassen.

„Verstehen wir uns recht . . .?" fragte er.

„Nun, ich glaube, wir verstehen uns vollkommen", sagte Angélique leise.

Sie sah ihm mit leicht schmollender Miene in die Augen.

Fasziniert machte er ein paar Schritte und sank vor dem Diwan in die Knie. Seine Arme umschlangen die schmale Taille. Mit einer ergebenen und leidenschaftlichen Geste neigte er den Kopf und preßte seine Lippen auf die seidenweiche Haut des Halsausschnitts, dicht über den Brüsten, und verharrte so, über dieses dunkle Mysterium gebeugt, dem ein berauschendes Parfüm entströmte, das Parfüm Angéliques.

Sie hatte nicht das geringste Widerstreben zu erkennen gegeben. Ein leiser Schauer überlief ihren Körper, während ihre Lider sich für einen kurzen Augenblick schlossen.

Dann spürte er, daß sie sich aufbäumte, sich der Liebkosung darbot. Ein Rausch überkam ihn, die Begierde nach diesem prallen, duftenden Körper. Seine Lippen glitten über ihn hinweg, suchten die ebenmäßige Rundung der Schulter, die Grube des Halses, deren Wärme ihm die Sinne raubte.

Angélique umschlang seinen Kopf, zog ihn an sich, dann hob sie ihn mit beiden Händen und zwang Vivonne, sie anzuschauen.

Die smaragdgrünen Augen begegneten den harten, blauen Augen der nun endlich einmal besiegten Mortemarts. Blitzartig wurde Vivonne sich bewußt, daß er noch nie ein solch vollkommenes Geschöpf gesehen, ein solch stürmisches Lustgefühl empfunden hatte.

„Nehmt Ihr mich mit nach Kandia?" fragte sie.

„Ich glaube . . . ich glaube, ich kann nicht anders", erwiderte er mit heiserer Stimme.

Achtes Kapitel

An diese Zweckliebschaft verschwendete Angélique ihre ganze Kunst. Sie hatte sich geschworen, Vivonne an sich zu fesseln, und der Edelmann, übersättigter Genußmensch, der er war, gehörte nicht zu denen, die ein rein passives Verhalten zufriedengestellt hätte.

Abwechselnd schmeichlerisch, mutwillig und plötzlich gleichsam verstört, ein wenig scheu, schien sie sich hinzugeben, um sich dann neuem Ansinnen wieder zu versagen, und er mußte sie, vor Ungeduld vergehend, ganz leise beschwören, überreden.

„Ist das vernünftig?" fragte sie.

„Warum sollten wir vernünftig sein?"

„Ich weiß nicht . . . Gestern noch haben wir uns kaum gekannt."

„Das ist nicht richtig. Im stillen habe ich Euch von jeher bewundert, verehrt."

„Ich meinerseits muß gestehen, daß ich Euch lediglich amüsant fand. Mir ist, als sähe ich Euch heute abend zum erstenmal. Ihr seid viel . . . aufregender, als ich dachte. Ihr macht mir ein bißchen Angst."

„Angst?"

„Diese grausamen Mortemarts! Man erzählt so manches über sie."

„Dummes Zeug! . . . Vergeßt Euer Mißtrauen, Liebste!"

„Nein . . . Herr Herzog, oh! Ihr nehmt mir den Atem! Hört zu. Es gehört zu meinen Grundsätzen, daß man gewisse Dinge nur mit einem Liebhaber tun darf, den man seit langem kennt."

„Ihr seid wunderbar! Aber ich werde Euch schon dahin bringen, daß Ihr Eure Grundsätze verleugnet . . . Meint Ihr nicht, daß ich dessen fähig bin?"

„Vielleicht . . . Ich weiß gar nichts mehr."

Sie flüsterten leidenschaftlich im Halbdunkel, durch das der letzte Schein einer Kerze zuckte, und Angélique ließ sich von dem beängstigenden, süßen Spiel gefangennehmen, und ohne zu heucheln, begann sie zwischen den kräftigen Armen zu erbeben, die sie preßten und unterjochten. Ihr war, als würden sie von dem Dunkel, das sie nach einem letzten Aufzucken der Flamme umhüllte, mitgerissen in sein mitwissendes Fluten. Blind und willig ließ sie sich in den ihr immer wieder überraschend und neuartig erscheinenden Abgrund der Wollust gleiten.

Sie umschlungen haltend, schlief er endlich ein. Doch trotz ihrer Erschöpfung stemmte sich Angélique gegen den Schlaf. Der Morgen nahte, und sie wollte wach sein, wenn er die Augen aufschlug. Sie zweifelte, ob er sein Versprechen halten würde, nachdem seine Begierde gestillt war.

Sie blieb regungslos liegen und lauschte dem dumpfen Rauschen der Meeresbrandung, das durch das geöffnete Fenster drang. Mechanisch streichelte ihre Hand den muskulösen Körper des schlafenden Mannes, und sie mußte an die linkischen Liebkosungen denken, die ihr vor Zeiten neben Philippe zuteil geworden waren.

Der Tag kündigte sich durch einen grauen, rötlich getönten Schimmer an, der unmerklich in Weiß, dann in Blaßgrün überging.

Jemand klopfte an die Tür.

„Herr Admiral, es ist Zeit", ließ sich die Stimme des Dieners vernehmen.

Vivonne fuhr mit der Plötzlichkeit eines an Alarm gewöhnten Kriegers hoch. „Bist du's, Giuseppe?"

„Ja, Herr Herzog. Darf ich eintreten, um Euch beim Ankleiden behilflich zu sein?"

„Nein, ich werde schon allein fertig. Aber sag meinem Türken, er soll mir Kaffee machen."

Er lächelte Angélique verschmitzt an, während er dem Bedienten ergänzend zurief:

„Bestell ihm, er möchte zwei Tassen und Gebäck richten."

Der Diener entfernte sich.

Angélique erwiderte Vivonnes Lächeln. Zärtlich legte sie eine Hand an die Wange ihres Liebhabers.

„Wie schön du bist!" murmelte sie.

Das Du versetzte den Edelmann in einen wahren Rausch. Dem König hatte sie es verweigert!

88

Er griff nach ihrer Hand und küßte sie.

„Auch du bist schön. Mir ist, als träumte ich."

Im Dämmerlicht, von ihrem langen Haar umhüllt, wirkte sie fast kindlich.

„Nimmst du mich mit nach Kandia?" flüsterte sie.

Er fuhr auf.

„Natürlich! Hältst du mich für so heimtückisch, daß ich mein Versprechen brechen könnte, nachdem du das deine so herrlich gehalten hast? Aber du mußt dich beeilen, weil wir in einer Stunde die Anker lichten. Hast du Gepäck? Wo soll ich es abholen lassen?"

„Ein kleiner Lakai wartet auf der Mole mit meinem Reisesack auf mich. Inzwischen werde ich in diesem Kleiderschrank wühlen, der alles enthält, was ein Frauenherz zu erfreuen vermag. Ist das die Garderobe deiner Frau?"

Vivonnes Miene verdüsterte sich.

„Nein. Meine Frau und ich leben getrennt. Wir sehen uns nicht mehr, seitdem diese Schlange im vergangenen Jahr versucht hat, mich zu vergiften und durch ihren Liebhaber zu ersetzen."

„Ach ja, ich entsinne mich. Bei Hof war die Rede davon."

Sie lachte mitleidslos.

„Ärmster! Welches Mißgeschick!"

„Ich war sterbenskrank."

„Gottlob merkt man nichts mehr davon", sagte sie zärtlich und streichelte ihm die Wange. „Diese Kleider gehören also deinen Mätressen, die, wie behauptet wird, ebenso verschiedenartig wie zahlreich sind. Nun, es wäre töricht, dir einen Vorwurf daraus zu machen. Ich werde mir heraussuchen, was ich brauche."

Sie lachte abermals. Das Liebesspiel hatte auf ihrem Körper einen leisen, würzigen Duft hinterlassen, und als sie an ihm vorbeiging, streckte er instinktiv die Arme nach ihr aus, um sie an sich zu ziehen.

Aber sie befreite sich lachend.

„Nein, mein Gebieter. Wir haben es eilig. Wir können das Versäumte später nachholen."

„O weh!" sagte er mit einer Grimasse. „Ich weiß nicht, ob du dir über die Unbequemlichkeit einer Galeere im klaren bist."

„Pah! Wir werden schon hin und wieder Gelegenheit finden, einander zu umarmen. Gibt es etwa keine Hafenplätze im Mittelmeer? Inseln mit blauen Buchten und Küsten mit weichem Sand ...?"

Er seufzte tief.

„Schweig still. Du bringst mich um meinen Verstand."

Vor sich hin pfeifend, streifte er seine Seidenstrümpfe, seine blauseidene Kniehose über und trat auf die Schwelle des Baderaums. Sie hatte Wasser aus einer Kupferkanne in das Marmorbecken gegossen und wusch sich hastig.

„Vergönne mir wenigstens, dir zuzuschauen", bettelte er.

Sie warf ihm über die nasse Schulter einen nachgiebigen Blick zu. „Wie jung du bist!"

„Kaum jünger als du, vermutlich. Ich möchte sogar annehmen, daß ich dir drei oder vier Jahre voraus bin. Wenn mich mein Gedächtnis nicht trügt, habe ich dich zum erstenmal gesehen, als ... ja, ich weiß es genau: als der König in Paris einzog. Du besaßest die herbe, scheue Kühle einer Zwanzigjährigen ... Ich war damals vierundzwanzig, und hielt mich für einen erfahrenen Jüngling. Ich fange allmählich an zu begreifen, daß ich nichts weiß."

„Ich bin dafür rascher gealtert", sagte Angélique obenhin. „Ich bin sehr alt ... hundert Jahre alt!"

Der Türke mit dem Lebkuchengesicht unter seinem grünen Turban trug ein kupfernes Tablett herein, auf dem zwei winzige, mit einem schwarzen Getränk gefüllte Tassen dampften. Angélique erkannte das Gebräu wieder, das sie in Gesellschaft des persischen Botschafters Bachtiari Bey getrunken hatte und von dessen Duft das Levantinerviertel in Marseille erfüllt war. Sie nippte nur daran, von dem bitteren Geschmack angewidert. Vivonne ließ sich eine Tasse nach der andern einschenken, dann fragte er, ob man zum Aufbruch bereit sei.

Angélique überkam von neuem panische Angst. Was, wenn die Polizisten auf der Suche nach ihr durch die noch schlafende Stadt streiften?

Glücklicherweise grenzte das Palais des Flottenadmirals an die Gebäude des Arsenals. Wenn man die Höfe überquerte, gelangte man direkt auf die Hafenmole.

Die Galeeren warteten weiter draußen auf der Reede. Ein weiß-goldenes Boot durchquerte den Hafen in Richtung des Kais. Angélique verging vor Ungeduld, während sie sein Herannahen verfolgte. Das Pflaster von Marseille brannte ihr unter den Füßen. Jeden Augenblick konnte Desgray auftauchen, ihren Streich vereiteln und ihre Hoffnungen zerstören.

Vivonne besprach sich mit einigen Offizieren, während die Bedienten das Gepäck in das Boot warfen, das gerade angelegt hatte.

„Wer kommt da?"

Angélique wandte sich um. Zwei Gestalten tauchten ängstlich zwischen den Lagerkisten auf und kamen auf die Gruppe zu. Die junge Frau stieß einen Seufzer der Erleichterung aus, als sie Flipot und Savary erkannte.

„Das sind meine Begleiter", stellte sie vor. „Mein Arzt und mein Lakai."

„Sie sollen einsteigen. Ihr auch, Madame."

Die Ruder der Jolle hoben sich tropfend und tauchten von neuem ein, während die Matrosen das Fahrzeug zwischen allen möglichen Abfällen hindurchsteuerten, die auf der Oberfläche des Hafenbeckens schwammen. Bald gelangte es in bewegtes, klares Wasser, in dem sich der Saint-Jean-Turm spiegelte.

Angélique warf einen letzten Blick zurück. Die Stadt schrumpfte immer mehr. Aber sie glaubte die Gestalt eines Mannes auf die Mole zukommen zu sehen. Er war zu weit entfernt, als daß sie seine Gesichtszüge hätte erkennen können. Indessen hatte sie die stille Überzeugung, daß es Desgray war. Zu spät!

„Ich habe gewonnen, Monsieur Desgray", dachte sie triumphierend.

Zweiter Teil

Kandia

Neuntes Kapitel

Angélique sah versonnen zu, wie die goldenen Fransen der Bordwand-
behänge in die Wogen tauchten und mit dem Gischt des Kielwassers
spielten.

Die sechs Galeeren lagen gut im Wind. Ihre langgestreckten, graziös
geschwungenen Rümpfe mit den prächtig dekorierten Flanken schos-
sen durch die blauen Fluten. Die kleinen vergoldeten Holzfiguren
ihrer Schnäbel teilten munter die Wogen, während an dem mit Schnitz-
werk verzierten Heck Tritonen in ihre Muscheln bliesen, Sirenen mit
Venusbrüsten tropfend auftauchten und einen Sprühregen versandten,
bevor sie wieder in den Wellen untergingen. An den Masten flatterten
vergnügt die Paniere, Wimpel und Bänder.

Die Vorhänge des Tendaletto waren zurückgeschlagen, und in die
würzige Meeresluft mischte sich der von der nahen Küste kommende
Duft der Myrten und Mimosen.

Der Herzog von Vivonne hatte das prunkvolle Zelt, das den Offizieren als „Salon" diente, auf orientalische Art mit Teppichen, niederen Diwans und Kissen ausgestattet. Angélique fand hier einen gewissen Komfort vor und hielt sich in ihm lieber auf als in der unter dem
Zwischendeck gelegenen engen, feuchten und dunklen Kabine. Hier
übertönte das Geräusch der gegen das Heck und die schweren Bord-
verkleidungen schlagenden Wogen die peinigenden Gongschläge der
Rudermeister und die rauhen Befehlsrufe der Galeerenvögte.

Ein paar Schritte von ihr entfernt beobachtete der Zweite Offizier,
Monsieur de Millerand, die Küste mit Hilfe eines Fernrohrs. Es war
ein sehr junger Mann, fast noch ein Milchgesicht zu nennen, groß und
gut gebaut. Durch seinen Großvater, einen Admiral, war er in den
Dienst der königlichen Marine gekommen, und als eben erst entlas-
sener, prinzipientreuer Zögling der Akademie mißbilligte er die Gegenwart einer Dame an Bord. Deshalb vermied er es auch, sich den
Offizieren beizugesellen, die sich zu gewissen Stunden um Angélique
scharten.

Weniger streng als er, freuten sich die übrigen Mitglieder des Admi-

95

ralstabs über die Gegenwart dieses weiblichen Passagiers, der jedenfalls der Überfahrt ein wenig Würze geben würde.

Soweit sie zu sehen war, entrollte die Küste ein Panorama von purpurfarbenen Felsen vor einem Hintergrund mit dunkelgrüner Vegetation bedeckter Berge. Trotz der Schönheit der Farben machte die Gegend einen unwirtlichen, öden Eindruck. Kein einziges Ziegeldach, keine Barke zeigte sich an den Ufern der blauen, tief ins Land eingeschnittenen Buchten, die so reizend und gastfreundlich in ihrer Umrahmung von melonenfarbenen Hängen wirkten. Nur zuweilen kam ein kleines, von starken Wällen umgebenes Städtchen in Sicht.

Lächelnd erschien der Herzog von Vivonne, gefolgt von seinem Negerknaben, der die Konfektdose trug.

„Wie fühlt Ihr Euch, meine Liebe?" fragte er. Er küßte der jungen Frau die Hand und setzte sich neben sie. „Möchtet Ihr ein wenig orientalisches Zuckerwerk? Nichts zu vermelden, Millerand?"

„Nichts, Hoheit, höchstens daß die Küste verödet ist. Die Fischer verlassen ihre Hütten angesichts der Dreistigkeit der Berber, die sich beim Sklavenfang bis hierher wagen. Die Uferbewohner ziehen sich lieber in die Städte zurück."

„Mir scheint, wir sind eben an Antibes vorbeigefahren. Mit ein wenig Glück können wir heute abend meinen guten Freund, den Fürsten von Monaco, um Gastfreundschaft bitten."

„Vorausgesetzt, Hoheit, daß ein anderer guter Freund – der Rescator nämlich – uns nicht in die Quere kommt."

„Habt Ihr etwas bemerkt?" fragte Vivonne, indem er aufsprang und ihm das Fernrohr aus den Händen nahm.

„Nein, seid unbesorgt. Freilich, wenn man ihn kennt wie wir, muß einen gerade das überraschen."

Der Stellvertreter des Admirals Vivonne, Monsieur de La Brossardière, und zwei weitere Offiziere, die Grafen Saint-Ronan und Lageneste, traten gleichfalls unter das Zelt. Meister Savary folgte ihnen auf dem Fuß. Dann erschien der türkische Diener und begann, von einem jungen Sklaven unterstützt, den Kaffee zu bereiten, während die genannten Herren sich auf den Kissen niederließen.

„Mögt Ihr den Kaffee, Madame?" fragte Monsieur de La Brossardière.

„Ich weiß nicht recht. Ich muß mich erst an ihn gewöhnen."

„Wenn man sich einmal an ihn gewöhnt hat, mag man ihn nicht mehr entbehren."

„Der Kaffee ist ein gutes Mittel, um zu verhüten, daß die Säfte vom Magen in den Kopf steigen", erklärte Savary weise. „Die Mohammedaner lieben dieses Getränk nicht so sehr um seiner empfehlenswerten Eigenschaften als um einer Tradition willen, die besagt, daß es vom Erzengel Gabriel erfunden worden sei, um die Kräfte Mohammeds des Tapferen wiederherzustellen. Und der Prophet rühmt selbst, daß er, wann immer er es zu sich genommen, alsbald die Kraft verspürt habe, vierzig Männer zu erledigen und mindestens vierzig Frauen zu befriedigen."

„Trinken wir also Kaffee!" rief Vivonne vergnügt aus und warf einen glühenden Blick auf Angélique.

All diese jungen und kraftstrotzenden Männer musterten sie, ohne ihre Bewunderung zu verbergen. Sie sah tatsächlich wundervoll aus in dem hellila Kleid, das ihren matten, von der Seeluft belebten Teint und das Blond ihres Haars betonte. Mit einem anmutigen Lächeln nahm sie die unverhohlenen, wenn auch stummen männlichen Huldigungen entgegen.

„Ich entsinne mich, schon einmal Kaffee getrunken zu haben, und zwar mit Bachtiari Bey, dem persischen Botschafter", sagte sie.

Der junge Sklave legte kleine Damastservietten mit goldenen Fransen auf. Der Türke goß den Kaffee in zierliche Porzellantassen, während der Negerknabe zwei silberne Dosen herumreichte, von denen die eine Zuckerstücke, die andere Kardamom-Nüsse enthielt.

„Nehmt Zucker", empfahl La Brossardière.

„Reibt ein wenig Kardamom hinein", rief Saint-Ronan.

„Trinkt ganz langsam, aber laßt das Getränk nicht kalt werden."

„Man muß den Kaffee heiß trinken."

Ein jeder schlürfte den Inhalt seiner Tasse in kleinen Schlucken. Angélique tat alles, was man ihr riet, und meinte, daß der Kaffee, wenn er ihr auch nicht ausgesprochen schmecke, jedenfalls einen köstlichen Duft verströme.

„Diese Kreuzfahrt scheint unter einem überaus günstigen Stern zu stehen", stellte La Brossardière befriedigt fest. „Wir haben das Glück, auf unserem Schiff die Gesellschaft einer der Königinnen von Versailles genießen zu können, und außerdem habe ich erfahren, daß sich der Rescator auf dem Wege zu seinem Komplicen Moulay Ismaël, dem König von Marokko, befindet. Da er also abwesend ist, haben wir wohl nichts Schlimmes zu befürchten."

„Wer ist eigentlich dieser Rescator, der Euch so zu beschäftigen scheint?" fragte Angélique.

„Einer jener Banditen, die weder Treu noch Glauben kennen. Wir sind beauftragt, ihn zu verfolgen und gegebenenfalls gefangenzunehmen", sagte Vivonne mit düsterer Miene.

„Ein türkischer Pirat also?"

„Pirat bestimmt. Ob Türke, das entzieht sich meiner Kenntnis. Manche halten ihn für einen Bruder des Sultans von Marokko, andere für einen Franzosen, denn er spricht unsere Sprache vorzüglich. Ich für mein Teil möchte eher meinen, daß er Spanier ist. Es ist schwer zu beurteilen, weil er stets eine Maske trägt wie so viele Renegaten, die sich häufig absichtlich verstümmeln, um nicht erkannt zu werden. Andererseits wird behauptet, er sei stumm. Man soll ihm die Zunge herausgerissen und die Nase abgehauen haben. Aber wer? An diesem Punkt gehen die Meinungen der Freunde kleiner mediterraner Klatschgeschichten auseinander. Diejenigen, die ihn für einen Mauren, und zwar einen andalusischen Mauren halten, behaupten, er sei ein Opfer der spanischen Inquisition. Wohingegen andere, die einen Spanier in ihm sehen, die Mauren beschuldigen. Auf jeden Fall dürfte er häßlich sein, denn niemand kann sich rühmen, ihn je ohne Maske gesehen zu haben."

„Was ihn nicht hindert, bei den Damen beachtlichen Erfolg zu haben", sagte La Brossardière lachend. „Sein Harem soll einige unschätzbare Schönheiten aufweisen, um die er sich auf dem Markt mit keinem geringeren als dem Sultan von Konstantinopel gestritten hat. Kürzlich wußte sich der Oberaufseher der weißen Eunuchen des Sultans, Ihr wißt, jener schöne Kaukasier Chamyl Bey, nicht zu trösten, weil er dem höher bietenden Rescator eine blauäugige Tscherkessin überlassen mußte – ein wahres Juwel!"

„Ihr macht uns den Mund wäßrig", bemerkte Vivonne. „Aber ist das eine Geschichte, die man in Gegenwart einer Dame erzählen kann?"

„Ich höre nicht zu", sagte Angélique. „Bitte, erzählt nur ruhig weiter."

La Brossardière fuhr fort, die Einzelheiten habe ihm ein Malteser-ritter berichtet, der Komtur Alfredo di Vacuzo, italienischer Herkunft, dem er in Marseille begegnet sei. Der Ritter sei gerade von Kandia zurück gewesen, wohin er selbst Sklaven gebracht habe, und jene Ver-steigerung sei ihm unvergeßlich, in deren Verlauf der Rescator einen Geldsack nach dem andern vor die Füße der Tscherkessin geworfen habe, so daß sie ihr am Ende bis zu den Knien reichten.

„Und ob er Geld hat!" rief Vivonne in einer jener jähen Zornes-anwandlungen aus, die ihn bis zum Rand seiner Perücke erröten ließen. „Nicht umsonst hat er sich den Beinamen Rescator zugelegt. Wißt Ihr nicht, was das heißt, Madame?"

Angélique schüttelte den Kopf.

„So nennt man auf spanisch die Leute, die mit gefälschtem Geld Handel treiben, die Hersteller von Falschgeld. Früher gab es so ziem-lich überall Rescators: kleine Handwerker, die weder gefährlich noch lästig waren. Jetzt gibt es nur noch einen: den Rescator."

Er versank in düsteres Brüten. Der junge Leutnant de Millerand, gefühlvoll und schüchtern von Natur, wagte verspätet, sich in die Unterhaltung zu mischen.

„Ihr sagtet, seine abgeschnittene Nase hindere den Rescator nicht, den Frauen zu gefallen. Aber diese Piraten gebrauchen nur gekaufte oder mit Gewalt in Besitz genommene Sklavinnen, und deshalb kann man, meine ich, nicht von der Zahl ihrer Frauen auf ihren Zauber schließen. Ich erwähne als Beispiel den Renegaten von Algier, Mezzo Morte, den größten Sklavenhändler der Mittelmeerländer. Wer ihn einmal gesehen hat, wird schwerlich glauben, daß auch nur eine einzige Frau sich ihm aus Liebe hingeben würde, nicht einmal aus purer Lust."

„Leutnant, was Ihr sagt, klingt durchaus einleuchtend", gab La Bros-sardière zu, „und trotzdem irrt Ihr, sogar in doppelter Hinsicht. Zu-nächst einmal hat Mezzo Morte, obwohl er tatsächlich der größte Sklavenhändler des Mittelmeers ist, keine Frauen in seinem Harem, weil er – Knaben bevorzugt. Es heißt, daß er sich deren mehr als fünf-zig in seinem Palast in Algier hält. Und andererseits stimmt es, daß sich der Rescator der Gunst der Frauen erfreut. Er kauft ihrer zwar viele, behält aber nur diejenigen, die bei ihm bleiben wollen."

„Was macht er mit den übrigen?"

„Er läßt sie frei. Das ist seine Marotte. Er läßt alle Sklaven frei, Männer wie Frauen, wenn sich die Gelegenheit bietet. Ich weiß nicht, ob es stimmt, jedenfalls wird es behauptet."

„Freilich stimmt es", brummte Vivonne in abfälligem und auch ein wenig bitterem Ton. „Er läßt die Sklaven frei, ich kann es selbst bezeugen."

„Vielleicht tut er es, um sozusagen wiedergutzumachen, daß er ein Renegat ist?" meinte Angélique.

„Schon möglich. Aber hauptsächlich, um anzugeben. Um ... alle Welt herauszufordern!" schrie Vivonne. „Um sich einen Spaß zu machen, jawohl. Erinnert Ihr Euch, Gramont, der Ihr in der Schlacht von Cap Passero zu meinem Geschwader gehörtet, jener beiden Galeeren, die er gekapert hatte? Wißt Ihr, was er mit den vierhundert Rudersklaven gemacht hat? Er hat ihnen die Ketten abgenommen und sie ganz einfach an der venetianischen Küste abgesetzt. Ihr könnt Euch denken, daß die Venetianer sich schön bedankten für dieses Geschenk! Es hat diplomatische Schwierigkeiten gegeben, und Seine Majestät hat mir nicht ohne Ironie erklärt, wenn ich schon meine Galeeren kapern ließe, solle ich mir wenigstens als Räuber einen Sklavenhändler aussuchen, der so sei wie alle andern."

„Ich finde Eure Geschichten aufregend", sagte Angélique. „Das Mittelmeer scheint von romantischen Gestalten zu strotzen."

„Gott bewahre Euch davor, daß Ihr allzu nahe Bekanntschaft mit ihnen macht. Die Abenteurer oder Renegaten, Sklaven- oder Schleichhändler, die sich mit den Ungläubigen verbünden, um die Macht der Malteserritter oder des Königs von Frankreich zu untergraben, verdienen alle den Scheiterhaufen. Ihr werdet noch vom Marquis d'Escrainville reden hören, von dem Dänen Eric Jansen, dem bereits erwähnten Mezzo Morte, Admiral von Algier, von den spanischen Brüdern Salvador und noch anderen minderer Bedeutung. Sie alle machen das Mittelmeer unsicher. Doch genug geredet von dieser Bande. Die Hitze hat nachgelassen, und ich glaube, der Augenblick ist günstig, um Euch durch die Galeere zu führen."

Zehntes Kapitel

Das goldene Gitter des „Tabernakels" und seine Vorhänge aus karmesinrotem Brokat trennten das Paradies von der Hölle.

Kaum war Angélique auf den Heckaufbau hinausgetreten, als der Wind ihr den eklen Geruch des Ruderraums ins Gesicht blies. Unter ihr beugte sich die rote Masse der Sträflinge in gleichförmig-langsamer, schaukelnder Bewegung vor und zurück.

Der Herzog von Vivonne reichte ihr die Hand, um ihr beim Hinuntersteigen behilflich zu sein, dann betrat er, vor ihr hergehend, den Laufsteg. Es war eine hölzerne Galerie, die sich fast über die ganze Länge des Schiffs erstreckte. In den Quergräben zu beiden Seiten befanden sich die Bänke der Ruderer. Hier gab es weder lebhafte Farben noch Vergoldungen, nur das rohe Holz der Sitzbretter, auf denen die Sträflinge zu vieren zusammengekettet waren.

Der junge Admiral schritt gemessen einher und setzte seine zierlichen Schuhe mit den rosenroten Absätzen vorsichtig auf den schmierigen Boden. Er trug ein blaues, reich besticktes Gewand mit breiten roten Aufschlägen und einem weißen Gürtel mit goldenen Fransen um die Taille. Sein Hut wies so viele vom Wind bewegte Federn auf, daß er einem Nest voller Vögel glich, die im Begriff waren aufzufliegen.

Vivonne blieb an der „Kombüse" der Rudersklaven stehen, die sich in der Mitte der Galeere an Backbord befand. Über einem kleinen Herd hingen zwei große dampfende Kessel, die eine magere Wurzelsuppe und ein Saubohnengemüse enthielten, die übliche Sträflingsnahrung.

Der Admiral kostete die Suppe und fand sie widerlich. Er erklärte Angélique, er habe die Vorrichtungen der Kochstelle verbessern lassen.

„Das frühere System wog hundertfünfzig Zentner. Es war nicht stabil, und bei starkem Seegang passierte es häufig, daß die in unmittelbarer Nähe sitzenden Sträflinge sich verbrühten. Ich habe die ganze Sache leichter und niedriger machen lassen."

Angélique bekundete ihre Billigung durch ein schwaches Nicken. Der unerträgliche Gestank des Ruderraums, mit dem sich der nicht eben

101

appetitanregende Geruch der Suppe verband, verursachte ihr allmählich Übelkeit. Doch Vivonne, beglückt über ihre Gegenwart und stolz auf sein Schiff, ersparte ihr nichts. Sie mußte die schönen, soliden Rettungsboote, die schnittige „Feluke", den kleineren „Kaik" bewundern und die günstige Anordnung der Kanonen auf den Schanddecks loben.

Die Marinesoldaten waren aus Raummangel genötigt, den ganzen Tag auf diesen schmalen Schanddecks über den Rudersklaven neben ihren Kanonen sitzend oder hockend zu verbringen, und sie durften sich kaum bewegen, um das Gleichgewicht des schwerfälligen Schiffs nicht zu gefährden. Diese Männer hatten keine andere Zerstreuung, als die Sträflinge in ihren Löchern zu beschimpfen und gelegentlich mit den Rudermeistern oder den Galeerenvögten ein paar Worte zu wechseln. Es war schwierig, die Disziplin aufrechtzuerhalten.

Vivonne erklärte weiter, daß die Ruderer in drei Mannschaften eingeteilt waren, deren jede von einem Vogt geführt wurde. Gewöhnlich ruderten zwei Mannschaften, während die dritte sich ausruhte. Die Ruderer setzten sich aus Sträflingen und fremdländischen Gefangenen zusammen.

„Man muß sehr kräftig sein, und wenn man ein Mörder oder ein Dieb ist, besagt das noch lange nicht, daß man den nötigen Bizeps hat. Die Verurteilten, die uns aus den Gefängnissen geschickt werden, sterben wie die Fliegen. Aus diesem Grund haben wir auch Türken und Mauren."

Angélique fielen ein paar Männer mit großen blonden Bärten auf, von denen die meisten hölzerne Kreuzchen am Hals trugen.

„Die dort sehen nicht wie Türken aus, und es ist kein Halbmond, was sie auf der Brust haben."

„Es sind Russen, die wir von den Türken kaufen. Vorzügliche Ruderer übrigens."

„Und jene dort mit den schwarzen Bärten und riesigen Nasen?"

„Das sind von den Malteserrittern gekaufte Georgier aus dem Kaukasus. Und hier seht Ihr richtige Türken, die sich freiwillig verdingt haben. Wir heuern sie ihrer ungewöhnlichen Kräfte wegen an, als Anführer der Ruderer. Bei starkem Seegang sorgen sie für Aufrechterhaltung der Disziplin."

Angélique sah die Rücken unter den roten Kitteln sich krümmen. Dann beugten sich die Männer ruckartig zurück und boten ihre bleichen oder bärtigen Gesichter mit den vor Anstrengung geöffneten Mündern dar. Und mehr noch als der erstickende Schweißgeruch belästigte sie der wölfische Blick der Sträflinge, mit dem sie diese Frau verschlangen, die über ihnen gleich einer Vision vorbeischritt.

Angéliques prächtiges, frühlingsfarbenes Kleid schimmerte in der Sonne, und die Brise bewegte die Federn ihres breiten Huts. Ein jäher Windstoß wehte ihren Rock hoch, und der schwere, bestickte Saum schlug einem Sträfling, der am Rand des Laufstegs saß, mitten ins Gesicht. Er machte eine jähe Kopfbewegung und hielt den Stoff mit den Zähnen fest. Angélique schrie entsetzt auf und zog an ihrem Rock. Die Sträflinge brachen in wildes Gelächter aus.

Ein Rudermeister stürzte mit erhobener Peitsche hinzu und hieb auf den Unglücklichen ein. Der aber ließ nicht los. Unter der grünen Mütze, die ihn als „Lebenslänglichen" kennzeichnete, starrten, halb verdeckt von einem struppigen Haarschopf, ein Paar glühende, schwarze Augen Angélique so intensiv und sprechend an, daß sie sich wie gebannt fühlte. Sie zuckte zusammen, erbleichte. Dieser gierige, ein wenig spöttische Blick war ihr nicht unbekannt.

Zwei andere Aufseher waren auf die Ruderbank hinuntergesprungen; sie packten den Mann, zerhieben ihm das Gesicht mit ihren Knüppeln, schlugen ihm die Zähne ein und warfen ihn dann, blutüberströmt, auf seine Bank zurück.

„Vergebt, Hoheit! Vergebt, Madame!" wiederholte der für die Mannschaft verantwortliche Rudermeister. „Er ist der schlimmste von allen, ein Raufbold, ein Aufwiegler. Man weiß nie, was er im Schilde führt."

Der Herzog von Vivonne war außer sich vor Zorn.

„Bindet ihn eine Stunde lang auf den Bugspriet. Wenn er eine Weile Salzwasser geschluckt hat, wird er wieder friedlich sein."

Er schlang den Arm um die junge Frau.

„Kommt, Liebste. Es tut mir leid."

„Es ist nicht schlimm", sagte sie gefaßt. „Ich bin nur erschrocken. Es ist schon wieder gut."

Sie gingen weiter. Ein heiserer Ruf erscholl aus dem Ruderraum:

„Marquise der Engel!"

„Was hat er gesagt?" fragte Vivonne.

Angélique hatte sich leichenfahl umgewandt.

Dicht über dem Laufsteg glitten zwei kettenbeladene Hände, Krallen gleichend, auf sie zu. Und in dem verschwollenen, scheußlichen Gesicht, das da auftauchte, sah sie plötzlich nur noch zwei schwarze Augen, die längst Vergessenes in ihr weckten . . . Nicolas!*

Der Admiral de Vivonne brachte sie zum schützenden Zelt am Heck.

„Ich hätte mich bei diesen Hunden auf einiges gefaßt machen sollen. Vom Laufsteg einer Galeere aus bietet der Mann freilich keinen erfreulichen Anblick. Das ist kein Schauspiel für Damen. Gleichwohl sind meine Freundinnen recht lüstern darauf. Ich hätte Euch nicht für so empfindsam gehalten."

„Es ist nicht schlimm", wiederholte Angélique mit schwacher Stimme.

Ihr war zum Erbrechen übel, seitdem sie in einer Mischung aus Angst und Abscheu Nicolas Calembredaine wiedererkannt hatte, den berüchtigten Banditen des Pont-Neuf, den man seit der Polizeiaktion auf dem Jahrmarkt von Saint-Germain für tot hielt und der nun schon nahezu zehn Jahre seine Verbrechen auf der Galeerenbank büßte.

„Liebste, was habt Ihr? Ihr seht bekümmert aus."

Der Herzog von Vivonne war zu ihr getreten, da er sie allein am Heck stehend sah, in die Betrachtung der Abenddämmerung versunken, die sich über das Meer breitete. Sie wirkte so fern und geistesabwesend, daß er sich unsicher fühlte.

Sie wandte sich zu ihm um und klammerte sich an seine kräftigen Schultern. „Küß mich", flüsterte sie.

Sie sehnte sich nach der Berührung eines gesunden, starken Mannes, um die Bilder des Elends, der Erniedrigung loszuwerden, die sie seit Stunden verfolgten. Die rhythmischen Gongschläge der Rudermeister fielen ihr wie schwere Tropfen auf die Seele und weckten in ihrem Innern das Echo einer unentrinnbaren Trostlosigkeit.

„Küß mich."

Leidenschaftlich gab sie sich seinem Kuß hin. Sie wollte vergessen,

* Band I, „Angélique".

104

sich verlieren. Immer wieder preßte er sie an sich, von einem Rausch überkommen, der ihn der Sinne beraubte. Seine Hand glitt zu den Brüsten, deren Vollkommenheit ihn erschauern ließ. Sie schmiegte sich an ihn.

„Nein . . . hör zu, Liebste", sagte er, indem er sich schweratmend von ihr löste. „Heute abend nicht, es darf nicht sein. Wir müssen alle gerüstet bleiben . . . Das Meer ist gefährlich."

Sie fügte sich und ließ ihre Stirn auf das vergoldete Achselstück gleiten, das ihr die Haut schürfte.

Der leichte Schmerz tat ihr wohl.

„Gefährlich?" fragte sie. „Wird es Sturm geben?"

„Nein . . . aber solange wir Malta nicht hinter uns haben, müssen wir gewärtig sein, Piraten zu begegnen."

Er preßte sie heftiger an sich.

„Ich weiß nicht, was das ist", sagte er. „Du bringst mich um meine Ruhe. Du bist so unberechenbar, du steckst voller Geheimnisse und Überraschungen. Bisher strahltest du, wir alle standen im Bann deiner Augen und deines Lächelns. Und jetzt spüre ich, daß du matt bist, wie bedrückt von einer Gefahr, die dir droht und vor der ich dich beschützen möchte. Das ist ein Gefühl, das ich noch nie empfunden habe, weißt du . . . Höchstens Kindern gegenüber. Die Frauen sind so schwierig!"

Er schob sie sanft von sich und lehnte sich an die Reling. Zuweilen traf ihn der Wellenschaum und befeuchtete seine Lippen, die von Angéliques Lippen brannten. Er spürte sie noch auf den seinen, ihre Süße drang tief in ihn ein.

Von neuem verlangte ihn danach, sie zu kosten, zu spüren, wie sie sich öffneten, zögernd und wie bezwungen, um ihn auf die Abwehr ihrer blanken Zähne stoßen zu lassen, die sich in einem Lächeln zusammenpreßten und seiner Ungeduld wie eine Schranke wehrten. Eine Verteidigung, die die Ergebung ihres schönen Gesichts noch wollüstiger machte, wenn sie, den Kopf zurückgeworfen, die Augen geschlossen, seine Liebkosungen endlich erwiderte.

Eine Frau, die so küßte! . . . Eine Frau, die aus vollem Herzen zu lachen und zu weinen vermochte, ohne jede Heuchelei. Es mißfiel ihm nicht, daß sie empfindsam, verletzlich war. Und dennoch konnte er

105

den Gedanken nicht verscheuchen, daß sie die unbezwingbare Athénaïs dazu gebracht hatte, den Nacken zu beugen. Mit den heimtückischen und grausamen Waffen von Rivalinnen, die einander erbarmungslos bis auf den Tod bekämpfen.

Er begriff nicht mehr. Es machte ihn rasend. Er wollte sie ausforschen und sagte sanft:

„Ich weiß, warum du bekümmert bist. Seitdem ich dich wiedergefunden habe, fürchte ich mich vor dem Augenblick, in dem du mit mir darüber sprechen wirst. Es ist, weil du an deinen Sohn denkst, nicht wahr, an den Knaben, den du mir anvertraut hattest und der im Verlauf einer Schlacht verschwunden, ertrunken ist?"

Angélique vergrub das Gesicht in ihren Händen.

„Ja, das ist es", sagte sie mit erstickter Stimme. „Der Anblick dieses herrlichen blauen Meeres, das mir mein Kind genommen hat, quält mich."

„Auch dieses Unglück verdanken wir dem verwünschten Rescator. Wir umsegelten das Cap Passero, als er auf uns zustieß gleich einem Seeadler. Niemand hatte ihn kommen sehen, zumal er lediglich seine Kleinsegel gesetzt hatte, was ihm infolge des an jenem Tage besonders starken Seegangs ermöglichte, lange Zeit unbemerkt zu bleiben. Als sein Nahen gemeldet wurde, war es zu spät: Eine einzige Salve aus seinen zwölf Kanonen kostete uns zwei Galeeren, und schon schickte der Rescator seine Janitscharen aus, um die ‚Flamande' zu entern. Das war das Schiff, auf dem sich meine Hausoffizianten befanden, darunter der kleine Cantor . . . Vielleicht wurde er von panischer Angst erfaßt bei dem Geschrei der Sträflinge, die sich, im Ruderraum angekettet, wehrten, oder angesichts der mit Krummsäbeln bewaffneten Mauren . . . Der Waffenmeister Jean Gallet hörte ihn schreien: ‚Vater! Vater!' Einer der Soldaten an Bord nahm ihn auf den Arm, um ihn wegzubringen . . ."

„Und dann?"

„Die Galeere barst und versank mit ungewöhnlicher Geschwindigkeit in den Fluten. Die Mauren, die an Bord gestiegen waren, wurden ins Meer geschleudert. Die Piraten fischten sie auf, und auch wir retteten die Unsrigen, die sich noch an die Trümmer klammern konnten. Aber fast alle Leute meines Gefolges sind umgekommen: mein Hausgeistlicher, die Sänger meiner Kapelle, meine vier Haushofmeister ... und jener hübsche Knabe mit der Nachtigallenstimme."

Ein Mondstrahl, der zwischen den Zeltwänden hindurchglitt, beleuchtete Angéliques Gesicht, und er sah, daß Tränen über ihre Wangen rannen. Es war rührend und erregend zugleich, sie weinen zu sehen, sie, die eine solche Macht über die Herzen der Männer besaß. Was mochte ihr Geheimnis sein? Dunkel entsann er sich eines bereits weit zurückliegenden Skandals, einer Geschichte um einen Hexenmeister, den man auf der Place de Grève verbrannt hatte.

„Wer war sein Vater? Jener, den dein Sohn anrief?" fragte er unvermittelt.

„Ein Mann, der seit langem verschollen ist."

„Tot?"

„Vermutlich."

„Merkwürdig, diese Todesahnungen der letzten Stunde. Selbst ein Kind spürt, daß es sterben wird."

Er seufzte tief. „Ich habe ihn gern gehabt, den kleinen Pagen ... Grollst du mir sehr, seinetwegen?"

Angélique machte eine fatalistische Gebärde.

„Warum sollte ich Euch seinetwegen grollen, Monsieur de Vivonne? Euch trifft keine Schuld. Schuld hat der Krieg, das Leben, das so grausam, so unsinnig ist!"

Elftes Kapitel

Noch bevor das französische Geschwader La Spezia verließ, wo ihm von seiten eines Verwandten des Herzogs von Savoyen große Ehren erwiesen worden waren, glaubte Angélique feststellen zu können, daß man in verstärktem Maße Sicherheitsvorkehrungen traf. Der leichtlebige Admiral de Vivonne erwies sich im Ernstfall als ein vorausschauender und gewissenhafter Flottenführer. Und während seine zweite Galeere bereits in See stach, beobachtete er sie vom „Tabernakel" der „Royale" aus mit kritischem Auge.

„Brossardière, laßt sie sofort umkehren!"

„Aber Hoheit, das wird einen ungünstigen Eindruck auf diese Italiener machen, die unser schönes Manöver verfolgen."

„Es ist mir vollkommen gleich, was diese Makkaroniesser denken. Was ich sehe und Ihr nicht zu bemerken scheint, ist, daß die ‚Dauphine' auf Backbord zu stark belastet ist und daß überdies die Ladung zu hoch liegt. Ich wette, der Laderaum ist leer, und bei der geringsten Bö wird die Galeere kentern."

Der erste Offizier erklärte, es käme von den auf Deck gestapelten Lebensmitteln. Wenn man sie in den Laderaum bringe, würden sie sofort schimmeln, zumal das Mehl.

„Es ist mir lieber, das Mehl schimmelt, als daß die Galeere kentert, wie es kürzlich sogar im Hafen von Marseille geschehen ist."

La Brossardière gab die Anweisungen seines Vorgesetzten weiter. Eine zweite Galeere stach in See.

„Brossardière, gebt Signal, die Leistung der mittleren Ruderbänke zu erhöhen."

„Unmöglich, Admiral. Ihr wißt doch, es sind die Mauren, die wir auf jenem kleinen Schiff gefangennahmen, das geschmuggeltes Silber transportierte."

„Immer wieder sind es die Komplicen des Rescators, die uns Schwierigkeiten machen. Ihr Rudermeister soll ihnen eine doppelte Ration Peitschenhiebe verabfolgen und sie auf verschimmeltes Brot und fauliges Wasser setzen."

„Das ist bereits geschehen, Hoheit, und der Wundarzt meint sogar, Ihr hättet einige von ihnen, die allzu geschwächt sind, an Land bringen sollen."

„Der Wundarzt möge sich um seine eigenen Angelegenheiten kümmern. Niemals werde ich die Männer des Rescator ausschiffen. Ihr wißt genau, weshalb."

Brossardière nickte. Sobald man sie an Land setzte, ob sterbenskrank oder nicht, verschwanden die Männer des Rescator wie durch Zauberei. Anscheinend hatten sie überall Helfershelfer, da ihr großer Meister jedem eine Prämie zahlte, dem es gelang, seine Leute zu befreien. Es waren stets ausgesuchte Seeleute, die als Gefangene in noch stärkerem Maße passiven Widerstand leisteten als ihre Kameraden.

108

„Und jetzt geht's auf große Fahrt", erklärte Vivonne, nachdem die sechs Galeeren den Hafen verlassen hatten.

Angélique erkundigte sich nach dem Sinn dieses Ausdrucks und erfuhr, daß man den Bereich der Küsten verlassen werde.

„Ach, endlich! Nach diesen zehn Tagen glaubte ich schon, die Galeeren könnten nur an den Ufern entlangfahren."

Es war das erstemal, daß Angélique sich auf offener See befand. Die toskanische Küste war bereits außer Sicht. Ringsum sah man nichts als das Meer.

Gegen Mittag erst rief der Bootsmann:

„Land in Sicht!"

„Das ist die Insel Gorgonzola", erklärte der Herzog von Vivonne Angélique. „Wir müssen sehen, ob sie keine Piraten beherbergt."

Die französische Flotte formierte sich zu einem Halbkreis, um die unfruchtbare kleine Felseninsel mit ihren Vorgebirgen einzuschließen.

Doch außer drei genuesischen und zwei toskanischen Fischerbarken, die gemeinsam Netze auslegten, um Thunfische zu jagen, war nichts Lebendiges zu erblicken. Die Insel war so gut wie kahl. Ein paar Ziegen weideten magere Sträucher ab. Vivonne wollte sie kaufen, aber der Anführer der Fischer weigerte sich; die Ziegenmilch und der Käse seien ihre einzige Nahrung, erklärte er.

„Sag ihnen", befahl Vivonne einem seiner Unteroffiziere, der Italienisch sprach, „sie sollen uns wenigstens Trinkwasser bringen."

„Sie erklären, es gäbe keines!"

„Dann fangt die Ziegen ein."

Die Soldaten machten sich auf, kletterten über die Felsen und töteten die Ziegen durch Pistolenschüsse.

Vivonne beschied den Anführer der Fischer zu sich, der die Bezahlung nicht annahm. Dem Admiral kam die Sache verdächtig vor. Er ließ die Taschen des Mannes umwenden, worauf Gold- und Silberstücke über das Deck rollten.

„Er soll uns sagen, wer ihnen all das Geld gegeben hat, dann bringen wir als Entschädigung für ihre Ziegen Käse und ein paar Flaschen Wein an Land. Wir sind keine Diebe. Übersetz das."

Das Gesicht des Fischers drückte weder Angst noch Verwunderung oder Ärger aus. Es wirkte auf Angélique wie eine alte, verräucherte

Holzskulptur und ebenso geheimnisumwittert wie die Schwarze Jungfrau, die sie in dem kleinen Sanktuar von Notre-Dame de la Garde in Marseille gesehen hatte.

„Ich möchte wetten, diese sogenannten Fischer gehen nur zum Schein auf Thunfischjagd und sind lediglich hier, um unsere Durchfahrt dem Feind zu signalisieren, der daraus Schlüsse auf die Fahrtrichtung unseres Geschwaders ziehen wird."

„Sie machen doch einen völlig harmlosen Eindruck . . ."

„Ich kenne sie, ich kenne sie", sagte Vivonne nachdrücklich, während er den gelassenen Fischern mit der Faust drohte. „Das sind Späher, die im Dienste aller Banditen dieses Seestrichs stehen. Diese Gold- und Silberstücke tragen das Kennzeichen des Rescator."

„Ihr seht überall Feinde", sagte Angélique.

„Das gehört nun einmal zum Handwerk eines Korsarenjägers."

La Brossardière trat hinzu und deutete auf die untergehende Sonne. Nicht, um auf den schönen Anblick hinzuweisen, sondern weil der purpurfarbene Himmel, über den lange violette, mit goldenen Fransen besetzte Wolken hinwegzogen, ihm nicht geheuer vorkam.

„Ich fürchte, wir bekommen in spätestens zwei Tagen starken Südwind. Wir sollten uns mehr an die Küste halten. Es wäre klüger."

„Keinesfalls!" sagte Vivonne.

Die Küste gehörte dem Herzog von Toskana, der, wenn er auch immer wieder Frankreich seiner freundschaftlichen Gefühle versicherte, in Livorno sowohl Engländer wie Holländer beherbergte, einerlei, ob es sich um Kaufleute oder Kriegführende handelte, vor allem jedoch Berber.

Livorno war – nach Kandia – der bedeutendste Sklavenmarkt.

Fuhr man dort entlang, mußte man entweder eine gewaltige Flottendemonstration inszenieren oder aber „die Augen schließen". Und Seine Majestät zog es vor, mit den Toskanern gute Beziehungen zu unterhalten.

„Wir nehmen vollen südlichen Kurs, und Madame du Plessis wird sich überzeugen können, daß eine Galeere sehr wohl fähig ist, auf offener See zu fahren, sogar bei Nacht und unter Segel."

Im Lauf der Nacht legte sich der Wind völlig.

Zur Vorsicht wurden die Wachen verstärkt. Aber nur eine einzige

110

Mannschaft blieb am Ruder, während die übrigen Sträflinge sich zu vieren auf der Planke vor ihrer Bank niederlegten. Dort schliefen sie, in Schmutz und wimmelndem Ungeziefer, den bleiernen Schlaf der erschöpften Tiere.

Am andern Ende der Galeere bemühte sich Angélique zu vergessen, wer da ein paar Schritte von ihr entfernt litt. Sie hatte den Laufsteg nicht mehr betreten. Nicolas sollte nicht erfahren, daß sie ihn erkannt hatte.

Der Galeerensträfling war mit einer der bittersten Phasen ihres Lebens verquickt, die sie aus ihrem Denken verbannt hatte. Es durfte nicht sein, daß der Zufall sie wieder aufleben ließ.

Aber die Stunden der Überfahrt vergingen quälend langsam, und sie sehnte die Ankunft in Kandia herbei.

Die Nacht war blau und gleichsam phosphoreszierend geworden durch die Bewegung der Wogen und den Widerschein der Laternen an Bord der anderen Galeeren, die langsam folgten. Am Heck der Schiffe hatte man das Fanal angezündet, ein mannshohes Mal aus vergoldetem Holz und venezianischem Glas, in dem des Nachts zwölf Pfund Kerzen brannten.

Sie hörte, wie der Leutnant de Millerand dem Admiral Meldung erstattete. Die Soldaten beklagten sich, daß sie die Nacht hindurch an Deck bleiben mußten. Dicht aneinandergedrängt hockten sie den ganzen Tag über da, und nun sollten sie auch noch die Nacht in dieser unbequemen Stellung verbringen.

„Was beklagen sie sich! Sie sind doch nicht angekettet, und heute abend haben sie Ziegenragout bekommen. Krieg ist Krieg. Als ich Kavallerieobrist war, habe ich zuweilen auf meinem Pferd geschlafen, ohne Nahrung zu mir zu nehmen. Sie müssen sich eben daran gewöhnen, im Sitzen zu schlafen. Alles ist Gewohnheit."

Angélique begann Kissen auf einem der Diwane zu verteilen, um sich zur Ruhe zu begeben.

Auf Flipots Hilfe mußte sie verzichten, da ihm die Seekrankheit zu schaffen machte.

Vivonne ging währenddessen auf und ab, gefolgt von dem kleinen Negerknaben mit der Konfektdose. Die Naschhaftigkeit der Mortemarts war sprichwörtlich, und der junge Mann verdankte dem unmäßigen Genuß von orientalischem Zuckerwerk sein liebenswertes Embonpoint.

Während er kandierte Nüsse und Loukoumpaste knabberte, dachte er über die Gefährlichkeit seiner Kreuzfahrt nach. Er hatte seinen Offizieren anempfohlen, sich ein wenig auszuruhen, und sie schliefen auf Matratzen; er selbst konnte sich jedoch nicht entschließen, ihrem Beispiel zu folgen. Er schien besorgt, und obwohl es bereits Nacht war, beschied er den Geschützmeister zu sich.

Ein Mann mit ergrauendem Haar tauchte im Schein des Fanals auf.

„Geschützmeister, sind Eure Stücke einsatzbereit?"

„Ich habe Eure Befehle ausgeführt, Hoheit. Die Stücke sind überprüft und geölt worden, und ich habe aus dem Munitionsraum Pulver, Kugeln und Kartätschen heraufbringen lassen."

„Gut so. Begebt Euch wieder auf Euren Posten. Brossardière, mein Freund . . ."

Aus dem Schlaf geschreckt, setzte der erste Offizier seine Perücke auf, glättete seine Manschetten und stand alsbald vor seinem Vorgesetzten.

„Monsieur?"

„Ich muß Euch ersuchen, dem Chevalier de Cléans, der mit seiner Galeere die Seitendeckung übernommen hat, einzuschärfen, er möge sich von nun an im Zentrum unserer kleinen Flotte halten. Er führt unsere gesamte Reserve an Pulver und Kugeln mit sich und muß in der Lage sein, sie uns auf Verlangen auszuliefern, falls wir zu einer längeren Kanonade gezwungen sein sollten. Schickt auch den Verwalter der Musketenkammer zu mir."

Und als dieser erschien:

„Gebt die Musketen aus, Kugeln und Pulver. Sorgt vor allem für die zehn Mörser. Denkt daran: wir haben nur drei Kanonen am Bug. Im Falle eines Überraschungsangriffs sind die Mörser und Musketen unsere einzigen Verteidigungswaffen an Deck."

„Es ist alles bereit, Hoheit. Beim letzten Appell hat jedermann genau seinen Platz zugewiesen bekommen."

Mittlerweile war Meister Savary aus dem Dunkel aufgetaucht; er erklärte, der Salpeter in seinem Arzneikasten sei feucht geworden, was einen Wetterwechsel innerhalb der nächsten vierundzwanzig Stunden ankündige.

„Ich weiß auch ohne Euren Salpeter Bescheid", brummte Vivonne. „Wenn es schlechtes Wetter geben sollte, dauert es jedenfalls noch eine ganze Weile, und bis dahin kann sich noch allerlei ereignen."

„Wollt Ihr damit sagen, daß Ihr einen Angriff befürchtet?"

„Merkt Euch, Meister Apotheker, daß ein Offizier der Galeeren Seiner Majestät nichts befürchtet. Sagt meinetwegen, daß ich mich auf einen Angriff gefaßt mache, und kehrt zu Euren Phiolen zurück."

„Ich bin gekommen, um Euch zu fragen, Hoheit, ob ich meine Flasche mit der kostbaren Mumia mineralis zur Sicherheit in die Beratungskajüte bringen darf. Eine verirrte Kugel könnte . . ."

„Schon recht. Tut, was Ihr für gut haltet."

Der Herzog von Vivonne trat zu Angélique und setzte sich neben sie.

„Ich bin merkwürdig unruhig", sagte er. „Ich spüre, daß sich etwas ereignen wird. Schon als Kind bin ich so gewesen. An Gewitterabenden zogen meine Finger die Gegenstände an. Was könnte ich tun, um mich zu beruhigen?"

Er ließ einen seiner Pagen rufen, der mit einer Laute und einer Gitarre erschien.

„Wir wollen ein wenig die Sternennacht und die Liebe besingen."

Der Bruder der Athénaïs de Montespan besaß eine schöne, etwas hohe, aber wohltimbrierte Stimme. Er hatte einen kräftigen Atem und verstand sich gar trefflich auf das italienische Volkslied. Die Zeit verging wie im Fluge, und die große Sanduhr war bereits zweimal umgedreht worden, als über einer letzten, verklingenden Note jäh ein mächtiger Ton gleich einem vom Horizont gekommenen Windstoß anschwoll und erstarb, um in tieferer Lage wieder aufzuklingen und sich erneut auszubreiten.

Angélique lief ein Schauer über den Rücken.

„Horcht", sagte der Graf Saint-Ronan leise, „die Sträflinge singen!"

Sie summten mit geschlossenem Mund, in vierstimmigem Chor, der weit übers Meer hallte.

Ihr Klagelied währte endlos, begann immer von neuem, es war

gleichsam ein Wogen unermeßlicher Trostlosigkeit. Dann klang eine
einzelne, noch junge Stimme auf, die den Refrain sang.

> „Ich hör' noch die Mutter, die zu mir spricht:
> Gott wird dich strafen, du unbändiger Wicht!
> Immer nur tust du, was dir behagt,
> Werd endlich brav, so hat sie gesagt.
>
> Hab' weder gemordet, noch hab' ich geraubt,
> Doch hab' meiner Mutter ich nicht geglaubt.
> Nun büß' ich's als armer Galeerenknecht,
> Daß ich ihr Mahnen beherzigt so schlecht."

Nachdem der Gesang verklungen war, schien es, als verstärke sich
das Geräusch der an den Schiffsrumpf schlagenden Wellen.

Ein Matrose meldete ein schwaches Leuchtfeuer auf fünf Meilen an
Steuerbord.

„Alarmbereitschaft! Löscht die Fanale und laßt nur die Notlichter
brennen. Vier Wachmannschaften auf Posten!"

Vivonne ergriff sein Fernrohr und suchte eine Zeitlang wortlos den
Horizont ab. Dann überließ er Brossardière das Glas, der nach einer
Weile meinte: „Wir nähern uns Kap Corse. Nach meiner Ansicht
handelt es sich um ein Boot, das mit Netzen Thunfische jagt und sie
in die Mitte einer kleinen Netzfischerflottille zu treiben sucht. Wollen
wir auf sie zufahren, um uns zu überzeugen?"

„Nein. Korsika gehört den Genuesen, und außerdem halten sich an
den Küsten dieser Insel so gut wie nie Berber auf. Die Bewohner sind
so partikularistisch, daß sie keine fremden Eindringlinge in ihren
Gewässern dulden; unter den Seefahrern und Piraten gilt es als Regel,
diese Insel zu meiden. Halten wir uns an unseren bei der Ausfahrt
festgelegten Plan und laufen wir die Insel Capraia an, die dem Herzog
von Toskana gehört und häufig türkischen Piraten Unterschlupf gewährt hat."

„Wann werden wir sie erreichen?"

„Im Morgengrauen, wenn sich das Wetter bis dahin nicht verschlech-
tert. Hört Ihr nicht auch etwas?"

Sie lauschten. Von einer entfernten Galeere vernahm man langgezogene Heultöne, die schlagartig aufhörten.

Vivonne fluchte.

„Diese Hunde von Mauren heulen den Mond an!"

La Brossardière, der ein alter Seefahrer der Levante war und die arabischen Gebräuche kannte, sagte:

„Sie heulen vor Freude. Das ist ihr Siegesgejohle."

„Freude? Sieg? Jedenfalls sind die Ruderer heute nacht reichlich unruhig."

Ein Maat der Bugwache kam herunter.

„Hoheit, der Führer der Bugwache ist in den Mastkorb gestiegen. Er bittet Euch, durch Euer Fernrohr gewisse Lichter zu beobachten, die wie Signale wirken."

Abermals setzte Vivonne sein Fernrohr an, um es dann La Brossardière zu überlassen.

„Ich glaube, die Wache hat recht", meinte dieser. „Sie geben Signale von den Rigliano-Bergen am Kap Corse herab, vermutlich, um ihre Fischerflotte drunten zurückzurufen."

„Ja, vielleicht", sagte der Admiral unschlüssig.

Aufs neue vernahm man ein Geheul, das von derselben Galeere kam – es mußte die „Dauphine" sein.

Savary fand sich wieder ein, trat zu Angélique und vertraute ihr im Flüsterton an:

„Meine Mumia ist in Sicherheit. Ich habe sie in Stroh und Garn gebettet. Ich hoffe, sie wird standhalten. Habt Ihr's bemerkt? Die Mauren auf der ‚Dauphine' sind außer Rand und Band vor Freude! Die Feuersignale an der Küste haben sie verständigt."

Vivonne, der die letzten Worte gehört hatte, packte den Greis am Kragen seines altmodischen Rockes.

„Wovon verständigt?"

„Das kann ich nicht sagen, Hoheit. Ich kenne die Bedeutung jener Signale nicht."

„Woraus schließt Ihr, daß sie an die Mauren gerichtet waren?"

„Es sind türkische Raketen, Hoheit. Habt Ihr den blauen und roten Schein bemerkt? Ich weiß Bescheid, Hoheit, denn ich war Feuerwerker des Großmeisters der Artillerie in Konstantinopel. Ich mußte für ihn diese Raketen aus Schießpulver und metallischen Salzen herstellen, die beim Abbrennen in verschiedenen Farben glühen. Sie sind eine chinesische Erfindung, aber alle islamischen Völker gebrauchen sie. Deshalb war ich der Meinung, es könnten nur Türken oder Araber sein, die Türken oder Arabern diese Signale gaben, und da ich weit und breit keine anderen sehe als die auf Euren Galeeren . . ."

„Ihr treibt Eure Logik zu weit, Meister Savary", sagte der Herzog in ärgerlichem Ton.

Ein von zwei Fanalen erleuchtetes Boot näherte sich, und La Brossardière schrie ihm zu, die Positionslichter zu löschen. Eine Stimme rief in die Finsternis:

„Hoheit, wir haben Schwierigkeiten an Bord der ‚Dauphine'. Die Feuerzeichen auf den Bergen machen die Mauren auf den mittleren Ruderbänken rebellisch."

„Sind es die Mauren, die wir auf jener Schmugglerfeluke gefangengenommen haben?"

„Ja, Hoheit."

„Das habe ich mir gedacht", sagte der Admiral mit zusammengebissenen Zähnen.

„Einer von ihnen steigt dauernd auf die Bank und stößt beschwörende Rufe aus."

„Was sagt er?"

„Ich weiß nicht, Hoheit, ich verstehe kein Arabisch."

„Aber ich weiß es", sagte Savary. „Ich habe es gehört. Er schrie: ‚Unsere Befreiung steht bevor!' Diesen Ruf des Muezzins haben die andern mit einem Freudengeheul beantwortet."

„Packt mir diesen Aufwiegler und richtet ihn hin!"

„Durch Erhängen, Hoheit?"

„Nein. Dazu haben wir keine Zeit, und sein Anblick an der Großmastrah könnte die andern Fanatiker aufreizen. Einen Pistolenschuß in den Nacken, den Leichnam ins Meer."

Die Barke entfernte sich. Bald danach hörte man einen harten Knall.

Angélique schlug ihren Mantel enger um sich. Sie fröstelte. Es wehte plötzlich eine scharfe Brise.

Der Admiral blickte noch einmal prüfend nach der Küste, aber es war wieder alles finster geworden.

116

„Hißt die Segel und setzt alle drei Rudermannschaften ein. Mit einigem Glück werden wir in der Frühe vor der Insel Capraia sein. Dort werden wir uns mit Ziegen versorgen, die es in Mengen gibt, auch mit Trinkwasser und Orangen."

Angélique glaubte, daß sie wach bleiben würde, aber sie mußte trotzdem in kurzen Schlaf gesunken sein, denn plötzlich wurde sie sich bewußt, daß es zu tagen begann.

In der Morgendämmerung zeichnete sich eine Insel ab. Gegen das Licht gesehen, erschien sie vor dem blaßgoldenen und singrünen Himmel nur als zerklüftete, blaue Masse, die sich auf der leicht bewegten Meeresoberfläche spiegelte.

Angélique sah sich allein unter dem Zeltdach des Tabernakels. Sie glättete ihr Kleid, brachte ihr Haar in Ordnung und ging hinaus, um die Morgenluft zu atmen. Die Offiziere waren auf dem Vorderdeck versammelt. Noch zögerte die junge Frau, über den Laufsteg zu gehen, als der Leutnant de Millerand sie bemerkte. Liebenswürdig kam er ihr entgegen, um sie zu begleiten.

Der Herzog von Vivonne reichte ihr, sichtlich in bester Laune, das Perspektiv.

„Seht nur, wie einladend die Insel ausschaut, Madame. Und am Fuß jener vulkanischen Felsen ist nicht die geringste Brandung zu bemerken. Das bedeutet, daß wir ohne jede Schwierigkeit anlegen können."

Angélique brauchte eine ganze Weile, um ihre Augen an das Fernrohr zu gewöhnen, dann aber wußte sie sich vor Entzücken nicht zu fassen, als sie eine blauviolette Bucht entdeckte, in der sich Möwen tummelten.

„Was hat denn jenes runde, blitzende Licht dort zur Linken zu bedeuten?" fragte sie.

Kaum hatte sie die Worte ausgesprochen, als das Licht hoch in den Himmel stieg, um dann wieder herabzufallen und zu verlöschen.

Die Offiziere schauten einander an. Meister Savary sagte in friedlichem Ton: „Wieder eine Signalrakete. Ihr werdet erwartet . . ."

„Klar zum Gefecht!" brüllte Vivonne in sein Sprachrohr. „Kanoniere, auf die Plätze! Wir werden die Durchfahrt erzwingen. Zum Teufel, wir sind ja schließlich eine ganze Flotte!"

Trotz des Windes vernahm man das Geheul der „Dauphine", die in geringem Abstand vor der Admiralsgaleere einherfuhr.

„Bringt dieses Gelichter zum Schweigen!"

Doch eine schrille Stimme übertönte die andern Geräusche und leierte in betäubender Lautstärke:

„La illa, ha-illa la
Mohamedou, rassou lou-la
Ali vali oula . . ."

Endlich wurde es wieder still.

Der Herzog von Vivonne erteilte weitere Befehle:

„Gebt das Signal zum Sammeln. Wir gruppieren uns nach der Größe und Wendigkeit der Fahrzeuge. Die Galeere mit der Munitionsreserve muß versuchen, sich im Zentrum zu halten. Ich werde gleichfalls in der Mitte bleiben, um die Geschehnisse zu verfolgen. Die ‚Dauphine' an die Spitze. Die ‚Luronne' an den linken, die ‚Fortune' an den rechten Flügel. Die ‚Concorde' bildet die Nachhut."

„Fahne auf dem Felsen", meldete die Wache.

Vivonne setzte sein Fernrohr an.

„Ich sehe deren zwei. Eine weiße, die von einem Mann hochgehalten wird. Das bedeutet die Kriegserklärung nach Art der Christen. Die andere Fahne ist rot mit weißem Rand, und ihr Emblem . . . merkwürdig, ich glaube die silberne Schere zu erkennen, das Symbol Marokkos."

„Das ist seltsam, Hoheit. Die Berber pflegen ihre Flagge nicht im voraus zu zeigen, und die Mauren haben noch nie eine weiße Fahne neben ihren Emblemen gehißt."

„Mir ist das ein völliges Rätsel", sagte Vivonne nachdenklich. „Ich kann mir nicht denken, mit was für einem Feind wir es zu tun haben."

Trotz des stärker werdenden Seegangs rückten die Galeeren mit verminderten Segeln in Linie auf und begannen sich mit Kurs auf den Felsen, der die Einfahrt in die Bucht kennzeichnete, in Schlachtordnung zu gruppieren.

In diesem Augenblick tauchten zwei türkische Feluken auf. Es waren eher Segelbarken, kleine, zerbrechlich wirkende Fahrzeuge, die allerdings den Vorteil hatten, den Wind im Rücken zu haben.

Der Admiral reichte das Fernrohr seinem ersten Offizier, der es, nachdem er hindurchgeschaut hatte, Angélique anbot. Sie benutzte jedoch bereits das alte, überlange, mit Grünspan überzogene Perspektiv, das Meister Savary aus seinem Gepäck hervorgeholt hatte.

„Ich sehe nichts in diesen Barken als Schwarze und ein paar kümmerliche Musketen", meinte sie.

„Das ist eine unverschämte Herausforderung!"

Vivonne entschloß sich:

„Beauftragt die ‚Luronne' als leichteste Galeere, sie zu verfolgen und zu versenken. Diese Stümper haben nicht einmal Geschütze!"

Durch Signale verständigt, machte sich die „Luronne" an die Verfolgung der beiden Feluken. Kurz danach böllerte die Kanone, und ihr Krachen hallte an der Küste wider. Hastig gab Angélique das Perspektiv Savary zurück, um sich mit beiden Händen die Ohren zuhalten zu können.

Keine der beiden Feluken war getroffen; sie jagten auf das offene Meer zu.

Die „Fleur de Lys" und die „Concorde", die sie in ihrer Schußlinie hatten, wurden durch diese leichte Beute angestachelt. Sie ergriffen die Initiative und scherten aus, um näher ans Ziel heranzukommen. Aufs neue feuerten Geschütze.

„Getroffen!"

Das dreieckige Segel der einen Feluke war in die Wogen gestürzt. Innerhalb weniger Sekunden ging das Boot mit Mann und Maus unter. Auf den Wellengipfeln konnte man die schwarzen Köpfe einiger Überlebender erkennen. Die andere Feluke machte Anstalten, sich ihnen zu nähern, aber eine wohlgezielte Salve der „Fleur de Lys" vereitelte ihre Absicht. Sie mußte aufs neue flüchten.

„Bravo!" sagte der Admiral. „Die drei Galeeren sollen wieder auf Kurs gehen."

Die Fahrzeuge, die jetzt ziemlich entfernt waren, führten das Manöver wegen der immer unruhiger werdenden See nur mit Mühe durch. Daraus ergab sich eine gewisse Verwirrung in der vorgesehenen Schlachtordnung.

Plötzlich schrie die Wache aus dem Mastkorb:

„Kriegsschebecke Steuerbord voraus. Sie kommt auf uns zu!"

Zwölftes Kapitel

Am Eingang zur Bucht war ein Schiff mit prallen Segeln aufgetaucht. In rascher Fahrt durchquerte es die schmale Öffnung zwischen den Felsen.

„Wenden und Kurs auf den Feind!" donnerte Vivonne. „Salve aus allen drei Rohren auf mein Kommando. Feuer!"

Das mächtige Geschütz in der Mitte prallte unter dem Stoß in den Laufsteg zurück. Der Pulvergeruch kitzelte Angélique in der Nase. Durch den Rauch hindurch hörte sie die knappen, klaren Befehle.

„Mörser auf Steuerbord in Stellung. Die Schebecke nimmt Kurs auf uns! Musketensalve, danach schwenken, um wieder in den Schußwinkel zu kommen. Feuer! . . ."

Die Salve krachte und übertönte das noch nicht verklungene Echo der Geschütze. Doch die Schebecke, die den Kanonenkugeln entronnen war, befand sich noch in zu großer Entfernung, als daß die Musketen ihr hätten Schaden zufügen können.

Savary schaute befriedigt durch sein Perspektiv wie ein Naturforscher, der eine Fliege unter der Lupe hat.

„Sehr schönes Schiff, Teakholz aus Siam. Der Wert dieses Holzes ist unschätzbar. Hat man die Rinde abgeschält, so muß es erst fünf Jahre am Stamm trocknen und danach noch einmal sieben Jahre unter Dach, bevor man es zersägt. Weiße Flagge auf dem Großmast, Standarte des Königs von Marokko am Heck und ein besonderes Kennzeichen, rot mit einem silbernen Wappenschild, in der Mitte."

„Das Kennzeichen Seiner Gnaden des Herrn Rescator", sagte Vivonne bitter. „Ich hätte darauf gewettet!"

Angéliques Herz machte einen Satz. Sie hatte also jenen schrecklichen Rescator vor sich, der die Schuld am Tode ihres Sohnes trug und den die tapferen Offiziere Seiner Majestät mit vollem Recht zu fürchten schienen.

Durch die geöffneten Stückpforten der Schebecke sah man die Mündungen der Kanonenrohre schimmern, und der hervorquellende verdächtige Rauch deutete darauf hin, daß die Feuerwerker auf ihren

Posten waren, bereit, beim nächsten Befehl die Lunten anzuzünden. Signalfahnen flatterten von den Haupttauen: „Ergebt Euch, oder wir versenken Euch."

„Dieser Unverschämte! Glaubt er, die Flotte des Königs von Frankreich ließe sich auf solche Weise einschüchtern? Er ist zu weit entfernt, um uns versenken zu können. Die ‚Concorde' kommt heran und wird ihn bald in ihrer Schußlinie haben. Hißt die weiße Kriegsfahne am Bug und das Lilienbanner am Heck!"

Alsbald sah man den Gegner seinen Kurs ändern. Er begann einen Kreisbogen zu beschreiben, um den Kanonen der nach dem Festland, also nach Osten ausgerichteten Galeeren auszuweichen. Er glitt mit vollen Segeln dahin. Mehrere Geschütze feuerten. Die „Fleur de Lys" und die „Concorde", die die Feluken verfolgt hatten, kehrten zurück und nahmen den Angreifer unter direkten Beschuß.

„Danebengegangen!" stellte Vivonne ärgerlich fest.

Er entnahm seiner Konfektdose ein paar mit Zucker überzogene Pistazienkerne.

„Jetzt müssen wir uns vorsehen. Er weiß, daß wir Zeit zum Laden brauchen. Er wird wieder Kurs auf uns nehmen und versuchen, uns zu versenken. Machen wir eine Schwenkung, damit wir ihm den Bug zukehren. Wenn er uns dann in der Flanke treffen will, muß er sich gegen den Wind stellen, und das wird ihn behindern."

Eine Weile herrschte lastende Stille. Man hörte nur noch die rhythmischen Gongschläge der Rudermeister, die wie das dumpfe Pochen eines beklommenen Herzens klangen.

Plötzlich wendete die Korsarenfregatte und flog auf sie zu, wie der französische Admiral es vorausgesagt hatte. Sie flog gleich einem Seeadler dahin und hatte soviel Fahrt, daß sie ein gutes Stück über die gesamte Flotte hinausschoß, bevor sie Segelwechsel vornahm.

„Er versteht sich aufs Manövrieren, dieser verwünschte Pirat!" brummte La Brossardière. „Schade, daß er ein Feind ist."

„Es scheint mir nicht der richtige Augenblick, seine Geschicklichkeit zu bewundern, Monsieur de La Brossardière", bemerkte Vivonne trocken. „Kanoniere, habt Ihr Eure Geschütze neu geladen?"

„Jawohl, Hoheit."

„Dann Salve auf mein Kommando! Wir befinden uns im rechten

Winkel zu ihm, und er bietet uns seine Flanke. Der Augenblick ist günstig."

Doch es war die Salve der zwölf Steuerbordkanonen des Piratenschiffs, die da krachte.

Ein Geysir schien aus dem Meer hochzuschießen, der den Gegner hinter einem Gischtschleier verbarg. Trümmer der verschiedensten Art flogen durch die Luft, und eine ohrenbetäubende Explosion erfolgte. Dann ergoß sich eine riesige Woge in den Ruderraum der „Royale", wobei an Backbord mehrere Ruder wie Streichhölzer zerbrachen.

Völlig durchnäßt klammerte sich Angélique an die Reling der Galeere, die sich langsam wieder aufrichtete.

Der Herzog von Vivonne, der durch den Explosionsdruck zu Boden geschleudert war, stand schon wieder auf den Beinen.

„Es ist nichts Schlimmes passiert", sagte er. „Er hat uns nicht getroffen. Mein Fernrohr, Brossardière! Ich glaube jetzt, daß . . ."

Er hielt mit offenem Mund und einem völlig verstörten, fassungslosen Gesichtsausdruck inne.

An der Stelle, an der sich eben noch das Munitionsschiff befunden hatte, sah man nur etwas wie einen Mahlstrom, der in seinen schäumenden Strudel die Trümmer von Planken und Rudern riß. Das Fahrzeug mit seinen hundert Sträflingen, seiner Ausrüstung und vor allem mit seinen vierhundert Tonnen Kartätschen- und Mörserkugeln war senkrecht in den Fluten versunken.

„Unser gesamter Munitionsvorrat!" sagte Vivonne mit tonloser Stimme. „Dieser Bandit! Wir sind auf seine Finte hereingefallen. Nicht uns hat er aufs Korn genommen, sondern das Munitionsschiff. Da zwei der Galeeren die Feluken verfolgten, war es ohne Deckung. Aber er soll sich nicht zu früh freuen, wir werden ihn auch versenken. Das Spiel ist noch nicht zu Ende."

Der junge Admiral riß sich den triefenden Hut und die durchnäßte Perücke vom Kopf und schleuderte sie auf die Erde.

„Die ‚Dauphine' soll sich an die Spitze setzen. Sie hat noch nicht gefeuert und besitzt noch ihre gesamte Munition."

Der Feind blieb auf der Lauer, auf der Stelle manövrierend, indem er den französischen Schiffen bald den Bug zukehrte, um ihnen kein Ziel zu bieten, bald das Backbord, wo seine Geschütze vermutlich wieder schußbereit waren.

Die „Dauphine" hatte sich rasch an den ihr zugewiesenen Platz begeben. Angélique wurde sich bewußt, daß dies das Schiff war, auf dem sich die mit dem Rescator unter einer Decke steckenden Gefangenen befanden, die vorhin gesungen hatten und deren Rädelsführer in der vergangenen Nacht hingerichtet worden war. Und sie fand, daß es nicht klug war, sich bei solch schwierigen Manövern auf Sträflinge zu verlassen.

Sie war mit ihren Überlegungen noch nicht zu Ende, als sie sah, wie die langen Ruder der Sträflinge der mittleren Bankreihen sich entgegen dem Rhythmus hoben und sich ineinander zu verstricken begannen. Die „Dauphine", die eben beigedreht hatte, stockte, zitterte wie ein verletzter Vogel und neigte sich plötzlich schwer nach Backbord. Wildes Kreischen und dumpfes Krachen wurden hörbar, übertönt von den schrillen Schreien der Mauren.

„Jede Galeere soll ihre Feluke und ihre Schaluppe zu Wasser lassen, um Hilfe zu leisten!"

Das Manöver dauerte allzu lange. Angélique wandte sich ab und schlug die Hände vors Gesicht. Sie konnte den Anblick der langsam kenternden Galeere nicht mehr ertragen. Die meisten Matrosen und die gesamte Rudermannschaft waren dazu verurteilt, vom Schiffsrumpf zerquetscht zu werden oder zu ertrinken. Ins Meer geschleuderte Soldaten kämpften mit den Wellen, behindert durch ihre schwere Ausrüstung, ihre Säbel, ihre Pistolen, und schrien um Hilfe.

Als die junge Frau sich dazu überwand, die Augen wieder zu öffnen, sah sie dicht vor sich windgeblähte Segel aufragen. Die Schebecke war jetzt kaum eine Kabeltaulänge von der Admiralsgaleere entfernt. Man konnte die braunen Gesichter der in weite weiße Mäntel gehüllten Berber erkennen. Sie waren mit Musketen bewaffnet, vom Bug bis zum Heck längs der Reling aufgereiht.

Auf dem Vorderdeck standen, von einer Janitscharengarde mit grünen Turbanen und Krummsäbeln umgeben, zwei Männer. Regungslos beobachteten sie durch ihre Fernrohre die „Royale".

Zuerst hielt Angélique sie trotz ihrer europäischen Kleidung gleichfalls für Mauren, denn ihre Gesichter wirkten dunkel, dann aber sah sie die weißen Hände der beiden Männer und merkte, daß sie Masken trugen.

„Seht", sagte neben ihr Vivonne mit dumpfer Stimme, „der größere im schwarzen Gewand mit dem weißen Mantel, das ist ER, der Rescator. Der andere ist sein erster Offizier. Sein Name – oder vielmehr sein Beiname – Kapitän Jason. Ein übler Abenteurer, aber ein guter Seemann. Ich habe ihn im Verdacht, Franzose zu sein."

Angélique streckte ihre zitternde Hand nach Savarys Perspektiv aus. Im trüben Glas des Instruments erschienen ihr die beiden Männer noch gegensätzlicher als Sancho Pansa und Don Quichotte, aber dieses Paar reizte nicht zum Lächeln.

Der Kapitän war ein untersetzter Mann, der eine Art Uniform trug: eine Kasacke mit Aufschlägen, von einem breiten Gürtel zusammengehalten. Sein riesiger Säbel schlug bei jeder Bewegung gegen seine Stiefel. Alles an ihm stand in krassem Gegensatz zu der langen, mageren Gestalt des Rescator genannten Piraten, der in ein schwarzes Gewand von spanischem, ein wenig altmodischem Schnitt gekleidet war. Er trug enganliegende Stiefel mit schmalen Stulpen, an denen goldene Troddeln hingen. Seinen Kopf bedeckten ein auf Korsarenart geschlungenes rotes Tuch sowie ein großer schwarzer Hut mit roten Federn. Ein Zugeständnis an den Islam war indessen sein weiter, goldbestickter Mantel aus weißer Wolle, der im Winde wehte.

Mit leichtem Grausen stellte Angélique fest, daß er etwas Mephistophelisches an sich hatte. Jedenfalls strahlte er eine faszinierende Wirkung aus. Ob er ebenso regungslos und gelassen Zeuge des Sinkens einer Galeere gewesen war, auf der ein Knabe verzweifelt nach seinem Vater geschrien hatte?

„Wann versenken sie ihn denn endlich!" rief Angélique wie erschöpft aus.

Sie vergaß darüber das grausige Schauspiel, das vor ihren Augen abrollte: die noch immer mit schwerer Schlagseite hilflos den Wellen preisgegebene „Dauphine". Trotz heroischer Bemühungen der Matrosen, mit Hilfe der Pumpen des vom Heck her eindringenden Wassers Herr zu werden, begann sie langsam zu sinken.

Eine Schaluppe wurde von Bord der Schebecke herabgelassen. Der erste Offizier des Rescators nahm in ihr Platz.

„Sie wollen unterhandeln", sagte Vivonne überrascht.

Kurz darauf stieg der Mann an Bord, trat vor die Offiziere und verneigte sich tief auf orientalische Weise.

„Ich grüße Euch, Herr Admiral", sagte er in untadeligem Französisch.

„Ich grüße keine Renegaten", erwiderte Vivonne.

Ein seltsames Lächeln breitete sich unter der schwarzen Maske aus, und der Mann schlug das Kreuz. „Ich bin Christ wie Ihr, Monsieur, und mein Herr, Seine Hoheit der Rescator, ist es gleichfalls."

„Christen sollten nur christliche Besatzungen befehligen!"

„Unsere Besatzungen setzen sich aus Arabern, Türken und Weißen zusammen. Genau wie die Eurigen, Monsieur", sagte der andere, wobei er einen Blick in den Ruderraum warf. „Der einzige Unterschied besteht darin, daß die unsrigen nicht angekettet sind."

„Genug geschwatzt! Was habt Ihr vorzubringen?"

„Laßt uns unsere Mauren befreien und zurückholen, die Ihr auf der ‚Dauphine' gefangenhaltet, und wir sehen davon ab, den Kampf fortzusetzen."

„Euren Mauren ist beschieden, mit dieser Galeere unterzugehen."

„Keineswegs. Wir schlagen Euch vor, sie wieder flottzumachen."

„Das ist unmöglich!"

„Uns ist es möglich. Unsere Schebecke ist schneller als . . . als Eure lahmen Galeeren", vollendete er in leicht verächtlichem Ton. „Aber entscheidet Euch rasch, denn die Zeit drängt, und in wenigen Augenblicken wird es zu spät zum Handeln sein."

Vivonne kämpfte einen harten inneren Kampf. Er wußte, daß er für die „Dauphine" rechtzeitig nichts mehr tun konnte. Annehmen bedeutete, das prächtige Schiff zusamt einigen hundert Menschen retten, aber vor einem an Zahl unterlegenen Feind kapitulieren. Als dem für das königliche Geschwader Verantwortlichen blieb ihm keine Wahl.

„Ich nehme an", sagte er mit zusammengebissenen Zähnen.

„Ich danke Euch, Herr Admiral. Ich grüße Euch."

„Elender! Wie konntet Ihr als Franzose – und Ihr seid Franzose, daran läßt Eure Sprache keinen Zweifel – den Euren so abtrünnig werden!"

Der Korsar wandte sich um. Seine Augen funkelten hinter der Maske.

„Die Meinen sind mir zuerst abtrünnig geworden", sagte er und schritt der Leiter zu.

Das Boot entfernte sich.

„Hißt das Stoppsignal und verkündet die Waffenruhe!" rief der Herzog von Vivonne.

Die Schebecke setzte sich in Bewegung. Sie glitt im Abstand von einer Kabellänge vorbei, unbekümmert darum, daß sie ihr Steuerbord darbot – freilich auch ihre gerichteten zwölf Kanonen.

„Sie hat zuviel Fahrt, sie wird ihr Ziel verfehlen, das ist eine Finte", sagte der Leutnant de Saint-Ronan erregt.

Das feindliche Fahrzeug strich plötzlich die Segel, was seine Fahrt verlangsamte und es im rechten Winkel dicht hinter die havarierte „Dauphine" brachte, in deren Umgebung die endlich zu Wasser gelassenen Feluken und Beiboote der Galeeren die Schiffbrüchigen aufzufischen begannen.

Auf der Schebecke herrschte rege Geschäftigkeit. Den Anweisungen des Kapitäns folgend, befestigten die Mauren am Fuß des Großmasts ein Tau, dann wurde eine Ankerwinde herbeigeschleppt.

An Bord der „Royale" hielten die Offiziere den Atem an, die Soldaten und Matrosen standen bewegungslos und wie versteinert.

Der Rescator hatte sich seiner verächtlichen Lässigkeit begeben. Man sah ihn ausführlich mit seinem ersten Offizier verhandeln, wobei er das bevorstehende Manöver durch Gebärden erläuterte. Auf einen Wink trat sodann ein Janitschare hinzu und nahm ihm Mantel und Hut ab. Ein anderer reichte ihm das mehrfach eingerollte Ende des Taus. Er nahm die Rolle auf die Schulter, sprang mit einem behenden Satz auf das vordere Schanddeck der Schebecke und tat ein paar Schritte auf den Bugspriet hinaus.

Währenddessen wandte sich der erste Offizier mit Hilfe seines Sprachrohrs an den Kapitän der „Dauphine".

„Er empfiehlt Tourneuve, den Anker am Heck fallen zu lassen, um zu vermeiden, daß das Schiff sich um seine Achse dreht, wenn die

126

Schebecke zu ziehen beginnt. Er rät, zunächst möglichst viel Gewicht nach Steuerbord zu verlagern, sobald die Galeere sich aber aufzurichten beginnt, das Backbord zu belasten, damit sie sich nicht auf die andere Seite neigt."

„Glaubt Ihr, dieser schwarze Teufel hat die Absicht, seine Trosse auf Indianerart zur ‚Dauphine' hinüberzuwerfen?"

„Es sieht mir ganz danach aus."

„Das ist doch unmöglich! Das Seil muß ein ungeheures Gewicht haben. Es würde herkulischer Kräfte bedürfen, um . . ."

„Schaut nur!"

Die lange Gestalt, die sich schwarz vom azurblauen Himmel abzeichnete, hatte plötzlich ausgeholt. Das Tau sauste durch die Luft, und seine Schleife legte sich im Niederfallen um einen Vorsprung mittschiffs der „Dauphine".

Von der Bewegung aus dem Gleichgewicht gebracht, war der maskierte Mann vom Bugspriet geglitten, aber er klammerte sich mit beiden Armen fest und schwang sich mit affenartiger Gewandtheit hoch, so daß er rittlings auf den Mast zu sitzen kam. In aller Ruhe prüfte er die Zuverlässigkeit des Taus. Dann erhob er sich und schritt in der gleichen lässigen Haltung wie zuvor zum Deck der Schebecke zurück, wo er von seiner Mannschaft mit wildem Freudengeheul empfangen wurde.

La Brossardière stieß einen tiefen Seufzer aus.

„Ein Gaukler vom Pont-Neuf hätte es nicht besser gemacht."

„Ja, bewundert ihn, bewundert ihn nur!" sagte Vivonne in sarkastischem Ton. „Nun habt Ihr neuen Stoff für Eure kleine Mittelmeerchronik."

Indessen begann sich die Schebecke langsam rückwärts zu bewegen. Schwarze und türkische Matrosen liefen auf die Brücke, um mit sechs langen Rudern die Wirkung des Winddrucks zu unterstützen.

Das Tau spannte sich. Alle Männer, die sich noch auf der havarierten Galeere befanden, hasteten nach Steuerbord hinüber und belasteten mit ihrem Körpergewicht die Reling an der Stelle, an der das Tau befestigt war.

Mit einem starken, saugenden Geräusch hob sich die untergetauchte Bordwand jählings aus den Fluten. Auf einen Befehl Tourneuves stürzte die gesamte Mannschaft nach Backbord, um das Gleichgewicht wiederherzustellen.

Die aufgerichtete „Dauphine" schwankte heftig von Bord zu Bord, dann beruhigte sie sich allmählich. Ein letzter Befehl erscholl gleich einem Erlösungsschrei: „Alle Mann an die Pumpen!", und Beifallsrufe ertönten von den übrigen Galeeren.

Kurz darauf wurde das Beiboot des Korsarenschiffs abermals zu Wasser gelassen und nahm Kurs auf die „Dauphine".

„Sie führen eine Schiffsschmiede mit sich und eine Menge Handwerkszeug. Sie wollen ihren Gefangenen die Ketten abnehmen."

Das Unternehmen dauerte ziemlich lange. Endlich sah man die befreiten arabischen Galeerensklaven erscheinen, gefolgt von einem Dutzend Türken, den kräftigsten der Rudermannschaft.

Der Herzog von Vivonne wurde puterrot vor Zorn.

„Verräter, Piraten, unzuverlässige Hunde!" brüllte er in sein Sprachrohr. „Ihr haltet Euch nicht an die Abmachungen ... Ihr habt nur davon gesprochen, daß Ihr Eure Mauren befreien wolltet ... Ihr habt nicht das Recht, diese Türken mitzunehmen."

Der Kapitän Jason erwiderte aus dem Boot:

„Wir nehmen sie zur Strafe dafür, daß Ihr einen der Mauren hingerichtet habt."

„Monsieur, beruhigt Euch. Ich werde nach dem Wundarzt schicken, damit er Euch zur Ader läßt", meinte La Brossardière besorgt.

„Der Wundarzt hat Wichtigeres zu tun, als mich zur Ader zu lassen", erwiderte Vivonne düster. „Man soll die Toten und die Verwundeten namhaft machen."

Mit geblähten Segeln glitt die Piratenschebecke davon.

Dreizehntes Kapitel

Der Herzog von Vivonne stieg in das Beiboot und schaute noch einmal lächelnd hinauf.

„Auf bald, Liebste. In ein paar Tagen sehen wir uns auf Malta wieder. Betet für den Sieg meiner Waffen."

Über die Reling gebeugt, zwang sich Angélique zu einem Lächeln. Sie löste ihren Gürtel aus himmelblauer Seide mit goldenen Fransen und warf ihn dem jungen Mann zu.

„Als Siegespfand für Euren Degen."

„Danke!" rief Vivonne, während die Schaluppe sich entfernte. Er küßte die Schärpe und schlang sie um sein Degengehänge. Dann winkte er noch einmal vergnügt.

Wie dumm von mir, daß mich diese Trennung so bedrückt, sagte sich Angélique im stillen. Vivonne hatte beschlossen, den Rescator zu verfolgen und zu versuchen, ihn auf der Höhe von Malta einzukreisen, wo die Galeeren der Ritter vom Johanniterorden ihm Beistand leisten würden. Da die Admiralsgaleere „La Royale" für eine solche Treibjagd zu schwerfällig war, stieg er auf die „Luronne" um und überließ sein Schiff und Angélique der Obhut La Brossardières und einiger Soldaten. Die „Royale" sollte in langsamerer Fahrt Kurs auf La Valette nehmen, ebenso die „Dauphine", deren Schäden ausgebessert werden mußten.

Die Schlachtgaleeren formierten sich und verschwanden bald hinter der Regenwand, die sich rasch aus südwestlicher Richtung näherte.

Angélique flüchtete unter das Dach des Tabernakels, als der Regen auf die heftig schaukelnde „Royale" niederschlug.

„Nach den Piraten ist es das Meer, das uns in Schwierigkeiten bringen wird", sagte La Brossardière.

„Ist das der angekündigte Sturm?"

„Noch nicht, aber er wird nicht lange auf sich warten lassen."

Der Regen ließ nach, doch der Himmel blieb grau und das Meer bewegt. Die Luft war zum Ersticken, trotz des feuchten Windes, der stoßweise blies.

Die Unterhaltung zwischen dem guten Savary und dem Leutnant de Millerand, der ein wenig auftaute, nachdem Vivonne, auf den er eifersüchtig gewesen war, das Schiff verlassen hatte, war nicht dazu angetan, ihr die Langeweile zu vertreiben. Wehmütig dachte sie an Versailles, an Molière und seine Späße.

Als es Nacht geworden war, empfahl ihr La Brossardière, sich in ihrer Kabine im Zwischendeck einzuschließen. Sie hatte nicht den Mut dazu und sagte, sie werde erst hinuntergehen, wenn sie es auf Deck nicht mehr aushalten sollte.

Die heftigen Stöße, die die Galeere stampfen und knirschen ließen, wiegten sie schließlich ein, und trotz des aufkommenden Sturms versank sie in tiefen Schlaf.

Sie erwachte wie aus einem Alptraum. Es war stockdunkel.

Eine Weile blieb sie halbaufgerichtet auf ihrem Lager liegen, in dem Gefühl, daß irgend etwas Ungewöhnliches vorging. Die Galeere stampfte noch immer heftig, aber der Sturm schien sich gelegt zu haben.

Plötzlich wurde sie sich bewußt, was sie geweckt hatte: die vollkommene Stille, die an Bord herrschte. Die Gongschläge der Rudermeister waren verstummt. Es war, als sei die Galeere nur noch ein verlassenes, den Wogen ausgeliefertes Wrack.

Panische Angst überfiel die junge Frau.

„Monsieur de La Brossardière!" rief sie.

Niemand antwortete.

Sie erhob sich und machte, mühsam sich aufrecht haltend, ein paar zögernde Schritte. Dabei stieß sie an etwas Weiches, über das sie beinahe gestolpert wäre.

Sie bückte sich. Ihre Hand berührte die Stickereien einer Uniform. Sie packte die Schulter des ausgestreckt auf dem Boden liegenden Mannes und schüttelte ihn kräftig.

„Monsieur de La Brossardière, wacht auf!"

Er regte sich nicht. Fieberhaft tastete Angéliques Hand nach seinem Gesicht. Bei der Berührung mit dem bereits erkalteten Körper zuckte sie erschauernd zurück.

130

Sie richtete sich auf, um ihre Reisetasche zu holen, die immer griff-
bereit neben ihrem Lager stand. Sie fand darin die kleine Laterne,
schlug Feuer und versuchte sie anzuzünden. Dreimal löschte ein tücki-
scher Windstoß sie wieder aus. Endlich konnte sie die rotgetönte Glas-
scheibe über der Flamme herunterlassen und den Raum ableuchten.

Monsieur de La Brossardière lag gekrümmt auf der Seite. Seine
Augen waren bereits glasig, und auf seiner Stirn klaffte eine grauenhafte, blutige Wunde.

Angélique machte einen Schritt über ihn hinweg und tastete sich zum
Zelteingang vor. Auch dort stieß sie auf einen reglosen Körper. Ein
Soldat, gleichfalls niedergestreckt und tot. Leise hob sie den Vorhang
und schaute hinaus. In der Finsternis bemerkte sie einen Lichtschein,
der aus dem Ruderraum kam. Schatten bewegten sich auf dem Laufsteg, aber es waren nicht mehr die der Galeerenvögte mit den langen
Peitschen. Sie sah rote Gestalten hin und her gehen, und Rufe aus
rauhen Kehlen drangen zu ihr.

Angélique ließ den Vorhang wieder fallen und wich in den Hintergrund des Zelts zurück, ohne auf den Sprühregen zu achten, der sie
zuweilen bespritzte, wenn eine besonders hohe Woge gegen den Bug
schlug.

Tödliche Angst befiel sie. Jetzt begriff sie, warum die Gongschläge
verstummt waren.

Das Geräusch über den Boden gleitender bloßer Füße ließ sie nach
einer Weile gespannt aufhorchen. Dann teilte sich lautlos der Vorhang,
und Nicolas stand auf der Schwelle, hochaufgerichtet in seiner roten
Sträflingskleidung. Sein bärtiges Gesicht unter dem struppigen Haar
trug den gleichen furchterregenden Ausdruck wie damals, als er durch
die Fensterscheiben der Taverne nach ihr gespäht hatte. Als er heiser
zu sprechen begann, verstärkten die unzusammenhängenden, irren
Worte den Alpdruck.

„Marquise der Engel . . . meine Wonne . . . mein Traum . . . da bin
ich! Um deinetwillen hab' ich meine Ketten zerbrochen . . . Ein Schlag
für den Rudermeister . . . einer für den Galeerenvogt. Hahaha! Überall
haben sie zugeschlagen . . . Seit langem haben wir's vorbereitet . . . Du
aber hast alles ausgelöst . . . Dich hier zu erblicken! . . . Lebendig! . . .
Immer hab' ich dich vor mir gesehen in all diesen zehn Galeeren-

jahren . . . Und du gehörtest dem andern . . . Du hast ihn geküßt, ihn liebkost . . . Ich kenne dich! . . . Du hast dein Leben gelebt, während ich das meinige lebte . . . Du bist es, die gewonnen hat. Aber nicht endgültig. Das Rad dreht sich. Es hat dich zu mir zurückgeführt . . ."

Er näherte sich ihr, streckte die Hände nach ihr aus, deren Gelenke die frischen Eindrücke jahrelang erduldeter Ketten trugen. Nicolas Calembredaine hatte im Lauf seiner Galeerenzeit zwei Fluchtversuche unternommen. Der dritte würde glücken. Er und seine Genossen hatten die gesamte Besatzung getötet, die Soldaten, die Offiziere. Sie waren die Herren der Galeere.

„Du sagst nichts . . . Hast du Angst? . . . Es gab einmal eine Zeit, da hielt ich dich in meinen Armen, ohne daß du dich vor irgend etwas fürchtetest!"

Draußen zerriß ein Blitz den Himmel, und das Grollen des Donners hallte in der Nacht wider.

„Du erkennst mich nicht?" drängte der Galeerensträfling. „Das ist doch nicht möglich . . . Ich bin sicher, daß du mich schon neulich erkannt hast."

Sie spürte den Salz- und Schweißgeruch seiner Lumpen und schrie, plötzlich angewidert: „Rühr mich nicht an! Rühr mich nicht an!"

„Ah, du hast mich also erkannt! Sag mir, wer ich bin?"

„Du bist Calembredaine, der Bandit!"

„Nein, ich bin Nicolas, dein Herr von der Tour de Nesle . . ."

Eine jähe Sturzsee ergoß sich über beide, und Angélique mußte sich an die Reling klammern, um von dem zurückströmenden Wasser nicht ins Meer gespült zu werden.

Draußen beantwortete ein unheilverkündendes Krachen den fürchterlichen Donnerschlag.

Ein junger Galeerensträfling erschien verstört am Eingang.

„Caid, der Hauptmast ist gebrochen. Was sollen wir tun?"

Fluchend schüttelte Nicolas seine triefende Kleidung.

„Dummes Volk!" knurrte er. „Wenn ihr nicht wißt, was man tun muß, warum habt ihr mich dann bestürmt, alle Matrosen umzubringen? Ihr sagtet, ihr verstündet mit einem Schiff umzugehen."

„Wir haben keine Segel mehr."

„Schöne Bescherung! Dann werden wir eben rudern. Wir werden

auch die andern einsetzen, die, die noch auf den Bänken angekettet sind. Du, du schlägst auf die Pauke. Und ich werde dafür sorgen, daß sie sich tummeln, diese Abtrünnigen und all das braune Gelichter!"

Er verschwand, und bald darauf vernahm man, das Heulen des Sturms übertönend, aufs neue den gleichförmigen Rhythmus der Gongschläge. Die Galeere, die sich während einer endlos scheinenden Viertelstunde stark seitwärts geneigt hatte, von dem abgesplitterten Mast heruntergedrückt, kam wieder ins Gleichgewicht, als Nicolas mit ein paar Axthieben das Holz durchschlug, das den Stumpf noch mit dem Mast verband. Die Pumpen traten in Aktion, und die Ruderer legten sich ins Zeug, um den Bug geradezurichten.

Jetzt, da der Alpdruck Gestalt angenommen hatte, gewann Angélique ihre Kaltblütigkeit zurück. Gar manches Mal hatte es in ihrem Leben Augenblicke gegeben, in denen sie vor Angst zu sterben glaubte, aber wenn die Spannung einen gewissen Grad überschritt, bekamen in ihrem Innern Zorn und Kampfgeist die Oberhand.

Ihr triefendes Kleid klebte an ihren Beinen und lähmte sie. Sie schleppte sich zu ihrem Reisesack, öffnete ihn, entnahm ihm einige Kleidungsstücke, und nach wiederholten Versuchen gelang es ihr während einer vorübergehenden Windstille, sich des Kleides und der durchnäßten Unterwäsche zu entledigen. Für alle Fälle hatte sie vorsorglich ein Männergewand aus grauem Tuch mitgenommen, das sie nun überstreifte, so gut es eben gehen wollte. In den enganliegenden Kniehosen, dem bis zum weißleinenen Kragen zugeknöpften Rock fühlte sie sich wohler und eher imstande, den Fährnissen der Seereise − und den Sträflingen zu trotzen. Sie zog Schaftstiefel über, steckte ihr Haar auf und verbarg es unter einem grauen Filzhut. Zudem war sie geistesgegenwärtig genug, ihren Reisesack noch einmal zu öffnen und alles herauszunehmen, was ihr an Gold verblieb, um es zusamt den Wechseln in ihrem Gürtel zu verstauen.

„Angélique!" schrie Nicolas auf, als er von neuem erschien.

Er hatte die vermeintliche Jünglingsgestalt bemerkt und starrte sie verständnislos an.

„Ach. du bist es!" sagte er erleichtert. „Ich dachte schon, du seist über Bord gespült worden, als ich dich in deinem Kleid nicht mehr sah."

„Über Bord gespült – das kann bald geschehen, wenn dieser Tanz noch lange weitergeht."

Die Zeltwände waren an vielen Stellen bereits zerrissen, und der Wind fegte knatternd durch sie hindurch.

„Es sieht übel aus", knurrte Nicolas. „Ich hab' das Gefühl, daß wir direkt einer Küste zusteuern."

Ein alter, weißbärtiger, finster dreinblickender Sträfling hatte ihn begleitet.

„Von hier aus sieht man sie genau", meinte er nach einem Blick über das Heck hinweg. „Dort ... dort drüben, erkennst du die sich bewegenden Lichter ... Das ist ein Hafen, sag' ich dir ... Müssen dort Schutz suchen ..."

„Du bist verrückt! Damit wir den Galeerenvögten wieder in die Hände fallen!"

„Es ist ein kleiner Fischerhafen ... Man wird sie einschüchtern, dann werden sie nichts gegen uns unternehmen. Wir bleiben nur so lange dort, bis das Meer ruhiger geworden ist."

„Ich bin dagegen."

„Was schlägst du also vor, Caid?"

„Daß wir versuchen, uns auf dem Meer zu behaupten, bis sich das Wetter beruhigt."

„Du bist es, der verrückt ist, Caid."

„Wir werden über den Vorschlag abstimmen. Komm", sagte er und packte Angéliques Arm. „Du stellst dich solange im Zwischendeck unter. Hier läufst du Gefahr, weggerissen zu werden. Ich lege keinen Wert darauf, daß dich die Fische fressen. Du gehörst mir ..."

In der Finsternis ahnte man das Durcheinander auf der führerlosen Galeere mehr, als daß man es wahrnahm. Der Ruderraum stand halb unter Wasser. Unter den drohend erhobenen Peitschen der Männer, die gestern noch ihre Genossen gewesen waren, ruderten die fremdländischen Sträflinge, Russen, Mauren und Türken, aus Leibeskräften, wobei sie zuweilen verzweifelte und schauerliche Schreie ausstießen.

Wo war Meister Savary? Wo Flipot?

Nicolas stand abermals neben ihr.

„Alle wollen sie nach dem Hafen, den man dort drüben sieht", schrie er ihr zu. „Ich nicht. Zusammen mit ein paar Burschen werde ich die Feluke herunterlassen und türmen. Komm mit, Marquise."

Sie suchte sich ihm zu entwinden, da sie ihr Heil in dieser dem schützenden Hafen zustrebenden Galeere erblickte. Aber er packte sie, hob sie auf seine Arme und trug sie zur Feluke.

Einer Nußschale gleich tanzte das Fahrzeug auf den Wellenkämmen, als der Tag anbrach. Der Himmel war wolkenlos. Gleichwohl blieb das Meer stark bewegt und trieb die hilflosen Menschenwesen, die stundenlang seinem Zorn zu trotzen gewagt hatten, erbarmungslos der Küste zu.

„Gott befohlen! Rette sich, wer kann!" schrie Nicolas, als die Klippen dicht vor ihnen drohend aufragten.

Die Galeerensklaven sprangen über Bord.

„Kannst du schwimmen, Marquise?" fragte Nicolas.

„Nein."

„Du kommst trotzdem mit."

Er stürzte sich mit ihr in die Wogen und war darauf bedacht, daß ihr Kopf über Wasser blieb.

Sie schluckte Salzwasser, so daß sie zu ersticken glaubte. Eine Welle riß sie von Nicolas los und trug sie mit der Geschwindigkeit eines durchgegangenen Pferdes dem Ufer zu. Sie prallte auf einen Felsen und klammerte sich mit übermenschlicher Anstrengung fest. Das Meer strömte brausend zurück. Angélique klomm ein wenig höher. Immer von neuem überspülte sie die Brandung, doch jedesmal kroch sie ein Stückchen weiter, bis sie unter ihren Händen und Füßen den Sand des Strandes spürte. Weiter! Noch ein bißchen . . . Schließlich fand sie ein Nest aus Sand und dürren Gräsern, in das sie sich kauerte. Dann verlor sie das Bewußtsein.

Der erste Gedanke Angéliques, als sie wieder zu sich kam, war kindlich. Sie öffnete die Augen, blickte zum blauen, harten Himmel auf und erinnerte sich mit Schrecken, daß sie während der ganzen, furchtbaren Nacht nicht ein einziges Mal daran gedacht hatte, ihre Seele Gott zuzuwenden.

Diese Unterlassung schmetterte sie nieder, als habe sie plötzlich ein verborgenes Übel in sich entdeckt, und sie wagte es nicht, sie dadurch wiedergutzumachen, daß sie der Vorsehung für das ihr neu geschenkte Leben dankte. Mühsam versuchte sie sich aufzuraffen, angeekelt von all dem Salzwasser, das sie bei ihrem Schiffbruch geschluckt hatte, und fühlte sich noch niedergedrückter als zuvor. Verdiente die Vorsehung denn ihren Dank? Einige Schritte entfernt hatte sie die Sträflinge um ein auf dem Strande entzündetes Feuer herumlungern sehen.

Die Sonne stand schon hoch am wolkenlosen Himmel. Die glühende Hitze hatte ihre Kleider und sogar ihr Haar getrocknet, das voller Sand war. Die verbrannte Haut ihres Gesichts schmerzte. Ihre Hände waren zerschunden.

Allmählich sammelte sie ihre Sinne. Sie vernahm die rauhen Stimmen der Galeerensträflinge. Es mochte etwa ein Dutzend sein. Zwei von ihnen waren damit beschäftigt, auf dem Feuer etwas zu kochen, aber die anderen standen im Halbkreis beieinander, und ihr Ton ließ darauf schließen, daß sie sich stritten.

„Nein, das geht nicht, Caid", schrie ein langer, schlaksiger, blonder Bursche. „Wir haben alles getan, was du uns geheißen hast. Wir haben deine Rechte respektiert, jetzt ist es an dir, die unsrigen zu respektieren."

„Wir haben sie genauso verdient wie du, die Marquise des Admirals", versicherte ein anderer mit schnarrender Stimme. „Wie kannst du behaupten, daß sie dir allein gehört?"

Nicolas wandte ihr den Rücken zu, so daß Angélique seine Antwort nicht verstand.

Aber die Sträflinge protestierten energisch.

„Das kann jeder sagen, daß sie dir früher gehört hat!"

„Das machst du uns nicht weis . . . Sie ist eine vornehme Dame. Was hätte sie da mit einem Landstreicher wie dir anfangen sollen?"

„Du willst uns prellen, Caid. Das ist gemein."

136

„Und wenn's auch wahr wäre, was er erzählt, wir brauchen uns nicht danach zu richten. Auf der Galeere gilt ein anderes Recht als in Paris."

Ein zahnloser, kahlköpfiger Alter sagte mit erhobenem Zeigefinger: „Du weißt, was man hierzulande sagt: Die Leiche gehört dem Kormoran, die Beute dem Piraten, die Frau allen."

„Allen, allen!" brüllten die andern und nahmen gegen ihren Anführer eine drohende Haltung ein.

Angélique sah zum Gipfel der Klippen hinauf. Sie mußte versuchen, das Heideland dort droben zu erreichen und sich zwischen den Sträuchern oder in den Korkeichenwäldchen zu verbergen. Die Gegend war sicherlich bewohnt. Fischer würden ihr Schutz gewähren.

Vorsichtig richtete sie sich auf. Wenn es zu einer Schlägerei käme, würde sie Zeit gewinnen.

Aber der Streit schien sich gelegt zu haben. Eine Stimme sagte: „Nun ja, so geht's schon, dagegen läßt sich nichts einwenden. Du bist der Anführer, da hast du das Recht, sie dir als erster vorzuknöpfen . . . Aber laß auch noch was für die andern übrig."

Ein unflätiges Gelächter beantwortete diesen Ausspruch. Angélique sah Nicolas mit großen Schritten auf sich zukommen. Bevor sie noch Anstalten treffen konnte zu fliehen, war er bei ihr und packte sie am Handgelenk. Seine Augen funkelten lüstern, seine Lippen schoben sich über die vom Kautabak gebräunten Zähne zurück. Er war so benommen von seiner Leidenschaft, daß er ihr Widerstreben nicht bemerkte und sie fast im Laufschritt zu dem steilen Ziegenpfad zerrte, der auf das Felsplateau führte. Das Gelächter und die obszönen Bemerkungen der am Strand zurückgebliebenen Sträflinge klangen ihnen nach.

„Nimm dir Zeit, Caid, aber vergiß uns nicht . . . Wir haben's auch nötig!"

„Das wäre noch schöner", keuchte Nicolas. „Kommt nicht in Frage, daß ich sie ihnen überlasse . . . Sie gehört mir! . . . Sie gehört mir!"

Er rannte über das Geröll, durch das niedere Gesträuch und zog sie hinter sich her. Der Wind schlug Angélique das Haar ins Gesicht, es war wie eine Fahne, ein blind machendes, seidiges Gewirr.

„Halt ein!" schrie sie.

Der Galeerensklave lief weiter.

„Halt ein, ich kann nicht mehr!"

Endlich hörte er sie, blieb stehen und sah sich wie erwachend um. Sie waren am Rand der Steilküste entlanggelaufen, und nun lag das Meer zu ihren Füßen, das in einem viel dunkleren Blau erglänzte als das des Himmels, vor dessen schimmernder Wölbung die Möwen weiße Arabesken beschrieben. Der entwichene Sträfling schien sich plötzlich der unermeßlichen Weite bewußt zu werden.

„All das", murmelte er, „all das ist mein . . ."

Er ließ Angéliques Hand los, um die Arme auszubreiten und tief Atem zu holen, wobei Brust und Schultern schwollen, die durch die Ruderarbeit an Breite gewonnen hatten. Seine Muskeln unter dem roten Trikot waren kräftig und hart.

Angélique sprang zur Seite und lief davon. Er brüllte: „Komm zurück!" und rannte ihr nach.

Als er sie einholte, kehrte sie sich ihm mit ausgestreckten Krallen zu wie eine zornige Katze.

„Komm mir nicht nah . . . rühr mich nicht an . . ."

Ihr funkelnder Blick war so feindselig, daß er erstarrte.

„Was hast du denn?" knurrte er. „Willst du nicht, daß ich dich in die Arme nehme? Nach so langer Zeit? Darf ich dich nicht streicheln?"

„Nein."

Nicolas runzelte die Stirn. Es war, als mühe er sich zu begreifen. Er wollte sie abermals an sich ziehen, aber sie entwand sich seinem Griff.

„Was hast du? Das kannst du mir doch nicht antun, Angélique! Seit zehn Jahren habe ich keine Frau gehabt, kaum daß ich eine sah . . . Und du kommst, du bist da, DU . . . Ich setze alles aufs Spiel, um wieder mit dir zusammenzusein, um dich dem andern zu entreißen . . . Und ich sollte nicht das Recht haben, dich zu berühren?"

„Nein."

Die schwarzen Augen des Galeerensklaven flackerten wie in einem jähen Wahnsinnsausbruch. Er sprang auf sie zu, bekam sie zu fassen, aber sie zerkratzte ihn dermaßen, daß er sie von neuem losließ, um mit betroffener Miene die blutigen Streifen auf seinem Arm zu betrachten.

„Was hast du?" wiederholte er. „Kennst du mich nicht mehr, mein Schätzchen? Erinnerst du dich nicht mehr, wie du in der Tour de Nesle neben mir schliefst, eng an mich geschmiegt? Ich nahm dich, sooft ich wollte, sooft du wolltest . . . Ich hab' das nicht geträumt! Es ist Wirklichkeit gewesen . . . Sag mir: Sind wir nicht miteinander aufgewachsen? Hab' ich nicht immer nur dich gewollt, von Anfang an . . . und du mich am Abend deiner Hochzeit . . . ? Ja, ich weiß, es ist die lautere Wahrheit. Dich hab' ich immer geliebt . . . Entsinnst du dich denn nicht? . . . Nicolas, dein Freund Nicolas, der Erdbeeren für dich pflückte . . ."

„Nein, nein", schrie sie verzweifelt. „Nicolas ist schon lange tot. Du, du bist Calembredaine, der Bandit. Dich hasse ich!"

„Aber ich liebe dich!" heulte er auf.

Und wieder rannten sie, verfolgte er sie durch die Gebüsche, die Dornenhecken, an denen sie im Vorbeihasten hängenblieben. Angélique stolperte über einen Baumstumpf und fiel zu Boden. Nicolas wollte sich auf sie stürzen, aber sie richtete sich sofort wieder auf, schlug ihm mit den Fäusten ins Gesicht.

„Aber ich liebe dich", wiederholte er hitzig. „Ich hab' dich immer gewollt . . . Jahre und Jahre hindurch bin ich fast krepiert vor Sehnsucht auf jener Ruderbank . . . Immer hab' ich von dir geträumt . . . Und jetzt kann ich nicht mehr warten . . ."

Er versuchte, ihr die Kleider abzustreifen, aber das Männergewand, das Angélique trug, erschwerte ihm sein Vorhaben. Noch immer wehrte sie sich mit übermenschlicher Kraft. Indessen gelang es ihm, den Kragen der Jacke aufzureißen und ihre Brust zu entblößen.

„Laß mich dich nehmen", flehte er. „Versuch zu begreifen . . . Mich hungert . . . Ich vergehe . . . Ich vergehe vor Hunger nach dir . . ."

Es war ein unsinniger, grausiger Kampf inmitten der Wacholder- und Myrtensträucher, durch die der Wind brauste.

Plötzlich wurde der Galeerensklave gleichsam von den Füßen gerissen und zu Boden geschleudert. Ein Mann war aus dem Gebüsch aufgetaucht. Seine zerrissene blaue Uniform ließ die Wunden an Schultern und Brust sichtbar werden, sein verschwollenes Gesicht war blutverklebt, dennoch erkannte Angélique den jungen Leutnant de Millerand.

Nicolas erkannte ihn im Aufstehen gleichfalls.

139

„Ach, der Herr Offizier", sagte er, höhnisch lachend. „Die Fische haben also keinen Geschmack an Euch gefunden, als man Euch über Bord beförderte. Schade, daß ich das Geschäft nicht selbst besorgt habe. Dann würdet Ihr uns hier nicht in die Quere kommen."

„Elender!" knurrte der junge Mann. „Du wirst deine Verbrechen büßen."

Nicolas stürzte sich auf ihn, aber ein schmetternder Faustschlag streckte ihn abermals nieder. Der Sträfling brüllte vor Zorn und griff von neuem an. Minutenlang rangen die beiden Männer, die annähernd gleich groß und gleich stark waren, miteinander. Wiederholt stürzte auch der Leutnant zu Boden. Zuweilen glaubte Angélique, daß er nicht mehr aufstehen werde. Schon kniete Nicolas auf ihm und schlug mit der hemmungslosen Brutalität eines Tollwütigen auf ihn ein. Aber mit einer geschmeidigen Bewegung wand sich der Leutnant aus der Umklammerung und trat seinen Gegner in die Magengrube. Eine Sekunde später stand er auf den Beinen. Ein zweiter Tritt in den Leib, und Nicolas sackte zusammen.

„Hundsfott!" schimpfte er. „Du hast dir den Bauch vollschlagen können, du hast Krammetsvögel gefressen, während ich meine Saubohnensuppe löffeln mußte . . ."

Ungerührt schlug ihm Leutnant de Millerand ins Gesicht. Nicolas wich zurück. Und dann folgte Schlag auf Schlag, dicht wie der Hagel. Immer weiter wich Nicolas zurück, dem Rande der Steilküste zu.

„Nein!" schrie Angélique auf.

Doch schon verlor er den Boden unter den Füßen, wankte, taumelte rücklings ins Blau des Himmels.

Angéliques schriller Schrei begleitete seinen Sturz durch das blendende Licht bis zum Aufprall auf den purpurnen Uferfelsen.

Der Leutnant de Millerand wischte sich die Stirn.

„Der Gerechtigkeit ist Genüge getan", sagte er.

„Er ist tot", klagte Angélique, „ach, diesmal ist er wirklich tot! O Nicolas! Diesmal kommst du nicht wieder . . ."

„Ja, er ist tot", wiederholte der Offizier. „Das Meer trägt ihn schon hinaus." Benommen von dem Kampf, den er bestanden, konnte er weder ihre Rufe noch den Schmerz begreifen, der sie am Rande des Abgrunds in die Knie zwang.

140

„Schaut nicht hinunter, Madame, es ist zwecklos. Er ist tot. Ihr habt nichts mehr zu befürchten. Kommt jetzt und schweigt still, ich bitte Euch. Ihr dürft die andern Banditen nicht auf uns aufmerksam machen."

Er war ihr beim Aufstehen behilflich, und sie entfernten sich, Schlaf-wandlern gleich, von der tragischen Stätte.

Vierzehntes Kapitel

Nachdem sie ein gutes Stück Wegs entlang der unbewohnten Küste zurückgelegt hatten, erblickten sie endlich den düsteren Wachturm eines hoch über dem Meer aufragenden Kastells.

„Gott sei gelobt!" murmelte der Leutnant de Millerand. „Wir wer-den den Burgherrn um Gastfreundschaft bitten können."

Der junge Offizier war am Ende seiner Kräfte. Eine grauenhafte Nacht lag hinter ihm, in der er sich endlose Stunden hindurch im eisigen Wasser behauptet hatte, gegen die Erschöpfung ankämpfend, gegen den Wadenkrampf und die Mutlosigkeit. In der Morgendäm-merung hatte er endlich die Küste erblickt, die er mit letzter Kraft zu erreichen vermochte. Als er wieder zu sich gekommen war, hatte er ein paar Muscheln gesucht, um den schlimmsten Hunger zu stillen. Dann hatte er sich ins Hinterland aufgemacht, wo er Hilfe zu finden hoffte.

Auf seinem Wege hatte er die Schreie einer Frau gehört und war zu der Stelle geeilt, wo Angélique sich Nicolas' zu erwehren suchte. Ge-reizt durch den Anblick des Verbrechers und Rädelsführers der Meu-terei, in deren Verlauf seine Kameraden umgebracht worden waren, hatte der Leutnant die Kraft gefunden, sie zu rächen, aber dabei auch ein paar böse Schläge abbekommen, und er fühlte sich zu Tode er-schöpft.

Um Angélique stand es nicht viel besser. Beide litten unter furcht-barem Durst.

Der Anblick des Schlosses weckte ihre Lebensgeister, und sie schritten rascher aus. Die öde, unbewohnte Gegend schien sich nun zu beleben.

In der Ferne erkannten sie am Strand menschliche Gestalten, und an einer Biegung des Pfades tauchte eine Ziegenherde auf, die friedlich das kurze Gras abweidete.

Der Leutnant de Millerand betrachtete sie prüfend. Plötzlich runzelte er die Stirn und drängte Angélique hinter einen Felsen.

„Was ist denn?"

„Ich weiß nicht . . . Diese Ziegen kommen mir verdächtig vor."

„Was ist mit ihnen?"

„Ich könnte mir vorstellen, daß man sie in stürmischen Nächten mit einer Laterne um den Hals am Ufer herumlaufen läßt."

„Was wollt Ihr damit sagen?"

Er legte den Finger auf die Lippen, dann kroch er vorsichtig an den Rand der Steilküste, und nachdem er eine Weile hinuntergespäht hatte, machte er ihr ein Zeichen, ihm zu folgen.

„Ich hatte mich nicht getäuscht. Seht!"

Unter ihnen öffnete sich eine breite, von der dunklen Masse des Schlosses beherrschte Bucht. Die Trümmer eines gestrandeten Schiffs schwammen zwischen den zu dieser Stunde aus dem Wasser ragenden Felsen: Masten, Ruder, Segelfetzen, Bruchstücke einer vergoldeten Reling, Fässer, Planken und überall dazwischen Leichen in der roten Kleidung der Galeerensklaven. Am Strand bewegten sich mit Bootshaken bewaffnete Männer und Frauen, die alles, was da herumschwamm, geschäftig ans Ufer zogen.

Andere ruderten in kleinen Barken zu dem aufgerissenen Schiffsrumpf hinaus, der, auf den spitzen Klippen aufgespießt, am Eingang der Bucht lag.

„Das sind Strandräuber", flüsterte der Offizier. „In der Nacht befestigen sie Laternen an den Hälsen ihrer Ziegen. Die in Seenot befindlichen Schiffe glauben die Lichter eines Hafens blinken zu sehen, fahren darauf zu und stranden dann an den Klippen der Einfahrt."

„Die Galeerensträflinge beobachteten heute nacht Lichter und glaubten, bei ihnen Zuflucht zu finden."

„Sie haben sich bitter getäuscht. Aber was wird Monsieur de Vivonne sagen, wenn er den Verlust seiner Admiralsgaleere erfährt? Arme ‚Royale'!"

„Was sollen wir tun?"

Das lautlose Auftauchen eines Dutzends dunkelhäutiger Männer hinter ihnen ersparte dem Offizier die Antwort.

Die Strandräuber banden ihnen die Hände auf dem Rücken zusammen und führten sie vor den Signor Paolo di Visconti, der von seinem Turm aus Lavasteinen die Gegend beherrschte.

Er war ein Genuese von athletischem Wuchs, mit einer Muskulatur begabt, die sein seidenes Wams zu sprengen drohte. Sein strahlendes Lächeln und der verwegene Blick ließen auf eine Brigantenmentalität schließen. Ein Brigant, das war er tatsächlich auch, in seinem einsamen Felsennest, inmitten einer Handvoll rüder und heißblütiger korsischer Vasallen.

Er zeigte sich ungemein erfreut über den Anblick der beiden Gefangenen, die man ihm brachte. Eine alte Galeere und ein paar armselige Sträflinge – das wäre doch eine allzu kümmerliche Beute gewesen.

„Einer Offisier Seiner Majestät des Königs von Frankreisch!" rief er in gebrochenem Französisch aus. „Isch denke, Ihr abt eine Famili, die Eusch liebt, Signore, eine Famili, die at vill Geld?" Sein Blick fiel auf Angélique. „Dio mio! Che bello ragazzo!" fuhr er bewundernd fort und schob seine schmierige, mit Ringen überladene Hand unter ihr Kinn.

Der Leutnant de Millerand stellte in schroffem Ton vor:

„Madame du Plessis-Bellière."

„Das ist eine Frau? Madonna! Ma guarda che carina! Che bella ragazza! ... Isch aben gern jungen Männer, aber isch mir sagen, eine Frau, das ist seltener!"

Durch ihn erfuhr der Leutnant de Millerand, daß der Sturm sie an die Küste Korsikas getrieben hatte, einer unwirtlichen, häufig den Besitzer wechselnden Insel, die augenblicklich zum Herrschaftsbereich Genuas gehörte.

In Ansehung ihres Ranges lud der Italiener sie zum Mahle ein. Was er zu bieten hatte, war ein wunderliches Gemisch von Luxus und Schäbigkeit. Die Spitzentaschentücher waren wahre Wunder kunstvoller Handfertigkeit, aber es gab keine Gabeln, kaum ein paar zinnerne Vorleglöffel. Man war gezwungen, mit den Händen von einem silbernen Teller zu essen, der das Zeichen eines berühmten venezianischen Goldschmieds trug.

Visconti ließ den beiden entkräfteten Schiffbrüchigen ein gebratenes Spanferkel auf Kastanien und Fenchel auftischen. Danach brachten die Bedienten eine mächtige Zinnschüssel mit safrangelber Suppe, in der Nudeln und gekochter Käse schwammen.

Ihrer Beklommenheit zum Trotz griff Angélique tüchtig zu. Der Genuese beobachtete sie mit lüsternen Augen. Er schenkte ihr wiederholt einen Humpen mit dunklem, würzig-süßem Wein bis zum Rande voll, der alsbald ihre Wangen glühen machte.

Als sie gesättigt war, warf sie dem Leutnant de Millerand ängstliche Blicke zu. Er begriff deren Bedeutung und kam ihr zu Hilfe.

„Madame du Plessis ist sehr müde. Könnte sie sich wohl an einem ruhigen Ort ein wenig ausruhen?"

„Müde? Ist die Signora Eure Carissima, Signore?"

Der junge Mann errötete bis an die Haarwurzeln.

„Nein."

„Ah, isch bin serr froh! Isch atme auf!" rief der Genuese aus, indem er eine Hand fächerförmig auf sein Herz legte. „Isch möschten Eusch kein Kummer maken. Ma . . . Alles sein gut."

Er wandte sich zu Angélique.

„Müde, Signora? Isch verstehen. Isch sein kein brutale Mensch! Isch werden Eusch führen in Eure . . . auf französisch isch glaube, man sagt: Appartement."

Hoch droben im Turm gab es einen zugigen Raum, dessen Einrichtung aus einem Bett mit bestickten Laken und Brokatdecken und einer Unzahl venezianischer Spiegel, französischer Standuhren und türkischer Waffen bestand. Angélique fand, daß er jenem Zimmer in der Tour de Nesle glich, in dem das Diebsgut aufbewahrt worden war.

Die kleine korsische Zofe bestand darauf, sie müsse ein Bad nehmen und dann eines der schönen Kleider anziehen, die in einer Truhe aufbewahrt lagen und zweifellos aus den Koffern allzu wagemutiger weiblicher Reisender geraubt worden waren.

Mit Vergnügen tauchte Angélique in die mit warmem Wasser gefüllte Wanne, in der sie ihre steifen, von den Strapazen der vergangenen

Nacht schweren Glieder entspannte. Aber danach beeilte sie sich, wieder in ihre eigenen Sachen zu schlüpfen, obwohl sie zerknittert, beschmutzt und zerrissen waren. Sie vergewisserte sich, ob ihr Gürtel, der noch das Gold barg, richtig saß. Die Männerkleidung und das Gold gaben ihr ein gewisses Sicherheitsgefühl.

Als sie sich niedergelegt hatte, war ihr, als bewege sich das Bett auf und nieder wie die vom Sturm geschaukelte Galeere. Die schauerlich verzerrten Gesichter Nicolas', der Sträflinge, des Signor Paolo umtanzten sie unaufhörlich, während sie in unruhigen Schlaf versank.

Ein Klopfgeräusch am dicken Eisengitter, das als Tür diente, weckte sie. Jemand rief mit gedämpfter Stimme:

„Herrin! Herrin! . . . Ich bin's. Mâme la Marquise, macht mir auf!"

Sie preßte ihre Hände an die Schläfen. Ein eisiger Wind pfiff durch den Raum.

„Ich bin's, Flipot!"

„Oh, du bist da!" sagte sie.

Sie stand taumelnd auf, schob die Riegel zurück und erkannte in der Türöffnung ihren kleinen Diener, der eine Öllampe in der Hand hielt.

„Wie geht's Euch, Mâme la Marquise?" fragte er mit einem breiten Grinsen.

Allmählich vermochte sie sich wieder auf ihre Lage zu besinnen.

„Flipot!" rief sie verblüfft aus. „Wo kommst du denn her?"

„Von der Flotte, wie Ihr, Frau Marquise."

Angélique packte ihn an den Schultern und küßte ihn ab.

„Mein Kleiner, ich bin ja so froh! Ich dachte schon, du seist von den Galeerensklaven umgebracht worden oder im Meer ertrunken."

„Nein. Auf der Galeere hat mich Calembredaine wiedererkannt. ,Er ist einer von den Unsern', hat er gesagt. Ich hab' ihn gebeten, den alten Apotheker zu schonen, der ihnen sowieso nichts Böses anhaben könne. Sie riegelten uns in einer Proviantkammer ein. Dann hat's Monsieur Savary fertiggekriegt, das Schloß zu sprengen. Es war in der Nacht, mitten im schlimmsten Sturm. Die Kerle im Ruderraum haben mörderisch geschrien. Die, die nicht angekettet waren, haben sich festgeklammert, wo sie nur konnten. Als wir merkten, daß Ihr nicht mehr an Bord wart, ließen wir einfach das Beiboot runter. Ein famoser Seemann, der Alte, das muß man ihm lassen! Was freilich nicht verhindert hat, daß uns die Wilden des Signor Paolo schnappten. Aber schließlich waren wir ja heil, und sie haben uns immerhin was zu futtern gegeben. Als wir hörten, daß auch Ihr davongekommen seid, waren wir mordsfroh."

„Ja, es hat schon etwas für sich, lebendig zu sein, aber die Situation ist trotzdem höchst unangenehm, mein guter Flipot. Wir sind berüchtigten Räubern in die Hände gefallen."

„Deshalb bin ich zu Euch gekommen. Drunten ist eine Barke, die in See stechen will ... Ja, ein Kaufmann, den der Signor Paolo festhält und der versuchen will auszurücken. Er ist bereit, noch eine Stunde auf uns zu warten, aber Ihr müßt Euch tummeln."

Angélique brauchte nicht lange zu überlegen, um einen Entschluß zu fassen. Auch Vorbereitungen waren nicht nötig. Alles, was sie besaß, trug sie ja bei sich.

Sie sah sich im Zimmer um, fand, daß einer der herumliegenden Dolche ihr nützlich sein könnte, und schob ihn in ihren Ärmel.

„Kommen wir denn aus dem Schloß heraus?" flüsterte sie.

„Wir müssen's versuchen. Die Leute haben allerhand zur Brust genommen, um den Schiffbruch der Galeere zu feiern. Sie haben an Bord ein paar Fässer gefunden und sind sinnlos betrunken!"

„Und Signor Paolo?"

„Hab' ich nicht gesehen. Vermutlich schnarcht er auch irgendwo in einem Winkel."

Der jungen Frau fiel der Leutnant de Millerand ein. Aber Flipot teilte ihr mit, der Offizier sei in ein sicheres Verlies gesperrt worden und so schnell nicht herauszukriegen. Man mußte ihn seinem traurigen Schicksal überlassen.

Sie stiegen eine endlose Wendeltreppe hinunter, in deren Schneckenschacht der Wind die Flammen der in Eisenringen befestigten Fackeln aufflackern ließ.

Im Saal unten ging der Genuese leicht schwankend auf und ab. Er bemerkte sie, und sein Lächeln verhieß nichts Gutes.

„Oh, Signora! Che cosa c'è? Ihr wollen mir Gesellschaft leisten? Isch sein erfreut."

Angélique hatte noch ein paar Stufen vor sich. Mit einem Blick übersah sie die Situation.

Über dem Signor Paolo di Visconti befand sich ein Gestell aus vier dicken Eisenstangen, das vier mächtige Talgkerzen trug. Dieser primitive Lüster war am Gewölbe mit einem Seil befestigt, das über eine Rolle lief und von einem Eisenhaken in der Treppenwand gehalten wurde.

Ihr Messer hervorholen und das in ihrer Reichweite befindliche Seil durchschneiden, war für Angélique Sache eines Augenblicks.

Sie konnte nicht mehr feststellen, ob der Genuese die Vorrichtung auf den Kopf bekommen hatte, denn die Lichter erloschen noch im Herabstürzen.

Während sie sich zum Ausgang tasteten, hörten sie sein Gebrüll, das den Lärm übertönte und verriet, daß er zwar nicht tot, aber trotzdem in übler Verfassung war.

Trotz der Finsternis gelang es Angélique und Flipot, die Tür zu finden. Sie überquerten mühelos den Hof. Das Mauerwerk befand sich im Zustand äußersten Verfalls, und die beiden Flüchtigen glaubten sich noch innerhalb der Umfassungsmauern, als Flipot schon den Pfad erkannte, der zum Treffpunkt führte.

Am Nachthimmel verhüllten und enthüllten eilige Wolken den Vollmond.

„Hier geht's lang", sagte Flipot.

Von unten hörte man das Meer auf den Sand des Strandes schlagen. Sie schlichen durch Gestrüpp und erreichten die kleine Bucht, in der dunkle Gestalten wartend vor einer Barke standen.

„Ihr also seid es, die sich in den Breiten von Korsika oder Sardinien von den Fischen verspeisen lassen will?" fragte eine Stimme in Marseiller Mundart.

„Ja, ich bin es", erwiderte Angélique. „Hier, nehmt das als Belohnung."

„Darüber reden wir später. Steigt ein."

Ein paar Schritte entfernt sandte Meister Savary gleich einem bösen Geist wilde Flüche in die Nacht und den Wind.

„Eure Geldgier wird Euch Unglück bringen, unersättlicher Moloch, elender Halsabschneider, schmutziger Erpresser, der es auf den Besitz seiner Mitmenschen abgesehen hat. Ich hab' Euch alles angeboten, was ich mit mir führe, und Ihr weigert Euch, mich mitzunehmen!"

„Ich bezahle auch für diesen Herrn", sagte Angélique.

„Wir sind zu viele an Bord", brummte der Schiffseigner, trat dann aber ans Steuerruder und gab vor, nicht zu sehen, wie der Greis mit seinem Reisesack, seinem Sonnenschirm und seiner Korbflasche eilig an Bord stieg.

Der Mond, von jeher den Schmugglern und Flüchtlingen dieser Küsten wohlgesinnt, blieb lange verhüllt. Die Barke konnte unbesorgt zwischen den Klippen hindurchsteuern, auf denen die Späher des Genuesen lauerten. Es bestand keine Gefahr, entdeckt zu werden.

Als das silberne Licht wieder aufleuchtete, war die Flamme, die auf der Zinne des Turms der Stranddiebe brannte, nur noch ein winziger Punkt am Horizont.

Der Provenzale stieß einen tiefen Seufzer aus.

„So", sagte er, „jetzt können wir ein bißchen singen. Übernimm das Ruder, Mutcho."

Er holte aus einer Lade eine Gitarre hervor, auf der er meisterlich zu spielen verstand. Und bald erhob sich seine dunkle Stimme in die Mittelmeernacht.

Fünfzehntes Kapitel

„Ihr seid doch die Dame aus Marseille, die dem Harem des Türkensultans einen Besuch abstatten wollte? Nun, Ihr wißt Euch durchzusetzen, das muß man sagen! Da habt Ihr mir ja ein schönes Schnippchen geschlagen!"

Im Morgenlicht erkannte Angélique verblüfft in dem Besitzer der Barke „La Joliette" jenen Marseiller wieder, der sie damals so energisch vor den Gefahren einer Seereise gewarnt hatte. Er hieß Melchior Pannasave und war ein Mann in den Vierzigern, schalkhaft und sonnengebräunt unter seiner rot-weißen neapolitanischen Mütze. Er trug eine schwarze Hose, die durch einen mehrfach um die Hüften geschlungenen Gürtel festgehalten wurde.

Er kaute eine ganze Weile mit verschmitztem Lächeln an seiner

Pfeife, bevor er, zu seinem Matrosen gewandt, feststellte: „Ich sag's ja, was eine Frau sich vornimmt . . . dagegen kommt nicht mal der liebe Gott an."

Der Matrose, ein zahnloses, ausgedörrtes altes Männchen, das ebenso wortkarg zu sein schien wie sein Schiffspatron gesprächig, bekundete seine Zustimmung durch kräftiges Ausspucken.

Die Besatzung vervollständigte ein junger Bursche namens Mutcho.

„Na ja, Ihr seid nun mal auf meinem Kahn, Madame", schloß Pannasave. „Er ist nicht gerade geräumig, zumal bei all der Fracht, die ich geladen habe. Daß ich einen weiblichen Passagier kriegen würde, das war ja schließlich nicht vorauszusehen, was?"

„Würdet Ihr wohl versuchen, mich als jungen Mann zu behandeln? Nur für den Fall, daß wir es wirklich einmal mit den Ungläubigen zu tun bekommen sollten."

„Mein armes Täubchen, Ihr macht Euch, mit Verlaub gesagt, Illusionen. Diesem Gelichter ist es vollkommen egal, ob Ihr Junge oder Mädchen seid. Wenn Ihr nur ein hübsches Frätzchen habt, werdet Ihr unfehlbar einkassiert. Fragt Mezzo Morte, den Admiral der algerischen Flotte. Hahaha!"

Er lachte unflätig und zwinkerte seinem unerschütterlichen Matrosen zu.

Angélique zuckte die Achseln.

„Ist Euer Getue wegen einer möglichen Begegnung mit den Berbern oder dem Türkensultan nicht ein bißchen lächerlich."

„Das ist kein Getue, Madame – Verzeihung: Messire. Ich, der ich vor Euch stehe, bin zehnmal geschnappt worden. Fünfmal haben sie mich gleich wieder ausgetauscht, aber die andern Male haben mich insgesamt dreizehn Jahre Gefangenschaft gekostet. Ich mußte am Bosporus Weinreben pflanzen und danach Weißbrot für den Harem ich weiß nicht mehr welchen Paschas backen, der ein Landhaus in der Nähe von Konstantinopel besaß. Stellt Euch mich als Bäcker vor! Aber am meisten mißfiel mir damals, daß ich dauernd von Eunuchen umgeben war, die mit dem Säbel in der Hand aufpaßten, ob ich nicht nach den Mädchen hinter den Haremsgittern schielte . . ."

„Lieber Freund", sagte Savary, „Ihr könnt nicht behaupten, in der Gefangenschaft gelitten zu haben, wenn Ihr nicht wie ich bei Marokkanern wart. Das sind die strengsten unter den Muselmanen. Sie verstehen keinen Spaß, was ihre Religion betrifft, und sie hassen die Christen dementsprechend. Die Städte im Innern sind den Weißen und sogar den Türken verschlossen, die sie in religiösen Angelegenheiten für zu lässig halten. Sie verfrachteten mich nach einer Wüstenstadt namens Timbuktu und bestimmten mich zur Arbeit in den Salzbergwerken. Als sie merkten, daß ich nicht willens war zu sterben, brachten sie mich in eine andere Stadt, nach Marokko, wo ich an der Moschee El Mouassin und an der der Sultanin Vahide arbeiten mußte."

„Hm! Ich muß schon sagen, wenn einer so knauserig ist wie du und mit nichts anderem reist als einer alten Weinflasche, dann verdient er nichts Besseres als Erde mit Eselsmist verrühren und damit ihre jämmerlichen und gottlosen Zuckerwerkmoscheen bauen zu müssen."

„Mein Freund, Ihr beleidigt mich. Ihr habt weder die Moschee Es Sabat in Meknes noch Karaouin oder Bab Guisa in Fez gesehen, vor allem aber nicht den Königlichen Palast, der größer ist als der in Versailles."

„Zuckerwerk, sage ich Euch, nur eben ein bißchen mit Gips überzogen. Da lob' ich mir die Hagia Sophia oder das Schloß der Sieben Türme in Konstantinopel. Das waren richtige Bauten! Aber eben christliche Bauten, aus der Zeit, da Konstantinopel sich Byzanz nannte."

Vor Entrüstung bebend, nahm Meister Savary verschiedene Male seine Brille ab, wischte sie und setzte sie wieder auf.

„Jedenfalls taugte dieses marokkanische Zuckerwerk mindestens ebensoviel wie das türkische, das Ihr für Euren Pascha in Istanbul fabriziert habt. Und was meine alte Weinflasche betrifft, wie Ihr zu sagen beliebt – wenn Ihr wüßtet, was sie enthält, würdet Ihr respektvoller von ihr reden."

„Nun, wenn Ihr mir ein Gläschen anbietet, nehme ich vielleicht meinen Ausdruck zurück und bitte Euch um Vergebung, Großvater."

Savary erhob sich feierlich. Mit der Behutsamkeit einer Amme nahm er den mit einem roten Siegel versehenen Korken ab und hielt Melchior Pannasave die Flasche unter die Nase.

„Würdigt diesen göttlichen Duft, Kapitän. Allein für den Transport dieser Flüssigkeit würde Euch der König der Könige von Persien zehn Säcke Gold bezahlen!"

„Puh!" machte der Marseiller. „Das ist ja nicht einmal Wein? Ist das eine Arznei?"

„Reine mineralische Mumia, aus dem heiligen Felsen des Königs von Persien ausgeschieden."

„Ich habe arabische Kaufleute von diesem kostbaren Zeug reden hören, aber es paßt mir gar nicht, das Gebräu auf meinem Schiff zu haben."

Der Marseiller beäugte die Korbflasche mit mißtrauischer, aber doch ein wenig ehrfurchtsvoller Miene. Befriedigt von der erzielten Wirkung, zog Savary eine Siegellackstange und einen Feuerschwamm aus seiner Tasche.

„Ich werde sie aufs neue versiegeln, aber ich will mich in den Wind stellen, denn die Dämpfe der Mumia könnten sich entzünden. Ich habe mich bei verschiedenen Experimenten davon überzeugt."

„Ihr wollt uns bei lebendigem Leib in Flammen aufgehen lassen?" schrie Pannasave. „Heilige Mutter von Notre-Dame de la Garde, das ist der Lohn dafür, daß ich mich eines armen Greises erbarmt habe, den ich für harmlos hielt. Ich weiß wirklich nicht, was mich davon zurückhält, Eure Unglücksflasche ins Meer zu werfen!"

Er machte eine drohende Geste in die Richtung des kostbaren Gefäßes.

Savary beschützte es mit seinem Körper, und der Kapitän zog sich spöttisch meckernd zurück.

Angélique mußte lachen.

„Ist es Euch tatsächlich gelungen, Eure Mumia zu retten, Monsieur Savary? Ihr seid großartig."

„Bildet Ihr Euch denn ein, dies sei mein erster Schiffbruch?" sagte der alte Mann, der sich um eine gleichgültige Miene bemühte, obwohl er sich höchst geschmeichelt fühlte.

Das Wetter war wieder prächtig geworden. Ein paar dicke Wolken eilten noch über den Himmel, von einem trockenen, tönenden Wind gejagt, der die Wellenkämme kräuselte.

„Ein Glück, daß der Sturm sich legte, sobald wir uns von der Küste entfernten", meinte der Marseiller, während er seine Pfeife stopfte. „Jetzt haben wir bis Sizilien nur noch die große Bläue vor uns."

„Und die Berber", ergänzte Meister Savary beiläufig.

„Eins verstehe ich nicht", sagte Angélique, „wie Ihr nämlich nach den bösen Erfahrungen, die Ihr schon gemacht habt, noch den Mut aufbringt, wieder aufs Meer zu gehen. Was treibt Euch dazu, frage ich mich?"

„Sieh einer an! Ihr scheint allmählich Interesse an der Sache zu gewinnen. Ein gutes Zeichen! Warum ich zur See fahre? Nun, ich treibe eben Handel. Ich segle von einem Hafen zum andern mit ein paar Waren. Was Ihr da gerade seht, sind kleine Behälter aus Zinnfolie, die Salbei und Borretsch enthalten. Ich will sie in der Levante gegen siamesischen Tee eintauschen. Kräuter gegen Kräuter, stimmt's?"

„Der Tee gehört weder zur Familie der Myrten noch zu der der Fenchelgewächse", belehrte Savary. „Er ist das Blatt eines Strauchs, der dem Oleander ähnelt und dessen Absud das Gehirn reinigt, die Augen kräftigt und die Winde beseitigt, die man im Leib hat."

„Will ich gar nicht bestreiten", bemerkte der Marseiller spöttisch, „aber mir ist der türkische Kaffee lieber. Meinen Tee verkaufe ich dann wieder den Malteserrittern, die ihn an die nordafrikanischen Völkerschaften absetzen, die Algerier, Tunesier und Marokkaner. Die sind alle Teetrinker, wie es scheint. Ich werde auch eine kleine Ladung Korallen heimbringen und, wohl verborgen in meinem Gürtel, ein paar schöne Perlen aus dem Indischen Ozean. Das wär's . . ."

Der Provenzale reckte sich und legte sich auf eine Bank in die Sonne.

Angélique hatte sich zum Bug begeben. Der Wind löste ihr Haar, ließ es wie ein seidiges Vlies honigdunklen Goldes rückwärts wehen. Ihr Gesicht bot sich der heißen Zärtlichkeit der Sonne dar.

Melchior Pannasave beobachtete sie aus halbgeschlossenen Augen.

„Warum ich zur See fahre?" wiederholte er schmunzelnd. „Weil's für ein Marseiller Kind nichts Besseres gibt als auf einer Nußschale zwischen dem blauen Meer und dem blauen Himmel zu schaukeln. Und wenn man dazu noch ein hübsches Mädchen vor Augen hat, das ihr Haar in der Brise flattern läßt, sagt man sich . . ."

„Dreieckssegel auf Steuerbord voraus", verkündete der alte Matrose.

„Schweig still, Schwätzer, stör mich nicht."

„Es ist eine arabische Fregatte."

„Hiß die Flagge des Malteserordens."

Der Schiffsjunge ging zum Heck, um eine rote Fahne mit weißem Kreuz zu entfalten.

Mit einiger Besorgnis beobachteten die Insassen des kleinen Seglers die Reaktion der Fregatte.

„Sie entfernen sich", sagte Pannasave und streckte sich beruhigt wieder aus. „Für alles, was im Mittelmeer braun ist und den Halbmond führt, gibt's kein besseres Gegengift als die Flagge der guten Mönche vom Orden des heiligen Johannes von Jerusalem. Zwar sind sie nicht mehr in Jerusalem, auch nicht auf Zypern oder Rhodos, aber auf Malta sind sie noch. Seit Jahrhunderten haben die Muselmanen keinen schlimmeren Feind. Die Spanier, die Franzosen, die Genuesen, selbst die Venezianer sind nur vorübergehend ihre Feinde. Aber der Johanniterorden, der Kriegermönch, das ist *der* Feind. Immer bereit, mit seinem weißen Kreuz auf der Brust einen Sarazenen zu spalten. Das ist der Grund, warum ich, Melchior Pannasave, der ich die Dinge richtig zu betrachten weiß, ohne Zögern hundert Livres auf den Tisch gelegt habe, um ihre Flagge benützen zu dürfen. Es war ein tüchtiger Brokken, aber Ihr seht, es hat sich gelohnt. Ich habe außerdem eine französische Fahne, einen Wimpel des Herzogs von Toskana und einen weiteren fragwürdigen Lappen, der mir bei einigem Glück die Spanier vom Halse hält, schließlich einen ‚Passierschein' der Marokkaner. Diese letztere Flagge ist ein wahrer Schatz. Es gibt nicht viele, die sie besitzen. Ich spare sie als höchsten Trumpf auf. Mag kommen, was da wolle – Ihr seht, Madame, wir sind gewappnet."

Sechzehntes Kapitel

Auf dem kleinen provenzalischen Segler gab es weder eine Kabine noch einen Raum für die Besatzung.

Mutcho, der Schiffsjunge, hängte zwei Hängematten auf und rollte ein mit Leinöl wasserdicht gemachtes Segel auseinander, das Angélique während der Nacht einigermaßen vor dem salzigen Sprühregen schützen sollte. Der Wind legte sich für eine Weile, frischte aber, die Richtung wechselnd, bald wieder auf, so daß die Seeleute mit der Bedienung der Segel alle Hände voll zu tun hatten.

„Zündet Ihr die Laternen nicht an?" fragte die junge Frau.

„Damit man auf uns aufmerksam wird?"

„Wer denn?"

„Kann man wissen?" sagte der Provenzale mit einer ausladenden Geste zum geheimnisträchtigen Horizont.

Angélique lauschte dem dunklen Rauschen des Meeres.

Bald ging der Mond auf und goß sein silbernes Licht über den Weg des Schiffs.

„Ich glaube, jetzt können wir singen", sagte Melchior Pannasave und griff befriedigt nach seiner Gitarre.

Angélique hörte der beschwingten Weise einer neapolitanischen Canzonetta zu, die in der Meeresstille aufklang. Ein Gedanke beschäftigte sie. Auf dem Mittelmeer sang man. Die Sträflinge vergaßen singend ihren Gram, die Matrosen vergaßen die Gefahren, die auf sie lauerten. Zu allen Zeiten waren die vollen, weichen Stimmen ein Erbteil der südlichen Völker.

Ist es möglich, dachte sie, daß er, den man die Stimme des Königreichs nannte, gesungen hat, ohne daß sein Ruhm sich über Länder und Meere verbreitete . . .?

Von einer jähen Hoffnung bewegt, nutzte sie einen Augenblick, in dem Pannasave eine Atempause machte, um ihn zu fragen, ob er in den Mittelmeerländern nicht von einem Sänger mit besonders schöner und ergreifender Stimme gehört habe. Der Marseiller überlegte und nannte ihr alle, die von den Ufern des Bosporus über die Korsikas und

Italiens bis zu den Küsten Spaniens durch ihren Gesang von sich reden machten, doch keiner entsprach der äußeren Erscheinung des einstigen Troubadours des Languedoc.

Sie schlief über ihrer Enttäuschung ein.

Die Sonne stand bereits hoch am Himmel, als sie erwachte. Das Schiff segelte mit mittlerer Geschwindigkeit. Pannasave schien am Steuer zu dösen. Der alte Matrose starrte tabakkauend vor sich hin. Ein paar Schritte von Angélique entfernt schliefen Flipot und der Schiffsjunge auf den Planken. Von Savary keine Spur, von seiner ihm so teuren Mumiaflasche desgleichen.

Angélique raffte sich auf, stürzte zu dem Marseiller und rüttelte ihn wach.

„Was habt Ihr mit Meister Savary gemacht? Habt Ihr ihn etwa in der Nacht gewaltsam an Land gesetzt?"

„Wenn Ihr nicht aufhört, Euch so zu ereifern, kleine Frau, wird es besser sein, daß ich auch Euch an Land setze."

„Oh, Ihr habt also eine solche Niederträchtigkeit begangen! . . . Weil er kein Geld hatte? Ich habe doch gesagt, daß ich für ihn bezahlen werde."

„Sachte, sachte! Bildet Ihr Euch ein, so ein Schiff führe des Nachts völlig ungeschoren in einen Hafen und wieder hinaus, ohne Lärm und Trara, ohne Besuch von der Admiralität und der Quarantänepolizei zu bekommen? . . . Ihr scheint Euch ja eines gesunden Schlafs zu erfreuen, wenn Ihr nichts davon gemerkt habt."

„Aber wo ist er denn geblieben?" rief Angélique verzweifelt aus. „Ist er ins Meer gefallen?"

„Das ist allerdings merkwürdig", gab der Marseiller unversehens zu und schaute sich um.

Das Meer schimmerte blau, so weit man blicken konnte.

„Hier bin ich", ließ sich da eine Grabesstimme vernehmen, die eher wie die eines Wassergottes klang. Und aus einer Luke tauchte ein Köhlergesicht auf. Der alte Gelehrte kroch mühsam aus dem Loch und begann sich mit der rechten Hand die verschmierte Stirn abzureiben,

155

während er einen schwarzen Gegenstand untersuchte, den er in der linken hielt.

„Strengt Euch nicht unnötig an, Großvater. Das Pinio kriegt Ihr nicht ab. Es ist schlimmer als Gallapfelsaft."

„Ein merkwürdiges Mineral", sagte der Gelehrte. „Es sieht aus wie Bleierz."

Ein heftiger Wellenschlag brachte ihn ins Schwanken, und der Klumpen, den er in der Hand hielt, fiel mit dumpfem Gepolter zu Boden.

Melchior Pannasave wurde plötzlich zornig.

„Könnt Ihr Euch denn nicht ein bißchen vorsehen? Wenn das Ding ins Meer gefallen wäre, würde es mich tausend Livres Schadenersatz kosten."

„Das Bleierz scheint hierorts sehr teuer geworden zu sein", sagte der Apotheker nachdenklich.

Pannasave schien seine Worte zu bereuen und wurde friedlicher.

„Ich hab' das nur so gesagt. Es ist nichts dabei, wenn man Blei transportiert, aber es wäre mir lieber, Ihr tätet so, als hättet Ihr nichts gesehen. Was habt Ihr überhaupt in meinem Laderaum zu schaffen?"

„Ich wollte meine Flasche sicherer verstauen, damit sie bei dem dauernden Hin und Her an Deck nicht wegrollt oder womöglich einen Fußtritt bekommt. Habt Ihr ein wenig Süßwasser für mich, mein Freund, damit ich mich säubern kann?"

„Und wenn ich noch so viel hätte – dafür würde ich Euch keines geben. Weder Wasser noch Seife würden Euch etwas nützen. Ihr müßtet Zitrone oder sehr scharfen Essig nehmen, und das gibt's nicht an Bord. Es bleibt Euch nichts anderes übrig, als zu warten, bis wir an Land sind."

„Seltsames Mineral!" wiederholte der Gelehrte. Worauf er sich resigniert in einen Winkel verzog.

Angélique ließ sich am Heck auf einem zusammengefalteten Segel nieder. Ohne sonderlichen Appetit verzehrte sie eine Scheibe Rauchfleisch und ein paar Biskuite, die Pannasave an seine Passagiere austeilte. Sie starrte auf das Stück Pinio, und längst Vergessenes kam ihr wieder in Erinnerung. So gelehrt Savary auch sein mochte, schien er doch nicht zu wissen, daß das Pinio kein rohes Blei war, sondern körniges und schlackenartiges amalgamiertes Silber, das Schwefeldämpfen ausgesetzt worden war, um ihm ein dunkleres, erdfarbenes Aussehen zu geben. Dieses Tarnungsverfahren hatte einstens der Graf Peyrac angewandt, um das Silber aus seinem Bergwerk in Argentière nach Spanien und England zu bringen, und sie hatte gehört, daß viele Schmuggler des Mittelmeers ebenso verfuhren.

Als um die Mittagsstunde Melchior Pannasave sich anschickte, auf seiner Lieblingsbank Siesta zu halten, setzte sich Angélique neben ihn.

„Monsieur Pannasave . . .“, begann sie in gedämpftem Ton.

„Was gibt's, meine Schöne?“

„Eine kleine Frage. Führt Ihr diese Silbertransporte im Auftrag des Rescators aus?“

Der Marseiller war im Begriff gewesen, bedachtsam ein großes Taschentuch auseinanderzufalten, um mit ihm sein Gesicht vor der stechenden Sonne zu schützen. Doch nun fuhr er jäh hoch. Der joviale Ausdruck war aus seinem Gesicht geschwunden.

„Ich verstehe nicht ganz, was Ihr mir da sagt, kleine Frau“, erklärte er kühl. „Es ist gefährlich, unter freiem Himmel über solche Dinge zu reden, müßt Ihr wissen. Der Rescator ist ein christlicher Pirat, der sich mit den Türken und den Berbern verbündet hat, also ein gefährlicher Mann. Ich bin ihm nie begegnet, und ich wünsche mir auch nicht, ihm zu begegnen. Und es ist Blei, was ich in meinem Laderaum transportiere.“

„In meiner Heimat nennen die Bergleute das ‚Rohstein‘. Ihr sagt Pinio, aber es ist dasselbe: rohes, getarntes Silber. Die Maultiere meines Vaters pflegten es zur Ozeanküste zu transportieren, wo die häßlichen schwarzen Fladen ohne den Stempel des Königs auf Schiffe verladen wurden. Ich irre mich bestimmt nicht. Hört zu, Monsieur Pannasave, ich will Euch alles anvertrauen.“

Sie erzählte ihm, daß sie auf der Suche nach einem Manne sei, den sie liebe und der sich früher mit Bergbau befaßt habe.

„Und Ihr meint, daß er es heute noch tun könnte?“

„Ja.“

Ob er, da er doch mit Mineralien Handel treibe, fügte Angélique hinzu, nicht von einem sehr gelehrten, hinkenden Manne habe reden hören, dessen Gesicht entstellt sei?

Melchior Pannasave schüttelte den Kopf, dann fragte er:

„Wie heißt er denn?"

„Ich weiß es nicht. Er ist wohl gezwungen gewesen, seinen Namen abzulegen."

„Ein Namenloser also! Nun ja, es ist schon so: Liebe macht blind, und wo sie hinfällt ..."

Er versank in tiefes Nachdenken. Sein Gesicht hatte sich aufgeheitert, aber er blieb mißtrauisch.

„Hört mal zu, mein Kindchen", fuhr er endlich fort, „ich will Euren Geschmack nicht kritisieren und Euch auch nicht fragen, warum Ihr so sehr an jenem Liebhaber hängt, wo es doch überall auf der Welt eine Menge hübscher, gutgewachsener Burschen gibt, die ihre Nase mitten im Gesicht tragen und stolz auf ihren Namen sind, den der liebe Gott und ihre Eltern ihnen am Tage ihrer Taufe gegeben haben ... Nein, es steht mir nicht zu, Euch die Leviten zu lesen. Ihr seid kein kleines Mädchen mehr, Ihr wißt, was Ihr wollt. Aber Ihr sollt Euch keine Illusionen machen. Von jeher hat man über das Mittelmeer Pinio transportiert und wird es immer tun. Da brauchte man nicht erst auf Euren krummbeinigen Geliebten zu warten. Laßt Euch sagen: Schon mein Vater transportierte Pinio. Er war ein Rescator, wie er im Buch steht. Wenn auch nur ein kleiner im Vergleich zu dem andern. Der ist ein Haifisch. Er soll aus Südamerika gekommen sein, wohin der König von Spanien ihn geschickt hatte, um das Gold und das Silber der Inka-schätze aufzusammeln. Vermutlich hat er danach sozusagen ein eigenes Geschäft aufmachen wollen. Kaum ist er hier auf dem Mittelmeer er-schienen, fraß er auch schon sämtliche kleinen Handelsleute auf. Es gab nur zwei Möglichkeiten: für ihn zu arbeiten oder versenkt zu werden. Er hatte sich das Monopol angeeignet, wie man so sagt. Nicht als ob man sich darüber beklage. Der Tauschhandel blüht jetzt im Mittelmeerraum. Früher hat man die größte Mühe gehabt, auf den Märkten ein bißchen Silber aufzutreiben. Und wenn ein Handelsmann mit dem Orient ein großes Geschäft in Seidenwaren oder ähnlichem abschließen wollte, blieb ihm häufig nichts anderes übrig, als sich von den Wechslern Silber zu Wucherpreisen zu verschaffen. Die Türken wollten verständlicherweise nicht irgendwelche fragwürdige Währung annehmen. Und derartige Manipulationen wirken sich ungünstig auf die Kurse aus. Jetzt gibt's Silber im Überfluß. Woher es kommt? Danach fragt keiner. Hauptsache, es ist da. Auch, wenn's natürlich manchen nicht paßt. Denen, zum Beispiel, die ihre Schätze zurückhielten und sie erst zum fünffachen Wert abgaben: den Königreichen, den kleinen Staaten ... Dem König von Spanien an erster Stelle, der glaubt, die Reichtümer der gesamten Neuen Welt gehörten ihm, aber auch anderen minder großen, ebenso gierigen: dem Herzog von Toskana, dem Dogen von Venedig, den Malteserrittern. Sie sind genötigt, sich an die normalen Kurse zu halten."

„Kurz, er ist ein Retter, Euer Arbeitgeber!"

Das Gesicht des Marseillers bekam einen finsteren Ausdruck.

„Er ist nicht mein Arbeitgeber. Ich will mit diesem verwünschten Piraten nichts zu schaffen haben."

„Nun, wenn Ihr Silber transportiert und er das Monopol besitzt ..."

„Hört zu, Kindchen, ich will Euch einen Rat geben. In diesen Breiten soll man sich davor hüten, den Dingen auf den Grund zu schauen. Man braucht nicht zu wissen, von wo das Seil ausgeht, das man in der Hand hält, noch wohin es führt. Ich, zum Beispiel, nehme eine Ladung in Cadix oder anderswo auf, meistens in Spanien. Ich muß sie in die Kolonien der Levante bringen, nicht immer an denselben Ort. Ich liefere meine Fracht ab, man zahlt mir entweder in Ware oder mit einem Wechselbrief, den ich in allen Mittelmeerhäfen einlösen kann, in Messina, Genua oder selbst in Algier, falls mich die Lust überkommen sollte, eine Spazierfahrt dorthin zu machen. Und dann geht's wieder heim zur Cannebière!"

Nach diesen Worten faltete der Marseiller sein Taschentuch auseinander, um eindeutig zu verstehen zu geben, daß er alles gesagt habe, was zu sagen sei.

„Man soll nicht forschen, wohin das Seil führt, das man in Händen hält ..." Angélique schüttelte den Kopf. Sie würde sich nicht nach den hier geltenden Gesetzen richten, die von allzuviel Leidenschaft, von allzu gegensätzlichen Interessen diktiert wurden, woraus sich die Notwendigkeit wohltätigen Vergessens, eines kurzen Gedächtnisses ergab. Den dünnen Faden, den sie erfaßt hatte, wollte sie nicht eher loslassen, bis sie ihr Ziel erreicht haben würde.

Doch zuweilen schien selbst dieser Faden ihr zu entgleiten, irreal zu werden und sich im Azurblau des Himmels aufzulösen. Bei der lässigen

159

Bewegung des Meeres, unter der glühenden Sonne wurde die Wirklichkeit zur Legende, zu einem unerreichbaren Traumgebilde. Man begriffe, warum die Mythen der Antike nur an diesen Ufern entstanden sein konnten.

Bin ich nicht selbst im Begriff, einer Mythe nachzujagen, fragte sie sich, der Legende eines verschwundenen Heros, der nicht mehr in der Welt der Lebenden weilt ...? Ich bemühe mich, seine Spuren auf diesem Weg zu entdecken, „wo man den Dingen nicht auf den Grund schauen soll", aber ich gehe immer wieder in die Irre.

„Ihr habt mir höchst interessante Dinge erzählt, Monsieur Pannasave", sagte sie. „Ich danke Euch."

Der Marseiller machte eine vornehme Verbeugung, bevor er sich auf seiner Bank ausstreckte.

„Ich habe ein wenig studiert", sagte er herablassend.

Gegen Abend glitzerte ein verschneiter Berggipfel am Horizont.

„Der Vesuv", erklärte Savary.

Der Schiffsjunge, der auf den Mast geklettert war, meldete: „Segler in Sicht!" Sie warteten, bis das Schiff näher gekommen war. Es war eine Galeone, ein stattliches Kriegsschiff.

„Welche Flagge?"

„Französische", rief Mutcho, nicht eben erfreut.

„Hisse die Malteserflagge", befahl Pannasave mit gespanntem Gesicht.

„Warum zeigen wir nicht unser Lilienbanner, da es doch Landsleute sind?" fragte Angélique.

„Weil ich Landsleuten mißtraue, die auf spanischen Kriegsschiffen fahren."

Die Galeone schien der „Joliette" den Weg verlegen zu wollen. Signalwimpel stiegen am Hißtau hoch.

Melchior Pannasave unterdrückte einen Fluch.

„Hab' ich's mir doch gedacht! Sie wollen mein Schiff durchsuchen. Das geht nicht mit rechten Dingen zu: Sie sind in neapolitanischen Hoheitsgewässern, und Frankreich befindet sich nicht im Krieg mit dem Malteserorden. Das ist bestimmt irgendein Flibustier, wie es deren so viele gibt. Warten wir noch ab."

Er ließ die Segelfläche vermindern. Gleich darauf beobachtete Angélique verblüfft, wie auf der Galeone die französische Flagge niederging und an ihrer Stelle eine unbekannte erschien.

„Fahne des Großherzogs von Toskana", sagte Savary. „Das bedeutet, daß das Schiff zwar von Franzosen befehligt wird, jedoch käuflich das Recht erworben hat, seine Prisen in Messina, Palermo und Neapel abzusetzen."

„Sie haben uns noch nicht, Kinder", murmelte der Marseiller vor sich hin. „Wenn sie nicht locker lassen, können sie sich auf was gefaßt machen."

Von der Deckkajüte aus beobachtete sie ein Edelmann in rotem Mantel und Federhut durch ein Fernrohr. Als er das Instrument absetzte, sah Angélique, daß er maskiert war.

„Das ist schlecht", brummte Pannasave. „Leute, die sich vor dem Entern maskieren, sind nie ganz geheuer."

Ein Bursche mit einem Galgengesicht, vermutlich der erste Offizier, reichte dem Edelmann ein Sprachrohr.

„Eure Ladung?" schrie er auf italienisch herüber.

„Blei aus Spanien für den Malteserorden", erwiderte Pannasave in derselben Sprache.

„Nichts anderes?" rief eine ungeduldige, herrische Stimme auf französisch.

„Und Kräutertee", ergänzte der Marseiller, ebenfalls auf französisch.

Die Mannschaft der Galeone, die, an die Reling gelehnt, das Verhör verfolgte, brach in homerisches Gelächter aus. Pannasave blinzelte verschmitzt.

„Ein guter Gedanke, dieser Kräutertee! Das wird sie anekeln!"

Doch nachdem der Edelmann mit seinem ersten Offizier beratschlagt hatte, setzte er von neuem sein Sprachrohr an: „Zieht die Segel ein und haltet Eure Warendeklaration bereit. Wir werden sie prüfen."

Der Marseiller lief blaurot an.

„Was bildet der sich eigentlich ein, dieser Süßwasserpirat? Daß er ehrliche Leute herumkommandieren kann? Dem werde ich was husten, von wegen Deklaration bereithalten!"

Ein Beiboot wurde von der Galeone heruntergelassen. Mit Musketen bewaffnete Matrosen bildeten die Besatzung, die Führung übernahm der finster dreinblickende erste Offizier, dessen eines Auge durch eine schwarze Binde verdeckt war, was ihn vollends abstoßend erscheinen ließ.

„Mutcho, zieh die Segel ein", sagte der Kapitän. „Scaiano, halt dich bereit, den Bootsriemen zu übernehmen, wenn ich dir's sage. Großvater, der Ihr gewitzter seid, als Ihr aussteht, kommt unauffällig zu mir: man beobachtet uns zweifellos. Kehrt ihnen den Rücken zu. Gut so. Hier ist der Schlüssel zum Pulverkasten. Nehmt auch ein paar Kugeln heraus, wenn ich das Schiff wende und wir von drüben nicht eingesehen werden können. Die Kanone ist bereits geladen, aber wir brauchen vielleicht Nachschub. Nehmt die Plane noch nicht ab, die über der Kanone liegt. Möglicherweise haben sie sie nicht bemerkt . . ."

Die Segel hingen schlaff herunter. Der Wind trieb die „Joliette" sachte ab. Rasch kam das Boot der Flibustier auf sie zu; es verschwand in den Wellentälern, um jedesmal in größerer Nähe wiederaufzutauchen.

Melchior Pannasave schrie abermals in sein Sprachrohr:

„Ich verweigere die Durchsuchung."

Ironisches Gelächter war die Antwort.

„Jetzt ist es die richtige Entfernung", sagte der Marseiller in gedämpftem Ton zu Savary. „Übernehmt die Ruderpinne, Großvater."

Schon hatte er den Tarnüberzug von seiner kleinen Kanone heruntergezogen. Er ergriff einen Feuerschwamm, riß mit den Zähnen ein Stück davon ab, zündete es an und schob es in den Stoßboden der Kanone.

„Gott befohlen! Ins Wasser mit Euch Gesindel!"

Der Schuß ging los, und durch die Erschütterung des Seglers wurden seine Insassen zu Boden geschleudert.

„Danebengegangen! Sacramento!" fluchte Pannasave.

In dem Pulverdampf, der ihn umgab, versuchte er tastend, eine zweite Ladung einzuführen.

Der Schuß hatte den Angreifer um wenige Faden verfehlt und ihn lediglich mit Sprühwasser überschüttet. Nachdem sie ihre Verblüffung überwunden hatten, brachen die Flibustier in Verwünschungen aus und luden ihre Musketen.

162

Die „Joliette" wurde immer weiter abgetrieben und bot dem weit überlegenen Gegner ein leichtes Ziel.

„An den Bootsriemen, Scaiano, an den Bootsriemen! Und Ihr Großvater, versucht Zickzackkurs zu steuern."

Eine Musketensalve ließ das Wasser aufspritzen. Der Marseiller stieß einen grunzenden Laut aus und hielt sich den rechten Arm.

„Oh, Ihr seid verletzt!" schrie Angélique auf und stürzte zu ihm.

„Diese Halunken! Das sollen sie mir büßen. Großvater, könnt Ihr Euch mit der Kanone befassen?"

„Ich war Feuerwerker bei Soliman Pascha."

„Schön. Dann schließt den Stoßboden wieder und bereitet den Zunder vor. Übernimm das Steuerruder, Mutcho."

Die Schaluppe war nur noch fünfzig Faden entfernt und bot nun ihren Bug als eine sehr ungewisse Zielscheibe dar. Das Meer war bewegt, und unregelmäßige Windstöße ließen den Segler und seinen Angreifer auf und nieder tanzen.

„Ergebt Euch, Ihr Dummköpfe!" schrie der Mann mit der schwarzen Binde.

Melchior Pannasave, der noch immer seinen Arm hielt, wandte sich zu seinen Gefährten. Als sie ein verneinendes Zeichen machten, rief er:

„Jetzt wird Euch ein provenzalischer Schiffspatron mal zeigen, was eine Harke ist, Euch und Eurem verdammten Piratenkapitän!"

Dann hob er in Savarys Richtung den Zeigefinger und befahl mit leiser Stimme: „Feuer!"

Eine zweite Detonation erschütterte den Schiffsrumpf. Als der Rauch sich verzog, sah man Ruder und Trümmer auf dem Wasser treiben, an die sich Männer klammerten.

„Bravo!" murmelte der Marseiller. „Jetzt alle Segel setzen! Wir wollen versuchen zu entkommen."

Doch ein dumpfer Schlag ließ erneut die „Joliette" erzittern. Angélique hatte das Gefühl, als schmölze die Reling, an die sie sich lehnte, wie Butter, während ihr der Boden unter den Füßen schwand. Salzwasser drang ihr in den Mund.

Siebzehntes Kapitel

Der Kapitän des Kaperschiffes hatte seine Maske abgenommen. Ein noch jugendliches Gesicht war zum Vorschein gekommen, dessen Bräune aufs vorteilhafteste von seinen grauen Augen und seinem blonden Haar abstach. Aber es war von tiefen Furchen gezeichnet, die ihm einen bitteren und hämischen Ausdruck verliehen. Stark ausgeprägte Säcke unter den Augen ließen auf einen Hang zu Ausschweifungen verschiedenster Art schließen. Das Haar an seinen Schläfen begann zu ergrauen.

Er näherte sich mit geringschätzig herabgezogenen Mundwinkeln.

„In meiner ganzen Praxis ist mir keine so kümmerliche Schiffsladung vor Augen gekommen. Außer diesem immerhin kräftig gebauten Galgenvogel von Marseiller, der sich gleichwohl eine Kugel in den Arm jagen ließ, hat dieser Kahn nur zwei schmächtige Bürschchen und zwei alte Krüppel aufzuweisen, von denen der eine sich, weiß der Himmel warum, als Neger geschminkt hat."

Er packte Savary beim Kinnbart und schüttelte ihn erbarmungslos.

„Hast du gehofft, du würdest dabei etwas gewinnen, alter Bock? Ob Neger oder nicht, auf dein Gerippe würde ich keine zwanzig Zechinen bieten!"

Der erste Offizier mit der schwarzen Binde, ein kurzer, stämmiger Geselle, deutete mit zitterndem Finger auf den Greis.

„Das ist er . . . das ist er . . . der . . . unser Boot . . . versenkt hat."

Er klapperte mit den Zähnen in seinen durchnäßten Kleidern. Man hatte ihn mit drei anderen Überlebenden aufgefischt, aber immerhin hatten fünf Mitglieder der Besatzung der Galeone „Hermes" durch diesen kleinen, so harmlos wirkenden Segler den Tod gefunden.

„Wirklich? Der ist es?" wiederholte der Pirat, indem er den geduckt stehenden Greis mit einem eiskalten Schlangenblick durchbohrte. Der aber bot einen so jämmerlichen Anblick, daß die Versicherungen seines ersten Offiziers ihn nicht überzeugten.

Er zuckte die Achseln und wandte sich von der reichlich armseligen Gruppe ab, die Savary, Flipot, der Schiffsjunge und der alte Scaiano in ihren triefenden Kleidern bildeten. Er warf einen Blick auf den kräftigen Marseiller, der mit schmerzverzerrtem Gesicht auf dem Deck lag.

„Diesen provenzalischen Narren kann man nicht trauen ... Man hält sie für harmlose Spaßvögel, aber wenn es sie überkommt, scheuen sie sich nicht, eine ganze Flotte anzugreifen. Dummkopf! Was hast du davon, daß du den Eisenfresser spielen wolltest? Da liegst du nun, und dein Segelschiff hat eine Kanonenkugel beschädigt. Wäre der Kahn nicht so schön, hätte ich ihn auf den Meeresgrund geschickt. Aber wenn er wieder ausgebessert ist, bringt er mir vielleicht etwas ein. Jetzt wollen wir uns einmal mit dem jungen Edelmann befassen, der, wie mir scheint, die einzige Ware von Wert auf dieser verdammten Nußschale darstellt."

Mit lässigen Schritten wandte er sich zu Angélique, die er von den anderen abgesondert hatte. Auch sie zitterte vor Kälte in ihren nassen Kleidern, denn die Sonne versank am Horizont, und der Wind wurde kühl. Ihr vom Wasser schwer gewordenes Haar hing ihr auf die Schultern herab.

Der Kapitän musterte sie auf die gleiche abschätzende Art, die er den andern Schiffbrüchigen gegenüber an den Tag gelegt hatte.

Unter den prüfenden Blicken fühlte sich die junge Frau höchst beklommen. Sie war sich bewußt, daß der Stoff ihres Gewandes an ihrem Körper klebte und seine Formen verriet. Die grausamen Augen des Piraten kamen näher, und sein Mund verzog sich zu einem spöttischen Lächeln.

„Nun, junger Mann", sagte er, „wir gehen gern auf Reisen?"

Mit einer jähen Bewegung zog er seinen Säbel und setzte dessen Spitze auf Angéliques Brust, an den Halsausschnitt ihres Hemdes, das sie unwillkürlich zu schließen versuchte. Sie spürte den stechenden Druck des Stahls auf ihrer Haut, rührte sich aber nicht.

„Mutig?"

Er verstärkte den Druck ein wenig. Angéliques Nerven waren bis zum Zerreißen gespannt. Plötzlich glitt die Klinge in die Öffnung des Mieders, riß den Stoff zur Seite und entblößte eine weiße, volle Brust.

„Sieh an, eine Frau!"

Die Matrosen, die Zeugen der Szene waren, brachen in rohes Ge-

165

lächter aus. Angélique hatte sofort das zerrissene Kleidungsstück wieder über ihre Blöße geschoben. Ihre Augen funkelten.

Der Korsar lächelte noch immer.

„Eine Frau! Heute soll offenbar Komödie gespielt werden auf der ‚Hermes'. Ein Greis mimt einen Neger, eine Frau einen Mann, ein Marseiller einen Helden, unseren tüchtigen ersten Offizier nicht zu vergessen, der einen Triton mimt."

Abermals erscholl wieherndes Gelächter, das sich angesichts der säuerlichen Miene Corianos, des Mannes mit der schwarzen Binde, noch verstärkte.

Angélique wartete, bis der Tumult sich gelegt hatte.

„Und ein Flegel, der einen französischen Edelmann mimt!" sagte sie.

Er empfing den Schlag, ohne sein Lächeln zu verlieren.

„Ei, ei! Die Überraschungen nehmen kein Ende. Eine Frau, die schlagfertig ist . . . Ein rarer Artikel an den Stapelplätzen der Levante! Dieser Tag scheint für uns doch kein verlorener zu sein, Ihr Herren. Woher stammt Ihr, meine Schöne? Aus der Provence wie Eure Gefährten?"

Da sie nicht antwortete, trat er auf sie zu und nahm ihr unbeschadet ihres Sträubens den Dolch und den Gürtel ab. Er wog den letzteren mit einem erfahrenen Lächeln, öffnete ihn und ließ ein Goldstück nach dem andern in seine Hand gleiten. Mit glänzenden Augen kamen die Männer näher.

Durch einen Blick scheuchte er sie zurück.

Er wühlte weiter in dem Gürtel und zog den Wechselbrief heraus, der in einer besonderen Tasche aus gummierter Leinwand aufbewahrt war.

Nachdem er ihn entziffert hatte, schien er betroffen.

„Madame du Plessis-Bellière . . .", sagte er.

Dann entschloß er sich:

„Ich darf mich vorstellen: Marquis d'Escrainville."

Die Art, wie er sie grüßte, bewies, daß er eine gewisse Erziehung genossen hatte. Sein Adelstitel mußte wohl echt sein. Sie hoffte, er werde ihr auf Grund ihrer beider gesellschaftlicher Stellung einige Achtung erweisen.

„Ich bin die Witwe eines Marschalls von Frankreich", sagte sie, „und will nach Kandia reisen, um dort gewisse Besitzansprüche meines Mannes geltend zu machen."

Sein Gesicht verzog sich zu einem kühlen Lächeln.

„Man nennt mich auch den Schrecken des Mittelmeers", sagte er.

Nach kurzer Überlegung ließ er sie indessen in eine Kabine bringen, die er offenbar Reisenden von Stand vorbehielt, insbesondere weiblichen Reisenden.

Auch hier fand Angélique in dem Wirrwarr eines mit Nägeln beschlagenen Lederkoffers europäische und türkische Frauenkleider, Schleier, billigen Schmuck, Schuhe und Pantoffeln.

Sie zögerte, sich auszuziehen, da sie sich auf diesem Schiff nicht sicher fühlte. Ihr war, als spähten funkelnde Augen durch die Ritzen der Kabinenwände. Aber ihre Kleider umhüllten sie wie ein eisiges Leichentuch, und ihre Zähne klapperten, ohne daß sie etwas dagegen zu tun vermochte. Endlich überwand sie sich und legte ihre nassen Kleidungsstücke ab. Widerwillig zog sie ein einigermaßen passendes altmodisches weißes Kleid von zweifelhafter Sauberkeit an, in dem sie wie eine Vogelscheuche auszusehen vermeinte. Nachdem sie noch einen spanischen Schal um die Schultern gelegt hatte, fühlte sie sich immerhin einigermaßen wohl. Dann ließ sie sich auf dem Ruhelager nieder und blieb lange Zeit, düstere Gedanken wälzend, regungslos liegen. Ihr verklebtes Haar roch nach Seewasser, ebenso wie das feuchte Holz der Kabine, und dieser salzige Geruch verursachte ihr Übelkeit.

Sie fühlte sich allein inmitten des Meeres, verloren und verlassen wie eine Schiffbrüchige auf einem Floß. Mit eigener Hand hatte sie alle Bande durchschnitten, die sie mit einem Leben in Glanz und Üppigkeit verknüpften, aber niemand stand am anderen Ufer, um ihr die Hand zu reichen . . . Gesetzt den Fall, der Piratenedelmann wäre willens, sie nach Kandia zu bringen — was konnte sie dort, aller Mittel beraubt, ausrichten? Sie hatte nur einen einzigen Anhalt, an den sie sich klammern konnte: einen arabischen Kaufmann, Ali Mektoub . . . Dann fiel ihr ein, daß sich dort ein Franzose befinden mußte, der stellvertretend die Konsulatsgeschäfte für sie führte. An ihn würde sie sich wenden können. Sie suchte sich seines Namens zu erinnern: Rocher? . . . Pocher? Pascha? . . . Nein, so hieß er nicht . . .

Schreie und Schluchzen eines weiblichen Wesens schreckten sie aus ihren Überlegungen auf. Winzige rote Strahlen drangen durch die Ritzen der Bretterwand, und als sie die Tür öffnete, traf sie der purpurne Schein der Abendsonne, die gleich einer Feuerkugel im Meer versank, voll ins Gesicht. Angélique legte die Hand über ihre Augen. Ein paar Schritte von ihr entfernt hatten zwei Matrosen ein Mädchen, fast ein Kind noch, gepackt, das sich verzweifelt wehrte. Einer der Männer hielt seine Arme fest, während der andere es lüstern streichelte.

Angélique erstarrte vor Empörung.

„Laßt die Kleine los!" schrie sie.

Und da die beiden nicht zu hören schienen, lief sie auf sie zu und riß demjenigen, der das Mädchen festhielt, die Mütze herunter.

Seiner Kopfbedeckung beraubt, die einem Matrosen sozusagen ebenso angewachsen ist wie sein Haar, ließ der Mann los und streckte die Hände aus.

„He! Meine Mütze!" rief er.

„Schau, was ich mit ihr mache, Wüstling", erwiderte Angélique, während sie sie über Bord beförderte.

Das Mädchen hatte sich sofort losgemacht. Aus einiger Entfernung verfolgte es verblüfft die Szene. Die beiden Männer waren nicht minder überrascht. Nachdem sie mit dummen Gesichtern der auf den Wellen schwimmenden Mütze nachgeschaut hatten, kehrte ihr Blick zu Angélique zurück, und sie stießen einander mit den Ellbogen an.

„Vorsicht!" brummte der eine. „Das ist das Frauenzimmer, das wir vorhin aufgefischt haben, das Frauenzimmer mit den Golddukaten. Wenn unser Marquis ein Auge auf sie geworfen hat . . ."

Und sie zogen ab, ohne sich auf einen Disput einzulassen. Angélique wandte sich dem jungen Mädchen zu. Es war älter, als sie im ersten Augenblick gedacht hatte, und mochte Anfang Zwanzig sein, nach seinem bleichen Gesicht mit den großen schwarzen Augen unter üppigem, dunklem Kräuselhaar zu schließen. Aber sein zarter Körper in dem weißen Kleid war noch nicht voll entwickelt.

„Wie heißt du?" fragte Angélique, ohne daß sie sich große Hoffnungen machte, verstanden zu werden.

Zu ihrer Überraschung erwiderte die andere:

„Hellis."

Dann kniete sie nieder, ergriff die Hand ihrer Retterin und küßte sie.

„Was machst du auf diesem Schiff?" fragte Angélique weiter.

Doch das Mädchen sprang plötzlich auf und flüchtete ängstlich in die Finsternis, die sich jetzt über das Schiff senkte.

Angélique wandte sich um.

Der Marquis d'Escrainville beobachtete sie von der Leiter der Deckkajüte, und es wurde ihr klar, daß er schon eine Weile dort gestanden und die ganze Szene verfolgt hatte.

Er verließ seinen Beobachtungsposten und trat langsam zu ihr. Seine Augen funkelten gehässig.

„Ich sehe schon", sagte er, „die Frau Marquise tut, als sei sie noch von ihren Bedienten umgeben. Man erteilt Befehle, man spielt die große Dame. Ich werde Euch beibringen, daß Ihr auf einem Flibustierschiff seid, meine Liebe!"

„Ach, stellt Euch vor, das hatte ich noch gar nicht bemerkt!" spöttelte sie.

In eiskaltem Ton erwiderte der Marquis d'Escrainville:

„Was sollen die Witzeleien! Glaubst du, du seist in den Salons von Versailles? In Gesellschaft von Männern, die die kostbaren Worte schlürfen, die du von deinen Lippen fallen zu lassen geruhst? . . . Von Männern, die vor dir im Staube kriechen . . . die dich anflehen . . . während du lachst, dich über sie lustig machst? Du flüsterst: ‚Ah, meine Liebe, wenn Ihr wüßtet, wie er mich langweilt! Er betet mich an . . .' Und dann heuchelst du, spinnst kleine Listen, läßt dein betörendes Lächeln spielen . . . und kalkulierst dabei kalt, läßt deine Hampelmänner tanzen! Eine Zärtlichkeit diesem, ein Blick jenem . . . und jenem andern, der dir nichts mehr zu bieten hat, einen Tritt . . . Verzweifelt ist er? Was geht's dich an! Sterben will er? Oh, wie drollig! Ah, dieses Kokottengelächter peinigt meine Ohren! Ich werde es zum Schweigen bringen!"

Er hob die Hand, als wolle er sie schlagen. Immer stärker war er in Erregung geraten, er zitterte vor Wut und hatte Schaum auf den Lippen.

Angélique starrte ihn an.

„Schlag die Augen nieder, Unverschämte", knurrte er. „Hier bist du nicht mehr Königin. Du wirst endlich lernen, deinem Herrn zu gehorchen . . . Mit dem Spotten und den Launen ist es vorbei. Ich werde dich schon dressieren, paß nur auf!"

Und da sie ihn noch immer gelassen ansah, versetzte er ihr einen heftigen Schlag ins Gesicht.

Angélique stieß einen Schrei aus:

„Oh! Wie könnt Ihr Euch das erlauben!"

Er lachte höhnisch.

„Ich kann mir hier alles erlauben . . . Alles gegenüber Weibsbildern von deiner Sorte, die es nötig haben zu lernen, wie man den Rücken beugt . . . Und du wirst bald soweit sein. Nicht später als heute nacht, meine Schöne. Du wirst ein für allemal erfahren, was du bist und wer ich bin."

Er packte sie an den Haaren, schleuderte sie in die Kabine und schloß die Tür ab.

Nicht lange danach kündigte neuerliches Schlüsselgeräusch einen Besuch an. Sie fuhr hoch, auf alles gefaßt.

Aber es war nur der erste Offizier, Coriano, eine Laterne in der Hand und von einem Negerknaben begleitet, der ein Tablett trug. Er hängte die Laterne an die Luke, hieß den Sklaven, das Tablett auf den Boden stellen und musterte sodann die Gefangene eine ganze Weile mit seinem einzigen Auge. Worauf er ihr, mit seinem beringten Wurstfinger auf die Nahrung deutend, gebot:

„Eßt!"

Nachdem er gegangen war, vermochte Angélique dem lockenden Duft nicht zu widerstehen, der von dem Tablett aufstieg. Da gab es in Teig gebackene Krabben, eine Muschelsuppe und Orangen. Eine Karaffe guten Weins begleitete die Mahlzeit. Angélique verschlang alles. Sie war am Ende ihrer Kräfte, erschöpft von Müdigkeit und Erregung.

Als sie draußen auf Deck den trägen Schritt des Marquis d'Escrainville sich nähern hörte, war sie nahe daran, aufzuschreien.

Der Pirat drehte den Schlüssel im Schloß und trat ein. Sein hoher Wuchs zwang ihn, sich unter der niederen Decke ein wenig zu ducken, und ohne den brutalen Zug um den Mund wäre er mit seinen grauen

Schläfen, dem durchgeformten Gesicht und den klaren Augen fast schön zu nennen gewesen.

„Nun", sagte er, während er einen Blick auf das leere Tablett warf, „die Frau Marquise haben ihr Futter vertilgt?"

Sie hielt es unter ihrer Würde zu antworten und wandte sich ab. Doch als er seine Hand auf ihre bloße Schulter legte, flüchtete sie in den hintersten Winkel des Raums und sah sich nach einer Waffe um, fand jedoch keine. Er belauerte sie wie eine grausame Katze.

„Nein", sagte er, „du entkommst mir nicht ... Heute nacht nicht. Heute nacht rechnen wir ab, und du wirst mir bezahlen."

„Aber ich habe Euch doch nichts getan", protestierte Angélique.

Er lachte.

„Wenn nicht du, dann deine Schwestern ... Du hast andern genug angetan, um hundertfache Züchtigung zu verdienen. Sag mir, wie viele vor dir im Staub gekrochen sind! Wie viele, sag's mir!"

Angesichts seines fast irr funkelnden Blicks von panischem Schrecken erfaßt, suchte sie nach einer Möglichkeit, ihm zu entrinnen.

„Langsam wird dir angst, wie? So gefällst du mir schon besser ... Du bist nicht mehr stolz? Bald wirst du mich anflehen. Ich weiß schon, wie man dich behandeln muß."

Er schnallte sein Wehrgehänge ab und warf es zusamt dem Degen auf die Liegestatt. Dann begann er sich mit zynischer Schamlosigkeit zu entkleiden.

Sie ergriff den nächstbesten Gegenstand, einen kleinen Schemel, und warf ihn nach ihm.

Er wich dem Geschoß aus, ging höhnisch lachend auf die junge Frau zu und packte sie mit beiden Armen. Als er sein Gesicht über sie beugte, biß sie ihn in die Wange.

„Wölfin!" schrie er.

In maßloser Wut umfaßte er sie und versuchte, sie auf den Boden zu drücken.

Und abermals entspann sich ein stummer, wilder Kampf, diesmal in der engen Kajüte, deren Holzwände von den Stößen ihrer beider verschlungenen Körper widerhallten.

Angélique spürte, daß sie rasch erlahmte. Sie stürzte. Keuchend preßte d'Escrainville sie mit seinem ganzen Gewicht zu Boden und beobachtete die letzten Zornesaufwallungen seines Opfers. Sie war am Ende und fühlte, wie alle Kraft aus ihren Gliedern wich, sie hatte nur noch den Willen, den Kopf bald nach rechts, bald nach links zu drehen, um der über sie geneigten, spöttisch grinsenden Maske zu entrinnen.

„Friedlich, mein Täubchen, ganz friedlich. So, endlich bist du vernünftig ... laß mich dich genauer betrachten."

Er riß ihr Mieder auf und preßte mit wollüstigen Lauten seine Lippen auf ihre Haut. Angewidert wand sie sich, um sich ihm abermals zu entziehen, doch er umschlang sie noch fester und unterwarf sich allmählich diesen widerstrebenden Körper. In dem Augenblick, da er sie ganz in Besitz nahm, bäumte sich ihr innerstes Wesen ein letztes Mal auf. Er fluchte und zermalmte sie wie rasend, während sie vor Schmerz schrie. Endlose Minuten hindurch mußte sie sein blindes Wüten erdulden, das sie versehrte, mußte sie zulassen, daß er sich über ihr sättigte, keuchend wie ein Tier in seinem Bau.

Als er sich endlich aufrichtete, glühte sie vor Schamgefühl.

Er hob sie hoch, stieß sie, nachdem er ihr fahles Gesicht betrachtet hatte, von sich, und sie fiel abermals schwer wie ein Stein vor ihm zu Boden.

„So gefallen mir die Frauen", sagte er. „Es fehlt nur noch, daß du heulst."

Er brachte sein Gewand aus rotem Tuch in Ordnung und schnallte sein Degengehänge um.

Angélique stützte sich schwer auf eine Hand, während sie mit der andern die Fetzen ihres Kleides über ihre Blöße zu ziehen suchte.

D'Escrainville stieß mit dem Fuß nach ihr.

„Heul doch, heul doch endlich!"

Doch sie weinte nicht, bevor er den Raum verlassen hatte. Dann aber strömten ihr heiße Tränen übers Gesicht. Mühsam stand sie auf und setzte sich auf den Rand der Liegestatt. Die Gefahren, denen sie in diesen letzten Tagen ausgesetzt gewesen war, die ewigen Kämpfe mit lüsternen männlichen Wesen wirkten allmählich lähmend auf ihre Zuversicht und ihre Widerstandskraft.

Die Worte des alten Galeerensträflings am Strand gingen ihr nicht aus dem Sinn: „Der Leichnam gehört dem Kormoran, die Beute dem Piraten, die Frau gehört allen."

Von heftigen Schluchzern geschüttelt saß sie da, bis gegen Mitternacht ein kratzendes Geräusch an der Tür sie aus ihrer Verzweiflung riß.

„Wer ist da?"

„Ich bin's, Savary."

Achtzehntes Kapitel

„Darf ich hereinkommen?" flüsterte der Greis und schob sein vom Pinio geschwärztes Gesicht durch den Türspalt.

„Freilich", erwiderte Angélique, während sie sich zu bedecken versuchte. „Ein Glück, daß dieser brutale Mensch mich nicht eingeschlossen hat."

„Hm!" machte Savary, als er die vielsagende Unordnung bemerkte, die in der Kajüte herrschte. Mit schamhaft gesenktem Blick ließ er sich am äußersten Fußende der Liegestatt nieder.

„Ach, Madame! Ich muß gestehen, seitdem ich mich auf diesem Schiff befinde, bin ich nicht gerade stolz, dem männlichen Geschlecht anzugehören. Ich bitte Euch in seinem Namen um Vergebung."

„Ihr könnt ja nichts dafür, Meister Savary."

Angélique fuhr sich mit einer energischen Bewegung über die tränennassen Wangen und hob den Kopf.

„Es ist meine Schuld. Man hatte mich ja genügend gewarnt. Jetzt muß ich eben die Suppe auslöffeln, die ich mir eingebrockt habe ... Immerhin bin ich noch am Leben – wie auch Ihr, und das ist die Hauptsache ... Wie geht es dem armen Pannasave?"

„Schlecht. Er hat Fieber und phantasiert."

„Und Ihr? Riskiert Ihr nicht schlimme Züchtigung, wenn Ihr mich hier besucht?"

„Die Peitsche, Stockschläge und das Vergnügen, mit den Daumen an der Rahe aufgehängt zu werden, ganz nach Laune unseres edlen Marquis."

Angélique erschauerte.

173

„Ein grauenhafter Mensch, Savary! Man traut ihm alles zu."

„Er ist Haschischraucher", sagte der alte Apotheker sorgenvoll. „Ich habe es gleich an dem irren Blick gemerkt, den er manchmal hat. Diese arabische Pflanze ruft bei denen, die sie gebrauchen, regelrechte Wahnsinnsausbrüche hervor. Unsere Situation ist kritisch ..."

Er rieb sich die mageren, weißen Hände. Beklommenen Herzens wurde Angélique sich bewußt, daß dieser gebrechliche, zerlumpte kleine Greis nun ihre einzige Stütze war.

Mit gedämpfter Stimme begann Meister Savary sie zu mahnen, nicht den Mut zu verlieren. In ein paar Tagen würden sie entkommen können.

„Entkommen! Haltet Ihr das wirklich für möglich, Meister Savary? Wie denn?"

„Pst! Es ist freilich kein leichtes Unternehmen, aber diesmal wird uns die Tatsache zustatten kommen, daß Pannasave zu den Leuten des Rescators gehört. Ihr habt es übrigens ja geahnt. Er ist einer der vielen Seeleute, Fischer und Kaufleute, die den Schmuggler bei der Ausübung seines Gewerbes unterstützen. Pannasave hat mir alles genau erklärt. In dieser Zunft ist auch noch der kleinste Pinio-Transporteur, sei er Mohammedaner oder Christ, davor gesichert, jemals in die Hände der Sklavenhändler zu geraten. Überall hat der Rescator Helfershelfer, die seinen Leuten beistehen. Das ist der Grund, warum so viele für ihn arbeiten."

Savary neigte sich vor und fuhr im Flüsterton fort:

„Sogar hier auf diesem Schiff sind Komplicen. Einer der geheimnisvollen ‚Passierscheine', die der Marseiller in seiner Wachstuchhülle zwischen einer Malteserfahne und einer Flagge des Herzogs von Toskana aufbewahrt, wird ihm als Erkennungszeichen dienen, um den Beistand der Posten zu erlangen, die ihn und seine Leute bewachen."

„Haltet Ihr es wirklich für möglich, daß die Wachen dieses gräßlichen Escrainville etwas für uns tun? Sie setzen doch ihr Leben aufs Spiel."

„Andererseits können sie dadurch ein Vermögen gewinnen. In der Gilde der Silberhändler scheinen diejenigen, die bei einer Flucht behilflich sind, märchenhafte Summen einzustreichen. So hat es der mysteriöse Meister bestimmt, jener Rescator, dem zu begegnen wir bereits die zweifelhafte Ehre hatten. Kein Mensch weiß, ob er Berber, Türke oder Spanier ist, ob Christ oder Renegat, aber das eine steht fest: daß er nicht mit den weißen oder schwarzen Korsaren des Mittelmeers gemeinsame Sache macht, die allesamt Sklavenhändler sind. Sein sagenhafter Reichtum erwächst ihm einzig aus dem Silberschleichhandel. Das ärgert die andern, denen es ein Rätsel bleibt, wie ein Pirat zu Wohlstand kommen kann, ohne mit Menschenfleisch zu handeln. Er hat sowohl die Venezianer, die Genuesen und Malteserritter wie auch die Algerier des Mezzo Morte und die türkischen Kaufleute aus Beirut gegen sich. Aber er ist allmächtig, denn allen, die für ihn arbeiten, geht es glänzend. So wird beispielsweise unser Pannasave, ob es ihm nun gelingt, einen Teil seiner Fracht zu retten oder nicht, in der Lage sein, sich ein neues, mindestens ebenso schönes Schiff wie die ‚Joliette‘ zu kaufen. Wir müssen freilich die Genesung unseres armen Marseillers abwarten, bevor wir das Abenteuer wagen."

„Hoffentlich dauert es nicht zu lange. Ach, Meister Savary, wie soll ich Euch danken, daß Ihr mich nicht im Stich laßt, obwohl ich Euch jetzt zu nichts mehr nütz bin."

„Nie werde ich vergessen, Madame, welche Mühe Ihr Euch gabt, mir meine Mumia mineralis zu verschaffen, die der persische Gesandte unserem König Ludwig XIV. als Geschenk mitbrachte. Ihr habt nicht nur mir einen großen Dienst erwiesen, sondern auch der Wissenschaft, die mein einziger Lebenszweck ist. Eine Frau, die ihr und dem geheimnisvollen Wirken der Gelehrten soviel Achtung zeigt, verdient nicht, im Labyrinth eines Harems zu verschwinden, um lasziven Muselmanen als Spielzeug zu dienen. Ich werde alles tun, was in meinen Kräften steht, um Euch dieses Schicksal zu ersparen."

„Wollt Ihr etwa damit sagen, daß der Marquis d'Escrainville dergleichen mit mir vorhat?"

„Es würde mich nicht wundern."

„Das ist doch nicht möglich! Er mag ein Abenteurer sein, aber er ist Franzose wie wir und von altem Adel. Etwas so Ungeheuerliches kann ihm doch nicht in den Sinn kommen."

„Er ist ein Mann, der von jeher in den Kolonien der Levante gelebt hat, Madame. Sein Äußeres ist das eines französischen Edelmannes. Seine Seele aber – wenn er überhaupt eine hat – ist orientalisch. Im Orient atmet man die Verachtung der Frau mit dem Duft des Kaffees ein. D'Escrainville wird versuchen, Euch zu verkaufen, wenn er Euch nicht für sich behält."

„Ich gestehe, daß mich keine dieser Aussichten begeistert."

„Macht Euch keine unnützen Gedanken. Bis wir in Messina, dem nächsten Sklavenmarkt, angelangt sind, ist Pannasave wieder gesund, und inzwischen können wir Pläne schmieden."

Dank dem Besuch ihres alten Freundes sah Angélique dem neuen Tag mit gestärktem Mut entgegen. Zu ihrer Überraschung fand sie beim Erwachen auf der Truhe ihr graues Gewand gewaschen, getrocknet und sogar gebügelt vor, dazu in einer Ecke ihre blankgewichsten Stiefel. Sie kleidete sich sorgfältig an, bemüht, an Savary und seine Versprechungen zu denken und die grausige Szene des gestrigen Abends zu vergessen. Sie suchte sich einzureden, daß das, was ihr widerfahren war, belanglos sei und daß es sie nur noch mehr unter die Fuchtel des Korsaren bringen würde, dem das Quälen Vergnügen bereitete, wenn sie sich allzu niedergeschlagen zeigte – kurz, daß es am besten sei, die Dinge mit gespielter Gleichgültigkeit hinzunehmen.

Da es ihr in der Kabine zu heiß wurde, schlich sie an Deck, wo sie zu ihrer Beruhigung niemand antraf. Sie hatte sich fest vorgenommen, Ruhe zu bewahren und sich auf keinen Fall bemerkbar zu machen, doch als sie Schreie eines Kindes hörte, vergaß sie ihren Entschluß auf der Stelle.

Es gibt Dinge, die eine Frau und Mutter nicht ertragen kann, ohne daß in ihrem Innern ein primitiver und blinder Beschützertrieb erwacht. Zu ihnen gehörten die dünnen, kindlichen Entsetzensschreie, bei deren Klang ein Schauer Angélique überlief.

Unschlüssig machte sie ein paar Schritte. Dann war ihr, als mische sich rüdes Männerlachen in dieses herzzerreißende Schluchzen, und sie lief die Treppe zur Kajüte hinauf, von wo der Lärm kam.

Es dauerte eine Weile, bis sie erfaßte, was sich da zutrug.

Ein Matrose hielt einen drei- bis vierjährigen heulenden Knaben über die Reling. Hätte der Mann den Kragen des Hemdchens losgelassen, wäre das Kind acht Klafter tiefer von den Wogen verschlungen worden.

Mit einem Lächeln auf den Lippen schaute der Marquis d'Escrainville zu, von einigen Leuten der Besatzung umringt, die gleich ihm höchst belustigt zu sein schienen.

Ein paar Schritte entfernt, suchte sich eine Frau verzweifelt von zwei Matrosen loszureißen, die sie festhielten. Escrainville rief ihr spöttisch ein paar Worte in einer Sprache zu, die Angélique nicht verstand.

Die Frau rutschte auf den Knien über die Planken zu ihm hin. Vor den Füßen des Korsaren angelangt, neigte sie demütig den Kopf, doch schien sie plötzlich zu zögern.

Der Marquis gab einen Befehl. Der Matrose an der Reling ließ den kleinen Jungen los und fing ihn mit der andern Hand auf, während das Kind aufschrie:

„Mama!"

Die Frau zuckte zusammen, beugte sich noch weiter hinunter und berührte die Stiefel des Piraten mit der Zunge.

Die Männer brüllten vor Vergnügen. Der Matrose ließ das Kind wie ein kleines Kätzchen zu Boden fallen, und während die Mutter es an sich riß, schallte das Gelächter d'Escrainvilles übers Deck.

„So hab' ich's gern! Ein Weibsbild, das mir die Stiefel leckt. Hahaha!"

Angéliques ganzer Frauenstolz bäumte sich auf. Fast ohne zu wissen, was sie tat, schritt sie auf den Marquis d'Escrainville zu und ohrfeigte ihn mit aller Kraft.

Verdutzt starrte er den plötzlich aufgetauchten jungen Pagen an, dessen Augen vor Zorn funkelten.

„Ihr seid der abscheulichste, gemeinste, widerlichste Mensch, der mir je begegnet ist", sagte sie mit zusammengepreßten Zähnen.

Dem Korsaren stieg das Blut in die Wangen. Er hob die Peitsche, die ihn stets begleitete, und schlug auf die Unverschämte ein. Angélique schützte sich mit beiden Armen. Dann hob sie den Kopf und spie d'Escrainville an. Der Speichel traf ihn mitten ins Gesicht.

Die Männer verstummten. Erschrocken und zugleich verlegen angesichts der Demütigung ihres Führers, wagten sie sich nicht zu rühren.

Mit eisiger Ruhe zog der Marquis d'Escrainville sein Taschentuch hervor und fuhr sich mit ihm über die Wange. Er war jetzt leichenfahl, und die Spuren von Angéliques Fingern und ihrem Biß vom vorhergehenden Abend hoben sich auffällig von der Blässe seiner Haut ab.

„Schau an, die Frau Marquise muckt wieder!" sagte er mit dumpfer und wie vom Zorn erstickter Stimme. „Die kleine Züchtigung von gestern abend hat also nicht genügt, um ihren Kampfgeist zu dämpfen? Glücklicherweise stehen mir noch andere Mittel zur Verfügung."

An seine Leute gewandt, brüllte er: „Worauf wartet Ihr noch? Packt sie und schleppt sie in den Laderaum hinunter!"

Angélique wurde brutal auf die hölzernen Leitern gestoßen, die in den Rumpf des Fahrzeugs führten.

Der Marquis d'Escrainville folgte. Nachdem sie einen engen, dunklen Gang durchschritten hatten, blieben sie vor einer Tür stehen.

„Öffne!" sagte der Kapitän zu dem Matrosen, der in der Finsternis neben einem kümmerlichen Lichtstumpf Wache hielt.

Der Mann ergriff seinen Schlüsselbund und schloß mehrere Schlösser auf.

Durch den niedrigen Laderaum, der sein kümmerliches Licht durch ein einziges Bullauge empfing, zogen sich die Verstrebungen des Groß-masts. An diesem selbst, der wie ein Mittelpfeiler das Deck zu tragen schien, waren zahlreiche Ringe befestigt, von denen Ketten ausgingen. Rings herum, zwischen halbhohen Trennwänden, lagen Männer, die sich mühsam aufrichteten.

„Nimm ihnen die Ketten ab", befahl der Marquis dem Aufseher.

„Allen?"

„Ja."

„Ihr wißt, sie sind gefährlich."

„Um so besser! . . . Tu, was ich dir sage. Danach sollen sie sich vor mir aufstellen."

Der Wächter löste mit seinen Schlüsseln die Eisenringe, die eins der Fußgelenke eines jeden Gefangenen umschlossen. Die letzteren rafften sich taumelnd auf. Ihre struppigen Gesichter, ihre niederen Stirnen unter groben Wollmützen oder auf Flibustierart geschlungenen Kopf-tüchern wirkten nicht eben vertrauenerweckend. Unter ihnen befanden sich Franzosen, Italiener, Araber und auch ein hünenhafter Neger, des-sen Brust mit berberischen Zeichen tätowiert war.

Der Marquis d'Escrainville musterte sie lange, dann verzogen sich seine Lippen zu einem grausamen Lächeln. Er wandte sich zu Angé-lique.

178

„Ein einziger Mann scheint dich nicht mürbe machen zu können. Wer weiß, vielleicht gelingt es mehreren. Schau sie dir genau an. Sehen sie nicht allerliebst aus? ... Es sind die Widerspenstigsten meiner Besatzung. Ich muß sie von Zeit zu Zeit an die Kette legen, um ihnen Disziplin beizubringen. Die meisten dieser Burschen haben seit Monaten nicht mehr die Erlaubnis bekommen, sich in einer Hafenstadt zu verlustieren. Ich zweifle nicht, daß sie über deinen Besuch beglückt sein werden."

Er stieß Angélique brutal zu ihnen hin, und im Dämmerlicht des Verlieses wirkte sie auf die Männer wie eine Erscheinung.

„Madonna!" stammelte einer von ihnen.

„Sie gehört euch!"

„Eine Frau?"

„Ja. Macht mit ihr, was ihr wollt."

Er schlug die Tür hinter sich zu, und Angélique hörte, wie die Schlüssel sich in den Schlössern drehten.

Die Männer betrachteten sie, regungslos und wie gebannt.

„Ist das wirklich ein Weib?"

„Ja."

Plötzlich umklammerten zwei riesige Hände die junge Frau. Der Neger war auf Zehenspitzen hinter sie getreten und hatte nach ihren Brüsten gegriffen. Sie schrie auf und wehrte sich, angewidert von den beiden schwarzen Pranken, die auf ihr ruhten. Das hohle Lachen des Schwarzen klang wie eine Fanfare. Die andern sprangen mit geschmeidigen Raubtiersätzen heran.

„Wahrhaftig – eine Frau! Kein Zweifel."

Angélique wand sich unter den obszönen Berührungen und stieß mit dem Fuß zu. Ihr Stiefel traf ein grinsendes Gesicht. Der Mann brüllte auf und hielt sich die Nase.

Jetzt spürte sie überall Hände an ihrem Körper, die sie lähmten. Man kreuzte ihre Arme, band ihre Handgelenke mit Schnüren zusammen. Ein schmutziger Tuchfetzen wurde als Knebel in ihren Mund gestoßen.

Doch plötzlich hörte der brutale Wirbel wie durch Zauberschlag auf, und heftige Peitschenhiebe knallten, Musketenschüssen gleich, durch den Raum.

Angélique sah sich, mit verwirrtem Haar und zerknitterter Kleidung, aber unversehrt, dem ersten Offizier Coriano gegenüber, der seine Peitsche kreisen ließ und die Rohlinge zurückscheuchte.

„Leg sie wieder an die Kette! Tummle dich!" befahl er dem Wächter und versetzte ihm einen Fußtritt.

Da die Gefangenen nicht willens schienen, sich zu fügen, zog der Offizier seine lange Pistole und schoß in den Haufen. Ein Mann sank schreiend zu Boden.

Der Marquis d'Escrainville erschien auf der Schwelle.

„Was mischst du dich ein, Coriano? Ich war es, der ihnen die Ketten abnehmen ließ."

Der Offizier fuhr mit einer Heftigkeit herum, die man diesem schwerfälligen Burschen nicht zugetraut hätte.

„Ihr seid wohl verrückt, wie?" brüllte er. „Ihr habt ihnen diese Frau überlassen?"

„Ich allein bestimme die Strafen, die ich ungehorsamen Sklaven auferlege."

Coriano glich einem angriffsbereiten Keiler.

„Ihr seid wohl verrückt, wie?" wiederholte er. „Eine Frau, die einen Sack voll Gold wert ist, dieser Horde, diesem Auswurf der Menschheit preiszugeben! Nicht genug, daß die Malteserritter unsere Brigantine auf der Höhe von Tunis geschnappt haben ... Nicht genug, daß uns die gesamte Ladung durch die Lappen gegangen ist – für sechstausend Piaster Munition und Ramschware ... Nicht genug, daß die Besatzung seit sechs Monaten keinen Beuteanteil bekommen hat ... Daß man sich für ein Taschengeld abschuftet, um den kümmerlichen Plunder zu fischen, den die Inseln und die Küsten Afrikas zu bieten haben ... Nein, jetzt nützt Ihr nicht einmal den seltenen Glücksfall, daß uns eine solche Frau ins Netz gegangen ist! Blond, weiß, Augen von der Farbe des Meers, wohlgestaltet, weder zu groß noch zu klein, weder zu grün noch zu reif ... genau wie sie sein soll ... Die genügend Kerle gehabt hat, um zu wissen, wie man's macht, und die sich trotzdem ihren Schmelz bewahrt hat ... Wißt Ihr nicht, daß die ‚Jungfrauen' im Kurs gesunken sind auf dem Markt? ... Daß genau das in Konstantinopel gefragt ist? Das, was Ihr diesen Wilden zum Fraß vorgeworfen habt! ... Ihr habt Euch ihre Mäuler nicht angeschaut, wie? ... Da sind Mauren darunter ... Wenn die einmal im Zug sind, muß

man schon mit Granaten schießen, damit sie ihre Beute loslassen! ...
Erinnert Ihr Euch, in welchem Zustand die kleine Italienerin war, die
Ihr im vergangenen Jahr der Bande überließt? Es blieb uns nichts
übrig, als sie über Bord zu werfen!"

Coriano hielt inne, um Atem zu schöpfen.

„Glaubt mir, Herr", fuhr er in ruhigerem Tone fort, „auf dem Markt
von Kandia werden sie sich um sie reißen. Dreimal muß man um die
ganze Welt fahren, bis man ein solches Frauenzimmer aufgabelt."

Er begann an seinen Fingern abzuzählen:

„Primo: sie ist Französin. Ein gesuchter und rarer Artikel. Secundo:
sie ist was Besseres, das merkt man an ihrer Art. Tertio: sie hat Charakter. Das hebt sie unter den orientalischen Quallen ein wenig heraus.
Quarto: sie ist blond ..."

„Das hast du schon mal gesagt", unterbrach ihn d'Escrainville ärgerlich.

„Und wir sind's, wir, die sie geschnappt haben. Wenn man solches
Glück hat, muß man's nützen. Zehntausend Piaster kriegen wir für sie,
sag' ich Euch, wenn nicht gar zwölf. Damit können wir ein ganzes
Schiff kaufen!"

Der Pirat zog ein schiefes Gesicht. Er dachte nach. Schließlich drehte
er sich um und entfernte sich wortlos.

Coriano führte Angélique aus der widerlichen Höhle. Mit ihr stieg er
wieder hinauf und brachte sie, die neugierigen Matrosen mit drohenden Blicken zurückscheuchend, in ihre Kabine. Sie zitterte noch immer.

„Ich möchte Euch danken, Monsieur", sagte sie.

„Keine Veranlassung", brummte der Einäugige. „Ich hab' nur ans
Geld gedacht. Ich kann's nicht leiden, wenn man gute Ware verludern
läßt."

Neunzehntes Kapitel

„Frau! Schöne Frau! . . . Willst du trinken?"

Die sanfte Stimme drängte. Angélique richtete sich halb auf. Ihr Kopf schmerzte, ihre Stirn war bleischwer.

„Trink! Du hast Durst."

Die junge Frau trank aus dem Becher, den man ihr hinhielt. Das kühle Wasser tat ihr wohl. Ja, sie hatte Durst, furchtbaren Durst.

„Hellis . . .", murmelte sie.

Das schmale Gesicht mit den großen schwarzen Augen schien vor ihr zu tanzen.

„Du sprichst Französisch?"

„Der Gebieter hat es mich gelehrt."

„Woher kommst du?"

„Ich bin Griechin."

„Warum bist du auf diesem Schiff?"

„Weil ich eine Sklavin bin. Vor zwölf Monden hat der Gebieter mich gekauft. Aber jetzt ist er meiner überdrüssig . . . Er läßt es zu, daß seine Leute mich quälen . . . Wärst du neulich nicht gewesen . . ."

„Wo sind wir?"

„Auf der Höhe von Sizilien. Ich habe in der Nacht den Vulkan leuchten sehen. Er raucht, der verwünschte."

„Sizilien . . .", wiederholte Angélique mechanisch.

Sie streckte die Hand aus und streichelte das gelockte Haar. Die fast schwesterliche Art dieser Frau tat ihr wohl.

„Bleib ein Weilchen bei mir."

Die Griechin sah sich ängstlich um.

„Ich wage es nicht, lange zu bleiben . . . aber ich komme wieder. Ich werde dich bedienen, weil du gut zu mir warst . . . Willst du noch ein wenig trinken?"

„Ja, gern. Hilf mir, meine Kleider auszuziehen. Sie brennen mir auf der Haut . . . Hast du sie gestern getrocknet und gebügelt?"

„Ja."

Mit sanften Bewegungen war Hellis Angélique behilflich, die Stiefel, das Gewand und das Hemd auszuziehen. Sie sah, daß die Französin bläuliche Ringe um die Augen hatte, und betrachtete sie besorgt.

Angélique wickelte sich in das Laken und ließ sich auf ihr Lager fallen.

„Es war mir zu heiß", sagte sie. „Jetzt fühle ich mich wohler."

Sie hörte nicht, wie die Sklavin sich heimlich entfernte. Das rhythmische Schaukeln des rasch dahingleitenden Schiffes schläferte sie ein. Zuweilen hörte sie über sich das Klatschen der vom Wind geblähten Segel.

Ich fahre übers Meer meinem Schicksal entgegen, sagte sich Angélique. Immer hatte sie davon geträumt, seit jenem Tage, da ihr Bruder Josselin ihr zugerufen hatte: „Ich gehe aufs Meer . . ."

Das Schiff führte sie zu dem Geliebten . . . aber der Geliebte rückte in immer weitere Ferne . . . Ob Joffrey de Peyrac sich noch meiner erinnert, ob er mich noch will? fragte sie sich, plötzlich hellwach. Ich habe mich seines Namens begeben, er hat sich der Gedanken an mich begeben . . .

Überallhin fällt die Asche des Vulkans. Sie bedeckt die Wege, auf denen seit langem keine Menschen mehr gegangen sind . . . Ihre Spuren wird man nicht mehr finden . . . Ich werde unter seiner Asche sterben, dachte Angélique. Ich ersticke, mir ist so heiß, sie versengt meinen ganzen Körper, und ich weiß jetzt, daß niemand mir zu Hilfe kommen wird . . .

Die Tür ging auf, und der rauchige Schein einer Laterne zerriß das Dunkel der Kabine. Das rissige, lehmfarbene Gesicht des Marquis d'Escrainville beugte sich über Angélique.

„Nun, schöne Furie, habt Ihr Euch besonnen? Seid Ihr willens, Euch zu beugen?"

Sie lag auf dem Bauch, ihr Kopf ruhte zwischen den Armen. Sie glich einer Marmorstatue, mit ihren im Halbdunkel glänzenden weißen Schultern und dem ausgebreiteten Haar. Doch ihre Regungslosigkeit war nicht die des Schlafs.

Er runzelte die Stirn, stellte die Laterne heftig auf das Tischchen und beugte sich über sie, um sie aufzurichten. Angéliques Körper überließ sich ohne Widerstreben seinen Armen. Ihr Kopf fiel schwer gegen die Schulter des Piraten. Das Laken glitt herab und enthüllte die weiche Schönheit ihres weißen, von goldenen Tönen überhauchten und von sanften Schatten modellierten Rumpfes.

Ihr Fleisch glühte unter seiner Hand. Der Marquis zuckte zusammen. Besorgnis erwachte in ihm, er wollte ihr Gesicht anheben, um es prüfend zu betrachten. Angéliques Kopf sank zurück, wie vom Gewicht ihres schweren Haars gezogen. Murmelnd, sich überstürzende Worte kamen über ihre Lippen, die geheimes Lächeln formten.

„Geliebter! Geliebter!"

Zwischen den halbgeschlossenen Lidern verbarg sich ein verzückter Blick.

Die Augen des Marquis d'Escrainville wanderten von dem von Schmerz und Zärtlichkeit geprägten Gesicht über den nackten Körper, der schlaff in seinen Armen lag.

Endlich richtete er sich auf, legte sie auf die Lagerstätte zurück und deckte sie wieder zu.

Draußen huschte eine Gestalt vorüber. Er rief: „Hellis!"

Sie kam zurück und zog ihren Schleier über die großen, dunklen Augen.

Er deutete auf Angélique: „Diese Frau ist krank. Pflege sie."

Angélique glaubte sich einem Alptraum ausgeliefert. Sie war allein in der Finsternis auf einem Schiff, das mitten in der Nacht einem unbekannten Ziel zusteuerte. Sie hörte das Brausen des Windes im Tauwerk, das Knattern der Segel und den dumpfen Aufprall der Wogen gegen den Schiffsrumpf. Ein Lufthauch strich über sie hinweg. Die zum Deck führende Kabinentür bewegte sich knarrend hin und her. Von der mondlosen Nacht war wenig zu sehen, aber ein schwacher Lichtschein sickerte durch eine Ritze, und Bruchstücke einer getragenen, fremdländisch klingenden Weise drangen zuweilen von drunten zu ihr.

Angélique erhob sich. Sie fühlte sich schwach. Sie mußte alle Kraft zusammennehmen, um bis zur Tür zu gelangen. An den Rahmen gelehnt, blieb sie stehen und wand mechanisch ihren langen Schal noch enger um den feuchten Körper.

In einem der seltenen Augenblicke, da der Mond hinter einer Wolke hervorkam, sah sie die Fläche des Decks vor sich, die einer silbernen Straße glich, und sie betrat es, glücklich, unter ihren bloßen Füßen die noch warmen Planken zu spüren.

Zwei Schatten glitten vor ihr her, ein geschwungener Maurensäbel und ein Musketenlauf blinkten.

Wächter, sagte sie sich.

Sie suchte zu begreifen, aber die Gedanken entglitten ihr wie Sand zwischen den Fingern. Der Mond verschwand. Alles war finster, und aufs neue war ihr, als taumele sie durch das Nichts. Dennoch fühlte sie sich leibhaftig. Eine Laterne schaukelte neben den Wachposten. Eine Falltür wurde hochgehoben, und der üble Geruch einer zusammengepferchten Menschenmenge entströmte der Öffnung.

Der gleiche Geruch herrschte am Hof der Wunder, dachte Angélique, und auch im Ruderraum der Galeeren. Es sind die Sklaven. Die armen Sklaven . . .

Sie setzte ihren Weg fort, an Wachposten vorbei, die zurückfuhren und dann entsetzt miteinander flüsterten. Vielleicht hatten sie ein Gespenst zu sehen geglaubt?

Eine weiße Gestalt kam auf Angélique zu. Ein Arm umschlang ihre Schultern.

„Wo warst du? Ich habe dich überall gesucht. Ach, wie hab' ich mich um dich gesorgt! Komm, leg dich wieder, meine Freundin! Meine Schwester!"

Das Schiff lag jetzt vor Anker. Angélique merkte es an seinem leichten, ruckartigen Schaukeln. Sie richtete sich auf, lehnte ihren müden Rücken an die Holzwand. Die Sonne schien ihr voll ins Gesicht, ihr glühender Strahl hatte sie geweckt. Sie rückte zur Seite, bis sie im Schatten saß. Heftige, wirre Geräusche hatten die nächtliche Stille abgelöst. Über ihr trampelten bloße Füße; Rufe, Pfiffe übertönten das Getöse.

„Wo bin ich?"

Sie fuhr sich mit beiden Händen übers Gesicht, wie um den Schleier abzustreifen, der ihre Gedanken verwirrte. Ihre Finger erschienen ihr durchsichtig, sie erkannte sie nicht wieder. Das über die Schultern fließende Haar war seidig, leicht, es duftete sogar ein wenig. Man hätte meinen können, es sei von fürsorglichen Händen gebürstet worden.

Sie sah sich nach ihren Kleidern um und entdeckte sie sorgfältig gefaltet und sauber auf der Truhe. „Das muß Hellis getan haben. Hellis, die zärtliche Sklavin, die mich ‚meine Schwester‘ nennt."

Sie begann sich anzukleiden und stellte verwundert fest, daß der Männerrock ihr viel zu weit geworden war. Da sie ihre Stiefel nicht fand, streifte sie Pantoffeln über. Dann suchte sie lange nach ihrem Gürtel.

„Ach, richtig! Der Pirat hat ihn mir ja weggenommen."

Ganz allmählich kehrte ihr die Erinnerung zurück. Sie stand auf. Ihre Beine wollten sie noch nicht tragen. Sie stützte sich gegen die Wände, und so gelang es ihr, den Raum zu verlassen. Das Deck vor ihr war menschenleer. Der Lärm kam vom Bug. Sie schleppte sich ein paar Schritte weiter. Plötzlich entfuhr ihr ein leiser Ausruf des Entzückens. Vor ihrem Blick lag eine Insel, über der sich die weißen, reinen Umrisse eines antiken Tempels vom strahlenden Himmel abzeichneten. Der Bau stand einsam auf dem Gipfel eines kleinen, teils üppig grünen, teils felsigen Hügels, der einem von einer Perle gekrönten Diadem glich.

Angéliques Blick wanderte von der Anhöhe hinab zum Ufer, wo er auf ein Dorf mit plumpen, viereckigen Häusern stieß, die sich um einen Glockenturm orientalischen Stils scharten. Schwarz gekleidete Männer und Frauen hatten sich am Strand versammelt und starrten in die Richtung der in der Bucht vor Anker liegenden Galeone. Hier war es, wo der Vorgang sich abspielte.

Eine Tür in Angéliques Nähe schlug zu, und ein Mann ging eiligen Schrittes vorbei, ohne die junge Frau zu bemerken. Sie erkannte seinen roten, ein wenig verschossenen Rock mit den schadhaften Stickereien und vor allem sein faltiges, sonnverbranntes Gesicht, das nun einen wütenden Ausdruck trug: der Marquis d'Escrainville. Das verbissene, zorndunkle Gesicht brachte ihr Stunden erschöpfenden Widerstands in Erinnerung.

Sie wich zur Seite und verbarg sich, so gut sie konnte.

Eine Stimme dicht neben ihr ließ sie zusammenzucken.

„Oh, du bist also tatsächlich wieder gesund", rief Hellis aus. „Deshalb bist du heute nacht aufgestanden ... Fühlst du dich wirklich wohl?"

„Einigermaßen, ja. Aber was bedeutet dieser Aufruhr?"

„Ein Sklave ist heute nacht entwichen", erwiderte die junge Griechin mit düsterer Miene. „Jener kleine Greis, der dein Freund war."

„Savary!" schrie Angélique entsetzt auf.

„Ja. Und der Gebieter ist außer sich, denn er legte großen Wert auf ihn, seines Wissens wegen."

Angélique wollte zum Bug stürzen, von wo der Lärm kam. Hellis hielt sie zurück.

„Zeig dich nicht ... Der Gebieter tobt vor Wut!"

„Ich muß alles erfahren."

Resigniert ließ Hellis sie gewähren. Sie schlichen so weit wie möglich nach vorn, von wo sie, hinter Taurollen verborgen, die Szene beobachten konnten.

Die gesamte Besatzung war am Bug versammelt, zu Füßen der Deckkajüte, daneben eine bunte Menschenmenge, vermutlich die Sklaven, die man aus dem untersten Schiffsraum heraufgeholt hatte: Frauen und Kinder, Männer in der Vollkraft ihrer Jahre, junge Leute und sogar Greise, Vertreter aller Rassen und Hautfarben, in die mannigfaltigsten Trachten gekleidet, von den grellbunten Röcken der Bauern der Adriaküste bis zu arabischen Burnussen und den dunklen Schleiern der griechischen Frauen.

D'Escrainville musterte sie mit zornigen Blicken, dann fuhr er Coriano an, der gelassen die Treppe zur Deckkajüte heraufkam:

„Da siehst du, wohin Nachgiebigkeit führt! Ich habe mich von dieser verdammten alten Krähe von Apotheker beschwatzen lassen. Weißt du, was er getan hat? Davongemacht hat er sich! Der zweite Sklave, der innerhalb eines Monats von meinem Schiff entwichen ist. Früher ist mir dergleichen nie passiert. Mir, den man den Schrecken des Mittelmeers nennt! Nicht umsonst hat man mir diesen Beinamen gegeben. Und nun muß ich mich von einem armseligen Wicht übertölpeln lassen, für den man mir in Livorno nicht einmal fünfzig Piaster geben wollte und der mich beschwatzt hat, zu diesen Elendsinseln zu fahren, da ich angeblich hier mein Glück mit ich weiß nicht mehr welchem Wunderprodukt machen würde, das man nur zusammenzuschaufeln brauche. Und ich dummer Esel habe ihm das geglaubt! Ich hätte daran denken sollen, daß ich ihn zusammen mit jenem verwünschten Provenzalen aufgefischt habe, der Mittel und Wege gefunden hat, sich samt seinem Segelkahn davonzumachen. Einer Nußschale, die ich noch dazu habe ausbessern lassen, um einen guten Preis für sie zu erzielen. Noch nie hat mich einer so hinters Licht geführt wie dieser Apotheker!"

„Er hat bestimmt Komplicen gehabt, sei es unter den Wachen, sei es unter den Leuten der Besatzung oder den Sklaven."

„Das will ich jetzt feststellen. Coriano, sind alle da?"

„Ja, Herr."

„Nun, sie sollen nichts zu lachen haben!"

Drohend musterte der Pirat die zusammengedrängten Gruppen. Die Matrosen der Mannschaft gaben sich unbeteiligt, trotzdem glitt manch besorgter Blick aus ihrer Reihe zum Kapitän hinauf. Auch die Sklaven, gewohnt, sich in ihr Schicksal zu fügen, erwarteten stumm, was über sie hereinbrechen würde. Nur aus einer Schar Frauen und Kinder stieg ein langgezogener Jammerton auf.

„Heute nacht", begann der Marquis, „ist ein Beiboot zu Wasser gelassen worden und verschwunden, in dem sich ein Sklave befand. Wer hat während der Nacht Wache gehabt? Sechs Männer waren es. Meldet euch. Ihr werdet euer Leben behalten. Der oder die Schuldigen sollen, wenn sie sich melden, keine andere Strafe erhalten, als auf dieser Insel ausgesetzt zu werden. Meldet euch, bevor ich mit der Übersetzung ins Italienische, Griechische und Türkische zu Ende bin."

Er wiederholte seine Worte in den drei Sprachen. Coriano dolmetschte auf arabisch.

Völlige Stille herrschte nach dieser Erklärung. Nur ein paar Säuglinge greinten, wurden jedoch sofort von ihren verängstigten Müttern beschwichtigt. Endlich trat einer der Rudermeister vor und rief ein paar Worte.

D'Escrainville und Coriano verständigten sich mit einem Blick.

„Sie wissen nichts. Ich habe nichts anderes erwartet. Nun ja, ihr Herren, da ihr verstockt seid, habt ihr die übliche Strafe zu gewärtigen. Die Wachen werden losen. Derjenige, den das Los trifft, wird gehängt. Du dort drüben und du, tretet vor!"

Die beiden Männer stiegen zur Kajüte hinauf.

Der eine war ein prächtig aussehender Schwarzer, der andere ein südeuropäischer Typ, ein Korse oder Sardinier vielleicht, mit hellem Haar und bräunlicher Hautfarbe.

Keiner von ihnen zitterte. Es war Brauch bei den Flibustiern, daß man das Los denjenigen bestimmen ließ, der für die Gesamtheit büßen mußte. Niemand suchte sich dem zu entziehen.

„Hier ist eine Muschel für den Urteilsspruch Gottes", sagte d'Escrainville. „Kopf ist Rücken nach oben. Schrift ist Öffnung nach oben. Kopf bedeutet Tod. Du fängst an, Mustapha."

Die Lippen des Schwarzen bewegten sich.

„Inch Allah!"

Er nahm die Muschel und warf sie in die Luft.

„Schrift."

„Nun du, Santario."

Der Sardinier bekreuzigte sich und warf die Muschel.

„Kopf!"

Ein Ausdruck unsagbarer Erleichterung zeichnete sich auf dem Gesicht des Negers ab. Der Sardinier senkte den Kopf. Escrainville lachte höhnisch.

„Das Los hat dich bestimmt, Santario, obwohl du vermutlich unschuldig bist. Hättest du geredet, wärst du verschont geblieben. Jetzt ist's zu spät! An die Rahe!"

Zwei Matrosen traten vor und packten den Mann.

„Halt!" sagte der Pirat. „Er soll nicht allein dort hinauf. Jetzt kommen die Sklaven an die Reihe. Sie haben von der Flucht nichts gesehen, nichts gehört, und natürlich wird kein einziger reden. Aber auch sie sollen mir büßen, und das Los wird einen von ihnen dafür bestimmen. Da das erste Urteil einen Christen getroffen hat, werden wir diesmal nur Mohammedaner losen lassen."

Kaum hatte er die Übersetzung beendet, als sich aus den Reihen der maurischen und türkischen Gefangenen ein Zetergeschrei erhob. Ein bejahrter Mann mit einem feingeschnittenen Araberkopf und einem mit Henna fuchsig gefärbten Bart protestierte leidenschaftlich. Coriano übersetzte:

„Er sagt, Gottes Gerechtigkeit müsse selbst zwischen Gläubigen und Ungläubigen wählen."

D'Escrainville lachte spöttisch.

„Selbst in der Gefangenschaft streitet ihr euch, wer gläubig und wer ungläubig ist. Nun, meinetwegen. Zuerst soll der alte Muezzin die Muschel werfen. Wirft er Kopf, wird er das Opfer unter seinen Glaubensbrüdern bestimmen."

Der Greis wandte sich der aufgehenden Sonne zu, berührte dreimal mit der Stirn den Boden, dann sagte er ein paar Worte.

„Er sagt, wenn Gott einen Mohammedaner zur Buße bestimme, wolle er selbst den Tod erdulden, denn er sei moullah, das heißt algerischer Priester."

„Einverstanden! Mach keine langen Faxen! Wirf deine Muschel, alte Meerkatze!"

Der Priester tat es.

„Schrift!" schrie d'Escrainville und brach in hysterisches Gelächter aus. „Alter Komödiant! Du hast Glück, daß du mit heiler Haut davonkommst. Jetzt sind die Christen an der Reihe. He, ihr andern, schickt euren Priester vor! Was, kein Pfaffe?" kreischte er. „Dann werden wir uns einen Spaß machen. Der älteste und der jüngste christliche Sklave sollen losen. Nicht unter zehn Jahren, natürlich. Ich bin nicht der Minotaurus."

Totenstille trat ein, dann begannen Frauen zu jammern, und Mütter bildeten mit ihren Leibern einen Schutzwall, hinter dem halbwüchsige Jungen sich verbargen.

„Beeilt euch!" brüllte d'Escrainville. „Tretet vor, oder ich . . ."

In diesem Augenblick erfolgte eine dumpfe, heftige Detonation, die aus dem Innern des Schiffs zu kommen schien und dem Wüterich das Wort abschnitt. Nach einem Augenblick der Erstarrung schrie eine Stimme: „Feuer!"

Weißer Rauch begann am Heck der „Hermes" aus den vergitterten Lüftungsöffnungen zu quellen.

Eine Panik brach unter den Sklaven aus, die jedoch durch die Peitschen der Wächter rasch unterdrückt wurde.

D'Escrainville und seine Offiziere eilten zum Heck.

„Wo ist der Proviantmeister?" brüllte er.

Eine Gruppe verängstigter Matrosen näherte sich.

„Vier Mann heben die Falltür an, vier Mann steigen hinunter und schauen nach, was los ist! Es kommt aus dem Proviantraum neben der Kombüse."

Doch keiner der Leute rührte einen Finger. Sie schienen von irgend etwas Ungewöhnlichem gebannt zu sein.

„Das ist das Feuer des Satans, Herr", stammelte einer der Matrosen. „Seht Euch diesen Rauch an. Das ist kein natürlicher, kein christlicher Rauch."

Tatsächlich zogen die dicken Wolken, die den Luken entwichen, träge dicht über dem Boden hin, um sich unversehens in eine Art Nebel aufzulösen. D'Escrainville griff danach, als wolle er einen Nebelfetzen einfangen, und hielt die hohle Hand vor seine Nase.

„Ein merkwürdiger Geruch."

Im nächsten Moment bezwang er sich, riß die Pistole aus Corianos Gürtel und fuhr die Matrosen an: „Ich schieße euch in den Hintern, wenn ihr nicht sofort hinuntersteigt, wie ich's euch befohlen habe!"

Plötzlich schien sich die Falltür inmitten der Dämpfe zu heben. Die Umstehenden schrien auf, und selbst d'Escrainville wich einen Schritt zurück.

„Ein Gespenst!"

„Ein böser Geist!"

Aus einer besonders dicken Wolke tauchte eine in ein weißes Laken gehüllte Gestalt auf. Eine erstickte Stimme ließ sich vernehmen:

„Ich bitte Euch, Monsieur d'Escrainville, bemüht Euch nicht persönlich. Es besteht nicht der geringste Anlaß zur Beunruhigung."

„Was . . . was soll das bedeuten?" stammelte der Pirat entgeistert. „Du Teufelsalchimist! Seit dem frühen Morgen hältst du uns in Trab, und jetzt setzt du auch noch mein Schiff in Brand!"

Die Gestalt schien sich aus ihrem Kokon zu lösen. Für einen Augenblick wurden Savarys Kopf und Kinnbart erkennbar, dann nieste, hustete er, hüllte sich aufs neue in sein Leichentuch und verschwand, nachdem er den Versammelten mehrmals beruhigend zugewinkt hatte, hinter seiner Falltür, die sich über der gespenstischen Erscheinung wieder schloß.

Angélique und allen andern war es, als hätten sie irgendeinem Hexenspuk beigewohnt. Doch alsbald erschien Savary aufs neue – diesmal kam er über die Leiter herauf, die zum Oberdeck führte. Er war gelassen und wohlgelaunt, wenn auch rußbedeckt und von einem süßlichen, ekelerregenden Geruch umgeben, der seiner zerrissenen Kleidung anhaftete. Umständlich erklärte er, von einer Feuersbrunst könne keine Rede sein, die Dämpfe und die Detonation seien lediglich durch ein Experiment verursacht worden, das sich für die Wissenschaft im allgemeinen und speziell für die der Seefahrt als überaus segensreich erweisen werde.

Der Banditenführer starrte ihn mit zornfunkelnden Augen an.

„Also bist du nicht ausgerückt?"

„Ich ausrücken? Warum sollte ich? Ich fühle mich sehr wohl auf Eurem Schiff, Herr Marquis."

„Ja, aber . . . das Beiboot? Wer hat das Beiboot losgemacht?"

Das Gesicht eines rothaarigen jungen Matrosen erschien über der Reling. Er war die Strickleiter an der Bordwand heraufgestiegen und hielt nun angesichts der Versammlung verwundert inne.

„Das Beiboot, Herr? . . Mit dem bin ich heute früh zur Insel hinübergefahren, um Wein zu holen."

D'Escrainville beruhigte sich, während sich Coriano ein gedämpftes Gelächter erlaubte.

„Hoho, Chef! Seit der Geschichte mit dem verdammten Marseiller, der uns entwischt ist, scheint Ihr an einer fixen Idee zu leiden. Ich selbst habe Pierrik heute morgen hinübergeschickt, damit wir uns endlich wieder einmal die Nase begießen können."

„Dummkopf!"

Verlegen zuckte der Pirat die Achseln und wandte sich ab. In diesem Augenblick bemerkte er Angélique.

Sein verkniffenes Gesicht entspannte sich. Er schien sich zu einer Haltung zu zwingen, die fast liebenswürdig war.

„Ah, unsre schöne Marquise! Ihr seid also endlich wieder gesund? Wie fühlt Ihr Euch?"

Sie blieb an die Reling gelehnt stehen und sah ihn mit einem Gemisch von Abscheu und Verständnislosigkeit an. Schließlich murmelte sie:

„Verzeiht, Monsieur, aber ich weiß gar nicht, was mit mir geschehen ist. Bin ich denn so lange krank gewesen?"

„Über einen Monat", sagte der Pirat brummig.

„Über einen Monat? Mein Gott! Wo bin ich jetzt?"

Der Marquis wies auf die von Ruinen gekrönte Insel.

„Vor Keos, meine Liebe, inmitten der Kykladen, einer zu Griechenland gehörenden Inselgruppe."

Zwanzigstes Kapitel

Angélique erinnerte sich, auf der Höhe von Sizilien in Schlaf versunken zu sein, und nun erwachte sie einen Monat danach am Ende der Welt, zwischen diesen gottverlassenen griechischen Inseln, in der Gewalt eines Sklavenhandel treibenden Piraten.

Nachdem sie sich wieder in ihre enge Kabine zurückgezogen hatte, suchte sie sich vergeblich ins Gedächtnis zurückzurufen, was inzwischen geschehen war.

Hellis, die zu ihren Füßen kauerte, erzählte ihr, wie Savary und sie selbst sie Tag und Nacht gepflegt hatten, um sie von dem bösen Fieber zu befreien, das sie dahinsiechen ließ. Zuweilen war der Marquis d'Escrainville hereingekommen und hatte ungerührt die bewußtlose Gestalt betrachtet, die sich schweißnaß auf der schmalen Liegestatt wälzte. Mit zusammengepreßten Zähnen hatte er gedroht, daß er ihnen bei lebendigem Leibe die Haut abziehen werde – wenn sie ihm „einen solchen Treffer krepieren" ließen.

„Ich habe dich gut gepflegt, meine Freundin ... Als dein Kopf dir nicht mehr so weh tat, habe ich dein Haar mit wohlriechendem Puder gebürstet. Es ist jetzt sehr schön. Und bald wirst auch du wieder schön sein."

„Gib mir einen Spiegel", sagte Angélique beunruhigt.

Sie betrachtete sich und verzog ihr Gesicht: ihre Wangen waren hohl und bleich, ihre Augen riesengroß. Vielleicht würde der Pirat jetzt seine Absicht aufgeben, sie zu verkaufen.

„Ist es dir nicht peinlich, Männerkleidung zu tragen?" fragte Hellis.

„Nein. Ich glaube, es ist besser so."

„Schade! Du siehst sicher wunderschön aus in den Kleidern der Französinnen, von denen man sich soviel erzählt."

Um ihr eine Freude zu machen, beschrieb Angélique ihr einige der Toiletten, die sie in Versailles getragen hatte. Hellis strahlte und klatschte entzückt in die Hände. Nachdenklich betrachtete Angélique dieses junge Gesicht mit den sanften, dunklen Augen, und sie vermochte nicht zu begreifen, wie ein Mädchen, das ein Jahr lang in intimer Gemeinschaft mit einem Marquis d'Escrainville gelebt hatte, sich soviel naive Begeisterungsfähigkeit bewahrt haben konnte.

Sie sagte es ihr.

Die junge Griechin wandte die Augen ab.

„Ach, weißt du . . . wo ich vorher war, da war es noch schlimmer . . . Er, er ist gar nicht so schlecht. Er hat mir Geschenke gemacht . . . er hat mich lesen gelehrt, jawohl. Er hat mir Französisch und Italienisch beigebracht . . . Ich hatte es gern, wenn er mich umschlungen hielt und mich streichelte . . . Aber er ist meiner überdrüssig geworden. Jetzt liebt er mich nicht mehr."

„Wen liebt er?"

In grollendem Ton erwiderte die Sklavin:

„Seine Haschischpfeife."

Sie seufzte resigniert.

„Er raucht, weil er immer an etwas Unerreichbares denkt."

Coriano der Einäugige erschien, ein bemüht liebenswürdiges Lächeln auf den Lippen, das die wenigen ihm verbliebenen Zahnstümpfe sichtbar werden ließ. Er meinte, die junge Dame solle sich an Deck begeben; dort wehe eine angenehm kühle Luft, die ihr guttun werde.

Hellis legte ein leichtes Tuch um Angéliques Schultern und hieß sie, sich am Heck auf eine Seilrolle setzen, von wo sie die Insel überblicken konnte. Ein köstlicher Wind war aufgekommen, und während einer

194

guten Weile betrachteten sie stumm die irisierenden Farben des Himmels und des Meeres.

Nach kurzer Zeit fand sich d'Escrainville ein. Er unterließ es wohlweislich, das Wort an seine Gefangene zu richten und beschränkte sich darauf, sie mit einer tiefen Verbeugung zu grüßen. Dann postierte er sich neben die geöffnete Luke des Frachtraums, um das Einladen der „Ware" zu überwachen.

Auf der Insel herrschte rege Geschäftigkeit. Zuweilen klangen durchdringende Schreie herüber, die ebenso jäh abbrachen, wie sie aufgeklungen waren.

Nachdem die Barke an der Strickleiter der „Hermes" beigelegt hatte, stieg die „Ware" an Bord, zuerst in Gestalt eines siebzehn- bis achtzehnjährigen Burschen und eines etwa zehnjährigen Knaben, beide von statuenhafter Schönheit, mit pfirsichfarbenen Gesichtern unter schwarzem, gekräuseltem Haar. Sie trugen Jacken aus Schaffell über den Schultern, die Jacke der Hirten. Der Knabe hielt noch eine Rohrflöte in der Hand, die ihm dazu gedient hatte, seine Ziegen herbeizurufen. Er blickte verzweifelt nach der Insel zurück und begann mit ausgestreckten Armen zu jammern, bis ein Matrose ihn davonschleppte. Danach kam eine Frau. Sie war es wohl, die kurz zuvor die herzzerreißenden Schreie ausgestoßen hatte. Jetzt schien sie halb besinnungslos zu sein. Von einem Matrosen hochgezogen, brach sie auf Deck zusammen, wobei ihr langes, dunkles Haar sich über die schmierigen Planken ausbreitete. Die ihr folgenden Frauen stolperten über sie. Dann erschienen Männer und zahlreiche Greise. Der letzte, ein Händler, brachte mit schwarzen Weintrauben gefüllte Körbe an Bord, die er d'Escrainville anbot. Dieser nahm eine Traube und reichte sie Angélique. Die junge Frau lehnte trotzig ab.

„Ihr seid töricht", sagte der Pirat. „Sie würden Euren Wangen wieder Farbe geben. Die Keostrauben sind berühmt, und Euer Freund Savary behauptet, sie seien ein gutes Vorbeugungsmittel gegen Skorbut. Übrigens, wo ist er eigentlich, der alte Affe?"

Ein Matrose erwiderte schmunzelnd:

„Er ist auf der Insel, Herr, im Begriff, die Ziegenböcke zu kämmen."

Der Marquis d'Escrainville lachte schallend.

„Im Begriff, die Ziegenböcke zu kämmen! Hahaha! Der köstlichste

195

Scherz, den ich je gehört habe! Und dennoch, er hat es fertigbekommen, mir weiszumachen, ich würde ein Vermögen gewinnen, wenn ich alle Ziegenböcke der griechischen Inseln kämmte! Hahaha!"

Plötzlich schlug seine gute Laune in Wut um:

„Er soll sich nur nicht einbilden, ich würde mich wie ein Kind an der Nase herumführen lassen. Wo ist er? Schafft ihn mir her! Ich habe nicht die Absicht, hier zu übernachten."

„Dort ist er!" rief jemand.

Am Ufer drüben sah man einen kleinen Kobold zwischen den dunklen Gestalten dem Strand zu hasten. Im letzten Augenblick erwischte er noch das zurückfahrende Boot und kletterte bald darauf mit affenartiger Gewandtheit die Strickleiter hinauf. Oben angelangt, wandte er sich atemlos an d'Escrainville:

„Der Aufenthalt vor dieser Insel hat Euch ein Vermögen eingebracht, Monsieur! Ich habe über hundert Unzen Ladanum gesammelt, und Ihr müßt wissen, daß der berühmte ‚schwarze Balsam', den man aus ihm gewinnt, ein paar Dutzend Livres pro Unze wert ist. Mit den Parfüms, die Ihr damit herstellen könnt, werdet Ihr alle Höfe Europas in die Tasche stecken."

Mit einer stolzen Geste schob Savary die Hand in sein Wams, aber sie kam aus einem Loch wieder hervor, durch das zugleich die Pfeife des alten Gelehrten glitt. Er wollte sie auffangen, beförderte sie dabei jedoch versehentlich über Bord.

Seine verdutzte Mimik belustigte die Flibustier. Die abgetragene Kleidung des Greises war über und über mit einer Art Leim beschmiert, sein Gesicht wies merkwürdige blaue und grüne Streifen auf, aber die Augen funkelten vor Vitalität. Er riß einem Schiffsjungen, der ihn begleitete, einen kleinen Napf aus der Hand, dessen Inhalt er d'Escrainville unter die Nase hielt.

„Schaut Euch das an. Es ist echtes Ladanum, einer der kostbarsten Stoffe, der dem so schwer erhältlichen indischen Moschus nicht nachsteht ... Madame, ich begrüße Euch, Ihr seid also endlich wieder gesund. Betrachtet dieses Wunder. Es handelt sich um eine harzig-gummiartige Substanz, die die Blätter gewisser Sträucher der Gattung Cistus ladaniferus in Tropfenform ausschwitzen. Man gewinnt sie, indem man die Bärte der Böcke und Ziegen auskämmt, die jene Blätter fressen. Die fettige Substanz, die Ihr hier seht, wird eingeschmolzen und geläutert. Sie ergibt flüssiges Ladanum oder schwarzen Balsam, den ich in dünne, kleine Kolben abfüllen werde."

„Und du behauptest, daß ich mit diesem Gebräu Geld verdienen kann?" fragte d'Escrainville argwöhnisch.

„Ich stehe dafür ein. Eben dieses Produkt wird den besten Parfüms beigefügt, um ihren Duftgehalt zu fixieren. Die Parfümhersteller Frankreichs und Italiens zahlen hohe Preise dafür. Und ich garantiere Euch eine reiche Ernte, vornehmlich in Santorin . . ."

„Ich fahre nicht nach Santorin, alte Krähe!" schrie der Piratenmarquis, in einem seiner jähen Stimmungswechsel von neuem in Zorn geratend. „Ich bin willens, dich noch nach Delos und Mykonos zu bringen, aber dann muß ich Kandia anlaufen. Willst du, daß ich den größten Markt des Jahres versäume?"

„Was bedeutet das im Vergleich zu dem Vermögen, das . . ."

„Genug, bring mich nicht in Harnisch! Pack deinen Kram zusammen und verschwinde! Sonst bereue ich noch, daß ich dich nicht schon in Livorno verkauft habe wie deine Genossen."

Mit der beflissenen Unterwürfigkeit, die er so gut zu heucheln verstand, sammelte Meister Savary seinen Napf, zwei große Holzkämme und ein Stück Sackleinen ein und tat, während der Marquis sich abwandte, als wolle er sich aus dem Staube machen.

„Denkt nur", flüsterte er, im Vorbeigehen vor ihr verhaltend, Angélique zu, „es ist mir geglückt, ‚sie' zu retten."

„Wen denn?"

„Meine Mumia mineralis. Die ‚Joliette' ist nicht gesunken, obwohl sie übel mitgenommen war. Dieser Spitzbube von Marquis hat sie ins Schlepptau nehmen und reparieren lassen. Eines Tages gelang es mir, sie zu betreten und meine Flasche herauszuholen."

„Und jetzt ist die ‚Joliette' in weiter Ferne", sagte Angélique bitter.

„Ja, leider konnte der arme Pannasave nicht warten, bis Ihr wiederhergestellt wart. Die Gefahr bestand, daß sein Plan aufgedeckt oder daß er als Sklave verkauft würde, bevor er ihn noch hätte ausführen können. Schon in Livorno hat der Marquis eine ganze Menge Leute verkauft, darunter Euren kleinen Diener."

„Mein armer Flipot! Verkauft!"

„Ja, und ich habe alle Mühe gehabt, unseren Herrn zu überreden, mich an Bord zu behalten."

„Du bist ja noch immer da, alter Hanswurst!" schrie d'Escrainville und machte eine drohende Gebärde.

Der Gelehrte huschte davon und verschwand wie eine Ratte in einer Luke. Doch nachdem Angélique in ihre Kabine zurückgekehrt war, erschien er aufs neue.

„Ich möchte mit Euch reden. Madame. Mein Herzchen", sagte er zu Hellis, „spiel den Wachposten, damit wir nicht Gefahr laufen, erwischt zu werden."

„Ihr habt also meinetwegen auf die Freiheit verzichtet, Meister Savary?" fragte Angélique gerührt.

„Konnte ich Euch im Stich lassen?" meinte der Greis bieder. „Ihr seid sehr krank gewesen, und Ihr seht auch jetzt noch nicht wieder gut aus. Aber das wird sich alles geben."

„Seid Ihr selbst nicht auch krank gewesen? Euer Gesicht ist voller blauer Flecke."

„Das ist immer noch das Pinio, Pannasaves Blei. Man bekommt es so schwer ab. Ich habe es mit Zitrone, mit Weingeist probiert . . . Ich glaube, es wird nur zusammen mit meiner Haut verschwinden", schloß der Gelehrte scherzhaft. „Aber das ist nicht wichtig. Wichtig ist, daß wir diesem gefährlichen Piraten entrinnen", flüsterte er und sah sich ängstlich um. „Aber ich habe eine Idee."

„Glaubt Ihr, daß der Marquis d'Escrainville nach Kandia fährt?"

„Bestimmt, denn er hat die Absicht, Euch zum Batistan zu bringen."

„Was ist der Batistan?"

„Die Karawanserei, in der der Verkauf der wertvollen Sklaven stattfindet. Die andern werden in den Basaren und auf dem öffentlichen Platz feilgeboten. Der Batistan von Kandia ist der bedeutendste des Mittelmeers."

Angélique bekam eine Gänsehaut.

„Macht Euch keine Sorgen", fuhr Savary fort. „Ich habe einen neuen Plan. Um ihn zu verwirklichen, mußte ich diesen geldgierigen Flibustier überreden, uns zu diesem Archipel zu fahren."

„Warum?" fragte Angélique.

„Weil wir Komplicen brauchen."

„Und Ihr hofft, auf den griechischen Inseln welche zu finden."

„Wer weiß?" sagte Savary geheimnistuerisch. „Madame, Ihr werdet mich für indiskret halten, aber da wir beide in die gleiche schlimme Geschichte verwickelt sind, dürft Ihr es Eurem alten Freund nicht verübeln, wenn er Euch ein paar Fragen stellt. Warum habt Ihr ganz allein das Wagnis einer solchen Reise auf Euch genommen? Was mich betrifft, ich jage meiner ‚Mumia' nach, aber Ihr?"

Angélique seufzte und vertraute sich nach einigem Zögern dem alten Gelehrten an.

Savary hörte schweigend zu, dann schüttelte er verwundert seinen dürftigen Bart.

„Ihr findet es töricht und gewissenlos, daß ich mich in ein solches Abenteuer gestürzt habe?" fragte Angélique.

„Gewiß ist es das. Aber ich nehme es Euch nicht übel. Auch ich bin ja ein alter Narr. Ich lasse alles im Stich und setze mich bedenkenlos den größten Gefahren aus. Ich habe mich in meinen Traum von der ‚Mumia' verrannt, wie Ihr ohne zu überlegen die größten Dummheiten begeht, weil da drüben – Ihr wißt nicht einmal wo – Eure Liebe gleich einem Stern in der Finsternis der Wüste leuchtet. Sind wir deswegen verrückt? Ich glaube nicht. Es gibt eben jenseits der Vernunft Instinkte, die uns leiten und erzittern lassen wie die Haselnußgerte über der verborgenen Quelle. Habt Ihr schon einmal vom griechischen Feuer reden hören?" fragte er, plötzlich das Thema wechselnd. „Zu Zeiten von Byzanz war eine Gelehrtensekte in seinem Besitz. Woher hatte sie es? Nach meinen Forschungen an Ort und Stelle muß es von den Feueranbetern Zoroasters in der Gegend von Persepolis stammen, das an der Grenze von Persien und Indien liegt. Dieses Geheimnis war es, was Byzanz unüberwindlich machte, solange seine Gelehrten die Formel des unlöschbaren Feuers bewahrten. Leider ging sie um das Jahr 1203 mit dem Eindringen der Kreuzfahrer verloren. Nun, ich bin überzeugt, daß auch dieses Geheimnis in der Mumia mineralis beschlossen liegt. Sie brennt, ohne zu erlöschen, und auf eine bestimmte Art behandelt, scheidet sie eine sich verflüchtigende, leicht entzündbare, geradezu explosive Essenz aus. Heute früh habe ich mit einem winzigen Teilchen experimentiert. Ja, Madame, ich bin aufs neue hinter das Geheimnis des griechischen Feuers gekommen!"

In seiner Begeisterung hatte er die Stimme erhoben. Sie mahnte zur Vorsicht. Er dürfe nicht vergessen, daß sie nur zwei wehrlose Sklaven in den Händen eines Unmenschen seien.

„Seid unbesorgt", beruhigte sie Savary. „Wenn ich Euch von meinen Entdeckungen erzähle, bedeutet das nicht, daß ich in meine Manie zurückverfalle. Ich tue es vielmehr, weil auch sie uns zur Wiedergewinnung unserer Freiheit verhelfen werden. Ich habe meinen Plan, und ich garantiere Euch, daß er durchführbar ist, wenn wir nur zur Insel Santorin gelangen können."

„Warum Santorin?"

„Das werde ich Euch zu gegebener Zeit erklären."

Und Savary verschwand so lautlos, wie er gekommen war.

Gegen Abend wurde es abermals unruhig auf dem Schiff. Man hörte das Jammern und Weinen verängstigter Frauen, in das sich Flüche und wüstes Gelächter aus männlichen Kehlen mischten.

„Was ist das nun wieder?" fragte Angélique ihre Gefährtin.

„Die Männer treiben die neuen weiblichen Gefangenen zusammen."

„Was machen sie mit ihnen?"

Die junge Griechin wandte die Augen ab.

„Das ist ja grauenhaft!" protestierte Angélique mit tonloser Stimme, „das ist unerträglich. Wir müssen etwas unternehmen."

Hellis hielt Angélique zurück:

„Bleib da! Das machen sie immer so. Es ist ihr Recht."

„Ihr Recht!"

Hellis erklärte mit ihrer sanften Stimme, daß die Piraten das Recht auf einen Anteil der Beute hätten. Sie wurden nach dem Verkauf in natura und in Zechinen entlohnt. Die besonders schönen Frauen hielt man zwar für die Befriedigung der Wollust kaufkräftiger Kunden zurück, aber die meisten von ihnen würden als Sklavinnen verkauft, als niedere Dienstmägde für die Karawansereien. Sie stiegen im Preis, wenn man sie mit einer Leibesfrucht, einem zukünftigen Sklaven, auf den Markt bringen konnte. Die Männer des Marquis d'Escrainville befleißigten sich daher, den Wert der „Ware" zu erhöhen.

Angélique hielt sich die Ohren zu und schrie ihrerseits, sie habe diese Wilden satt, sie wolle fort von hier. Als Coriano erschien, von zwei Negerknaben gefolgt, die ein mit Speisen beladenes Tablett trugen, überschüttete sie ihn mit Schimpfworten und weigerte sich, auch nur einen Bissen zu sich zu nehmen.

„Aber Ihr müßt essen!" rief der Einäugige bekümmert aus. „Ihr seid ja nur noch Haut und Knochen."

„Sie sollen aufhören, diese Frauen zu quälen! Sorgt dafür, daß diese Orgie ein Ende nimmt!"

Sie stieß mit dem Fuß nach dem Tablett und warf die Schüsseln auf die Erde.

„Ich kann diese Schreie nicht mehr hören!"

Coriano stürzte hinaus, so rasch seine kurzen Beine es erlaubten. Auf Deck war d'Escrainvilles wütende Stimme zu hören:

„Aha! Du hast dich gefreut, daß sie Charakter hat! Jetzt bist du hoffentlich bedient! Sollen meine Leute nicht einmal mehr auf dem eigenen Schiff ihre Lust stillen dürfen?"

Sie sah ihn mit langen Schritten und zornigem Gesicht herankommen.

„Ich höre, Ihr weigert Euch, zu essen?"

„Bildet Ihr Euch ein, Eure Saturnalien seien dazu angetan, mir Appetit zu machen?" Abgemagert, erbost, glich Angélique in ihrem zu weiten Männerrock einem aufbrausenden Jüngling. Der Pirat verzog die Lippen zu einem leisen Lächeln.

„Schon gut! Ich habe Anweisungen gegeben. Aber bezeigt mir Euererseits ein wenig guten Willen. Madame du Plessis-Bellière, wollt Ihr mir die Ehre erweisen, mit mir in der Deckkajüte zu Nacht zu speisen?"

Einundzwanzigstes Kapitel

Um einen niederen Tisch hatte man Sitzpolster verteilt. Silberne Schüsseln waren aufgetragen worden, die eine scharfe, milchige Flüssigkeit enthielten, in der mit duftenden Rebenblättern umwickelte Fleischklöße schwammen. Zwiebel-, Piment-, Paprika- und Safransaucen in kleinen Schalen bildeten grüne, rote und gelbe Farbflecke auf dem Tisch.

„Kostet von dem ‚Dolma'" sagte Coriano, während er einen Schöpflöffelvoll auf Angéliques Teller goß. „Wenn es Euch nicht schmeckt, wird man Euch Fleisch servieren."

Der Piratenhäuptling beobachtete seinen ersten Offizier mit spöttischem Gesicht. „Die Rolle der Amme steht dir gut. Kein Zweifel, du bist dafür geboren!"

Coriano wurde ärgerlich.

„Einer muß es ja auf sich nehmen, den Schaden wiedergutzumachen", knurrte er. „Ein Wunder, daß sie überhaupt noch lebt. Wenn sie noch mehr abnimmt, können wir unsere Hoffnungen begraben."

Der Marquis geriet seinerseits in Zorn.

„Was soll ich denn noch tun, wie?" schimpfte er. „Ich dulde ihr herrisches Wesen, ich lade sie zum Essen auf dicken Polstern ein, man bewegt sich ihretwegen nur noch auf Fußspitzen. Meine Leute müssen sich wie Chorknaben benehmen – um acht Uhr: husch, ins Bett . . ."

Angélique lachte schallend.

Die beiden Flibustier hielten inne und starrten sie mit offenem Munde an.

„Sie lacht!"

Corianos struppiges Gesicht hellte sich auf.

„Madonna! Wenn sie auf dem Markt so lacht, werden wir zweitausend Piaster mehr erzielen."

„Dummkopf!" sagte d'Escrainville verächtlich. „Kennst du welche, die auf dem Markt lachen? Die da gehört jedenfalls nicht zu ihnen. Wir können von Glück sagen, wenn sie sich ruhig verhält. Warum lacht Ihr, mein schönes Schätzchen?"

„Ich kann nicht dauernd weinen", erwiderte sie.

Die nächtliche Stille wirkte lösend auf Angélique. Hinter einem leichten Nebelschleier schien sich die kleine Insel mit dem im Licht des aufgehenden Mondes silbern schimmernden Tempel gleich einem Traumschiff zu entfernen.

Der Marquis d'Escrainville folgte ihrem Blick und sagte:

„Apoll hatte dort einstmals sechs Tempel. Tag für Tag feierte man auf jener Insel die Schönheit."

„Jetzt laßt Ihr dort den Schrecken herrschen."

„Macht Euch keine Gedanken. Zu irgend etwas müssen diese degenerierten Griechen ja nütze sein."

„Ist es von Nutzen, Kinder ihren Müttern zu entreißen?"

„Sie waren dazu verurteilt, auf diesen unfruchtbaren Inseln Hungers zu sterben."

„Und jene unglücklichen Greise, die ich an Bord steigen sah?"

„Oh, mit denen verhält es sich anders. Ich hole sie mir, um ihnen einen Gefallen zu erweisen."

„Ach, wirklich?" sagte sie ironisch.

„Jawohl. Stellt Euch vor, auf der Insel Keos ist es Brauch, daß die Bewohner sich mit sechzig Jahren vergiften oder auswandern. Man mag keine Greise, die hinterm Ofen hocken."

Er beobachtete sie mit seinem sardonischen Lächeln.

„Ihr habt noch manches über das Mittelmeer zu lernen, schöne Frau."

Ein Sklave brachte eine türkische Wasserpfeife und stellte sie neben ihm auf. Mit zurückgelegtem Kopf begann er zu rauchen.

„Seht Euch diesen Sternenhimmel an. Morgen in aller Frühe werden wir nach Kyouros weiterfahren. Dort gibt es, unter Oleander versteckt, einen schlafenden Mars. Die Bewohner der Insel haben ihn noch nicht pulverisiert, um Kalk aus ihm zu gewinnen. Ich versäume es niemals, ihn zu betrachten. Macht Ihr Euch etwas aus Statuen?"

„Ja. Der König hat deren viele in seinen Gärten in Versailles . . ."

Der Tempel tauchte jetzt aus der Finsternis hervor; es war, als schwebe er frei am Himmel.

Angélique sagte leise:

„Die Götter sind tot."

„Aber nicht die Göttinnen."

Der Marquis d'Escrainville musterte sie aus halbgeschlossenen Augen.

„Dieses Gewand steht Euch gar nicht übel. Es birgt angenehme Überraschungen und läßt hinreichend ahnen, was es verbirgt."

Angélique tat, als habe sie nicht zugehört. Sie hatte zu essen begonnen, da sie ihrem Magen nicht länger zu trotzen vermochte, und das „Mast" schmeckte ihr nicht übel.

„Ist es noch weit bis Kandia?" fragte sie.

„Nicht sehr. Wir wären schon längst dort, hätte dieser Satansapotheker mich nicht mit seinen Reden eingewickelt und mich veranlaßt, von Insel zu Insel meine Zeit zu vergeuden. Wenn er nicht da ist, habe ich gute Lust, ihn wie eine Wanze zu zerdrücken, aber wenn er daher-

203

kommt und mich beim Rockknopf faßt, um mich zu überzeugen, daß er mir das Glück bringt, lasse ich mich um den Finger wickeln. Nun ja, einerlei! Es gehört zu den Segnungen des Orients, daß man dort keine Eile kennt."

Er stieß eine mächtige Rauchwolke aus.

„Drängt es Euch so sehr, nach Kandia zu kommen?"

„Es drängt mich zu erfahren, welches Los mir bestimmt ist. Wie ich höre, habt Ihr den kleinen Bedienten, der mich begleitete, in Livorno verkauft?"

„Ja, und es war sogar ein gutes Geschäft. Ich versprach mir nicht viel, aber ich hatte das Glück, an einen italienischen Edelmann zu geraten, der einen französischen Sprachlehrer für seinen Sohn suchte. Infolgedessen konnte ich einen höheren Preis herausschlagen."

„Flipot als Französischlehrer, welch komische Vorstellung!" rief Angélique aus, und sie mußte abermals lachen.

Es fiel ihr schwer, wieder ernst zu werden. Nach einer Weile fragte sie den Sklavenhändler, ob er sich an den Namen des italienischen Edelmannes erinnere, dem er Flipot verkauft habe. Vielleicht könne sie später ihren armen Diener wieder loskaufen.

Jetzt war es der Marquis d'Escrainville, der in schallendes Gelächter ausbrach.

„Ihn loskaufen? Gebt Ihr Euch denn der Hoffnung hin, selbst wieder frei zu werden? Merkt Euch, meine Liebe, aus einem Harem entkommt man nicht."

Die junge Frau betrachtete ihn lange und bemühte sich, eine Spur von Menschlichkeit in diesem Gesicht zu entdecken, das da vor ihr, vom eben angezündeten Fanal beleuchtet, aus dem Dunkel hervortrat.

„Ist das wirklich Eure Absicht?"

„Was könnte mich veranlassen, ein Frauenzimmer Eurer Art auf meinem Schiff zu behalten?"

„Hört zu", sagte Angélique, in der plötzlich eine Hoffnung aufkeimte. „Wenn es Euch nur um den Gewinn geht, kann ich mir Lösegeld beschaffen. Ich bin sehr vermögend in Frankreich."

Er schüttelte den Kopf.

„Laßt mich mit den Franzosen in Frieden. Sie sind mir zu gerissen. Um das Geld in Empfang zu nehmen, müßte ich mich zudem nach

204

Marseille begeben. Das ist gefährlich ... und dauert mir zu lange. Ich kann nicht warten. Ich muß mir ein neues Schiff kaufen ... Hast du genug Geld dafür?"

„Schon möglich."

Aber sie erinnerte sich, wie schlecht ihre finanzielle Lage im Augenblick der Abreise gewesen war. Sie hatte ihr Schiff und seine zukünftige Fracht verpfänden müssen, um ihre Ausgaben bei Hof bestreiten zu können. Und war ihre Situation in Frankreich nicht überdies heikel, nachdem sie sich den Zorn des Königs zugezogen hatte?

Verzagt biß sie sich auf die Lippen.

„Du siehst", meinte er spöttisch, „du bist mir völlig ausgeliefert, und ich werde mit dir verfahren, wie mir beliebt."

Die Fahrt nahm ihren Fortgang. Jeden Tag legte der Pirat, wenn er auch Savary verwünschte, vor einer anderen der ausgedörrten, mit Statuen übersäten Inseln an. Der unfruchtbare Boden trug nur Weinstöcke und pompöse Ruinen. Die Bewohner bereiteten den feurigen Wein und zerschlugen die antiken Marmorbilder mit Hämmern zu Staub, um diesen zu brennen und Kalk für das Tünchen ihrer Häuser zu gewinnen. Ständig von Hungersnot bedroht, verkauften sie ihren Wein, ihren Kalk, ihre Frauen und Kinder an die allzu selten vorbeikommenden Schiffe.

Man fuhr an Kythnos, Syra, Mykonos, Delos vorüber.

Trotz Savarys Versprechung blieb Angélique von tiefer Besorgnis erfüllt, und oft wußte Hellis nicht mehr, wie sie sie ihrer Niedergeschlagenheit entreißen sollte.

„Ein Jammer", rief sie eines Tages aus, „daß der Rescator augenblicklich beim König von Marokko zu Besuch weilt. Er hätte dich losgekauft."

Angélique fuhr hoch. „Aus dem Gewahrsam eines Piraten in den eines andern zu wandern, darin sehe ich keinen Vorteil."

„Es wäre besser für dich, als in einem Serail eingesperrt zu sein ... Die Tore eines Serails öffnet nur der Tod denen wieder, die die Eunuchen eines Tages hineingeführt haben. Nicht einmal im Alter gewinnen sie die Freiheit zurück. Mir sind die Piraten lieber", sagte Hellis ernst. „Und der, von dem ich rede, verhält sich den Frauen gegenüber nicht so wie die andern. Hör zu, Schwester, ich will dir die Geschichte von Lucia, der Italienerin, erzählen, die die Berber an der toskanischen Küste aufgegriffen hatten. Jemand hat sie mir berichtet, als ich im Bagno von Algier war ... eine Frau, die mit Lucia bekannt wurde, nachdem der Rescator sie zu sich genommen hatte. Bei ihm, auf seiner befestigten Insel, bekam sie märchenhafte Mahlzeiten, jeden Tag Süßigkeiten und viel Liebe."

Angélique mußte über die Naivität des jungen Mädchens lachen.

„Ich mache mir nichts aus Süßigkeiten, noch aus der Liebe – jedenfalls nicht unter solchen Umständen."

„Lucia hatte sich nie satt essen können in ihrer kargen Toskana. Und da sie schön war wie eine Göttin, hatte sie sehr früh die Sinnenlust kennengelernt. So war sie froh über die Süßigkeiten und die Liebe."

„Aber ich bin nicht Lucia, und ich habe keinen solchen Odaliskengeschmack."

Hellis schien enttäuscht. Doch sie ließ sich nicht beirren und fuhr fort:

„Hör weiter, Schwester ... Da war in Kandia Maria, die Armenierin. Im Batistan hatte sie sich auf den Boden geworfen. Erivan, der Marktaufseher, mußte sie an den Haaren hochziehen, damit man ihr Gesicht sehen konnte ... und obgleich sie schön war wie der Tag, wollte niemand sie dieser Teilnahmslosigkeit wegen kaufen ... Der Rescator hat sie gekauft. Er nahm sie mit sich nach Mylos in seinen Palast. Er überschüttete sie mit Geschenken. Aber nichts vermochte sie aus ihrer Teilnahmslosigkeit aufzurütteln. Da fuhr der Rescator weg, und als er zurückkam, brachte er zwei kleine Kinder mit, die Kinder Marias, der Armenierin, die an einen Äthiopier verkauft worden waren."

Die junge Griechin stand plötzlich auf und mimte mit ihren zierlichen Gliedern die Szene, die sie beschrieb.

„Als sie ihre Kinder erblickte, schrie sie auf wie ein Tier. Sie hielt sie den ganzen Tag auf ihren Armen, und niemand durfte ihr nahe kommen. Aber am Abend, als sie eingeschlafen waren, stand sie auf, parfümierte sich den Körper und legte den Schmuck an, den der Rescator ihr geschenkt hatte. Dann ging sie hinauf auf seine Terrasse und begann vor ihm zu tanzen, damit er sie begehre ... Ach, erkennst du, Schwester ... erkennst du, was für ein Mann er ist?"

Die Arme amphorenförmig hebend, drehte sie sich auf den Spitzen ihrer bloßen Füße, tanzte, wie Maria, die Armenierin, getanzt hatte, wie einstens die Vestalinnen unter den weißen Säulenhallen der Inseln getanzt haben mochten.

Dann kam sie zurück und schmiegte sich an Angéliques Knie.

„Begreifst du, was ich dir erklären möchte?"

„Nein."

Versonnen sagte die Sklavin:

„Er redet mit jeder Frau in ihrer Sprache. Er ist ein Zauberer."

„Ein Zauberer", sagte der Marquis d'Escrainville bitter. „Dummes Gerede von dieser Dirne! Es gehört nicht viel dazu, ihnen das Spatzengehirn zu verwirren. Ein Narr, ja, das ist er, dieser verdammte Rescator."

„Ihr haltet ihn auch für einen Narren? Warum?"

„Weil er der einzige Pirat ist, wohlgemerkt, der einzige, der nicht mit Sklaven handelt und trotzdem der reichste ist, dank seinem glänzend organisierten Silberhandel, mit dem er uns andere an die Wand drückt. Zauberer? ... O ja. Immer taucht er dort auf, wo man ihn am wenigsten erwartet. Niemand kennt seinen Stützpunkt. Lange Zeit ist er in Djidjelli bei Algier gewesen. Dann hat man ihn auf Rhodos gesehen. Danach in Tripolis. Ich vermute, daß er auf Zypern sitzt. Er ist ein unheimlicher Bursche, weil seine Triebfedern so schwer erkennbar sind. Er muß verrückt sein. Das kommt vor in unserer Branche."

„Stimmt es, daß er zuweilen ganze Schiffsladungen von Sklaven freiläßt?"

Escrainville knirschte mit den Zähnen und zuckte die Achseln.

„Ein Verrückter! Reich, wie er ist, macht er sich ein Vergnügen daraus, die Märkte durcheinanderzubringen und die andern zu ruinieren. Die Kaufleute und Bankiers der großen Städte gehen ihm um den Bart, weil er, wie sie behaupten, den Kurs des Silbers stabilisiert hat. Überall schwingt er sich zum Herrn auf. Aber das wird nicht so bleiben.

Er mag sich noch so sehr von seiner Leibgarde bewachen lassen – eines Tages wird sich einer finden, der ihn ins Jenseits befördert, dieses Stumpfnasengesicht, diese Karnevalsmaske, diesen Allerweltszauberer ... Der Zauberer des Mittelmeers ... Haha! Ich aber, ich bin der Schrecken des Mittelmeers! ... Wir werden schon sehen! ... Ich hasse ihn, wie alle Sklavenhandel treibenden Piraten ihn hassen: Mezzo Morte, Simon Dansat, Fabrizio Oligiero, die Brüder Salvador, Pedro Garmantaz, der Spanier, ja sogar die Malteserritter, alle, alle ... Wie hat er sich die Gunst Moulay Ismaëls, des Königs von Marokko, erschlichen? Das bleibt ein Rätsel! Der gefürchtete Sultan hat ihm seine Flagge und die Mauren seiner Leibgarde zur Verfügung gestellt. Aber nun genug geredet von diesem Burschen. Mögt Ihr die Kebabs versuchen?"

Er reichte ihr eine Schüssel, die mit Tamarindenkörnern gewürzte und in Hammelfett gebackene Fleischpasteten enthielt.

Zweiundzwanzigstes Kapitel

Allabendlich forderte der Marquis d'Escrainville nun Angélique auf, in die Deckkajüte zu kommen und sein Mahl mit ihm zu teilen. Er benahm sich dabei so manierlich, wie er es vermochte – vermutlich hatte Coriano ihm die Leviten gelesen. Gelegentlich brach seine Natur zwar noch durch, und er duzte sie, sagte ihr häßliche Dinge, doch dann besann er sich auf die gute Erziehung, die er genossen hatte, und verstand es, die junge Frau durch seine Unterhaltung zu fesseln. Sie entdeckte, daß er höchst gebildet war, daß er die meisten orientalischen Sprachen beherrschte und die griechischen Klassiker im Urtext lesen konnte. Er war wirklich eine seltsam widerspruchsvolle Persönlichkeit.

Neben seinen sadistischen Anwandlungen, die ihn oft genug dazu trieben, seine Sklaven zu peinigen, legte er andern gegenüber wiederum geradezu väterliche Gefühle an den Tag. Häufig ließ er zehn reizende kleine Negerchen auf das Oberdeck kommen, die er in Tripolis gekauft hatte.

Scheu ließen sich die Knaben mit gekreuzten Beinen nieder und blieben artig sitzen; ihre emailfarbenen Augen glänzten in der Finsternis.

„Sind sie nicht hübsch?" fragte Escrainville, während er sie gerührt betrachtete. „Wißt Ihr, daß jeder von ihnen sein Gewicht in Gold wert ist?"

„Wirklich?"

„Es sind Eunuchen."

„Arme Kerlchen!"

„Warum?"

„Ist es nicht schrecklich, sie so zu verstümmeln?"

„Ach was! Ihre Medizinmänner sind sehr geschickt und machen das im Nu. Danach wird die Wunde mit siedendem Öl begossen, und man gräbt die kleinen Kerle bis zum Nabel im heißen Wüstensand ein, bis sie vernarbt ist. Das Verfahren muß gut sein, denn die Stammeshäuptlinge, die sie uns zuführen, versichern, daß nicht mehr als zwei Prozent daran sterben."

„Arme Kerlchen!" wiederholte die junge Frau.

Der Pirat zuckte die Achseln.

„Glaubt mir, Euer Mitleid ist unangebracht. Kann diese Kannibalenbrut sich ein besseres Los wünschen? Sie kommen aus schrecklichen Ländern, in denen derjenige, der dem Löwenrachen entgeht, dem Wurfspieß seines Feindes zum Opfer fällt, um dann verspeist zu werden. Daheim nährten sie sich von Wurzeln und Ratten. Jetzt können sie sich satt essen. Wenn ich sie verkauft habe, werden sie für ihre Besitzer ein Luxusgegenstand sein. Solange sie jung sind, brauchen sie nichts anderes zu tun, als mit den Söhnen des Sultans auf den Stufen eines Palastes Tricktrack oder Schach zu spielen. Als Erwachsene werden sie in den Vordergrund rücken. Denkt daran, daß mehr als ein Eunuche zum Kaiser von Byzanz gekrönt worden ist! Ich kenne gar manche, die ihren von seinen Vergnügungen absorbierten Herrn beherrschten. Ihr werdet vom Vorsteher der schwarzen Eunuchen des Sultans der Sultane reden hören, vom Vorsteher der weißen Eunuchen seines Bruders Soliman, einem gewissen Chamyl-Bey, oder auch von Osman Ferradji, dem Obereunuchen Moulay Ismaëls, Königs von Marokko. Ein Riese, der nahezu zwei Klafter mißt. Ein großer Mann in jeglicher Hinsicht, verwegen, gerissen, genial. Er ist es, der Moulay

Ismaël auf den Thron gebracht hat, indem er ihm behilflich war, einige Dutzend Prätendenten aus dem Wege zu räumen."

Er hielt inne und lachte boshaft.

„Ja, ja! Ich denke, Ihr werdet Euch bald von der Macht der Eunuchen im Orient überzeugen können, schöne Gefangene."

Angélique stand an die kannelierte Säule gelehnt, über die das flirrende Licht der Kykladen rieselte.

Sie zerrieb einen Basilikumstengel zwischen den Fingern. Als sie vorhin das Dorf durchquert hatte, war ihr der Pope entgegengekommen und hatte ihr als Willkommensgruß den duftenden Zweig überreicht. Der arme, naive Greis bemühte sich, seine Schäflein vor den Piraten zu bewahren. Er hatte versucht, sich diesem blonden jungen Korsaren verständlich zu machen, der da mit seiner wüsten Horde an Land gegangen war. Vielleicht würde wenigstens er mit diesen bejammernswürdigen Menschen Erbarmen haben ﹖

Escrainville hatte ihn kurzerhand beim Bart gepackt und zu Boden geschleudert, wobei er ihn auf griechisch beschimpfte und ihm schließlich noch ein paar Fußtritte versetzte.

„Ruchloser!" schrie Angélique.

Der Pope streckte seine dürren Hände nach ihr aus und redete in flehendem Ton auf sie ein. Der Marquis brach in schallendes Gelächter aus.

„Er meint, Ihr wärt mein Sohn, und er bittet Euch bei der Liebe, die ich für Euch hege, um Eure Fürsprache, damit wir seine beiden Töchter verschonen. Hahaha! Das ist das Komischste, was ich je gehört habe!"

„Und wenn ich Euch darum bäte?"

Er warf ihr über den Greis hinweg einen langen undefinierbaren Blick zu.

„Entfernt Euch", sagte er. „Mischt Euch nicht in das, was wir hier tun."

Sie hatte sich von dem kläglichen Schauspiel abgewandt, dessen Zeuge sie nun schon so oft gewesen war. Denn seit ihrer Genesung bestand Coriano darauf, daß sie bei jedem Anlegen an Land ging. Die Bewegung in frischer Luft werde ihr guttun. Und tatsächlich hatten sich ihre Wangen wieder gerundet und den matten, warmen Ton angenommen, der Angéliques allmähliche Genesung verriet.

Angélique hatte das Dorf und die feilschenden Flibustier hinter sich gelassen. Im Schatten eines Tempels, zwischen schneeweißen Trümmern umgestürzter Statuen, fand sie die ersehnte Einsamkeit.

Der Basilikumzweig verströmte den gleichen Duft wie die ausgelaugte Erde. Hier gab es weder Baum noch Strauch, alles war Kargheit und Trostlosigkeit und gleichwohl ewiger Glanz. Das Wasser fehlte, nicht aber der Nektar der Poesie, dank dem Sage und Fabel für immer hier Wurzel geschlagen hatten.

Von den Höhen kamen die schrillen Rufe der Hirten, während Savary, mit seinen hölzernen Kämmen bewaffnet, vergnügt die Sierra durchstreifte, um die Ziegen und Böcke zu „melken". Am Abend würde er sein Quantum Ladanum mitbringen. Am Abend würden die weinenden Frauen am Strande sein, sich das Gesicht zerkratzen, ihr graues Haar mit Asche bedecken . . .

Sie schloß die Augen.

Der Duft der Pflanze machte sie versonnen, und die Sonne gab ihrem Herzen neuen Lebensmut.

Durch ein paar Schritte von ihr getrennt, beobachtete sie der Marquis d'Escrainville.

Sie lehnte an der weißen Säule, in anmutiger, jugendlicher Haltung, die Lider nachdenklich gesenkt, mit den Lippen den grünen Zweig berührend, und er mußte sich eingestehen, daß er für den zweideutigen Reiz nicht unempfänglich war, den das Jünglingskostüm ihr verlieh, das abzulegen sie sich weigerte. In Frauenkleidern hätte sie zu sehr der „Anderen" geglichen, wäre sie zu sehr Weib, zu sehr Sirene und auch zu unbewehrt gewesen. In ihrer alten Reitjacke mit dem offenen Kragen hatte sie einen eigenen Charme, der mit der Herbheit dieser

Stätte übereinstimmte, zu der einstens die Epheben gekommen waren, um sich zu lieben.

Angélique spürte den Blick, der auf ihr ruhte, sah auf und wich erschrocken zurück.

Er machte eine gebieterische Geste.

„Komm."

Mit den Spitzen ihrer flachen Schuhe die Kieselsteine des Pfades berührend, näherte sie sich ihm, ohne sich zu beeilen.

Escrainville nahm sie beim Arm, und während er sich ihr zuneigte, sagte er in spitzbübischem Ton:

„Freu dich, mein Sohn! Die Töchter des Popen – du weißt doch? –, wir haben sie in ihrem Elend gelassen."

Sie blickte zu ihm auf, um sich zu überzeugen, ob er es ernst meinte. Die grauen Augen des Piraten waren dicht vor den ihren. Sie leuchteten auf eine ungewohnte Art.

Angélique sagte obenhin:

„Ich bin froh darüber."

Er machte kein Hehl daraus, daß er es um ihretwillen getan hatte. Er drängte sie auf den Pfad und stieg mit ihr den steilen Hang hinauf, der über dem Meer aufragte. Sie spürte seine heiße Hand durch den Stoff des Ärmels und eine vage Unruhe, die ihn leise zittern ließ.

„Schau mich nicht an, als wollte ich dich auffressen", sagte er. „Hältst du mich für den Minotaurus?"

„Nein, aber für das, was Ihr seid."

„Nämlich?"

„Den Schrecken des Mittelmeers."

Er schien nicht unbefriedigt und verstärkte den Druck seiner Hand auf ihren Arm. Sie waren fast auf dem Gipfel der Insel angelangt, und die vor Anker liegende „Hermes" wirkte auf dem azurblauen Meeresspiegel wie ein hübsches Spielzeug.

„Nun mach die Augen zu", sagte Escrainville.

Angélique erschauerte. Was für ein grausames Spiel mochte er nun wieder im Sinne haben? Angesichts ihres angsterfüllten Blicks verzog er spöttisch den Mund.

„Mach die Augen zu, eigensinniges Kind!"

Um ganz sicher zu gehen, legte er ihr die Hand auf die Lider und

führte sie, den andern Arm um sie legend, noch ein Stück weiter. Seine
Hand glitt über ihr Gesicht herab. Sie hatte das Gefühl, gestreichelt zu
werden.

„Schau."

„Oh!"

Sie waren auf einem Plateau angelangt, auf dem sich die Ruinen eines
Tempels erhoben.

Drei spiegelglatte Stufen führten zu einem Vorhof, dessen von Un-
kraut eingerahmte Fliesen glänzten.

Und hier war es, zwischen wildwuchernden Himbeersträuchern mit
gelben und rosafarbenen Beeren, wo das Wunder begann: zwei lange
Reihen unberührter Statuen, ein regungsloser, aus Licht und beseeltem
Stein geschaffener Reigen vor dem glühenden Blau des Himmels.

„Was ist das?" murmelte Angélique.

„Die Göttinnen."

Langsamen Schrittes wandelte er mit ihr durch die Allee, vorbei an
den lächelnden Gestalten dieser melancholischen, göttlichen Versammlung, vergessen auf dem Berg, mit dem Duft der Himbeersträucher als
einzigem Weihrauch und dem Seewind als einziger Opfergabe. Und
vor Staunen wurde Angélique sich nicht bewußt, daß er sie noch immer
umfangen hielt.

Am Ende der Allee stand auf einem Altar ein Knabe, ein triumphie-
render kleiner Gott, der seinen Bogen spannte, ein bezauberndes
Bürschlein aus Schnee und Gold.

„Eros!"

„Wie schön er ist!" sagte Angélique. „Der Gott der Liebe, nicht
wahr?"

„Hat er Euch je mit seinem Pfeil getroffen?"

Der Pirat hatte sich ein wenig von ihr entfernt. Mit dem Ende seiner
Peitsche klopfte er nervös an seine Stiefel. Angélique spürte, wie die
Verzauberung sich löste.

Sie gab keine Antwort und lehnte sich, auf der Suche nach ein wenig
Schatten, an den Sockel einer schlanken Aphrodite.

„Wie schön müßt Ihr sein, wenn Ihr liebt", fuhr er nach langem
Schweigen fort.

Er lächelte müde. Sein Blick irrte über die Göttinnen hin und kehrte zu Angélique zurück, aber sie wurde aus seinem gequälten Ausdruck nicht klug. Worauf wollte er hinaus? ...

„Bildest du dir ein, daß du mir mit deinem hochfahrenden Wesen imponiert hast und daß ich deshalb nicht des Abends zu dir komme, um dich ein wenig zu bändigen, wie du es verdienst?" fragte er bissig.

„Du wärst anmaßend genug dazu, aber du irrst dich, das ist nicht der Grund. Es gibt keinen Sklaven, der dem Schrecken des Mittelmeers imponieren könnte. Aber ich habe das gehässige Geschrei und die Kratzbürstigkeit satt. Hin und wieder kann das dem Abenteuer Würze geben, aber auf die Dauer ermüdet es. Willst du nicht versuchen, ein bißchen freundlich zu mir zu sein?"

Sie warf ihm einen eisigen Blick zu, den er nicht bemerkte, weil er begonnen hatte, auf und ab zu gehen.

„Ihr müßt schön sein, wenn Ihr liebt", wiederholte er mit dumpfer Stimme. „Wenn ich an jenen Gesichtsausdruck denke, eines Abends, als Ihr mit hintenübergeneigtem Kopf und geschlossenen Augen auf meinen Armen lagt, als Euer halbgeöffneter Mund das Wort ‚Liebster' sprach."

Und als Antwort auf ihre bestürzte Miene:

„Ihr könnt Euch nicht erinnern. Ihr wart krank, Ihr habt im Fieber phantasiert. Aber ich denke unaufhörlich daran. Jenes Gesicht verfolgt mich. Ihr müßt so schön sein in den Armen eines Mannes, den Ihr liebt."

Er blieb stehen und sah zu dem kleinen Gott Eros auf. In seinen hellen Augen lag ein rührender Ausdruck.

„Ich wollte, ich wäre jener Mann", fuhr er fort. „Ich wollte, Ihr würdet mich lieben!"

Auf alles war Angélique gefaßt, nur nicht auf ein solches Ansinnen.

„Euch lieben? Euch!" schrie sie.

Es kam ihr so absurd vor, daß sie lachen mußte. Wußte er nicht, daß er ein verworfener, verbrecherischer Mensch war, ein herzloser Folterknecht? Und er wollte, daß man ihn liebe!

Ihr Lachen hallte schrill und spöttisch wider, und es dauerte lange, bis der Wind es davontrug.

„Euch lieben? Euch!"

Der Marquis d'Escrainville war so weiß wie Marmor geworden. Er

214

ging auf Angélique zu und schlug ihr ein paarmal mit dem Handrücken ins Gesicht.

Sie sank zu Boden, Blut rann aus ihren Mundwinkeln.

„Dieses Lachen!" heulte er.

Er öffnete den Mund, als ringe er nach Atem.

„Dirne! . . . Wie konntest du es wagen! Du bist schlimmer als die andere, schlimmer als alle anderen! Ich verkaufe dich! Ich verkaufe dich an einen lasterhaften Pascha, an einen Basarhändler, an einen Mauren, einen brutalen Kerl, der dich zugrunde richtet . . . Aber für andere wirst du kein verliebtes Gesicht mehr machen . . . Ich verbiete es dir . . . Und jetzt geh! Geh! Ich habe keine Lust, mir von Coriano und meinen Leuten Vorwürfe machen zu lassen . . . Geh, bevor ich dich umbringe!"

Am übernächsten Tag warf das Schiff vor Santorin Anker.

Der Marquis d'Escrainville kam aus seiner Kabine, in der er zwei Tage lang im Haschischrausch gelegen hatte.

„Du hast wieder einmal erreicht, was du wolltest, verdammter Kakerlak", schrie er Savary haßerfüllt an. „Ich möchte wissen, wo du auf diesem Felsenberg etwas Blinkendes entdeckst. Ich schau' mir die Augen aus, aber ich sehe nicht mehr Ziegen als anderswo, eher weniger, möchte ich behaupten. Weh dir, wenn du mich hinters Licht geführt hast, alter Fuchs!"

Meister Savary versicherte, die Ladanumernte werde alle Erwartungen übertreffen, aber der Pirat blieb mißtrauisch.

„Ich möchte wissen, wo deine Böcke die Möglichkeit finden, sich mit deiner Mixtur den Bart vollzuschmieren. Kein Baum, kein Strauch, soweit ich mit bloßem Auge sehe."

Es war tatsächlich so. Santorin, das antike Thera, unterschied sich von den andern Inseln. Sie war ein Naturwunder, ein senkrecht aufsteigender, dreihundert Klafter hoher Felsberg, der die Geheimnisse des Erdinnern den Blicken preisgab: schwarzer Fels, roter Tuff, graue Lavareste und weiße Bimssteinadern. Diese seltsame Insel war nichts anderes als die stehengebliebene Kraterwand eines Vulkankegels, der bei

215

einer Eruption im 2. vorchristlichen Jahrtausend eingebrochen war. In das dabei entstandene kesselartige Kraterbecken hatte sich das Meer ergossen. Die gegenüberliegende Insel Therasia stellte den andern Teil des Kraterrandes dar. Der unterseeische Vulkan war übrigens noch immer in Tätigkeit. Die Bewohner klagten über häufige Erdstöße, die ihre Hütten aus Lehm und Kalk erschütterten und plötzlich kleine Lavainseln aus dem Meer auftauchen ließen, die der nächste Stoß wieder verschlang.

Jenseits der kleinen Häuschen des Hafens mit ihren Runddächern führte ein Treppenweg zum Gipfel hinauf, auf dem sich eine Windmühle mit roten und grünen Flügeln und Ruinen befanden.

Auf ihrem Spaziergang setzte sich Angélique in den Schatten des Gymnasions der Epheben zwischen die steinernen Gestalten junger Tänzer. Ein abgebrochener Arm, eine Hand mit schmalen Fingern lagen neben ihr auf der Erde unter dem Geröll. Dieser graziöse Torso, der Arm eines Knaben oder Jünglings, war schwer, war beladen mit dem Gewicht der Jahrhunderte. Angélique versuchte, ihn anzuheben, aber es gelang ihr nicht. Sie stand noch unter der Nachwirkung der vor zwei Tagen empfangenen Züchtigung. Der Kummer übermannte sie. Sie überlegte, ob sie nicht versuchen könnte, ins Innere der Insel zu flüchten, aber angesichts der Kargheit der Landschaft gab sie den Gedanken auf.

Nach kurzer Zeit vernahm sie Schellengeläut, und auf dem Pfad erschien Meister Savary, begleitet von seinen unvermeidlichen Ziegen und einem Griechen, mit dem er sich freundschaftlich unterhielt. Das Gesicht des Gelehrten strahlte.

„Das ist Vassos Mikoles, Madame", stellte er vor. „Was sagt Ihr zu diesem prächtigen Burschen?"

Höflich verbarg Angélique ihre Verblüffung. Gar manches Mal hatte sie die Schönheit der griechischen Männer bewundert, deren einige sich die Anmut und Kraft der steinernen Epheben bewahrt hatten, die sie umringten. Doch dieser junge Mann hatte nichts davon. Er wirkte ausgesprochen verkümmert, ja, in seinem pfiffigen, von einem schütteren braunen Bart eingerahmten Gesicht fanden sich sogar Züge, die ihn seinem Begleiter ähnlich erscheinen ließen. Angéliques Augen wanderten vom einen zum andern.

„Jawohl", sagte Savary strahlend, „Ihr habt richtig geraten: er ist mein Sohn."

,Euer Sohn, Meister Savary? Ihr habt also Kinder?'

„So ziemlich überall in der Levante", sagte der Greis mit einer weitausholenden Geste. „Nun ja, ich war eben eine ganze Portion jünger und draufgängerischer, als ich vor dreißig Jahren zum erstenmal die Insel Santorin betrat. Und ein kleiner Franzose wie alle Franzosen: arm, aber auf Liebesabenteuer erpicht. Als ich fünfzehn Jahre später wieder hier vorbeikam, konnte ich mit Genugtuung feststellen, daß mein Sohn ein hervorragender Fischer zu werden versprach. Damals habe ich der Familie Mikoles, die vor mir Weltreisendem ebensoviel Ehrfurcht empfand wie vor dem großen Ulysses, ein ganzes Faß mit Mumia mineralis anvertraut, das ich unter Lebensgefahr aus Persien mitgebracht hatte. Könnt Ihr ermessen, Madame, was das bedeutet? Ein ganzes Faß! Jetzt sind wir gerettet!"

Angélique war zwar nicht ganz klar, wieso der schmächtige Sprößling des kleinen Pariser Apothekers ihnen einer Freibeuterbesatzung gegenüber von Nutzen sein sollte. Doch Savary war zuversichtlich. Er hatte Komplicen gefunden: Vassos und seine Onkel würden in Kandia mit dem Mumiafaß zu ihnen stoßen.

Dreiundzwanzigstes Kapitel

Die „Hermes" schaukelte bereits seit mehreren Stunden sanft im Hafen von Kandia. Das Licht war intensiver geworden. Die grellen Farben brachten zum Bewußtsein, daß man sich im Orient befand. Und der Landwind wehte einen Geruch von heißem Öl und Orangen herüber.

Rot leuchtete der Boden am Rand des Kais. Der Staub überzog die ganze Stadt mit einem rosafarbenen Pastellton, desgleichen die venezianischen Festungswälle, die noch die Spuren der letzten Kämpfe Kretas trugen, der einstmals christlichen, jetzt im Besitz der Mohammedaner befindlichen Insel. Die Herren der Stunde taten ihre Anwesenheit kund, indem sie ihre schlanken Minarette zwischen die Türme und Kuppeln der griechischen oder venezianischen Kirchen pflanzten.

Gleich nach der Ankunft war Escrainville in das Beiboot gestiegen und hatte sich an Land rudern lassen.

Vom Deck aus betrachtete Angélique die endlich erreichte Stadt, die das Ziel ihrer abenteuerlichen Pilgerfahrt gewesen war.

Vom antiken Kreta, der Stätte des Minotaurus und des unheimlichen Labyrinths, war Kandia geblieben, die gefräßige, explosive Stadt, ein modernes Labyrinth, in dem sich alle Rassen mischten, denn sie lag in der Mitte zwischen den Küsten Asiens, Afrikas und Europas.

Indessen ließ sich kaum ein Türke sehen. Die Korsarenfregatte hatte die Flagge des Herzogs von Toskana gehißt, worauf von einem nahe liegenden Fort die ottomanische Fahne – rot mit weißem Halbmond – geschwenkt wurde. Damit schienen die Besuchsformalitäten erledigt.

Einige zwanzig Galeeren und Kriegsschiffe und ein paar hundert Barken und Segler lagen auf der Reede oder längs dem Kai vor Anker.

Angélique fiel eine schmucke, nagelneu wirkende Galeote mit zehn blitzenden Kanonen auf. „Ist das nicht eine französische Galeere?" meinte sie, neue Hoffnung schöpfend.

Savary, der neben ihr saß, seinen Regenschirm zwischen den Knien, sah zerstreut hinüber.

„Es ist eine maltesische Galeere, wie Ihr an der roten Flagge mit dem weißen Kreuz erkennen könnt. Die Malteserflotte ist eine der schönsten des Mittelmeers. Die Ritter Christi sind sehr reich. Im übrigen, was könnt Ihr von den Franzosen in Kandia erwarten, Ihr, die Ihr eine Gefangene seid?"

Er erklärte ihr, daß Kandia, ob griechisch, fränkisch, venezianisch oder türkisch, immer bleiben werde, was es im Lauf der Jahrhunderte gewesen sei: Schlupfwinkel der christlichen Piraten, wie Alexandrette als Schlupfwinkel der ottomanischen und Algier der berberischen Flibustier diene.

Da sie dem türkischen Gouverneur keinen Zoll zu bezahlen brauchten, kamen die Seeräuber, die die Flaggen von Toskana, Neapel, Malta, Sizilien und Portugal benützten, immer wieder nach Kandia, um hier ihre Geschäfte zu machen.

Angélique musterte die auf den Kais und in den Barken gestapelten Waren. Wohl gab es da Stoffe, Fische, Ölfässer, Melonen, aber die Menge und Vielgestaltigkeit der Waren entsprach weder dem, was man in einem Handelshafen anzutreffen pflegte, noch der eindrucksvollen Zahl der Schiffe.

„Es sind hauptsächlich Kriegsschiffe", bemerkte sie. „Was machen sie hier?"

„Und wir, was machen wir hier?" fragte Savary mit verschmitzt funkelnden Augen. „Schaut Euch einmal diese Fahrzeuge an. Bei den meisten sind die Frachträume verschlossen, obwohl ein Handelsschiff, das reelle Ware mit sich führt, sie üblicherweise öffnen muß, wenn es im Hafen ankommt. Seht Ihr die verstärkten Wachen auf den Decks? Was bewachen sie? Die allerkostbarste Ware."

„Sklaven? Es sind also alles Sklavenhändler?"

Savary gab keine Antwort. Ein kleines Boot steuerte auf die „Hermes" zu. Ein schmuddlig gekleideter Europäer mit einem zerfransten Federhut stand am Bug und schwenkte einen winzigen Wimpel von der Größe eines Taschentuchs: goldene Lilien auf silbernem Grund.

„Ein Franzose!" rief Angélique begeistert aus. Trotz der sarkastischen Äußerungen des Gelehrten ließ sie sich nicht davon abbringen, Verbündete unter ihren Landsleuten zu suchen.

Der Bootsinsasse hörte sie, und nach kurzem Überlegen hob er andeutungsweise seinen Hut.

„Ist Escrainville an Bord?" rief er.

Da niemand sich bemüßigt fühlte, ihm zu antworten, kletterte er die herabhängende Strickleiter hinauf. Die wenigen Matrosen, die zur Wache eingeteilt waren, sich jedoch mit Kartenspielen die Zeit vertrieben und Sonnenblumenkerne dazu knabberten, nahmen von dem ungebetenen Besucher keine Notiz.

„Ich frage, ob Euer Chef da ist", wiederholte der letztere mit Nachdruck und pflanzte sich vor einem von ihnen auf.

„Möglich, daß Ihr ihn im Hafen trefft", sagte der Matrose, ohne sich auch nur im geringsten zu rühren.

„Hat er keine Kisten für mich hinterlassen?"

„Ich bin nicht der Frachtverwalter", gab der Mann zurück, worauf er eine Schale ausspuckte und sich wieder seinem Spiel zuwandte.

219

Der Mann rieb sich ärgerlich das unrasierte Kinn. Hellis kam aus einem Verschlag. Sie lächelte ihn strahlend an, dann ging sie zu Angélique und sagte mit gedämpfter Stimme: „Das ist der Sieur Rochat, der französische Konsul. Willst du nicht mit ihm reden? Er könnte dir behilflich sein ... Ich hole euch französischen Wein."

„Oh, jetzt erinnere ich mich!" sagte Angélique. „Der Sieur Rochat! Das ist der Mann, der mich in Kandia als Konsul vertritt. Vielleicht kann er etwas für mich tun."

Unterdessen näherte sich der Sieur Rochat, nachdem er sich schlüssig geworden war, daß der junge Mann, der da an der Heckreling lehnte, eine Frau in Männerkleidung sein mußte.

„Ich sehe, daß meinem alten Kumpan Escrainville das Glück immer noch hold ist. Erlaubt, daß ich mich vorstelle, schöne Reisende. Rochat, Konsul des Königs der Franzosen in Kandia."

„Und ich", erwiderte sie, „bin die Marquise du Plessis-Bellière, Titularkonsul des Königs von Frankreich in Kandia."

Im Gesicht des Sieur Rochat spiegelten sich die mannigfaltigsten Gefühle, von Verblüffung und Ungläubigkeit bis zu Besorgnis und Mißtrauen.

„Habt Ihr nicht von mir reden hören, als ich das Amt erwarb?" fragte Angélique sanft.

„Freilich, aber Ihr dürft mir nicht verübeln, daß ich überrascht bin, Madame. Wenn Ihr tatsächlich die Marquise du Plessis-Bellière seid – was kann Euch veranlaßt haben, Euch hierher zu verirren? Ich hätte gern Beweise für Eure Behauptungen."

„Ihr müßt Euch schon mit meinen Worten begnügen, Monsieur. Euer ‚Kumpan', der Marquis d'Escrainville, hat mir meine Papiere weggenommen, einschließlich derer, die mein Amt betreffen, als wir ihm in die Hände fielen."

„Ich verstehe", sagte der reichlich schäbig wirkende Diplomat, während er sie und den alten Savary mit einem jetzt ziemlich geringschätzigen Blick musterte. „Ihr seid kurz gesagt ... Zwangsgäste meines guten Freundes d'Escrainville?"

„Jawohl, und Meister Savary hier ist mein Haushofmeister und Berater."

Savary zeigte sich sofort der Situation gewachsen.

„Verlieren wir keine kostbare Zeit", erklärte er. „Monsieur, wir schlagen Euch ein kleines Geschäft vor, das Euch in kürzester Zeit hundert Livres einbringen kann."

Rochat brummelte, er begreife nicht, wieso Gefangene . . .

„Diese Gefangenen sind in der Lage, Euch binnen dreier Tage hundert Livres zu verschaffen, wenn Ihr ihnen jetzt ein wenig behilflich seid."

Der Vizekonsul schien in einen Gewissenskonflikt zu geraten. Er zupfte seinen Spitzenkragen zurecht.

Hellis brachte ein Tablett mit einem Krug und mehreren Gläsern, die sie vor ihnen aufstellte, dann zog sie sich als gute Dienerin zurück. Ihre Haltung Angélique gegenüber schien Rochat zu überzeugen, daß er es nicht mit einer gewöhnlichen Sklavin zu tun hatte, sondern mit einer Dame von hohem Stand, und nachdem sie sich eine Weile über gemeinsame Bekannte unterhalten hatten, war er vollends überzeugt, was ihn zugleich in peinlichste Verlegenheit versetzte.

„Es tut mir unendlich leid, Madame. Nichts Schlimmeres konnte Euch passieren, als in die Hände d'Escrainvilles zu geraten. Er verabscheut alle Frauen, und wenn er sich einmal entschlossen hat, Rache an ihnen zu üben, ist es schwer, ihn davon abzubringen. Ich persönlich vermag nichts zu tun. Die Sklavenhändler genießen hier Aufenthaltsrecht, und wie das Sprichwort sagt, gehört ,die Beute dem Piraten'. Rechnet nicht damit, daß ich die Absichten des Marquis d'Escrainville zu durchkreuzen versuche, noch daß ich mich der Gefahr aussetze, die geringen Vorteile meines Amts als Vizekonsul einzubüßen."

Und während er fortfuhr, seine Kleidung in Ordnung zu bringen, bemühte er sich in gedämpftem und erregtem Ton, sein Verhalten zu rechtfertigen. Er war als jüngster, vermögensloser Sohn des Grafen de Rochat mit acht Jahren als „Sprachenschüler" in eine „Kolonie" der Levante geschickt worden. Es war ein Institut für mittellose nachgeborene Söhne guter Familien, das den Knaben die Kenntnis der Sprache und Sitten des Landes vermitteln sollte, damit sie später Konsulatsdolmetscher werden konnten. Er war im Franzosenviertel von Konstantinopel aufgewachsen, hatte zeitweise die Koranschule besucht und an den Spielen der Paschasöhne teilgenommen. Hier hatte er Escrainville kennengelernt, der ebenfalls „Sprachenschüler" gewesen

221

war. Gemeinsam hatten sie ihre Studien abgeschlossen, und der junge Escrainville hatte als Kolonialbeamter rasch Karriere gemacht, bis zu dem Tage, an dem er sich in die bildschöne Frau des französischen Botschafters in Konstantinopel verliebte. Diese hatte einen tief in Schulden verstrickten Liebhaber. Um sie zu bezahlen, ohne die Aufmerksamkeit ihres Mannes zu erregen, wandte sich die Skrupellose an den jungen d'Escrainville und bat ihn, die Ziffern der Schuldscheine zu fälschen. Da er ihr verfallen war, gehorchte er.

Natürlich war er es, der bezahlte, als die Betrügereien allzu offenkundig wurden. Die Schöne stritt alles ab und erfand darüber hinaus noch alle möglichen Geschichten, um ihn vollends zugrunde zu richten.

Es war eine banale Angelegenheit, wie sie sich immer wieder ereignet, aber Escrainville hatte ihretwegen den Kopf verloren. Er hatte sein Amt verkauft und ein kleines Schiff erworben, um auf eigene Rechnung das Seeräuberhandwerk zu betreiben. Und im Vergleich zu seinem Altersgenossen schien er das bessere Teil erwählt zu haben. Rochat nämlich hatte sich bemüht, die Stufenleiter des Diplomatenberufs zu erklimmen, war aber im Gewirr der Ämter und Posten steckengeblieben, die die Höflinge in Versailles unter sich kauften und weiterverkauften. Er wußte nur, daß er als Vizekonsul das Anrecht auf Spesen in Höhe von 2,5 % des Wertes der in Kandia umgeschlagenen französischen Waren hatte. Aber seit vier Jahren war es weder der Handelskammer von Marseille noch dem Minister Colbert eingefallen, ihm diese rückständigen Summen zu zahlen, die vermutlich in die Tasche des neuen Amtsnutznießers geflossen waren.

„Stellt Ihr die Dinge nicht absichtlich schlimmer dar, als sie sind?" meinte Angélique. „Den König und den Minister anzuklagen, ist gefährlich, und mich verantwortlich zu machen, ungerecht. Warum seid Ihr nicht mit all Euren Unterlagen nach Versailles gereist?"

„Dazu hatte ich nicht die Mittel. Ich muß froh sein, daß ich hier leben kann, ohne mit den Türken in Konflikt zu geraten. Wenn Ihr glaubt, daß ich übertreibe, laßt Euch sagen, daß ein Beamter, der einmal eine höhere Stellung eingenommen und über bessere Beziehungen verfügt hat als ich – ich meine unseren Botschafter in der Türkei, den Marquis de La Haye –, in Konstantinopel wegen seiner Schulden im Gefängnis sitzt, nur weil der Minister ihn seit Jahren nicht bezahlt hat.

Ihr seht also, ich bin genötigt, mir selbst zu helfen. Schließlich habe ich Frau und Kinder."

Mit einem Seufzer schloß er: „Ich könnte immerhin versuchen, Euch einen Dienst zu erweisen, falls mich das nicht in Schwierigkeiten mit dem Marquis d'Escrainville bringt. Worum handelt es sich?"

„Um zwei Dinge", erklärte Savary. „Erstens: In dieser Stadt, die Ihr genau kennt, einen arabischen Kaufmann namens Ali Mektoub ausfindig zu machen, der einen Neffen Mohammed Raki hat. Und ihn zu bitten, er möge sich, wenn er sich beim Propheten beliebt machen wolle, zur gleichen Stunde am Kai von Kandia einfinden, in der das Schiff des französischen Piraten seine Ladung löscht und, wie zu vermuten ist, einen Teil der Sklaven versteigert."

„Das wird sich machen lassen", willigte Rochat erleichtert ein. „Ich glaube, ich weiß sogar, wo dieser Händler wohnt."

Doch der zweite Teil des Programms erwies sich als heikler. Der Vertreter des Königs wurde nämlich von Savary aufgefordert, ihm den Inhalt seiner Börse, ein paar kümmerliche Zechinen, auf der Stelle auszuhändigen. Nach einigem Sträuben erklärte er sich auch dazu bereit.

„Da Ihr mir versprecht, daß meine vierzig Zechinen mir hundert Livres einbringen werden ... Und wie steht es eigentlich mit dem Verkauf meiner Schwämme in Marseille? Außerdem hatte Escrainville versprochen, mir ein Faß Banyulswein mitzubringen. Wo ist es?"

Angélique und Savary wußten von nichts.

„Wie dumm! Aber ich habe keine Zeit, auf den Herrn des Hauses zu warten. Wenn Ihr ihn seht, sagt ihm, daß sein Kamerad dagewesen sei und den Erlös seiner Schwämme und das versprochene Fäßchen Banyulswein haben möchte ... Oder sagt ihm lieber nichts. Es ist besser, er erfährt nichts, daß wir miteinander gesprochen haben. Man kann nie wissen!"

„Im Orient soll die rechte Hand nie wissen, was die linke tut", meinte Savary weise.

„Ja ... Vor allem darf er nicht dahinterkommen, daß ich Euch als Gefangenen Geld geliehen habe ... Dumme Geschichte! Wer weiß, ob meine Großzügigkeit mir nicht wieder Unannehmlichkeiten einbringt. Meine Situation ist ohnehin kompliziert und heikel genug. Nun ja ..."

223

Er ging, ohne sein Glas geleert zu haben, so sehr beunruhigten ihn die Erinnerungen, denen er sich hingegeben hatte, und die Gefahren, die er herausforderte.

Als am Abend die Sklaven im Hafen ausgeschifft wurden, wartete ein in seine Djellaba gehüllter Araber in der Nähe der Mole. Angélique war, von Coriano bewacht, an Land gegangen, und Savary hatte es einrichten können, ihnen dicht auf dem Fuß zu folgen. Rasch steckte er Coriano eine Handvoll Zechinen zu.

„Wie kommst du zu diesem Geld, alter Gauner?" brummte der Flibustier.

„Wenn du es erführst, würde es dich nicht reicher machen. Du brauchst es deinem Häuptling nicht zu erzählen", flüsterte der Apotheker. „Laß mich fünf Minuten mit dem Araber dort reden, dann kriegst du hinterher noch einmal die gleiche Summe."

„Damit du mit ihm deine Fluchtausheckst?"

„Was würde das schon bedeuten? Meinst du vielleicht, du erzieltest mit dem Verkauf meines alten Kadavers die dreißig Zechinen, die ich dir hier gebe?"

Coriano ließ die Kupfermünzen in seiner Hand hüpfen und dachte eine Weile über die Richtigkeit dieser Behauptung nach, dann wandte er sich ab und konzentrierte seine Aufmerksamkeit auf die Verteilung seiner Ware: die Greise und die Schwächlichen in eine Ecke, die kräftig gebauten Männer in die andere, die jungen, hübschen Frauen auf diese Seite, die alten auf jene – und so weiter.

Savary war zu dem Araber getrottet. Kurz darauf kam er zurück und flüsterte Angélique zu:

„Der Mann ist tatsächlich jener Ali Mektoub, von dem man Euch erzählte, und er hat auch einen Neffen namens Mohamed Raki, der allerdings in Algier lebt. Indessen sagt sein Onkel, er erinnere sich, daß sein Neffe im Auftrage eines weißen Mannes, bei dem er im Sudan lange gedient habe, wo jener Mann, ein Gelehrter, Gold herstellte, nach Marseille gegangen sei."

„Und wie sah jener Mann aus? Kann er ihn beschreiben?"

„Regt Euch nicht auf. Ich konnte ihn im Augenblick nicht nach tausend Einzelheiten fragen. Aber ich werde ihn heute abend oder morgen ausführlicher sprechen."

„Wie wollt Ihr es anstellen?"

„Das laßt nur meine Sache sein. Macht Euch keine Sorgen."

Coriano trennte sie. Angélique wurde wohlbewacht ins französische Viertel der Stadt geführt, während es schon zu dunkeln begann und aus den nach der Straße offenen Kaffeehäusern der Klang der Tamburine und Flöten drang.

Das Haus, das sie betraten, wirkte wie eine kleine Festung. Escrainville erwartete sie inmitten einer halbeuropäischen Szenerie, zwischen schönen Möbeln und goldgerahmten Porträts, die sich mit orientalischen Diwans und Wandbehängen und der unvermeidlichen Wasserpfeife aufs beste vertrugen. Der Raum war von Haschischgeruch erfüllt.

Er forderte sie auf, mit ihm Kaffee zu trinken, was ihr seit der Insel der Göttinnen nicht widerfahren war.

„Nun, meine Schöne, da sind wir also im Hafen angelangt! In ein paar Tagen werden die Liebhaber schöner Mädchen, die entschlossen sind, jeden Preis zu bezahlen, um einen seltenen Gegenstand zu besitzen, alle Einzelheiten Eurer prachtvollen Formen bewundern können. Und wir werden ihnen Zeit dazu lassen, glaubt mir!"

„Ihr seid ein gemeiner Mensch", sagte Angélique voller Abscheu. „Aber ich kann nicht glauben, daß Ihr so schamlos sein werdet, mich zu verkaufen . . . mich nackt zu verkaufen!"

Der Pirat brach in schallendes Gelächter aus.

„Ich glaube, je mehr ich von Euch zeige, desto eher erziele ich meine zwölftausend Piaster."

Angélique fuhr hoch, ihre Augen funkelten.

„Nein, das wird nicht geschehen", sagte sie verächtlich. „Niemals werde ich mir solche Schamlosigkeit gefallen lassen. Ich bin keine Sklavin. Ich gehöre zu einer der großen Familien Frankreichs. Niemals, niemals lasse ich das zu. Untersteht Euch, auf solche Weise mit mir umzugehen. Ich werde es Euch hundertfach heimzahlen, daß Ihr auch nur mit diesem Gedanken gespielt habt."

„Unverschämte!" brüllte er und griff nach seiner Peitsche.

Schon nach dem ersten Schlag warf sich Coriano dazwischen.

„Laßt sie, Herr. Ihr würdet sie verunstalten. Es hat keinen Sinn, daß Ihr Euch dermaßen erregt. Steckt sie für eine Weile ins Loch, das wird ihr den Mund stopfen."

Der Marquis d'Escrainville ließ sich mit Vernunft nicht beikommen, aber sein erster Offizier stieß ihn kurzerhand zurück, so daß der Hitzkopf auf einen Diwan fiel, wobei ihm die Peitsche entglitt. Als Coriano Angélique darauf beim Arm packen wollte, riß sie sich los und erklärte, sie sei durchaus imstande, allein zu gehen. Sie hatte für diesen Burschen mit den blautätowierten, haarigen Armen trotz seines Eintretens für sie nie etwas übrig gehabt. Man sah ihm zu sehr an, was er war: ein Flibustier übelster Sorte, mit seinem schwarzen Pflaster über dem Auge und dem verblichenen roten Kopftuch, unter dem hervor ihm seine fettigen Haare in Form von Schmachtlocken in die niedrige Stirn hingen.

Der Einäugige zuckte die Achseln und führte sie, vor ihr hergehend, durch das Labyrinth des alten Hauses, das halb Festung, halb Karawanserei war.

Nachdem er sie genötigt hatte, eine Steintreppe hinunterzusteigen, blieb er vor einer dicken, mit mittelalterlichen Eisenbeschlägen versehenen Tür stehen, zog einen Schlüsselbund hervor und schloß die krächzenden Schlösser auf.

„Geht hinein!"

Die junge Frau zögerte auf der Schwelle des finsteren Lochs. Mit einem groben Stoß half er ihr nach und schloß die Tür.

Sie war nun allein in einem Verlies, in das lediglich durch eine vergitterte, kleine Luke ein wenig Licht fiel. Selbst das Stroh fehlte in dieser Zelle, deren ganze Einrichtung aus drei dicken, mit Armringen versehenen Ketten bestand, die in der Mauer verankert waren. Immerhin hatte der brutale Bursche sie nicht angekettet.

Sie haben Angst, mich zu „verunstalten", dachte Angélique.

Die Schulter schmerzte sie an der Stelle, wo die Peitsche sie getroffen hatte. Sie ließ sich auf die festgestampfte Erde sinken. Wenigstens würde sie, wenn auch nicht in Bequemlichkeit, so doch in Ruhe nachdenken können. Die innere Ausgeglichenheit, die sie trotz des vorhergegangenen Auftritts verspürte, war auf die gute Nachricht zurückzuführen, die Savary ihr nach seinem Gespräch mit dem arabischen Kaufmann Ali Mektoub zugeflüstert hatte. Angélique rief sich jedes der Worte ins Gedächtnis zurück, um aus ihnen neue Hoffnung zu schöpfen. Es war bestimmt richtig gewesen, trotz allen Mißgeschicks zu versuchen, nach Kandia zu gelangen, denn der dünne Faden war nicht gerissen, und am Ende des Wegs winkte noch immer der Erfolg. Freilich durfte sie sich nicht allzu viele Illusionen machen. Auf klare Ergebnisse ihrer Nachforschungen würde sie noch lange warten müssen. Wann und wo würde sie mit dem Neffen Ali Mektoubs zusammentreffen können? Sie wußte ja nicht einmal, wie sie ihre Freiheit zurückgewinnen sollte und ob ihr nicht tatsächlich das schreckliche Los der Gefangenschaft in einem Harem bevorstand.

Gleichwohl mußte sie tief und fest geschlafen haben, denn als sie erwachte, fand sie neben sich ein kupfernes Tablett, das türkischen Kaffee, mit Zuckerguß überzogene Pistazien und Honigkuchen anbot. All das verriet das Wirken einer weiblichen Hand, und Angélique begriff, wem sie es zu verdanken hatte, als sie eine lange Rolle aus Pflanzenfasern entdeckte: die Matte der kleinen Sklavin Hellis.

Sie hatte eben begonnen, ihre Mahlzeit zu vertilgen, als im unterirdischen Gang Stimmen widerhallten; Schritte näherten sich, das Schloß und der Riegel krächzten, und der Einäugige schob brutal zwei Frauen herein, deren eine verschleiert war und die beide abwechselnd durchdringende Schreie ausstießen und auf türkisch lebhaft protestierten. Ihr Kerkermeister beschimpfte sie gröblich in derselben Sprache, und nachdem er die Tür hinter ihnen wieder verriegelt hatte, hörten sie ihn fluchend von dannen gehen.

Die beiden Frauen blieben geduckt in einem Winkel des Verlieses stehen und warfen ängstliche Blicke auf Angélique, bis sie erkannten, daß sie eine Frau war, und in prustendes, unterdrücktes Gelächter ausbrachen.

Angélique hatte sich inzwischen an das Halbdunkel gewöhnt. Sie sah, daß die verschleierte Frau mit einer Pluderhose, einem Seroual aus schwarzer Seide und einer Samtjacke bekleidet war. Auf ihrem üppigen, schwarzen, mit Henna noch dunkler gefärbten Haar saß eine flache Kappe aus rotem Samt, an der ein kurzer Schleier befestigt war, der ihr Gesicht verbarg. Sie nahm ihn ab, da sie nun wußte, daß sie sich in Gesellschaft einer Frau befand. Ohne die etwas zu vorspringende Nase wäre ihr Antlitz mit den Gazellenaugen und den langen Wimpern schön zu nennen gewesen. Sie griff nach dem goldenen Kreuz, das sie an einer Kette um den Hals trug, und küßte es, worauf sie sich mit einer weitausholenden Armbewegung von rechts nach links bekreuzigte. Nachdem sie die Wirkung dieser Geste auf Angélique beobachtet hatte, setzte sie sich neben sie und begann zu deren großer Überraschung in einem weichen und zögernden, aber vollkommen korrekten Französisch zu sprechen. Sie war eine Armenierin aus Tiblissi im Kaukasus und orthodoxe Christin. Die französische Sprache hatte sie mit ihren Brüdern zusammen bei einem Jesuitenpater gelernt. Sie stellte ihre blonde Begleiterin vor: ein Mädchen aus Rußland, das von den Türken vor Kiew gefangengenommen worden war.

Angélique erkundigte sich, wie sie in die Hände des Marquis d'Escrainville gefallen seien. Sie kannten ihn noch kaum, da sie erst kürzlich ausgeschifft worden waren, nach einer beschwerlichen Reise über Beirut in Syrien, wo sie gelegentlich eines längeren Aufenthalts Schlimmes durchgemacht hatten. Beide waren glücklich, in Kandia zu sein, denn sie wußten, daß man sie diesmal nicht wie ein Stück Vieh behandeln und nackt im öffentlichen Basar feilbieten, sondern als „Ware von Wert" hinter verschlossenen Türen meistbietend versteigern würde.

Staunend lauschte Angélique dem Bericht der Armenierin. Dieses Mädchen war also monatelang durch die Levante geschleppt und in den Basaren nackt feilgeboten worden – und niemand hatte ihr die schweren Goldreifen abgenommen, die ihre Handgelenke, ja sogar ihre Fesseln bedeckten, noch den Gürtel aus Goldzechinen, der doppelt oder dreifach um ihre Taille geschlungen war? Sie trug mehrere Pfund Gold mit sich herum. Wieviel brauchte man denn, um sich in diesem Lande loszukaufen?

Die Armenierin mußte lachen. Das komme ganz darauf an! Nach ihrem Dafürhalten sei es weniger eine Frage des Geldes, vielmehr müsse man danach trachten, einen Liebhaber für sich zu gewinnen, der Ansehen und Autorität besitze und einen beschützen könne. Sie war überzeugt, daß sie einen solchen in dieser Stadt leichter finden werde, die gestern noch den Christen gehört hatte, weiterhin Schlupfhafen der europäischen Korsaren blieb und Stützpunkt für die Handelsflotten des Abendlands. Sie hatte Popen auf der Straße gesehen, und das hatte sie in ihren Hoffnungen bestärkt.

Die Slawin wahrte mehr Distanz, vielleicht war sie auch weniger gesprächig. Ihre Zukunft schien sie nicht zu beschäftigen, dafür machte sie sich, ohne lange zu fragen, auf Angéliques Matte breit und schlief alsbald ein.

„Die da ist keine gefährliche Konkurrenz", sagte die Armenierin augenzwinkernd. „Sie ist hübsch, aber man sieht sofort, daß ihr zum Verführen einiges fehlt. Hingegen möchte ich hoffen, daß Ihr mir durch Eure Gegenwart nicht die Möglichkeit nehmt, einen guten Herrn zu finden."

„Habt Ihr nie daran gedacht zu flüchten?" fragte Angélique.

„Flüchten? Wohin? Der Weg in meine Heimat, in den Kaukasus, ist sehr weit. Er führt durch das ganze riesige Reich der Türken. Ist nicht Kandia, das christlich war, eben erst von ihnen erobert worden? Und ich habe kein Zuhause mehr im Kaukasus: auch dort sind die Türken! Sie haben meinen Vater und meine älteren Brüder massakriert, und meine jungen Brüder wurden vor meinen Augen entmannt, um als weiße Eunuchen an den Pascha von Kars verkauft zu werden. Nein, für mich ist es am besten, ich suche mir einen möglichst mächtigen Herrn."

Dann fragte sie Angélique aus. Ob sie vom Sklavenmarkt auf Malta käme? In ihrer Stimme drückte sich ein hohes Maß von Achtung aus.

„Ist es denn eine große Ehre, zu den von den Malteserrittern entführten Sklavinnen zu gehören?" fragte Angélique ironisch.

„Sie sind die mächtigsten christlichen Grundherren der Levante", sagte die andere und ließ ehrfürchtig ihre Augen rollen. „Selbst die Türken fürchten sie und bezeigen ihnen Achtung, denn der Handel der Ritter ist weitverzweigt, und sie sind ungeheuer reich. Wißt Ihr, daß der Batistan von Kandia ihnen gehört? Und man hat mir gesagt, eine ihrer Galeeren liege hier am Kai und der Sklavenmeister werde bei unserer Versteigerung anwesend sein. Aber ich bin wirklich dumm. Ihr seid Französin, und in Frankreich müßt Ihr ja auch Eure Sklavenmärkte haben. Es wird behauptet, Frankreich sei sehr mächtig. Erzählt mir ein wenig. Ist es ebensogroß wie Malta?"

229

Angélique klärte sie auf. Nein, es gebe keine Sklavenmärkte in Frankreich. Und Frankreich sei hundertmal so groß wie Malta.

Die Armenierin lachte sie aus. Warum die Französin Geschichten erzähle, die unglaubwürdiger seien als die arabischen Märchen? Man wisse doch, daß es keine größere christliche Nation als Malta gebe. Angélique verzichtete darauf, sie zu überzeugen. Sie sagte, die Aussicht, im Batistan der edlen Ritter verkauft zu werden, tröste sie nicht über den Verlust ihrer Freiheit hinweg, und sie hoffe sehr, daß es ihr gelingen werde, zu entkommen. Die Armenierin schüttelte bedenklich den Kopf. Sie glaube nicht, daß man sich den Klauen eines so großmächtigen Sklavenhändlers wie des „franzesise Pirat" entwinden könne. Fast ein Jahr lang sei sie zwischen den Tatzen der Türken gewesen, und nie habe sie gehört, daß einer Frau die Flucht gelungen sei. Als „gelungen" könne man es ja wohl nicht bezeichnen, wenn man die Entwichenen erdolcht oder von Hunden und Katzen angefressen wiederfinde.

„Von Katzen?"

Die Armenierin nickte.

„Gewisse muselmanische Stämme richten die Katzen für die Bewachung der weiblichen Gefangenen ab. Und die Katze ist blutgieriger und behender als der Hund."

„Ich dachte, Eunuchen bewachen die Frauen."

Sie erfuhr, daß die Eunuchen nur zur Bewachung derjenigen Frauen dienten, denen es gelungen war, in Harems aufgenommen zu werden. Die gewöhnlichen Gefangenen wurden der Wachsamkeit der Katzen und Schweine anvertraut, denen man zuweilen die aufsässigen bei lebendigem Leibe zum Fraß vorwarf. Zuerst bissen ihnen die eklen Tiere die Augen heraus, dann fraßen sie ihre Brüste.

Angélique erschauerte.

Allmählich begannen die Gefangenen unter Hunger und Durst zu leiden. Besonders der Durst quälte sie, doch trotz der durchdringenden Rufe der Armenierin brachte ihnen niemand etwas zu trinken. Schließlich dämpfte die Kühle der Nacht ihre Qual, und sie konnten ein wenig schlafen.

Aber mit dem Morgengrauen kehrte der Durst, von Hunger begleitet, verdoppelt wieder, und auch jetzt erschien niemand auf ihre Rufe.

Wellen stickiger Hitze drangen durch die enge Luke bis in ihr Verlies hinab. Noch immer ließ sich niemand blicken. Das spärlich einfallende Tageslicht nahm die rötlichen und malvenfarbenen Töne der Dämmerung an und erlosch. Von neuem kam die Nacht, qualvoller als die vorige. Angéliques Rücken schmerzte. Der Peitschenhieb des Piraten hatte ihr die Haut aufgerissen, und ihre Kleidung klebte an der Wunde.

Am Morgen des dritten Tages wurden sie durch einen köstlichen Duft geweckt.

„Das ist kaukasischer Schaschlik", stellte die Armenierin schnuppernd fest, „an kleinen Spießen gebratenes Hammelfleisch mit Speckscheiben dazwischen."

Und sie vernahmen das verheißungsvolle Klirren von Geschirr auf dem Gang.

„Stellt es hier hin", ließ sich Escrainvilles Stimme vernehmen.

Der Riegel wurde zurückgeschoben, und im gleichen Augenblick fiel ein Lichtstrahl in den Raum.

„Haben dich ein Fasttag und zwei mit der Situation vertraute Genossinnen zur Vernunft gebracht, meine Schöne? Willst du dich endlich bequemen, eine gefügige Sklavin zu sein? Senk die Augen und sag: Ja, mein Gebieter, ich werde alles tun, was Ihr verlangt . . ."

Der Pirat roch nach Wein und Haschisch. Er war unrasiert. Da Angélique schwieg, stieß er wüste Flüche aus und erklärte, er sei nun mit seiner Geduld am Ende.

„Ich kann diese Dirne doch nicht zur Versteigerung bringen, bevor ich sie mürbe gemacht habe! Sie wird mich blamieren! Sprich mir nach, Trotzkopf: Ja, mein Gebieter . . ."

Angélique preßte die Zähne zusammen. Der Sklavenhalter tobte. Abermals schwang er seine Peitsche, und abermals trat der Einäugige dazwischen. Zur Vernunft gemahnt, suchte der Pirat sich zu beherrschen.

„Wenn ich nicht befürchten müßte, daß es deinen Wert beeinträchtigt, würde ich dir die Haut vom Gesicht herunterziehen!"

Er wandte sich an die Matrosen, die die Schüsseln trugen:

„Bringt die beiden andern Gefangenen in die Zelle nebenan, damit sie tüchtig essen und trinken. Die Störrische kann weiter hungern."

Zu Angéliques großer Verwunderung wiesen die Armenierin und

sogar ihre Genossin, das gefräßige russische Mädchen, die Bevorzugung zurück. Unter Gefangenen war Solidarität Gesetz.

Escrainville wünschte alle Weiber zum Teufel und ließ die Schüsseln wieder wegtragen.

Vierundzwanzigstes Kapitel

Der Tag verging. Hunger und Durst wurden immer quälender.

In der folgenden Nacht konnte Angélique nicht schlafen. Mußte sie einen weiteren Tag des Leidens ertragen, um schließlich doch zu jener Versteigerung geschleppt zu werden, bei der das Trio gewiß die Hauptattraktion bilden würde? Savary hatte versprochen, sie vor diesem traurigen Schicksal zu bewahren. Aber die Chancen eines mittellosen, selber in Gefangenschaft befindlichen, von ein paar primitiven Griechen unterstützten Greises waren gar gering in diesem Wespennest, wo die mächtigsten Vertreter der Piratenzunft über alle nötigen Mittel verfügten, um mit Erfolg den einträglichen, jahrhundertealten Sklavenhandel zu betreiben.

Gegen Mitternacht glaubte sie in der Fensteröffnung zwei Augen funkeln zu sehen.

„Eine Katze!" schrie Angélique in Gedanken an die Erzählungen der Armenierin auf.

Aber es war nur eine Öllampe mit zwei Dochten. Das Licht wurde verhüllt, und Angélique hörte jemand leise rufen:

„Madame Angélique ... ich bin's, Hellis!"

Taumelnd trat sie zum Fenster, wo man ihr etwas Kaltes, Schmieriges in die Hände legte, das sie entsetzt fallenließ, weil sie nicht sehen konnte, daß es drei schöne Weintrauben waren.

„Der alte Apotheker läßt dir sagen, daß du nicht verzweifeln sollst, was auch geschehen mag. Er kommt morgen früh hierher, wenn du den ersten Ruf des Muezzins von der Großen Moschee hörst."

„Danke, Hellis! Du bist so gut zu mir! ... Was ist das für ein Geräusch, das man da hört? Ein unterirdischer Vulkan?"

„Nein! Das ist der Sturm. Das Meer ist heute nacht sehr unruhig. Man hört es, weil das Haus des Gebieters dicht am Ufer liegt."

Sie verschwand gleich einem Schatten. Angélique begann die Trauben zu verschlingen, dann hielt sie inne, weil sie sich beschämt bewußt wurde, daß sie den andern keine angeboten hatte. Sie wollte sie wecken, und da es ihr nicht gelang, legte sie deren Anteile beiseite und genoß gierig den ihren. Danach kam ihr die Nacht endlos vor. Ihr Hunger war zwar einigermaßen gestillt, und sie hätte gern geschlafen, aber Savarys wegen wagte sie es nicht.

Gegen Morgen ließ das Brausen des aufgewühlten Meeres nach. Angélique hatte sich unter dem Fenster an die Mauer gelehnt. Schließlich schlief sie doch ein.

„Madame du Plessis, Ihr müßt einen Brief schreiben!"

Angélique fuhr hoch. Sie erkannte den alten Apotheker, der sich bemühte, zwischen den Gitterstäben ein Blatt Papier, ein Tintenhorn und eine Feder durchzuschieben.

„Aber ich habe kein Licht, keinen Tisch . . ."

„Das macht nichts. Ihr werdet schon eine Unterlage finden."

Angélique drückte das Blatt gegen einen rauhen Mauerstein. Savary hielt das Tintenhorn.

„Einen Brief? . . . An wen?" fragte Angélique, mühsam ihre Sinne sammelnd.

„An Euren Gatten."

„An meinen Gatten?"

„Ja . . . Ich habe noch einmal mit Ali Mektoub gesprochen. Er ist bereit, seinen Neffen in Algier aufzusuchen und ihn auszufragen. Möglicherweise wird der Neffe ihn geradenwegs zum Zufluchtsort Eures Gatten bringen. Da wäre es dann gut, wenn er ihm einen von Eurer Hand geschriebenen Brief übergeben könnte, der die Glaubwürdigkeit seines Auftrags beweist."

Angéliques Hand zitterte auf dem zerknitterten Papier. An ihren Gatten schreiben! Er hörte auf, ein Phantom zu sein, und wurde zu einem Lebenden. Daß seine Hände diesen Brief berühren, daß seine

Augen ihn lesen könnten, erschien ihr unvorstellbar. Habe ich jemals ernsthaft an seine Auferstehung geglaubt? fragte sie sich.

„Was soll ich schreiben, Meister Savary? Sagt mir's, ich weiß es nicht ..."

„Irgend etwas. Es kommt nur darauf an, daß er Eure Handschrift erkennt."

Angélique schrieb, und in der Erregung riß ihr das Papier unter der Feder:

„Entsinnt Ihr Euch meiner, die ich Eure Frau gewesen bin? Ich habe Euch immer geliebt. – Angélique."

„Soll ich ihn von meiner schrecklichen Situation in Kenntnis setzen, ihm mitteilen, wo ich mich befinde?"

„Ali Mektoub wird ihn mündlich verständigen."

„Glaubt Ihr wirklich, daß er ihn findet?"

„Jedenfalls wird er sein möglichstes tun."

„Wie habt Ihr ihn dazu gebracht, diese Reise für uns mittellose Sklaven zu unternehmen?"

„Ihr müßt wissen", sagte Savary, „daß die Muselmanen nicht immer nur auf Gelderwerb bedacht sind. Über allem andern stehen für sie die Gebote ihrer Religion. Der Kaufmann Ali Mektoub hat Eure Geschichte und die Eures Gatten als Fingerzeig Allahs aufgefaßt. Gott hat mit ihm und Euch ganz bestimmte Absichten. Eure Suche ist ein frommes Werk, und er hält sich für verpflichtet, Euch beizustehen, andernfalls würde Allah ihn strafen. Er wird diese Reise unternehmen wie eine Pilgerfahrt nach Mekka. Und er will es auf eigene Kosten tun, ja er hat mir sogar die hundert Livres vorgestreckt, die ich dem Sieur Rochat für seine Dienste versprochen habe. Ich wußte, daß er es tun würde."

„Vielleicht ist es wirklich ein Zeichen, daß der Himmel sich meiner erbarmt. Aber diese Reise wird lange dauern ... Was wird inzwischen aus mir? Ihr wißt, sie reden davon, mich in zwei Tagen zu verkaufen!"

„Ich weiß", sagte Savary sorgenvoll, „aber verliert den Mut nicht. Vielleicht bleibt mir genügend Zeit, meinen Fluchtplan zu verwirklichen. Freilich wäre es gut, wenn Ihr die Frist bis zu Eurer Versteigerung auf irgendeine Weise um ein paar Tage verlängern könntet."

„Ich habe darüber nachgedacht und mich bei meinen Leidensgenos-

234

sinnen erkundigt. Es soll Gefangene geben, die sich verstümmeln und entstellen, um dem Verkauf zu entgehen. Dazu fehlt mir der Mut. Aber ich könnte meine Kerkermeister in peinliche Verlegenheit bringen, wenn ich mir das Haar ganz kurz abschnitte. Sie gründen ihre Hoffnungen auf die Tatsache, daß ich blond bin, was die Orientalen lockt. Meines Haares beraubt, würde ich weniger wert sein. Sie werden es nicht wagen, mich feilzubieten, und müssen warten, bis es nachgewachsen ist. Dadurch gewinnen wir Zeit."

„Kein übler Gedanke. Ich fürchte nur, daß diese Schurken sich an Euch rächen werden."

„Macht Euch um mich keine Sorgen. Ich habe mich allmählich daran gewöhnt. Ich müßte nur eine Schere haben."

„Ich will versuchen, Euch eine zukommen zu lassen. Ob ich sie selbst bringen kann, weiß ich allerdings nicht, denn man überwacht mich, aber ich werde schon jemand finden, den ich damit beauftragen kann. Seid tapfer! Inch Allah!"

Der vierte Tag ihrer Haft brach an. Angélique machte sich auf eine noch härtere Behandlung seitens ihres Peinigers gefaßt. Sie fühlte sich ein wenig fiebrig, ihre Beine wollten sie nicht tragen.

Als sie Schritte auf dem Gang vernahm, der zu ihrer Zelle führte, zuckte sie schmerzhaft zusammen.

Coriano erschien, bedeutete ihr herauszukommen und führte sie wortlos in den Salon, wo Escrainville in zorniger Erregung auf und ab ging.

Als Angélique eintrat, warf er ihr einen haßerfüllten Blick zu, dann zog er aus seinem Rock eine lange Schere hervor.

„Das hier hat man einem griechischen Burschen abgenommen, der zum Fenster des Kerkers zu schleichen versuchte. Es war für dich bestimmt, nicht wahr? Was wolltest du damit machen?"

Angélique gab keine Antwort und wandte sich verächtlich ab. Ihr Vorhaben war also mißglückt.

„Sie hat bestimmt irgendwas Niederträchtiges damit anfangen wollen", sagte Coriano. „Ihr wißt ja, was sie sich manchmal aushecken,

235

um sich vor dem Verkauf zu drücken! ... Erinnert Euch an die Sizilierin, die sich absichtlich mit Vitriol bespritzt hatte ... Und an die andere, die sich von der Mauer hinunterstürzte ... Ein glatter Verlust."

„Beruf das Unglück nicht!" sagte der Pirat.

Von neuem ging er auf und nieder. Dann kehrte er zu Angélique zurück und packte sie bei den Haaren, um ihr ins Gesicht zu sehen.

„Du hast dir vorgenommen, dich nicht verkaufen zu lassen, wie? Irgend etwas zu tun, um dem Batistan zu entgehen. Wirst du schreien? Heulen? Um dich schlagen? ... Wird man dich zu zehnt festhalten müssen, um dich auszuziehen?"

Er ließ sie los und fuhr fort:

„Ich sehe es schon kommen. Ein schöner Skandal! Die Malteserritter, die Besitzer des Batistan, schätzen das absolut nicht, und die Liebhaber fügsamer Mädchen ebensowenig."

„Man könnte ihr ein Mittel einflößen?"

„Du weißt genau, daß sie dann stumpf und träge werden. Das reizt keinen. Und dennoch, ich brauche sie, ich brauche meine zwölftausend Piaster!"

Er wandte sich wieder zu Angélique.

„Wenn du fügsam bist, kriege ich sie bestimmt ... Aber du wirst eben nicht fügsam sein und uns bis zum letzten Augenblick hinterlistige Streiche spielen. Darauf kannst du dich verlassen, Coriano! Ich werde womöglich noch draufzahlen müssen, um diese Dirne loszuwerden."

Der Einäugige stieß zwischen den Zähnen hervor:

„Wir müssen sie kleinkriegen."

„Wie denn? Wir haben alles versucht."

„Nein." Das einzige Auge leuchtete boshaft auf. „Sie hat noch keinen Besuch im Verlies des Bollwerks gemacht. Das würde sie lehren, was sie erwartet, wenn sie Anstalten macht, uns das Geschäft zu verpfuschen."

Sein zahnloser Mund verzog sich zu einem widerlichen Grinsen.

„Eine gute Idee, Coriano. Man kann es immerhin versuchen."

Er trat auf die Gefangene zu.

„Willst du wissen, auf welche Art ich dich ins Jenseits befördere, wenn du mir das Geschäft verdirbst? Willst du wissen, auf welche

Weise ich dich umbringe, wenn du keine zwölftausend Piaster abwirfst? Wenn du dir vornimmst, mir die Käufer zu vertreiben?"

Er hielt sie bei den Haaren fest, beugte sich über sie und blies ihr beim Reden seinen vom Haschisch süßlich riechenden Atem ins Gesicht.

„Denn sterben wirst du! Hoffe nicht auf mein Mitleid! . . . Wenn keiner zwölftausend Piaster bietet, ziehe ich dich aus der Versteigerung zurück, und du stirbst. Willst du wissen, wie . . .?"

Die Tür des neuen Verlieses schloß sich hinter ihr. Es war feucht und dunkel wie die andern, aber sie konnte nichts Auffälliges in ihm entdecken. Eine Weile blieb sie unruhig stehen, schließlich hockte sie sich auf einen Mauervorsprung. Sie hatte dem Marquis d'Escrainville ihre Angst nicht zeigen wollen, aber sie ängstigte sich zu Tode! Im gleichen Augenblick, in dem er die Tür des Kerkers geschlossen hatte, war sie drauf und dran gewesen, sich ihm vor die Füße zu werfen, ihn anzuflehen, sich zu allem bereit zu erklären, was man von ihr verlangte . . . Aber ein letztes Mal hatte sich ihr Stolz dagegen aufgebäumt.

„Diese Angst", sagte sie laut vor sich hin, „mein Gott, diese Angst . . ."

Nach all den Qualen der letzten Tage begannen ihre Nerven sie im Stich zu lassen.

Hier war es wie in einem Grab. Sie bedeckte das Gesicht mit den Händen und wartete.

Plötzlich glaubte sie einen leisen, dumpfen Schlag zu vernehmen, als sei in ihrer nächsten Nähe etwas gefallen, dann war alles wieder still wie zuvor.

Aber sie war nicht mehr allein im Kerker. Etwas Undefinierbares strich um sie herum, ein Blick lastete auf ihr. Ganz langsam spreizte sie die Finger ihrer Hand und unterdrückte einen Aufschrei des Entsetzens. Von der Mitte des Kerkers her starrte eine große Katze sie an . . .

Ihre Augen funkelten im Halbdunkel. Angélique rührte sich nicht. Sie wäre keiner Bewegung fähig gewesen.

Eine zweite Katze tauchte zwischen den Fenstergittern auf und sprang

237

fast lautlos herunter, eine dritte, vierte und fünfte folgten. Im Dunkel des Verlieses sah sie nur ihre leuchtenden, lauernden Lichter. Eine von ihnen schlich auf sie zu und schien zum Sprung ansetzen zu wollen. Angélique war, als habe sie es auf ihre Augen abgesehen. Sie suchte sich ihrer durch einen Fußtritt zu erwehren. Das Tier reagierte mit einem wütenden Miauen, in das die andern im Chor einfielen – ein diabolisches Konzert.

Angélique war aufgesprungen. Sie wollte zur Tür, doch spürte sie eine Last auf ihren Schultern, Krallen bohrten sich in ihr Fleisch, andere rissen an ihrer Kleidung.

Mit den Armen ihre Augen schützend, begann sie wie eine Irre zu schreien:

„Nein, nicht das ... nicht das ... Zu Hilfe ... Hilfe ...!"

Die Tür wurde aufgestoßen, Coriano stand auf der Schwelle. Er hieb mit der Peitsche um sich, trat mit den Stiefeln nach den scheußlichen, ausgehungerten Bestien, die sich nur mit Mühe zurückscheuchen ließen. Er zerrte die keuchende, völlig fassungslose, vor Grausen sich windende junge Frau auf den Gang hinaus.

Escrainville betrachtete die Gebrochene, endlich Bezwungene. Ihre Nerven hatten der Tortur nicht standgehalten. Sie war nur noch eine unterwürfige Frau, eine Frau wie alle andern.

Über das Gesicht des Piraten huschte etwas wie Enttäuschung, wie Bedauern, wie Qual. Es war sein schönster Sieg – und sein bitterster zugleich. Ihm war plötzlich, als müsse er vor Schmerz aufschreien, und er preßte die Zähne zusammen.

„Hast du begriffen?" fragte er. „Wirst du fügsam sein?"

Schluchzend wiederholte sie:

„Nein, nicht das ... Nicht die Katzen! Nicht die Katzen!"

Er hob ihren Kopf.

„Du wirst fügsam sein? ... Du wirst dich zum Batistan führen lassen?"

„Ja, ja."

„Du wirst dich feilbieten, ausziehen lassen?"

„Ja, ja . . . alles . . . Alles, was Ihr verlangt . . . nur nicht die Katzen."
Die beiden Banditen sahen einander an.
„Ich glaube, wir haben es geschafft", sagte Coriano.
Er beugte sich über Angélique, die erschöpft, vom Schluchzen ge-
schüttelt, zu Boden gesunken war, und deutete auf ihre zerschundene
Schulter.
„Ich bin hineingegangen, sobald sie zu rufen anfing, aber sie haben
ihr dennoch eine tüchtige Schramme beigebracht. Der Hatschmani des
Batistan und Erivan, der Taxator, werden uns schön heruntermachen."
Der Marquis d'Escrainville wischte sich den Schweiß von der Stirn.
„Bei ihrem Temperament mußten wir auf Schlimmeres gefaßt sein.
Wir können froh sein, daß sie sich nicht die Augen hat auskratzen
lassen."
„Das kann man wohl sagen! So eine Hartgesottene ist mir noch nicht
begegnet, Madonna! Mein Leben lang werd' ich die Französin mit den
grünen Augen nicht vergessen."

Fünfundzwanzigstes Kapitel

Nach dieser grausigen Szene lebte Angélique in einem Zustand der
Mutlosigkeit und Resignation dahin, ohne eine Anstrengung zu machen, ihre Gedanken zu sammeln oder gar sich aufzulehnen.
Ihre beiden Genossinnen wechselten vielsagende Blicke, wenn sie die
vorher so trotzige Französin stundenlang daliegen und ins Leere starren sahen. Ja, der Pirat wußte schon, wie man selbst die Aufsässigsten
mürbe machte. Er war ein Mann von großer Erfahrung. Er flößte ihnen
Achtung ein, und sie waren nicht wenig stolz darauf, gerade unter
seine Fuchtel geraten zu sein.
Am nächsten Morgen erschien eine der Wachen der „Hermes", gefolgt von zwei dicken Negern, die bestickte Samtjäckchen, riesige türkische Turbane und Säbel am Gürtel trugen. Ohne diese Ausstaffie-
rung hätte Angélique sie wegen ihres Gehabens für Frauen gehalten,
denn auch ihre fettgepolsterten Gesichter zeigten keinerlei Bartspuren.

Der ältere der beiden pflanzte sich vor Angélique auf und sagte mit einer Fistelstimme: „Hammam!"

Die Französin sah die Armenierin fragend an:

„Hammam? Ist das nicht der persische Ausdruck für Bad?"

„Choch yakchi, ja, ganz recht", bestätigte der Neger mit breitem Lächeln; dann deutete er mit gelbgefärbtem Zeigefinger auf die Russin und fügte hinzu: „Bania." Schließlich wies er auf seine Brust: „Hammamtschi!"

„Das ist der Oberbademeister", sagte die Armenierin aufgeregt und erklärte, daß die beiden Eunuchen sie ins türkische Bad führen, enthaaren und einkleiden wollten. Die Slawin wurde plötzlich munter. Sie schwatzte zungenfertig und in höchst liebenswürdigem Ton mit den abstoßenden Gestalten. Sie und ihre Gefährtin waren offensichtlich beglückt.

„Sie sagen, daß wir uns im Basar die teuersten Kleider aussuchen können, auch Schmuck. Aber es sei unerläßlich, daß Ihr Euch vorher verschleiert. Der Eunuche meint, es gezieme sich nicht für Euch, als Mann gekleidet zu sein, und es sei ihm peinlich."

Nach diesen Tagen des Eingesperrtseins genoß Angélique die frische Luft besonders. Das Unwetter hatte sich verzogen. Noch bewahrte das Meer, das man zuweilen am Ende einer Gasse erblickte, seine violette Tönung, aber der Himmel war rein und blau, die Hitze nicht mehr so drückend. Der kleine Trupp der auf Eseln reitenden, von den Eunuchen begleiteten Frauen bewegte sich gemächlich durch das Gewirr der trotz der frühen Stunde bereits belebten Straßen. Alle Rassen der Mittelmeerländer drängten sich in den engen Schluchten zwischen den blinden Mauern griechischer Häuser, unter den zierlich vorgewölbten, fast einander berührenden Balkonen kleiner venezianischer Paläste. Hier mischten sich Griechen vom Gebirge, Bauern aus der Umgebung, kenntlich an ihren weißen Röckchen und bloßen Knien, unter die würdig einherschreitenden arabischen Kaufleute in braunen oder buntbestickten Djellabas. Die ziemlich spärlich vertretenen Türken fielen durch ihre mächtigen, von Gemmen zusammengehaltenen Turbane aus weißem Musselin oder rötlich-gelber Seide, durch ihre Pluderhosen und unzählige Male um den Leib geschlungenen Gürtel auf. Auch viele europäische Gewänder waren zu sehen, breite Federhüte und Stulpenstiefel. Mehr oder minder abgetragene Gewänder, mehr oder minder zerknitterte Brustkrausen von Kolonialbeamten, die sich auf dieser abgelegenen Insel vergessen fühlten; aber auch Samtstoff, Straußenfedern und feines Leder eines aus Italien gekommenen Bankiers oder eines erfolgreichen Kaufmanns.

Im Viertel der Schneider tätigte der Obereunuch seine Einkäufe. Er erwarb ganze Ballen Schleiertuch in den verschiedensten Farben und dazu passenden Schmuck. Dann schlug er vor, über den Hafen zurückzukehren, und die kleine Karawane setzte sich erneut in Bewegung.

Das Menschengewühl wurde immer dichter. Fliegende Händler bahnten sich einen Weg mit ihren riesigen Holztellern, die sie teils auf ihre Turbane, teils auf an der Schulter befestigte Schemel stützten. Die mannigfaltigsten Dinge fand man auf diesen Tellern: Nüsse, Früchte, Naschwerk, sogar silberne Kannen mit Kaffee zwischen zwei kleinen Tassen und dem den Orientalen unentbehrlichen Glas Wasser.

Kinder aller Hautfarben, nackt oder mit bunten Lumpen bekleidet, balgten sich mit den Hunden in der Gosse. Die Kinder wie die Hunde waren abgezehrt. Die gleichfalls buntscheckigen Katzen hingegen sahen wie gemästet aus. Mit Grausen betrachtete Angélique diese heimtückischen Wesen, die überall unter den Schutzdächern der Läden, im Schatten der Pfeiler und Balkone träge herumlagen. Auf einem kleinen Platz, von einer miauenden Versammlung umgeben, stand ein Mann mit hoher roter Mütze, der auf den Schultern Spieße mit rohem Fleisch trug. Es war der Hammelleberhändler, von der Stadt beauftragt, an das Lieblingstier der ottomanischen Zivilisation Leckerbissen auszuteilen.

Endlich erreichte der Zug der Lastesel den Kai, der mit großen schwarzen Steinen gepflastert und mit Bergen von Früchten bedeckt war: Datteln, Melonen, Pistazien, Orangen, Feigen. Ein Wald von Masten und Takelwerk ragte dahinter auf.

Auf dem Deck einer Galeote, an deren Mast die tunesische Flagge wehte, brüllte ein struppiger, bärtiger Riese in teerverschmierter Hose und roten Schaftstiefeln wie der Gott der Meere.

Die Eunuchen machten halt, um das Schauspiel zu genießen, und unterhielten sich mit den Gefangenen über das, was da vorging. Die Armenierin dolmetschte für Angélique. Sie erklärte ihr, es sei der dänische Renegat Eric Jansen, der seit zwanzig Jahren mit den Barbaresken gemeinsame Sache mache. In der vergangenen Nacht sei er in den Orkan geraten und nur dadurch um den Verlust seines überlasteten Schiffs herumgekommen, daß er einen Teil seiner Fracht – etwa hundert Sklaven – über Bord geworfen habe.

Der alte Wikinger, dessen blonder Bart unter dem roten Turban im Winde wehte, wetterte, während er den Verkauf derjenigen Sklaven überwachte, die infolge der im havarierten Schiff verbrachten Nacht „schadhaft" geworden waren. Verletzte Männer, vor Angst halbtote Frauen und Kinder schlug er auf der Mole von Kandia zu niedrigen Preisen los. Nur die interessantesten Beutestücke seiner letzten Kaperfahrt behielt er zurück.

Die bejammernswerte Herde hockte auf übereinandergeschichteten Masten oder auf Fässern, damit das Publikum sie von allen Seiten mustern konnte. Araber in weißen Burnussen von der Besatzung des Barbaresken priesen die Ware mit kreischender Stimme an. Die Interessenten hatten das Recht, die Frauen zu berühren, abzutasten, zu untersuchen. Die letzteren standen nackt und zitternd am Rand der Mole, den Blicken aller ausgesetzt. Einige suchten sich mit ihrem Haar zu verhüllen, aber durch einen trockenen Peitschenhieb verwehrte ihnen die Wache diese Geste der Scham. Sie waren nicht mehr als Vieh, das verkauft werden sollte. Man hieß sie den Mund aufsperren, um feststellen zu können, ob sie noch genügend Zähne besaßen.

Angéliques Schamgefühl bäumte sich bei diesem Anblick auf.

Das kann nicht sein, sagte sie sich, nicht ich ... nicht das. Und sie sah sich hilfesuchend um. Ein mit einer Djellaba bekleideter Orangenverkäufer fiel ihr auf, der sie verstohlen fixierte. Er machte ihr ein Zeichen und tauchte dann in der Menge unter.

Ein schwarzer Händler war im Begriff, eine sich verzweifelt wehrende Frau von drei nackten, heulenden Kindern loszureißen.

„So war es, als man meiner Mutter meine Brüder wegnahm", murmelte die Armenierin wehmütig.

Sie hörte zu, was die Eunuchen sagten, und fuhr fort:

„Diese Frau ist für einen ägyptischen Harem tief im Innern der Wüste gekauft worden. Der Händler kann sich nicht mit so kleinen Kindern belasten. Sie würden unterwegs sterben."

Angélique erwiderte nichts. Dumpfe Gleichgültigkeit war über sie gekommen.

„Man wird die Kleinen für ein paar Piaster loskaufen", meinte die Armenierin, „oder sie werden mit den Hunden und Katzen in Kandia umherstreunen. Verflucht! . . . Verflucht sei der Tag, da sie geboren wurden!"

Die junge Orientalin atmete auf.

„Wir sind besser dran. Jedenfalls werden wir keinen Hunger leiden."

Sie bat die Eunuchen, noch ein Stück weiterreiten zu dürfen, um die beiden Maltesergaleeren bewundern zu können, deren rote Flaggen mit dem weißen Kreuz im Winde flatterten.

Hier war der Verkauf eben zu Ende. Waffenknechte – Soldaten des Malteserordens –, Hellebarden in der Faust, sorgten für Ruhe und Ordnung, während die Gefangenen von ihren neuen Besitzern weggeführt wurden. Diese Soldaten unterschieden sich von den üblichen Söldnern durch ihre hemdartigen schwarzen Röcke mit dem großen, achtzackigen weißen Kreuz auf der Brust.

Die orthodoxe Armenierin geriet beim Anblick der Vertreter der größten christlichen Flotte in Verzückung, und der Eunuch mußte energisch werden, um sie aus ihrer Versunkenheit zu reißen. Zwar hatte er es seinen Gefangenen, die morgen die Reise nach entlegenen Harems antreten würden, nicht verweigern wollen, ein letztes Mal dem „tomascha" beizuwohnen, jenem von allen Orientalen so geschätzten Schauspiel, das man selbst einem zum Tode Verurteilten nicht vorenthielt, aber jetzt war es Zeit, sich zum Bad zu begeben. Die Stunde der Versteigerung nahte.

„Hammam! Hammam!" wiederholte er und trieb seinen Trupp zur Eile an.

Vor den türkischen Bädern begegnete Angélique dem Orangenhändler wieder. Er stolperte genau zwischen die Beine ihres Esels, und sie erkannte Savary.

„Heute abend", flüsterte er, „wenn Ihr aus dem Batistan kommt, haltet Euch bereit. Eine blaue Rakete wird das Signal sein. Mein Sohn Vassos

243

wird Euch führen. Falls es ihm nicht gelingen sollte, bis zu Euch vorzudringen, versucht unter allen Umständen zum Kreuzritterturm am
Hafen zu gelangen."

„Das ist doch unmöglich. Wie soll ich meinen Wächtern entkommen?"

„Ich glaube, in jenem Augenblick werden Eure Wächter, wer sie auch
sein mögen, anderes zu tun haben, als auf Euch aufzupassen", meinte
Savary, und seine Augen funkelten diabolisch hinter den Brillengläsern.
„Haltet Euch bereit!"

Sechsundzwanzigstes Kapitel

Die Sonne sank bereits, als die drei Frauen von Sklaven in Palankinen
zum Batistan von Kandia getragen wurden.

Er lag auf einer Anhöhe und war ein großer, quadratischer Bau in
byzantinischem Stil. Man betrat ihn durch ein hohes, schmiedeeisernes
Gittertor. Es war von einer Menschenmenge umlagert, und die Frauen
mußten, noch immer von den Eunuchen bewacht, zu Fuß zum Eingang
gehen, neben dem sich eine besonders dichte Ansammlung vor einer
Art Tafel aus schwarzem, unpoliertem Marmor drängte. Ein Mann in
durchwirktem, mantelartigem Rock beschrieb sie in zwei Sprachen:
italienisch und türkisch. Angélique war der italienischen Sprache hinreichend mächtig, um die Worte entziffern zu können. Sie besagten
ungefähr folgendes:

Schismatische Griechen	50 Goldzechinen
Kräftige Russen	100 Zechinen
Mauren und Türken	75 Zechinen
Franzosen, durchschnittlich, im Tausch	30 Zechinen

Tauschkurse: 1 Franzose = 3 Mauren in Marseille
1 Engländer = 6 Mauren in Tana
1 Spanier = 7 Mauren in Monte Christi (Agadir)
1 Holländer = 10 Mauren in Livorno oder Genua

Ein unsanfter Stoß ihrer Wächter zwang Angélique weiterzugehen. Die kleine Gruppe betrat einen weiten Gartenhof, der mit sehr alten, kostbaren blauen Majolikaplatten ausgelegt war. Dazwischen standen Rosenbüsche, Oleander- und Orangenbäume. In der Mitte plätscherte ein Springbrunnen, ein wahres Juwel venezianischer Kunst. Rings um den Garten zog sich ein gedeckter Gang, dessen Säulen mit alten byzantinischen Fresken bedeckt waren. Von ihm aus führten Türen zu den Sälen, in denen die Versteigerungen stattfanden.

Nachdem sie den Garten in seiner ganzen Länge durchschritten hatten, hieß der Hammamtschi seine Schäflein vor dem Säulengang warten und ging sich erkundigen, welcher Saal für sie vorgesehen sei.

Angélique erstickte fast unter den vielen Schleiern, in die man sie gehüllt hatte. Alles kam ihr wie ein böser Traum vor. Sie sah sich bereits in einer dieser Hallen zur Schau gestellt, wo Männer aller Rassen sich mit lüsternen Blicken um sie streiten würden. Um freier atmen zu können, schlug sie den Schleier zurück, der ihr Gesicht verbarg. Der jüngere Eunuch bedeutete ihr mit heftiger Gebärde, sich wieder zu bedecken, aber sie kümmerte sich nicht darum, sondern beobachtete ängstlichen Blicks die Ankunft türkischer, arabischer und europäischer Käufer, die den Garten durchquerten und, einander höflich grüßend, den Säulengang betraten. Plötzlich bemerkte sie unter den Ankömmlingen ihren Stellvertreter Rochat. Er sah auch heute wieder ungepflegt aus und trug ein Aktenbündel unterm Arm.

Einen Augenblick nützend, in dem der Eunuch abgelenkt war, lief Angélique ihm entgegen.

„Monsieur Rochat", sagte sie atemlos, „hört mich rasch an. Euer niederträchtiger Kumpan Escrainville hat beschlossen, mich zu verkaufen. Versucht, mir zu helfen, ich werde mich Euch erkenntlich zeigen. Ich besitze Vermögen in Frankreich. Denkt auch daran, daß ich Euch um die versprochenen hundert Livres nicht betrogen habe. Ich weiß, daß Ihr nicht in der Lage seid, persönlich einzugreifen, aber könntet Ihr nicht christliche Käufer auf mein schreckliches Schicksal aufmerksam machen, die Malteserritter, zum Beispiel, die hier so einflußreich sind? Es graust mir davor, von einem Muselmanen ersteigert und in einen Harem gebracht zu werden. Macht den Rittern klar, daß ich bereit bin, jede Summe zu zahlen, wenn es ihnen gelingt, bei der

245

Versteigerung den Zuschlag zu bekommen und mich den Klauen der Ungläubigen zu entreißen. Sicher werden sie sich einer christlichen Frau erbarmen."

Zunächst hatte Rochats Haltung Verdrossenheit und Ablehnung ausgedrückt, doch während ihrer Worte hatte sich seine Miene zusehends aufgehellt.

„Das ist freilich ein ausgezeichneter Gedanke", meinte er und kratzte sich hinter dem Ohr. „Ich glaube bestimmt, daß er sich verwirklichen läßt. Der Sklavenkommissar des Malteserordens, Don José de Almada, wird heute abend anwesend sein, desgleichen ein weiterer hochgestellter Vertreter des Ordens, der Komtur Charles de La Marche, ein Landsmann von uns. Ich werde mich bemühen, sie für Euren Fall zu interessieren. Und ich bin überzeugt, daß es mir gelingen wird."

„Wird es nicht Aufsehen erregen, wenn Mitglieder eines religiösen Ordens als Käufer einer Frau auftreten?"

Rochat hob den Blick gen Himmel.

„Du guter Gott, man merkt, daß Ihr hier fremd seid. Seit ewigen Zeiten kauft und verkauft der Orden nicht nur männliche Sklaven, sondern auch Frauen. Niemand hält sich darüber auf. Wir befinden uns im Orient, und Ihr dürft nicht vergessen, daß die guten Ritter zwar das Gelübde des Zölibats ablegen müssen, nicht aber das der Keuschheit. Gleichwohl sind sie weniger auf Liebeslust als auf Lösegeld erpicht. Der Orden braucht Geld, um seine Flotte zu unterhalten. Nun, ich werde für Eure Titel, Euren Rang und Euer Vermögen bürgen. Überdies nützen die Ritter gern jede Gelegenheit, sich beim König von Frankreich beliebt zu machen, und ich habe mir sagen lassen, daß Ihr bei Seiner Majestät Ludwig XIV. in Gunst steht. Das wird sie zweifellos darin bestärken, Euch beizustehen."

„Ich danke Euch, Monsieur Rochat! . . . Ihr seid mein Retter!"

Sie vergaß, daß er weichlich, feige, abgerissen und unrasiert war . . . Er würde etwas für sie unternehmen, das allein zählte. Mit Wärme drückte sie ihm die Hände. Bewegt und verlegen erwiderte er:

„Ihr braucht mir nicht zu danken . . . Ich bin froh, wenn ich mich Euch nützlich erweisen kann . . . Ich habe mir Euretwegen Gedanken gemacht, aber Ihr seht ein, daß ich nicht mehr zu tun vermag, nicht wahr? Nun, behaltet den Kopf oben!"

Der junge Eunuch hatte ihr Fehlen bemerkt und stürzte, wie ein Fischadler kreischend, heran. Wütend schüttelte er sie am Arm, um dem unstatthaften Zwiegespräch ein Ende zu bereiten.

Rochat entfernte sich rasch.

Gereizt durch die Berührung der beiden schwarzen Hände, wandte sich Angélique um und schug dem Eunuchen auf die schlaffe Wange. Dieser zog seinen Säbel, blieb aber unschlüssig stehen, da er nicht wußte, ob er von seiner Waffe einer kostbaren Ware gegenüber Gebrauch machen durfte, auf die sein besonderes Augenmerk zu richten man ihm anempfohlen hatte. Er kam aus einem kleinen Provinzserail, wo er nur sanfte, gleichgültige Frauen zu beaufsichtigen gehabt hatte, und war noch nicht belehrt worden, wie man sich widerspenstigen Ausländerinnen gegenüber verhielt. Seine dicken Lippen schoben sich vor, als wolle er weinen.

Der Hammamtschi schlug die Hände über dem Kopf zusammen, als er von dem Zwischenfall erfuhr, und hatte nur noch den einen Wunsch, seine Verantwortung so bald als möglich loszuwerden. Zu seinem Glück erschien der Marquis d'Escrainville. Die beiden Eunuchen berichteten ihm in allen Einzelheiten von ihren Schwierigkeiten.

Der Pirat warf einen haßerfüllten Blick auf die verschleierte Frau, in der er den jungen Edelmann von unterwegs kaum wiedererkannte. Unter dem duftigen Faltenwurf der Musseline und Seiden kamen die weiblichen Reize Angéliques voll zur Geltung. Die Antike, die die Frauen drapierte, statt sie in Korsetts zu zwängen, wußte, wie sehr der weiche Fall eines Stoffes den gelösten, begehrenswerten Körper zu enthüllen vermag.

Escrainville knirschte mit den Zähnen. Er preßte ihren Arm, daß sie vor Schmerz bleich wurde.

„Hast du schon wieder vergessen, Dirne, was ich dir in Aussicht gestellt habe, wenn du dich nicht ruhig verhältst? Heute abend noch kommst du den Eunuchen in die Hände, oder du wirst den Katzen ausgeliefert ... Den Katzen ..." Sein Gesicht verzog sich zu einer widerlich grausamen Grimasse. Sie fand, daß er wie ein Teufel aussah.

Er nahm sich zusammen, weil einer der Geladenen auf ihn zukam, ein dickwanstiger venezianischer Bankier, dessen Gewand von Federn, Spitzen und Goldverbrämungen strotzte.

247

„Herr Marquis", rief er mit starkem Akzent aus, „ich bin erfreut, Euch wiederzusehen. Wie geht es Euch?"

„Schlecht", erwiderte der Pirat und wischte sich den Schweiß von der Stirn. „Ich habe Migräne. Mir platzt der Kopf. Und meine Migräne wird nicht aufhören, solange es mir nicht geglückt ist, dieses Mädchen hier zu verkaufen."

„Hübsch?"

„Urteilt selbst."

Mit der Geste eines Roßtäuschers hob er Angéliques Schleier.

„Hui . . .!" machte der andere. „Ihr seid ein Glückspilz, Monsieur d'Escrainville. Diese Frau wird Euch ein erkleckliches Sümmchen einbringen."

„Ich denke schon. Unter zwölftausend Piaster gebe ich sie nicht weg."

Das Hängebackengesicht des Bankiers nahm einen enttäuschten Ausdruck an. Offenbar fand er, daß die schöne Gefangene seine Mittel überstieg.

„Zwölftausend Piaster . . . Sie ist es bestimmt wert, aber Ihr seid mir ein bißchen zu happig!"

„Gewisse Liebhaber werden nicht zögern, bis zu dieser Summe zu bieten. Ich erwarte den tscherkessischen Fürsten Riom Mirza, einen Freund des Großsultans, der von diesem beauftragt ist, die kostbarste Perle ausfindig zu machen, sowie den Obereunuchen des Paschas Soliman Aga, der gleichfalls nicht auf den Preis sieht, wenn es um die Vergnügungen seines Herrn geht . . ."

Der Venezianer stieß einen tiefen Seufzer aus.

„Es fällt uns schwer, mit den märchenhaften Vermögen dieser Orientalen Schritt zu halten. Dennoch werde ich der Versteigerung beiwohnen. Wenn mich nicht alles täuscht, steht uns ein auserlesenes Schauspiel bevor, lieber Freund!"

Der Versteigerungsraum glich einem riesigen Salon. Kostbare Teppiche bedeckten den Boden, und niedere Diwane waren längs der Wände aufgereiht. Den Hintergrund des Saals nahm ein Podest ein, auf das einige Stufen führten. An der Decke reflektierten prunkvolle venezianische Lüster mit ihren tausend Kristalltropfen die Lichter, die maltesische Diener zu entzünden im Begriff waren.

Der Saal war bereits zur Hälfte gefüllt. Noch immer strömte die Menge herein. Türkische Bediente mit langen Schnurrbärten verteilten kleine Tassen mit Kaffee und Teller mit Süßigkeiten auf niederen Tischen aus Kupfer oder Silber. Andere stellten neben denen, die danach verlangten, die unvermeidliche Wasserpfeife auf, deren leises Gluckern sich mit dem Gesumme der Unterhaltungen vermischte.

Die orientalischen Gewänder herrschten vor, doch streifte ein Dutzend Korsaren mit ihren teerverschmierten Hosen die bestickten Kaftane. Manche, wie etwa der Marquis d'Escrainville, hatten sich die Mühe genommen, einen nicht zu abgetragenen Rock überzuziehen und einen Hut mit nicht allzu ramponiertem Federschmuck aufzusetzen. Keiner aber hatte seine Pistole oder seinen Säbel abgelegt. Holländische Pfeifen mit langen Rohren machten ihrem orientalischen Bruder, dem Nargileh, Konkurrenz.

Auch der dänische Renegat Eric Jansen erschien, eskortiert von drei tunesischen Leibwächtern, und setzte sich mit stolzer Miene neben einen alten sudanesischen Händler. Dieser Neger im langen afrikanischen Rock war eine angesehene Persönlichkeit. Er vertrat die Händler des Nillandes, die sich mit der Versorgung der Harems Arabiens, Äthiopiens und derjenigen aller Sultane und Gewalthaber Afrikas befaßten. Sein weißes, krauses Haar unter der perlenbestickten Kappe stach von seiner schwarzen, über den Backenknochen und auf dem Nasenrücken gelblich schimmernden Haut ab.

Die drei Frauen durchschritten, von den Eunuchen geleitet, den Saal in seiner ganzen Länge. Man hieß sie die Stufen zum Podium hinaufsteigen, dann wurden sie in den Hintergrund gestoßen, wo ein Vorhang sie zur Hälfte verbarg und Kissen zum Niederlassen einluden.

Der Armenier, der zuvor am Eingang die Börsenkurse der Sklaven aufgezeichnet hatte, näherte sich ihnen in Begleitung des Marquis d'Escrainville.

Es war Erivan, der Taxator und Zeremonienmeister. Er trug einen weiten braunen Rock, einen assyrischen Bart mit säuberlich geordneten Locken, und auch sein Haar war gelockt und parfümiert. Man spürte, daß er der fieberhaften Erregung der Versteigerungen, den Tränen der Sklaven und den Forderungen der Besitzer gegenüber das gleiche salbungsvolle, liebenswürdige Lächeln zur Schau tragen würde.

Er begrüßte Angélique ehrerbietig auf französisch, erkundigte sich auf türkisch bei der Slawin und Armenierin, ob sie Kaffee, Sorbett und Konfekt wünschten, um die Wartezeit abzukürzen. Dann geriet er mit dem Marquis d'Escrainville in eine lebhafte Auseinandersetzung.

„Wozu ihr das Haar hochnehmen", widersprach der letztere. „Ihr werdet sehen, es ist ein wahrer Goldmantel."

„Laßt mich gewähren", sagte Erivan mit halbgeschlossenen Augen. „Man muß die Überraschungen sparsam verteilen."

Zwei kleine Dienerinnen wurden herbeigerufen, die nach Erivans Anweisungen Angéliques Haar flochten und im Nacken zu einem Chignon formten, den sie mit Hilfe von Perlnadeln befestigten. Dann wurde sie aufs neue in ihre Schleier gehüllt.

Angélique leistete keinen Widerstand. Unverwandt blickte sie durch die Spalte des Vorhangs zum Eingang, in der Hoffnung, zwischen den Kaftanen und Röcken die schwarzen, mit dem weißen Kreuz gezeichneten Mäntel jener Malteserritter zu erspähen, deren Hilfe Rochat ihr in Aussicht gestellt hatte. Der kalte Schweiß brach ihr bei dem Gedanken aus, er könnte nicht die richtigen Worte gefunden haben, um diese vorsichtigen Kaufleute dazu zu bewegen, ihr Kredit zu gewähren.

Die Versteigerung begann. Ein Maure wurde vorgestellt, ein besonders erfahrener Seemann, und alsbald breitete sich anerkennendes Schweigen aus angesichts dieses bronzefarbenen Riesen, dessen Körper sorgfältig eingeölt worden war, um seine knotigen Muskeln und herkulischen Formen hervortreten zu lassen.

Für einen Augenblick nur wurde die allgemeine Aufmerksamkeit durch das Erscheinen zweier Malteserritter abgelenkt. Sie durchquerten den Saal, wobei sie sich vor den Notabeln von Konstantinopel verneigten, und am Podest angelangt, sagten sie ein paar Worte zu Erivan. Dieser wies auf die drei Frauen hinter dem Vorhang.

Voller Hoffnung richtete sich Angélique auf.

250

Die beiden Ritter verbeugten sich vor ihr. Der eine war Spanier, der andere Franzose, und beide waren sie mit den vornehmsten Familien Europas verwandt, denn man mußte mindestens acht adlige Ahnen aufweisen, um den Titel eines Ritters im größten Orden der Christenheit zu erlangen. Die Strenge ihrer Kleidung schloß einen gewissen Luxus nicht aus. Zwar trugen sie unter ihren Mänteln einen schwarzen, gleichfalls mit einem weißen Kreuz geschmückten Überwurf in Form eines Meßgewands über ihrem Rock, aber ihre Handkrausen und Halsbinden bestanden aus venezianischen Spitzen, ihre Seidenstrümpfe waren mit Silberstreifen und ihre Schuhe mit silbernen Schnallen verziert.

„Seid Ihr die französische Edeldame, von der Monsieur Rochat uns soeben berichtet hat?" fragte der Ältere, der eine weiße Perücke in bestem Versailler Stil trug. Er stellte sich vor:

„Ich bin der Komtur de La Marche, und dies ist Don José de Almada, Sklavenkommissionär des Malteserordens. In dieser Eigenschaft kann er sich für Euch verwenden. Wie ich höre, seid Ihr von dem Marquis d'Escrainville, diesem Aasgeier, gefangengenommen worden, während Ihr Euch mit einem Auftrag des Königs von Frankreich auf der Reise nach Kandia befandet."

In Gedanken segnete Angélique den guten Rochat dafür, daß er die Dinge auf diese Art dargestellt hatte.

Sofort begann sie wie eine mit dem Hof vertraute Persönlichkeit vom König zu reden, nannte ihre bedeutendsten Beziehungen von Monsieur Colbert bis Madame de Montespan, erwähnte den Herzog de Vivonne, der ihr seine Admiralsgaleere zur Verfügung gestellt habe. Dann erzählte sie, wie die Reise durch den Überfall des Rescators gestört worden war ...

„Ah, der Rescator ...!" riefen die Ritter aus und sandten Märtyrerblicke gen Himmel.

Wie sie danach versucht habe, auf einem kleinen Segler zu ihrem Ziel zu gelangen, der alsbald die Beute eines anderen Piraten, des Marquis d'Escrainville, geworden sei.

„Das sind die bedauerlichen Auswirkungen der Mißstände, die auf dem Mittelmeer herrschen, seitdem durch das Vordringen der Ungläubigen die christliche Zucht geschwunden ist", sagte der Komtur.

Beide hatten ihr kopfschüttelnd zugehört, sehr bald von ihrer Aufrichtigkeit überzeugt. Die Personen, die sie erwähnte, die Einzelheiten, die sie bezüglich ihrer Stellung bei Hofe anführte, konnten sie nicht im Zweifel lassen.

„Eine betrübliche Geschichte", gab der Spanier beeindruckt zu. „Wir sind es dem König von Frankreich und Euch selbst schuldig, Madame, alles zu versuchen, um Euch aus dieser bösen Situation zu befreien. Leider sind wir nicht mehr die Herren von Kandia! Aber als Besitzer des Batistan schulden uns die Türken einige Achtung. Wir werden bei der Versteigerung mitbieten. Ich bin Sklavenkommissionär des Ordens und kann daher über gewisse Summen nach Gutdünken verfügen."

„Escrainville ist anspruchsvoll", bemerkte der Komtur de La Marche bedenklich. „Er möchte mindestens zwölftausend Piaster erzielen."

„Ich kann Euch das Doppelte als Lösegeld versprechen", warf Angélique hastig ein. „Ich werde nötigenfalls meinen Landbesitz verkaufen, meine Ämter — jedenfalls verbürge ich mich dafür, daß Ihr die vorgestreckte Summe zurückerhaltet. Der Orden wird es nicht bereuen, mich vor einem schrecklichen Los bewahrt zu haben. Bedenkt, wenn ich erst einmal in ein türkisches Serail gebracht worden bin, kann niemand mehr etwas für mich unternehmen, selbst der König von Frankreich nicht."

„Das ist leider wahr! Aber verliert den Mut nicht. Wir werden unser möglichstes tun."

Indessen schien Don José Bedenken zu haben.

„Wir müssen uns auf hohe Gebote gefaßt machen. Riom Mirza ist angekündigt. Er soll für seinen Freund, den Sultan, eine weiße Sklavin von außergewöhnlicher Schönheit auftreiben. Wie man hört, hat er bereits die Märkte von Palermo und sogar Algier besucht, ohne etwas Rechtes zu finden. Er war bereits im Begriff, unverrichteterdinge zurückzukehren, als er von der Französin des Marquis d'Escrainville reden hörte. Zweifellos wird er nicht lockerlassen, wenn er entdeckt, daß Madame du Plessis das für seinen erhabenen Freund vergeblich gesuchte Ideal darstellt."

„Als Konkurrenten werden auch Chamyl-bey und der reiche arabische Goldschmied Naker-Ali genannt."

Die beiden Ritter traten ein paar Schritte beiseite, um in gedämpftem Ton zu beratschlagen, dann kehrten sie zurück.

„Wir werden bis zu achtzehntausend Piaster bieten", sagte Don José. „Das ist eine enorme Spanne, die selbst unseren hartnäckigsten Konkurrenten den Atem ausgehen lassen wird. Verlaßt Euch auf uns, Madame."

Um einiges erleichtert, dankte sie ihnen mit erloschener Stimme, worauf sie sich entfernten. Ob sie so großmütig gewesen wären, wenn sie gewußt hätten, daß die vornehme Dame, die sie retten wollten, sich die Ungnade des Königs zugezogen hatte?

Aber sie mußte die bedrängendste Gefahr abwenden. Sklavenhalter hier, Sklavenhalter dort – es war fraglos besser, auf der Seite des Kreuzes zu sein als auf der des Halbmonds.

Siebenundzwanzigstes Kapitel

Während des Gesprächs der beiden Ritter mit Angélique hatte die Versteigerung ihren Fortgang genommen. Der Maure war dem italienischen Korsaren Fabrizio Oligiero für seine Besatzung zugeschlagen worden.

Ein blonder Slawe mit prächtiger Muskulatur wurde nun ausgeboten. Danach erschien eine Gruppe weißer Knaben auf dem Podest. Die Armenierin bohrte ihre Finger in Angéliques Schulter.

„Oh! Schau, dort am Pfeiler, das ist mein Bruder Arminak!"

„Man könnte ihn für ein Mädchen halten. Er ist bis zu den Augen geschminkt."

„Er ist Eunuche, ich hab's dir schon erzählt, und du weißt ja, daß bei uns die Knaben geschminkt werden. Ich erwartete nicht, ihn hier zu sehen, aber um so besser. Das beweist, daß sie sich einen hohen Erlös versprechen. Ah, er ist ein Schlaukopf! Du sollst sehen, in zwanzig Jahren hat er sich das Vermögen seines neuen Herrn angeeignet, dessen Vertrauter und Wesir er bis dahin geworden ist."

Der alte Sudanese deutete mit seinem hennagefärbten Finger auf den Jüngling und rief mit gutturaler Stimme eine Zahl. Der türkische Gouverneur von Kandia überbot ihn. Ein Geistlicher in schwarzer Soutane

253

mit dem weißen Kreuz hatte sich neben die beiden Ritter gesetzt. Es war ein Hauskaplan des Malteserordens. Er stand auf, zupfte den Taxator am Kaftan und flüsterte ihm ein paar Worte zu. Der Taxator zögerte, sah fragend zum türkischen Gouverneur hinüber, der durch eine Geste sein Einverständnis kundtat. Auf ein Zeichen begannen nun die Knaben zu singen. Der Geistliche, ein Italiener, hörte sich jeden einzeln an und wählte fünf von ihnen aus, darunter den Bruder von Angéliques Gefährtin.

„Tausend Piaster zusammen", sagte er.

Ein Mann von weißer Hautfarbe, vermutlich ein Tscherkesse, der einen bestickten Turban trug, erhob sich und rief:

„Fünfhundert mehr!"

Die Armenierin flüsterte:

„Welch ein Glück! Das ist Chamyl-bey, der Aufseher der weißen Eunuchen Soliman Agas. Wenn mein Bruder in dieses Serail kommt, ist er gemacht."

„Zweitausend", bot der Geistliche des Malteserordens.

Er bekam den Zuschlag. Die Armenierin wischte sich mit dem Zipfel ihres Schleiers die Tränen ab, die ihr in den mit Khol geschwärzten Augen brannten.

„Ach, mein armer Arminak mag noch so pfiffig sein – nie wird's ihm gelingen, die Ordensbrüder zu täuschen, die sich nicht der Sinnenlust hingeben, sondern nur darauf bedacht sind, Geld für ihre Flotte zusammenzuraffen. Sicher hat ihn der Priester nur seiner Kastratenstimme wegen gekauft und will ihn in einer katholischen Kirche und womöglich gar vor dem Papst singen lassen. Welche Schande!"

Bei diesem Wort spie sie zornig aus.

Auf dem Podium ging die Versteigerung weiter. Es waren nur noch zwei schmächtige Knaben übrig, für die sich niemand interessierte und die der alte Sudanese schließlich widerwillig zu einem lächerlichen Preis erwarb, obwohl er sich, wie er erklärte, dadurch um seinen guten Ruf als Mann von Geschmack und Geschäftssinn bringe.

Unmittelbar darauf erhob sich ein allgemeines Gemurmel im Saal. Der persönliche Abgesandte des Sultans aller Gläubigen hielt seinen Einzug. Der Tscherkessenfürst trug eine Astrachanmütze und eine schwarzseidene Uniform. Auf seiner Brust tanzte eine Unmenge win-

254

ziger Schießpulverhörner aus ziseliertem Gold an Schnüren aus roter Seide. Dolch und Säbel waren mit Rubinen besetzt. Gefolgt von seiner Leibwache, schritt er durch den Saal, dem Podium zu, grüßte lässig den türkischen Gouverneur und blieb schließlich vor dem Obereunuchen Chamyl-bey stehen, auf den er erregt einsprach.

„Sie streiten sich", flüsterte die Armenierin. „Der Fürst sagt, er werde nicht zulassen, daß Solimans Eunuche als Käufer der schönen Gefangenen auftrete, denn diese sei für den Sultan der Sultane bestimmt. Hoffentlich bin ich die schöne Gefangene."

Sie straffte ihren Oberkörper und wiegte sich in den Hüften.

Trotz aller guten Vorsätze war Angélique dem Weinen nahe. Diese Männer, die gekommen waren, um sie sich einander streitig zu machen, bestimmten bereits über ihr Schicksal. Schwindel erfaßte sie. Nur mit Mühe vermochte sie den weiteren Vorgängen zu folgen: dem Verkauf der jungen schwarzen Eunuchen d'Escrainvilles, dann dem der Russin und schließlich dem der armen Armenierin. Nie erfuhr sie, ob der letzteren Wunsch, für einen fürstlichen Harem gekauft zu werden, sich erfüllt hatte oder ob sie in die Hände des alten sudanesischen Maklers gefallen war oder gar in die eines Korsaren, der sie später, ihrer überdrüssig geworden, weiterverkaufen würde.

Erivan mit seinem ewig lächelnden Gesicht unter den geölten Locken verneigte sich vor ihr.

„Wollet mir folgen, schöne Dame."

Der Marquis d'Escrainville stand dicht hinter ihr, sie spürte den harten Zugriff seiner Hand an ihrer Schulter.

„Vergiß nicht", murmelte er. „Die Katzen …"

Der Gedanke an den grauenhaften Tod, der ihr drohte, und die Hoffnung, ihm durch das Eingreifen der Malteserritter zu entrinnen, gaben Angélique die Kraft, den Hunderten von brennenden Blicken standzuhalten, die sich bei ihrem Erscheinen auf sie richteten.

Gespannte Stille war eingetreten. Seit drei Tagen versetzte der Ruhm der Französin Kandia in Fieber. Auf ihren Sitzen sich vorbeugend, suchten die Zuschauer das Geheimnis dieses verschleierten Geschöpfes

255

zu durchdringen, das nun endlich ihrer Begehrlichkeit dargeboten würde.

Erivan gab dem diensttuenden Eunuchen ein Zeichen, worauf dieser den Schleier vom Gesicht der Gefangenen sinken ließ.

Angélique zuckte zusammen. Ihre Augen funkelten. Im glitzernden Licht der Lüster sah sie die von Erregung gezeichneten Gesichter, die musternden Männerblicke, und bei dem Gedanken, daß man sie im nächsten Augenblick nackt ihrer Lüsternheit ausliefern würde, bäumte sie sich in wildem Ingrimm auf, und ein Schauer überlief ihren Körper.

Dieses heiße Erbeben, der hochmütige und fast gebieterische Ausdruck ihrer meergrünen Augen schienen das bis dahin in schweigender Erwartung verharrende Publikum zu elektrisieren. Eine ungestüme Bewegung des Interesses und der erwachenden Leidenschaft durchfuhr die Versammlung. Erivan rief eine Zahl in den Raum:

„Fünftausend Piaster!"

Hinter dem Vorhang im Hintergrund des Podiums fuhr der Pirat d'Escrainville hoch. Es war das Doppelte der als Grundgebot vereinbarten Summe.

Ein Erzgauner, dieser Erivan! Gleich im ersten Augenblick hatte er gespürt, wie bei all diesen Männern jäh die Begierde erwachte, die zu jeder Torheit fähig ist. Sie würden dem doppelten Reiz des Spiels und des Sinnenkitzels erliegen.

„Fünftausend Piaster."

„Siebentausend!" rief der Tscherkessenfürst.

Der Oberaufseher der weißen Eunuchen murmelte eine Zahl. Ungeduldig und entschlossen, den Zuschlag zu bekommen, überbot ihn Riom Mirza:

„Zehntausend Piaster."

Respektvolle Stille breitete sich aus.

Angélique sah verwirrt zu den Malteserrittern hinüber, die noch nicht geboten hatten. Don José beugte sich eben vor, ein feines Lächeln spielte um seine Mundwinkel.

„Fürst", sagte er, „der letzte Imam des Sultans predigte äußerste Sparsamkeit. Ich neige mich in Ehrfurcht vor dem Vermögen des Monarchen, aber sind zehntausend Piaster nicht der Preis für eine ganze Galeerenbesatzung?"

256

„Der Sultan der Sultane kann es sich leisten, eine seiner zahllosen Galeeren zu opfern, so ihm der Sinn danach steht", erwiderte der Kaukasier kühl und warf einen triumphierenden Blick auf den Eunuchen Chamyl-bey, dessen fettgepolstertes, sanftes Frauengesicht tiefe Betrübnis widerspiegelte. Wie stolz wäre der Obereunuche Soliman Agas gewesen, hätte er diese kostbare, ungewöhnliche Sklavin seinem Herrn mitbringen können, aber da er selbst dessen Vermögen verwaltete, kannte er seine Möglichkeiten besser als jeder andere, und er mußte sich ohnehin sagen, daß er sie bereits überschritten hatte.

Die Stille hielt an. Angélique spürte plötzlich die flinken Hände des Eunuchen auf ihren Schultern: er löste den Schleier, der ihre Brust verhüllte. Nackt bis zu den Hüften stand sie da, bleich im bernsteinfarbenen Licht der Kerzen. Ein leichter Angstschweiß perlte auf ihrer Haut und verlieh ihrem Körper perlmutterartigen Glanz.

Sie wich zurück, doch schon hatte der Eunuch die Nadeln abgenommen, die ihr Haar zusammenhielten, und es floß gleich einer goldenen Kaskade über ihre Schultern. Angélique machte die instinktive Bewegung jeder Frau, die das Gefühl hat, daß ihr Haarknoten sich löst: sie hob die Arme, um die seidige Flut ihrer Locken festzuhalten, enthüllte in dieser Geste die ganze Schönheit ihrer festen, vollkommen geformten Brüste und bot so das intime und graziöse Bild einer mit ihrer Toilette beschäftigten Frau.

Ein Murmeln der Bewunderung lief durch die Menge. Ein italienischer Korsar stieß einen Fluch aus. Die eng zusammengedrängte Masse der Kaftane, Gewänder und Uniformen wogte in leidenschaftlicher Erregung.

Der Eunuch Chamyl-bey sagte sich, sein Herr werde um eines solchen Schatzes willen finanzielle Schwierigkeiten in Kauf nehmen, und rief:

„Elftausend Piaster."

Der alte Sudanese sprang auf und gab in leierndem Ton eine lange Erklärung von sich.

Erivan dolmetschte:

„Elftausendfünfhundert bietet ein armer Greis, der sein gesamtes Vermögen für den Erwerb dieses Kleinods opfert, deren Gunst sich die Scheiks Arabiens, die Reïs Äthiopiens, die Könige des Sudans streitig machen werden."

Wieder trat Stille ein.

Entsetzt betrachtete Angélique den alten Neger aus fernen Ländern, der durch sein verwegenes Überbieten die beiden Ritter entmutigen würde.

Der Komtur senkte die Lider.

„Zwölftausend Piaster", sagte er.

„Dreizehntausend", schrie Riom Mirza.

Wieder spöttelte der Spanier.

„Was wird der Sultan der Sultane sagen, wenn Ihr ihn vollends ruiniert? Daß seine Finanzen zerrüttet sind, weiß alle Welt."

„Ich biete nicht mehr für den Sultan", erwiderte der Tscherkessenfürst. „Ich biete für mich. Ich selbst will diese Frau haben."

Seine schwarzen Augen blieben unverwandt auf Angélique gerichtet.

„Riskiert Ihr nicht im einen wie im andern Fall den Kopf?" beharrte Don José.

Statt einer Antwort wiederholte der Fürst ungeduldig:

„Dreizehntausend Piaster."

Der Spanier seufzte.

„Fünfzehntausend."

Von neuem lief Gemurmel durch die Reihen. Chamyl-bey schwieg, von Skrupeln geplagt. Sollte er sich dazu verführen lassen, sein Budget für viele Monate aus dem Gleichgewicht zu bringen, oder auf den Ruhm verzichten, dem Serail Soliman Agas diese seltene Perle zugeführt zu haben?

„Sechzehntausend", rief Riom Mirza.

Doch er schien zu erlahmen, denn er lüftete seine Astrachanmütze und wischte sich die Stirn.

„Wer bietet mehr?" rief Erivan und wiederholte seine Frage in mehreren Sprachen.

Niemand durchbrach das bedrückte Schweigen. Die europäischen Korsaren hatten den Mund nicht aufgetan. Von Anfang an war ihnen klar gewesen, daß die Gebote das Maß übersteigen würden, das ihre Möglichkeiten zuließen. Verwünschter d'Escrainville! Der Bursche hatte sich den richtigen Fisch geangelt. Dieses Mädchen würde ihn in die Lage versetzen, nicht nur alle seine Schulden zu bezahlen, sondern sich noch obendrein ein zweites Schiff samt Besatzung zu kaufen.

258

„Wer bietet mehr?" wiederholte Erivan mit einer Geste in Don Josés Richtung.

„Sechzehntausendfünfhundert", sagte dieser gelassen.

Der Fürst blieb hartnäckig.

„Siebzehntausend."

Die Zahlen kamen wie aus der Pistole geschossen. In Angéliques Kopf vermengten sich die Stimmen, die französischen, italienischen, griechischen Worte. Sie vermochte nicht mehr zu folgen. Sie hatte Angst. Sie sah, wie die Mienen Don Josés und des Komturs de La Marche sich allmählich verfinsterten. Sie zitterte und suchte sich in ihr Haar zu hüllen. Wann endlich würde diese Qual ein Ende haben?

Im Hintergrund des Saals erhob sich ein hochgewachsener Araber in weißem Burnus und ging mit geschmeidigen Pantherschritten auf das Podium zu.

Angélique hörte Erivan seinen Namen nennen: Naker-Ali. Unter dem rot-weiß gestreiften Turban funkelten ein Paar kohlschwarzer Augen in seinem dunkelbraunen Gesicht mit der Adlernase und dem schwarzen, glänzenden Bart.

Er hockte sich nieder, ohne den Blick von der jungen Frau zu wenden, und entnahm einer über seiner Brust hängenden Tasche einige Gegenstände, die man alsbald schimmernd und Lichtfunken sprühend auf seiner Handfläche liegen sah. Es waren die schönsten der von seiner letzten Indienreise mitgebrachten Edelsteine: zwei Saphire, ein Rubin von der Größe einer Haselnuß, ein Smaragd, ein blauer Beryll, Opale und Türkise. Mit der andern Hand zog Naker-Ali eine winzige Juwelenwaage hervor, die aus dem Stachel eines Stachelschweins als Waagebalken und einem Kupferblättchen bestand. Nacheinander legte er die Steine darauf. Über ihn gebeugt, rechnete Erivan umständlich mit den Fingern ihren Wert aus. Endlich verkündete er triumphierend:

„Zwanzigtausend Piaster!"

Angélique warf Don José einen entsetzten Blick zu. Die Grenze, die der Malteserritter sich gesetzt hatte, war überschritten.

In beschwörendem Ton sagte der Komtur de La Marche:

259

„Bruder, machen wir noch einen Versuch!"

Der Tscherkessenfürst Riom Mirza knirschte buchstäblich mit den Zähnen. Er für sein Teil gab es auf. Aber diese ungewöhnlich schöne Französin durfte man nicht einem zwar reichen, aber vulgären Kaufmann vom Roten Meer überlassen, dessen Kneipenharem vermutlich nach ranzigem Öl und gebratenen Heuschrecken stank.

Er wandte sich an Don José, beschimpfte ihn und forderte ihn auf, unverzüglich weiterzubieten, andernfalls werde er ihn mit eigener Hand umbringen.

Der Malteserritter hob den Blick zur Decke wie ein Märtyrer auf einem spanischen Altarbild. Er wartete, bis der Tumult sich gelegt hatte, dann rief er:

„Einundzwanzigtausend Piaster!"

Mit einem maliziösen Lächeln nahm der türkische Gouverneur von Kandia das Ende seines Nargilehs aus dem von einem weißen Bart umrahmten Mund und sagte sanft:

„Und fünfhundert mehr."

Don Josés Blick glich einem vergifteten Dolch. Er wußte ganz genau, daß der Türke sich eine solche Summe nicht leisten konnte, daß er nichts anderes bezweckte, als den souveränen Staat Malta herauszufordern, die erste christliche Nation. Einen Augenblick war der Ritter versucht, aufzugeben und dem schnurrigen alten Pascha das Feld zu räumen – mochte er sehen, wie er die riesige Summe auftrieb! Aber Angéliques verzweifelte Miene rührte ihn, wenn es ihm auch widerstrebte, sich vom Gefühl leiten zu lassen.

Erivan, der gleichfalls wußte, daß das letzte Gebot nur ein Scherz des Gouverneurs gewesen war, zog die eingetretene Pause geschickt in die Länge, um dem letzteren Zeit zur Besinnung und zu dem Vorsatz zu lassen, nicht mehr weiterzubieten. Dann fragte er, zum Sklavenkommissionär des Malteserordens gewandt:

„Arracho? Wer bietet mehr?"

„Zweiundzwanzigtausend", warf Don José de Almada ein.

Diesmal dauerte das zögernde Schweigen sehr lange. Doch Erivan hatte noch nicht alle Trümpfe ausgespielt. Er wußte aus Erfahrung, daß die Leidenschaft der Männer sehr viel stärker ist als ihr Geschäftssinn. Don José de Almada, der sich um eines „Geschäfts" willen ins

260

Zeug legte, würde nicht die Ausdauer eines von der Besitzgier gepackten Mannes aufbringen.

Der zu Füßen des Podests kniende Araber Naker-Ali starrte die weiße Gefangene verzückt an. Seine schmalen Lippen bebten, und zuweilen fuhr er mit der Hand an die Tasche auf seiner Brust, um im letzten Augenblick unschlüssig innezuhalten.

Der Eunuch trat herzu und löste die Spange, die den Gürtel des letzten Schleiers zusammenhielt. Der leichte Stoff glitt an Angélique herab.

Sie nahm die heftige Erregung wahr, die sich der Männer beim Anblick der zum Vorschein gekommenen weißen Gestalt bemächtigte – sie war schön wie jene griechischen Statuen, denen man auf den Inseln unter den Oleanderbüschen begegnet.

Aber diese Statue lebte. Sie zitterte, und die Schauer, die ihren vollkommenen, gepeinigten Körper überliefen, blieben niemand verborgen, waren Pfänder der Sinnenlust, Verheißung der Hingabebereitschaft an den, der sie zu gewinnen vermochte.

Jeder von ihnen träumte von mühevoller Eroberung und berauschendem Sieg.

Jeder von ihnen träumte, er sei der Bezwinger, der sie vor Lust vergehen lassen würde . . .

Eine Glutwelle überflutete Angélique, einem Gefühl tödlicher Kälte folgend.

Und um die verzehrenden Blicke nicht mehr erdulden zu müssen, verbarg sie ihr Gesicht hinter dem gebeugten Arm. Scham und Verzweiflung überwältigten sie, machten sie hinfort blind und taub für alles, was um sie herum geschah.

Sie sah nicht, wie Naker-Ali einen wundervoll glänzenden weißen Diamanten hervorzog und auf seine Waage legte.

„Dreiundzwanzigtausend Piaster", rief Erivan.

Don José wandte sich ab.

„Arracho? Arracho?" murmelte Erivan und streckte die Hand nach der Zuschlagglocke aus.

Der Tscherkessenfürst brüllte auf und zerkratzte sich zum Zeichen seiner Verzweiflung mit den Fingernägeln das Gesicht. Die Lippen des Arabers verzogen sich zu einem leisen Lächeln.

Da erhob sich Chamyl-bey, der weiße Obereunuche. Die letzten Gebote hatten ihm Zeit gelassen, sich verschiedene finanzielle Manipulationen auszutüfteln, durch die er das zerrüttete Vermögen seines Herrn wiederherstellen und diese empfindliche Bresche ausfüllen würde.

Kühl, lässig, kam es von seinen Lippen:

„Fünfundzwanzigtausend Piaster."

Das Feuer erlosch auf Naker-Alis Gesicht. Er sammelte seine Edelsteine ein, schob sie in die Tasche, warf einen letzten Blick auf die reglose weiße Gestalt und verließ langsamen Schrittes den Versteigerungssaal.

Zu Chamyl-bey gewandt, hob Erivan seine Glocke.

Doch seine Hand blieb wie gelähmt in der Luft stehen und rührte sich nicht mehr.

Die Stille dehnte sich endlos, sie wurde lastend und in solchem Maße befremdlich, daß Angélique sich ihrer bewußt wurde und unwillkürlich den Kopf hob. Der Anblick, der sich ihr bot, traf sie wie ein Schlag.

Denn am Fuß der Estrade stand, nachdem er gemessenen Schrittes unter den verblüfften Blicken der anderen den Saal durchquert hatte, ein hochgewachsener Mann. Schwarz war seine Kleidung vom Kopf bis zu den Füßen, schwarz waren die mit Silbernägeln verzierten ledernen Stulpenhandschuhe, schwarz war die Maske aus gleichem Leder, die sein von einem dunklen Bart umrahmtes Gesicht völlig bedeckte und dieser so jäh aufgetauchten Erscheinung etwas Gespenstisches verlieh.

Hinter ihm erkannte sie die untersetzte Gestalt des Kapitäns Jason.

Ganz langsam ließ Erivan den Arm sinken, der die Zuschlagglocke hielt. Er verneigte sich bis zur Erde und säuselte in süßlichem Ton:

„Diese Frau steht zum Verkauf. Seid Ihr an ihr interessiert, Monsieur Rescator?"

„Wieviel ist geboten?"

Die Stimme, die hinter der Maske hervorkam, war dunkel und rauh.

„Fünfundzwanzigtausend Piaster", sagte Erivan.

„Fünfunddreißigtausend!"

Der Armenier stand wie vom Donner gerührt.

Kapitän Jason wandte sich dem Publikum zu und wiederholte mit Stentorstimme:

„Fünfunddreißigtausend Piaster für meinen Herrn, Monseigneur Rescator. Wer bietet mehr?"

Chamyl-bey sank auf seine Kissen zurück und blieb stumm.

Angélique vernahm den grellen Ton der Glocke. Die düstere Gestalt vor ihr schien noch zu wachsen, schien auf sie zuzukommen, sie spürte die Wärme des schweren Mantels aus schwarzem Samt, den der Rescator von seinen Schultern auf die ihren hatte gleiten lassen. Die Falten des Umhangs fielen bis auf ihre Füße herab. Mit einer zornigen Geste schlug sie ihn um sich. Nie, nie in ihrem Leben würde sie die Schande vergessen, die sie hatte erdulden müssen.

Unbekannte, besitzergreifende Hände umfaßten sie, deren Kraft sie aufrecht hielt. Jetzt wurde sie sich bewußt, daß ihre Beine sie nicht mehr trugen und daß sie ohne diese Hilfe in die Knie gesunken wäre.

Die dumpfe, rauhe Stimme sagte:

„Erfreulicher Abend für Euch, Erivan! Eine Französin! . . . Und von welcher Qualität! Wer ist der Eigentümer?"

Der Marquis d'Escrainville taumelte wie ein Betrunkener näher. Seine Augen flackerten im kreidebleichen Gesicht. Mit zitterndem Finger wies er auf Angélique. „Eine Dirne!" stammelte er. „Die übelste Dirne, die die Welt je gesehen hat. Sieh dich vor, verwünschter Hexenmeister! Sie wird dir das Herz zerreißen!"

Coriano, der Einäugige, der die Versteigerung neben seinem Herrn hinter dem Vorhang verborgen verfolgt hatte, sprang hastig herzu und mischte sich ein:

„Hört nicht auf ihn, Monseigneur, die Freude hat ihn um den Verstand gebracht. Diese Dame ist reizend . . . ganz reizend. Überaus fügsam und zärtlich . . ."

„Lügner!" sagte der Rescator.

Er griff nach der golddurchwirkten Leinentasche, die an seinem Gürtel hing, entnahm ihr eine mit Dukaten gefüllte Börse und warf sie Coriano zu.

„Aber, Monseigneur", stammelte der Flibustier, „ich bekomme ohnehin meinen Anteil an der Beute."

263

„Nimm das ruhig als Vorschuß."

„Weshalb?"

„Weil ich will, daß heute abend jedermann vergnügt ist."

„Bravo! Bravissimo!" jauchzte Coriano und warf seine Mütze in die Luft. „Es lebe Monseigneur der Rescator!"

Dieser hob gebietend die Hand:

„Das Fest beginnt."

Kapitän Jason übermittelte die Einladung, die der größte Silberhändler des Mittelmeers an die vornehme Versammlung ergehen ließ. Man werde Tänzerinnen, Wein, Kaffee, Musikanten und Hammelbraten kommen lassen. Ganze Ochsen würden an die Besatzungen aller im Hafen vor Anker liegenden Schiffe verteilt, dreißig Fässer Smyrnawein und Malvasier an den Straßenecken der Stadt angestochen werden, und von den Dächern werde es Peseten regnen. Kandia werde heute nacht zu Ehren der Französin prassen. So wolle es Monseigneur der Rescator.

„El vivat!" rief man.

„Pah, Pah! Pah!" machten die Türken und ließen sich von neuem auf den Diwanen des Saales nieder, den zu verlassen sie im Begriff gewesen waren. Alle, ob Korsaren oder Fürsten, freuten sich der zu erwartenden Lustbarkeiten. Einzig die beiden Malteserritter schritten zur Tür. Der Rescator selbst rief sie zurück:

„Caballeros! Caballeros! Wollt Ihr nicht mit uns feiern?"

Doch Don José warf ihm nur einen vernichtenden Blick zu und verließ mit dem Komtur de la Marche den Saal.

Achtundzwanzigstes Kapitel

Nun erst begriff Angélique, daß sie verkauft war. Verkauft an einen Piraten, der für sie weit mehr als den Preis eines Schiffes und seiner Besatzung bezahlt hatte! ... Daß sie lediglich aus den Händen eines Herrn in die eines andern gewandert war, ein Los, das sie als allzu schöne, allzu begehrenswerte Frau von nun an begleiten sollte. Ein Schrei entfuhr ihren Lippen, in dem sich ihre ganze Verzweiflung ausdrückte, der ganze Abscheu vor dem, was sie erduldet, das ohnmächtige Aufbegehren der in der Falle gefangenen Frau.

„Nein ... nicht verkauft! Nicht verkauft ...!"

Sie suchte den Ring zu sprengen, der sich um sie schloß, warf sich gegen die Janitscharen des Rescators, die sie festhielten und schließlich unsanft vor die Füße ihres Herrn beförderten. Verstört wiederholte sie: „Nein, nicht verkauft ..."

„Ist es in Frankreich üblich, daß sich die vornehmen Damen so mangelhaft bekleidet davonmachen? Wartet wenigstens, bis man Euch etwas angezogen hat, Madame."

Die dumpfe, ironische Stimme des Rescators drang zu ihr.

„Ich habe Euch da ein paar Kleider anzubieten. Schaut, ob sie Euch gefallen, und wählt aus, was Ihr mögt."

Verblüfft sah Angélique zu der schwarzen Gestalt auf, die über ihr aufragte, hinauf zu der schrecklichen, starren Maske, hinter deren Schlitzen zwei spöttische Augen funkelten. Er begann zu lachen.

„Steht auf", sagte er, ihr die Hand reichend.

Und nachdem sie gehorcht hatte, strich er die Haare zurück, die ihr wirr übers Gesicht fielen, und streichelte ihr die Wange wie einem unvernünftigen Kind.

„Verkauft? ... Nicht doch. Ihr seid heute abend mein Gast, nichts weiter. Nun sucht Euer Kleid aus."

Er wies auf drei Negerknaben in roten Turbanen, deren jeder wie im Märchen ein prächtiges Kleid darbot: eins aus rosa Taft, ein zweites aus weißem Brokat, das dritte aus blaugrüner Seide, mit indischen Perlmutterborten verziert.

„Ihr zögert? . . . Welche Frau würde nicht zögern. Aber da das Fest
auf uns wartet, werde ich mir erlauben, Euch zu beraten. Ich würde
mich für dieses entscheiden", sagte er und deutete auf das perlmutter-
verzierte Kleid. „Um ehrlich zu sein – ich habe es für Euch ausgewählt,
denn ich hatte mir sagen lassen, die Französin besitze meergrüne
Augen. Ihr werdet wie eine Sirene darin aussehen. Es ist fast ein
Symbol: die aus den Wassern errettete hübsche Marquise . . ."

Und da sie noch immer schwieg: „Ich weiß, was Euch verblüfft. Wie
kann man sich in diesem abgelegenen Kandia Kleider nach der neuesten
Versailler Mode beschaffen? Zerbrecht Euch nicht Euer kleines Köpf-
chen. Ich kann noch ganz andere Kunststückchen. Hat man Euch nicht
gesagt, daß ich ein Zauberer bin?"

Die ironischen Fältchen in den Winkeln seines durch den kurzgehal-
tenen Sarazenenbart beschatteten Mundes faszinierten sie. Gelegentlich erhellte ein Lächeln blitzartig dieses düstere Gesicht. Seine müh-
same, langsame Sprechweise verursachte Angélique ein Unbehagen,
das an Angst grenzte. Wenn er zu ihr sprach, lief ihr ein Schauer über
den Rücken. Sie fühlte sich wie gelähmt.

Sie reagierte erst, als sie merkte, daß die beiden kleinen Sklaven, die
sie ankleideten, mit den Bändern, Häkchen und Einsätzen des europäischen Gewandes nicht zu Rande kamen. Gereizt durch ihre Ungeschicklichkeit, befestigte sie mit heftigen Bewegungen die Nadeln
und band die Schleifen. Ihre Gesten entgingen dem Rescator nicht.
Abermals mußte er ein Lachen unterdrücken, was einen Hustenanfall
zur Folge hatte.

„Mir will scheinen, als sei Euch diese Beschäftigung nicht fremd", sagte
er, nachdem er wieder zu Atem gekommen war. „Selbst wenn Ihr mit
einem Fuß im Grabe stündet, würdet Ihr es nicht ertragen, unordent-
lich gekleidet zu sein, nicht wahr? O diese Französinnen! Und nun der
Schmuck."

Er hatte sich über eine Schatulle gebeugt, die ein Page ihm darreichte,
und ihr eine wundervolle Halskette aus drei Reihen Lapislazuli entnommen. Er legte sie ihr selbst um. Als er ihr Haar im Nacken hoch-
nahm, um die Enden der Kette zusammenzufügen, spürte sie, wie seine
Finger flüchtig auf der Narbe verweilten, die die Krallen der schrecklichen Katze zurückgelassen hatten. Doch er sagte kein Wort.

266

Auch beim Befestigen der Ohrringe war er ihr behilflich.

Hinter dem Ring der Janitscharen, die Wache hielten, steigerte sich der Festeslärm immer mehr. Eben waren Musikanten und Tänzerinnen eingetroffen, und Diener trugen neue Schalen mit Früchten und Konfekt herein.

„Seid Ihr naschhaft?" fragte der Rescator. „Gelüstet es Euch nach Kalva, jenem Nußdessert? Kennt Ihr den persischen Nougat?"

Und da sie ihr Schweigen auch jetzt nicht brach, fuhr er ernst fort: „Ihr braucht mir nicht zu sagen, wonach Ihr Lust habt ... Im Augenblick können Euch weder Süßigkeiten noch alle sonstigen Freuden dieser Welt reizen. Ihr habt nur ein Bedürfnis: zu weinen."

Angéliques Lippen bebten, und ihre Kehle schnürte sich zusammen.

„Nein", sagte er, „nicht hier. Wenn Ihr erst bei mir seid, könnt Ihr weinen, solange Ihr wollt, aber nicht hier, nicht im Angesicht dieser Ungläubigen. Ihr seid keine Sklavin. Ihr seid die Urenkelin eines Kreuzfahrers, zum Teufel! Schaut mich an!"

Zwei feurige Augen nahmen Besitz von ihrem Blick, zwangen sie, den Kopf zu heben.

„So ist es schon besser. Betrachtet Euch im Spiegel. Ihr seid heute abend Königin ... die Königin des Mittelmeers. Gebt mir Eure Hand."

So stieg denn Angélique, fürstlich gekleidet, an des Rescators Hand die Stufen der Estrade, des Schauplatzes ihrer Schande, hinab. Jedermann verneigte sich ehrerbietig, wo sie vorbeischritt.

Der Rescator ließ sich neben dem Stellvertreter des Sultans nieder und bedeutete Angélique, zu seiner Rechten Platz zu nehmen. In den Wolken, die den Räucherpfannen entstiegen, schwangen die Tänzerinnen ihre langen, duftigen Schleier zu den Klängen der Tambourine und „Nans", kleiner, mit drei Saiten bespannter Gitarren.

„Trinken wir von dem köstlichen Kandiakaffee", schlug der Rescator vor und reichte ihr eine winzige Tasse. „Er ist das beste Mittel, um den Trübsinn zu vertreiben und die leidenden Herzen zu stärken. Atmet dieses feine Aroma ein, Madame."

Sie nahm die Tasse, trank in kleinen Schlucken. An Bord der „Her-

267

mes" hatte sie den Kaffee schätzengelernt, und sie genoß aufs neue seinen würzigen Geschmack.

Die Augen des Piraten musterten sie durch die Schlitze seiner Maske. Es war keine der üblichen Masken, die man über den Nasenrücken stülpt und die knapp die Backenknochen bedecken. Sie verbarg vielmehr das ganze Gesicht bis zu den Lippen, und die Nase war vollkommen ausgeformt, mit zwei Löchern an der Stelle der Nüstern. Unwillkürlich stellte sich Angélique das häßliche Gesicht darunter vor. Wie konnte eine Frau es nur ertragen, daß diese Lederfratze sich über sie neigte, zumal wenn sie wußte, daß sich dahinter grauenhafte Verstümmelungen versteckten . . .? Ein Schauer überlief sie.

„Nun", sagte der Pirat, als habe er den Grund ihrer Bewegung erraten. „Erzählt mir doch ein wenig, was für Empfindungen ich in Euch auslöse . . ."

„Ich glaubte, Ihr hättet auch eine gespaltene Zunge?"

Der Rescator lehnte sich zurück und lachte von Herzen.

„Endlich höre ich den Klang Eurer Stimme", sagte er. „Und was muß ich dabei erfahren? Daß Ihr mich nicht entstellt genug findet! Ach, meine Freunde werden es nie satt bekommen, mich noch schwärzer zu malen, als ich schon bin. Nichts könnte sie mehr erfreuen, als wenn ich obendrein zu einem einarmigen oder gar beinlosen Krüppel würde. Mir selbst genügt es durchaus, daß ich mit Narben bedeckt bin wie eine alte Eiche, die hundert Jahre lang Blitz und Stürmen getrotzt hat. Aber Gott sei Dank bleibt mir noch Zunge genug, um mich mit Damen unterhalten zu können. Ich gestehe, es bedeutete einen bitteren Verzicht für mich, wenn mir nicht einmal mehr das Mittel der Sprache zur Verfügung stünde, um diese köstlichen Wesen, die Krone der Schöpfung, zu verführen."

Sich zu ihr neigend, plauderte er mit ihr, als seien sie allein, und der forschende Blick seiner feurigen Augen bedrängte sie.

„Sprecht weiter, Madame. Ihr habt eine bezaubernde Stimme . . . Ich gebe zu, daß man das gleiche von mir nicht behaupten kann. Meine Stimme hat an einem gewissen Tage Schaden gelitten, da ich jemand anrief, der in weiter Ferne war. Ich rief, und meine Stimme barst."

„Wen rieft Ihr an?" fragte sie betroffen.

Er deutete nach der von Rauchschwaden verhüllten Decke.

„Allah! . . . Allah in seinem Paradies . . . das ist sehr weit. Meine Stimme ist geborsten. Aber Allah hat mich gehört, und er hat mir gewährt, um was ich ihn bat: das Leben."

Sie glaubte, er halte sie zum Narren, und fühlte sich ein wenig gekränkt.

Der Kaffee belebte sie. Sie überwand sich und knabberte ein Stückchen Gebäck.

„Bei mir daheim werdet Ihr die Gerichte der ganzen Welt vorgesetzt bekommen", sagte er. „Aus allen Ländern, die ich bereiste, habe ich einen Mann mitgebracht, der sich auf die Zubereitung der Spezialitäten seiner Heimat versteht. So vermag ich alle Wünsche meiner Gäste zu erfüllen."

„Gibt es bei Euch – Katzen?"

Obwohl sie sich zusammennahm, zitterte ihre Stimme bei diesen Worten.

Der Pirat schien verblüfft, dann begriff er und warf einen eisigen Blick auf den Marquis d'Escrainville.

„Nein, bei mir gibt es keine Katzen. Überhaupt nichts, was Euch ängstigen oder mißfallen könnte. Rosen gibt es . . . Lampen . . . offene Fenster mit dem Blick in die Weite. Kommt, starrt nicht so vor Euch hin. Es steht Euch nicht. Mein guter Freund Escrainville muß ja hart mit Euch umgesprungen sein, daß er eine Frau mit dem unterwürfigen Blick der Sklavin aus Euch machte, die willig ihrem Herrn die Stiefel leckt!"

Angélique fuhr zornig auf, lehnte sich zurück und warf ihm einen funkelnden Blick zu. Lachend meinte er:

„Aha! Das eben habe ich bezweckt. Ihr werdet wieder die hochmütige Marquise, die große Dame aus Frankreich, arrogant und faszinierend."

„Kann ich das jemals wieder werden?" murmelte sie. „Ich fürchte, das Mittelmeer gibt seine Beute nicht so leicht heraus."

„Es ist wahr, daß das Meer die Menschen ihrer Verstellungskünste beraubt. Es zerbricht die Blender, aber es wirft diejenigen veredelt ans Ufer zurück, die die Kraft aufbrachten, ihm zu trotzen und seine Luftspiegelungen als trügerisch zu erkennen."

Wie hatte er erfassen können, daß sie weniger an eine Rückkehr nach

Frankreich dachte als an die psychische Unmöglichkeit, sich jemals wieder in jene triumphierende Frau zurückzuverwandeln, die noch vor wenigen Monaten unter den Kronleuchtern von Versailles einen jeden in ihren Bann gezogen hatte? . . . Es kam ihr so fern vor, so unwirklich und wie verblichen im Vergleich zu dem Zauber des Orients.

Und unwillkürlich suchte sie die rätselhaften Augen des Piraten, um in ihnen eine Antwort zu finden. Sie suchte das Geheimnis der Macht dieses Mannes zu ergründen, der mit wenigen Worten ihre Seele in Besitz genommen zu haben schien. Seit Tagen fühlte sie sich zerbrochen, gehetzt, gedemütigt. Und plötzlich hatte sie der Rescator aus dem tiefsten Abgrund gezogen, hatte sie geschüttelt, aufgepeitscht, bezaubert, und wie eine welke Pflanze, die man begießt, hatte sie sich ihrer demütigen Haltung begeben. Sie saß aufrecht da. Der Lebensfunke kehrte in ihre Augen zurück.

„Stolzes Geschöpf", sagte er sanft. „So liebe ich Euch."

Sie starrte ihn an, wie man zu einem Gott beschwörend aufsieht, auf daß er einem das Leben lasse. Und sie wußte nicht einmal, daß in ihren Augen jener hungrige Ausdruck lag, mit dem man sich denen zuwendet, von denen man alles erwartet.

Und je länger der Blick des Rescators seine Kraft auf sie übertrug, desto ruhiger wurde ihr verwirrtes Herz. Die Vision der turbanbedeckten Köpfe, der verwegenen Flibustiergesichter unter den seidenen Tüchern erlosch, wie der Lärm der Stimmen und der Musik erlosch. Sie war allein inmitten eines Zauberkreises, an der Seite dieses Mannes, der ihr seine ganze Aufmerksamkeit schenkte. Sie nahm den Geruch des Orients wahr, der seinem Gewand entströmte, einen balsamischen Geruch, der sie an den Duft der Inseln erinnerte und sich mit dem des kostbaren Leders seiner Maske vermischte, mit dem des Tabaks seiner langen Pfeife, mit dem des aromatischen Kaffees, der unaufhörlich in die Tassen gegossen wurde.

Eine plötzliche Mattigkeit überkam sie, eine ungeheure Schlaffheit. Sie seufzte tief und schloß die Augen.

„Ihr seid erschöpft", sagte er. „In meinem Palast draußen vor der Stadt werdet Ihr schlafen. Ihr habt lange nicht mehr richtig geschlafen. Ihr werdet Euch auf der Terrasse niederlegen, im Angesicht der Sterne . . . Mein arabischer Arzt wird Euch einen beruhigenden Kräutertee zu trinken geben, und Ihr werdet schlafen, solange Ihr mögt. Ihr werdet dem Raunen des Meeres lauschen ... und dem Harfenspiel meines Musikantenpagen. Locken Euch diese Aussichten? Was meint Ihr dazu?"

„Ich meine", sagte sie leise, „daß Ihr kein anspruchsvoller Gebieter seid."

In den Augen des Korsaren glomm ein übermütiger Funke auf.

„Vielleicht werde ich es eines Tages? Eurer Schönheit kann man nicht lange widerstehen ... Aber es wird nicht ohne Eure Einwilligung geschehen, das verspreche ich Euch. Heute abend will ich nur eines von Euch erbitten, das für mich von unschätzbarem Wert ist: ein Lächeln Eurer Lippen ... Ich will die Gewißheit haben, daß Ihr nicht mehr traurig, nicht mehr verängstigt seid ... Lächelt mich an!"

Angéliques Lippen öffneten sich, und in ihre Augen trat ein warmer Glanz.

Plötzlich erscholl ein tierisches Wutgebrüll, das den Festlärm übertönte, und gleich einem roten Gespenst taumelte der Marquis d'Escrainville auf sie zu. Er gestikulierte mit seinem gezückten Säbel, und niemand wagte es, ihm den Weg zu verlegen.

„Du also kriegst sie", lallte er. „Dir wird sie ihr liebestrunkenes Gesicht zeigen, verdammter Zauberer des Mittelmeers ... Nicht mir ... Ich bin nur der Schrecken ... Hört Ihr's, Ihr andern, der Schrecken ... Nicht der Zauberer! ... Aber das soll nicht geschehen. Ich werde ihn töten!"

Er stieß mit dem Säbel zu. Mit einem Fußtritt schleuderte der Rescator ihm das Tischchen mit dem Kaffeegeschirr vor die Füße, und während der Rasende strauchelte, sprang er auf und zog seinerseits den Säbel. Ein mörderischer Zweikampf entspann sich. Beide Kämpfer waren mit ihrer Waffe, dem Entersäbel, aufs beste vertraut. Escrainville schlug sich mit der ungezügelten, blinden Wut des Wahnsinns. Der Rescator trieb ihn durch das Durcheinander der Kissen und umgestürzten Tische zum Podest zurück und die Stufen hinauf, während die Tänzerinnen mit schrillen Angstschreien flohen. Die maltesischen

Bedienten, die für die Aufrechterhaltung der Ordnung im Innern des Batistan verantwortlich waren, wagten nicht einzuschreiten. Der Rescator hatte an jeden von ihnen zwanzig Silberzechinen und eine Kugel amerikanischen Tabaks verteilen lassen ... So warteten die Zuschauer in feierlicher Stille auf den Ausgang des Kampfs.

Endlich drang der Säbel des Rescators in das Handgelenk seines Gegners, der seine Waffe fallen ließ. Beherzt stürzte Erivan hinzu, packte den Marquis und zog ihn davon, um ihn Coriano zu übergeben.

„Schade!" sagte der Rescator verächtlich und schob seinen Säbel in die Scheide zurück. Dann hob er die Arme: „Das Fest ist zu Ende!"

Er verneigte sich höflich nach allen Seiten und kehrte zu Angélique zurück.

„Wollt Ihr mir folgen, Madame?"

In diesem Augenblick wäre sie ihm bis ans Ende der Welt gefolgt.

Sie erkannte die Szenerie des Gartens nicht wieder, den sie wenige Stunden zuvor beklommenen Herzens durchschritten hatte.

Abermals warf ihr der Pirat seinen prächtigen Mantel über die Schultern.

„Die Nacht ist kühl ... aber welch köstlicher Duft!"

Auf dem Platz vor dem Batistan briet ein ganzer Ochse über einem riesigen Kohlenfeuer, dessen Glut die zufriedenen Gesichter der zu dem Schmaus geladenen Schiffsmannschaften und Stadtbewohner aus dem Dunkel hob. Aus den Gassen Kandias drangen die Lieder der Flibustier herauf, die sich am Smyrnawein gütlich taten.

Als der Rescator erschien, klangen Hochrufe auf. Im gleichen Augenblick stieg eine blaue Rakete in den nächtlichen Himmel und fiel in Form eines feurigen Schirmes wieder herab.

„Seht, ein Feuerwerk ..."

In welchem Augenblick geschah es, daß die Mienen sich wandelten, daß der Schrecken die Freude aus den Gesichtern verdrängte?

Der Rescator war der erste, der etwas Ungewöhnliches witterte. Er löste sich von Angélique und lief zu dem Wall, der die Stadt beherrschte.

272

Im gleichen Augenblick zerrissen Detonationen die jäh eingetretene Stille, ein roter Schein erhellte den Himmel und tanzte flackernd auf den dunklen, versteinerten Gesichtern der Janitscharen. Einen Augenblick standen sie starr, dann stürzten sie gleichfalls zum Wall hinüber.

Glocken begannen zu läuten. Ein Ruf pflanzte sich in allen Sprachen fort:

„Es brennt! Es brennt!"

Angélique wurde von der in Bewegung geratenden Menge zur Seite gestoßen und rettete sich in die dunkle Maueröffnung einer Pforte. Plötzlich griff eine Hand nach der ihren.

„Komm! Komm!"

Sie erkannte das boshaft grinsende Gesicht von Vassos Mikolis und erinnerte sich der Worte Savarys: „Wenn Ihr den Batistan verlaßt, wird die blaue Rakete das Signal geben . . ."

Sie hatte ihn beschworen, sie ihrem Käufer zu entreißen und ihr zur Freiheit zu verhelfen, und er hatte sein Versprechen gehalten.

Wie versteinert stand sie da, unfähig, auch nur einen Schritt zu tun, während der kleine Grieche angstvoll auf sie einsprach:

„Komm! Komm!"

Endlich rührte sie sich und folgte ihm. Sie liefen durch Gassen, mitgerissen vom unwiderstehlichen Strom der Menge, die sich zum Hafen hinunterwälzte.

Überall herrschte unbeschreibliches Durcheinander. Kinder wurden niedergetreten, Katzen, die mit gesträubtem Fell miauend von einem Balkon zum andern sprangen, wirkten im Feuerschein wie krallenbewehrte Dschinns. Ein neuer Schrei stieg aus allen Mündern:

„Die Schiffe! . . ."

Als Angélique, von Vassos Mikolis geleitet, in der Nähe des Kreuzritterturms das Meeresufer erreichte, begriff sie.

Im Hafen brannte die Brigantine des Marquis d'Escrainville, die „Hermes", lichterloh. Vom Wind davongetragene Glut regnete auf die vor Anker liegenden Schiffe herab. Die Galeere des dänischen Renegaten war bereits ein Raub der Flammen. Weitere Feuersbrünste brachen aus, und im höllischen Schein erkannte Angélique die Schebecke des Rescators. Auf ihrem Bug kämpften die an Bord gebliebenen Wachen gleichfalls gegen einen schwelenden Brand.

273

Unversehens tauchte eine Gestalt neben ihr auf.

„Savary!"

„Ich habe auf Euch gewartet", sagte Savary jubilierend. „Ihr schaut nach der falschen Seite, Madame. Schaut dorthin!"

Er deutete in die Richtung des Kreuzritterturms, wo abseits der anderen Schiffe eine Barke lag, deren Segel eben gehißt worden war. Die Finsternis im Schutze des Turms verbarg sie fast völlig, und nur hin und wieder waren ein paar verstörte Sklavengesichter zu erkennen und griechische Matrosen, die im Begriff standen, die Anker zu lichten. Es war die Barke Vassos Mikolis' und seiner Onkel.

„Kommt rasch!"

„Aber dieses Feuer, Savary, dieses Feuer . . ."

„. . . ist das griechische Feuer", platzte der alte Gelehrte triumphierend heraus. „Ich habe das unlöschbare Feuer entzündet. Sie sollen ruhig versuchen, es zu bekämpfen. Das Geheimnis der Antike . . . das Geheimnis von Byzanz – ich habe es aufs neue entdeckt!"

Er hüpfte wie ein der Hölle entstiegener Kobold umher. Vassos Mikolis bemächtigte sich seines Vaters, um ihn aufs Schiff zu befördern. Eine verhüllte Frauengestalt näherte sich Angélique und drückte ihr einen Umschlag in die Hand.

„Das ist das Papier, das in deinem Gürtel war. Leb wohl, Schwester, meine Freundin. Alle Heiligen mögen dich beschützen!"

„Hellis! Kommst du nicht mit?"

Die junge Griechin wandte ihr Gesicht dem flammenden Hafen zu. Die Masten der „Hermes" sanken, goldenen Säulen gleich, in einer Funkengarbe zusammen.

Hellis schüttelte den Kopf.

„Nein, ich bleibe bei ihm", rief sie. Und lief dem Höllenbrande zu.

Angélique bestieg die Barke, die geräuschlos vom Ufer abstieß. Die Fischer bemühten sich, in der Schattenzone des Vorgebirges zu bleiben, doch der Schein der Feuersbrunst dehnte sich immer weiter aus und holte sie zuweilen ein. Am Heck stehend, weidete sich Savary am Anblick des illuminierten Hafens, der von Menschen wimmelte.

274

„Ich habe in der ‚Hermes' an verschiedenen Stellen Werg aufgehäuft", erklärte er. „Während der Fahrt zwischen den Inseln bin ich täglich in die Schiffsräume hinuntergestiegen, um alles vorzubereiten. Und heute abend habe ich mit meiner verflüssigten Mumia, die sich in diesem Zustand noch viel leichter entzündet, den Bug des Schiffes von innen und außen begossen. Da die Feuerwerker mich aufgefordert hatten, ihnen bei ihrer Arbeit behilflich zu sein, war es für mich ein Kinderspiel, auf dem Oberdeck an geeigneter Stelle selbstgefertigte Raketen anzubringen. Das Feuer breitete sich im Nu aus."

Neben ihm starrte Angélique plötzlich angespannt zum Hafen hinüber, unfähig, ein Wort hervorzubringen. Savary verstummte. Er nahm sein altes Fernrohr vom Gürtel und hielt es vor die Augen.

„Was macht er? Er ist ja verrückt, dieser Mann!"

Sie hatten vor der rauchenden Deckkajüte des „Seeadlers" die Gestalt des Rescators erkannt. Die maurischen Matrosen hatten die Anker gelichtet, und die Schebecke, auf der sich das Feuer ausbreitete, entfernte sich vom Ufer.

Die Flammen loderten immer heftiger. Der Bugspriet stürzte herab, dann erfolgte eine dumpfe Explosion.

„Die Pulverkammer", murmelte Angélique.

„Nein."

Savary geriet in Erregung.

„Was ist das für eine Wolke auf der Wasseroberfläche? Was ist das nur?"

Schwerer gelblicher Rauch quoll aus der Mitte der brennenden Schebecke und „floß" ins Meer, und binnen kurzem bedeckte er das ganze Schiff mit Ausnahme des höchsten Mastes. Der Feuerschein erlosch, und zu gleicher Zeit senkte sich die Finsternis über die in ihr Dampfgespinst gehüllte Schebecke.

Der noch von der Feuersbrunst erleuchtete Hafen rückte in immer weitere Ferne. Die Griechen ruderten aus Leibeskräften. Bald füllte der Wind das Dreiecksegel. Die Barke der Flüchtlinge hüpfte auf den dunklen Wellen.

Savary setzte sein Fernrohr ab.

„Was ist da vorgegangen? Man möchte meinen, es sei diesem Manne gelungen, das Feuer auf seinem Schiff mit Zaubermitteln zu löschen."

Er versank in tiefes Grübeln, um hinter dieses Geheimnis zu kommen.

Respektvoll drängte Vassos seinen Vater zur Mitte der Barke.

Kandia entfernte sich. Doch noch lange tanzten seine roten Reflexe auf den Wogen.

Angélique wurde sich bewußt, daß der Mantel des Rescators noch auf ihren Schultern lag, und ein Gefühl namenlosen Verlassenseins überkam sie. Sie barg das Gesicht in den Händen und schluchzte auf.

Die Frau, die neben ihr stand, berührte leise ihren Arm.

„Was hast du? Bist du nicht glücklich, die Freiheit wiedererlangt zu haben?"

Sie sprach griechisch, doch Angélique verstand sie.

„Ich weiß nicht", sagte sie schluchzend, „ich weiß nicht. Ach, ich weiß gar nichts mehr!"

Und dann kam der Sturm.

Neunundzwanzigstes Kapitel

Zwei Tage lang war die Barke der Flüchtlinge dem Sturm preisgegeben.

Erst im Morgengrauen des dritten Tages beruhigten sich die Wogen. Noch hielt sich die Barke aufrecht. Mast und Steuerruder waren zersplittert, doch war wunderbarerweise weder einer der Passagiere noch jemand von der Besatzung über Bord gespült worden. Ein Häuflein durchnäßter, schlotternder Schiffbrüchiger, erhofften sie sich vom Himmel ihre Rettung und wußten nicht, in welcher Gegend sie sich befanden. Das Meer schien verlassen. Gegen Abend endlich entdeckte sie eine maltesische Galeere und nahm sie an Bord.

Angélique lehnte sich an die Marmorbalustrade des Balkons. Die roten Strahlen der untergehenden Sonne fielen in ihr Zimmer und ließen die schwarz-weißen Fliesen aufleuchten. Neben ihr stand auf einem Tischchen ein Korb mit wundervollen Weintrauben, die der Ritter de Rochebrune ihr hatte bringen lassen. Dieser liebenswerte Edelmann befleißigte sich auch in Malta jener höflichen Umgangsformen, die ihn bereits bei Hofe beliebt gemacht hatten. Er war hocherfreut gewesen, Madame du Plessis-Bellière kraft seiner Eigenschaft als Vorsteher des Französischen Zweigs des Malteserordens in seiner Herberge Gastfreundschaft gewähren zu können. Diese bescheidene Umschreibung bezeichnete den prachtvollen Palast, den der Französische Zweig gleich den anderen Zweigen für seine Angehörigen hatte errichten lassen. Es waren ihrer acht, die die acht Arme ihres Kreuzeszeichens symbolisierten: Provence, Auvergne, Frankreich, Italien, Aragon, Kastilien, Deutschland und England. Der letztere war während der Kirchenreform unterdrückt worden, sein Palast diente seitdem als Lagerhaus.

Nach dem Trubel und der Schwüle des Orients genoß Angélique die gediegene, strenge Atmosphäre des großen Vasallenstaats der Christenheit. Luxus und Kasteiung schienen die beiden paradoxen Losungsworte der christlichen Mönche zu sein.

In der Französischen Herberge, der weitläufigen und prunkvollen Karawanserei mit ihren Skulpturen, ihren Loggien und Vorhallen hatte sie allen Komfort eines französischen Appartements vorgefunden. Da gab es Wandteppiche, ein Bett mit Säulen und einem Baldachin aus Brokat und in einem anstoßenden Raum eine Badeeinrichtung, die Versailles' würdig war. Diese Appartements der oberen Stockwerke waren den vornehmen Gästen vorbehalten. Drunten aber beherbergten Zellen mit Holzpritschen Ritter, Geistliche oder Laienbrüder, und im Vorbeigehen sah Angélique zuweilen Franzosen zu viert aus demselben Holznapf eine Mönchssuppe löffeln.

Beim Eintritt in den Malteserorden legten die letztgeborenen Söhne der vornehmen Familien die drei Gelübde des Gehorsams, der persönlichen Armut und des Zölibats nicht nur mit den Lippen ab. Sie fanden in dem unaufhörlichen Kampf gegen die Ungläubigen die Befriedigung ihrer kriegerischen Gelüste, ein religiöses Ideal verbunden mit dem Ruhm, einem fürchtenswerten und gefürchteten Orden anzugehören. Der wohlbegründete Reichtum des Ordens lieferte die Mittel für den Kampf, zu dem sie sich verpflichtet hatten. Seine Flotte war eine der schönsten der europäischen Nationen. Stets gerüstet für den Angriff

277

wie für die Verteidigung, befanden sich die maltesischen Galeeren auf ständiger Kreuzfahrt im Mittelmeer, wo sie dem Handel des Islams das Schicksal bereiteten, das dieser den Christen zugedacht hatte.

Nach ihren jüngsten Erlebnissen war Angélique für die auf Malta herrschende Atmosphäre ritterlicher Sittlichkeit besonders empfänglich. In den Komtureien wurde in dieser Hinsicht streng auf Disziplin gehalten, und wenn es auch im Laufe gefährlicher Expeditionen oder berauschender Siege zuweilen geschah, daß ein Ritter den Reizen einer schönen, lasziven Sklavin erlag, wurde doch auf Malta, dem Bollwerk des Glaubens, unbedingter Anstand gewahrt.

Hier gab es keine Frauen, abgesehen von den in ihre schwarzen Schleier gehüllten einheimischen Bäuerinnen und den Sklavinnen, die lediglich Tauschobjekte darstellten. Oder gelegentlichen weiblichen Gästen, die ihre Liebhaber, seltener ihre Ehemänner, auf einem Kriegszug an Bord einer spanischen, englischen oder französischen Galeere begleiteten.

Angéliques Fall bildete eine Ausnahme. Sie war zwar eine Dame der Hofgesellschaft, die eine ihrem Rang entsprechende Behandlung verdiente, andererseits aber hatte man sie zusammen mit einer Handvoll entwichener Sklaven aus Seenot gerettet. Sie war sich durchaus im klaren, daß sie sich dem Malteserorden für dessen ihr erwiesene Dienste mit klingender Münze erkenntlich zeigen mußte.

Mit dem französischen Schatzmeister des Ordens war vereinbart worden, daß sie ihren Verwalter Molines schriftlich anweisen würde, dem Prior der Tempelherren von Paris eine bestimmte Summe als Schiffbrüchigenlösegeld auszuzahlen.

Aber sie hatte ihrer Entrüstung Ausdruck gegeben, als sie, nach dem Verbleib „ihrer" Griechen forschend, diese zwischen den Sklaven in einem Lagerschuppen eingepfercht entdeckt hatte.

In einem großen Raum, in dem auf Strohschütten Männer, Frauen und Kinder aller Farbschattierungen resigniert darauf warteten, weiterverkauft zu werden, war sie auf Savary, Vassos Mikolis und seine Oheime, deren Frauen und die entwichenen Sklaven gestoßen, die sich dem Unternehmen in Kandia angeschlossen hatten. Sie waren in einem Winkel zusammengedrängt, wo sie apathisch Oliven knabberten.

Angélique verhehlte dem sie begleitenden Schatzmeister, Monsieur de Sarmont, nicht, was sie über die Unmenschlichkeit der sogenannten Soldaten Christi dachte. Der Geistliche war äußerst befremdet.

„Was wollt Ihr damit sagen, Madame?"

„Daß Ihr gemeine Sklavenhändler seid wie die andern."

„Das nenne ich stark!"

„Und das?" meinte sie, auf das Kunterbunt von Griechen, Türken, Bulgaren, Mauren, Neger, Russen deutend, die unter den Arkaden der weiträumigen Lagerhalle vor sich hindösten. „Findet Ihr, daß ein großer Unterschied zwischen Eurem eigenen Bagno und denen von Kandia oder Algier besteht? Ihr könnt mir noch so viel von Eurer heiligen Mission erzählen, das ist und bleibt Piraterie!"

„Ihr irrt Euch, Madame", sagte der Schatzmeister kühl. „Wir gehen nicht auf Menschenraub aus, wir kapern."

„Ich sehe keinen Unterschied."

„Ich will damit sagen, daß wir die Küsten Italiens, Tripolitaniens, beziehungsweise Spaniens oder der Provence nicht überfallen, um uns zu bereichern ‚wie die andern' Piraten. Die Sklaven, die uns in die Hände fallen, kommen von den feindlichen Galeeren, mit denen wir gekämpft haben. Wir übernehmen die Mauren, Türken und Neger als Ruderer für unsere Schiffe, aber wir lassen auch jedesmal Tausende von christlichen Sklaven frei, die ohne uns dazu verurteilt wären, bis an ihr Lebensende für die Ungläubigen zu rudern. Wißt Ihr, daß Tunis, Algier und das Königreich Marokko zusammen über fünfzigtausend christliche Gefangene in Händen haben, von den Türken ganz zu schweigen?"

„Ich habe mir sagen lassen, daß Euer Orden zwischen Zypern, Livorno, Kandia und Malta deren mehr als fünfunddreißigtausend hat!"

„Mag sein, aber wir lassen sie nicht für uns arbeiten, wir machen keinen persönlichen Gebrauch von ihnen. Wir benützen sie lediglich zum Austausch oder um aus ihnen das für den Unterhalt unserer Flotte nötige Geld zu ziehen. Wißt Ihr nicht, daß in den Mittelmeerländern Sklaven die einzigen Tausch- und Spekulationsobjekte darstellen? Um die Befreiung eines Christen zu erreichen, müssen wir drei oder vier Muselmanen in Tausch geben."

„Aber diese armen Griechen, die orthodoxe Christen sind und Schiffbrüchige obendrein, warum steckt man sie unter die Sklaven?"

„Was sollen wir mit ihnen machen? Wir haben sie verköstigt, eingekleidet, beherbergt. Sollen wir vielleicht auch noch eine Expedition
ausrüsten, um sie zu ihren verschiedenen griechischen, unter türkischer
Gerichtsbarkeit stehenden Inseln zurückzubringen? So viele Galeeren
haben wir nicht, um alle umherirrenden Sklaven des Mittelmeers zu
repatriieren. Und womit sollten wir den Unterhalt unserer Schiffe und
unserer Besatzungen bezahlen?"

Angélique konnte nicht umhin, die Wohlbegründetheit dieser Argu-
mente anzuerkennen. So bat sie, man möge Savary, ihren Arzt, in der
Französischen Herberge anständig unterbringen, und erbot sich, das
Lösegeld und die Reisekosten für die andern zu bezahlen, falls ein
maltesisches Schiff sich auf Patrouillenfahrt nach dem Mittleren Orient
begeben würde.

Inzwischen mußte sie die Vollzugsmeldung über den ihrem Verwalter
Molines erteilten Auftrag abwarten. Insgeheim machte sie sich Sorgen.
Konnte ihr Brief nicht unterwegs abgefangen werden? Hatte der König
in seinem Zorn möglicherweise gar ihr Vermögen beschlagnahmt?

Trotz allem hatte sie es nicht eilig, Malta zu verlassen. Sie fühlte sich
geborgen in diesem letzten Bollwerk der Kreuzfahrer. Ringsum ragten
die Marmorbauten des Stadtkerns von La Valetta auf, einem riesigen
Komplex von Glockentürmen, Kuppeln, in den Fels eingefügten Palästen und von Kanonen starrenden Verteidigungswerken, der sich bis
hinunter zu dem herrlichen natürlichen Hafen erstreckte.

„Eine Stadt, von Edelleuten für Edelleute erbaut", nach dem Ausspruch des großen La Valetta, eines der Hochmeister des Ordens, der
sie begründet hatte. Mit Unterstützung der Malteser, eines harten,
heißblütigen Menschenschlages, hatte er aus dieser Insel eine unein-
nehmbare Festung gemacht.

Umsonst hatte sie vor fünf Jahren der Sultan von Konstantinopel
eingeschlossen. Er hatte unverrichteterdinge mit den Resten seiner
Flotte abziehen müssen, die nicht nur durch die Kugeln der christlichen
Galeeren dezimiert worden war, sondern auch durch besonders aus-
gebildete Taucher, die vor Malta eine wunderliche Phalanx von Fisch-
männern bildeten und des Nachts zur ottomanischen Flotte hinaus-
schwammen, um die Schiffe in die Luft zu sprengen oder in Brand zu
stecken.

Ja, Angélique konnte sich geborgen fühlen. Der Graf de Rochebrune hatte sie über die maltesische Streitmacht aufgeklärt: zwei Regimenter mit je siebenhundert Mann, Söldner und Malteser, vierhundert Kriegsschiffe, dreihundert Galeeren, zwölfhundert Eliteschützen, hundert Kanoniere, zwölfhundert Matrosen, ebenso viele Milizsoldaten und etwa dreihundert Mann, die die neue Miliz bildeten.

Für den Malteserorden war der Krieg ein Dauerzustand seit den weit zurückliegenden Zeiten, da die Hospitalherren des heiligen Johannes des Täufers zu Jerusalem auf den Seerouten nach Palästina zu patrouillieren begonnen hatten, um den in Bedrängnis geratenen Christen beizustehen. Der aus Rittern, Priestern und Brüdern bestehende Orden, ursprünglich für die Versorgung der Pilger des Heiligen Landes gegründet, hatte bald das Becken, in dem den Reisenden die Füße gewaschen wurden, mit dem Kettenhemd und dem schweren Degen vertauscht. Ein viertes Gelöbnis war zu den Verpflichtungen hinzugekommen: das Heilige Grab und das Zeichen des Kreuzes bis zum letzten Blutstropfen zu verteidigen und die Ungläubigen überall zu bekämpfen, wo sie ihnen begegnen würden.

Im Lauf der Zeit war die von Jerusalem in die Festung Margat, von der Insel Zypern nach der Insel Rhodos und schließlich nach Malta vertriebene Brüderschaft der Mönchskrieger durch die Macht der Umstände zu jenem souveränen Militärstaat geworden, der unablässig dem Kampf gegen die Söhne Mohammeds oblag.

Die Galeere, die da heute abend langsam in den Hafen einlief, hatte vielleicht vor ein paar Stunden einen Barbareskenpiraten angegriffen. Sie brachte maurische Gefangene mit, die von nun an auf christlichen Galeeren rudern mußten, und befreite Christen, die der Malteserorden zu ihren Familien entlassen würde, nachdem man sich über das Entgelt für seine Dienste geeinigt hatte.

Eine dieser Kriegsgaleeren war es gewesen, die Angélique und ihre schiffbrüchigen Gefährten aufgenommen hatte. Man hatte die Besatzung der havarierten kleinen Barke an Bord gehißt, in Decken gehüllt, gelabt und mit einem Glas Astiwein aufgewärmt. Ein wenig später hatte sich Angélique zum Kommandanten führen lassen, einem etwa fünfzigjährigen deutschen Ritter, dem Baron Wolf von Nesselrode. Er war ein hünenhafter, blonder Germane und ein weithin berühmter

Seemann. Die Barbaresken fürchteten ihn und betrachteten ihn als ihren gefährlichsten Gegner. Man erzählte sich, Mezzo Morte, der Admiral von Algier, habe geschworen, ihn, falls er seiner habhaft werden sollte, von seinen Galeeren vierteilen zu lassen. Sein erster Offizier war ein noch ziemlich junger Franzose, der Ritter de Roguier, ein Bursche mit offenem, kühnem Gesicht, den Angélique tief zu beeindrucken schien. Nachdem sie ihren Namen und ihre Titel genannt, hatte sie den beiden Rittern von ihren Irrfahrten berichtet.

In La Valetta vom Grafen de Rochebrune, dem Landsmann und einstigen Freund aus Versailles, als Gast von Rang aufgenommen, hatte sie erfahren, daß der Herzog von Vivonne sie suche. Das französische Geschwader hatte zwei Wochen in La Valetta Rast gemacht, so daß die französischen Ritter und Edelleute hinreichend Zeit gefunden hatten, sich über die Untaten der Piraten auszulassen.

Die Nachricht vom Schiffbruch der „Royale" an der Küste Korsikas hatte Vivonne einen furchtbaren Schlag versetzt. Als Admiral des Königs war er tief betroffen, als Liebender — denn diesmal fürchtete er, in Angélique verliebt zu sein — war er untröstlich bei dem Gedanken an das schreckliche Ende dieser so schönen Frau. Nach dem Sohn nun die Mutter. Er warf sich vor, ihnen Unglück gebracht zu haben, da sie beide unter nahezu gleichen Umständen ertrunken waren, sprach von widrigen Himmelszeichen, von unentrinnbarer Vorherbestimmung ... Kein Mensch verstand seine Phantastereien, bis zu dem Tage, da eine Botschaft des im Gewahrsam des Barons Paolo di Visconti befindlichen Leutnants de Millerand zu ihnen gelangte. Der Leutnant bat, man möge schnellstens die beachtliche Summe von tausend Piastern nach Korsika schicken, die der genuesische Brigant als Lösegeld fordere. Er bestätigte das Ende der „Royale", die von Strandräubern auf Klippen gelockt worden sei, und teilte mit, die Marquise du Plessis sei zwar mit ihm in Gefangenschaft geraten, habe jedoch entrinnen können und müsse sich jetzt auf einem kleinen provenzalischen Kutter unterwegs nach Kandia befinden.

Über diese Nachricht hatte der Herzog von Vivonne seinen Gram vergessen. Nachdem seine Galeeren in den Docks von La Valetta ausgebessert worden waren, hatte er gleichfalls Kurs auf Kandia genommen, in der Hoffnung, dort die schöne Marquise vorzufinden, welch-

282

selbige jedoch ein paar Tage später, mit dem schwarzen Mantel des Rescators ihr beschmutztes, vom Salzwasser mitgenommenes Kleid verhüllend, in La Valetta an Land gegangen war.

Ein sonderbares Versteckspiel! Angélique lächelte bitter: Vivonne, die Sträflinge, Nicolas' gespensterhaftes Auftauchen als Galeerensklave, sein Tod – all das schien schon so weit zurückzuliegen. Hatte sie es wirklich erlebt?

Eine Woche nach ihrer Ankunft auf Malta hatte sie bei einem Spaziergang Don José de Almada und seinen Genossen, den Komtur de La Marche, getroffen, die erst kürzlich zurückgekehrt waren. Angélique, die dreifachen Schiffbruch erlitten hatte und zweimal unter gefahrvollen Umständen geflüchtet war, war darüber hinaus, vor Männern zu erröten, die sie unverhüllt auf dem Podest eines Batistans gesehen hatten, und der steife Sklavenkommissionär hatte seit langem das Stadium unangebrachten Zartgefühls hinter sich.

In der aufrichtigen Freude, sie wohlbehalten und der Piraten ledig wiederzusehen, verlor er einiges von der kühlen Zurückhaltung, die sein Benehmen sonst kennzeichnete.

„Ich hoffe, Madame", sagte er, „Ihr verübelt es uns nicht zu sehr, daß wir Euch angesichts der unsinnigen Gebote im Stich lassen mußten. Nie, aber auch nie sind auf einer Versteigerung solche Ziffern erreicht worden . . . Ein Wahnsinn. Ich habe so lange mitgeboten, wie es mir möglich war."

Angélique erklärte, sie sei sich der Bemühungen bewußt, die sie auf sich genommen hätten, um sie zu retten, und nun es ihr gelungen sei, dem ihr bestimmten traurigen Los zu entrinnen, werde sie ihnen für ihr Eintreten stets dankbar bleiben.

„Gott bewahre Euch davor, noch einmal dem Rescator in die Hände zu fallen!" seufzte der Komtur de La Marche. „Er verdankt Euch zweifellos den bittersten Fehlschlag seiner Laufbahn: in der Nacht nach dem Erwerb eine Sklavin entwischen zu lassen – wenn auch infolge einer Feuersbrunst –, für die man die irrsinnige Summe von fünfunddreißigtausend Piaster bezahlt hat . . . Da habt Ihr ihm ja einen hübschen Streich gespielt, Madame. Aber seht Euch vor!"

Sie berichteten ihr, was sich danach in Kandia im Laufe jener grausigen Nacht ereignet hatte.

Die Feuersbrunst hatte sich auf die alten Holzhäuser des Türken-
viertels ausgedehnt, die wie Zunder aufgeflammt waren. Im Hafen
waren viele Schiffe eingeäschert oder stark beschädigt worden. Der
Marquis d'Escrainville hatte wie vom Schlag gerührt zugesehen, als
die „Hermes" unter Zischen und Dampfwolken versank.
Der Rescator hingegen hatte seine Schebecke gerettet. Auf mysteriöse
Weise war es ihm gelungen, das Feuer zu ersticken.

Von nun an verbrachte Savary seine Zeit in der Herberge der Auvergne
oder in der Kastiliens damit, den Rittern alle Einzelheiten dieser Geschichte zu entlocken: wie, womit, in welcher Zeit war es dem Rescator
gelungen, das Feuer zu löschen? Don José wußte es nicht. Der Komtur
hatte von einer arabischen Flüssigkeit reden hören, die sich bei der
Berührung mit Feuer in Gas verwandle. Jedermann wisse, daß die
Araber in einer Chemie genannten Wissenschaft sehr bewandert seien.
Nach der Rettung seines Schiffs habe er beim Löschen anderer Brand-
herde geholfen. Die Schäden seien nichtsdestoweniger beträchtlich, da
das Feuer in Blitzesschnelle ausgebrochen sei.
„Das kann ich mir denken", meckerte Savary, und seine Augen hinter
den Brillengläsern funkelten spöttisch. „Das griechische Feuer!"
Schließlich weckte er den Argwohn seiner Gesprächspartner.
„Seid Ihr etwa einer der Elenden, die diese fürchterliche Katastrophe
hervorgerufen haben? Wir sind dabei um eine unserer Galeeren gekommen."
Savary zog sich klugerweise zurück.
Er suchte Angélique auf und vertraute ihr seine Nöte an. Was sollte
er jetzt unternehmen? Nach Paris zurückkehren, um dort einen Auf-
satz über seine sensationellen Forschungen und Experimente bezüglich
der Mumia zu schreiben und der Akademie der Wissenschaften ein-
zureichen? Oder sich auf die Suche nach dem Rescator machen, um
ihm das Geheimnis seiner feuerfesten Substanz zu entreißen? Oder
aber eine ebenso vom Zufall abhängige wie gefährliche Reise fortsetzen, um sich an den persischen Quellen mit neuem Mumiavorrat
zu versorgen? Ja, Savary fühlte sich gleichsam verraten und verkauft,

seitdem er seine kostbare Flasche nicht mehr bei sich tragen und hüten konnte.

Und sie selbst, Madame du Plessis-Bellière, welche Richtung gedenke sie einzuschlagen? Sie wußte es nicht.

Eine innere Stimme sagte ihr: „Es ist genug. Kehr zurück. Bitte den König um Gnade. Und dann ..."

Sie hatte nur das eine Ziel im Auge. Und unwillkürlich suchte ihr über das Meer schweifender Blick nach einem letzten Hoffnungsschimmer.

Die Sonne verschwand am Horizont. Die Galeeren, die sich schwarz von der golden glänzenden Wasserfläche abhoben, ähnelten mit den gesenkten Flügeln ihrer vierundzwanzig Ruder großen Nachtvögeln. Die maurischen und türkischen Sträflinge kehrten in ihre Lager zurück, in denen man sie die Nacht über anketten würde, während die Taucher mit eingeölten Körpern unter Wasser stiegen, um die Ketten und ausgespannten Netze zu kontrollieren, die den Eingang zum Hafen versperrten.

Die Glocken der verschiedenen Kirchen begannen das Angelus zu läuten. Es gab deren über hundert, als frommes Werk an den Sonntagen von einer fanatisch religiösen Bevölkerung mit eigener Hand erbaut. Wenn sämtliche Glocken ertönten, klang es wie Donnergrollen, und dreimal am Tage verwandelte sich Malta in ein tönendes Ungeheuer, das brüllend den Ruhm der Jungfrau Maria verkündete.

Angélique schloß das Fenster und wartete, auf ihrem Bett sitzend, daß der Lärm verklingen sollte.

Der Mantel des Rescators lag ausgebreitet neben ihr auf der Brokatdecke.

Sie hatte das vom Sturm übel zugerichtete Kleid mit den indischen Perlmutterstickereien nicht behalten. Aber von dem schweren Samtmantel, den der Pirat ihr am Abend des Brandes in Kandia um die Schultern gelegt hatte, wollte sie sich nicht trennen. War er nicht etwas wie eine Trophäe? Plötzlich ließ sich Angélique auf das Bett hinuntergleiten und verbarg ihr Gesicht in den Falten des Umhangs.

285

Selbst der Seewind und der Gischt hatten seinen durchdringenden Geruch nicht zu tilgen vermocht. Es genügte, ihn einzuatmen, um in ihrer Erinnerung eine gebieterische Gestalt aufsteigen zu lassen. Sie hörte seine dunkle, heisere Stimme und vergegenwärtigte sich jene seltsame Stunde in Kandia. Durch die Schlitze einer Ledermaske starrten sie zwei brennende Augen an . . .

Sie seufzte, preßte den zerknitterten Stoff an sich, von einem sehnsüchtigen Gefühl heimgesucht, das zu benennen sie sich sträubte.

Das Glockengeläut verhallte, und jetzt erst vernahm Angélique das wiederholte Türklopfen, das sie bisher infolge des Lärms überhört hatte.

„Herein!" rief sie und richtete sich auf.

Ein Page im schwarzen Templerhemd erschien auf der Schwelle.

„Madame, verzeiht, daß ich Euch störe", sagte er, „aber drunten ist ein Araber, der Euch sprechen möchte. Er sagte, er heiße Mohammed Raki und käme im Auftrag Eures Gatten."

Dreißigstes Kapitel

Von dem Augenblick an, da diese unfaßlichen Worte ausgesprochen worden waren, handelte Angélique wie ein Automat. Stumm erhob sie sich, schritt durch das Zimmer, stieg einem Schlafwandler gleich die Marmortreppe hinunter und durchquerte die Vorhalle. Im Säulengang wartete ein Mann.

Die für die berberischen Stämme typische bleiche Hautfarbe war ihm eigen. Ein schmaler, um die Stirn geschlungener Turban aus weißem Leinen hielt eine hohe rote Mütze auf seinem Kopf.

Seine Kleidung ähnelte der eines französischen Bauern des Mittelalters. Sie bestand aus einer Hose, flachen, spitzen Schuhen und einer Art Kapuzenbluse mit in der Höhe der Ellenbogen geschlitzten Ärmeln. Ein schütterer, farbloser Bart bedeckte sein Kinn.

Er verneigte sich tief, während sie ihn aus weit aufgerissenen Augen anstarrte.

„Ihr nennt Euch Mohammed Raki?".

„Euch zu dienen, Madame."

„Ihr sprecht Französisch?"

„Ich habe es von einem französischen Edelmann gelernt, dessen Diener ich lange Zeit war."

„Graf Joffrey de Peyrac?"

Der Araber verzog die Lippen zu einem Lächeln. Er sagte, er sei keinem Manne des seltsamen Namens begegnet, den sie da ausgesprochen habe.

„Ja, aber dann . . .?"

Mohammed Raki machte eine beschwichtigende Geste. Der französische Edelmann, bei dem er gedient habe, nenne sich Jeffa-el-Khaldouin.

„So lautet der Name, den der Islam ihm gegeben hat. Ich habe von jeher gewußt, daß er Franzose war und von hoher Herkunft. Aber ich muß gestehen, daß ich nichts Genaueres zu sagen weiß, denn er hat zu niemand darüber gesprochen. Und als er mich vor vier Jahren nach Marseille schickte, um dort einen Lazaristenpater aufzusuchen und ihm den Auftrag zu übermitteln, nach einer gewissen Gräfin Peyrac zu forschen, habe ich geflissentlich selbst diesen Namen vergessen, demjenigen zuliebe, der mir eher ein Freund gewesen ist als ein Gebieter."

Angélique holte tief Atem; sie spürte, daß ihr die Beine versagten. Sie bedeutete dem Araber, ihr zu folgen, und betrat den Salon, wo sie sich auf einen der zahlreichen Diwane sinken ließ.

Der Mann hockte sich in demütiger Haltung vor ihr nieder.

„Schildert ihn mir", sagte Angélique mit matter Stimme.

Mohammed Raki schloß die Lider und begann in einförmigem Ton, als sage er etwas Eingelerntes auf:

„Er ist ein großer, magerer Mann, der wie ein Spanier aussieht. Sein Gesicht ist über und über mit Narben bedeckt, und zuweilen hat sein Anblick etwas Erschreckendes. Auf der linken Wange bilden die Verletzungen einen Winkel, ungefähr so . . ."

Der Finger mit dem rotgefärbten Nagel des Arabers zeichnete ein V auf seine Wange.

„Und an der Schläfe hat er eine weitere Narbe, die über das Auge hinweggeht. Allah hat ihn davor bewahrt, blind zu werden, denn er war zu Großem ausersehen. Sein Haar ist schwarz und üppig wie die Mähne eines nubischen Löwen. Seine Augen sind schwarz und durchbohren einem das Herz wie die eines Raubvogels. Er ist behende und stark. Er weiß mit dem Säbel umzugehen und die widerspenstigsten Renner zu bändigen, aber größer noch ist das Vermögen seines Geistes, das die Ärzte der Schule von Fez in Staunen versetzte, jener so berühmten und geheimnisvollen Stadt der muselmanischen Medersas."

„Hat mein Gatte etwa seinen Glauben abgelegt?" fragte sie erschrocken, sagte sich jedoch im nächsten Augenblick, daß ihr auch das gleichgültig wäre.

Mohammed Raki schüttelte verneinend den Kopf.

„Es kommt nicht häufig vor, daß sich ein Fremder im Königreich Marokko frei bewegen darf, der nicht Anhänger unseres Glaubens ist. Aber Jeffa-el-Khaldouin kam nicht als Sklave nach Fez und Marokko, sondern als Freund des hochangesehenen Marabut Abd-el-Mecchrat, mit dem er seit langen Jahren über alchimistische Probleme korrespondierte. Abd-el-Mecchrat nahm den Christen unter seine Fittiche und verbot, ihm auch nur ein Haar zu krümmen. Sie reisten zusammen in den Sudan, um dort Gold zu machen, und bei dieser Gelegenheit kam ich in den Dienst Eures Gatten. Die beiden Naturforscher arbeiteten für einen der Söhne des Königs des Tafilalet."

Der Mann hielt stirnrunzelnd inne, als suche er sich einer bedeutungsvollen Einzelheit zu entsinnen.

„Ein Neger folgte ihm auf Schritt und Tritt, der auf den Namen Kouassi-Ba hörte."

Angélique barg das Gesicht in den Händen. Mehr noch als die genaue Beschreibung, die der Araber ihr von dem Gesicht ihres Gatten gegeben hatte, zerriß der Name des treuen maurischen Dieners Kouassi-Ba den Schleier und stellte sie der strahlenden Wirklichkeit gegenüber. Die tastend und unter Qualen verfolgte Spur mündete im hellsten Licht, der Hafen war erreicht, die Auferstehung vollzogen, und was nichts als törichter Traum gewesen war, wurde greifbar, nahm menschliche Gestalt an, die sie bald würde in die Arme schließen können.

„Wo ist er?" fragte sie beschwörend. „Wann kommt er? Warum hat er Euch nicht begleitet?"

Der Araber lächelte nachsichtig angesichts ihrer Ungeduld. Er erklärte, daß er vor nahezu zwei Jahren seine Stellung bei Jeffa-el-Khaldouin aufgegeben habe. Er habe zu jener Zeit geheiratet und ein kleines Geschäft in Algier übernommen. Aber er bekomme häufig Nachrichten von seinem einstigen Herrn, der viel gereist sei und sich dann in Bona niedergelassen habe, einer Stadt an der afrikanischen Küste, wo er sich weiterhin mit wissenschaftlichen Arbeiten befasse.

„Ich brauche mich also nur nach Bona zu begeben?" fragte Angélique fieberhaft erregt.

„Gewiß, Madame. Wenn er unglücklicherweise nicht gerade für kurze Zeit abwesend sein sollte, werdet Ihr ihn mühelos finden, denn jedermann kann Euch sagen, wo er wohnt. Er ist in der ganzen Berberei berühmt."

Am liebsten wäre sie niedergekniet und hätte Gott gedankt. Doch ein regelmäßiges Geräusch, das wie das Klopfen einer Hellebarde klang, ließ sie aufhorchen. Es war Savary, der beim Gehen die Spitze seines riesigen Wachstuchschirms auf die Fliesen stieß.

Als er eintrat, stand Mohammed Raki auf, verneigte sich und gab seiner Freude Ausdruck, den ehrwürdigen Greis kennenzulernen, von dem sein Onkel ihm erzählt habe.

„Mein Gatte lebt!" sagte Angélique mit tränenerstickter Stimme. „Dieser Mann hier versichert es mir. Mein Gatte ist in Bona, und ich werde ihn dort wiedersehen."

Der alte Apotheker sah den Mann über den Rand seiner Brille prüfend an.

„Ei, ei!" sagte er. „Ich wußte gar nicht, daß der Neffe Ali Mektoubs ein Berber ist."

Mohammed Raki schien verwundert und entzückt über diese Bemerkung. Jawohl, seine Mutter, die Schwester Ali Mektoubs, sei Araberin, und sein berberischer Vater stamme aus den Dabiliebergen. Er sei dem letzteren nachgeschlagen.

„Ei, ei", wiederholte Savary, „das ist ein seltener Fall. Es kommt so gut wie nie vor, daß die beiden Rassen sich vermischen, denn sie hassen einander: der aus Arabien gekommene arabische Eroberer und der von ihm besiegte Berber europäischer Herkunft."

Der Besucher lächelte abermals. Der ehrwürdige Greis kenne sich gut aus unter den islamischen Völkern.

„Wie kommt es, daß dein Onkel dich nicht begleitet hat?"

„Wir waren auf dem Weg nach Kandia, als wir durch ein Schiff, dem wir begegneten, erfuhren, daß die französische Frau geflüchtet sei und sich jetzt auf Malta befinde. Mein Onkel setzte die Reise nach Kandia fort, da er dort dringende Geschäfte hatte, während ich das besagte Schiff bestieg, um in die entgegengesetzte Richtung zu fahren."

Er warf Savary einen halb triumphierenden, halb ironischen Blick zu.

„Die Nachrichten verbreiten sich rasch auf dem Mittelmeere, Messire. Sie fliegen so schnell wie die Brieftauben."

Gelassen brachte er aus den Falten seiner Djellaba eine Ledertasche zum Vorschein und entnahm ihr das Blatt, das Angélique im Gefängnis von Kandia mit zitternder Feder beschrieben hatte: „Entsinnt Ihr Euch meiner, die ich Eure Frau gewesen bin? Ich habe Euch immer geliebt. – Angélique."

„Ist das nicht die Botschaft, die Ihr meinem Oheim Ali Mektoub übergeben habt?"

Savary schob seine Brille zurecht, um den Brief aus der Nähe zu betrachten.

„Sie ist es tatsächlich. Aber weshalb wurde sie dem Adressaten nicht zugestellt?"

Mohammed Raki verzog sein Gesicht zu einer bekümmerten Grimasse, und in wehleidigem Ton beklagte er sich über das Mißtrauen, das Savary ihm offensichtlich entgegenbrachte: Ob der ehrwürdige Greis denn nicht wisse, daß Bona eine spanische Enklave sei, im Besitz der fanatischsten Katholiken, die es gäbe, und daß zwei arme Mauren, Söhne Mohammeds, sie nicht betreten könnten, ohne ihr Leben aufs Spiel zu setzen?

„Du bist immerhin nach Malta gekommen", bemerkte Savary.

Geduldig erklärte der andere, zunächst einmal sei Malta nicht Spanien, außerdem habe er die einmalige Gelegenheit genutzt, sich unter das Gefolge des Reïs Ahmet Sidi zu mischen, der sich nach Malta begeben habe, um das Lösegeld für den kürzlich vom Orden gefangengenommenen Prinzen Lai Loum, den Bruder des Königs von Aden, auszuhandeln.

„Unsere Galeere mit der Loskauffahne ist vor einer Stunde im Hafen eingelaufen, und sofort nach der Landung habe ich mich auf die Suche nach der französischen Dame gemacht. Solange die Verhandlungen bezüglich Lai Loums nicht abgeschlossen sind, habe ich von seiten der Christen nichts zu befürchten."

Savary pflichtete ihm bei. Er beruhigte sich sichtlich.

„Ist es nicht meine Pflicht, mißtrauisch zu sein?" sagte er zu Angélique, wie um sich wegen seiner Zurückhaltung zu entschuldigen.

Doch plötzlich kam ihm ein Gedanke. Er wandte sich von neuem an den Berber:

„Wer beweist mir, daß du Mohammed Raki, der Neffe meines Freundes Ali Mektoub und Diener des gesuchten französischen Edelmannes bist?"

Abermals verzog der Mann sein Gesicht, und in einer zornigen Aufwallung kniff er die Augen zu. Aber er beherrschte sich.

„Mein Herr hat mich geliebt", sagte er mit dumpfer Stimme. „Und er hat mir des zum Zeichen beim Abschied etwas geschenkt." Aus demselben Saffiantäschchen holte er einen in Silber gefaßten Edelstein hervor. Angélique erkannte ihn sofort wieder: den Topas!

Es war kein sehr wertvolles Schmuckstück, aber Joffrey de Peyrac hielt es in Ehren, weil es seit Jahrhunderten im Besitz der Familie gewesen war. Angélique hatte ihn den Topas an einer silbernen Kette über seinem Samtwams tragen sehen. Später dann hatte der Edelstein in Marseille dem Pater Antoine gegenüber als Erkennungszeichen gedient.

Sie nahm den Schmuck aus den Händen des Mauren und führte ihn mit geschlossenen Augen an die Lippen. Der alte Savary betrachtete sie schweigend.

„Was gedenkt Ihr zu tun?" fragte er schließlich.

„Ich werde nach Bona reisen, koste es, was es wolle."

Einunddreißigstes Kapitel

Es war nicht leicht, die Malteserritter dazu zu überreden, die junge französische Marquise zur Reise nach Bona an Bord einer ihrer Galeeren zu nehmen. Sie wandte sich an den Grafen de Rochebrune, den Komtur de La Marche, den Ritter de Roguier, ja sogar an Don José de Almeyda, und jeder suchte ihr ein so unsinniges Unternehmen auszureden.

Eine Christin, die den Boden der Berberei betrete, setze sich den größten Gefahren aus, sagten sie.

Die Berberei umfasse ganz Nordafrika, nämlich die Königreiche Tripolitanien, Tunis, Algier und Marokko. Fanatiker und Piraten, weniger zivilisiert als die Türken, deren Schutzherrschaft sie unwillig ertrügen, seien die Barbaresken die erbittertsten Gegner der Malteserritter.

Die Frau sei in diesen Ländern eine den niedrigsten Verrichtungen unterworfene Sklavin oder eine im Harem eingeschlossene Odaliske. Einzig die Jüdinnen bewegten sich frei und mit unverschleiertem Gesicht, freilich hüteten sie sich, das Mellah, den jüdischen Bezirk, zu verlassen.

„Aber ich will doch nach Bona, der katholischen Enklave", beharrte sie.

Das sei noch schlimmer. In diesen Enklaven der afrikanischen Küste, in denen sich die Spanier wie Zecken festklammerten, um den berberischen Löwen zu reizen, herrsche großes Elend. Was wolle sie, die vornehme Dame aus Frankreich, in diesem bunt zusammengewürfelten Haufen gewinnsüchtiger kleiner Krämer, die von einer Garnison dunkelhäutiger und verwegener Andalusier in Schach gehalten würden? Gedachte sie sich aufs neue den zahllosen Gefahren auszusetzen, denen sie dank der Gnade Gottes entronnen sei?

Schließlich wandte sie sich an den Großmeister des Ordens persönlich, den Fürsten Nicolas Cotoner, einen Franzosen englischer Abstammung und nach dem Wortlaut seiner Einsetzungsformel „durch die Gnade Unseres Herrn Bruder des Hospitals des streitbaren Ordens St. Johannis zu Jerusalem, Wächter des Heiligen Grabs und demütiger

Fürsorger der Armen". Dieser Fürst nahm bei der Kardinalsversammlung in Rom den ersten Platz zur Rechten des Papstes ein. Außerdem genoß er das Privileg, mit seinen Rittern das Konklave zu bewachen, und wenn der Papst inthronisiert wurde, zog ihm der Botschafter von Malta mit der Galeerenflagge des Ordens voraus.

Angélique war tief beeindruckt von dem schönen Greis mit der weißen Perücke und dem gebieterischen Blick. Sie sprach in aller Offenheit und schilderte ihm, wie sie sich zehn Jahre hindurch nach dem geliebten Gatten gesehnt, den sie nun wiedersehen könne, nachdem sie seinen Aufenthaltsort ausfindig gemacht habe. Ob sie daher Seine Eminenz um die gütige Erlaubnis bitten dürfe, eine der vor den Küsten der Berberei kreuzenden Galeeren zu besteigen, um sich in Bona absetzen zu lassen?

Der Großmeister hörte ihr aufmerksam zu. Von Zeit zu Zeit erhob er sich, trat ans Fenster und verfolgte durch ein Fernrohr die Bewegungen der Schiffe.

Über seinem Gewand nach französischer Mode trug er die Schärpe des Malteserordens mit den gestickten Bildern der Passionsgeschichte.

Lange Zeit blieb er stumm, dann seufzte er. Gar manches an diesem Bericht erschien ihm unwahrscheinlich, und am meisten, daß ein christlicher Edelmann an einem verkommenen Ort wie Bona Zuflucht gefunden haben sollte.

„Ihr sagt mir, er habe zuvor ungestraft die berberischen Länder durchreist?"

„Ja, so hat man mir berichtet."

„Dann ist er ein Renegat, der auf mohammedanische Art mit einem Harem von fünfzig Frauen lebt. Wenn Ihr Euch zu ihm begebt, gefährdet Ihr Eure Seele und Euer Leben."

Angélique wurde es beklommen zumut, aber sie zwang sich zur Ruhe.

„Ich weiß weder, ob er arm ist, noch ob er seinen Glauben abgelegt hat", sagte sie. „Ich weiß nur das eine, daß er mein Ehegatte vor Gott ist und daß ich ihn wiederfinden will."

Das strenge Gesicht des Großmeisters entspannte sich.

„Glücklich der Mann, der Euch eine solche Liebe eingeflößt hat!"

Doch er zögerte noch immer.

„Ach, mein Kind, Eure Jugend und Eure Schönheit machen mich besorgt! Was kann Euch nicht alles zustoßen auf diesem Mittelmeer, das einst der große christliche Binnensee war und heute dem Islam preisgegeben ist. Welche Betrübnis erfaßt uns, die Ritter von Jerusalem, wenn wir uns bewußt werden, wie weit unsere Heere zurückgedrängt worden sind. Nie können wir erbittert genug die Ungläubigen bekämpfen. Wir müssen ja nicht nur die Heiligen Stätten zurückerobern, sondern auch Konstantinopel, das einstige Byzanz, wo die große Kirche herrschte, wo das Christentum sich zuerst entfaltete, unter den Kuppeln St. Sophiens, die jetzt zu einer Moschee geworden ist."

Er versank in düsteres Grübeln.

Unvermittelt sagte Angélique:

„Ich weiß, warum Ihr mich nicht gehen lassen wollt. Weil Ihr die Summe für meine Auslösung noch nicht bekommen habt."

Ein amüsiertes Schmunzeln erhellte das Gesicht des alten Prälaten.

„Ich wäre, offen gestanden, ganz froh gewesen, hätte ich diesen Vorwand benützen können, um Euch von einer Torheit abzuhalten. Aber gerade eben habe ich vom Mittelsmann unseres Bankiers in Livorno erfahren, daß der mit Euch vereinbarte Betrag durch Euren Intendanten an unseren Großprior von Paris ausgezahlt worden ist."

Seine Augen funkelten spöttisch.

„Schön, Madame. Warum sollte ein Mensch, der eben seine Freiheit wiedergewonnen hat, sie nicht dazu gebrauchen, sich selbst zu zerstören, so es ihm beliebt. Die von dem Baron von Nesselrode befehligte Galeere wird in einer Woche eine Kreuzfahrt längs der Küste der Berberei antreten. Ich erteile Euch die Erlaubnis, mit ihr zu reisen."

Doch als Angéliques Augen freudig aufleuchteten, runzelte er die Stirn und hob warnend den Finger, an dem der Amethyst der Kardinalswürde glänzte:

„Laßt es Euch gesagt sein: die Barbaresken sind grausame, ungezügelte Fanatiker. Auch die türkischen Paschas fürchten sie, denn diese Piraten werfen sogar ihnen Laschheit in religiösen Dingen vor. Wenn Euer Gatte in gutem Einvernehmen mit ihnen lebt, so bedeutet das, daß er ihresgleichen geworden ist. Es wäre besser für Euer Seelenheil, wenn Ihr auf der Seite des Kreuzes bliebt, Madame."

Da er sah, daß sie sich nicht beeinflussen ließ, fügte er in sanfterem Ton hinzu: „Kniet nieder, mein Kind, und laßt mich Euch segnen."

294

Zweiunddreißigstes Kapitel

Die Galeere entfernte sich und ließ Malta in seinen bernsteinfarbenen Wällen zurück. Das Schäumen der Wogen und das dumpfe Geräusch der Ruder übertönten das Glockengeläut immer mehr.

Der Ritter von Nesselrode ging auf dem Laufsteg mit selbstbewußten Schritten auf und ab. In der darunterliegenden Kajüte unterhielten sich zwei französische Korallenhändler mit einem behäbigen holländischen Bankier und einem jungen spanischen Studenten, der zu seinem Vater, einem Offizier der Garnison von Bona, reiste. Die vier waren, abgesehen von Angélique und Savary, die einzigen zivilen Passagiere der Galeere.

Natürlicherweise drehte sich das Gespräch um ihre Chancen, den Barbaresken während dieser kurzen Fahrt zu entgehen, die infolge der täglich zunehmenden Verwegenheit der Piraten nichtsdestoweniger zu einem gefahrvollen Unternehmen wurde.

Die beiden Korallenhändler, alte Afrikafahrer, machten sich einen Spaß daraus, die Pessimisten zu spielen, um ihre Gefährten in Angst zu versetzen, für die dies die erste Mittelmeerüberquerung war.

„Wenn man sich aufs Meer wagt, muß man mit fünfzigprozentiger Wahrscheinlichkeit damit rechnen, im Adamskostüm auf dem Markt von Algier zu landen. In diesem Zustand nämlich wird man Euch verkaufen, falls wir uns schnappen lassen. Man wird Eure Zähne mustern, Euren Bizeps betasten, man wird Euch ein Stückchen rennen lassen, um festzustellen, was Ihr wert seid."

Der feiste Bankier konnte sich mit dieser Vorstellung absolut nicht befreunden.

„Das wird gewiß nicht geschehen!" meinte er zuversichtlich. „Die Malteserritter sind unbezwingbar, und es wird behauptet, der Baron von Nesselrode, der unser Schiff befehligt, sei ein Draufgänger, dessen Ruf allein die verwegensten Korsaren in die Flucht schlage."

„Hm, man kann nie wissen! Erst im vergangenen Monat sollen sich zwei algerische Galeeren in nächster Nähe des Château d'If vor Marseille postiert und eine Barke gekapert haben, in der sich einige fünfzig

295

Einwohner befanden, darunter mehrere Damen von hohem Rang, die eine Wallfahrt nach der Heiligen Grotte unternehmen wollten."

„Ich kann mir ungefähr vorstellen, was für eine Wallfahrt sie bei den Barbaresken machen werden", murmelte sein Genosse und warf einen anzüglichen Blick in Angéliques Richtung.

Der für gewöhnlich so gesprächige Meister Savary beteiligte sich nicht an der Unterhaltung. Er zählte seine Knochen. Nicht etwa seine eigenen, sondern die, die er behutsam aus einem neben ihm liegenden Sack hervorholte. Seine Einschiffung hatte wieder einmal Anlaß zu einem tragikomischen Zwischenfall gegeben. Die Schiffsglocke hatte bereits die Abfahrt angekündigt, als er mit besagtem riesigen Sack aufgetaucht war.

Nesselrode hatte ihm mit strenger Miene den Weg verlegt und erklärt, die ohnehin überbelastete Galeere vertrage keine zusätzliche Fracht.

„Zusätzliche Fracht? Schaut her, Herr Ritter!"

Wie ein Ballettänzer hatte sich Meister Savary ein paarmal um sich selbst gedreht und dabei seinen Sack zwischen Daumen und Zeigefinger gehalten.

„Der wiegt nicht mehr als zwei Pfund."

„Was habt Ihr da drin?" wunderte sich der Baron.

„Einen Elefanten."

Nachdem er sich eine Weile an der Wirkung seines Scherzes geweidet hatte, war er zu näheren Erläuterungen übergegangen. Es handle sich, hatte er gesagt, um einen „fossilen Probosciden" oder Zwergelefanten, den man bisher ebenso für ein Fabelwesen gehalten habe wie das Einhorn.

„Ein Werk Xenophons war der Ausgangspunkt meiner kühnen Theorie. Bei seiner Lektüre wurde mir klar, daß man den Probosciden, wenn er existiert hat, nur im Boden der Inseln Malta und Gozo finden würde, die einstens mit Europa und Griechenland zusammenhingen. Diese Entdeckung wird mir bestimmt den Zutritt zur Akademie der Wissenschaften verschaffen, so Gott mich am Leben läßt!"

296

Die maltesische Galeere war geräumiger als die königlich französische. Unter der Estrade des Tabernakels befand sich eine Kabine, in der die Passagiere auf rohen Bänken ruhen konnten.

Angélique verging vor Ungeduld und auch – warum sollte sie es sich nicht eingestehen? – vor Besorgnis. Nichts entsprach mehr ihrem Traum. Wäre der Topas nicht gewesen, hätte sie sogar an der Glaubwürdigkeit des Boten gezweifelt, der ihn ihr gebracht hatte. Sein Blick war ihr unaufrichtig erschienen. Vergeblich hatte sie versucht, weitere Einzelheiten aus ihm herauszubekommen. Der Araber hatte nur mit einem befremdeten Lächeln die Arme ausgebreitet: „Ich habe alles gesagt."

Sie mußte an Desgrays düstere Prophezeiungen denken. Wie würde Joffrey de Peyrac sie nach all den Jahren, die sie beide äußerlich und innerlich gezeichnet hatten, empfangen? Jeder hatte seine eigenen Kämpfe, seine eigenen Liebeserlebnisse gehabt . . . Ein heikles Wiedersehen!

Eine schmale weiße Strähne durchzog Angéliques blondes Haar. Aber sie stand in der Blüte ihrer Jugend, war schöner noch als zur Zeit ihrer ersten Eheschließung. Damals waren ihre Züge, ihre Formen noch nicht voll ausgeprägt gewesen, hatte sie noch nicht jene zuweilen einschüchternd wirkende stolze Haltung gehabt. Diese Wandlung hatte sich fern von Joffrey de Peyracs Blicken und seinem Einfluß vollzogen. Es war die Hand des brutalen Schicksals gewesen, die sie in ihrer Einsamkeit geformt hatte.

Und er? Mit Schimpf und unsäglichem Mißgeschick beladen, aus seiner Welt, seiner Arbeit gerissen – was konnte er da von seinem einstigen „Ich" bewahrt haben, jenem Ich, das sie liebte?

„Ich habe Angst . . .!" murmelte sie vor sich hin.

Sie hatte Angst, was so köstlich gewesen, könne für immer verloren, beschmutzt sein. Desgray hatte sie gewarnt. Aber nie war ihr der Gedanke gekommen, daß ein Joffrey de Peyrac etwas von sich aufgeben könne.

Der Zweifel, der sie bedrängte, zwang sie fast in die Knie. Wie ein kleines Kind sagte sie sich immer wieder, daß sie „ihn" wiedersehen wolle, „ihren" Geliebten aus dem Palais der Fröhlichen Gelehrsamkeit, und nicht „den andern", jenen unbekannten Mann in unbekanntem

Land, zu dem er geworden war. Sie wollte seine zauberhafte Stimme hören. Aber Mohammed Raki hatte kein Wort von dieser berühmten Stimme gesagt. Konnte man in der Berberei singen? Unter der unerbittlichen Sonne? Zwischen jenen dunkelhäutigen Menschen, die Köpfe abschlugen, wie man einen Grasbüschel abmähte. Der einzige Gesang, der sich dem Vogel gleich emporschwingen konnte, war der des Muezzins auf den Minaretten. Jeder andere Ausdruck der Freude war Gotteslästerung.

Ach, was mochte aus ihm geworden sein . . .?

Verzweifelt suchte sie in Gedanken die Vergangenheit wiederaufleben zu lassen, aber die Bilder verflüchtigten sich.

Schlafen wollte sie. Im Schlaf würden sich die irdischen Schleier verflüchtigen, die den Geliebten vor ihr verbargen.

Sie fühlte sich erschöpft . . .

Eine Stimme flüsterte ihr zu: „Ihr seid erschöpft . . . Bei mir daheim werdet Ihr schlafen . . . Dort gibt es Rosen . . . Lampen . . . offene Fenster mit dem Blick in die Weite . . ."

Mit einem schrillen Schrei fuhr sie aus dem Schlaf. Savary stand neben ihr und schüttelte sie.

„Madame du Plessis, ich muß Euch wecken. Ihr macht die ganze Galeere rebellisch!"

Angélique richtete sich auf ihrem Lager auf und lehnte sich gegen die Wand. Es war Nacht geworden. Man hörte nicht mehr das gequälte „Ho!" der Ruderer, denn die Galeere bewegte sich unter kleinem Segel fort, und die zwanzig Klafter langen Ruder lagen längs dem Laufsteg aufgeschichtet. In der ungewohnten Stille dröhnten die Schritte Nesselrodes auf den Planken über ihnen.

Das kümmerliche Licht des großen Fanals zeugte von der Besorgnis, die Aufmerksamkeit der Piraten zu erregen, die, wie anzunehmen war, an dieser Verengung des Mittelmeers zwischen der Insel Malta und der Küste Siziliens an Backbord und derjenigen der Barbaresken von Tunis an Steuerbord zweifellos auf der Lauer lagen.

Angélique stieß einen tiefen Seufzer aus.

„Ein Zauberer verfolgt mich im Traum", murmelte sie.

„Wenn es nur im Traum wäre ...!" sagte Savary.

Sie erschrak und suchte im Dunkeln seinen Gesichtsausdruck zu erkennen.

„Was wollt Ihr damit sagen? Was denkt Ihr, Meister Savary?"

„Ich denke, daß ein so verwegener Pirat wie der Rescator Euch nicht einfach laufen läßt, ohne den Versuch zu machen, seinen Besitz zurückzugewinnen."

„Ich bin nicht sein Besitz", protestierte Angélique empört.

„Er hat Euch zum Preise mehrerer Schiffe gekauft."

„Mein Mann wird mich künftighin beschützen", sagte sie in nicht ganz überzeugtem Ton.

Savary blieb stumm. Das Schnarchen des holländischen Bankiers schwoll an und ab.

„Meister Savary", flüsterte Angélique, „meint Ihr, daß ... daß dies eine Falle sein könnte? ... Ich habe gleich gemerkt, daß Ihr diesem Mohammed Raki mißtrautet. Aber hat er uns nicht eindeutige Beweise für die Echtheit seines Auftrags geliefert?"

„Das hat er."

„Bestimmt hat er seinen Onkel Ali Mektoub gesprochen, denn er besaß ja meinen Brief. Und über meinen Gatten hat er Einzelheiten erwähnt, die nur mir bekannt sein konnten und die ich schon fast vergessen hatte, aber sie waren mir sofort wieder gegenwärtig ... Er ist also in enger Berührung mit ihm gewesen. Es sei denn ... Ach, Savary, was meint Ihr? Hat er mich vielleicht behext und mir gleich einer Fata Morgana das vorgegaukelt, was ich am liebsten auf dieser Welt ersehne, um mich leichter in eine Falle locken zu können? Ach, Savary, ich habe solche Angst!"

„Dergleichen gibt es wohl", sagte der alte Apotheker, „aber ich glaube nicht, daß es in diesem Fall so ist. Dahinter steckt etwas anderes. Eine Falle, das mag sein", brummte er, „aber kein Zauber. Dieser Mohammed Raki verheimlicht uns die Wahrheit. Warten wir, bis wir am Ziel sind. Dann werden wir schon sehen."

Er rührte mit einem kleinen Löffel in einem Zinnbecher.

„Schluckt diese Arznei. Dann werdet Ihr ruhiger schlafen."

„Ist das wieder Mumia?"

299

„Ihr wißt doch, daß ich keine Mumia mehr besitze", sagte Savary bekümmert. „Ich habe alles bis auf das letzte Krümelchen für die Feuersbrunst in Kandia verwandt."

„Savary, warum habt Ihr darauf bestanden, mich auf dieser Reise zu begleiten, die Ihr nicht billigt?"

„Konnte ich Euch im Stich lassen?" sagte der Greis, als denke er über ein schwieriges wissenschaftliches Problem nach. „Nein, ich glaube nicht. Ich werde also nach Algier reisen."

„Nach Bona."

„Das ist dasselbe."

„Dort sind die Christen immerhin weniger gefährdet als in Algier."

„Wer weiß?" sagte Savary und wiegte den Kopf wie ein Weiser, der dem Schein mißtraut.

Am folgenden Tage verlangsamte sich die Fahrt, denn der Wind hatte sich gelegt, und man war auf die Ruder angewiesen.

Die maltesische Galeere begegnete mehreren Schiffen, unter anderen einer holländischen Kauffahrteiflotte, die von zwei Kriegsschiffen mit je fünfzig bis sechzig Kanonen eskortiert wurde. Das war die Methode, die sich die westlichen Nationen – Engländer, Niederländer und andere – für den Handelsverkehr auf dem Mittelmeer zu eigen gemacht hatten, um sich vor den Überfällen der Korsaren zu sichern.

Gegen Mittag frischte der Wind auf, und die beiden Segel wurden gehißt. In der Ferne zeichnete sich eine bergige Insel ab. Der Ritter de Roguier machte Angélique auf sie aufmerksam:

„Das ist Pantelleria. Sie gehört dem Herzog von Toskana."

Der Wind blähte die Segel.

„Wenn wir weiterhin so gut vorankommen, können wir übermorgen in Bona sein", meinte der junge Ritter.

Gegen Abend ereignete sich ein Zwischenfall. Man entdeckte, daß der Süßwasserbehälter an Bord von verbrecherischer Hand angebohrt worden war. Der Täter war einer der Küchengehilfen, ein junger Maure, der offenbar ein wenig rauh angefaßt worden war und sich auf diese Weise gerächt hatte. Nach allgemeinem Seemannsbrauch

300

wurde der Schiffsjunge für diesen Verstoß auf barbarische Weise bestraft: Man nagelte seine Hand am Großmast mit eben jenem Messer, dem corpus delicti, fest und ließ ihn so stundenlang stehen.

Der Ritter de Roguier setzte Angélique von dem Mißgeschick in Kenntnis.

„Es ist ein ärgerlicher Vorfall, der uns Zeit kosten wird, denn wir müssen versuchen, Pantelleria anzulaufen, um unseren Süßwasservorrat zu erneuern. Das beweist wieder einmal, daß man auf dem Mittelmeer immer auf der Hut und nicht zu großmütig sein soll. Mit Rücksicht auf sein Alter hatten wir diesen Jungen nicht in den Ruderraum gesteckt. Er konnte sich frei bewegen. Und zum Dank bohrt er uns heute ein Loch in den Süßwasserbehälter."

„Warum hat er es getan?" fragte Angélique beklommen.

Der Ritter zuckte nur die Achseln. Die Galeere hatte plötzlich den Kurs gewechselt. Sie glitt nicht mehr nach Ostnordost, sondern nach Südost, wie an der Position der untergehenden Sonne zu erkennen war.

Die Passagiere bekamen eine Ration edlen Weins, aber die Besatzung und die Rudersklaven murrten, denn es konnte an Bord nicht gekocht werden.

Der sehr heiße Tag ging zu Ende.

Angélique vermochte nicht zu schlafen. Gegen Mitternacht ging sie an Deck, um ein wenig frische Luft zu schöpfen. Kein einziges Licht brannte an Bord. Nur der matte Schein der fernen Sterne erhellte das Schiff, das sich bei verminderten Segeln und mit Hilfe einer einzigen Rudermannschaft fortbewegte, während die beiden andern ruhten. Man hörte das Atmen der Galeerensklaven, die in ihren stinkenden Gräben schliefen, aber das Dunkel verbarg die Umrisse ihrer Körper. Angélique tastete sich ein paar Schritte in Richtung der Laufbrücke vor; sie vermutete die beiden Ritter am Bug und wollte mit ihnen sprechen. Doch auf dem Weg dorthin ließ ein Geräusch sie innehalten.

Eine erstickte, gequälte Stimme murmelte auf arabisch eine Klage, in der das Wort Allah häufig wiederkehrte. Dann verstummte die Stimme, um alsbald von neuem zu beginnen. Angélique glaubte die Gestalt des an den Großmast genagelten jungen Mauren zu erkennen. Er schien fürchterlich zu leiden, offenbar auch an Durst. Sie hatte keinen Wein mehr, aber es war ihr ein Stück Pastete übriggeblieben,

301

das sie nun holen ging. Als sie sich dem Großmast nähern wollte, trat ihr ein Wachtposten in den Weg.

„Laßt mich", sagte sie. „Ihr seid Seemänner und Krieger. Ich maße mir kein Urteil über Eure Handlungsweise an. Aber ich bin eine Frau und habe einen Sohn, der ungefähr in seinem Alter ist."

Der Mann verneigte sich. Tastend gelang es ihr, kleine Stückchen der Pastete zwischen die heißen Lippen des jungen Mauren zu schieben. Sein Haar war gekräuselt wie das Florimonds, seine gemarterte Hand verkrampft und blutverklebt.

„Ich werde den Baron von Nesselrode bitten, die Strafe aufzuheben. Es ist wirklich zuviel!" sagte sich Angélique bedrückt.

Plötzlich wurde das Gesichtsfeld von einem fahlroten Schein erhellt, der mehrmals die Farbe wechselte, um schließlich in einem bunten Funkenregen zu enden.

„Eine Rakete!"

Der junge Maure hatte sie gleichfalls bemerkt.

„Allah mobarech! Allah ist groß!"

Auf dem Schiff entstand Bewegung. Waffenknechte und Matrosen liefen vorüber und wechselten erregte Rufe, die runden Augen einiger Blendlaternen glommen auf. Angélique weckte Savary. Die Szene erinnerte sie zu sehr an die Atmosphäre, die vor dem Kampf mit der Schebecke des Rescators an Deck der „Royale" geherrscht hatte.

„Savary, meint Ihr, wir werden wieder jenem Piraten begegnen?"

„Madame, Ihr fragt mich, als sei ich ein Militärstratege und verfügte über das Zaubermittel, zugleich auf einer maltesischen Galeere und auf der ihres Gegners zu sein. Eine türkische Rakete muß nicht unbedingt den Rescator ankündigen. Sie kann genausogut bedeuten, daß Algerier, Tunesier oder Marokkaner etwas im Schilde führen."

„Mir war, als sei sie von unserem Schiff aufgestiegen."

„Das würde heißen, daß wir einen Verräter an Bord haben."

Ohne die andern Passagiere zu wecken, gingen sie hinauf. Die Galeere schien Zickzackkurs zu fahren, vermutlich, um einen eventuellen Feind, der sich in der Finsternis verbarg, in Verwirrung zu bringen.

Angélique vernahm die Stimme des Ritters de Roguier, der mit dem deutschen Baron vom Bug zurückkam.

„Bruder, meint Ihr, es ist an der Zeit, unsere roten Panzerhemden anzulegen?"

„Noch nicht, Bruder."

„Habt Ihr nach dem Verräter forschen lassen, der die Rakete von Eurem Schiff aufsteigen ließ?" erkundigte sich Angélique.

„Ja, aber ergebnislos. Wir müssen das Strafgericht auf später verschieben. Schaut Euch das an, dort draußen!"

Vor dem Bug konnte man in weiter Ferne eine Lichterkette erkennen. Die Festlandsküste oder eine Insel, dachte sie.

Doch die Küste schien sich zu bewegen. Die Lichter blinkten und näherten sich in Linie, dann im Halbkreis.

„Flotte im Angriff vor uns! Alarm!" brüllte der Ritter von Nesselrode.

In kürzester Frist befand sich jeder auf seinem Posten, und man begann die „Arambade" aufzurichten, eine sechs Fuß hohe Palisade, dazu bestimmt, den Angriff auf höher gebaute Schiffe zu erleichtern.

Angélique hatte über dreißig Lichter auf dem Wasser gezählt.

„Die Barbaresken!" sagte sie mit gedämpfter Stimme.

Der Ritter de Roguier, der sich in ihrer Nähe befand, hörte es.

„Ja, aber beruhigt Euch, es ist nur eine Flotille kleiner Barken, die es sicherlich nicht wagen wird, uns anzugreifen, wenn sie nicht Verstärkung bekommt. Gleichwohl handelt es sich zweifellos um einen geplanten Überfall. War er auf uns gemünzt? Die Rakete könnte darauf hindeuten ... Jedenfalls werden wir unsere Munition nicht in Scharmützeln vergeuden, da wir ihnen mühelos entrinnen können. Ihr habt gehört, daß unser Kapitän den Augenblick noch nicht für gekommen hält, unser Kampfhemd anzulegen: das rote Panzerhemd der Malteserritter. Wir dürfen es nur im Kampf tragen, damit unsere Männer uns während der Schlacht nicht aus den Augen verlieren. Der Baron von Nesselrode ist ein Löwe des Kriegs, aber er braucht wenigstens drei Galeeren vor sich, bevor er seine Leute und sein Schiff riskiert."

Den Versicherungen des jungen Mannes zum Trotz mußte Angélique feststellen, daß die muselmanischen Barken sich der schwerfälligen, überbelasteten Galeere immer mehr näherten. Erst als diese alle Segel hißte und die drei Rudermannschaften einsetzte, begannen sich die Lichter der Flottille zu entfernen und gerieten schließlich völlig außer Sicht. Kurz darauf zeichnete sich vor dem Bug abermals die dunkle Masse einer bergigen Insel ab. Beim Schein einer Laterne zogen die beiden Ritter ihre Schiffskarte zu Rat.

„Das ist die Insel Cam", sagte der deutsche Baron. „Die Einfahrt in die Bucht ist sehr schmal, aber wir werden es mit Gottes Hilfe schaffen. Wir können uns dort mit Süßwasser versorgen, und außerdem sind wir vor den Galeeren von Bizerta oder Tunis geschützt, die sich sicherlich in Kürze mit der Flottille vereinigen werden, der wir begegnet sind. Die paar einheimischen Fischer sollen uns nicht am Anlegen hindern: es gibt hier keine einzige Muskete, geschweige denn ein Festungswerk."

Da er Angélique ein paar Schritte entfernt regungslos und stumm dastehen sah, setzte der Ritter von Nesselrode in mürrischem Ton hinzu:

„Glaubt nicht, Madame, daß die Malteserritter immer dem Kampf ausweichen. Aber es liegt mir am Herzen, Euch nach Bona zu bringen, zumal unser Großmeister mich darum gebeten hat. Auf dem Rückweg werden wir unsern Feinden wieder begegnen."

Sie dankte ihm beklommenen Herzens.

Die Segel wurden gerefft, und der deutsche Ritter begab sich zum Bug, um die Rolle des Lotsen zu übernehmen.

Zwischen den steil aus dem Meer aufragenden Klippen war es stockdunkel. Angélique fühlte sich bedrückt, und trotz der geglückten Flucht war sie von düsteren Vorahnungen erfüllt. Sie wußte zwar, daß man in diesen Breiten nie auf direktem Weg zum Ziel gelangte, aber unter den gegebenen Umständen empfand sie jede Verzögerung als Tortur, und sie fürchtete, daß ihre Nerven nicht standhalten würden. Belastet durch Savarys Bemerkungen, malte sie sich das Schlimmste aus. Ihre Augen suchten die schwarzen Felsen ab, in der Erwartung, abermals eine verräterische Rakete aufsteigen zu sehen. Doch nichts dergleichen geschah: der klare Nachthimmel tauchte wieder auf, und die Galeere glitt durch ruhiges Wasser, in dem sich die Segel spiegelten. Im Hintergrund der Bucht zeichnete sich ein kleiner Strand ab, mit ein paar Strohhütten und einem Saum von Palmen und Olivenbäumen, die auf eine Quelle hinwiesen.

Der Himmel begann licht zu werden. Angélique blieb an Deck. „Ich werde nicht mehr den Mut finden zu schlafen, bevor ich in Bona bin", sagte sie sich.

Zur Vorsicht wartete die Galeere in der Einfahrt zur Bucht, bis es vollends Tag wurde. Der Baron von Nesselrode musterte die Umgebung, sein scharfer Blick durchforschte jedes Gebüsch, jede Klippe. Er wirkte wie ein plumper, bis ins Mark argwöhnischer Wachhund, der nichts dem Zufall überlassen will. Seine Regungslosigkeit faszinierte Angélique. Würde er sich endlich rühren, reden, das beruhigende Wort von seinen schmalen, zusammengekniffenen Lippen fallen lassen? Seine Nasenflügel bewegten sich. Offensichtlich schnupperte er. Späterhin blieb Angélique überzeugt, daß er den Geruch wahrgenommen, bevor er noch etwas gesehen hatte. Die Lippen des Ritters schoben sich vor, während seine Augen sich verengten, bis sie nur noch schmale Schlitze waren.

Er wandte sich zu Henri de Roguier, und beide verschwanden im Innern des „Tabernakels". In ihren roten Kettenhemden kehrten sie wieder zurück.

„Was ist?" schrie Angélique auf.

Der Blick des Deutschen war stahlhart. Er zog seinen Degen und stieß den jahrhundertealten Ruf seines Ordens aus:

„Die Sarazenen! Zu den Waffen, Brüder!"

Im selben Augenblick brach von den Höhen ein Hagel von Kartätschen auf den Bug nieder und zersplitterte den Schiffsschnabel.

Es war Tag geworden. Jetzt erst sah man zwischen den Gebüschen über ihnen am Berghang das schimmernde Metall der auf die Galeere gerichteten Geschützrohre. Inmitten des Kanonendonners gab der Ritter Befehl, zu wenden und den Versuch zu machen, die offene See zu erreichen.

Während des mühsamen Manövrierens schleppten Waffenknechte

kleine, bewegliche Bombarden an Deck und brachten sie in Stellung. Andere, mit Musketen bewaffnete Soldaten erwiderten das Feuer nach bestem Vermögen, aber sie standen ungeschützt und wurden niedergemäht. Das Deck war bereits mit Verletzten und Toten besät. Schreie drangen aus dem Ruderraum, wo eine ganze Bank von zwei Salven getroffen worden war.

Dennoch nahm eine maltesische Bombarde eines der Geschütze aufs Korn. Der Schuß traf. Ein Neger stürzte von der Klippe ins Wasser. Einem zweiten Bombardenkanonier gelang ein Volltreffer auf die Bedienungsmannschaft eines anderen, am Ende der Bucht aufgestellten Geschützes.

„Es sind noch vier!" brüllte der Ritter de Roguier. „Entwaffnen wir sie! Wenn sie nicht mehr schießen können, bekommen wir die Oberhand."

Aber rundum auf den Gipfeln tauchten dicht an dicht dunkle, mit weißen Turbanen umwickelte Köpfe auf. Ein fürchterliches Geschrei erscholl.

„Brebre, mena perros! Hunde, ergebt Euch!"

Und der Rückweg war durch die Barken, die kleinen Feluken versperrt, die in der vergangenen Nacht die maltesische Galeere in den vorbereiteten Hinterhalt gejagt hatten.

Savary hatte Angélique gleich bei den ersten Kanonenschüssen in die Kabine gedrängt, aber sie blieb an der Tür und verfolgte entgeistert diesen wirren, ungleichen Kampf.

Die Muselmanen waren zahlenmäßig fünf- oder sechsmal stärker, und die Überlegenheit der maltesischen Artillerie blieb trotz einiger Treffer wirkungslos, denn mit den vierundzwanzig fest verankerten Geschützen konnte man nur in horizontaler Richtung schießen, nicht in die Höhe. Die Musketiere verrichteten vergeblich Wunder an Treffsicherheit und dezimierten vornehmlich die an ihren spitz zulaufenden Sturmhauben kenntlichen muselmanischen Anführer, in der Hoffnung, die Angreifer dadurch in Verwirrung zu bringen. Doch der Piraten wurden immer mehr, und in ihrer Kampfleidenschaft stürzten sie sich

306

ins Wasser, um schwimmend die Galeere zu erreichen. Auch die Barken entsandten einen Schwarm von Schwimmern, die auf ihren Turbanen brennende Harzfackeln mit sich trugen.

Die maltesischen Scharfschützen nahmen sie aufs Korn und richteten ein Blutbad unter ihnen an. Doch je mehr verschwanden, desto mehr tauchten auf. Und trotz der Musketen und Bombarden wimmelte es rings um die Galeere von noch flotten und gekenterten Barken, aus denen unaufhaltsam, heulend, Fackeln, Dolche, Säbel und Musketen schwingend, die Menschenflut sich auf Deck ergoß.

Die maltesische Galeere glich einer großen, verletzten, von einem Ameisenheer angefallenen Möwe. Die Mauren enterten mit dem Ruf: „Va Allah! Allah!"

„Es lebe der wahre Glaube!" erwiderte der Ritter von Nesselrode und durchbohrte mit seinem Degen den ersten halbnackten Araber, der auf Deck erschien.

Aber der Strom der Angreifer riß nicht ab. Die beiden von einigen Ordensknechten umringten Ritter wichen fechtend bis zum Fuß des Großmasts zurück, an dem noch immer der junge Maure hing.

Überall kämpfte Mann gegen Mann. Keiner der Angreifer schien an Plündern zu denken, sie waren nur darauf aus, möglichst viele von denen zu erwürgen, die sie vor sich hatten.

Voller Grausen beobachtete Angélique, wie einer der Korallenhändler mit zwei jungen Mauren rang. Ineinander verschlungen, suchten sie nur zu beißen und zu würgen wie tollgewordene Hunde.

Einzig auf dem kleinen Fleckchen zu Füßen des Großmasts ging es geordnet zu: die beiden Ritter kämpften wie Löwen. Zwei halbmondförmige Lücken waren vor ihnen entstanden, die ein buntscheckiger Wall von Leichen begrenzte. Die Angreifer mußten Menschenleiber beiseite räumen, um an die beiden heranzukommen, und die beherztesten begannen angesichts dieses hartnäckigen Widerstands bereits zurückzuweichen, als die Kugel eines Heckenschützen, der vom Bug aus in aller Ruhe sein Ziel aufs Korn genommen hatte, den Ritter von Nesselrode traf und zu Boden warf. Roguier wollte ihn auffangen. Ein Krummsäbel schlug ihm die Finger ab.

Der Korallenhändler, der den beiden Burschen entronnen war, kletterte atemlos die Leiter zur Kabine hinunter und drängte Angélique ins Innere, wo sich sein Genosse sowie Savary, der holländische Bankier und der Sohn des spanischen Offiziers befanden.

„Jetzt ist es aus", sagte er. „Die Ritter sind gefallen. Man wird uns gefangennehmen. Es ist höchste Zeit, daß wir unsere Papiere ins Meer werfen und unsere Kleidung wechseln, um die neuen Herren über unseren Stand zu täuschen. Ihr vor allem, junger Mann", sagte er, zu dem Spanier gewandt. „Betet zur Jungfrau, daß sie nicht herausbekommen, daß Ihr der Sohn eines Offiziers der Garnison von Bona seid, sonst behalten sie Euch als Geisel und schicken, wenn der nächste Maure vor den spanischen Wällen niedergeschossen wird, Eurem Vater Euren Kopf zum Geschenk und noch etwas Gewisses dazu."

Ungeachtet der Anwesenheit einer Dame warfen die Männer hastig ihre Kleidung ab, rollten sie samt ihren Dokumenten zu einem Bündel und beförderten sie durch das Bullauge ins Meer, um sich alsbald in Lumpen zu hüllen, die sie einer Lade entnommen hatten.

„Es ist kein Frauenkleid dabei", sagte einer der Kaufleute bestürzt. „Madame, dieses Gesindel wird an Eurer Kleidung sofort erkennen, daß Ihr von hohem Stand seid. Sie werden ein Vermögen als Lösegeld fordern!"

„Ich brauche nichts", sagte Savary, der seelenruhig mit seinem Regenschirm wartend dastand, nachdem er seinen Sack mit den Urzeitknochen sorgfältig verschnürt hatte. „Sie wollen mich ohnehin immer zuerst ins Meer werfen, weil sie sich nichts von mir versprechen."

„Was soll ich denn mit meiner Uhr, meinem Schmuck und meinem Geld machen?" fragte der holländische Bankier, der sich in seinem zerlumpten Aufzug höchst unwohl fühlte.

„Macht es wie wir. Schluckt, was Ihr könnt", sagte einer der beiden Händler. Sein Genosse verschlang bereits unter kläglichen Grimassen, Pistole nach Pistole, den Inhalt seiner Börse. Der spanische Student wollte nicht zurückstehen und schluckte seine Ringe. Der bedachtsame niederländische Bankier beobachtete diese „Chrysophagie"-Epidemie mit mißfälliger Miene.

„Ich werfe sie lieber ins Meer!"

„Das wäre ganz falsch. Wenn Ihr sie ins Meer werft, habt Ihr sie gesehen. Wenn Ihr sie hingegen schluckt, könnt Ihr sie wiederbekommen."

„Wie denn?"

Da in diesem Augenblick am oberen Ende der Leiter ein riesiger Schwarzer auftauchte, der bedrohlich mit den Augen rollte und seinen Krummsäbel schwang, blieb die törichte Frage unbeantwortet. Der Bankier wurde mit dem Gold in der Hand ertappt, was seine Verkleidung illusorisch machte.

Dreiunddreißigstes Kapitel

Eine nur durch das Stöhnen der Verwundeten unterbrochene Stille war auf den Lärm des Kampfes gefolgt.

Die gefangenen Passagiere wurden an Deck getrieben.

Durch die Einfahrt glitten vier sehr tiefbordige, mit Kanonen ausgerüstete Galeeren in die Bucht, die grüne Banner und die rot-weiße Fahne Algiers führten. Am Heck der ersten Galeere stand der Reïsbachi, der Führer der kleinen Flotte. Er trug einen Helm mit langer Spitze, ähnlich dem der Sarazenen, die gegen die Kreuzfahrer kämpften. In eine Djellaba aus feiner weißer, mit Ornamenten bestickter Wolle gehüllt, stieg er an Bord der maltesischen Galeere, eskortiert von seinen Offizieren: dem Reïs-el-assa, seinem Stellvertreter, dem Khopa oder Schreiber, dem Vach-todji, dem Geschützmeister, der die Schäden der maltesischen Galeere feststellen sollte, und dem Reïstayar, dem Prisenmeister, der ein schiefes Gesicht zog, weil er fand, daß seine fanatischen Mauren das schöne Schiff zu sehr beschädigt hätten. Er gab Befehl, mit der Bestandsaufnahme der erbeuteten Schätze zu beginnen.

Die Rudersklaven, die aus der Umgebung Algiers stammten, wurden freigelassen, die andern auf die algerischen Galeeren gebracht. Die maltesische Besatzung wurde in Ketten gelegt. Blutbedeckt, die Handgelenke von einer eisernen Fessel umschlossen, wurde Henri de Roguier an Angélique vorbeigeführt. Ihm folgte, trotz seiner schweren Wunden ebenfalls mit Ketten gefesselt, der Ritter von Nesselrode, den drei stämmige Araber tragen mußten.

Danach kam ein Trupp von Yoldaks oder Janitscharen an Bord, um die Besatzung abzulösen.

Schließlich wurden die Passagiere dem Reïs vorgeführt, der sich Ali-Hadji nannte. Er ließ sich durch ihre kläglichen Mienen nicht rühren und betrachtete prüfend ihre Hände, um festzustellen, ob deren Aussehen dem von ihnen angegebenen Beruf entsprach. Sicherlich sahen die Hände des Bankiers nicht wie die eines Schneiders aus, als den er sich ausgab. Im übrigen war die goldene Uhr mit den eingelassenen kleinen Diamanten, die die Offiziere staunend von Hand zu Hand gehen ließen, recht vielversprechend, was die Möglichkeiten seiner Auslösung anbetraf. Daß er sich energisch weigerte, Namen, Adresse und Nationalität anzugeben, erregte kein sonderliches Ärgernis. Er würde sich schon dazu bequemen, wenn man die nötigen Mittel anwandte. Die Kaufleute beteuerten mit der ehrlichsten Miene der Welt, daß sie Glücksritter seien, was gemeinhin bedeutete, daß sie nie genug Glück gehabt hatten, um Schätze zu sammeln.

Savarys Anblick löste teils enttäuschte Grimassen, teils größte Heiterkeit aus. Man tastete seine Rippen ab, prüfte seine abgetragene Kleidung. Der Inhalt des Sacks, von dem er sich nicht trennen ließ, rief Bestürzung hervor, in die sich eine gewisse abergläubische Scheu mischte. Dann meinte ein Spaßvogel, man könne den Sack samt seinem Besitzer den hungrigen Hunden Algiers zukommen lassen. Zuletzt wurde er, sozusagen als Ausschußware, beiseite geschoben.

Nun befaßten sich die Piraten mit Angélique. Die dunklen Augen der algerischen Offiziere musterten sie mit einer achtungsvollen, ja sogar bewundernden Neugier. Sie wechselten ein paar Worte, und der Reïs Ali-Hadji bedeutete ihr, vorzutreten.

Wenn man sich auf das Abenteuer einer Seereise einließ, lag die Möglichkeit, von den Barbaresken abgefangen zu werden, so nahe, daß Angélique zwar nicht gerade mit ihr gerechnet, sie aber doch in Betracht gezogen hatte. Sie hatte bereits ihre Pläne entworfen, und ihr Entschluß war gefaßt. Sie würde bei der Wahrheit bleiben, auf ihr Vermögen und ihre augenblickliche Situation als eine nach ihrem Gatten forschende Ehefrau hinweisen, um zu versuchen, ihre Freiheit wiederzugewinnen, koste es, was es wolle. Die Algerier waren keine zügellosen Briganten, die aus purer Kampfeslust und Begehrlichkeit

310

angriffen, brandschatzten und vergewaltigten. Ihr Kaper-„Gewerbe" war auf Grund strenger Regeln organisiert. Die Beute mußte geteilt werden, und vom kleinsten Segelfetzen bis zum Kapitän des gekaperten Schiffes wurde alles katalogisiert und sodann in klingende Münze umgewandelt. Was die Frauen betraf, vor allem die weißen Europäerinnen, diese selteneren und besonders wertvollen Prisen, war ihre Habsucht meist stärker als ihre Lüsternheit.

Angélique nannte also ihren Namen, jenen Namen, den sie so lange verheimlicht hatte. Sie sei die Frau des französischen Edelmannes Joffrey de Peyrac, bei den Mohammedanern bekannt unter dem Namen Jeffa-el-Khaldouin, der sie in Bona erwarte und bestimmt das Lösegeld für sie aufbringen werde. Er habe ihr einen Boten geschickt, einen ihrer Glaubensgenossen, Mohammed Raki, der sich unter den Gefangenen befinden müsse und Zeugnis für sie ablegen werde.

Der Dolmetscher übersetzte. Der Reïs blieb kühl, gab jedoch Anweisung, die freigelassenen Mohammedaner vorzuführen. Angélique befürchtete, Mohammed Raki könne bei dem Kampf verwundet oder getötet worden sein, doch sah sie ihn zu ihrer Erleichterung und wies auf ihn, worauf Ali-Hadji befahl, ihn gesondert einzuschiffen. Danach wurden die Passagiere an Bord einer der Barbareskengaleeren gebracht und dort auf dem Heck zusammengetrieben, wo sich bereits die Verwundeten der maltesischen Besatzung befanden.

Die beiden Ritter saßen mit dem Rücken an die Reling gelehnt, verunstaltet durch das geronnene Blut ihrer Wunden. Sie litten unsäglich unter den Strahlen der jetzt im Zenit stehenden Sonne.

Angélique rief den Neger heran, der sie bewachte, und machte ihm begreiflich, daß sie am Verdursten sei. Er gab die Bitte der Gefangenen weiter, und der Reïs Ali-Hadji ließ ihr sofort einen Krug Wasser bringen. Unbekümmert um die Folgen ihres eigenmächtigen Handelns, kniete sie neben Nesselrode nieder, gab ihm zu trinken und wusch dann vorsichtig sein von den Säbelhieben zerschundenes Gesicht, während Roguier gleichfalls seinen Durst stillte.

Der Reïs war nicht dagegen eingeschritten. Der christliche Sklave, der den Krug gebracht hatte, beugte sich zu ihnen hinunter und flüsterte:

„Laßt mich Euch sagen, Ihr Herren Ritter, daß ich Jean Dillois heiße und ein Franzose aus Martigues bin, seit zehn Jahren Sklave in Algier.

Man vertraut mir, und ich kann Euch daher mitteilen, daß Mezzo Morte, der Admiral von Algier, seit drei Tagen wußte, daß Ihr nach Bona fahren würdet. Er hat die Falle gestellt, in die Ihr gegangen seid."

„Wie konnte er es wissen?" fragte der deutsche Edelmann, durch seine gespaltene Lippe beim Sprechen behindert.

„Er wußte es, Herr Ritter. Ihr seid von Euren eigenen Leuten verraten worden."

Ein Hieb mit dem flachen Krummsäbel auf seine Schulter ließ ihn verstummen. Er griff nach dem Krug und zog sich zurück.

„Wir sind also verraten worden. Erinnert Euch daran, Bruder, wenn Ihr Malta wiederseht", murmelte der Ritter von Nesselrode und blickte zum azurnen Himmel auf. „Ich werde Malta nicht wiedersehen."

„Das dürft Ihr nicht sagen, Bruder", protestierte Roguier. „Gar mancher Ritter, der auf den Galeeren der Ungläubigen rudern mußte, ist wieder freigekommen, und seine Peiniger saßen dafür im Ruderraum. Das sind die Wechselfälle, die unser Kampf mit sich bringt."

„Ich weiß, daß Mezzo Morte sich an mir rächen wird. Er hat geschworen, mich von vier Galeeren in Stücke reißen zu lassen."

Entsetzen malte sich in den Zügen des jungen Ritters. Die gefesselte Hand des Barons von Nesselrode berührte die seine.

„Erinnert Euch an die Verpflichtung, Bruder, die Ihr eingegangen seid, als Ihr unter dem Banner von Malta Eure Gelübde ablegtet. Es ist kein guter Tod für einen Ritter, in einer Provinzkomturei zu sterben, der friedlichen Zuflucht kampfmüder Krieger. Ein besserer ist, mit dem Degen in der Faust auf Deck seines Schiffes zu fallen. Der rechte Tod der Ritter aber ist der Märtyrertod ...!"

Die kleine Flotte hatte die Bucht verlassen und befand sich wieder auf offener See. Die algerische Galeere war zwar schnittig, doch flach und schmal, so daß sich, nachdem sie die maltesische Besatzung an Bord genommen hatte, niemand mehr bewegen durfte, um ihr Gleichgewicht nicht zu gefährden und ihre Fahrgeschwindigkeit nicht zu beeinträchtigen. Nur die Rudermeister gingen auf dem Laufsteg hin und her und ließen ihre Peitschen auf die Rücken der christlichen Sklaven niedersausen.

Immer wieder warf der Reïs Ali-Hadji Blicke zu Angélique hinüber. Sie vermutete, daß er mit seinem Schreiber über sie sprach, konnte aber nicht verstehen, was sie sagten. Savary war es gelungen, zu ihr zu schleichen.

„Ich weiß nicht, ob Mohammed Raki meine Erklärungen bestätigen wird", sagte sie zu ihm. „Und mein Gatte, was wird er über all das denken? Kann er mein Lösegeld bezahlen? Wird er mir zu Hilfe kommen? Ich war auf dem Wege zu ihm, und jetzt wird mir klar, daß ich nichts über ihn weiß. Wenn er lange in der Berberei gelebt hat, kann er sich leichter als jeder andere mit unseren Entführern auseinandersetzen. Habe ich mich denn richtig verhalten?"

„Vollkommen. Eure Erklärung hat immerhin den einen Vorteil, daß Ihr, falls Ihr in die Hände eines rechtskundigen Mohammedaners geratet, nicht Gefahr lauft, die ‚schimpflichste Sünde' begehen zu müssen. Der Koran verbietet nämlich den Gläubigen, eine Frau zu erwerben, deren Ehemann noch am Leben ist, denn der Ehebruch wird aufs schärfste mißbilligt. Andererseits habe ich gehört, was der Reïs sagte, als Ihr ihm vorgeführt wurdet. ‚Ist sie das?' – ‚Ja, das ist sie.' – ‚Wir haben also unseren Auftrag ausgeführt. Mezzo Morte und Osman Ferradji werden zufrieden sein.'"

„Was hat das zu bedeuten, Savary?"

Der Greis zuckte die Achseln.

Trotz des Windes brannte die Sonne. Angélique, die höchst unbequem auf den nackten Planken hockte, fühlte, wie ihre Glieder allmählich steif wurden. Sie versuchte, ihr Gesicht vor den glühenden Strahlen zu schützen. Es war wie ein Alptraum, diese Gefangennahme so nahe dem Hafen. Daß ein teuflisches Geschick sie so kurz vor dem Ziel wiederum von ihrem Wege ablenkte, das glich jenen vergeblichen, quälenden Verfolgungen, die das Unterbewußtsein während des Schlafs ersinnt.

Während der Nacht glitten die algerischen Galeeren am Hafen Bonas vorüber. Angélique, die keinen Schlaf zu finden vermochte, ahnte es und haderte abermals mit ihrem Geschick.

Doch dann keimte neue Hoffnung in ihr auf. Schließlich war noch nichts verloren. Der Admiral der Barbaresken in Algier, jener Mezzo Morte, war ein Renegat italienischer Herkunft, der sich großer Berühmtheit erfreute. Sie würde sich ihm erklären können, und ihr Gatte würde herbeieilen, um sie zu befreien, denn sie zweifelte nicht, daß er einflußreich, wenn nicht gar reich geworden war.

Endlich schlief sie ein und glaubte seinen hinkenden Schritt auf den Fliesen eines langen, öden Ganges widerhallen zu hören. Aber der ungleichmäßige Schritt näherte sich ihr nicht. Er entfernte sich, entfernte sich immer mehr, bis er im Rauschen des Meeres unterging.

Dritter Teil

Der Harem

Vierunddreißigstes Kapitel

Algier, die weiße Stadt, erwacht. Die Sonne vergoldet die beiden alten spanischen Türme, Zeugen der iberischen Herrschaft, die im 16. Jahrhundert durch die des asiatischen Türken abgelöst wurde. Die Strahlen treffen auf die sanftgrünen oder grauen Spitzen der gedrungenen, viereckigen Minarette, die nichts gemein haben mit den riesigen Kerzen des Orients, und Sali Hassan, Pascha der Hohen Pforte, stellt wieder einmal fest, daß er die algerischen Minarette nicht mag. Sie passen zu diesen ungeschliffenen, zum Abfall vom Glauben neigenden Algeriern und noch mehr zu den abtrünnigen Reïs, die der den Orientalen eigenen Lässigkeit Tatkraft, Betriebsamkeit und Geldgier der Christen und westlichen Rassen entgegensetzen. Verflucht seien Endj' Ali, der Kalabrese, und Ali Bitchin, der Venezianer, der Flame Uver und Soliman aus La Rochelle, die Dänen Simon Dansat und Eric Jansen und die Engländer Sanson und Edward, verflucht sei vor allem der schlimmste von ihnen, jener Mezzo Morte, auch er ein Sohn Kalabriens. Sie sind es, die Renegaten, die aus trägen Muselmanen raubgierige und unermüdliche Seeadler gemacht und den Bazillus der Freibeuterei sogar auf die Janitscharen übertragen haben. Beinahe wäre Sali Hassan im vergangenen Jahr von seinen eigenen Truppen ermordet worden, weil er sie ermahnt hatte, sich mit ihrem Sold zu begnügen. Er hatte nachgeben und es zulassen müssen, daß sie als Freiwillige auf See gingen, um ihr Glück zu versuchen.

Sali Hassan Pascha, der Stellvertreter des Sultans in dieser barbarischen Festung Algier, tröstet sich mit dem Gedanken, daß es andererseits die Renegaten sind, die aus Algier die große Seeräuberstadt gemacht haben. Fällt nicht ein Achtel der gekaperten Schätze rechtens dem Pascha zu? Er hat sein Paschalik, sein Amt, durch teure Geschenke erworben. In den kurzen drei Jahren, die ihm zur Verfügung stehen, muß er seine Ausgaben wieder hereinholen und sich ein Vermögen erwerben. Wenn er bis dahin nicht erdolcht oder vergiftet worden ist, wird er nach Konstantinopel zurückkehren und seinen Reichtum genießen können. Mezzo Morte tut gut daran, unaufhörlich zu rüsten,

317

die Reïs zu ermuntern und seine Truppen und Matrosen anzuspornen. Die Stadt lebt ausschließlich von ihnen und durch sie. In Algier gibt es weder Industrie noch Handel. Wäre es zu Ende mit der Freibeuterei, müßte die Bevölkerung buchstäblich verhungern. Seiner wesentlichsten Einkünfte beraubt, könnte der Pascha nicht einmal mehr den Janitscharen ihren monatlichen Sold bezahlen; eine Revolte wäre unausbleiblich und würde mit der Ermordung des souveränen Vizekönigs und seiner Berater, dem Sturz der Regierung enden. Die Aufrechterhaltung der Ordnung und das Auskommen einer Bevölkerung von hunderttausend Seelen hingen allein von der Seeräuberei ab. Deshalb kam es darauf an, zu kapern und immer wieder zu kapern. Ob am heutigen Tage weitere erfolgreiche Schiffe in den Hafen einlaufen würden?

Sali Hassan Pascha fährt sich mit der Zunge über die Lippen beim Gedanken an die große neapolitanische Galeone, die Mezzo Morte in der vergangenen Woche aufgebracht hatte. Sie hatte Getreide an Bord, zehntausend Paar Seidenstrümpfe, zwanzig Kisten Goldfaden, zehntausend Kisten Brokatell, sechsundsiebzig Kanonen, zehntausend Kugeln und hundertdreißig Gefangene, die ein enormes Lösegeld einbringen werden. Freilich, solche Glücksfälle ereigneten sich nicht jeden Tag.

Der Pascha läßt sich am Fenster seines Palastes nieder, der das Meer beherrscht. Und während seine Pagen sein majestätisches Haupt mit zahllosen Ellen grünen Musselins umwinden, läßt er sich das Ebenholzfernrohr mit den Goldreifen reichen und sucht den Horizont ab.

Die Sonne ist von der Spitze der Minarette, wo die Muezzins das Morgengebet psalmodieren, zu den flachen Dächern hinabgestiegen, die sich terrassenförmig aufbauen. Auf ihnen sieht man nun geschmeidige weiße Gestalten sich regen. Die Frauen haben dort geschlafen, von der erstickenden Hitze aus ihren Räumen vertrieben. Sie haben sich im Angesicht der Sterne niedergelegt, neugierig den Geräuschen der Stadt und des Meeres lauschend, dem Bellen der Hunde und dem Geschrei, das der leise Wind aus dem Bagno der christlichen Sklaven herüberträgt. Jetzt ist es Tag geworden. Die Eunuchen treiben ihre Schäflein in die Hürde zurück, in die vergitterten, kühlen Harems der Häuser der begüterten Bürger Algiers.

Diese Häuser befinden sich in der Nähe des Meers, im westlichen Teil der Stadt, der Marina, zugleich Sitz der mächtigen Gilde der Reïs, der Taïffe, ein Viertel, das der Pascha aus Konstantinopel von seinem Hügel herab nur mit gemischten Gefühlen betrachtet. Dort wohnen der Admiral von Algier und die großen Reïs, die, die noch zur See fahren, und die andern, die sich als gemachte Leute zur Ruhe gesetzt haben. Ihnen benachbart hausen ihre Besatzungen und die Angehörigen jener Berufe, die vom Meer leben: Seiler, Schiffbauer, Pech- und Teerfabrikanten, Biskuit- und Fischhändler. Etwas weiter draußen haben sich die Sklavenhändler angesiedelt, die Händler mit gekaperten Waren und die Juden, die Geldwechsler, die auf türkische Art vor ihren niedrigen Tischen hocken, auf denen sich Paras, Piaster und Zechinen türmen.

Die Sklaven erwachen auf ihren Bastmatten oder ihren Schragen aus rohem Holz. Sie haben vom grauen Himmel Englands oder der Normandie geträumt, von der roten spanischen Erde, den Olivenhainen Italiens. Sie schlagen die Augen auf und erblicken den kalten, nackten Raum des Bagno. Das Wort kommt ursprünglich aus dem Spanischen und bedeutet Bad. Im Badehaus hatte man zuerst die Sklaven eingeschlossen, aber da die Bäder der Privatleute nicht groß genug waren, um die wachsende Zahl der Sklaven aufzunehmen, ließ man später besondere Gebäude für sie errichten. Der Name blieb. Das Innere des Bagno gleicht dem aller Häuser Algiers: ein Innenhof, der von einem gedeckten Gang umgeben ist, über diesem ein Stockwerk, dessen Räume jeweils fünfzehn bis zwanzig Menschen aufnehmen können. Keine Einrichtungsgegenstände außer Matten und von den Gefangenen selbst hergestellten Pritschen, einigen irdenen Näpfen und Krügen, um das Wasser aufzubewahren und die Nahrung zuzubereiten. Der Besitzer kümmert sich kaum um die Ernährung der Sklaven. Sie haben täglich zwei Stunden Zeit, sich um ihre Verpflegung zu kümmern.

Der Aufseher, Baschi genannt, schickt die Sklaven auf den Weg zu ihrer Arbeitsstelle. Dieser unentbehrliche Beamte ist meist ein Renegat, der sämtliche Sprachen beherrscht. Da sie einträglich und wenig anstrengend ist, ist seine Stelle sehr begehrt. Einige Gehilfen stehen ihm zur Seite. Seine Tätigkeit beschränkt sich darauf, für Ordnung und Sauberkeit innerhalb des Bagno zu sorgen und sich zu vergewissern, daß bei Torschluß alle Gefangenen zurückgekehrt sind. Außerdem teilt er bei der Aufstellung der Besatzungen für die Kaperfahrten die Rudermannschaften ein und bestimmt den Platz, den jeder an Bord einzunehmen hat. Zuvor untersucht er sie sorgfältig, um sich zu überzeugen, daß keiner an einer ansteckenden Krankheit leidet, und läßt sie vor der Abfahrt gründlich waschen und rasieren. Schließlich teilt er ihnen fünf Ellen Tuch zur Anfertigung einer Hose und eines Galeerenhemds zu: das ist die einzige Gelegenheit, bei der sich der Besitzer um die Kleidung seiner Sklaven zu kümmern geruht.

In den Bagnos von Algier trifft man Vertreter aller Nationen und Stände: wendige, durchtriebene Italiener, harte Russen, hochmütige, rachsüchtige Spanier und melancholische Engländer. Katholiken, Lutheraner, Calvinisten, Puritaner, Schismatiker und Nikolaïten sind hier versammelt, alle Zweige des christlichen Stamms, Fürsten und Bediente, Soldaten und Händler. Und die Wollmützen und teerverschmierten Hosen mischen sich mit den Soutanen und Mönchskutten, den bestickten Jäckchen und bunten Röcken Albaniens oder Italiens.

Das Licht des Tages dringt tiefer und tiefer ins Herz der Stadt. Es streift über das Bab-Azum-Tor und enthüllt eine hoch aufragende Mauer. Längs der Mauer sind riesige Haken in der Art von Angelhaken angebracht, die scharfen Spitzen aufwärts gereckt. Es ist die Strafmauer der Algerier. Von der Krone der Mauer wird das Opfer auf diese Haken geworfen, die es durchbohren und zerfetzen. An diesem klaren Morgen kämpfen zwei Verurteilte hier ihren Todeskampf. Es ist der dritte Tag, der die Glut der Sonne und das langsam sich verengende Kreisen der gefräßigen, kreischenden Möwen über sie bringt ...

Fünfunddreißigstes Kapitel

Die von der offenen See kommenden Galeeren empfing zunächst vollkommene Stille. Man vernahm nur das mählich sich beruhigende Klatschen und Rauschen der Wellen gegen den Vordersteven.

Angélique richtete ihren steifgewordenen Nacken auf. Sie sah, daß Nesselrode sein Gesicht dem Bug zugewandt hatte.

„Algier", murmelte er.

Und plötzlich begannen sie die Stadt zu hören. Sie schickte ihnen ihren tosenden Lärm, ihre aus tausend einzelnen Stimmen bestehende Stimme entgegen. Zwischen zwei Molen, an deren Enden sich Türme erhoben, tauchte sie auf, weiß und streng.

Die Hauptgaleere glitt in den Hafen hinein und schleifte in den Fluten das Banner des Ordens St. Johannis zu Jerusalem hinter sich her.

Die golddurchwirkte Fahne des Reïs Ali-Hadji gesellte sich an der Spitze des Masts zu den mannigfaltigen, im Winde flatternden Wimpeln. Außerdem hatte man das rot-weiße algerische Banner und die grüne Flagge mit dem Halbmond gehißt. Die erste Galeere feuerte einen Schuß ab, den die Kanonen der Festung von Algier beantworteten. Unter wildem Freudengeheul strömte die Menge zum Kai.

Die Gefangenen wurden ausgeschifft, als erste die beiden Malteserritter in ihren roten Kettenhemden, dann die Matrosen und Soldaten, zum Schluß die Passagiere. Bewaffnete Janitscharen trennten Angélique von den andern, die jeweils zu zweien aneinandergekettet, von der berberischen Besatzung im Triumphzug zum Jemina, der Residenz des Paschas, gebracht wurden. Sie mußten zuerst ihm vorgeführt werden, damit er seine Wahl unter ihnen treffen konnte.

Nach ihrer Ankunft im Batistan wurde Angélique in einen kleinen, dunklen Raum mit weißgekalkten Wänden geleitet. Sie kauerte sich in eine Ecke und lauschte auf das wilde Stimmengewirr, das von draußen hereindrang.

Nach kurzer Zeit hob sich der Vorhang, und eine alte Muselmanin erschien, braun und runzlig wie eine Mispel.

„Ich heiße Fatima", sagte sie mit einem angenehmen, sympathischen Lächeln, „aber die Gefangenen nennen mich Mireille, die Provenzalin."

Sie brachte zwei Honigfladen, leicht gezuckertes Essigwasser sowie ein viereckiges Spitzentuch, das Angélique über ihr Gesicht legen sollte, um es vor der Bräunung zu schützen. Diese Vorsichtsmaßnahme kam ein wenig spät. Angélique fühlte sich von der Sonne wie ausgedörrt und spürte das Brennen der Haut auf ihrer Stirn. Sie sehnte sich danach, sich waschen zu können. Ihr Kleid war zerknittert und voller Flecken von dem geschmolzenen Teer der Planken.

„Ich werde dich nach dem Verkauf der andern Sklaven ins Bad führen", sagte die alte Frau. „Du mußt dich noch eine Weile gedulden – bis nach dem Ed Dohor-Gebet."

Sie sprach Franco, jene Mischsprache der Sklaven, die sich aus Spanisch, Italienisch, Französisch, Türkisch und Arabisch zusammensetzte. Aber allmählich verfiel sie ins Französische, das ihre Muttersprache gewesen war. Sie erzählte, daß sie aus der Nähe von Aix-en-Provence stamme. Mit sechzehn Jahren war sie in den Dienst einer vornehmen Marseiller Dame getreten. Als Reisebegleiterin ihrer Herrin, die sich zu ihrem Gatten nach Neapel begeben wollte, war sie den Barbaresken in die Hände gefallen. Für ein paar Zechinen hatte man die reizlose, kleine Zofe an einen armen Muselmanen verkauft, während die adlige Dame in einen fürstlichen Harem kam.

Inzwischen alt und Witwe geworden, verdiente sich Mireille-Fatima jetzt ein paar Piaster, indem sie im Batistan die neuangekommenen Gefangenen versorgte. Händler, die darauf bedacht waren, ihre Ware in verlockendem Zustand anzubieten, verlangten ihre Dienste. Sie wusch, kämmte, tröstete die Unglücklichen, die oft infolge einer stürmischen Seefahrt und angesichts ihrer Situation völlig gebrochen waren.

„Wie stolz bin ich, dazu ausersehen zu sein, mich um dich zu kümmern. Du bist doch jene Französin, die der Rescator für fünfunddreißigtausend Piaster kaufte und der gleich danach die Flucht gelang. Mezzo Morte hatte geschworen, dich einzufangen, bevor sein Rivale deiner wieder habhaft würde."

322

Angélique sah entsetzt zu ihr auf. „Wie ist das möglich?" stammelte sie. „Wie konnte Mezzo Morte wissen, wo ich mich befand?"

„Oh, er weiß alles! Er hat überall seine Späher. Gemeinsam mit Osman Ferradji, dem Obereunuchen des Sultans von Marokko, der zur Küste gekommen ist, um weiße Frauen zu holen, hat er eine Expedition ausgerüstet, um dich zu fangen."

„Warum denn?"

„Weil du im Ruf stehst, die schönste weiße Gefangene des Mittelmeers zu sein."

„Ach, ich möchte garstig sein!" rief Angélique verzweifelt aus. „Häßlich, abstoßend, mißgestaltig . . ."

„Wie ich", sagte die alte Provenzalin. „Als man mich gefangennahm, hatte ich nichts zu bieten als meine achtzehn Jahre und einen kräftigen Busen. Ich hinkte ein wenig. Der mich gekauft hat, mein Mann, war ein ordentlicher Handwerker, ein Töpfer. Er ist sein Leben lang arm geblieben und hat sich nie eine Konkubine leisten können. Ich habe geschuftet wie ein Esel, aber es war mir lieber so. Wir Christinnen mögen nicht teilen."

Angélique fuhr sich über die schmerzende Stirn. „Ich begreife das alles nicht. Wie haben sie es fertiggebracht, uns in die Falle zu locken?"

„Ich hörte, Mezzo Morte habe seinen vertrauten Ratgeber Amar Abbas zu dir nach Malta geschickt, um dich zu bestimmen, nach einem Ort zu reisen, wo man dich überfallen könnte."

Angélique schüttelte den Kopf; sie scheute sich, zu begreifen.

„Nein . . . Ich habe niemand empfangen . . . nur einen ehemaligen Diener meines Mannes, Mohammed Raki . . ."

„Das war Amar Abbas."

„Das ist nicht möglich!"

„War der Mann, der dich aufgesucht hat, nicht ein Berber mit einem farblosen Bart?"

Angélique brachte kein Wort heraus.

„Warte", fuhr die alte Sklavin fort. „Vorhin habe ich Amar Abbas im Innenhof des Batistan gesehen, wo er sich mit dem Oulik, Sadi Hassan, unterhielt. Wenn er noch da ist, werde ich ihn dir zeigen."

Nach einigen Augenblicken kehrte sie mit einem großen Schleier über dem Arm zurück.

„Leg das um. Verbirg dein Gesicht. Laß nur die Augen frei."

Sie führte sie auf die Galerie, die um das ganze Stockwerk herumlief. Von dort sahen sie in den viereckigen Hof des Batistan hinunter.

Der Verkauf hatte bereits begonnen. Die neuen europäischen Sklaven waren bis auf die Haut entkleidet worden. Ihre bleichen, behaarten Körper hoben sich von der Versammlung der weißen Djellabas, der orangegelben, blaßrosa oder nilgrünen Kaftane, der cremefarbenen, die braunen Maurengesichter einrahmenden Turbane und der Musselinkürbisse auf den Lebkuchenköpfen der Türken ab. Zur Rechten hockten auf prächtigen Kissen die Führer der Taïffe nebst zahlreichen ehemaligen Korsaren, die sich durch erfolgreiche Unternehmungen ein Vermögen erworben hatten und nun ihren Reichtum genossen: in ihren Harems, die sie unablässig durch neue Gefangene auffrischten, und ihren Landhäusern, in deren Gärten Hunderte von Sklaven Oliven-, Orangen- und Oleanderbäume pflanzten.

Von Negerknaben umgeben, die ihm mit großen, langgestielten Fächern Kühlung verschafften, hatte der Oulik, einer der Vertrauten des Paschas, Platz genommen. Er, die zu Großbürgern avancierten einstigen Korsaren und die Offiziere der Taïffe bildeten die Elite des Marktes.

„Schau", sagte die alte Mireille, „der Mann dort, der neben ihm sitzt und gerade spricht . . ."

Angélique beugte sich vor. Sie erkannte Mohammed Raki.

„Er ist es", sagte sie.

„Ja, das ist Amar Abbas, der Berater Mezzo Mortes."

„Nein, nein!" schrie Angélique verzweifelt auf. „Er hat mir den Topas und den Brief gezeigt."

Den ganzen Tag über lag sie wie betäubt auf ihrem Diwan und versuchte zu begreifen, was geschehen war. Savary hatte also recht gehabt, dem berberischen Boten zu mißtrauen! Wo war Savary? Sie hatte nicht daran gedacht, ihn in der Menge der zum Verkauf gestellten Sklaven

324

zu suchen, und wußte nur, daß die beiden Ritter nicht dabeigewesen waren.

Allmählich hatte sich der Lärm im Batistan gelegt. Die Käufer waren mit ihren neuerworbenen Sklaven in ihre Behausungen zurückgekehrt. Ob der holländische Bankier heute abend lernen würde, den Mechanismus des Ziehbrunnens im Hofe irgendeines Fellahs zu bedienen?

Die Nacht senkte sich über Algier herab.

Nur an einer Stätte hörte das Lärmen nicht auf, stieg mit der düsterroten Glut rauchig brennender Lampen zum nächtlichen Himmel.

Fatima-Mireille hatte sich auf ihrer Matte neben dem Diwan niedergelegt, auf dem Angélique Schlaf zu finden suchte. Sie hob ihr verrunzeltes Gesicht und sagte:

„Das ist die Schenke des Bagno.“

Um die Gefangene einzuschläfern, erzählte sie ihr ausführlich von diesem einzigartigen Ort, der Schenke des Bagno von Algier, in der Wein und Branntwein in Strömen flossen. Dorthin kamen die Sklaven, um zu tauschen, was sie gegen eine kleine Essensportion ergattert hatten, dort ließen sich die Kranken oder Verletzten versorgen.

Und wenn im Morgengrauen die Öllampen zu blaken und zu flackern begannen, konnte man dort die schönsten Geschichten der Welt vernehmen. Die Dänen und die Hamburger berichteten vom Walfang bei Grönland und von der Nacht der sechs Monate im hohen Norden, die Holländer sprachen von Ostindien, Japan und China, die Spanier träumten von dem Paradies Mexiko und den Schätzen Perus, und die Franzosen beschrieben Neufundland, Kanada oder Virginia. Denn fast alle Sklaven sind Seefahrer ...

Sechsunddreißigstes Kapitel

Auf der Mole wartete der Reïs Ali-Hadji auf Angélique, von einem
Schwarm Knaben umgeben, die nur mit einem Lendenschurz aus gel-
ber Seide bekleidet waren, in dessen Knoten ein Messer steckte. Ihre
Köpfe bedeckten Turbane in der gleichen Farbe. Die meisten waren
Mauren oder Neger, einige jedoch verdankten ihre braune Haut ledig-
lich der Sonne, und einer von ihnen hatte sogar nordische blaue Augen.

Sie musterten die Gefangene mit einem Ausdruck, in dem sich Verachtung, Arroganz und kalter Haß mischten. Angélique hatte das Gefühl, von reißenden jungen Löwen umgeben zu sein, neben denen der
in der Vollkraft seiner Jahre stehende arabische Korsar geradezu vertrauenerweckend sympathisch wirkte.

Eine Barke schaukelte am Fuß der Mole. Zehn angekettete blonde
und rothaarige Galeerensklaven, vermutlich Russen, hielten die Ruder,
und ein türkischer Chaouch mit langer Peitsche wartete regungslos, die
muskulösen Arme gekreuzt. Einer der Knaben sprang behende auf den
Bug und ergriff die Ruderpinne.

Unter den frechen Blicken der messerbewehrten kleinen Burschen, die
wie Kormorane auf dem Bordrand hockten, stieg Angélique ein.

Wohin fuhr diese Barke? Nicht zum Kai. Sie steuerte aufs offene
Meer zu, umfuhr die Mole und nahm Kurs auf eine bergige Landzunge. Von dort waren Musketen- und Pistolenschüsse zu hören.

„Wohin fahren wir?" fragte sie.

Niemand antwortete. Einer der Knaben spuckte in ihre Richtung,
ohne sie zu treffen, und lachte ungeniert, als der Reïs ihn zurechtwies.
Diese Lümmel schienen sich vor niemand zu fürchten.

Ein paar Musketenkugeln ließen das Wasser aufspritzen, und Angélique zuckte nervös zusammen. Dann tauchte hinter der Landzunge
eine Zweimasterfeluke auf, deren Mannschaft aus bärtigen, mit Säbeln
und Musketen bewaffneten Christen bestand. Eine Schar junger
Schwimmer mit gelben Turbanen hatte sich offenbar von einigen weit
entfernten Barken ins Wasser gestürzt und war im Begriff, die Feluke
zu überfallen. Sie tauchten unter dem Fahrzeug durch, erschienen über-

raschend an einer schwächer verteidigten Stelle, kletterten wie Affen an den Bordwänden hoch, durchschnitten die Taue und fielen unbewaffnet über die Sklaven her.

Von der Deckkajüte aus leitete ein Mann in kurzer Djellaba und gelbem Turban das Kampfspiel. Hin und wieder setzte er ein Sprachrohr an, um auf Arabisch, Franco oder Italienisch die ungeschickten Kadetten zu beschimpfen, die sich hatten über Bord befördern lassen oder, verwundet und erschöpft, nicht mehr weiterkämpfen wollten.

Die jungen Löwen in der Barke, die darauf brannten, an der Übung teilzunehmen, ließen sich nicht mehr halten. Gleich einem Schwarm von Fröschen sprangen sie ins Wasser und schwammen zur Feluke hinüber. Von dem Schauspiel fasziniert, vergaßen die Galeerensklaven das Rudern. Ein Peitschenschlag rief sie wieder zur Ordnung, und die Barke schoß auf den Bug der Feluke zu.

„Isch sein Mezzo Morte selbst", sagte der Mann. Sein Französisch hatte einen starken italienischen Akzent.

Er straffte sich, und dabei wölbte sich seine Brust unter der rotseidenen Djellaba, in der er einem Bürger aus dem Mittelalter glich. Seine langen, flachen, gold- und silberverzierten Schuhe unterstrichen diese Wirkung. Er war von vierschrötigem, stämmigem Wuchs, und die unzähligen Juwelen, die seine Hände bedeckten, die Diamanten, die an seinem Turban glitzerten, vermochten über seine niedere Herkunft nicht hinwegzutäuschen. Unter dem Kostüm des Prinzen aus Tausendundeiner Nacht erkannte man unschwer den ungeschliffenen, verhungerten, gierigen kalabresischen Fischer, der er in seiner Jugend gewesen war. Aber er hatte ein Paar durchdringende, ironisch funkelnde schwarze Augen, die seinen Aufstieg verständlich machten.

Angélique war sich bewußt, daß sie den Großadmiral von Algier, den Befehlshaber der gefürchtetsten Korsarenflotte des Mittelmeers, vor sich hatte. Sie verneigte sich daher ehrerbietig, was den hohen Herrn aufs angenehmste zu berühren schien. Er betrachtete sie mit tief befriedigter Miene, dann wandte er sich an den Reïs Ali-Hadji und sprach überaus zungenfertig auf ihn ein. Das Mienenspiel der beiden und die wenigen arabischen Worte, die sie verstand, verrieten ihr, daß er ihn zu der erfolgreichen Durchführung seines Auftrags beglückwünschte. Ihr wurde bang, denn das verschmitzte Augenzwinkern des Admirals erschien ihr bedrohlicher als der lüsterne Kennerblick, mit dem die Sklavenhändler eine neue Gefangene musterten.

„Herr Admiral", sagte sie, indem sie ihn mit dem Titel ansprach, den sogar die Christenheit ihm zuerkannte, „wollt Ihr die Güte haben, mich über mein Los zu beruhigen. Bedenkt, daß ich nicht den Versuch gemacht habe, Eure Leute durch einen falschen Namen zu täuschen noch ihnen zu verheimlichen, daß ich in Frankreich ein Vermögen besitze und daß ich diese Reise unternommen habe, um mit meinem Gatten zusammenzutreffen, der in Bona wohnt und für meine Auslösung sorgen wird."

Mezzo Morte schien ihr beifällig zuzuhören, denn er nickte mehrfach zustimmend. Dann jedoch schlossen sich seine Augen mehr und mehr, und zu ihrer Verblüffung begann er sich plötzlich in einem lautlosen, innerlichen Lachen zu schütteln.

„Ganz recht, Madame", sagte er, nachdem er wieder zu Atem gekommen war. „Ich bin sehr froh zu erfahren, daß wir für die Verhandlungen über Eure Auslösung nur bis Bona zu fahren brauchen. Aber ist das, was Ihr mir da erklärt, auch wirklich wahr?"

Angélique versicherte nachdrücklich, sie lüge nicht, zumal es ihr ja auch nichts nützen würde. Und wenn man ihr nicht traue, könne man sich überdies bei dem Muselmanen Mohammed Raki erkundigen, der mit ihr von Malta hierhergekommen sei. Ihr Mann habe ihn von Bona als Boten zu ihr geschickt.

„Ich weiß, ich weiß", murmelte Mezzo Morte, während die diabolische Ironie seines Blicks etwas geradezu Grausames bekam.

„Kennt Ihr etwa meinen Gatten?" fragte sie. „Die Mohammedaner nennen ihn Jeffa-el-Khaldouin."

Der Renegat machte eine vage Geste, die weder ja noch nein bedeutete. Dann brach er abermals in Gelächter aus und erteilte schließlich den in pistaziengrüne und himbeerfarbene Seide gehüllten Pagen, die sich hinter ihm hielten, einen knappen Befehl. Die beiden stürzten davon und brachten gleich darauf ein mit Rahat-lukum gefülltes Kästchen. Mezzo Morte stopfte sich eine Handvoll davon in den Mund,

328

während er aufs neue mit undurchdringlichem Gesicht das Kampfspiel auf dem Deck verfolgte, das noch immer nicht entschieden war, und dabei unablässig sein Zuckerwerk kaute: ein Zug, den er mit seinem Kollegen von der anderen Seite, dem Großadmiral der französischen Flotte, teilte.

„Herr Admiral", beharrte Angélique hoffnungsvoll, „ich flehe Euch an, sagt mir die Wahrheit! Ihr kennt meinen Gatten?"

Mezzo Morte durchbohrte sie mit seinem dunklen Blick.

„Nein!" sagte er brutal. „Und es steht Euch nicht an, in solchem Ton mit mir zu sprechen! Ihr seid Gefangene, vergeßt das nicht! Wir haben Euch auf einer Galeere aufgegriffen, die dem schlimmsten Feind des Islam gehörte und von meinem schlimmsten Feind befehligt wurde, dem Baron von Nesselrode, der mir mehr als tausend Barken, einunddreißig Galeeren, elf Kriegsschiffe mit insgesamt elftausend Mann Besatzung versenkt und fünfzehntausend Gefangene freigelassen hat. Dies ist ein schöner Tag für mich. Wir haben zwei Fliegen mit einer Klappe geschlagen. So sagt man doch in Frankreich, nicht wahr?"

Abgesehen von seinem starken Akzent, sprach er ein vorzügliches Französisch.

Angélique protestierte auf das entschiedenste. Sie habe sich nur deshalb auf Malta aufgehalten, weil sie von einer Galeere des Ordens an Bord genommen worden sei, als sie in Gefahr geschwebt habe, mit einer von Kandia kommenden Barke unterzugehen.

„Ihr kamt von Kandia? Was habt Ihr dort gemacht?"

„Ungefähr dasselbe wie hier", antwortete Angélique in bitterem Ton. „Ein christlicher Pirat hatte mich gefangengenommen und als Sklavin verkauft. Aber es ist mir gelungen, zu entkommen", schloß sie, indem sie ihm herausfordernd ins Gesicht sah.

„Ihr seid also wirklich jene französische Sklavin, die dem Rescator entwischt ist?"

„Ja, die bin ich allerdings."

Zum drittenmal nun brach Mezzo Morte in homerisches Gelächter aus, und Angélique wurde von panischer Angst erfaßt. Hatte er den Verstand verloren?

Geduldig wiederholte sie, was sie bereits dargelegt hatte und was, wie sie hoffte, diese Männer zur Vernunft bringen würde: Sie sei ver-

329

mögend und könne sich aus Frankreich für ihre Auslösung Geld schik- ken lassen. Mezzo Morte werde sich großzügig für die Kosten ent- schädigen können, die die Organisation des Hinterhalts bei der Insel Cam ihm verursacht habe . . .

Jäh brach das Lachen des Italieners ab.

In schneidendem Ton fragte er: „Ihr meint also, es sei ein Hinterhalt gewesen?"

Sie nickte. Mezzo Morte maß sie mit einem scharfen Blick, musterte ihr zerknittertes Kleid, ihr von der Sonne gerötetes Gesicht, ihr Haar, das sie nicht hatte kämmen können und das der Wind verwirrte. Un- erschrocken hielt sie seinem Blick stand. Mezzo Morte war ein unge- hobelter Patron, aber er besaß die Gabe, die Menschen sofort zu durchschauen, und diese Fähigkeit hatte ihn früh in die Lage versetzt, sie zu beherrschen. Er ließ sich durch die dürftige Aufmachung seiner Gefangenen nicht täuschen. Seine kohlschwarzen kalabresischen Ban- ditenaugen begannen zu funkeln, und sein Mund verzog sich zu einem hämischen Lächeln.

„Jetzt merke ich es", sagte er mit halber Stimme. „Das muß sie sein, Ali-Hadji, die ,Er' in Kandia gekauft hat. Es ist wirklich zu schön, und so unverhofft! Nun hab' ich ihn, den Rescator, nun muß er wohl oder übel zu Kreuze kriechen. Ich habe ihn an seiner schwachen Stelle ge- troffen: ,die Frau'. Ha! Er hat uns beherrscht, er hat sich ein Ver- gnügen daraus gemacht, unseren Sklavenhandel zugrunde zu richten. Er hielt sich bereits für den Herrn des Mittelmeers. Ohne ihn wäre ich längst Großadmiral des Sultans, aber er hat mich bei ihm angeschwärzt. Überall hat er sich eingeschlichen, und da er mit Gold um sich wirft, ist jedermann zwischen Marokko und Konstantinopel sein Verbünde- ter. Jetzt aber werde ich ihn in die Knie zwingen. Er muß das Mittel- meer räumen, hörst du, Ali-Hadji, und niemals wird er zurückkehren!"

Wie trunken breitete er die Arme aus.

„Und dann werde ich Herr sein. Ich werde meinen schlimmsten Feind besiegt haben, den Rescator . . . Meinen schlimmsten Feind."

„Mir scheint, Ihr habt viele schlimmste Feinde", sagte Angélique iro- nisch.

„Ja, allerdings, viele", gab er eisig zurück, „und Ihr werdet bald sehen, wie ich mit ihnen verfahre. Per Bacco, ich begreife allmählich, wie Ihr es geschafft habt, den armen Escrainville, der ohnehin etwas schwach von Verstand ist, an den Rand des Wahnsinns zu treiben. Und nun setzt Euch."

Angélique ließ sich auf das grüne Samtpolster sinken, das er ihr anwies. Sie begriff überhaupt nichts mehr. Der Admiral von Algier hockte sich auf türkische Art neben sie, ergriff das Kästchen mit Rahat-lukum und reichte es ihr. Da sie sich ausgehungert fühlte, war ihr auch das aus Algen hergestellte Naschwerk willkommen, das sie in Kandia noch verschmäht hatte. Sie langte in das Kästchen, zuckte aber, von einem heftigen Schmerz befallen, jäh zurück. Auf der Haut ihres Arms zeichneten sich vier lange, blutende Striemen ab. Die roten Nägel eines der Pagen des Admirals hatten sie böse zugerichtet.

Der Zwischenfall gab Mezzo Morte seine gute Laune zurück.

„Haha, die kleinen Lämmchen!" sagte er mit einem fetten Lachen. „Ihr habt ihre Eifersucht geweckt. Sie sind es nicht gewohnt, daß ich mich für eine Frau interessiere und die Süßigkeiten mit ihr teile, die ihnen zustehen. Der Fall ist wirklich ungewöhnlich. Keine Weiber! Das ist ein Prinzip, auf das sich die Macht der großen Führer und der großen Eunuchen gründet. Die Frau, das bedeutet Unordnung, Schwäche, verwirrte Gedanken. Sie ist die Ursache der größten Dummheiten, die ein Mann begehen kann, der im übrigen alles besitzt, um sich durchzusetzen. Aber die Methode der Eunuchen, sich vor dieser Gefahr zu schützen, erscheint mir allzu radikal. Ich ziehe eine andere vor."

Er lachte abermals und streichelte das Kräuselhaar seines ungestümen Günstlings, eines bis über die Augen geschminkten jungen Negers. Der andere gleichfalls geschminkte Favorit war ein dunkeläugiger Weißer, ein kleiner Spanier vermutlich. Diese an den Mittelmeerküsten geraubten Knaben waren dazu ausersehen, freiwillig oder gezwungen Renegaten zu werden. Durch Zärtlichkeiten und Drohungen gelang es ihren Herren immer, ihre Zustimmung zu erlangen, denn dieses Einverständnis war unerläßlich. Niemand konnte beschnitten werden, bevor er nicht die feierliche Formel gesprochen hatte: „Es gibt keinen Gott außer Gott, und Mohammed ist sein Prophet." Danach wurden die neuen Gläubigen die Narzisse der großen Reïs und Paschas.

„Die Bürschchen sind fanatisch. Sie würden Euch auf meinen Befehl wie Wölfe zerreißen. Seht, was für Blicke sie Euch zuwerfen! Wenn man sie einmal eine christliche Barke entern lassen wird, werden sie Christenblut trinken. Sie bekommen eben keinen Wein ..."

Angélique war zu erschöpft, um ihrem Abscheu Ausdruck zu geben. Mezzo Mortes Blick ruhte schwer auf ihr. Sie hatte ihn vorhin beleidigt, und er war nicht der Mann, der leicht verzieh.

„Ihr seid stolz", sagte er. „Ich hasse den Stolz bei den Frauen, wie ich ihn bei den Christen hasse. Sie sind seiner nicht wert."

Wieder brach er in wüstes, nicht enden wollendes Gelächter aus.

„Warum lacht Ihr?" fragte Angélique.

„Weil Ihr stolz und hochfahrend seid und weil ich weiß, was mit Euch geschehen wird. Das ist es, was mich zum Lachen reizt, versteht Ihr?"

„Nein."

„Gleichviel, Ihr werdet es bald verstehen."

Siebenunddreißigstes Kapitel

In der folgenden Nacht schlief Angélique an Bord einer der im Hafen vor Anker liegenden Galeeren Mezzo Mortes.

Sie war ein mächtiges Kriegsschiff, zu dem die Schulfeluke gehörte. Auf beiden Fahrzeugen befand sich Tag und Nacht eine von den verwegenen Janitscharenkadetten mit den gelben Turbanen gestellte Doppelwache. Sie waren in ständiger Alarmbereitschaft, um im Falle eines Aufstandes in der Stadt innerhalb weniger Minuten in See stechen zu können. Denn angesichts der dreißigtausend christlichen Sklaven mußte man jederzeit auf eine Revolte gefaßt sein. Oder auf eine Rebellion der türkischen Janitscharen der Garnison, jener gefürchteten Yoldaks, die schon viele Male entweder den Dey oder den Pascha oder den Reïs-Admiral gestürzt und ermordet hatten, um eine Solderhöhung oder das Recht auf einen Anteil an der Beute durchzusetzen. Oder auf einen Handstreich der Taïffe, der Genossenschaft der Reïs von Algier, falls sie mit ihrem Großadmiral nicht mehr zufrieden sein sollte.

Mezzo Morte herrschte auf einem Vulkan, und er wußte es. Eben

332

deshalb herrschte er. Und er hatte alles vorausbedacht. Der von dem berühmten Rotbart im 16. Jahrhundert angelegte Vorhafen, der den eigentlichen Hafen schützte, war auf seine Veranlassung vermint worden, und seine Späher hatten Anweisung, ihn im Falle höchster Gefahr zu sprengen, während er selbst an Bord seiner mit Schätzen beladenen Schiffe neuen Horizonten entgegensegeln würde.

Querab lag die Halbinsel der Marina mit ihren von Kanonen und Soldaten starrenden Wällen, ein felsiges Vorgebirge, das eine einzige Festung bildete. Dort herrschte an diesem Morgen rege Geschäftigkeit. Sklaven schleppten Balken, Maste und Planken herbei und schienen eine Art Tribüne zu errichten.

Angélique stellte fest, daß es auch an Bord ihres Gefängnisses auffallend unruhig geworden war. Die Kadetten hatten ihre Paradeuniform angelegt: Turbane aus gelber Seide, Hosen von derselben Farbe, grüne Jacken, flache rote Schuhe und Dolche oder Säbel an Stelle der einfachen Messer. Einige von ihnen spöttelten über zwei kleine Pontons, die gerade in der Mitte des Hafenbeckens verankert worden waren. Auf jedem von ihnen hatte man einen Mast befestigt und die Maste durch lange Stangen miteinander verbunden. Das Ganze stellte das Gerüst eines schwimmenden Tores oder Triumphbogens dar, unter dem zwar drei Barken nebeneinander hätten hindurchfahren können, jedoch keine Feluke. Angélique konnte sich nicht vorstellen, wen man in einem solch bescheidenen Fahrzeug zu empfangen gedachte. Die Blicke der jungen Kadetten schienen ihr nichts Gutes zu verheißen. Endlich sah sie ihre alte Sklavin vergnügt die Leiter zur Kajüte heraufsteigen. Ihre Augen blitzten vor Aufregung unter ihrem schwarzen Haïk. Alle Gefangenen seien zu dem Schauspiel geladen, berichtete sie. Man werde sogar die Insassen der unterirdischen Kerker heraufholen, von denen einige bei dieser Gelegenheit zum erstenmal seit Jahren wieder das Tageslicht sehen würden.

Zwei Sklaven folgten ihr mit einem dicken Ballen. Angélique entdeckte darin ihre auf Malta gekauften Kleider und einige andere, noch schönere, die von irgendwelchen Raubzügen stammen mußten.

Wenig später saß sie an bevorzugter Stelle auf einer der mit Teppichen belegten Tribünenbänke, die am Morgen auf dem Festungswall errichtet worden waren, neben einem wie ein König aus dem Morgenlande gekleideten riesigen Schwarzen. Eine lange, aus Kamelhaar gewobene Toga, mit roten, grünen und schwarzen geometrischen Mustern bestickt, hing in antikem Faltenwurf über seinen breiten Schultern. Unter diesem seltsamen Mantel, einem Wunder an Geschmack und Dezenz, trug er einen hochroten, mit zahllosen kleinen Knöpfen bis zum Hals geschlossenen und mit Arabesken aus Goldfäden verzierten Kaftan. Die Farbe ließ das bläulichschwarze, von einem weißseidenen Turban eingerahmte Gesicht noch dunkler erscheinen. Das Tuch des Turbans war zuerst um das Kinn geschlungen und dann auf dem Kopf kunstvoll zu einem hohen, von einem Band aus Goldlamé zusammengehaltenen Gebilde gewunden worden, das wie ein Diadem wirkte. Als der imposante Nachbar Angéliques Interesse für ihn bemerkte, erhob er sich und verneigte sich tief. Er hatte die Adlernase der Semiten, ihre feinknochigen Züge und leicht ausgehöhlten Wangen.

„Ich glaube, Ihr bewundert meinen Mantel", sagte er.

Sie fuhr zusammen, verblüfft, ihn, wenn auch ein wenig stockend, französisch sprechen zu hören, aber seine angenehme, helle Stimme wirkte beruhigend auf sie.

„Ja", sagte sie. „Er gleicht dem Banner der Kreuzfahrer."

Das kluge Gesicht des Negers verzog sich, ein Lächeln spielte um seinen geschwungenen Mund.

Er hockte sich wieder mit gekreuzten Beinen auf seine Kissen und begann in liebenswürdigem Ton:

„Ihr vergleicht also meine schlichte Djellaba mit dem Banner der Kreuzfahrer? Nun, meine teure Mutter hat sie mir gewebt, am Oberen Nil, im Sudan. Acht Tage nach meiner Geburt hat sie mit dem Mantel begonnen, den ich beim Eintritt ins Mannesalter tragen sollte. Und diese Muster sticken die sudanesischen Frauen schon seit ältesten Zeiten. Eure christlichen Kreuzfahrer haben sie auf ihren Bannern nachgeahmt, von ihrer Schönheit bezaubert."

Angélique neigte den Kopf. Sie war nicht in der Stimmung, sich auf einen Streit über den Ursprung der abendländischen und orientalischen Stickereien einzulassen, aber die Persönlichkeit des Schwarzen fesselte sie. Er war weder ausgesprochen schön noch häßlich. Sein Blick war frei und sanft und vor allem durchdrungen von einer tiefen Weisheit, nicht ohne Güte und ganz gewiß nicht ohne Humor. Sie wollte ihn nicht verstimmen und beschränkte sich darauf, ihm ein Kompliment über sein Französisch zu machen.

„Ich habe mich immer gern mit Franzosen unterhalten", versicherte er. „Sie sind amüsante Leute, aber sie haben den großen Fehler, Christen zu sein."

Angélique erwiderte, die Christen seien der Meinung, daß die Heiden, Juden und Mohammedaner den großen Fehler hätten, nicht Christen zu sein, sie aber sei eine Frau und wisse, daß sie sich in Dingen der Religion kein Urteil anmaßen dürfe.

Der Weise aus dem Morgenland lobte sie für diesen Beweis von Bescheidenheit.

„Ich hatte den Ehrgeiz, Priester zu werden", gestand er, „aber Allah hat es anders gewollt. Er hat mir eine Herde anvertraut, die weniger leicht zu leiten ist als Schafe, die ich in meiner Jugend hütete."

„Ihr wart Hirte?"

„Ja, schöne Firouzé."

Angélique zuckte zusammen. Besaß der Schwarze das zweite Gesicht? Wie konnte er erraten, daß ein persischer Fürst sie einst Firouzé – Türkis – genannt hatte? Diese Erinnerung, die zugleich die Vision von Versailles vor ihr aufsteigen ließ, brachte Angélique zum Bewußtsein, welcher Abgrund sie von ihrem früheren, noch gar nicht so weit zurückliegenden Leben trennte. Wie viele der Sklaven, die sich dort drüben auf den Kais von Algier versammelten, konnten die gleiche Betrachtung anstellen? Die weiße und braune, von schwarzen Gesichtern getüpfelte Menge wogte wie das Meer in dem glühenden Brodem. Die Dächer der Häuser und die Zinnen der Festung waren von Menschen gesäumt.

Es wurde still. Ein fetter, prächtig gekleideter maurischer Würdenträger nahm auf der Tribüne Platz, nachdem er sich mühsam einer Sänfte entwunden hatte. Zwei Männer, die nur mit einem roten Lendenschurz bekleidet waren und quer über Schulter und Brust lange schwarze Schnüre trugen, begleiteten ihn.

„Seine Exzellenz der Dey von Algier", erklärte der Schwarze, indem er sich vertraulich zu Angélique neigte. „Er ist ein Verwandter des Sultans von Konstantinopel und genießt den besonderen Vorzug, in seiner Leibwache zwei ‚Stumme des Serails' von der berüchtigten Kohorte der Erdroßler zu haben."

„Warum Erdroßler? Was machen sie?"

„Sie erdrosseln", sagte der Neger mit feinem Lächeln. „Das ist ihr Lebenszweck."

„Wer sind ihre Opfer?"

„Das weiß niemand, denn sie sind stumm. Man hat ihnen die Zunge herausgerissen. Sie sind nützliche Diener. Mein Herr besitzt auch einige von ihnen."

Angélique dachte bei sich, er müsse ein hoher berberischer Diplomat sein, vielleicht der Botschafter jenes Sudan, den er erwähnt hatte. Der Dey hatte ihn ehrerbietig gegrüßt, und Mezzo Morte tat desgleichen, indem er die Hand an den Turban legte, als er, vor dem Pascha Sali Hassan einhergehend, erschien.

In diesem Augenblick erscholl ohrenbetäubendes Geschrei. Aller Augen wandten sich dem Hintergrund der Bucht zu, wo eben eine Eskorte türkischer Reiter anlangte, der eine Gruppe von türkischen Gardisten vorauszog. Ihre Oberkörper und Beine waren nackt, ihre rasierten Schädel mit roten Mützen bedeckt, so daß sie eher wie Lastträger aussahen. In ihrer Mitte führten sie einen nackten, kettenbeladenen christlichen Gefangenen mit sich.

Ein Schauer überlief Angélique. Trotz der Entfernung glaubte sie in dem Gefesselten mit Bestimmtheit den Ritter von Nesselrode zu erkennen.

Eine große Barke nahm den Gefangenen, seine vier Wächter, die Leute der Eskorte und zwei mit Seilrollen beladene Galeerensklaven auf, durchquerte schnell das Hafenbecken und legte an den beiden Pontons in der Mitte an. Die Insassen stiegen aus. Zu gleicher Zeit lösten sich vier Galeeren von der am Kai vor Anker liegenden Flotte und näherten sich, beutelüsternen Haifischen gleich, den Pontons, während Angélique die Worte einfielen, die der deutsche Ritter am Morgen nach dem Überfall geäußert hatte: „Mezzo Morte hat geschworen, mich von vier Galeeren zerreißen zu lassen", und: „Denkt daran, Bruder, der rechte Tod eines Ritters ist der Märtyrertod."

Angesichts der Szene vor ihr bekamen diese Worte plötzlich einen grausigen Sinn. Und auch die Worte Mezzo Mortes: „Ich werde Euch bald zeigen, wie ich mit meinen Feinden verfahre."

Entsetzt sah sie zu dem Renegaten hinüber. Dieser warf ihr einen Blick zu, der teuflische Genugtuung ausdrückte. Man hatte sie hierhergebracht, damit sie der grauenhaften Hinrichtung eines Menschen beiwohne, den sie achtete und der eine der hervorragenden Gestalten der christlichen Welt war. Angélique war nahe daran, aufzuschreien und zu flüchten, aber sie wurde von allen Seiten bewacht und befand sich an einem Platz, wo ihr nicht das geringste von dem entgehen konnte, was sich in der Mitte der blauen Arena abspielen würde.

Mittels eines schwierigen, aber vorzüglich durchgeführten Manövers hatten die vier Galeeren gewendet und ihr Heck den Pontons zugewandt. Einige dreißig Klafter von ihnen entfernt waren sie zum Stillstand gekommen.

Der Ritter von Nesselrode hing jetzt gleich einem lebenden Hampelmann an einem Seil von der Mitte des die Pontonmasten verbindenden Balkens herab. An seinen Handgelenken und Fußknöcheln hatte man Taue befestigt, die ihn wie die Fäden eines riesigen Spinnennetzes mit den Hecks der vier Galeeren verbanden.

Die Menge hielt den Atem an.

„La Illa Ha illa la . . . !"

Der schrille Ruf stieg aus tausend Kehlen zum glühenden Himmel auf.

Angélique vergrub ihr Gesicht in den Händen.

Die Zuschauer wurden von einem Rausch erfaßt. Sie wohnten weniger einer Hinrichtung bei als vielmehr einem Wettstreit, dem Triumph der Galeere, der es als erster gelingen würde, dem zuckenden Körper ein Glied auszureißen und sich vor den andern hervorzutun.

Mein Gott, flehte Angélique, mein Gott, der du die Menschen erschaffen hast!

Eine ferne Stimme fragte:

„Verheißt nicht die christliche Lehre denen das Paradies, die für den Glauben sterben?"

Der große Mann an ihrer Seite blieb als einziger gelassen inmitten der Entfesselung blinder Leidenschaft, die über die Umsitzenden wie ein Sturm hinwegging. Aufmerksamen Blicks verfolgte er den Wettstreit der Galeeren und wandte dann sein Interesse diskret wieder der christlichen Gefangenen zu. Sie zitterte nicht, sie verlor nicht die Besinnung, aber er sah nur ihr Haar, das lose über ihre Schultern fiel, und die geneigte Stirn – ihre Haltung erinnerte ihn an jene Madonnenbilder, die die götzendienerischen Christen in ihre Gebetbücher malen. Sein Lehrmeister, ein Jesuitenpater, hatte ihm ein solches Buch als Andenken hinterlassen.

Doch als ein Triumphgeheul erscholl, das sich gleich darauf wiederholte, sah er, wie sie den Kopf hob und sich vor den Augen aller Ungläubigen bekreuzigte. Zwei Kadetten Mezzo Mortes beobachteten es. Wie Wölfe stürzten sie auf Angélique zu. Aber der Neger sprang auf, zog seinen Dolch und gebot ihnen mit funkelnden Augen, sich ruhig zu verhalten.

Angélique war sich dieser kurzen Szene nicht bewußt geworden. An der jäh eingetretenen, tauben, gleichsam erschöpften Stille spürte sie, daß es zu Ende war. Die vier Galeeren glitten auf die offene See hinaus und schleppten die Glieder des Märtyrer-Ritters hinter sich her. Sie würden eine Art Triumphfahrt in Richtung der aufgehenden Sonne veranstalten, dorthin, wo Mekka lag, der Wallfahrtsort der Gläubigen, und zu der Stunde zurückkehren, da der Muezzin vom Minarett herab zum Gebet rief.

Mezzo Morte, der Renegat, pflanzte sich breitbeinig vor Angélique auf. Sie tat, als ob sie ihn nicht sähe, und blickte den sich entfernenden Galeeren nach. Sie war bleich, aber es erboste ihn, daß sie nicht fassungsloser und niedergeschlagener wirkte. Sein Gesicht verzog sich zu einer hämischen Grimasse.

„Jetzt kommt Ihr an die Reihe", sagte er.

Achtunddreißigstes Kapitel

Ein kleiner Trupp stieg den Weg hinauf, der vom Marina-Viertel zu einem der Stadttore führte. Dieser Weg war auf der einen Seite von der Stadtmauer, auf der andern von verwahrlosten kleinen Häusern begrenzt, zwischen denen sich enge Gassen hindurchschlängelten. Angélique folgte Mezzo Morte, den seine Leibwache eskortierte. Am Bab-Azum-Tor machten sie halt. Die Wachoffiziere traten heraus und grüßten den Admiral, der häufig Inspektionen vornahm. Heute abend kam er jedoch aus anderem Grund. Er schien auf jemand zu warten. Nach kurzer Zeit tauchte aus einer Straße ein Reiter auf, gefolgt von einer mit Lanzen bewaffneten Garde. An seinem bunten Mantel erkannte sie ihren Nachbarn, den Neger, wieder. Er stieg ab und begrüßte Mezzo Morte, der seinen Gruß noch ehrerbietiger erwiderte.

Der Italiener schien dem schwarzen Würdenträger, der ihn um mehr als Haupteslänge überragte, außerordentliche Hochachtung entgegenzubringen. Sie tauschten Salems und endlose Freundschaftsbeteuerungen auf arabisch aus.

Dann wandten sie sich zu Angélique. Mit erhobenen, dem Himmel zugekehrten Handflächen grüßte der Schwarze abermals. Mezzo Mortes Augen funkelten in hämischem Vergnügen.

„Ich vergaß!" rief er aus. „Ich vergaß, was am Hofe des Königs von Frankreich zum guten Ton gehört. Ich habe Euch meinem Freund nicht vorgestellt, Madame: Seine Exzellenz Osman Ferradji, Obereunuch Seiner Majestät des Sultans von Marokko, Moulay Ismaël."

Angélique warf dem hünenhaften Neger einen eher verblüfften als entsetzten Blick zu. Eunuch? Nun ja, sie hätte es sich denken können. Sie hatte das Feminine seiner Züge und die allzu melodiöse weiche Stimme seiner semitischen Rassenzugehörigkeit zugeschrieben. Sein bartloses Kinn war kein Kriterium, da der Bartwuchs der meisten Schwarzen verhältnismäßig spät einsetzte. Der hohe Wuchs erweckte den Eindruck von Kraft und Würde, außerdem schien er ihr nicht so schwammig wie sonst die Eunuchen, deren Hängebacken und Doppelkinne ihnen das Aussehen verblühter Frauen zwischen vierzig und fünfzig verliehen. Jedenfalls traf es auf die sechs Schwarzen seiner Leibwache zu.

Er also war es, Osman Ferradji, Obereunuch des Sultans von Marokko.

Wiederholt hatte man ihr von ihm erzählt, aber sie wußte nicht mehr, wo und wer es gewesen war. Sie war zu müde, zu erschöpft, um Gedanken an diese Frage zu verschwenden.

„Wir müssen noch auf jemand warten", erklärte Mezzo Morte.

Er war bester Laune, als freue er sich darauf, eine köstliche Komödie zu inszenieren, in der jeder Schauspieler die Rolle spielen würde, die er ihm zugeteilt hatte.

„Ah, da kommt er!"

Es war Mohammed Raki, den Angélique seit dem Verkauf der Sklaven im Batistan nicht mehr gesehen hatte. Ohne sie eines Blickes zu würdigen, warf sich der Araber vor dem Admiral von Algier nieder.

Mezzo Morte nickte gnädig.

„Gehen wir jetzt."

Sie verließen die Stadt. Jenseits des Tores schien ihnen die Abendsonne, die sich anschickte, hinter den fahlroten Hügeln zu versinken, voll ins Gesicht. Der im Geröll kaum erkennbare Pfad verlief zwischen der Stadtmauer zur Linken und einem ziemlich steil abfallenden Hang zur Rechten. Der Hang endete in einer tiefen Schlucht, die, voller Schatten, in die der Sonnenuntergang purpurne Lichter warf, einem Höllenschlund ähnelte. Das Unheimliche dieser Stätte wurde durch die unaufhörlich kreisenden und kreischenden Möwen, Raben und Geier verstärkt.

„Dort!"

Mezzo Morte deutete auf einen Steinhaufen am Fuße des gegenüberliegenden Steilhangs. Angélique sah hinunter, ohne zu begreifen.

„Dort!" wiederholte der Renegat mit Nachdruck. Und nun erkannte sie eine zwischen den Steinbrocken herausragende Menschenhand, eine weiße Hand.

„Dort ruht der andere Ritter, der Eure Galeere befehligte, ein Franzose wie Ihr, Henri de Roguier. Die Mauresken haben ihn hierher geschleppt, um ihn in der Stunde des El Dharoc-Gebets zu steinigen."

Angélique bekreuzigte sich.

„Laßt Euren Hokuspokus!" brüllte der Renegat. „Es bringt Unglück über die Stadt."

Er nahm den Marsch entlang des Stadtwalles wieder auf und machte erst vor einer hohen Mauer der Zitadelle von neuem halt. Längs der Mauer waren in unregelmäßigen Abständen große Haken angebracht. Die Verurteilten, die von der Mauer hinabgestürzt wurden, spießten sich im Fallen auf und starben oft erst nach Tagen eines qualvollen Todes. Heute hingen dort zwei von Raubvögeln angefressene Leichen.

Angélique, der Greuel müde, wandte sich ab. Doch Mezzo Morte gebot in süßlichem Ton:

„Schaut genau hin!"

„Weshalb? Ist dies das Los, das Ihr mir bereiten wollt?"

„Nein", sagte der Renegat lachend, „das wäre schade. Ich bin zwar nicht sonderlich sachkundig, aber eine Frau wie Ihr taugt jedenfalls zu Besserem, als die Mauern von Algier zum ausschließlichen Vergnügen der Raben und Kormorane zu schmücken. Schaut sie Euch gleichwohl genau an. Ihr kennt den einen von ihnen!"

Angélique durchzuckte ein grausiger Verdacht: Savary? Ihr Widerstreben überwindend, warf sie einen Blick hinüber und sah, daß es zwei Mauren waren.

„Ihr müßt mir verzeihen", meinte sie ironisch, „aber ich bin es nicht wie Ihr gewohnt, Leichen zu betrachten. Diese da wecken keine Erinnerung in mir."

„Dann will ich Euch ihre Namen nennen. Der zur Linken ist Ali Mektoub, der arabische Goldschmied aus Kandia, dem Ihr einen Brief für Euren Gatten anvertraut habt ... Aha, ich sehe, daß ‚meine' Leichen Euch zu interessieren beginnen! Möchtet Ihr auch den Namen des andern wissen?"

Sie starrte ihn an. Er spielte mit ihr wie die Katze mit der Maus. Es fehlte nur noch, daß er sich die Lefzen leckte.

„Der andere? Nun, das ist Mohammed Raki, sein Neffe."

Angélique stieß einen Schrei aus und wandte sich nach dem Manne um, der sie in der Herberge auf Malta aufgesucht hatte.

„Ich merke, was Ihr denkt, aber des Rätsels Lösung ist höchst einfach. Dieser hier ist ein Kundschafter, den ich zu Euch geschickt habe, mein Ratgeber Amar Abbas. Ein ‚falscher' Mohammed Raki. Der echte hängt dort droben."

Angélique brachte nur ein einziges Wort hervor:

„Warum?"

„Wie neugierig die Frauen sind! . . . Ihr wünscht nähere Erläuterungen? Schön, meinetwegen. Wir wollen uns nicht bei den Umständen aufhalten, die mir jenen Brief Ali Mektoubs in die Hände gespielt haben . . . Ich lese ihn. Ich erfahre, daß eine vornehme französische Dame sich auf der Suche nach ihrem seit vielen Jahren verschollenen Gatten befindet, daß sie bereit ist, alles zu unternehmen und überallhin zu reisen, um sich wieder mit ihm zu vereinigen. Der Gedanke läßt mich nicht los. Ich frage Ali Mektoub aus: Ist die Frau schön? Ist sie reich? – Ja. – Mein Entschluß, mich ihrer zu bemächtigen, steht fest. Ich muß sie in eine Falle locken, und der Ehemann wird mir als Köder dienen. Ich befrage den Neffen, Mohammed Raki. Er hat den Mann gekannt und war jahrelang sein Diener in Tetuan. Der Mann war von einem alten Alchimisten gekauft worden, um später dessen Gehilfe und gewissermaßen auch sein Erbe zu werden. Die Beschreibung seines Äußeren ist leicht zu behalten: das Gesicht mit Narben bedeckt, groß, schlank, üppiges schwarzes Haar. Ein besonderer Glücksumstand ist, daß er seinem treuen Diener Mohammed Raki ein persönliches Schmuckstück geschenkt hat, das seine Frau unfehlbar wiedererkennen wird. Mein Kundschafter hört sich alles an und behält den Schmuck. Danach ist das Schwierigste, die Frau wiederzufinden, die in der Zwischenzeit in Kandia verkauft worden sein kann. Aber ich bin binnen kurzem im Bilde. Sie befindet sich auf Malta, nachdem sie dem Rescator entwischt ist, der sie für fünfunddreißigtausend Piaster gekauft hat . . ."

„Habe ich Euch diese Tatsache nicht erst mitgeteilt?"

„Sie war mir durchaus bekannt. Aber sie macht mir soviel Vergnügen, daß ich sie nicht oft genug erwähnen kann . . . Danach war alles höchst einfach. Ich schickte meinen Kundschafter unter dem Namen Mohammed Raki nach Malta, während wir den Überfall bei der Insel Cam vorbereiteten, der dank der von meinem Kundschafter an Bord ge-

342

wonnenen Komplicen, unter anderen eines muselmanischen Schiffsjungen, trefflich gelang. Nachdem ich durch Brieftaube die Bestätigung
empfangen hatte, ließ ich Ali Mektoub und seinen Neffen umbringen."

„Warum?" fragte Angélique abermals mit tonloser Stimme.

„Nur die Toten reden nicht", sagte Mezzo Morte zynisch lächelnd.

Angélique erschauerte. Sie verachtete und haßte ihn so sehr, daß er
ihr nicht einmal mehr Furcht einflößte.

„Ihr seid niederträchtig", sagte sie, „aber vor allem seid Ihr ein
Lügner! . . . Eure Geschichte hat weder Hand noch Fuß. Daß Ihr, um
eine Frau gefangenzunehmen, die Ihr nie gesehen habt und deren
Lösegeld Ihr im voraus nicht berechnen konntet, eine ganze Flotte mit
sechs Galeeren, dreißig Feluken und Barken in Bewegung setzt und
den Gegenwert mindestens zweier Besatzungen im Kampf opfert,
könnt Ihr mir nicht einreden. Dazu kommen noch die Munition, zwanzigtausend Piaster, die Ausbesserung der beschädigten Galeeren, zehntausend Piaster, die Reïs, die Ihr für dieses Unternehmen verpflichtet
und bezahlt habt, fünfzigtausend Piaster. Eine Ausgabe von mindestens hunderttausend Piaster für eine einzige Gefangene! Ihr mögt
habsüchtig sein, aber Ihr seid bestimmt nicht dumm!"

Mezzo Morte hörte ihr aufmerksam und mit halbgeschlossenen Augen
zu. „Woher wißt Ihr diese Zahlen?"

„Ich kann rechnen."

„Ihr würdet einen guten Reeder abgeben."

„Ich bin Reeder . . . Ich besitze ein Schiff und treibe Handel mit West-
indien. Oh, ich flehe Euch an!" fuhr sie voll Eifer fort. „Hört mir zu.
Ich bin sehr reich, und ich kann, ja . . . ich kann Euch, wenn auch mit
einiger Mühe, ein sehr hohes Lösegeld zahlen. Was könnt Ihr mehr
von meiner Gefangennahme erwarten, die vielleicht eine Fehlspekulation war und die Ihr bereits bereut?"

„Nein", sagte Mezzo Morte und schüttelte leise den Kopf, „es ist
keine Fehlspekulation, und ich bereue nichts . . . Im Gegenteil, ich be-
glückwünsche mich."

„Und ich glaube Euch nicht!" rief Angélique aufgebracht. „Selbst
wenn Euch das Unternehmen den Tod zweier Malteserritter eingebracht
hat, Eurer ‚schlimmsten' Feinde, rechtfertigt das noch immer nicht
den Aufwand, den Ihr gemacht habt, um meiner habhaft zu werden,

343

Ihr hattet nicht einmal die Gewißheit, ob ich mich auf einer maltesischen Galeere einschiffen würde. Und warum seid Ihr nicht auf den Gedanken gekommen, mit meinem Gatten in Verbindung zu treten, um ganz sicher zu gehen? Wie konnte ich so dumm sein, mich mit den dürftigen Beweisen zu begnügen, die Euer Kundschafter mir brachte. Ich hätte mißtrauisch sein, einen schriftlichen Beweis von der Hand meines Gatten fordern müssen."

„Ich habe daran gedacht, aber es war nicht möglich."

„Warum?"

„Weil er tot ist. Euer Gatte, oder was er auch sein mag, ist vor drei Jahren an der Pest gestorben. In Tetuan sind ihr mehr als zehntausend Menschen zum Opfer gefallen. Mohammed Rakis Herr, jener christliche Gelehrte namens Jeffa-el-Khaldouin, ist dort ebenfalls ums Leben gekommen."

„Ich glaube Euch nicht", sagte sie. „Ich glaube Euch nicht."

Sie stieß es leidenschaftlich hervor, um einen Damm zwischen ihrem Hoffen und dem Zusammenbruch zu errichten, den diese knappe Mitteilung in ihr auszulösen drohte.

Wenn ich jetzt weine, bin ich verloren, dachte sie.

Die Kadetten des Admirals, die noch nie einen Menschen in solchem Ton zu ihrem Meister hatten sprechen hören, nahmen eine drohende Haltung ein, und auch die Eunuchen drängten näher, um notfalls einzugreifen. Es war ein seltsamer Anblick: die verzweifelte, einsame Frau inmitten der sich drohend zusammenrottenden schwarzen Gardisten und gelben Turbane, während die vom Meer aufsteigende indigofarbene Dämmerung allmählich auch die Krone der Mauer verhüllte, auf der, letzte Erinnerung an den Tag, nur noch einige wenige rötliche Lichter verharrten.

„Ihr habt mir nicht alles gesagt!"

„Mag sein, aber mehr gedenke ich Euch nicht zu sagen."

„Laßt mich frei. Ich werde Lösegeld zahlen."

„Nein! Nicht um alle Schätze der Welt, hört Ihr, nicht um alle Schätze der Welt. Auch ich suche mehr als Reichtum: die Macht. Und Ihr seid ein Mittel, sie zu erlangen. Deshalb war ich so darauf erpicht, Eurer habhaft zu werden ... Es spielt keine Rolle, ob Ihr das begreift oder nicht."

Angélique sah zu der Mauer auf. Der Abend löschte die Einzelheiten aus, hüllte die Haken und ihre makabre Last in Dunkel. Dieser Mohammed Raki war der einzige Mensch, von dem sie mit Bestimmtheit wußte, daß er Joffrey de Peyrac in dessen zweiter Lebensphase gekannt hatte. Und nun würde er nicht mehr reden!

„Wenn ich nach Tetuan ginge, würde ich vielleicht Leute auftreiben, die ihn gekannt haben ... Aber dazu brauche ich meine Freiheit ..."

„Dies wird Euer Schicksal sein", sagte Mezzo Morte. „Da Ihr so schön seid, wie Euer Ruf es erwarten ließ, werde ich Euch den Geschenken beifügen, die ich durch Seine Exzellenz Osman Ferradji meinem teuren Freund, dem Sultan Moulay Ismaël, zu schicken gedenke. Ich übergebe Euch Seiner Exzellenz. Bei ihm werdet Ihr schon lernen, weniger stolz und widerspenstig zu sein. Nur die Eunuchen verstehen sich darauf, die Frauen zu zähmen. Eine Einrichtung, die Europa übernehmen sollte ..."

Angélique hatte ihm kaum zugehört. Sie begriff den Inhalt seiner Worte erst, als er sich mit seiner Leibwache entfernte und die schwarze Hand des Obereunuchen ihre Schulter berührte.

„Wollet mir folgen, Madame."

„Wenn ich jetzt weine, bin ich verloren ... Wenn ich schreie, mich wehre, bin ich verloren ... in einem Harem eingesperrt ..."

Sie sagte kein Wort, verzog keine Miene, sondern folgte still und fügsam den Schwarzen, die wieder zum Bab-el-Oued-Tor hinunterstiegen.

„In ein paar Minuten wird es dunkel sein ... dann kommt der Augenblick ... Wenn ich ihn versäume, bin ich verloren ..."

Unter dem Gewölbe des Bab-el-Oued-Tors waren die Lampen noch nicht angezündet worden. Die Finsternis eines Stollens verschlang die Gruppe. Angélique glitt wie ein Aal zur Seite, machte einen Satz und tauchte in eine Gasse, die ebenso finster war wie das Gewölbe. Sie rannte, kaum daß ihre Füße den Boden berührten. Aus der stillen Gasse gelangte sie in eine breitere, belebtere Straße; sie war gezwungen, sich langsamer fortzubewegen, und schlüpfte zwischen wolligen

345

Djellabas, verschleierten Weibern, kleinen, mit Tragkörben beladenen Eseln hindurch. Noch immer schützte sie das Dunkel, aber früher oder später mußte sie mit ihrem unverschleierten, verstörten Gesicht den Passanten auffallen. Sie bog nach links in ein schmales Gäßchen ein und blieb stehen, um wieder zu Atem zu kommen. Wohin sollte sie sich wenden? Wen konnte sie um Hilfe bitten? Wieder einmal war sie ihren Bewachern entwischt, aber hier gab es keinen vorbereiteten Fluchtweg. Sie wußte nicht, was aus Savary geworden war.

Plötzlich glaubte sie Rufe zu hören, die immer näher kamen. Man verfolgte sie. Ziellos lief sie weiter. Die Gasse führte in Stufen zum Meer hinunter. Sie wurde von blinden Mauern gesäumt, in die hin und wieder kleine, hufeisenförmige Türen eingelassen waren. Eine dieser Türen öffnete sich, und Angélique prallte gegen einen Sklaven, der mit einem Tonkrug auf der Schulter herauskam. Der Krug fiel zu Boden und zerbrach in tausend Scherben. Ein Hagel französischer Schimpfworte ergoß sich über Angélique.

„Monsieur", sagte sie keuchend, „Ihr seid Franzose? Monsieur, um Christi willen, rettet mich!"

Das Gelärme näherte sich. Mit einer instinktiven Bewegung stieß er sie durch die offenstehende Tür, die er hinter sich zuschlug. Draußen galoppierten nackte und in Sandalen steckende Füße in einem Wirbelsturm von Geschrei vorüber. Angélique klammerte sich an die Schultern des Sklaven. Ihre Stirn sank an seine von einem derben Leinenkittel verhüllte Brust.

Einen Augenblick lang verließen sie die Kräfte.

Der Lärm der ihr nachsetzenden schwarzen Teufel verklang.

„Sie sind fort", flüsterte sie aufatmend.

„Mein armes Kind, was habt Ihr getan! Ihr habt versucht, ihnen zu entwischen?"

„Ja."

„Unglückselige! Man wird Euch bis aufs Blut peitschen und womöglich fürs ganze Leben verstümmeln."

„Aber sie können mich nicht wieder einfangen. Ihr werdet mich verbergen. Ihr werdet mich retten!"

In der vollkommenen Finsternis klammerte sie sich an einen wildfremden Menschen, der freilich ein Landsmann war und ihr jung und

346

sympathisch erschien, wie er seinerseits nach den Formen des sich eng an ihn schmiegenden Körpers vermuten konnte, daß diese Frau jung und schön war.

„Ihr werdet mich nicht im Stich lassen, nicht wahr?"

Der junge Mann stieß einen tiefen Seufzer aus.

„Das ist eine furchtbare Situation! Ihr seid hier bei meinem Herrn, dem Kaufmann Mohammed Celibi Oigat. Wir sind von Muselmanen umgeben. Warum seid Ihr geflüchtet?"

„Warum? Ich will nicht in einen Harem gesperrt werden!"

„Nun, das ist das Schicksal aller gefangenen Frauen."

„Haltet Ihr es für so leicht, daß ich mich damit abfinden sollte?"

„Das der Männer ist nicht besser. Meint Ihr, daß es mir, dem Grafen Loménie, Spaß macht, seit fünf Jahren täglich für meine Herrin dornige Reisigbündel und Wasser in die Küche zu schleppen? Meine Hände sehen entsprechend aus! Was würde meine empfindliche Geliebte in Paris sagen, die schöne Suzanne de Raigneau, die, wie ich fürchte, längst einen andern gefunden hat!"

„Graf Loménie? Ich kenne einen Eurer Verwandten, Monsieur de Brienne."

„Welch glücklicher Zufall! Wo seid Ihr ihm begegnet?"

„Bei Hofe."

„Wirklich? Darf ich nach Eurem Namen fragen, Madame?"

„Ich bin die Marquise du Plessis-Bellière", sagte Angélique nach kurzem Zögern – sie erinnerte sich, daß ihr die Nennung des Namens Gräfin Peyrac kein Glück gebracht hatte.

Loménie dachte eine Weile nach.

„Ich habe nicht das Vergnügen gehabt, Euch in Versailles zu begegnen, aber ich lebe ja seit fünf Jahren in der Knechtschaft, und da mag sich vieles verändert haben. Immerhin, Ihr kennt meinen Verwandten, und vielleicht könnt Ihr mir eine Erklärung für das Schweigen meiner Familie geben. Ich habe sie wiederholt um Lösegeld gebeten. Meinen letzten Brief habe ich den Redemptoristen-Patres anvertraut, die im vergangenen Monat in Algier waren. Hoffentlich gelangt er diesmal an seinen Bestimmungsort. Aber was soll ich für Euch tun? Wartet, ich habe einen Gedanken . . . Vorsicht, es kommt jemand!"

Der Schein einer Lampe näherte sich aus dem Hintergrund des Hofs.

Graf Loménie trat vor Angélique, um sie zu verdecken, bis er wußte, wer da kam.

„Es ist meine Herrin", flüsterte er erleichtert. „Eine gutmütige und ehrsame Frau. Ich glaube, wir können sie um Hilfe bitten. Sie hat eine gewisse Schwäche für mich . . ."

Die Muselmanin hielt die Öllampe hoch, um festzustellen, wer die Gestalten waren, die da im Vorraum flüsterten. Da sie in ihrem eigenen Hause war, trug sie keinen Schleier. In ihrem verblühten, schwammigen Gesicht schimmerten große, mit schwarzer Schminke umrandete Augen. Es war leicht zu erraten, welche Rolle der christliche Sklave bei ihr spielte, ein hübscher, freundlicher und kräftiger Bursche, auf den sie im Batistan sofort ein Auge geworfen hatte.

Der kleine Kaufmann Mohammed Celibi Oigat besaß nicht die Mittel, um sich einen Eunuchen zur Bewachung seiner drei oder vier Frauen leisten zu können. Er überließ seiner ersten Gattin die Sorge für den Hausstand und sah ein, daß sie eines christlichen Sklaven für die grobe Arbeit bedurfte, ohne sich in dieser Hinsicht weitere Gedanken zu machen.

Die Frau hatte Angélique bemerkt. Leise sagte ihr Graf Loménie ein paar Worte auf arabisch. Die Frau verzog das Gesicht und zuckte die Achseln. Ihre Mimik drückte aus, daß sie Angéliques Fall für hoffnungslos hielt und daß es besser gewesen wäre, sie gleich wieder hinauszubefördern. Schließlich ließ sie sich jedoch von ihrem Günstling überreden und verschwand, um ein paar Augenblicke danach mit einem Schleier zurückzukommen. Sie legte ihn ihr eigenhändig um, dann öffnete sie die Tür, spähte in die Gasse und machte dem Sklaven und der entwichenen Gefangenen ein Zeichen, hinauszutreten. In gleichem Augenblick, in dem sie die Schwelle überschritten, brach sie plötzlich in wüste Flüche aus.

„Was ist denn?" flüsterte Angélique. „Hat sie sich eines andern besonnen? Will sie uns ins Unglück stürzen?"

„Nein, aber sie hat die Scherben des Krugs entdeckt und liest mir die Leviten. Ich muß allerdings zugeben, daß ich nie besonders geschickt gewesen bin und ihr schon eine Menge Geschirr zerbrochen habe. Nun ja, ich weiß, wie ich sie besänftigen kann, und werde es gleich nachher besorgen. Wir haben nicht weit zu gehen."

348

Nach wenigen Schritten gelangten sie zu einer kleinen Eisentür, und der junge Mann klopfte auf eine offenbar verabredete Art zwei- oder dreimal. Ein Lichtschein fiel durch die Ritzen, eine Stimme flüsterte:

„Seid Ihr es, Herr Graf?"

„Ich bin's, Lucas."

Die Tür öffnete sich, und Angélique klammerte sich erschrocken an den Arm ihres Begleiters, als sie einen Araber in Djellaba und Turban erblickte. Der Mann hielt eine Kerze in der Hand.

„Habt keine Angst", sagte der Graf, während er die junge Frau ins Innere drängte. „Das ist Lucas, mein ehemaliger Kammerdiener. Er wurde mit mir zusammen auf dem Kriegsschiff gefangengenommen, das mich zu meinem neuen Posten nach Genua bringen sollte. Während er bei mir in Dienst stand, hat er sich zu einem geriebenen Burschen entwickelt, und sein neuer Herr machte sich seine Fähigkeiten zunutze. Er nötigte ihn, zum Islam überzutreten, um ihm seine Geschäfte anvertrauen zu können, und inzwischen ist er ein großer Spekulant geworden."

Der ehemalige Diener sah unter seinem nicht eben geschickt gewundenen Turban mißtrauisch drein. Er hatte eine Stülpnase und Sommersprossen.

„Wen bringt Ihr mir da mit, Herr Graf?"

„Eine Landsmännin, Lucas. Eine französische Gefangene, die Marquise du Plessis, die ihrem Käufer ausgerückt ist."

Lucas reagierte auf die gleiche Weise wie vorhin sein einstiger Herr.

„Um Gottes willen! Warum hat sie das getan?"

Der Graf Loménie schnippte ungezwungen mit den Fingern.

„Weiberlaune, Lucas. Aber es ist nun einmal geschehen. Du mußt sie verstecken."

„Ich, Herr Graf?"

„Ja, du! Du weißt, ich bin nur ein armer Sklave, der seine Binsenmatte mit den beiden Hunden des Hauses teilen muß und nicht einmal einen Winkel im Hof sein eigen nennt. Du hingegen bist ein gemachter Mann. Du riskierst nichts."

„Den Scheiterhaufen, das Kreuz, den Pfahl, die Pfeile, das Eingraben bei lebendigem Leibe oder die Steinigung! Für Konvertiten, die Christen verstecken, gibt es eine reiche Auswahl an Todesarten."

„Du weigerst dich?"

„Jawohl, ich weigere mich!"

„Ich werde dir eine gehörige Tracht Prügel verabfolgen!"

Lucas hüllte sich würdevoll in seine Djellaba.

„Herr Graf scheinen zu vergessen, daß ein christlicher Sklave nicht das Recht hat, einem Muselmanen gegenüber handgreiflich zu werden."

„Wart nur, bis wir wieder daheim sind. Dann trete ich dir in den Hintern und lasse dich von der Inquisition bei lebendigem Leibe als Ketzer verbrennen . . . Lucas, hast du irgend etwas Leckeres für mich aufgehoben? Seit heute früh habe ich nichts als eine Handvoll Datteln und einen Becher Wasser in den Bauch gekriegt. Und ich weiß nicht, ob sich diese Dame heute von etwas anderem genährt hat als von Aufregungen."

„Gewiß, Herr Graf, ich hatte Euren Besuch erwartet und habe etwas für Euch gerichtet . . . nun, ratet mal – Ihr aßt es früher doch so gern: eine Blätterteigpastete!"

„Eine Blätterteigpastete!" rief der arme Sklave mit lüstern funkelnden Augen aus.

„Pst! . . . Setzt Euch. Ich muß erst noch meinen Gehilfen wegschicken und den Laden schließen."

Er stellte den Leuchter ab und kam nach kurzer Zeit mit einem Krug Wein zurück, dem ein köstlicher Duft entströmte.

„Ich habe die Pastete selbst zubereitet, Herr Graf, mit Kamelbutter und einer Sauce aus Eselsmilch. Freilich taugt das nicht soviel wie richtige Butter und Kuhmilch, aber man muß eben nehmen, was man hat. Ich konnte keine Fleischklößchen und keine Champignons bekommen, aber ich denke, die kleinen Langusten und der Palmkohl werden Euch ebenfalls schmecken. Wenn die Frau Marquise so freundlich sein will, sich zu bedienen . . ."

„Dieser Lucas ist einmalig", sagte der Graf gerührt. „Er kann einfach alles. Großartig, deine Pastete! Dafür kriegst du hundert Ecus, wenn wir wieder daheim sind."

„Herr Graf sind sehr gütig."

„Ohne ihn wäre ich nicht mehr am Leben, Madame! Ich will nicht sagen, daß mein Herr, Mohammed Celibi Oigat, ein schlechter Mensch ist und erst recht nicht meine Herrin, aber sie sind eben ein klein wenig geizig und leben quasi von der Luft. Wie soll da ein Mann bestehen, dem man harte körperliche Arbeit abverlangt? Ich rede nicht nur vom Wasser- und Holzschleppen . . . Aber die Mohammedanerinnen sind zu sehr auf die Christen versessen. Der Koran hätte das bedenken sollen . . . Andererseits bringt es auch Vorteile mit sich."

Angélique ließ es sich tüchtig schmecken. Der einstige Kammerdiener schenkte aus dem Krug ein.

„Malvasierwein! Ich habe ein paar Tropfen von den Fässern abgezogen, die Osman Ferradji bei mir für den Harem des Sultans von Marokko gekauft hat. Wenn man bedenkt, Herr Graf, daß wir beide aus der Touraine stammen und daß man uns zwingen möchte, Brunnenwasser oder Pfefferminztee zu trinken . . . Wie tief sind wir doch gesunken! Ich will hoffen, daß unser kleines Zechgelage mir keine Unannehmlichkeiten durch den Obereunuchen einbringt. Dieser Mann hat nämlich ein scharfes Auge. Das heißt, wenn ich ‚dieser Mann' sage, darf man das nicht wörtlich nehmen. Ich kann mich absolut nicht an diese Art Menschen gewöhnen, von denen es hierzulande wimmelt. Wenn er mit mir spricht, passiert es mir manchmal, daß ich ihn mit ‚Madame' anrede! Aber er hat ein scharfes Auge, das könnt Ihr mir glauben. Dem kann man nichts vormachen, was Quantität und Qualität der Ware betrifft."

Bei der Erwähnung Osman Ferradjis war Angélique der Appetit vergangen. Sie stellte die kleine Silberschale auf den Tisch zurück. Die Angst kehrte wieder. Auch Graf Loménie stand nun auf und erklärte, daß er gehen müsse, da seine Herrin sonst ungeduldig werde. Sein schmieriger, zerrissener Kittel stach gegen sein junges Stutzerprofil ab, das er sich den Entbehrungen der Gefangenschaft und der afrikanischen Sonne zum Trotz bewahrt hatte. Er wandte sich Angélique zu, und da er sie im Kerzenlicht jetzt besser erkennen konnte, rief er aus:

„Aber Ihr seid ja bildhübsch!"

Sanft strich er ihr eine Locke aus der Stirn.

„Armes Kind!" murmelte er bekümmert.

Angélique beschwor ihn, er müsse versuchen, ihren Freund Savary ausfindig zu machen, einen rührigen, erfahrenen Greis, der bestimmt einen Ausweg wisse. Sie beschrieb ihm sein Äußeres und auch das der Passagiere der maltesischen Galeere: des holländischen Bankiers, der

351

beiden französischen Korallenhändler und des jungen Spaniers. Der Graf verschwand mit leicht gekrümmtem Rücken in Erwartung der Vorwürfe seiner jähzornigen und anspruchsvollen Herrin.

„Wollet es Euch bequem machen, Frau Marquise", sagte Lucas, während er den Tisch abräumte.

Angélique genoß die kurze Entspannung, die ihr die Gegenwart eines geschulten Dieners verschaffte, der sie mit „Frau Marquise" ansprach. Sie wusch sich die Hände und das Gesicht in dem parfümierten Wasser, das er ihr mitsamt einem Handtuch vorhielt, und streckte sich auf den Kissen aus.

„Ach, Madame", seufzte Lucas nach einer Weile, „was muß man nicht alles erleben, wenn man sich aufs Meer wagt! Warum sind wir nur auf die blödsinnige Idee verfallen, mein Herr und ich, mit jener Galeere zu fahren!"

„Ja, warum?" seufzte Angélique ihrerseits in Gedanken an ihre eigene Unüberlegtheit.

Für Übertreibungen eines Südländers hatte sie die Warnungen Melchior Pannasaves gehalten, der ihr in Marseille prophezeit hatte, daß sie im Harem des Sultans von Konstantinopel landen würde. Jetzt bewahrheitete sich seine Prophezeiung aufs grausigste, und der Türke wäre gar noch Moulay Ismaël, dem barbarischen Monarchen des Königreichs Marokko, vorzuziehen gewesen.

„Ihr seht, Madame, wohin mich das geführt hat. Ich, der ich ein anständiger Kerl war und mich mit der Heiligen Jungfrau und den Heiligen immer gut verstand – ich bin zum Renegaten geworden! ... Natürlich hab' ich nicht gewollt, aber wenn man Euch prügelt, Euch die Fußsohlen versengt, wenn man Euch droht, Euch bei lebendigem Leib die Haut abzuziehen, Euch einen gewissen Körperteil abzuschneiden und Euch mit Steinen den Kopf zu zerschmettern – was wollt Ihr da machen? Schließlich hat man nur ein Leben und einen ... nun, Ihr versteht mich schon. Wie habt Ihr's denn fertiggebracht, zu entwischen? Die Frauen, die an die großen Harems verkauft worden sind, bekommt man sonst nie wieder zu sehen, und wenn man Euch so anschaut, muß man vermuten, daß Ihr für eine hohe Persönlichkeit gekauft worden seid."

„Für den Sultan von Marokko", sagte Angélique.

Und es kam ihr plötzlich so komisch vor, daß sie laut auflachte. Der Malvasier begann seine Wirkung zu tun.

„Was?" fragte Lucas erschrocken. „Wollt Ihr sagen, daß Ihr zu den tausendundein Geschenken gehörtet, die Mezzo Morte nach Miquenez zu schicken gedenkt, um die Gunst des Sultans Moulay Ismaël zu gewinnen?"

„So ungefähr muß es sein, wenn ich recht verstanden habe."

„Wie habt Ihr es fertiggebracht, zu entwischen?" wiederholte er.

Angélique berichtete ihm den Verlauf ihrer Flucht, wie sie die Finsternis des Torgewölbes und die Sorglosigkeit der Eunuchen genutzt hatte, die die Leibgarde Osman Ferradjis bildeten.

„Und dieses Individuum ist hinter Euch her? Allmächtiger!"

„Habt Ihr geschäftlich mit ihm zu tun?"

„Ja, dem Himmel sei's geklagt! Ich habe versucht, ihm ein paar Krüge verdorbenes Öl anzudrehen, wie das bei einem Auftrag von fünfhundert Krügen so üblich ist. Pustekuchen! Er ist wieder bei mir angerückt mit Sklaven, die genau die zehn besagten Krüge zurückbrachten, und er war drauf und dran, mir wegen einer solchen Lappalie den Kopf abzuschlagen. Übrigens hat er das mit einem meiner Kollegen getan, der ihm ein bißchen zu sehr mit Maden durchsetzten Grieß verkauft hatte."

„Reden wir von demselben Manne?" fragte Angélique nachdenklich. „Ich hatte ihn für einen vornehmen Menschen gehalten. Ich fand ihn umgänglich und ritterlich, ich möchte fast sagen schüchtern."

„Er ist auch ein vornehmer Mensch, Madame, und er ist umgänglich und ritterlich, das stimmt durchaus. Was ihn jedoch nicht hindert, Köpfe abzuschlagen ... ganz ritterlich. Diese Wesen haben einfach kein Gefühl, müßt Ihr wissen. Sie betrachten eine nackte Frau mit der gleichen Gemütsruhe, mit der sie sie in Stücke hauen. Deshalb sind sie so gefährlich. Wenn ich daran denke, daß Ihr ihm diesen Streich gespielt habt, direkt vor seiner Nase!"

Jetzt erinnerte sich Angélique, wer ihr früher von Osman Ferradji erzählt hatte. Es war der Marquis d'Escrainville gewesen. Er hatte gesagt: „Ein großer Mann in jeglicher Hinsicht: genial, wendig, kaltblütig. Er ist es, der Moulay Ismaël zu seinem Königreich verholfen hat ..."

„Was würde er mit mir machen, wenn er mich wieder einfinge?"

„Ihr tätet besser daran, auf der Stelle eine Giftpille zu schlucken. Mit diesen Marokkanern verglichen, sind die Algerier reine Lämmer. Aber macht Euch nicht zuviel Sorgen. Wir werden versuchen, Euch aus der Patsche zu helfen. Freilich, im Augenblick weiß ich noch nicht, wie!"

Graf Loménie kam am nächsten Morgen wieder und legte in einem Winkel des Hofs seines ehemaligen Dieners seine Reisiglast ab. Er hatte keine Spur von Savary finden können. Die Korallenhändler, die sich als auf ihr Lösegeld wartende Sklaven im Bagno der Jenina befanden, wußten nichts von dem Greis.

„Er ist vermutlich von Bauern gekauft und ins Landesinnere gebracht worden."

Hingegen hatte Loménie von der Flucht einer für den Harem des Sultans von Marokko bestimmten wunderschönen französischen Sklavin reden hören. Fünf für diese Flucht verantwortliche Schwarze von der Garde des Obereunuchen waren hingerichtet worden, während man bei dem sechsten als mildernden Umstand berücksichtigte, daß Osman Ferradji ihn erst kürzlich eingestellt hatte. Wütend über den seinem Gast zugefügten Schimpf, ließ Mezzo Morte seinerseits Nachforschungen anstellen, und die Janitscharen durchsuchten die Häuser, begleitet von dem Eunuchen, der zaghaft jeder Frau unter den Schleier spähte.

„Wird man dich verdächtigen, Lucas?"

„Ich weiß nicht. Unglücklicherweise scheint man höheren Orts zu vermuten, daß die entwichene Sklavin in meiner Gegend Unterschlupf gefunden hat. Wird Eure Herrin schweigen, Herr Graf?"

„Solange das Interesse, das ich meiner Landsmännin gegenüber an den Tag gelegt habe, nicht ihre Eifersucht weckt."

Die Besorgnis der beiden Franzosen war nicht geheuchelt. Angélique hörte sie mit gedämpfter Stimme beratschlagen. Die Redemptoristen-Patres, jene unerschrockenen Mönche, die keine Mühe scheuten, um möglichst viele Gefangene loszukaufen, waren erst im vergangenen Monat mit knapp vierzig Sklaven heimgefahren. Im übrigen hätte es Angélique nichts genützt, wenn sie sich für sie verwendet hätten, denn

354

in ihrem Fall ging es nicht um Lösegeld. Ob man versuchen sollte, sie auf ein freies französisches Handelsschiff zu schaffen? Das war ein Gedanke, auf den so mancher Gefangene verfiel, wenn er das Segel eines freien Fahrzeugs seiner Nation im Hafen flattern sah. Manche stürzten sich ins Wasser und schwammen hinüber, andere banden sich an einer Planke fest und ruderten mit den Händen, um das unverletzliche Asyl zu erreichen. Aber die Algerier paßten scharf auf, die Marina und die Mole wimmelten von Wachen, und die Feluken patrouillierten ununterbrochen. Zudem wurde neuerdings jedes abfahrende Schiff von einer Abteilung Janitscharen gründlich durchsucht, so daß solche „Fluchten an Bord" so gut wie unmöglich geworden waren. Diesen Gedanken mußte man sich also aus dem Kopf schlagen.

Noch aussichtsloser war die Flucht zu Lande. Oran zu erreichen, eine weitere spanische Enklave und der nächste Ort, an dem sich christliche Truppen befanden, bedeutete einen wochenlangen Marsch durch unbekanntes, feindlich gesinntes Wüstenland und die Gefahr, sich zu verirren oder von Raubtieren angefallen zu werden. Keinem derer, die zuweilen das Abenteuer wagten, war es je geglückt. Und eine Frau war überhaupt noch nie geflüchtet ...

Endlich erhob sich Graf Loménie, um den Spanier Alférez aufzusuchen, den Pächter der Taverne des Bagno, dem es in Algier so gut gefiel, daß er nicht mehr in seine Heimat zurück wollte, und der über alle Fluchtpläne informiert war.

Der Abend war schon hereingebrochen, als der Graf von neuem erschien, diesmal sehr viel hoffnungsvoller. Er hatte Alférez gesprochen, und dieser hatte ihm in größter Heimlichkeit mitgeteilt, man bereite einen neuen Fluchtversuch vor, und da einer von denen, die sich an dem Unternehmen beteiligen wollten, gerade gestorben sei, könne ein anderer Gefangener an dessen Stelle treten.

„Ich habe wohlweislich nicht gesagt, daß es sich um eine Frau handelt, geschweige denn um Euch", erklärte Loménie, „denn Eure Flucht hat schon zuviel Aufsehen erregt, und eine hohe Belohnung ist demjenigen zugesagt worden, der Euren Zufluchtsort anzeigt. Aber gebt mir ein Pfand, dann teilt man mir den Treffpunkt und das Datum mit."

Angélique gab ihm einen Armreifen und ein paar Goldstücke, die sie in einer Innentasche ihres Unterrocks aufbewahrte.

„Und Ihr selbst, Graf, warum macht Ihr von diesen Auskünften keinen Gebrauch, um gleichfalls zu fliehen?"

Der Edelmann machte ein verblüfftes Gesicht. Er hatte nie daran gedacht, das Risiko einer Flucht auf sich zu nehmen.

Diese Nacht vermochte Angélique in dem dumpfen Verschlag zu schlafen, den der getreue Lucas ihr angewiesen hatte. Wie so viele Gefangene, die unter der afrikanischen Gluthitze leiden, träumte sie von einer kalten Winternacht, einer verschneiten Christnacht. Sie betrat eine Kirche, deren Glocken läuteten, und vermeinte, nie etwas Schöneres gehört zu haben als das Geläute dieser katholischen Glocken. Eine Krippe war in dieser Kirche aufgebaut mit hübsch auf dem Moos angeordneten Figuren: der Heiligen Jungfrau, dem heiligen Joseph, dem Jesuskind, den Hirten und den drei Weisen aus dem Morgenlande. Der König Balthasar trug einen wunderlichen Mantel und einen hohen goldenen Turban, der wie ein Diadem aussah.

Angélique bewegte sich und glaubte zu erwachen. Aber sie lag schon eine ganze Weile mit offenen Augen da und sah ihn trotzdem.

Osman Ferradji, der Obereunuch, stand vor ihr.

Neununddreißigstes Kapitel

Es herrschte nächtliche Stille. Auf den vom Mondlicht überfluteten Boden warf das Gitter des Fensters ein regelmäßiges Muster schwarzer Spitzen. Ein Duft nach Minze und grünem Tee schwebte im Raum. Angélique erwachte aus ihrer Erstarrung und richtete sich auf. Stille ringsum, zuweilen von einem schrillen, fernen Schrei unterbrochen. Sie wußte, wer diesen Schrei eines in der Falle gefangenen Tieres ausstieß: eine der beiden weißblonden Isländerinnen, die der Obereunuch seinem Herrn als Geschenk mitbrachte.

Sie, Angélique, hatte nicht geschrien. Sie hatte sich in einem von zehn

356

Eunuchen eskortierten Tragsessel davonschleppen lassen. Was aus dem Diener Lucas geworden war, wußte sie nicht, noch wer sie beide verraten hatte. Vielleicht der Gehilfe, vielleicht die eifersüchtige Mohammedanerin . . .? Aber das spielte jetzt keine Rolle mehr. Sie war von der Welt abgeschnitten, „eingeschlossen in einem Harem", und die Einsamkeit, in der man sie seit ihrer Wiederergreifung gelassen hatte, verhieß nichts Gutes. Es war weniger Angst, was sie niederdrückte, als vielmehr das Gefühl, eine völlige Niederlage erlitten zu haben. Mezzo Mortes Enthüllungen über seine raffiniert geplante Falle hatten ihr sogar die Lust genommen aufzubegehren. Nichts von dem, was sie aufrecht gehalten, was ihr Mut gegeben hatte, beruhte auf Wahrheit. Die nahe Gegenwart ihres Gatten, die sie während einiger Tage mit fester Zuversicht erfüllt hatte, war nur ein Köder gewesen. Joffrey mochte tot sein oder noch leben, in Bona jedenfalls war er nicht. Sie hatte sich hinters Licht führen lassen. Die Mausefalle war zugeschnappt.

Wie so oft, wenn ihre Impulsivität sie in ausweglose Situationen gebracht hatte, lenkte sie ihren Zorn auf sich selbst. Der Gedanke, was Madame de Montespan sagen würde, wenn sie von dem Schicksal ihrer Rivalin erführe, brannte sie wie glühendes Eisen. „Madame du Plessis-Belliére . . . wißt Ihr schon? Hahaha! Von den Barbaresken geschnappt! . . . Hahaha! Der berüchtigte Admiral von Algier soll sie dem Sultan von Marokko geschenkt haben! Zu komisch! Die arme Person!"

Das spöttische Lachen der schönen Athénaïs klang ihr in den Ohren. Angélique sprang auf, um etwas zu suchen, das sie auf den Boden schmettern könnte. Aber sie befand sich in einer kahlen Zelle, die mit ihren weißgekalkten Wänden mönchisch gewirkt hätte, wäre der mit Kissen belegte Diwan nicht gewesen, auf den man sie wie ein Paket geworfen hatte. Keine Fenster, nur ein vergittertes Mauerloch. Angélique stürzte auf dieses Gitter zu, um daran zu rütteln. Zu ihrer Überraschung gab es beim ersten Stoß nach. Sie machte ein paar zögernde Schritte, dann lief sie immer rascher durch die Galerie, die sich vor ihr auftat. Die Gestalt eines Eunuchen tauchte aus dem Dunkel auf und folgte ihr. Ein weiterer stand mit seiner Hellebarde am oberen Ende einer Treppe und streckte den Arm aus, um ihr den Durchgang zu versperren. Mit der Schulter stieß sie den Mann beiseite. Er packte sie beim Handgelenk. Mit der gleichen Resolutheit, die sie als Wirtin der

357

„Roten Maske" an den Tag gelegt hatte, wenn es galt, Trunkenbolde vor die Tür zu befördern, versetzte sie dem Wächter ein paar Ohrfeigen, faßte den Überraschten beim Kragen und schleuderte ihn zu Boden. Die beiden Eunuchen kreischten wie Affen, während Angélique die Treppe hinunterlief, um drunten auf drei andere Schwarze zu stoßen, die gleichfalls brüllten und deren sie sich vergeblich zu erwehren suchte. Ein feister Poussah erschien und schwang seine Peitsche. Doch Osman Ferradji, den man schleunigst herbeigeholt hatte, gebot ihm Einhalt. Er trug weder seinen weiten Mantel noch den prächtigen Turban, nur eine Art ärmelloser Weste aus dunkelroter Seide und eine lange Pluderhose, die durch einen Gürtel aus kostbarem Metall festgehalten wurde. In dieser Hauskleidung wirkte er zwitterhafter als sonst. Seine glatten, runden, mit Goldreifen geschmückten Arme und seine beringten Hände hätten die einer sehr schönen Negerin sein können.

Er warf einen amüsierten Blick auf Angéliques durch den Kampf mitgenommene Erscheinung und sagte mit seiner wohlklingenden Stimme auf französisch:

„Möchtet Ihr Tee? Oder Zitronenlimonade? Soll ich Euch Schaschlik bringen lassen? Taubenhaschee mit Zimmet? Oder Mandelpaste? Ihr müßt hungrig und durstig sein!"

„Ich brauche frische Luft", sagte Angélique. „Ich will den Himmel sehen, ich will aus diesem Gefängnis heraus."

„Wenn es weiter nichts ist", erwiderte der Obereunuch freundlich. „Wollet mir folgen."

Trotz der in liebenswürdigem Ton geäußerten Aufforderung ließen die Wächter die junge Frau nicht los, vor der ihnen grauste, da ihr Entweichen der Anlaß zur Hinrichtung von fünf ihrer Genossen gewesen war.

Sie stieg die Treppe wieder hinauf und danach eine zweite. Unversehens stand sie auf einem terrassenartigen Dach, über dem sich der besternte Himmel wölbte. Das Mondlicht versilberte den leichten, vom Meer aufsteigenden Dunst, der alles umhüllte, selbst die gedrungene Kuppel einer nahen Moschee.

Hundegebell unterbrach zuweilen die Stille, herangetragen von der lauen Luft zugleich mit dem fernen Rauschen der Brandung. Der Lärm

der Bagnotaverne drang nicht in diesen von prächtigen Gärten um-
schlossenen Bezirk, in dem sich der Serail der Aristokratie von Algier
befand. Es herrschte die Stille der afrikanischen Nächte, die ebenso
von Leidenschaft erfüllt und fruchtbar sind wie der Tag, wenn nicht
noch mehr, denn in der Nacht werden Intrigen gesponnen, Anschläge
verübt, und die gefangenen Frauen dürfen im Angesicht der ihnen
verschlossenen Welt träumen. Man ahnte die weißen Gestalten auf
den Dächern, ausgestreckt auf Diwans und Kissen oder gemächlich
promenierend. Endlich konnten sie ihre Gesichter entblößen, und sie
genossen die kühle, salzhaltige Meeresluft.

Von Zeit zu Zeit machte einer der Eunuchen seine Runde, am schmalen, vorspringenden Rand der Dächer entlang und durch die Höfe, argwöhnisch alle dunklen Winkel nach verwegenen Liebhabern durch-
forschend.

Die Wächter hatten Angélique losgelassen. Sie wandte sich um und
entdeckte das Meer, die endlose, amethystfarbene, silberdurchfurchte
Fläche. Unvorstellbar, daß auf der andern Seite dieses Traumbilds
die europäischen Gestade lagen, ihre hohen Häuser aus braunem oder
grauem Stein, deren Mauern tausend der Neugier dienende Öffnungen
hatten, deren Dächer jedoch dem Himmel verschlossen waren.

Angélique lehnte sich an die Brüstung. Auf dieser Terrasse befanden
sich noch andere Frauen. Stumm hockten sie auf ihren Polstern, und
auch die Dienerinnen, die ihnen Tee einschenkten und Kuchen reichten,
schienen noch schüchtern, denn sie alle waren vom Obereunuchen er-
worbene oder von Mezzo Morte geschenkte Sklavinnen, die einander
noch nicht kannten.

Osman Ferradji beobachtete Angélique aufmerksam. Plötzlich kam
ihm ein Gedanke:

„Möchtet Ihr türkischen Kaffee?"

Angéliques Nasenflügel zuckten. Sie wurde sich bewußt, daß es der
türkische Kaffee war, den sie am meisten vermißte, seitdem sie sich in
Algier befand!

Ohne ihre Antwort abzuwarten, klatschte Osman Ferradji in die
Hände und gab eine knappe Anweisung. Wenige Augenblicke danach
wurde ein Teppich auseinandergerollt, ein niederer Tisch herbeigetra-
gen, wurden Kissen aufgehäuft, und der aromatische Duft des schwar-

zen Kaffees verbreitete sich. Osman Ferradji bedeutete den Dienerinnen, sich zu entfernen. Mit gekreuzten Beinen auf dem Teppich sitzend, bediente er persönlich die französische Gefangene. Er reichte ihr den Zucker, bot ihr gemahlenen Pfeffer und Aprikosenlikör an, aber sie lehnte ab. Sie trank den Kaffee nur leicht gesüßt. Ihre Augen schlossen sich unter der Wirkung eines jähen Sehnsuchtsgefühls.

„Der Duft des Kaffees erinnert mich an Kandia ... und an den Versteigerungssaal, wo sein Geruch sich so innig mit dem des Tabakrauchs vermengte ... ich möchte wieder nach Kandia und jenen Augenblick noch einmal erleben, da eine Hand meinen Kopf aufrichtete ... der Kaffee roch gut. Ich fühlte mich wohl in Kandia ..."

Sie trank ein paar Schlucke, dann vermochte sie sich nicht mehr zu beherrschen und begann zu schluchzen. Sie schämte sich dieses Eingeständnisses ihrer Niederlage vor den Augen des Obereunuchen um so mehr, als ihr das Absurde ihrer Empfindung zu Bewußtsein kam. In Kandia war sie eine unglückliche, mißhandelte, zur Versteigerung gebrachte Sklavin gewesen. Aber in Kandia hatte sie noch Hoffnung gehabt, ein Ziel! Und außerdem ihren alten Freund, den rührigen Savary, der sie aufmunterte, umsorgte, der durch das Gitter ihres Kerkers Papier und Feder schob oder ihr geheimnisvolle Zeichen machte. Wo mochte er sein, der arme Savary? Womöglich hatte man ihm die Augen ausgestochen, um ihn an Stelle eines Esels die Noria des Brunnens drehen zu lassen? Oder man hatte ihn ins Meer geworfen? Sie waren zu allem fähig!

„Ich begreife nicht", sagte Osman Ferradji sanft, „warum Ihr weint, noch warum Ihr Euch wehrt und so aufregt ..."

Angélique fuhr sich mit der Hand über die Augen. „Ihr begreift nicht, daß eine Frau, die man von den Ihren trennt und einsperrt, weinen kann? Ich bin nicht die einzige, wie mir scheint. Hört Ihr nicht die Isländerin da drunten heulen?"

„Euer Fall ist doch ein ganz anderer."

Er hob die Hand, spreizte die langen, beringten Finger mit den roten Nägeln und zählte auf:

„Ihr seid die Frau, die den Marquis d'Escrainville, den Schrecken des Mittelmeers, um den Verstand gebracht hat, die Don José de Almada, den bedächtigsten Kaufmann, den ich kenne, dazu veranlaßt hat, zweiundzwanzigtausend Piaster für eine Ware zu bieten, mit der er nichts hätte anfangen können, die dem unüberwindlichen Rescator entwischte, die Mezzo Morte gegenüber einen beleidigenden Ton anschlug, den nicht einmal seine Feinde sich herausgenommen hätten. Und ich möchte hinzufügen: die erste Frau, die dem Obereunuchen Osman Ferradji entkam! Das verleiht Euch nicht wenig Ruhm. Wenn man eine solche Frau ist, weint man nicht und hat keine Nervenzusammenbrüche!"

Angélique suchte nach ihrem Taschentuch und trank durstig einen Schluck aus ihrer Tasse. Osman Ferradjis Lobeshymne verfehlte ihre Wirkung nicht, sie stärkte Angéliques Selbstbewußtsein und Kampflust.

Sie dachte:

„Warum sollte ich schließlich nicht auch die erste Frau sein, der es gelingt, aus einem Harem zu entkommen?"

Ihre grünen Augen musterten den ihr gegenübersitzenden Obereunuchen. Von neuem verspürte sie jenes Gefühl der Sympathie und Achtung, das er am Tage der Hinrichtung des deutschen Ritters spontan in ihr ausgelöst hatte. Vom Mond beleuchtet, wirkte sein dunkles Gesicht für einen Mann ein wenig zu zart, doch seine dichten Brauen verliehen ihm einen Zug von Ernst und Strenge, wenn er nicht lächelte. Aber er lächelte in diesem Moment. Er fand, daß die Augen dieser Frau zuweilen denen eines Panthers glichen. Sie war von gleicher Art wie er, und ihr Weinen bedeutete nichts anderes als Zorn darüber, daß sie sich hatte besiegen lassen. Er würde ihren Freiheitsdrang zu bändigen wissen.

„Nein", sagte er kopfschüttelnd, „solange ich lebe, werdet Ihr nicht entkommen! Mögt Ihr diese Pistazien versuchen? Sie kommen aus Konstantinopel. Schmecken sie Euch?"

Angélique kostete einen der Kerne und erklärte, sie habe schon bessere gegessen.

„Wo?" fragte Osman Ferradji höchst interessiert. „Habt Ihr den Namen und die Adresse des Händlers behalten?"

Er fügte hinzu, daß er darauf bedacht sei, die Naschhaftigkeit der vielen hundert Frauen Moulay Ismaëls zu befriedigen. Man verspreche sich goldene Berge von seiner Reise nach Algier, wohin er gekommen sei, um sich mit griechischem Wein und orientalischen Süßigkeiten zu

361

verproviantieren. Dank seiner Fürsorge seien die Harems Moulay Ismaëls die am üppigsten versorgten der ganzen Berberei. Wenn sie erst in Miquenez sei, werde sie es selber feststellen können.

Kampfbereit fuhr Angélique hoch.

„Niemals gehe ich nach Miquenez. Ich will meine Freiheit."

„Was wollt Ihr mit ihr anfangen?"

Die Frage klang so sanft verwundert, daß Angéliques Trotz sofort erlahmte. Sie hätte hinausschreien mögen, daß sie zu den Ihren zurückkehren, ihre Heimat wiedersehen wolle, aber plötzlich erschien ihr all das sinnlos. Nichts verband sie mehr mit ihrer Vergangenheit. Freilich, da waren ihre beiden jungen Söhne, aber hatte sie sie nicht bereits in die Wirrnis ihres unsinnigen Vorhabens hineingezogen?

„Hier oder wo immer wir nach Allahs Willen sind", murmelte der Obereunuch, „sollten wir die Köstlichkeiten des Lebens genießen. Die Frauen besitzen eine stark ausgeprägte Anpassungsfähigkeit. Ihr habt Angst, weil unsere Haut schwarz oder braun ist und weil Ihr unsere Sprache nicht versteht. Aber was ist es, was Euch an unseren Gebräuchen so abstößt?"

„Bildet Ihr Euch ein, daß ein Schauspiel wie die Hinrichtung des Malteserritters, der wir kürzlich beigewohnt haben, mich geneigt macht, die mohammedanischen Gebräuche erfreulich zu finden?"

Osman Ferradji schien ehrlich verwundert.

„Gibt es etwa in Eurem Lande keine Hinrichtungen, bei denen Männer von Pferden gevierteilt werden? Die Franzosen, mit denen ich sprach, haben mir davon berichtet."

„Das stimmt", gab Angélique zu. „Aber . . . nicht alle Tage. Auf diese Art werden nur Königsmörder bestraft."

„Auch die Hinrichtung des Malteserritters war ein seltener Fall. Wenn wir so mit einem Feind verfahren, bedeutet daß, daß wir seinen Wert anerkennen, die Furcht, die er einflößt, und den Schaden, den er uns zugefügt hat. Ihr fürchtet Euch, Madame, weil Ihr unwissend seid wie alle Christen, die nicht erkennen wollen, was der Islam ist. Sie bilden sich ein, wir seien Wilde. Ihr werdet unsere Städte des Maghreb sehen, des Landes im äußersten Westen, und Marokko, das rot ist wie das Feuer, am Fuß des Atlasgebirges, auf dem der Schnee funkelt wie Diamanten, Fez, dessen Name Gold bedeutet, und Miquenez, die Hauptstadt des Sultans, die wie aus Elfenbein geschaffen wirkt. Unsere Städte sind schöner und reicher als die eurigen.

„Das ist unmöglich. Ihr wißt nicht, was Ihr sagt. Ihr könnt dieses Sammelsurium weißer Würfel nicht mit Paris vergleichen."

Sie wies auf das schlafende Algier zu ihren Füßen, eine Traumwelt aus durchscheinendem Porzellan am Ufer eines amethystfarbenen Meeres.

„Die Angst steht Euch schlecht zu Gesicht", sagte Osman Ferradji kopfschüttelnd. „Seid fügsam, und es wird Euch nichts Böses geschehen. Ich will Euch Zeit lassen, damit Ihr Euch an unsere islamischen Sitten gewöhnt."

„Ich weiß nicht, ob ich mich jemals an Eure Geringschätzung des Menschenlebens gewöhnen werde."

„Ist es das Menschenleben denn wert, daß man soviel Aufhebens von ihm macht? Die Christen freilich haben große Angst vor Tod und Folterung. Eure Religion scheint Euch schlecht darauf vorzubereiten, vor Gottes Angesicht zu treten."

„Mezzo Morte hat mir etwas Ähnliches gesagt."

„Er ist nur ein Renegat, ein ‚Wahltürke'", sagte der Obereunuch, ohne seine Verachtung zu verbergen, „aber ich möchte hoffen, daß auch er ein wenig von jener Unbefangenheit besitzt, die sowohl die Lust am Leben wie die Lust am Tode erzeugt und nicht die Furcht vor dem einen und andern, wie bei Euch Christen."

„Schade, daß Ihr nicht Marabut geworden seid, Osman Bey. Ihr versteht zu predigen. Meint Ihr, es wird Euch gelingen, mich zu bekehren?"

„Es bleibt Euch keine Wahl. Ihr werdet zwangsläufig Mohammedanerin, wenn Ihr eine der Frauen unseres erhabenen Herrn Moulay Ismaël geworden seid."

Angélique preßte die Lippen zusammen und versagte sich eine Antwort. Sie dachte: Verlaß dich nicht zu sehr darauf!

Das marokkanische Schreckgespenst, das man ihr zum Herrn bestimmte, war glücklicherweise noch in weiter Ferne! Bis dahin mußte sie die Möglichkeit finden zu entwischen. Und sie würde sie finden. Osman Ferradji hatte gut daran getan, ihr Kaffee vorzusetzen ...

Vierzigstes Kapitel

Zunächst einmal fand sie Meister Savary wieder. Ein sicheres Zeichen, daß der Himmel sie beschützte.

Die Karawanserei, in der die Marokkaner die Gastfreundschaft Algiers genossen, übertraf den Batistan Kandias an Größe und enthielt gleich diesem Unterkunfts- und Lagerräume. Sie bildete ein riesiges, zweistöckiges Viereck, das einen Innenhof mit drei Springbrunnen, Oleanderbüschen, Zitronen- und Orangenbäumen umschloß.

Man konnte sie nur durch eine einzige, streng bewachte Pforte betreten. Die Mauern wiesen nach der Straße zu keine Fenster auf, die Dächer waren flach und hatten zinnenbewehrte Gesimse, auf denen Tag und Nacht Posten standen.

Die vierzig bis sechzig Räume dieses imposanten Gebäudes, einer wahren Festung im Herzen Algiers, waren mit Menschen und Tieren vollgepropft. Einige der im Erdgeschoß gelegenen dienten als Ställe für die Reitpferde, die Esel, die Kamele. Dort hatte Angélique ein merkwürdiges Tier mit einem langen, gefleckten Schlangenhals entdeckt, auf dem ein winziger Kopf mit großen, ausdrucksvollen Augen und kurzen Ohren saß. Das Tier schien nicht bösartig, da es sich damit begnügte, seinen langen Hals zwischen den Säulen des Patio hervorzustrecken, um die Blätter eines Oleanders zu erreichen und abzuweiden.

Angélique betrachtete es verwundert, als eine Stimme sie auf französisch belehrte:

„Man nennt dieses Geschöpf Giraffe, Madame."

Aus einem Strohhaufen tauchte die gebeugte Gestalt ihres Freundes, des alten Apothekers, auf.

„Savary, ach, mein lieber Savary!" rief sie beglückt. „Wie kommt Ihr hierher?"

„Sobald ich erfuhr, daß Ihr Euch in den Händen des Obereunuchen Osman Ferradji befindet, setzte ich alles daran, um bis zu Euch vorzudringen. Das Glück ist mir zu Hilfe gekommen. Ein Türke hatte mich gekauft, dem die Reinhaltung des Janitscharenhofs obliegt und

Vom Obereunuchen veranlaßt, hatte sich Mezzo Morte alle Mühe gegeben, ihrer habhaft zu werden, und entgegen Angéliques Vorstellung
gehörte sie nicht zu seinen Geschenken, vielmehr hatte Osman Ferradji
sie für teures Geld von dem kalabrischen Renegaten gekauft, denn
er ganz allein hatte jene Kaperfahrt finanziert.

Und nun gestand sie ihm einen Mangel ein, der bei einer Kurtisane
unverzeihlich war, die nach seinem Willen zum Rang der Favoritin
aufsteigen und kraft aller Reize des Geistes und der Sinne die Leidenschaft Moulay Ismaëls fesseln sollte. Plötzlich wurde er unsicher. War
es ihm nicht schon aufgefallen, daß sie nie die Männer anzulocken versuchte, wenn sie sich in der Karawanserei frei bewegte? Das heraus-
fordernde Benehmen der Kameltreiber oder Wachposten brachte sie
nicht in Verlegenheit, und nie warf sie wie andere Frauen verstohlene
Blicke auf die muskulösen Beine oder schmalen Hüften eines gutge-
wachsenen Mannsbilds.

Er wußte, daß die abendländischen Christinnen häufig frigide waren
und wenig bewandert auf dem Gebiet der sexuellen Betätigung, vor
der sie Angst und Abscheu zu empfinden schienen.

Er verriet seine Verwirrung, indem er auf arabisch ausrief:

„Was soll ich mit dir anfangen?"

Angélique verstand ihn und erkannte die unverhoffte Möglichkeit,
Zeit zu gewinnen.

„Ihr braucht mich Moulay Ismaël nicht vorzuführen. In jenem Harem,
wo sich, wie Ihr sagt, an die achthundert Frauen befinden, könnte man
mich unschwer abseits halten, mich unter die Dienerinnen mischen.
Ich würde jeder Möglichkeit einer Begegnung mit dem Sultan aus dem
Wege gehen. Ich würde stets einen Schleier tragen, und Ihr könntet
erzählen, mein Gesicht sei durch eine Hautkrankheit entstellt . . ."

Osman Ferradji unterband durch eine ärgerliche Geste ihre unsinnigen
Einfälle, erklärte, daß er es sich überlegen werde, und wandte sich
zum Gehen. Mit ironischer Miene sah Angélique ihm nach. Im Grunde
ihres Herzens tat es ihr leid, ihm solchen Kummer bereitet zu haben.

Zweiundvierzigstes Kapitel

Mit dem Betreten marokkanischen Bodens änderten sich die Verhältnisse schlagartig. Die Wegelagerer verschwanden vom Horizont. Statt dessen ragten die Kasbahs auf, die Moulay Ismaël überall an den Grenzen seines Königreichs von seinen Legionen aus unbehauenen Steinen errichten ließ. Man kampierte in der Nähe von Beduinenwanderdörfern, deren Vorsteher eilends Geflügel, Milch und Hammel herbeischleppten. Nach dem Aufbruch der Karawane ließen sie Schilfrohrbündel verbrennen, um den von den christlichen Sklaven entweihten Boden zu reinigen.

Schon erreichten sie Neuigkeiten. So verbreitete sich die Kunde, daß Moulay Ismaël mit einem seiner Neffen, Abd-el-Malek, im Kriege lag, der mehrere Stämme aufgewiegelt und sich in Fez verschanzt hatte. Doch feierte man bereits den Sieg des großen Sultans. Ein Bote überbrachte Osman Ferradji die Willkommensgrüße seines Monarchen, der sich darauf freue, seinen besten Freund und Ratgeber wiederzusehen. Soeben hatte er Fez eingenommen, und die schwarzen Bouaker hieben jeden nieder, den sie mit der Waffe in der Hand antrafen.

Zu diesem Zeitpunkt hatte die Safari vor einer hochragenden Festung mit viereckigen, zinnengekrönten Türmen ihr Lager aufgeschlagen, zwei Tagereisen von Fez entfernt. Der Alkaid Alizin, der sie befehligte, entschloß sich, ein großes Freudenfest zu Ehren des Siegs und des Besuchs des Obereunuchen und Großwesirs Osman Ferradji zu veranstalten.

Angélique war aufgefordert worden, am Festschmaus des Alkaids teilzunehmen. Sie hatte es nicht gewagt, diese Einladung auszuschlagen, die bei der Übermittlung durch den seit einigen Tagen höchst finster dreinblickenden Obereunuchen die Form eines Befehls angenommen hatte. Zu Füßen der Zitadelle war ein riesiges Zelt aus Kamelfellen und Teppichen errichtet worden, vor dessen Zugängen sich die Menge der Neugierigen drängte.

Jetzt war es Abend, die Stunde der Tänze und Lieder. Zwei große Holzkohlenfeuer ersetzten das Sonnenlicht und warfen ihren unruhigen Schein auf die den Hintergrund bildende rote Mauer der Kasbah. Unter den Klängen der Flöten und Tamburine stellten sich die in viele bunte Röcke gezwängten Tänzerinnen auf und ließen ihre goldenen Armreifen klingen. Sie bildeten, eng aneinandergedrängt, einen Halbkreis. Hinter ihnen versammelten sich die Männer.

Der Tanz begann. Es war ein Liebestanz, der „Ahidou". Immer erregter wurde hinter den dichten Schleiern der Gewänder das krampfartige Zucken der Leiber, dessen Rhythmus die Musikanten mit ihren Instrumenten unaufhörlich beschleunigten. Bald waren die Tänzerinnen in Schweiß gebadet.

In ihren Gesichtern mit den geschlossenen Augen, den halbgeöffneten Lippen spiegelte sich ihr Sinnesrausch. Sie steigerten sich, ohne berührt zu werden, in einen Paroxysmus der Lust und boten den lüsternen Blicken der Männer das rätselhafte Antlitz der verzückten Frau, in dem sich unbewußt Beglückung und Schmerz, Ekstase und Angst ausdrücken. Von dem unsichtbaren Blitz getroffen, den der Tanz in ihnen ausgelöst hatte, erschlafften sie und hielten sich nur aufrecht, weil sie enggedrängt Schulter an Schulter nebeneinanderstanden. Der Augenblick war nicht mehr fern, da sie, sich darbietend, rücklings zu Boden sinken würden.

Die Sinnlichkeit, die von dieser Menge ausströmte, war so beklemmend, daß Angélique die Augen senkte. Auch sie wurde von diesem Liebestaumel erfaßt.

Aus einer Entfernung von nur wenigen Schritten betrachtete ein Araber ihr unverschleiertes Gesicht. Es war einer der Offiziere des Alkaids, sein Neffe Abd-el-Kharam. Angélique war seine statuenhafte Schönheit aufgefallen, sein ebenholzfarbenes Gesicht mit den tiefschwarzen Augen und blendendweißen Zähnen, als er die Komplimente Osman Ferradjis mit einem Lächeln beantwortet hatte.

Jetzt lächelte er nicht mehr. Er ließ den Blick nicht mehr von der französischen Gefangenen, deren helles Gesicht überraschend und geheimnisvoll aus dem Halbdunkel leuchtete.

Gegen ihren Willen wandte Angélique schließlich den Kopf und erzitterte, als der fordernde, leidenschaftliche Blick der großen, dunklen Augen sie traf. Ob dem Obereunuchen eigentlich auffiel, welches Maß an Aufmerksamkeit man seiner Gefangenen schenkte?

Aber er hatte sich eben entfernt, und vielleicht war es seine Abwesenheit, die den jungen Prinzen ermutigt hatte, sie so anzustarren.

Die erlöschenden Flammen warfen gigantische Schatten auf die rote Mauer, ihr Zucken schien das der Leiber zu begleiten, auch das der Stimmen, die an- und abschwollen, vom heiseren Schrei in dumpfes Murmeln, in unartikuliertes Röcheln übergingen . . .

Es gab Augenblicke des Schweigens, in denen man nur das unermüdliche Stampfen der Tänzerinnen auf dem Sand vernahm. Wenn das Stampfen aufhörte, wenn der letzte Feuerschein erloschen war, würde ein unwiderstehlicher Drang die Gruppen der Männer und Frauen zueinandertreiben.

Immer wieder kehrte Angéliques Blick verstohlen zu dem regungslosen Gesicht des jungen Fürsten zurück, der wie behext wirkte. Auch andere starrten sie an, aber dieser da begehrte sie mit einer geradezu beängstigenden Leidenschaftlichkeit, wie Naker-Ali sie einst begehrt hatte. Die Versuchung, diese Begierde zu erwidern, beschlich sie. Sie verspürte jenen Hunger, der jäh bis in die Eingeweide dringt, und sie fühlte sich schwach und schwindlig. Sie wollte die Augen senken, aber sie vermochte es nicht. Ihr Ausdruck schien beredt zu sein, denn um die Lippen des jungen Mannes spielte ein triumphierendes Lächeln. Er nickte ihr kaum merklich zu. Angélique wandte jäh den Kopf und zog den Schleier wieder über ihr Gesicht.

Die Finsternis verdichtete sich. In diesem der fiebrigen Stimmung der Stunde verbündeten Dunkel wurden die Bewegungen der Tänzerinnen immer langsamer. Eine nach der andern sank zu Boden, und wie Jäger, die allzu lange auf ihre Beute gelauert haben, fielen die Männer über sie her. Nach den nicht enden wollenden Tänzen und Riten kam der Augenblick der Erfüllung. Die Musikinstrumente waren verstummt. Das Feuer zuckte ein letztes Mal auf.

Die Gefangene wurde von den Eunuchen in ihr Zelt zurückgebracht und auf den Diwan gestoßen. Der Eingangsvorhang ward herabgelassen. Sie rief nach ihrer Gefährtin, der Tscherkessin, aber sie meldete sich nicht. Angélique war allein dem Aufruhr ihrer Sinne ausgeliefert.

Draußen übernahmen die Eunuchen, unberührt von dem erotischen Fieber, das das Lager erfaßt hatte, aufs neue die Bewachung der bevorzugten Frauen.

Angélique atmete schwer. Die Nacht war schwül. Alle Geräusche waren verstummt außer jenen unüberhörbaren der Massenorgie, die da draußen auf der bloßen Erde im Gange war.

Sie fühlte sich krank und schämte sich ihrer sinnlichen Erregung, ihre Nerven drohten sie im Stich zu lassen.

Sie nahm weder das leise Knirschen des Dolchs, der den Stoff der Zeltwand durchschnitt, noch das Gleiten des geschmeidigen Körpers ins Innere des Zeltes wahr.

Erst als eine feste, kühle Hand ihre glühende Haut berührte, fuhr sie hoch, zu Tode erschrocken.

Ein matter Lichtschein ließ sie das triumphierende, gespannte Gesicht erkennen, das sich über sie beugte.

„Ihr seid wahnsinnig!"

Durch den Musselin ihres Hemdes spürte sie, daß er sie streichelte und suchte. Das Lächeln des Prinzen Abd-el-Kharam schien ihr wie das Aufleuchten des Mondes über ihr.

Jäh richtete sie sich auf und kniete sich auf die Kissen. Mühsam nach den arabischen Worten suchend, formte sie einen Satz:

„Geh! Geh! Du setzt dein Leben aufs Spiel."

Er erwiderte:

„Ich weiß. Aber was tut's! . . . Dies ist die Nacht der Liebe . . ."

Auch er kniete neben ihr. Seine muskulösen Arme umschlangen ihre Taille gleich einem stählernen Ring.

Da sah sie, daß er halb nackt gekommen war, nur mit einem Lendenschurz bekleidet, bereit zur Liebe. Sein glatter Körper preßte sich an den ihren. Sie suchte ihn geräuschlos zurückzustoßen, aber er bezwang sie bereits mit der wilden Kraft, die seine Begierde ihm verlieh. Langsam ließ er sie hintenübersinken, und sie ergab sich dieser ungekannten, unwiderstehlichen und stürmischen Inbesitznahme.

Die Todesdrohung, die über ihnen schwebte, verstärkte die Gespanntheit seines Körpers. Beängstigende Stille begleitete ihr zugleich maßvolles und leidenschaftliches Tun und machte das Wogen der Lust noch köstlicher.

Plötzlich waren die Eunuchen da und umringten sie, eine Horde schwarzer Teufel. Angélique nahm sie vor ihrem in die Wonnen der Wollust versunkenen Liebhaber wahr. Sie stieß einen schrillen Schrei aus ...

Am Morgen zog die Karawane unter den roten Mauern der Festung vorbei. Angélique saß zu Pferd. An den Ästen eines alten Olivenbaums sah sie den Leichnam eines an den Füßen aufgehängten Mannes baumeln. Auf der Erde unter ihm rauchten die Reste eines Feuers, das Kopf und Schultern verzehrt hatte. Angélique riß an den Zügeln. Sie konnte die Augen nicht von dem schauerlichen Anblick wenden. Sie wußte genau, daß es der schöne, bronzefarbene Gott war, der sie in der vergangenen Nacht besucht hatte. Als der Schimmel des Obereunuchen sich neben ihr einreihte, wandte Angélique sich ihm langsam zu.

„Ihr habt es absichtlich getan, Osman Bey", sagte sie leise und stokkend. „Ihr habt es absichtlich getan, nicht wahr? ... Deshalb war die Tscherkessin nicht in meinem Zelt. Ihr wußtet, daß er versuchen würde, zu mir zu gelangen ... Ihr ließt ihn hereinschleichen. Ich hasse Euch, Osman Bey ... ich hasse Euch!"

Ihr zorniger Blick begegnete den undurchdringlichen, flachen, ägyptischen Augen Osman Ferradjis. Er antwortete mit einem Lächeln.

„Weißt du, daß er gesprochen hat, ehe er starb? Er hat gesagt, du seist heißblütig und leidenschaftlich, und der Tod bedeute nichts für einen Mann, der in deinen Armen Wollust genossen habe ... Du hattest mich belogen, Firouzé! Du bist in den Dingen der Liebe weder unempfindlich noch unerfahren."

„Ich hasse Euch", wiederholte Angélique.

Aber sie hatte auch Angst. Es dämmerte ihr, daß sie ihm nicht gewachsen sein würde.

Dreiundvierzigstes Kapitel

Angélique hielt sich die Ohren zu. Sie konnte die hysterischen Schreie der Frauen Abd-el-Maleks nicht mehr ertragen, die seit Stunden aus den unteren Räumen des Palastes zu ihr heraufdrangen. Sie galten dem Schicksal des besiegten Aufrührers, der am Tage zuvor von Moulay Ismaël vor den Augen seines Heeres einer grausamen Folterung unterworfen und schließlich halbtot und verstümmelt nach Miquenez in die Gefangenschaft geschleppt worden war.

Angélique hatte der Folterung beiwohnen müssen, und die Erinnerung an diesen Vorgang und an die Rolle, die Moulay Ismaël dabei gespielt hatte, erfüllte sie mit Grauen. Stechende Kopfschmerzen quälten sie, und sie wurde von Schauern geschüttelt. Vergeblich suchte Fatima sie zu überreden, ein heißes oder eisgekühltes Getränk, Früchte oder Kuchen zu sich zu nehmen. Der bloße Anblick dieser Näschereien, mit denen die Odalisken sich trösteten, weckte ihren Widerwillen. Die Unmengen grünen und rosafarbenen Zuckerwerks, all die Parfüms und Salben, mit denen die Maureskendienerinnen sie massiert hatten, um sie nach den Strapazen der Reise zu erfrischen, erinnerten sie nur an ihre entsetzliche Situation: eingesperrt in den Harem des grausamsten Fürsten, den das Universum hervorgebracht hatte.

„Ich habe Angst. Ich will fort von hier", wiederholte sie immer wieder wie ein kleines Kind.

Die alte provenzalische Sklavin vermochte ihre plötzliche Depression nicht zu begreifen. Man war doch endlich am Ziel einer langen Reise angelangt, während derer ihre Herrin Mut bewiesen und sich scheinbar ins Unvermeidliche geschickt hatte. Fatima jedenfalls fühlte sich bereits durchaus wohl in dieser riesigen Karawanserei, in der dank der eisernen Faust des Obereunuchen beruhigende Disziplin herrschte und allen Mitgliedern der Karawane ein fürstlicher Empfang bereitet worden war.

Die Bäder der Sultaninnen waren bereit, die mit grünen und blauen Mosaiken ausgelegten Hammams dampften, und ein Heer von jungen Eunuchen und Dienerinnen harrte der Ankömmlinge. Jede neue Kurtisane hatte ihr eigenes, ihrem Wert entsprechend ausgestattetes Appartement vorgefunden.

Ja, es war ein wohlbestelltes Haus, das Serail des Obereunuchen. Fatima genoß das Gefühl der Geborgenheit nach den harten Jahren, die sie, die alternde, wurzellose Frau, in der schmutzigen Kasbah von Algier verbracht hatte, sich von einer Handvoll Feigen und einem Schluck Brunnenwasser ernährend. Hier gab es eine Menge alter Frauen, die einander in allen Sprachen ihre Erlebnisse und Klatschgeschichten erzählten, zu Zofen und Gouvernanten aufgestiegene Sklavinnen, oder auch umgekehrt: ehemalige Konkubinen des Königs und seines Vorgängers, die, da sie nicht wie die Lieblingssultaninnen das Recht auf einen vergoldeten Lebensabend in einer entlegenen Festung hatten, ihre Verbitterung und ihre Vorliebe für Intrigen in die Reihen des Gesindes mitbrachten.

Sie waren für jede einzelne Kurtisane oder Favoritin verantwortlich, für ihre Kleidung, ihren Schmuck, ihre Gepflegtheit, und sie hatten alle Hände voll zu tun, sie zu schminken, zu enthaaren, zu frisieren, zu beraten, ihre Launen zu befriedigen und ihnen Liebeselixiere zu verschaffen, damit ihnen die Gunst ihres Herrn und Gebieters erhalten bliebe. Fatima fühlte sich in ihrem Element. Man hatte ihr sogar von einer Zofe der Sultanin Leila Aicha erzählt, die gleich ihr aus Marseille stammte. Und außerdem war dies ein Harem, in dem sich die Eunuchen im allgemeinen größter Höflichkeit befleißigten. Das war keineswegs in allen Harems der Fall. Aber Osman Ferradji unterschätzte den Einfluß der alten Dienerinnen auf seine Pflegebefohlenen nicht, und er verstand es, sie für sich zu gewinnen und vorzügliche Gefangenenwärterinnen aus ihnen zu machen.

Je vertrauter sie mit diesem Serail wurde, desto klarer erkannte sie seine Vorzüge. Ja, sie wagte sogar zu behaupten, das des großen Sultans von Konstantinopel könne dieses an Üppigkeit und Raffinement nicht übertreffen. Der einzige dunkle Punkt in diesem paradiesischen Bilde war das Verhalten der französischen Gefangenen. Es sah ganz danach aus, als würde auch sie bald anfangen zu weinen, zu schreien und sich das Gesicht zu zerkratzen wie die einheimischen Frauen Abdel-Maleks unten im Hause oder wie die heute nacht für das königliche Bett vorgesehene kleine Tscherkessin, die die Eunuchen unter Zeter-

388

geschrei durch das Labyrinth der Gänge und Patios geschleppt hatten. Wenn Frauen anfingen, die Nerven zu verlieren, und wenn ihrer über tausend versammelt waren, konnte man sich auf allerhand Lärm und Wirbel gefaßt machen. In Algier hatte Fatima erlebt, daß Gefangene sich von den Galerien herabstürzten und sich auf den Fliesen der Höfe die Schädel einschlugen. Seltsame Anwandlungen überkamen die Ausländerinnen zuweilen. Angélique schien ihr nahe daran zu sein, einer jener düsteren und gefährlichen Stimmungen zu erliegen. Fatima wußte nicht mehr ein noch aus. Da sie die Verantwortung nicht mehr allein tragen wollte, wandte sie sich an den dicken Rafai, die rechte Hand Osman Ferradjis, um Rat. Rafai verordnete dasselbe Beruhigungsmittel, das man bereits der Tscherkessin eingeflößt hatte.

Verstört starrte Angélique ihnen entgegen, als seien sie Gestalten eines Alptraums. Der Anblick der alten Renegatin, der einfältigen Negerknaben mit den weitaufgerissenen Augen war ihr zuwider und mehr noch der des hinterhältigen Rafai mit seiner verlogenen, bekümmerten Ammenmiene. Er war es, der immer den Befehl zum Auspeitschen der widerspenstigen Frauen gab. Nie trennte er sich von seiner Klopfpeitsche. Angélique haßte sie alle . . .

Der penetrante Geruch des Zedernholz-Tafelwerks verschlimmerte ihre Migräne. Die fernen, aber doch schrillen Schreie quälten sie plötzlich weniger als das Frauengelächter, das zugleich mit dem Duft von Minze und grünem Tee durch eine vergitterte Öffnung hereindrang.

Sie versank in einen unruhigen Schlaf, um beim Erwachen mitten in der Nacht von neuem ein schwarzes Gesicht über sich gebeugt zu sehen, das sie zuerst für das eines Eunuchen hielt. Doch dann erkannte sie das blaue Zeichen Fatimas, der Tochter Mohammeds, auf der Stirn und sah, daß es eine große, umfängliche Frau war, die ihren vollen Negerinnenbusen mit dunkelblauem Musselin drapiert hatte.

Die Negerin beugte ihr Gesicht mit den wulstigen Lippen und den kalten, durchdringenden Augen über Angélique, eine Öllampe in der Hand, die nicht nur ihre eigene gespenstische Gestalt beleuchtete, sondern auch eine zweite neben ihr, einen Engel mit rosigem Teint und honigfarbenem Haar unter duftigem Schleier. Die beiden Frauen, die weiße und die schwarze, sprachen in gedämpftem Ton auf arabisch.

„Sie ist schön", sagte der rosige Engel.

„Viel zu schön", meinte der schwarze Teufel.

„Glaubst du, daß sie ihn bezaubern wird?"

„Sie hat alles Nötige dazu. Verflucht sei Osman Ferradji, dieser heimtückische Tiger!"

„Was wirst du tun, Leila?"

„Abwarten. Möglich, daß sie dem König nicht gefällt. Daß sie nicht geschickt genug ist, ihn zu fesseln."

„Und wenn es dennoch so wäre?"

„Dann mache ich sie zu meiner Kreatur."

„Und wenn sie die Osman Ferradjis bleibt?"

„Es gibt Vitriol, um die allzu schönen Gesichter zu zerstören, und Seidenschnüre, um die allzu strahlenden zu erdrosseln."

Angélique stieß einen durchdringenden Schrei aus, den Schrei einer in Todesängsten schwebenden Muselmanin, denen gleich, die noch immer durch die Mauern des Palastes zu ihr drangen.

Der Engel und der Teufel lösten sich in der Finsternis auf . . .

Angélique sprang auf, glühend, von einem inneren Feuer verzehrt, das ihr die Kraft einer Tobsüchtigen verlieh. Sie schrie ununterbrochen.

Osman Ferradji erschien. Sein riesiger Schatten zeichnete sich auf den Fliesen ab, und wie schon einmal wirkte allein das Erscheinen dieses Schattens beruhigend auf Angélique. Er war groß, heiter und unerschütterlich, ein Weltmann. Die Dämonen schwanden ohnmächtig vor dem sicheren Bewußtsein, ihn in diesem Harem zu wissen. Sie sank in die Knie, barg ihr Gesicht in den Falten der Djellaba des Königs aus dem Morgenlande und schluchzte:

„Ich habe Angst! Ich habe Angst!"

Der Obereunuch neigte sich herab, um seine Hand auf ihr Haar zu legen.

„Wovor kannst du Angst haben, Firouzé, du, die sich nicht vor dem Zorn Mezzo Mortes fürchtete, noch davor, in Algier zu flüchten?"

„Ich habe Angst vor dem blutdürstigen Unmenschen, Eurem Moulay Ismaël. Ich habe Angst vor jenen Frauen, die zu mir gekommen sind und mich erdrosseln wollen . . ."

„Du glühst vor Fieber, Firouzé. Wenn es sich gelegt hat, wirst du keine Angst mehr haben."

Er gab Anweisung, sie wieder in ihr Bett zu bringen, sie gut zuzudecken und ihr einen fiebervertreibenden Trank zu bringen.

Angélique lehnte schwach in den Kissen. Sie keuchte. Die Anstrengungen der Reise, die glühende Sonne, die grausigen Folterungen, deren Augenzeuge sie gezwungenermaßen gewesen war, hatten einen neuerlichen Anfall jenes Mittelmeerfiebers zur Folge gehabt, das sie schon auf der Galeone Escrainvilles niedergeworfen hatte.

Der Obereunuch hockte sich lautlos neben ihr Lager. Sie seufzte:

„Osman Bey, warum habt Ihr mir diese Prüfung auferlegt?"

Er fragte nicht, welche. Angéliques Reaktion beim Anblick von Moulay Ismaëls Strafgericht hatte ihn keineswegs überrascht, denn er wußte, daß die Frauen der abendländischen Nationen viel leichter die Fassung verlieren, wenn sie Blut fließen sehen, als die Maurinnen oder die Christinnen orientalischer Herkunft. Er war sich nur noch nicht klar, ob es sich dabei um Heuchelei handelte oder um ehrlichen Abscheu. War nicht jede Frau im tiefsten Grunde ein schlummernder Panther, der sich die Lefzen leckte und Lustgefühle verspürte, wenn er ein Lebewesen leiden sah? Zogen nicht seine Pflegebefohlenen, die verschlossenen Moskowiterinnen wie die ausgelassenen kleinen Negerinnen, jeder Lustbarkeit, die er zu ihrer Unterhaltung veranstaltete, die Belohnung vor, der Marterung von Christen beizuwohnen? Aber die Engländerin Daisy-Vanila, seit fünf Jahren Muselmanin und dem König in Liebe ergeben, hielt noch immer den Schleier vor die Augen oder spähte zwischen den Fingern hindurch, wenn gewisse Schauspiele gar zu blutig wurden.

Man mußte Geduld haben. Diese da, die intelligenter war, würde sich bald ihrer Empfindlichkeit begeben. Er hatte ja beobachtet, wie sie sich beim Anblick der Leiche des Mannes beherrscht hatte, der — wenn auch nur für einen kurzen Augenblick – ihr Liebhaber gewesen war. Um so mehr wunderte er sich, daß die Folterung des Prinzen Abd-el-Malek, der ihr nichts bedeuten konnte, sie so tief beeindruckt hatte.

Er sagte in ruhigem Ton:

„Ich hielt es für richtig, daß du den Herrn, den ich dir bestimmt habe . . . und den du dir unterwerfen sollst, in seiner ganzen Kraft und in seinem Glanz kennenlernst."

Angélique brach in nervöses Gelächter aus, hielt aber sofort inne und griff sich an die Schläfen. Jede Erschütterung tat ihr weh.

Einen Moulay Ismaël sich unterwerfen! Sie sah ihn vor sich, wie er, rasend vor Wut und Schmerz, mit einem einzigen Hieb den Kopf des schwarzen Schlächters abschlug.

„Ich weiß nicht, ob Ihr Euch über den Sinn des französischen Wortes ‚unterwerfen' im klaren seid, Osman Bey. Euer Moulay Ismaël sieht mir nicht so aus, als ob er sich von einer Frau an der Nase herumführen ließe."

„Moulay Ismaël ist ein Fürst von zermalmender Kraft. Er sieht klar und weit. Er handelt rasch und im richtigen Augenblick. Aber er ist ein unersättlicher Stier. Er braucht Frauen und ist immer in Gefahr, dem Einfluß eines schwachen und kleinlichen Hirns zu erliegen. Er müßte eine Frau neben sich haben, die die Launen seines unsteten Geistes zügelt . . . sein einsames Herz ausfüllt . . . ihn in seiner Eroberungslust bestärkt. Dann wird er ein großer Fürst sein. Er wird nach dem Titel Emir-El-Moumeunine, Befehlshaber der Gläubigen, streben können . . ."

Der Obereunuch sprach langsam und stockend. Dieser Frau, die er so sehr gesucht und endlich gefunden hatte, die ihm helfen würde, Moulay Ismaël seinen eigenen Ehrgeiz einzuimpfen, war er noch nicht sicher. Wohl war sie im Augenblick niedergeschlagen, aber er spürte plötzlich, daß sie ihm zwischen den Händen entglitt, wenn sie sich auch wie ein Kind an seinen Mantel klammerte.

Die Frauen waren unheimliche Wesen. Sie mochten noch so schwer getroffen worden sein, immer erhoben sie sich von neuem.

Wieder einmal dankte Osman Ferradji dem Erhabenen, daß das Schicksal und die geschickte Hand eines sudanesischen Medizinmannes ihn von Jugend an vor der Versklavung durch die natürlichen Leidenschaften bewahrt hatten, die zuweilen selbst einen geistig hochstehenden Mann dazu trieben, sich in ein groteskes Spielzeug jener kapriziösen Geschöpfe zu verwandeln.

„Fandest du ihn nicht jung und schön?" fragte er sanft.

„Und zweifellos mit mehr Verbrechen belastet als mit Lebensjahren. Wie viele Morde sind es, die er mit eigener Hand begangen hat?"

„Aber wie vielen Attentaten ist er andererseits entgangen? Alle großen Reiche sind auf Mord gegründet, ich habe es dir bereits gesagt, Firouzé. Es ist das Gesetz dieser Erde. Inch Allah! Ich möchte, Firouzé – hör gut zu, denn dies ist mein Wille –, ich möchte, daß du Moulay Ismaël jenes tiefdringende Gift einflößt, das allein du besitzt und das im Herzen der Männer ein Liebessehnen, einen verzehrenden Hunger nach dir aufkeimen läßt, von dem sie nicht mehr genesen wie jener Hampelmann, der Pirat Escrainville, aber auch wie dein großer Monarch, der König der Franken, den du tödlich verwundet hast. Du weißt genau, daß dein König dich nicht vergessen kann. Er hat dich flüchten lassen, und jetzt verzehrt er sich in Sehnsucht nach dir. Ich will, daß du Moulay Ismaël gegenüber von deiner Macht Gebrauch machst. Ich will, daß du ihm den Dolch deiner Schönheit ins Herz stößt ... Ich aber lasse dich nicht flüchten", setzte er leiser hinzu.

Mit geschlossenen Augen lauschte Angélique der hellen, warmen Stimme, die mit ihrem zögernd formulierenden, kindlich wirkenden Französisch dem dunklen, von der uralten Weisheit der afrikanischen Völker geprägten Gesicht so gar nicht entsprach.

„Aber beruhige dich, Firouzé. Ich will dir Zeit lassen, bis dein Fieber und deine Angst sich gelegt haben, bis dein Verstand begriffen hat und dein Körper begehrt. Eher werde ich dem Monarchen gegenüber deiner nicht Erwähnung tun. Er soll von deiner Gegenwart bis zu dem Tage nichts wissen, an dem ich dich mit deiner Zustimmung vor ihn führe."

Angélique wurde es leichter ums Herz. Sie hatte die erste Runde gewonnen! In dem Gewimmel der Haremsfrauen würde sie sicherer versteckt sein als eine Nadel in einem Heuhaufen, und sie gedachte diese Zeit zu nutzen, um Mittel und Wege zur Flucht zu finden.

Sie fragte: „Wird man nicht schwatzen? Könnte Moulay Ismaël nicht durch eine Indiskretion von mir hören?"

„Ich werde entsprechende Befehle erlassen. Ich besitze die uneinge-

393

schränkte Befehlsgewalt über das Serail. Alle haben sich mir zu fügen
... auch die Königin Leila Aicha. Sie wird in ihrem eigenen Interesse
schweigen, weil sie dich binnen kurzem fürchten wird."

„Sie will mich schon mit Vitriol verunstalten und erdrosseln", murmelte Angélique. „Das ist der Anfang."

„Alle Frauen, die nach der Gunst desselben Mannes gieren, hassen
und bekämpfen einander. Sind die Christinnen etwa anders? Hast du
in der Umgebung des Königs der Franken nie Rivalitäten beobachtet?"

Angélique schluckte mühsam.

„Doch", sagte sie, während vor ihrem geistigen Auge blitzartig die
Vision der unüberwindlichen Montespan erschien.

Hier wie dort bestand das Leben aus Kämpfen, aus unerfüllten Träumen, aus trügerischen Illusionen. Sie fühlte sich sterbensmüde.

Osman Ferradji beobachtete ihr bleich gewordenes, vom Fieber ge-
zeichnetes Gesicht. Er las von dieser Maske nicht etwa das Eingeständ-
nis einer Niederlage ab, vielmehr entdeckte er das, was Angéliques
lebhafter Ausdruck und ihre für gewöhnlich vollen Wangen zuweilen
verbargen: den harmonischen Knochenbau, der einen unbeugsamen
Willen verriet. Es war, als sähe er sie so, wie sie später sein würde, im
Greisenalter. Sie würde nicht zusammenschrumpfen, ihr Gesicht nicht
schlaff werden, vielmehr sich veredeln. Selbst von Runzeln gezeichnet,
selbst unter der Krone des weißen Haars würde ihr Gesicht sehr lange
schön bleiben. Der Glanz ihrer Augen würde erst in der Todesstunde
erlöschen. Mit den Jahren würden sie noch heller, noch unergründlicher werden und eine magnetische Kraft bekommen.

Das war die Frau, die Moulay Ismaël brauchte, denn wenn sie willig
war, würde er sie immer neben sich haben wollen. Osman Ferradji
wußte, was für Zweifel den Tyrannen zuweilen befielen. Seine Wut-
ausbrüche, in denen er sich zu Gewalttätigkeiten hinreißen ließ, waren
häufig Ausdruck eines Schwindels, der ihn angesichts der Borniertheit
der Menschen erfaßte, der erdrückenden Fülle der ihm gestellten Aufgaben und der Erkenntnis seiner eigenen Schwäche. In solchen Augenblicken überkam ihn das unwiderstehliche Bedürfnis, sich selbst und
den andern seine Macht zu beweisen.

Fände er bei einer sinnlichen und verständnisvollen Frau Zuflucht,
würde er keinen Überdruß mehr empfinden!

Sie würde sein Rückhalt sein, der Stützpunkt, von dem aus er aufbräche, um unter dem grünen Banner des Propheten das Weltall zu erobern.

Er murmelte auf arabisch:

„Du, du vermagst alles . . ."

Seine Worte rissen Angélique aus ihrem Dämmerzustand. Gar häufig erweckte sie bei andern den Eindruck, unüberwindlich zu sein. Dabei fühlte sie sich so schwach. „Ihr vermögt alles", hatte der alte Savary zu ihr gesagt, als er sie gebeten hatte, ihm vom König Ludwig XIV. die ihm so teure Mumia mineralis zu verschaffen. Wie fern sie lag, jene Zeit! Sehnte sie sich nach ihr zurück? Madame de Montespan hatte sie vergiften wollen, genau wie Leila Aicha und die Engländerin . . .

„Soll ich jenen alten Sklaven zu Euch schicken lassen, der eine Menge Heilmittel kennt und mit dem Ihr Euch so gern unterhaltet?" fragte Osman Ferradji.

„O ja! Ach, ich sehne mich so sehr danach, meinen alten Savary wiederzusehen. Darf er denn den Harem betreten?"

„Er darf es mit meiner Erlaubnis. Sein Alter, sein großes Wissen und seine Tugenden rechtfertigen es. Niemand wird Anstoß daran nehmen, denn er hat alle Eigenschaften und das Aussehen eines mohammedanischen Mönchs. Wüßte ich nicht, daß er Christ ist, wäre ich versucht, ihn für eines jener Wesen zu halten, die wir als vom Geist Allahs durchdrungen verehren. Während der Reise schien er sich mit magischen Experimenten zu befassen, denn merkwürdige Dämpfe quollen aus dem Kessel, in dem er ‚Bilongos' kochte, und ich sah zwei Schwarze, die durch das Einatmen dieser Dämpfe Halluzinationen bekamen und betäubt waren. Hat er dich in die Geheimnisse seiner Zauberkunst eingeweiht?" fragte er interessiert.

Angélique schüttelte den Kopf.

„Ich bin ja nur eine Frau", sagte sie, überzeugt, daß diese bescheidene Antwort Osman Ferradjis Respekt vor Savary noch steigern würde.

Vierundvierzigstes Kapitel

Er war kaum wiederzuerkennen, denn er hatte sich den Bart rotbraun gefärbt, so daß er wie ein marokkanischer Eremit aussah. Diese Wirkung verstärkte eine Art rostbrauner Djellaba aus Kamelhaar, die für seine schmächtige Figur viel zu weit war. Er schien in guter körperlicher Verfassung, wenn auch dürr wie ein alter Weinstock und braungegerbt wie eine Nuß. Sie erkannte ihn an seiner dicken Brille, hinter der seine Augen strahlten.

„Es geht alles prächtig", flüsterte er und hockte sich mit gekreuzten Beinen neben sie. „Nie hätte ich mir träumen lassen, daß die Dinge sich so glücklich fügen würden. Allah ... ich wollte sagen: Gott hat uns geleitet."

„Ihr habt Helfer gefunden, eine Möglichkeit zu flüchten?"

„Flüchten? ... Ja, ja, das werden wir schon, zu gegebener Zeit, habt nur Geduld. Aber schaut einmal her."

Aus den Falten seines Umhangs zog er eine Tasche hervor, der er mit breitem Lächeln Bruchstücke einer schwarzen, pechartigen Materie entnahm.

Müde vom Fieber und uninteressiert erklärte Angélique, sie könne nicht erraten, was er ihr da zeige.

„Nun, wenn Ihr es nicht erratet, dann riecht einmal", sagte Savary und hielt ihr das Unbenennbare unter die Nase.

Der Geruch ließ Angélique zurückfahren, und unwillkürlich mußte sie lächeln. „O Savary ... die Mumia!"

„Ja, die Mumia", sagte Savary jubilierend. „Die Mumia mineralis, die gleiche wie die, die von den heiligen Felsen Persiens herabrinnt, diesmal jedoch in festem Zustand."

„Wie ist das möglich?"

„Ich werde Euch alles erzählen", sagte der Apotheker und rückte noch dichter an sie heran.

Mit vertraulichem Augenzwinkern und in pathetischem Ton berichtete er ihr von seiner Entdeckung. Sie hatte sich im Verlauf des langen Karawanenmarsches zugetragen, während der Durchquerung der Region der Salzsümpfe, der Chotts Naama, an der Grenze zwischen Algerien und Marokko.

„Entsinnt Ihr Euch jener weiten, mit einer Salzkruste bedeckten Flächen, die in der Sonne glitzerten? Nichts Kostbares scheinen diese öden Gegenden zu bergen. Und dennoch . . . erratet Ihr, was dort geschehen ist?"

„Ohne Zweifel ein Wunder", sagte Angélique, gerührt über soviel naive Gläubigkeit.

„Ja, Ihr sagt es, ein Wunder, liebe Marquise", rief Savary verzückt. „Wäre ich ein Schwärmer, ich würde es das ‚Kamelwunder' nennen . . . Hört zu!"

Ihm war, wie er berichtete, ein räudiges Kamel aufgefallen, das einem mit gelbem Moos bedeckten Felsen glich und kahle Stellen hatte. Eines Abends hatte dieses Kamel während der Rast am Boden zu schnuppern begonnen. Es hatte Witterung aufgenommen und sich nach der Wüste zu abgesondert, wobei es immer wieder den Boden beschnüffelte. Savary, der nicht hatte schlafen können, war ihm in der Absicht gefolgt, es dem Treiber zurückzubringen, der den Sklaven mit einer Extraportion Suppe belohnen würde. Vielleicht auch von einer Vorahnung, dem Fingerzeig Allahs . . . hmhm . . . Gottes getrieben. Die Wachposten, die ihn häufig für einen Araber oder Juden hielten, beachteten ihn nicht. Die meisten von ihnen dämmerten ohnehin vor sich hin. Banditenüberfälle oder gar das Entweichen christlicher Sklaven brauchte man in diesen Zonen nicht zu befürchten, in denen man Tage und Tage wandern konnte, ohne je eine Spur von Nahrung oder Trinkwasser zu finden.

Das Kamel entfernte sich immer weiter, über die Dünen hinaus, zwischen denen Savary beinahe von herabstürzendem Sand verschüttet worden wäre, und gelangte schließlich auf festeren Grund, der aus Erde und verkrustetem Salz bestand. Mit seinen merkwürdigen Füßen, die keine Hufe sind, sondern eine Art elastischer Sohlen, hatte das Kamel begonnen, diese Kruste aufzukratzen, dann mit dem Maul Stücke loszureißen und ein Loch zu bohren.

„Ein Kamel, das mit seinen Füßen, die keine Berührung mit Kiesel-
steinen vertragen, seinen Knien, seinen Zähnen ein Loch bohrt – das
habe ich mit eigenen Augen gesehen. Ihr glaubt mir nicht?" fragte
Savary und sah Angélique argwöhnisch an.

„Doch, gewiß ..."

„Ihr meint, ich hätte geträumt?"

„Aber nein."

„... Das Tier legte also jene braune Erde bloß, die auch Ihr mit der
Nase sofort wiedererkannt habt. Dann schaufelte es sie mit dem Maul
heraus und häufte am Rande des Lochs ein kunstgerechtes Polster auf,
auf dem es sich wälzte und rundum rieb."

„Und seine Räude heilte auf wunderbare Weise?"

„Sie heilte, aber Ihr solltet wissen, daß daran nichts Wunderbares
ist", berichtigte Savary. „Ihr habt ja wie ich die heilkräftige Wirkung
der Mumia auf Hautkrankheiten feststellen können. Als ich mich selbst
mit diesen Erdbrocken versah, war mir freilich die zwischen ihnen und
dem göttlichen persischen Saft bestehende Analogie noch nicht aufge-
gangen, und ich gedachte mich ihrer gleichfalls als Heilmittel für meine
Kranken zu bedienen. Aber dann erkannte ich sie wieder! Und zu
gleicher Zeit machte ich eine großartige wissenschaftliche Entdeckung."

„Was? Noch eine? Welche denn?"

„Folgende, Madame. Das Salz schwitzt die Mumia mineralis aus. Es
ist genau wie in Persien. Nun brauche ich nicht mehr dorthin zu reisen.
Ich weiß, daß ich auf dem Rückweg in Südalgerien womöglich riesige
Lagerungen der kostbaren Substanz finden werde, die zumindest den
Vorteil haben, nicht bewacht zu sein wie die dem Schah vorbehaltenen
Fundorte in Persien. Ich werde unbehindert dorthin zurückkehren kön-
nen."

Angélique seufzte.

„Die Lager mögen nicht bewacht sein wie in Persien, aber Ihr seid es,
in Marokko, mein lieber Savary. Ändert das viel an Eurem Los?"

Sie bereute, ihrem einzigen Freund gegenüber eine so sarkastische
Äußerung getan zu haben, und um es wiedergutzumachen, beglückwünschte sie Savary aufs wärmste, der in Dankbarkeit zerfloß und
begierig vorschlug, einen Armvoll Reisig und eine kupferne oder irdene
Schale kommen zu lassen.

„Mein Gott, wozu denn?"

„Um Euch dieses Produkt zu destillieren. Ich habe das Experiment in einem verschlossenen Topf gemacht, und die Geschichte ist explodiert wie ein Kanonenschlag."

Angélique redete es ihm aus, noch einmal ein solches Experiment mitten im Harem zu wagen. Ihre Kopfschmerzen schwanden unter der Wirkung des Kräutertees, den der Obereunuch sie hatte trinken lassen. Am ganzen Körper brach ihr der Schweiß aus.

„Euer Fieber weicht", sagte Savary, indem er ihr über seine Brille hinweg einen fachmännischen Blick zuwarf.

Angélique fühlte sich tatsächlich freier.

„Meint Ihr, Eure Mumia könnte uns wieder bei unserer Flucht nützlich sein?"

„Denkt Ihr denn immer noch daran zu flüchten?" fragte Savary sachlich, während er die bituminösen Erdklumpen sorgfältig wieder in ihre Hülle verpackte.

„Mehr denn je", rief Angélique entrüstet aus.

„Ich auch", sagte Savary. „Ich will Euch nicht verheimlichen, daß ich es jetzt eilig habe, nach Paris zurückzukehren, um mich den Arbeiten zu widmen, die meine jüngste Entdeckung erfordern. Nur dort, in meinem Laboratorium, stehen mir die Destillierkolben und Retorten für die genauere wissenschaftliche Untersuchung dieses mineralischen Brennstoffs zur Verfügung, die nach meiner Überzeugung die gesamte Menschheit um ein gutes Stück voranbringen wird."

Er konnte sich nicht beherrschen, nahm noch einmal ein Klümpchen Erde heraus und untersuchte es mit einer kleinen Lupe aus Schildpatt und Ebenholz. Es gehörte zu den Fertigkeiten des alten Savary, obwohl es ihm doch eigentlich an allem gebrach, die allerverschiedensten Gegenstände zu besitzen, die er mit einer an Hexerei grenzenden Geschicklichkeit für den jeweiligen Zweck aus dem Nichts zu verfertigen schien. Angélique fragte ihn, woher er die Lupe habe.

„Mein Schwiegersohn hat sie mir geschenkt."

„Ich habe sie früher nie gesehen."

„Ich besitze sie erst seit ein paar Stunden. Mein Schwiegersohn, dieser prächtige Bursche, hat sie mir als Willkommensgruß überreicht, da er meine begehrlichen Blicke bemerkte."

„Ja, aber . . . wer ist denn Euer Schwiegersohn?" fragte Angélique verdutzt.

Savary klappte die winzige Lupe zusammen und ließ sie in den Falten seines Umhangs verschwinden. „Ein Jude aus dem Mellah von Miquenez", erwiderte er, „ein Geldwechsler – wie schon sein Vater. Ich habe ja bisher keine Möglichkeit gehabt, Euch zu berichten, daß ich die wenigen Tage seit unserer Ankunft in dieser schönen Stadt Miquenez bestens zu nutzen vermochte. Sie hat sich seit den Zeiten Moulay Archys sehr verändert. Moulay Ismaël läßt überall bauen, man geht dauernd zwischen Gerüsten, wie in Versailles."

„Ja . . . und Euer Schwiegersohn?"

„Ich komme gleich darauf zu sprechen. Ich habe Euch doch erzählt, daß ich zwei recht angenehme marokkanische Liebesabenteuer hatte, damals, als ich zum erstenmal Sklave war."

„Und zwei Söhne."

„Ganz recht, nur daß meine verblaßte Erinnerung mich in einem Punkt ein wenig täuschte, denn Rebecca Maimoran schenkte mir, wie ich jetzt mit Freude feststellte, eine Tochter und keinen Sohn. Diese Tochter habe ich nun heute in der Blüte ihrer Jugend und mit Samuel Cayan verheiratet vorgefunden, jenem Geldwechsler, der so liebenswürdig war, mir diese Lupe zu verehren . . ."

„Zum Zeichen des Willkommens. Ach, Savary", sagte Angélique, die sich eines Lächelns nicht enthalten konnte, „Ihr seid so typisch französisch, daß es mir wohltut, Euch zuzuhören. Wenn Ihr die Worte ‚Paris' und ‚Versailles' aussprecht, ist es mir, als verflüchtige sich dieser absonderliche Geruch nach Zedernholz und Pfefferminze und als wäre ich aufs neue die Marquise du Plessis-Bellière."

„Möchtet Ihr es wirklich wieder werden? Möchtet Ihr tatsächlich flüchten?" fragte Savary eindringlich.

„Wie oft soll ich Euch das noch sagen!" rief Angélique in jäh aufflammendem Zorn. „Warum muß ich es Euch immer von neuem erklären?"

„Weil Ihr wissen müßt, was Ihr riskiert. Ihr werdet Gelegenheit haben, fünfzigmal zu sterben, bevor Ihr auch nur aus dem Serail hinausgelangt, zwanzigmal zu sterben, bevor Ihr die Tore des Palastes durchschreitet, zehnmal zu sterben, bevor Ihr Miquenez verlassen habt, fünfzehnmal zu sterben, bevor Ihr Ceuta oder Santa Cruz erreicht, dreimal zu sterben, bevor Ihr in die eine oder andere dieser christlichen Bastionen hineingelangt seid . . ."

„Ihr meint also, die Chancen für ein solches Unternehmen seien zwei zu hundert?"

„Jawohl."

„Es wird mir dennoch gelingen, Meister Savary."

Der alte Apotheker schüttelte sorgenvoll den Kopf.

„Manchmal frage ich mich, ob Ihr nicht zu starrköpfig seid. In solchem Maß das Schicksal herauszufordern ist vermessen."

„Ach, jetzt redet Ihr wie Osman Ferradji", sagte Angélique mit erstickter Stimme.

„Erinnert Euch, in Algier wolltet Ihr unbedingt einen Fluchtversuch unternehmen, den selbst seit fünfzehn oder zwanzig Jahren nach Freiheit dürstende Sklaven nicht gewagt hätten. Nur mit größter Mühe ist es mir gelungen, Euch zur Vernunft zu bringen. Und sagt selbst, sind wir nicht belohnt worden? Ich habe auf den Wegen der Wüste und der Sklaverei die Mumia gefunden! Drum habe ich manchmal gedacht, wenn dieses fürstliche Serail Euch zusagen, wenn die . . . Persönlichkeit des großen Moulay Ismaël Euch nicht zu sehr mißfallen würde . . . dann wäre alles einfacher . . . Oh, ich habe nichts gesagt, ich habe nichts gesagt, beruhigt Euch!"

Er hatte ihre Hand ergriffen und tätschelte sie sanft. Um nichts in der Welt hätte er diese Frau traurig machen mögen, die ihm stets eine gute Freundin gewesen war, die immer geduldig seine wissenschaftlichen Expektorationen angehört und für ihn aus den Händen Ludwigs XIV. die Flasche mit der kostbaren persischen Flüssigkeit empfangen hatte.

Warum war diese junge Frau, die alles vermochte, nicht die Mätresse des Königs geworden? Richtig, da war die Geschichte mit diesem Ehemann, den Mezzo Morte als Köder benutzt hatte, um sie in die Falle zu locken. Es wäre vernünftiger, wenn sie nicht mehr daran dächte.

„Wir werden flüchten", sagte er begütigend zu ihr, „wir werden flüchten, das ist ausgemacht!"

Er legte ihr dar, daß in Miquenez die Chancen für das Gelingen eines solchen Vorhabens immerhin besser wären als in Algier. Die Gefangenen, die sich im Gewahrsam des Königs befanden, bildeten so etwas wie eine Kaste, die sich allmählich zu organisieren begann. Sie hatten einen gewählten Führer, einen Normannen namens Colin Paturel, der, seit zwölf Jahren Sklave, starken Einfluß auf seine Genossen ausübte. Niemand wußte, auf welche Weise es ihm gelungen war, sich bei dem Tyrannen Gehör zu verschaffen. Die Situation der Sklaven hatte sich, wenn sie im Grunde auch schrecklich und hoffnungslos blieb, dank dieser Tatsache schon erheblich verbessert. Ein gemeinsamer Schatz, zu dem jeder einzelne ständig etwas beisteuerte, ermöglichte die Bezahlung von Helfershelfern. Piccinino der Venezianer, ein ehemaliger Bankbeamter, verwaltete diesen Fonds. Von dem hohen Verdienst gelockt, boten sich Mauren den Flüchtigen als Führer an. Man nannte sie Metadores. Unter ihrem Schirm waren erst kürzlich mehrere Fluchtversuche unternommen worden, einer war geglückt. Den König der Gefangenen, Colin Paturel, hatte man verantwortlich dafür gemacht und dazu verurteilt, mit beiden Händen ans Stadttor genagelt zu werden. Dort sollte er hängenbleiben, bis er den Geist aufgab. Die Gefangenen hatten gegen dieses Urteil revoltiert, das sie ihres Führers beraubte. Mit Stöcken und Lanzen hatten die schwarzen Wachen die Sklaven in ihr Lager zurückgetrieben, als plötzlich Colin Paturel erschienen war, um seine Genossen zu beschwichtigen.

Nach zwölfstündiger Folter hatten die Nägel sein Gewicht nicht mehr zu halten vermocht. Noch lebend, war er herabgefallen und, statt zu fliehen, seelenruhig in die Stadt zurückgekehrt, wo er den König zu sprechen verlangte.

Moulay Ismaël war geneigt, in ihm einen Schützling Allahs zu sehen. Er fürchtete und schätzte den normannischen Herkules, und es machte ihm Vergnügen, sich mit ihm zu unterhalten.

„All das, um Euch klarzumachen, daß es unvergleichlich vorteilhafter ist, im Königreich Marokko Sklave zu sein als in diesem Drecknest Algier. Hier lebt man intensiv, versteht Ihr?"

„Und man stirbt ebenso!"

Der alte Savary sprach ein großes Wort:

„Das ist dasselbe. Das Wichtigste für einen Sklaven ist, daß er sich irgendwie durchschlägt, und wenn ein Mann es so schwer hat, daß er sich allabendlich dazu beglückwünscht, noch am Leben zu sein, erhält ihn das gesund. Der König von Marokko hat ein Heer von Sklaven aufgestellt, die seine Paläste bauen, aber das wird bald zu einem Dorn in seinem Fleische werden. Man munkelt, der Normanne habe den König dringend gebeten, die Patres vom Orden der Dreieinigkeit zum Loskaufen der Gefangenen kommen zu lassen, wie das in anderen Barbareskenstaaten üblich ist. Und mir ist da etwas eingefallen. Könntet Ihr nicht, falls einmal eine solche Abordnung nach Miquenez kommen sollte, eine Botschaft an den König von Frankreich mitgeben, in welcher Ihr ihm Eure traurige Lage darlegt?"

Angélique stieg die Röte ins Gesicht, und sie spürte aufs neue das Fieber an ihren Schläfen pochen.

„Glaubt Ihr, der König von Frankreich wird Truppen aufstellen, um mir zu Hilfe zu kommen?"

„Möglich, daß seine Intervention und sein Protest Eindruck auf Moulay Ismaël machen. Er bekundet große Bewunderung für diesen Monarchen, den er in allem nachahmen möchte, vor allem in seiner Bauleidenschaft."

„Ich bin nicht so sicher, daß Seiner Majestät viel daran liegt, mich aus dieser Situation zu befreien."

„Wer weiß?"

Der alte Apotheker redete die Sprache der Vernunft, aber Angélique hätte tausendmal lieber den Tod erduldet als eine solche Demütigung. In ihrem Kopf verwirrte sich alles. Savarys Stimme klang immer entfernter, und sie schlief tief und fest ein, während ein neuer Tag über Miquenez anbrach.

Fünfundvierzigstes Kapitel

Die Gärten von Miquenez waren märchenhaft. Angélique durfte sie häufig besuchen, da der Vorsteher des Serails der zukünftigen Favoritin möglichst oft Gelegenheit geben wollte, den Monarchen zu sehen, ohne daß dieser sie bemerkte. Osman Ferradji vermutete ganz richtig, daß Angélique am raschesten ihr Widerstreben überwinden und mit ihren Pflichten vertraut werden würde, wenn man sie an die Gegenwart und den Charakter Moulay Ismaëls gewöhnte. Freilich bestand die Gefahr, daß seine Gewalttätigkeiten sie aufs neue abstießen. Aber mit der Zeit würde sie sich schon darein ergeben. Denn sie sollte ja gutwillig den Herrn und die Rolle hinnehmen, die er ihr zugeteilt hatte.

Angélique saß in einer zweirädrigen, von Mauleseln gezogenen Kutsche. Die heruntergelassenen Vorhänge verbargen sie vor den Blicken, aber sie konnte all die schönen Bäume und Blumen sehen und genießen. Dennoch fühlte sie sich bei diesen Spazierfahrten nie ganz wohl, weil sie immer in Angst schwebte, dem Monarchen zu begegnen.

Es geschah auch häufig, da Moulay Ismaël sich gern in seinen Gärten erging, eine Vorliebe, die er mit seinem Vorbild Ludwig XIV. teilte. Auch er wollte sich persönlich vom Fortschritt der Arbeiten überzeugen. Das war die Stunde, in der er sich von seiner besten Seite zeigte. Gemessenen Schritts wanderte er, einen seiner letztgeborenen Söhne oder eine der Katzen auf dem Arm, gefolgt von einigen hohen Persönlichkeiten seines Hofs, durch die schattigen Alleen. Jedermann wußte, daß dies der günstigste Augenblick war, um ihm eine heikle Bitte vorzutragen, daß er nie in Zorn geriet, aus Besorgnis, das herausgeputzte braune Kindchen an seiner Brust oder den mächtigen Kater, den er streichelte, zu beunruhigen. Er brachte kleinen Kindern und Tieren leidenschaftliche Liebe und Zärtlichkeit entgegen, die jeden verblüfften, der mit ihm zu tun hatte, wie andererseits seine Brutalität gegenüber seinesgleichen jeden befremdete. In den Gärten, den Palästen wimmelte es von seltenen Tieren. Katzen der verschiedensten Rassen, von einem Heer von Dienern gepflegt, lauerten auf den Bäumen, lagen in den Höfen, auf den Rasenflächen, unter den Blumen herum. Mit ihren golden glänzenden Augen verfolgten sie vom Rand der Alleen die Spaziergänger, stumme, unsichtbare Zeugen allen Geschehens, die die Gärten gleich wohlwollenden Djinns bewachten und ihnen eine träumerische, geheimnisvolle Seele verliehen.

Die Katzen waren nicht wie sonst im Orient darauf dressiert, Sklaven oder Schätze zu bewachen. Sie wurden um ihrer selbst willen gehegt, deshalb waren sie sanft und zufrieden. Sie fühlten sich wohl in Moulay Ismaëls Nähe. Die Pferde, die er neben den Katzen am meisten liebte, hatten prächtige Ställe mit Marmorgewölben. In den Gängen zwischen den Boxen befanden sich Springbrunnen und Tränken aus grünem und blauem Mosaik.

Am Rande eines Teichs tummelten sich Flamingos, Ibisse und Pelikane.

An manchen Stellen waren die Büsche so dicht, die Oliven- und Eukalyptusbäume so geschickt angeordnet, daß man sich in einem großen Wald wähnen konnte und die gefängnisartigen, zinnenbewehrten Mauern vergaß, die sie umschlossen.

Für gewöhnlich wurden die Frauen bei ihren Spaziergängen oder -fahrten von Eunuchen begleitet, denn innerhalb des riesigen Gevierts herrschte infolge der Bauarbeiten ein dauerndes Kommen und Gehen, das zu viele Gefahren mit sich brachte. Nur in den Innenhöfen mit ihren Fontänen und Oleanderbüschen durften sie sich frei bewegen.

An diesem Morgen gedachte Angélique, dem Elefanten einen Besuch abzustatten. Sie hoffte, dabei Savary zu begegnen, der der Arzt dieses kostbaren Tieres war. Die kleine Tscherkessin und zwei weitere Konkubinen Moulay Ismaëls schlossen sich ihr an: eine große, fröhliche Äthiopierin, Mouira, und eine hellhäutige Sudanesin vom Stamm der Fulbe.

Sie schlugen den Weg zur Menagerie ein, unter der Ägide dreier Eunuchen, deren einer, Ramidan, Anführer der Leibwache der Königin, den kleinen Prinzen Zidan auf dem Arm trug. Dieser hatte von dem Elefanten reden hören und unter großem Geschrei verlangt, mitgenommen zu werden.

Angéliques Vermutung bewahrheitete sich. Sie trafen Savary mit einer riesigen Spritze bewaffnet an, im Begriff, seinem Patienten unter Assistenz zweier weiterer Sklaven ein Klistier zu verabfolgen. Der Elefant hatte zu viele Gujaven gefressen. Der kleine Prinz wollte ihm gleich noch einige geben. Savary hütete sich, dagegen einzuschreiten. Ein paar Gujaven mehr würden die Indisposition des Dickhäuters nicht wesentlich verschlimmern, und es war jedenfalls besser, den Zorn des königlichen Sprößlings nicht auf sich zu laden.

Angélique nutzte einen günstigen Augenblick, um Savary zwei kleine Weißbrote zuzustecken, die sie unter ihren Schleiern verborgen hatte. Der Pussah Rafai bemerkte es, sagte aber nichts. Er hatte in bezug auf die französische Gefangene ganz spezielle Anweisungen. Man durfte sie nicht durch kleinliche Maßregelungen reizen.

Angélique flüsterte:

„Habt Ihr irgendwelche Pläne für unsere Flucht?"

Der alte Apotheker blickte sich ängstlich um, dann erwiderte er:

„Mein Schwiegersohn, dieser gute Bursche, ist bereit, mir eine beträchtliche Summe vorzustrecken, damit ich die Metadores bezahlen kann, die uns Führerdienste leisten sollen. Colin Paturel kennt welche, denen bereits Fluchten geglückt sind."

„Sind sie zuverlässig?"

„Er verbürgt sich für sie."

„Warum ist er dann nicht schon selbst geflohen?"

„Er ist immer gefesselt . . . Seine Flucht ist mindestens ebenso schwierig wie die Eure. Er sagt, noch nie habe eine Frau zu flüchten versucht . . . oder wenn, habe man jedenfalls nichts davon erfahren. Meiner Ansicht nach tätet Ihr besser, die Ankunft der Patres abzuwarten und den König von Frankreich eingreifen zu lassen."

Angélique wollte energisch widersprechen, aber Rafai brummte und bedeutete ihr, das heimliche Zwiegespräch, von dem er zu seinem Leidwesen kein Wort verstehen konnte, abzubrechen.

Die Wächter drängten nun die Frauen weiterzugehen. Sie durchquerten gemächlich einen ausgedehnten Gartenteil, der mit Klee für die Pferde des Palastes bepflanzt war. Ihm schloß sich ein kleines Gehölz von Orangenbäumen und Rosenbüschen an. Es war die reizendste Anlage des Parks, deren Plan ein spanischer Gärtner entworfen hatte.

Zwei Sklaven waren hier bei der Arbeit. Im Vorbeigehen hörte Angélique sie untereinander französisch sprechen. Sie wandte sich um, sie zu betrachten. Der eine von ihnen, ein hübscher, rassiger Bursche mit einem feingezeichneten Gesicht, den man sich gut in Perücke und Spitzenjabot vorstellen konnte, zwinkerte ihr vergnügt zu. Ein Franzose muß schon sehr vom Joch der Sklaverei niedergedrückt sein, um nicht zu lächeln, wenn geheimnisvoll verschleierte Schönheiten an ihm vorübergehen, und koste es ihn das Leben. Plötzlich rief die kleine Tscherkessin:

„Ich möchte die schöne Orange dort droben haben. Sagt den Sklaven, sie sollen sie mir pflücken."

Doch ihr Wunsch war nur ein Vorwand. Auch sie hatte den hübschen jungen Mann bemerkt und wollte ihn genauer betrachten. Die in den Armen des sinnlichen Moulay Ismaël genossenen Liebeserfahrungen hatten aus dem unwissenden kleinen Mädchen eine Frau gemacht, die es danach verlangte, die Wirkung ihrer Reize auch an andern Männern zu erproben. Diese hier waren die ersten, denen sie begegnete, seitdem der König sie in die subtile Kunst des Liebesspiels eingeweiht hatte.

Ihre wundervollen Augen musterten unter dem Musselinschleier hervor lüstern die hellhäutigen Sklaven. Wie muskulös und behaart sie waren! Es mußte aufregend sein, nackt in ihren Armen zu liegen. Wie sich wohl die Christen beim Liebesakt verhielten? . . . Man sagt, sie seien nicht beschnitten . . .

„Ich will, daß man mir die schöne Orange dort droben pflückt", beharrte sie.

Der dicke Rafai machte sie in strengem Ton darauf aufmerksam, sie habe nicht das Recht, Früchte zu verlangen, die ausschließlich dem König gehörten. Die Kleine wurde zornig und erwiderte, was dem König gehöre, gehöre auch ihr. Denn er sei ihr ganz ergeben, was er ihr selbst versichert habe. Sie werde sich beim König über die Unverschämtheit der Eunuchen beschweren und für ihre Bestrafung sorgen.

Mit verstohlenen Blicken beobachteten die beiden Sklaven den Streit. Der blonde junge Mann — es war der Marquis de Vaucluse, der sich erst seit einigen Monaten in Gefangenschaft befand — lächelte verständnisvoll. Es beglückte ihn, einer kapriziösen weiblichen Stimme zu lauschen. Sein Genosse, der Bretone Yan Le Goën, durch zwanzig Jahre Sklavendienst gewitzt, empfahl ihm jedoch dringend, wegzuschauen und sich wieder an seine Arbeit zu machen, denn es sei den Sklaven bei Todesstrafe verboten, die Frauen des Königs zu betrachten. Der Marquis zuckte ungerührt die Achseln. Sie sähe reizend aus, meinte er, soweit man das beurteilen könne. Was sie eigentlich wolle?

„Sie will, daß man ihr eine Orange pflückt", dolmetschte der Bretone.

„Kann man das einem so hübschen Mädchen abschlagen?" sagte der Marquis de Vaucluse, warf seine Baumschere zu Boden, streckte den Arm nach der goldgelben Frucht aus, pflückte sie und überreichte sie mit einer Verneigung, wie er sie bei Hofe vor Madame de Montespan gemacht hätte, der Tscherkessin.

Was dann über sie alle hereinbrach, ereignete sich in Blitzesschnelle.

Etwas pfiff durch die Luft, und die Spitze eines aus nächster Nähe geschleuderten Wurfspießes durchbohrte die Brust des Marquis de Vaucluse.

Am Rande eines grasbewachsenen Pfades erschien mit wutverzerrtem Gesicht Moulay Ismaël auf seinem Schimmel. Er sprengte heran, riß seine Lanze aus dem Leichnam und wandte sich zu dem anderen Sklaven, um ihn gleichfalls zu durchbohren. Doch der Bretone hatte sich zwischen die Vorderbeine des Pferdes geworfen und jammerte auf arabisch:

„Gnade, Herr, Gnade um der Heiligkeit deines geweihten Pferdes, des Mekkapilgers, willen."

Moulay Ismaël suchte ihn unter dem Bauch des Tieres zu treffen, aber der Gefangene zog sich tiefer in seine Deckung zurück, selbst auf die Gefahr hin, von den Hufen des unruhigen Pferdes getötet zu werden. Gewisse Pferde Moulay Ismaëls standen im Rufe, geweiht zu sein, insbesondere diejenigen, die in Mekka gewesen waren. Yan Le Goën hatte rechtzeitig das Lieblingstier des Sultans wiedererkannt. Dieser gab schließlich nach.

„Es ist gut", sagte er zu dem Sklaven. „Du kennst immerhin unsere geheiligten Bräuche. Aber scher dich weg und komm mir nie mehr unter die Augen."

Der Bretone stürzte unter dem Pferd hervor, sprang über seinen toten Genossen hinweg und verschwand Hals über Kopf im Gehölz.

Moulay Ismaël wandte sich mit erhobener Lanze um. Er suchte unter den Eunuchen, die er für ihre Nachlässigkeit zu bestrafen gedachte, nach dem nächsten Opfer, aber Ramidan fand das richtige Mittel, ihn zu besänftigen, indem er ihm den kleinen Zidan entgegenstreckte, der sich an all diesen Vorgängen ergötzte.

„Um deines Sohnes willen, Herr, um deines Sohnes willen . . ."
Mit großem Wortschwall erklärte der Eunuch, die Tscherkessin habe damit geprahlt, sie von ihm, dem Gebieter, bestrafen zu lassen, obwohl er es doch stets vertrauensvoll seinen Eunuchen überlassen habe, diese Widerspenstigen zu bändigen. Eine Orange habe sie gewollt! Sie behaupte, was dem König gehöre, gehöre auch ihr!

Moulay Ismaëls Miene verfinsterte sich, dann entblößte ein hämisches Lachen seine Zähne.

„Alles hier gehört mir ganz allein. Du wirst es am eigenen Leibe erfahren, Myriamti", sagte er in drohendem Ton.

Dann wendete er sein Pferd und galoppierte davon.

Die Frauen wurden in den Harem zurückgebracht. Den ganzen Tag über herrschte eine Atmosphäre der Angst in den Gemächern und Höfen, in denen die Kurtisanen bei beklommenem Geflüster ihren Tee tranken.

Die kleine Tscherkessin war totenblaß. Ihre weit aufgerissenen Augen irrten über die Gesichter ihrer Gefährtinnen und suchten das Geheimnis ihrer Verurteilung von ihnen abzulesen. Moulay Ismaël würde sie foltern lassen. Sein Ausspruch ließ keinen Zweifel daran.

Nachdem der Negerin Leila Aicha durch Ramidan der Vorfall zu Ohren gekommen war, hatte sie eigenhändig einen Trank aus ihr allein bekannten Kräutern bereitet und ihn selbst der kleinen Tscherkessin gebracht. Das Mädchen solle ihn sofort trinken: es werde schmerzlos in den Tod hinüberschlafen! So blieben ihr die fürchterlichen Foltern erspart, die der Gebieter ihr zugedacht habe, um sie für ihre Unverschämtheit zu bestrafen.

Als die Tscherkessin endlich begriff, was man von ihr erwartete, stieß sie einen Entsetzensschrei aus und schob den Giftbecher heftig von sich, so daß er seinen Inhalt über die Fliesen ergoß. Leila Aicha wandte sich verärgert ab. Sie habe aus purer Menschenliebe gehandelt, erklärte sie. Nun ja, dann müsse das Schicksal eben seinen Lauf nehmen . . .

Die kleine Tscherkessin hatte sich in Angéliques Arme geflüchtet. Sie weinte nicht. Sie zitterte wie ein von der Meute gestelltes Wild. Und doch herrschte friedliche Stille. Der Duft der Blumen teilte sich der Abendluft mit, und über den Höfen wölbte sich ein jadefarbener Himmel. Aber der Geist des sadistischen Jägers kreiste unsichtbar über seiner Beute.

Angélique streichelte Myriamtis dunkles Haar. Sie kramte ein paar arabische Worte zusammen, um sie zu beruhigen.

„Wegen einer Orange! . . . Es kann nicht sein, daß er dich so grausam bestraft . . . Vielleicht läßt er dich auspeitschen. Aber das hätte er bereits angeordnet . . . Es wird nichts geschehen. Beruhige dich!"

Aber es gelang nicht einmal ihr, sich zu beruhigen. Sie spürte die unregelmäßigen Herzschläge der Unglücklichen.

Plötzlich schrie die Tscherkessin auf. Aus dem Hintergrund der Galerie näherten sich die Eunuchen. An ihrer Spitze schritt Osman Ferradji. Sie hatten die Arme über ihren Westen aus roter Seide gekreuzt. Ein Sarroual vom gleichen Rot wurde in der Taille durch einen schwarzen Gürtel festgehalten, an dem ihr Krummsäbel hing. Kein Turban verbarg die zu einem Zopf geflochtene Strähne auf ihren sonst glattrasierten Schädeln. Finster und stumm, die feisten Gesichter völlig ausdruckslos, kamen sie heran. Die Frauen stoben flatternd auseinander. Sie hatten das Hinrichtungsgewand erkannt.

Das junge Mädchen drehte sich im Kreise wie ein verängstigtes Tier, das einen Fluchtweg sucht. Dann klammerte sie sich aufs neue mit aller Kraft an Angélique. Sie schrie nicht, aber ihr verzerrtes Gesicht rief verzweifelt um Hilfe.

Osman Ferradji selbst löste die zarten Finger.

„Was wird man mit ihr machen?" fragte Angélique keuchend. „Es kann doch nicht sein, daß man ihr Schlimmes zufügt . . . wegen einer Orange!"

Der Obereunuch würdigte sie keiner Antwort. Er übergab das Opfer zwei Wachen, die sie zwischen sich fortzerrten. Sie schrie jetzt in ihrer Heimatsprache, rief nach ihrem Vater und ihrer Mutter, die die Türken umgebracht hatten. Sie flehte die Ikone der Heiligen Jungfrau von Tiflis an, sie zu retten.

Die Angst verzehnfachte ihre Kräfte. Sie mußten sie über die Fliesen schleifen. Auf diese Weise hatte man sie bereits zur Liebe geschleppt. Heute abend schleppten sie sie zum Tod.

Angélique blieb allein, am Ende ihrer Kräfte. Sie lebte wie in einem Alptraum. Das sanfte Murmeln des Springbrunnens löste eine animalische Todesangst in ihr aus, als sei er ein Ungeheuer aus dem Unbewußten. Von der oberen Galerie aus machte ihr die Äthiopierin mit breitem Lächeln ein Zeichen heraufzukommen. Sie traf eine Gruppe von Frauen an, die sich über die Balustrade lehnten.

„Von hier hört man alles!"

Ein langgezogener, schriller Schrei ertönte, dem zahllose weitere folgten.

Angélique hielt sich die Ohren zu und wandte sich ab wie vor einer Versuchung. Diese Laute der Todesangst, des unmenschlichen Leidens, die ein sadistischer Tyrann einer kleinen Sklavin entriß, deren einzige Verfehlung darin bestand, eine Orange gepflückt zu haben, übten eine mit Grausen vermischte Faszination auf sie aus, ein Gefühl, das sie seit ihrer frühen Kindheit nicht mehr empfunden hatte. Sie sah die Amme mit den flammenden Maureskenaugen vor sich, wie sie ihr und ihren Schwestern von den Martern erzählte, die Gilles de Retz den für den Teufel geraubten unschuldigen Kindlein zufügte . . .

Sie irrte ziellos durch die Galerien.

„Ich muß etwas unternehmen! Das kann man doch nicht zulassen!"

Aber sie war ja nur eine im Harem eingesperrte Sklavin, deren Leben gleichfalls auf dem Spiel stand.

Sie bemerkte eine Frau, die gleichfalls auf die Schreie zu horchen schien, die aus den Gemächern des Königs drangen. Ihre langen, blonden Flechten hingen locker herab. Es war die Engländerin Daisy.

Angélique trat zögernd zu ihr. Sie fühlte sich ihr verwandt inmitten all der dunkelhäutigen Orientalinnen, Spanierinnen und Italienerinnen. Sie war die einzige Blonde außer der armen Isländerin, die nicht leben und nicht sterben konnte.

Sie hatten noch nie miteinander gesprochen. Gleichwohl legte die Engländerin ihr den Arm um die Schultern. Ihre Hand war eiskalt.

Auch hierher drangen die Laute der Qual.

Auf einen besonders herzzerreißenden Schrei reagierte Angélique mit einem dumpfen Stöhnen. Die Engländerin drückte sie an sich und sagte leise:

„Ach, warum, warum nur hat sie das Gift nicht genommen, das Leila Aicha ihr geschickt hatte? Ich kann mich mit diesen Dingen nicht abfinden!"

Sie sprach ziemlich fließend Französisch, wenn auch mit starkem Akzent, denn sie lernte Sprachen, um sich zu zerstreuen, da sie nicht in die geistige Trägheit der andern Kurtisanen verfallen wollte. Lange Zeit hatte Osman Ferradji auch auf diese leidenschaftslose nordische Christin gesetzt, aber Leila Aicha hatte sie seinem Einfluß entzogen.

Ihre hellen Augen suchten Angéliques Gesicht.

„Er flößt Euch Angst ein, nicht wahr? ... Dabei seid Ihr eine Frau, die hart ist wie ein Säbel. Leila Aicha sagt, wenn sie Euch anschaue, sei ihr, als hättet Ihr Messer in Euren Augen ... Die Tscherkessin nahm den Platz ein, den Osman Ferradji für Euch ausersehen hat ... Und Ihr grämt Euch, weil sie gefoltert wird?"

„Was machen sie mit ihr?"

„Oh, es fehlt dem Monarchen nicht an Phantasie für raffinierte Martern! Wißt Ihr, wie er Nina Varadoff zu Tode folterte, die schöne Moskowiterin, die ihm gegenüber freche Reden führte? Er ließ ihr die Brüste mit dem Deckel einer Truhe zerquetschen, auf den zwei Henker drücken mußten. Und sie war nicht die einzige Frau, die er so foltern ließ. . . . Seht Euch meine Beine an."

Sie schlug ihren Sarroual hoch. Ihre Füße und Knöchel trugen die rötlichen Spuren grauenhafter Verbrennungen.

„Man hat meine Füße in siedendes Öl getaucht, damit ich meinen Glauben abschwöre. Ich war erst fünfzehn Jahre alt. Ich habe mich gefügt ... Und es war, als hätte der Widerstand, den ich ihm entgegensetzte, seine Liebe zu mir verdoppelt. Ich habe unerhörte Lust genossen in seinen Armen . . ."

„Sprecht Ihr von jenem Ungeheuer?"

„Es ist ihm Bedürfnis zu quälen. Er empfindet dabei eine Art Wollust . . . Pst! Leila Aicha beobachtet uns."

Die riesige Negerin war auf der Schwelle einer Tür erschienen.

„Die einzige Frau, die er liebt", flüsterte Daisy, halb grollend, halb bewundernd. „Man muß sich auf ihre Seite stellen. Dann kann einem nichts Schlimmes geschehen. Aber hütet Euch vor dem Obereunuchen, diesem schmeichlerischen und unversöhnlichen Tiger . . . "

Angélique lief davon, verfolgt von den Blicken der beiden Frauen. Sie flüchtete sich in ihr Zimmer. Vergeblich boten ihr Fatima und die Dienerinnen Backwerk und Kaffee an. Immer wieder schickte sie sie hinaus, um zu erfahren, ob die Tscherkessin endlich gestorben sei.

Nein. Moulay Ismaël wurde der Folterungen nicht überdrüssig, und sorgfältig durchdachte Vorkehrungen waren getroffen worden, um den Tod nicht allzu rasch eintreten zu lassen.

„Oh, möchte doch der Blitz diese Teufel treffen!" stieß Angélique hervor.

„Aber sie war doch weder deine Tochter noch deine Schwester", verwunderten sich die Dienerinnen.

Schließlich ließ sie sich auf ihren Diwan fallen und vergrub das Gesicht in den Kissen. Als sie sich wieder aufrichtete, schien der Mond ins Zimmer. Tiefe Stille lag über dem Serail. Sie bemerkte in der Galerie den Obereunuchen, der sich auf seiner Runde befand, und stürzte zu ihm.

„Sie ist tot, nicht wahr?" rief sie. „Sagt mir, daß sie tot ist!"

Osman Ferradji sah verblüfft auf ihre flehend erhobenen Hände, auf ihr angstverzerrtes Gesicht.

„Ja, sie ist tot", sagte er. „Soeben hat sie den letzten Atemzug getan . . ."

Angélique stieß einen Seufzer der Erleichterung aus, der sich wie ein Schluchzer anhörte.

„Wegen einer Orange! Und das ist das Los, das Ihr mir bereiten wollt, Osman Bey. Eine Favoritin, die er beim geringsten Vergehen zu Tode foltert."

„Nein, dir kann es nicht widerfahren. Ich werde dich beschützen."

„Was vermögt Ihr denn gegen den Willen dieses Tyrannen?"

„Ich vermag sehr viel . . . Fast alles."

„Warum habt Ihr dann jenes Mädchen nicht beschützt?"

Betroffenheit malte sich in den Zügen des Obereunuchen.

„Aber . . . sie war doch nichtssagend, Firouzé. Sie war ein beschränktes kleines Geschöpf. Wenn auch mit einem schönen Körper begabt und auf instinktive Art mit den Dingen der Liebe vertraut. Mit dieser Begabung verstand sie Moulay Ismaël an sich zu fesseln. Er war auf dem besten Wege, ihr zu verfallen. Er wußte es und grollte ihr. Sein Zorn ist ihm diesmal ein guter Ratgeber gewesen. Ihre Hinrichtung hat ihn von einem Bann befreit, der ihn versklavte . . . und verschafft dir freie Bahn!"

Angélique wich mit einer Gebärde des Abscheus bis zu ihrer Lagerstätte zurück.

„Ihr seid ein Ungeheuer", sagte sie mit gedämpfter Stimme. „Ihr alle seid Ungeheuer. Mir graust vor Euch!"

Sie warf sich auf die Kissen, von einem krampfartigen Zittern geschüttelt.

Sechsundvierzigstes Kapitel

Sie lauschte in die Nacht. Im Innern des Harems verstummten die Geräusche. Eine jede der Frauen mußte in ihren Pavillon oder ihr Gemach zurückkehren. Wenn sie sich auch tagsüber ungehindert vom einen Patio in den andern bewegen und einander besuchen konnten, blieben sie doch des Nachts in ihren vier Wänden eingesperrt, von einem Eunuchen und ihren schwarzen Dienerinnen bewacht. Wer hätte es gewagt, dieser Vorschrift zuwiderzuhandeln? In der Nacht wurde der Panther Alchadi losgemacht. Die Unfügsame, der es einmal gelingen mochte, den Wachen zu entwischen, mußte damit rechnen, plötzlich dem Raubtier gegenüberzustehen, das darauf dressiert war, weibliche Gestalten anzuspringen.

Immer wieder ließen maurische Dienerinnen, die während der Nacht-stunden von ihren Herrinnen nach der oder jener Leckerei in die Küche geschickt worden waren, auf solche Weise ihr Leben. Am Morgen jag-ten zwei Eunuchen, die Alchadi aufgezogen hatten, durch den Palast, um ihn zu suchen. Wenn sie ihn endlich eingefangen hatten, wurde ein Trompetensignal geblasen: „Alchadi ist angekettet." Erst dann atmete jeder auf, und es kam Leben in den Harem.

Eine einzige Frau fand Gnade vor dem Panther: Leila Aicha, die Zau-berin. Die riesige Negerin fürchtete weder die Raubtiere noch den Kö-nig, noch ihre Rivalinnen. Sie fürchtete nur Osman Ferradji, den Ober-eunuchen. Vergebens beschied sie ihre Hexenmeister zu sich und ließ sie Zaubermittel herstellen. Doch – dem Obereunuchen war nichts an-zuhaben, denn auch er besaß die Kenntnis des Unsichtbaren.

Von ihrem Balkon aus betrachtete Angélique die Zypressen, die sich dunklen Flammen gleich von den fahlen Mauern abhoben. Sie wurzel-ten in dem kleinen Innenhof, aus dem ihr bitterer Duft mit dem süßen der Rosen und dem Geräusch des Springbrunnens heraufdrang.

Dieser abgeschlossene Hof würde von nun an ihre einzige Aussicht bilden. Auf der andern Seite, dort, wo das Leben und die Freiheit wink-ten, waren die Mauern blind. Es waren die Mauern eines Gefängnisses. Schließlich beneidete sie sogar die Sklaven, Menschen, die zwar ausge-hungert und von unablässiger Arbeit erschöpft waren, die aber aus die-sen Mauern herauskamen. Die Sklaven wiederum beklagten sich, daß sie unter hartem Zwang leben mußten und daß es ihnen versagt blieb, Miquenez zu verlassen und ins Innere des Landes zu gelangen.

Angélique meinte, wenn es ihr nur gelänge, diese Haremsmauer zu bezwingen, würde die weitere Flucht keine Schwierigkeiten bereiten. Zwar schien es unmöglich, draußen Helfershelfer zu gewinnen, aber Savary, mit dem sie dank der berechnenden Nachgiebigkeit des Ober-eunuchen zweimal hatte sprechen können, würde diese zweite Etappe der Flucht schon organisieren. Sie allein aber mußte die Mittel und Wege finden, um aus dem Harem zu entkommen. Und gerade in die-sem Punkt versagte ihr Erfindungsgeist, stieß sie auf zu viele Hinder-nisse. Zuerst schien alles einfach. Doch dann erwies sich das Einfache als verwickelt und unerbittlich.

In der Nacht: der Panther. Am Tage und in der Nacht: die Eunuchen,

415

die sich von keiner Leidenschaft beeinflussen ließen, die im Mondlicht mit ihren Lanzen an den Türen standen oder auf den Terrassen die Runde machten, den Yatagan in der Hand. Unerschütterlich! Unbestechlich!

Die Dienerinnen? Angélique überlegte. Die alte Fatima mochte sie gern und war ihr zutiefst ergeben. Aber diese Ergebenheit ging gewiß nicht so weit, ihre Herrin bei einem Abenteuer zu unterstützen, bei dem sie, wenn es mißlang, selbst den Tod riskierte und das sie zudem noch für töricht hielt. Angélique hatte sie einmal gebeten, Savary einen Zettel zuzustecken, und die Alte hatte sich mit Händen und Füßen dagegen gesträubt. Wenn man sie mit der Botschaft einer Konkubine des Königs für einen christlichen Sklaven ertappe, werde man sie ins Feuer werfen wie ein Reisigbündel. Zum allermindesten! Und was den christlichen Sklaven betreffe, wage sie nicht, sich auszudenken, was sein Schicksal wäre. Aus Angst um Savary hatte Angélique nicht weiter darauf bestanden.

Aber sie wußte nicht mehr, was tun. Zuweilen vergegenwärtigte sie sich, um ihren Mut zu stärken, ihre beiden Jungen, die so fern waren: Florimond und Charles-Henri, aber das genügte nicht, um ihren Unternehmungsgeist anzuregen. Es waren zu viele Hindernisse, die sich ihrer Wiedervereinigung entgegenstellten.

Sie fand, daß der Duft der Rosen köstlich war und daß die schüchterne Melodie einer Ukulele, deren Saiten ein kleiner Maureskensklave schlug, um seine Herrin einzuschläfern, die Stimme dieser reinen Nacht selbst zu sein schien. Wozu kämpfen? Morgen würde es „Bestilla" geben, jene hauchzarte Blätterteigpastete aus gehacktem Taubenfleisch, Pfeffer, Zimt und Zucker ... Und sie verspürte auch ein unwiderstehliches Verlangen nach einer Tasse Kaffee. Sie wußte, daß sie nur in die Hände zu klatschen brauchte, dann würde die alte Provenzalin oder die Negerin, ihre Gehilfin, die Glut unter dem kupfernen Kohlenbecken entfachen und das stets bereite Wasser zum Kochen bringen. Das Aroma des schwarzen Getränks würde sie von ihrer Beklemmung befreien und die Erinnerung an eine seltsame Stunde wekken, die sie in Kandia erlebt hatte.

Angélique schob die Arme unter ihren Nacken und träumte ...

Auf blauer See schwamm ein weißes Schiff, geneigt wie eine Möwe

unter dem Wind . . . Und da war ein Mann, der sie zum Preis eines
Schiffs gekauft hatte. Wo mochte er sein, jener Mann, der so darauf
versessen gewesen war, sie zu besitzen? Ob er noch an die schöne Gefangene dachte, die ihm entwischt war? Warum nur hatte sie es getan,
fragte sie sich. Gewiß, er war ein Pirat, aber auch ein Mann ihrer
Rasse. Gewiß, er war ein beunruhigender Mann, abstoßend vielleicht
unter seiner Maske, aber er hatte ihr dennoch keine Angst eingeflößt . . . Im gleichen Augenblick, da sein dunkler, magnetischer Blick
den ihren gebannt, hatte sie erkannt, daß er nicht gekommen war, um
sie in Besitz zu nehmen, sondern um sie zu retten. Sie wußte jetzt,
wovor: vor ihrer eigenen Torheit, der naiven Torheit, sich einzubilden, in diesen Breiten könne eine alleinstehende Frau ihr Schicksal
selbst bestimmen. Nun, bisher hatte es ihr nur freigestanden, ihren
Herrn zu wählen. Und weil sie jenen verschmäht hatte, war sie in die
Hände eines anderen, noch unerbittlicheren geraten.

Angélique brach in bittere Tränen aus, da sie ihre doppelte Versklavung als Frau und Gefangene spürte.

„Trink einen Schluck Kaffee", flüsterte die Provenzalin. „Danach
wirst du dich wohler fühlen. Und morgen bringe ich dir heiße Bestilla.
Die Küchenjungen bereiten schon den Teig . . ."

Der Himmel färbte sich grünlich über den reglosen Spitzen der Zypressen. Von den Flügeln der Morgenröte getragen, mahnten die kla-
genden Stimmen der Muezzins die Gläubigen zum Gebet, und in den
Gängen des Harems riefen die Eunuchen nach Alchadi, dem Panther.

Siebenundvierzigstes Kapitel

Eines Tages entdeckte Angélique in nächster Nähe ihres Zimmers eine kleine, hinter einem Vorsprung verborgene Maueröffnung in der der Stadt zugewandten blinden Fassade.

Es war ein Fenster in der Form eines Schlüssellochs, zu schmal, um sich hinauslehnen, zu hoch, um jemand anrufen zu können. Aber es sah auf einen weiten, belebten Platz hinaus.

Von nun an verbrachte sie dort täglich viele Stunden. Sie sah die Sklaven an den Bauten Moulay Ismaëls schuften. Er baute unaufhörlich, und es schien, als täte er es nur um der Freude am Einreißen und Wiederaufbauen willen. Sein Bauverfahren erlaubte eine überaus rasche Ausführung. Er ließ Mörtel aus körniger Erde, Kalk und ein wenig Wasser herstellen und diese Masse zwischen zwei Bretterwänden feststampfen, deren Abstand der Dicke der zu errichtenden Mauer entsprach. Backsteine und Mauersteine wurden nur für die Fundamente und Türsturze verwandt.

Diese Baustellen, von denen sie nur einen kleinen Ausschnitt am Rande des Platzes zu sehen vermochte, waren für Angélique bald ein vertrauter Anblick. Von den mit Stöcken bewaffneten schwarzen Aufsehern angetrieben, verrichteten die Gefangenen unter der unbarmherzigen Sonne pausenlos ihre Arbeit. Und häufig tauchte Moulay Ismaël zu Pferd oder zu Fuß auf, beschattet von einem Sonnenschirm und gefolgt von seinen Alcaiden. Stets belebte sich dann das düstere Bild, und immer kam es zu Zwischenfällen.

Angélique konnte weder die Stimmen noch die Worte hören. Das Theater der kleinen Maueröffnung spielte für sie kurze, stumme Szenen, tragische und burleske Pantomimen, ausgeführt von Marionetten, die zu Boden stürzten, davonliefen, flehten, die schlugen, auf Leitern und Gerüsten herumkletterten und erst bei Einbruch der Dunkelheit innehielten. Zu dieser Stunde warfen sich die Muselmanen nieder und berührten mit der Stirn die Erde, nach Mekka gewandt, zum Grab des Propheten. Die Sklaven kehrten in ihre Quartiere oder in die unterirdischen Gefängnisse zurück.

Mit der Zeit vermochte Angélique die Vertreter der einzelnen Nationen voneinander zu unterscheiden. Die Franzosen erkannte sie daran, daß sie einen Stockhieb mit lächelndem Gleichmut hinnahmen, was sie nicht hinderte, sich häufig mit ihren schwarzen Bewachern zu streiten, bis diese, offensichtlich von ihren Argumenten in die Enge getrieben, sie tun ließen, was sie verlangten: sich ein wenig ausruhen, im Schatten der Mauer ein Pfeifchen rauchen.

Die Italiener verstanden zu singen. Im ätzenden Staub des ungelöschten Kalks und der Bruchsteine zu singen. Man konnte deutlich erkennen, daß sie sangen, weil ihre Kameraden innehielten, um ihnen zu lauschen. Sie neigten auch zu Jähzornsanfällen, unbekümmert darum, daß es sie das Leben kosten konnte.

Die Spanier fielen durch die stolze, herablassende Art auf, mit der sie ihre Kellen handhaben, während die Holländer mit Eifer bei der Arbeit waren, sich nie in die Streitereien der anderen mischten und stets unter sich blieben. Die gleiche nüchterne Gelassenheit war das Kennzeichen der Protestanten. Die Katholiken und Schismatiker hingegen haßten einander glühend und lieferten sich, rasenden Hunden gleich, erbitterte Schlachten. Oft sahen sich die Wächter genötigt, Colin Paturel zu Hilfe zu rufen, der kraft seiner Autorität rasch die Ordnung wiederherstellte.

Der Normanne ging immer in Ketten. Häufig waren Arme und Rücken mit blutenden Wunden bedeckt. Sie rührten von den Geißelungen und Stockstreichen her, die ihm sein unerschrockenes Eintreten für Gerechtigkeit eintrug. Trotzdem lud er sich die schwersten Kalksäcke auf seinen herkulischen Rücken und stieg so mit schlenkernden Ketten die Sprossen der Leitern bis zu den höchsten Stellen des Bauwerks hinauf. Er nahm den Schwächeren ihre Lasten ab, und niemand wagte, es ihm zu untersagen. Einmal erschlug er mit seinen zusammengerafften Ketten einen der Schwarzen, der über einen hageren Rotschopf, den schmächtigen Jean-Jean aus Paris, hergefallen war. Die mit gezücktem Säbel herbeigeeilten Wachen wichen zurück: es war Colin, der Normanne! Allein der König hatte das Recht, diesen Sklaven zu züchtigen, der unbedingt in der Hölle schmoren wollte und das Paradies der Gläubigen verschmähte, was dem Monarchen eine an Kummer grenzende Bitterkeit verursachte.

419

Angélique machte sich Gedanken über die Tausende von Gefangenen, zumeist rechtschaffene, schlichte Seefahrer aus aller Herren Ländern, die den Mut fanden, dem Tod oder jahrelanger Gefangenschaft um eines Gottes willen zu trotzen, der ihnen in ihrem früheren, freien Leben ziemlich gleichgültig gewesen sein mochte. Wenn einer dieser Bejammernswürdigen, Ausgehungerten, Gefolterten, Verzweifelten seinen Glauben abschwor, hatte er mit einem Schlage genügend zu essen, ein bequemes Leben, ein ehrenvolles Amt und so viele Frauen, wie Mahomet seinen Gläubigen erlaubte.

Gewiß gab es viele Renegaten in Miquenez und der Berberei, aber sie fielen nicht ins Gewicht angesichts der Hunderttausende von Gefangenen, die seit Generationen geduldig das Joch der Sultane ertrugen. Sie schufteten, duldeten, hofften, gaben nicht nach . . .

Angélique traute ihren Augen nicht, als sie eines Morgens inmitten jenes Platzes, auf den die grelle Sonne bläuliche Schatten warf und der wie geschaffen schien, Trugbilder hervorzuzaubern, einen vornehm gekleideten Mann mit einer Perücke erblickte. Seine Schnallenschuhe mit den hohen Absätzen deuteten darauf hin, daß er keinen weiten Weg zurückgelegt hatte.

Erst als ein Alcaid sich ihm unter tiefen Verbeugungen näherte, wurde ihr klar, daß sie nicht träumte.

Atemlos lief sie zu ihrem Zimmer, um eine Dienerin zu beauftragen, sich nach dem fremden Besucher zu erkundigen. Doch fiel ihr zur rechten Zeit ein, daß sie dadurch ihren Beobachtungsposten verraten würde. So mußte sie also warten, bis die Nachricht sich von allein verbreitete – was alsbald geschah.

Der vornehme Herr mit der Perücke war ein ehrsamer französischer Kaufmann aus Salé, der es als ehemaliger Resident des marokkanischen Küstenlandes übernommen hatte, in Miquenez die Ankunft der Redemptoristen-Patres anzukündigen.

Als guter Christ und in dem Bestreben, seinen unglücklichen Brüdern zu Hilfe zu kommen, hatte der Kaufmann seine Kenntnis des Landes und der Bewohner in den Dienst der Redemptoristen gestellt, die zum

erstenmal das durch Moulay Ismaël von der Umwelt streng abgerie-
gelte Königreich betraten.

Es war kein geringer Sieg, den Colin Paturel davongetragen hatte,
denn er allein hatten den in diesem Punkt seltsam empfindlichen König
zum Nachgeben gezwungen.

Sie langten an. Der alte Caloëns, mit seinen siebzig Lebensjahren und
seinen zwanzig Jahren Bagno einer der Wortführer der Gefangenen,
fiel auf die Knie und dankte dem Himmel. Endlich winkte ihm die
Freiheit! Seine Genossen wunderten sich, denn als Gärtner des Königs,
dessen Rasen er liebevoll pflegte, hatte er immer den Anschein erweckt,
als sei er höchst zufrieden mit seinem Los. Das stimmte auch, erklärte
er, und es werde ihm schwerfallen, den Boden Marokkos zu verlassen,
aber er müsse nun einmal fort, da er nahezu kahlköpfig sei. Der König
liebte es nämlich nicht, Kahlköpfe in seiner Umgebung zu sehen, und
wenn er einem begegnete, schlug er ihm mit dem kupfernen Knauf
seines Spazierstocks den Schädel ein. Und Caloëns, so alt er auch war,
hatte noch keine Lust zu sterben, schon ganz und gar nicht auf solche
Weise.

Angélique hielt es nicht mehr. Da die Verhandlungen mit den Redemptoristen, wie sie erfuhr, unter günstigen Auspizien vonstatten gingen und der Monarch sich nachgiebig zeigte, bat sie den Obereunuchen,
ihr ein Gespräch mit einem der Patres der Abordnung zu erlauben.
Sie habe das Bedürfnis nach priesterlichem Beistand. Osman Ferradji
kniff seine langen Katzenaugen zu, er schien zu überlegen, was sich
hinter dieser Bitte verbergen könnte, aber schließlich gewährte er sie.

Zwei Eunuchen wurden zum Hause der Juden geschickt, in dem die
Patres untergebracht waren und ununterbrochen Gefangene empfingen,
die flehentlich baten, auf die Liste der loszukaufenden Franzosen gesetzt zu werden.

Der Pater de Valombreuze, Leiter der Abordnung, wurde ersucht,
den schwarzen Wachen zu folgen: eine der Frauen Moulay Ismaëls
wünsche ihn zu sprechen. Am Eingang zum Harem verband man ihm
die Augen. Dann wurde er vor ein schmiedeeisernes Gitter geführt,

hinter dem er eine dicht verschleierte Frau erkannte, und er war nicht wenig erstaunt, sie französisch sprechen zu hören.

„Ich hoffe, Ihr seid mit dem Ergebnis Eurer Mission zufrieden, mein Vater?" sagte Angélique.

Der Pater bemerkte mit einiger Zurückhaltung, noch seien nicht alle Fragen gelöst. Man müsse mit der Launenhaftigkeit des Königs rechnen. Die Schilderungen der Gefangenen, die ihn aufsuchten, seien nicht dazu angetan, ihn zu beruhigen. Er sehne sich danach, wieder in Cadix zu sein, gemeinsam mit seinen armen Gefangenen, deren Seelenheil angesichts der Willkürherrschaft dieses sanguinischen Königs so sehr gefährdet sei.

„Und da Ihr selbst Christin wart, Madame – ich schließe es aus Eurer Sprache –, möchte ich Euch bitten, beim König, Eurem Herrn, Fürsprache einzulegen, auf daß uns seine Gewogenheit und sein Entgegenkommen erhalten bleiben."

„Aber ich bin keine Renegatin", protestierte Angélique. „Ich bin Christin."

Pater de Valombreuze strich sich verwirrt den Bart. Er hatte gehört, daß alle Frauen oder Konkubinen des Sultans als Muselmaninnen galten und sich offen zur Religion Mahomets bekennen mußten. Sie verfügten im Innern des Palastes über eine eigene Moschee.

„Ich bin gefangengenommen worden", betonte Angélique. „Ich bin nicht freiwillig hier."

„Ich zweifle nicht daran, mein Kind", murmelte der Priester versöhnlich.

„Auch meine Seele ist in großer Gefahr." Angélique klammerte sich in plötzlich ausbrechender Verzweiflung an das Gitter. „Aber das kümmert Euch ja nicht. Niemand wird einen Finger rühren, um mich zu retten, mich loszukaufen. Weil ich nur eine Frau bin . . ."

Sie brachte es nicht über sich, ihren Gefühlen Ausdruck zu geben, zu bekennen, daß sie anfing, weniger die Foltern als vielmehr die schwüle Atmosphäre des Harems zu fürchten, die schleichende Auflösung ihrer Seele, in die allmählich das Gift der Trägheit, der Wollust und der Grausamkeit drang. Das war es, was Osman Ferradji bezweckt hatte. Er wußte, was in jeder Frau schlummert, und er kannte die Mittel, es zu wecken.

422

Der Priester hörte die verschleierte Frau weinen. Mitfühlend schüttelte er den Kopf.

„Tragt Euer Los in Geduld, meine Tochter. Immerhin braucht Ihr nicht Hunger zu leiden und Euch zu plagen wie Eure Brüder."

Selbst dem guten Redemptoristenpater galt die Seele einer Frau weniger als die eines Mannes. Nicht aus Geringschätzung, vielmehr weil er der Meinung war, daß die Frau dank ihres Naturells und ihrer fehlenden Verantwortlichkeit auf einige Nachsicht von seiten Gottes rechnen konnte.

Angélique bezwang sich. Sie zog einen Ring mit einem großen Brillanten von ihrem Finger, auf dessen Innenseite Wahlspruch und Name der Plessis-Bellière eingraviert waren. Sie zögerte, gehemmt durch die Gegenwart des Obereunuchen, der sie überwachte. Sie hatte alles sorgfältig überdacht. Die Stunde war nicht mehr fern, in der Osman Ferradji sie in die Gemächer Moulay Ismaëls bringen lassen würde. Er hatte ihr Zeit gelassen einzusehen, daß sie seinem Rat folgen mußte. Sie würde sich seinen Beistand verscherzen, wenn sie ihn enttäuschte, sie würde den Jähzorn des Königs wecken, wenn sie ihm trotzte, die Foltern würden sie das Leben kosten.

Und es würde noch so weit kommen, daß sie die Stunde ihrer Unterwerfung herbeisehnte und es aufgab, sich von falschen Hoffnungen zu nähren. Niemand konnte ihr helfen, weder drinnen noch draußen. Der betriebsame Savary war nur ein armer alter Sklave, der seine Kräfte überschätzt hatte. Man konnte dem Sultan Moulay Ismaël nicht jeden beliebigen Streich spielen. Und wenn die christlichen Gefangenen sich auf eines jener unmöglichen Fluchtunternehmen einließen, die ein paar Wagehälse vorbereiteten, würden sie sich gewiß nicht mit einer Frau belasten. „Aus einem Harem entkommt man nicht." Immerhin konnte sie noch einen Versuch machen, um ihre Tage nicht zwischen diesen Mauern beschließen zu müssen. Sie kannte nur einen Menschen, der in der Lage war, den unzugänglichen Sultan zu veranlassen, eines seiner Beutestücke herauszugeben.

Sie reichte den Ring durch das Gitter.

„Mein Vater, ich flehe Euch an . . . Ich beschwöre Euch, begebt Euch sofort nach Eurer Rückkehr nach Versailles. Ersucht den König um eine Audienz und übergebt ihm diesen Ring. Er wird meinen eingravierten Namen sehen. Dann berichtet ihm alles. Daß ich geraubt worden, daß ich eine Gefangene bin. Sagt ihm ... sagt ihm", schloß sie im Flüsterton, „daß ich ihn um Vergebung bitte und daß ich ihn zu Hilfe rufe."

Die Verhandlungen waren noch nicht abgeschlossen, als Moulay Ismaël durch einen französischen Renegaten erfuhr, daß hinter dem Namen der Redemptoristenpatres sich der Orden der Patres der heiligsten Dreifaltigkeit verbarg, die er neben den Maltesern zu den schlimmsten Feinden des Islams zählte.

Sein Zorn auf Colin Paturel, der ihm diesen Zusammenhang verheimlicht hatte, war fürchterlich.

„Du hast mich schon wieder getäuscht mit deiner gespaltenen Zunge, hinterlistiger Normanne", sagte er zu ihm. „Aber diesmal hast du dich verrechnet."

Während die Patres den Befehl erhielten, unverzüglich Miquenez zu verlassen, unter der Androhung, widrigenfalls bei lebendigem Leibe in ihrem Hause verbrannt zu werden, ließ er Colin Paturel nackt an ein Kreuz binden und der sengenden Sonne des Platzes aussetzen. Zwei mit Musketen bewaffnete Schwarze hielten Wache neben ihm. Sie sollten auf die Geier schießen, falls sie versuchten, ihm die Augen auszuhacken.

Erschauernd spähte Angélique durch die schmale Maueröffnung. Sie konnte den Blick nicht von dem schrecklichen Marterpfahl wenden. Zuweilen sah sie, wie die Muskeln des Gefangenen sich spannten, wie er sich zu straffen suchte, um den Druck der Stricke auf seine angeschwollenen Glieder zu mildern und sich Erleichterung zu verschaffen. Sein mächtiger Kopf mit dem langen, blonden Haar sank herab. Doch sofort richtete er sich wieder auf. Er bewegte sich dauernd, wie um zu verhindern, daß der Blutkreislauf in seinen gemarterten Gliedern ins Stocken geriet.

Seine kräftige Konstitution trotzte der Folter. Als man ihn am Abend vom Kreuz nahm, war er keineswegs tot. Er richtete sich hoch auf, da der König ihn eine stark gewürzte Fleischbrühe hatte trinken lassen, und seine Gefährten, die bereits um ihn trauerten, sahen ihn trotz seiner blutenden Wunden erhobenen Hauptes zu ihnen treten.

Nur der alte Caloëns weinte.

„Ach, die Patres sind fort! . . . Jetzt ist es aus mit mir!"

Er glaubte schon den Stockknauf des Königs auf seinem kahlen Schädel zu spüren.

„Verlier den Mut nicht, Alter", sagte Colin Paturel. „Wir haben alles versucht, um unser Los zu verbessern. Jetzt bleibt nur noch ein Ausweg: die Flucht. Ich muß mich davonmachen. Meine Tage sind gezählt. Der Ritter Renaud de Marmondin wird meinen Platz einnehmen. Wenn du dich nicht zu alt fühlst, kommst du mit uns."

Martin Camisart, der Uhrmacher des Königs, hatte ihm das nötige Werkzeug verschafft, um sich, wenn es soweit war, von seinen Ketten befreien zu können.

Er würde auch Jean-Jean aus Paris, mit dem ihn eine zehnjährige enge Freundschaft verband, von seinen Ketten lösen. Außerdem wollten sich Piccinino, der Venezianer, der Marquis de Kermoeur, Francis Bargus aus Martigues und Jean d'Harrosteguy, ein Baske aus Hendaye, an dem kühnen Unternehmen beteiligen.

Sie waren die gewitztesten Burschen des Bagno, allesamt vermessen genug, hundertmal dem Tod ins Auge zu blicken, bevor sie wieder christlichen Boden betreten würden. Ihnen würde sich jener alte Apotheker Savary anschließen, der es verstanden hatte, sie nach und nach mit der phantastischen Möglichkeit vertraut zu machen, Moulay Ismaël zu entwischen, und der sie endlich überzeugt hatte, daß das scheinbar Unmögliche möglich geworden war.

Achtundvierzigstes Kapitel

Wie mochte Moulay Ismaëls Gesicht aussehen, wenn er sich über eine Frau beugte, die er begehrte? Sein bronzefarbenes Gesicht, das beunruhigend war wie das eines afrikanischen Götzenbildes, hart geschnitten und gleichwohl glatt und von dem kühnen Daumen eines antiken Bildhauers modelliert.

Negroide Lippen und Nasenflügel, raubtierartige Augen. Nicht die des Tigers, vielmehr die des Löwen, der in die Sonne schauen kann und sich vom Schein nicht betrügen läßt.

Welchen Ausdruck würde das Gesicht des seine Eroberung vollendenden Eroberers annehmen?

Immer wieder geriet Angélique ins Grübeln über das zwiespältige Wesen Moulay Ismaëls, während sie durch die Alleen der herrlichen Gärten schritt.

Er warf seine Gefangenen in die Löwengrube, er verfiel auf so schauerliche Grausamkeiten, daß der Selbstmord noch der gelindeste Ausweg war, sich ihnen zu entziehen.

Aber andererseits liebte er die seltenen Blumen, das Murmeln des Wassers, die Tiere, und er glaubte aus tiefstem Herzen an die Barmherzigkeit Allahs.

Als Erbe des Propheten, dessen kalte, ungezügelte Leidenschaftlichkeit er besaß, hätte er gleich Mohammed gestehen können: „Ich habe immer die Frauen, die Parfüms und das Gebet geliebt. Doch allein das Gebet hat meine Seele zufrieden gemacht."

Die Kurtisanen rings um sie her flüsterten, träumten, intrigierten.

All diese Frauen, die sich in der schwülen Atmosphäre des Harems behaglich fühlten, überließen sich der Sinnlichkeit ihrer schönen, der Liebe geweihten Körper.

Glatt und anschmiegsam, parfümiert, herausgeputzt, waren sie mit ihren schwellenden Rundungen wie geschaffen für die Umarmung eines gebieterischen Herrn. Sie hatten keinen andern Lebenszweck und harrten, zornig über ihren Müßiggang und ihre unfreiwillige Enthaltsamkeit, der Lust, die' er ihnen schenken würde. Denn nur allzu wenigen unter diesen Hunderten von Frauen ward die fürstliche Huldigung zuteil.

Die heißblütigen, der Sinnenlust eines einzigen vorbehaltenen Huris* vertrieben sich die Wartezeit durch heimtückische Komplotte. Man war eifersüchtig auf die Engländerin Daisy und die finstere Leila Aicha, die einzigen, die hinter die Geheimnisse seines wunderlichen Herzens gekommen zu sein schienen. Sie bedienten ihn während seiner Mahlzeiten. Er zog sie zuweilen zu Rat. Aber keine der andern vergaß, daß der Koran den Gläubigen vier legitime Frauen erlaubt.

Wer würde wohl die dritte sein?

Die alte Fatima ärgerte sich, daß ihre Herrin, die dank ihrem Zutun täglich schöner wurde, noch immer nicht dem König vorgestellt und seine Favoritin geworden war. Daran, daß es so kommen würde, gab es keinen Zweifel. Der König brauchte sie nur zu sehen. Es gab keine schönere Frau im Harem als die Französin. Ihr dank dem in den Räumen herrschenden Halbdunkel hell gebliebener Teint war rein geworden. Im rosigen Gesicht schimmerten die grünen Augen in einem Glanz, der fast unnatürlich wirkte. Fatima hatte die Brauen und Wimpern mit einer Mischung aus Henna und Kalkmilch dunkler gefärbt, was ihnen etwas Samtartiges verlieh. Andererseits hatte sie das üppige Haar mit einem Pflanzenabsud aufgehellt, und jede einzelne Strähne war geschmeidig und glänzend wie Seide geworden. Die Haut des Körpers hatte durch Bäder mit einem Zusatz von Mandelöl oder Seerosenextrakt einen perlmutterartigen Schein bekommen.

Sie war soweit, wie Fatima fand.

Worauf wartete man noch?

Die Provenzalin fühlte sich wie ein Künstler, der feststellen muß, daß man sein Werk mißachtet. Sie sprach mit Angélique über ihre Sorge und Ungeduld.

Was hat es für einen Zweck, so schön zu sein? Der Augenblick war günstig, um den Tyrannen zu beeindrucken und seine dritte Frau zu werden. Von nun an brauche sie sich nicht mehr vor dem Altern zu

* Jungfrauen des muselmanischen Paradieses

fürchten, davor, in eine abgelegene Provinzkarawanserei verwiesen oder gar in die Küchen geschickt zu werden, um dort bis ans Ende ihrer Tage ein Dienstbotenleben zu führen.

Der Obereunuch ließ Angélique in einem Zustand qualvollen Wartens verharren, der vermutlich seinen Absichten förderlich, aber wohl nicht von ihm berechnet war. Merkte er überhaupt, wie die Zeit verstrich? Wieder einmal schien er nach einem Zeichen Ausschau zu halten, und nachdenklich betrachtete er die neue Odaliske, die er geschaffen, schön wie die Frauen der gottlosen italienischen Maler. Bedächtig schüttelte er den Kopf. „Ich habe in den Sternen gelesen ...", murmelte er. Was er gelesen hatte und nicht aussprach, machte ihn unentschlossen.

Ganze Nächte verbrachte er auf dem viereckigen Turm des Ksar, um mit seinen optischen Instrumenten den Himmel zu befragen. Er besaß die schönsten und vollkommensten der zivilisierten Welt. Der Obereunuch war ein leidenschaftlicher Sammler. Außer optischen Geräten, für deren Erwerb er nicht nur nach Venedig und Verona, sondern bis nach Sachsen gereist war, dessen Glashütten für ihre Präzisionslinsen berühmt zu werden begannen, sammelte er persische Federkästen aus Perlmutter und Kapselschmelz, von denen er sehr kostbare Stücke besaß.

Er liebte auch Schildkröten. Er ließ die verschiedensten Arten in den Gärten der Bergvillen züchten, in denen Moulay Ismaël seine ausgedienten Konkubinen unterbrachte. Nicht genug damit, daß die bedauernswerten Frauen Miquenez für immer entrückt waren, mußten sie auch noch ihre Tage in Gesellschaft dieser träge wimmelnden, liebenswerten Ungeheuer beschließen, die obendrein den gefürchteten Obereunuchen zu häufigen Besuchen veranlaßten.

Osman Ferradji schien die Gabe des Allgegenwärtigseins zu besitzen. Die Haremsbewohnerinnen fanden, daß er immer just in dem Augenblick erschien, in dem er sie am meisten störte. Er konferierte mit den Ministern, empfing täglich die Berichte zahlloser Kundschafter, unternahm häufig Reisen, und dennoch hatte man den Eindruck, er verbringe seine Tage mit Betrachtungen über die Vollkommenheit persischer

Schmelzarbeiten und die Nächte vor seinem astronomischen Fernrohr. Was ihn jedoch nicht hinderte, gewissenhaft den muselmanischen Ritus der fünf Gebete einzuhalten.

„Der Prophet hat gesagt: Wirkt für diese Welt, als müßtet ihr ewig in ihr leben, und für die andere, als müßtet ihr morgen sterben", pflegte er zu mahnen.

Sein Denken schien in dauernder unsichtbarer Verbindung mit denen zu stehen, die seiner Botmäßigkeit unterworfen waren. Gleich einer lauernden Spinne wob er von ihnen zu sich das Netz, aus dem sie sich nicht mehr würden lösen können.

„Sehnst du dich nicht, Firouzé?" fragte er Angélique einmal. „Sehnst du dich nicht nach dem seligen Rausch der Wollust? Du hast ihn lange nicht mehr genossen . . ."

Sie wandte sich ab. Lieber hätte sie sich in Stücke hacken lassen, als zu gestehen, daß sie nächtelang fieberte, sich verzehrte und immer wieder vor sich hin flüsterte: „Einen Mann! Irgendeinen Mann . . .!"

Osman Ferradji ließ nicht locker:

„Dein Frauenkörper, der den Mann nicht fürchtet, der ihm zugetan ist, den sein Ungestüm nicht erschreckt wie so viele unerfahrene Mädchen, brennt er nicht danach, ihm aufs neue zu begegnen? Moulay Ismaël wird dich glücklich machen . . . Vergiß deine Enttäuschungen, denk nur an dein Vergnügen . . . Willst du, daß ich dich endlich dem Sultan vorstelle?"

Er saß neben ihr auf einem niederen Schemel. Sie fühlte sich wie so oft schon von seiner Persönlichkeit eigentümlich gefesselt, und sie betrachtete ihn nachdenklich, diesen großen Mann, der nie die Liebe kennengelernt hatte . . . Er löste gemischte Gefühle in ihr aus, Abscheu und Achtung, und es wurde ihr seltsam weh ums Herz, als sie die Merkmale seiner Beschaffenheit erkannte: das Doppelkinn, die glatten, allzu schön geformten Arme und unter der seidenen Weste die stark entwickelten Brüste, wie die Eunuchen sie im reifen Alter zuweilen bekommen.

„Osman Bey, wie könnt Ihr über diese Dinge reden?" sagte sie unverblümt. „Vermißt Ihr eigentlich nie, was Euch versagt ist?"

Osman Ferradji hob die Brauen und lächelte nachsichtig, fast vergnügt.

„Man vermißt nicht, was man nicht kennengelernt hat, Firouzé! Beneidest du den Verrückten, der über die Ausgeburten seines gestörten Geistes lachend durch die Straßen geht? Er ist gleichwohl auf seine Weise glücklich, er berauscht sich an seinen Hirngespinsten. Dennoch möchtest du nicht teilhaben an dem, was ihm gefällt, und du dankst Allah, daß du nicht bist wie er. So erscheint mir das Verhalten, zu dem die Versklavung durch die Begierde führt. Sie kann aus einem Manne mit gesundem Menschenverstand einen Bock machen, der blökend hinter der stupidesten Ziege herläuft. Und ich danke Allah, daß er mich dieser Gefahr nicht ausgesetzt hat. Aber ich leugne nicht, daß dieser Urtrieb auch eine positive Seite hat, und deshalb bemühe ich mich, ihn bei der Verfolgung meines Ziels zu nutzen: die Größe des Königreichs Marokko und die Läuterung des Islams!"

Angélique richtete sich auf. Unversehens überkam sie die Exaltation des Strategen, der die Welt nach seiner Vorstellung umgestaltet.

„Osman Bey, man sagt, daß Ihr Moulay Ismaël zur Macht geführt habt, daß Ihr ihm, um zum Ziel zu gelangen, diejenigen bezeichnet habt, die er umbringen oder umbringen lassen solle. Aber es gibt einen Mord, den Ihr nicht begangen habt: den Mord an ihm! Warum diesen sadistischen Wahnsinnigen auf dem Thron Marokkos belassen? Wärt Ihr nicht ein besserer Herrscher als er? Ohne Euch wäre er nichts als ein von seinen Feinden beiseite geschobener Abenteurer. Ihr seid seine Schlauheit, seine Klugheit und seine heimliche Stütze. Warum nehmt Ihr nicht seinen Platz ein? Ihr könntet es. Hat man nicht einstens Eunuchen zu Kaisern von Byzanz gekrönt?"

Der Obereunuch lächelte noch immer.

„Ich bin dir sehr verbunden, Firouzé, für die hohe Meinung, die du von mir hast. Aber ich werde Moulay Ismaël nicht ermorden. Er ist der richtige Mann für den Thron von Marokko! Er besitzt den Schwung des geborenen Eroberers. Wie kann jemand zeugen, der unfruchtbar ist? . . . Moulay Ismaëls Blut ist glühende Lava, das meinige eiskalt wie das einer beschatteten Quelle. Und es ist gut so! Er ist das Schwert Gottes. Ich habe meine Klugheit und meine Verschlagenheit auf ihn übertragen. Ich habe ihn erzogen und unterwiesen, von damals an, als er noch ein kleiner Scherif war, verloren zwischen den hundertfünfzig Söhnen Moulay Archys, der sich kaum um ihre Erziehung kümmerte.

Er befaßte sich nur mit Moulay Hamet und Abd-el-Ahmed. Ich aber befaßte mich mit Moulay Ismaël. Und er hat die beiden andern besiegt. Moulay Ismaël ist viel mehr mein Sohn als der Moulay Archys, der ihn gezeugt hat ... Deshalb kann ich ihm nicht das Leben nehmen. Er ist kein sadistischer Wahnsinniger, wie du ihn auf Grund deines beschränkten Christinnenverstandes nennst. Er ist das Schwert Gottes! Hast du nie gehört, daß Gott Feuer regnen ließ über die sündigen Städte Sodom und Gomorrha? ... Moulay Ismaël bekämpft die schändlichen Laster, denen so viele Algerier und Tunesier frönen. Nie hat er eine Frau genommen, deren Ehemann noch am Leben war, denn das Gesetz verbietet den Ehebruch, und er verlängert die Fastenzeit des Ramadam um einen vollen Mond ... Wenn du erst seine dritte Frau bist, wirst du die Auswüchse seiner jähen Natur dämpfen ... Dann wird mein Werk vollendet sein. Willst du, daß ich dich Moulay Ismaël ankündige?"

„Nein", sagte sie erregt, „nein ... noch nicht."

„Lassen wir also das Schicksal walten!"

Die Würfel des Schicksals fielen an einem klaren, frischen Morgen, als Angélique sich in ihrer von zwei Maultieren gezogenen Kutsche in den Palmenhain fahren ließ. Savary hatte ihr durch die widerstrebende Fatima ein Briefchen zukommen lassen, in dem er sie bat, zum Palmenhain in der Nähe des Hauses der Gärtner zu kommen. Die Frau des einen von ihnen, der sich Badiguet nenne, werde ihr sagen, wo sie ihren alten Freund finde.

Unter dem Gewölbe der Palmen glänzten bernsteinfarben die reifen Datteln. Sklaven lasen sie auf. Vor dem Gärtnerhaus trat die besagte Frau an die Kutsche heran, deren Vorhänge Angélique nur ein winziges Stückchen auseinanderzuschieben wagte.

Die Frau sah sich ängstlich um, dann flüsterte sie, der alte Savary arbeite nicht weit entfernt am anderen Ende des Palmenhains. Auch er sammle die heruntergefallenen Datteln auf, die die magere Kost der Sklaven ein wenig bereicherten. Die dritte Allee links ... Ob sie der beiden Eunuchen sicher sei, die das Gespann lenkten? Angélique nickte.

Glücklicherweise waren es zwei junge Wächter, die nur eines wußten: daß Osman Ferradji ihnen anempfohlen hatte, den Wünschen der französischen Gefangenen nachzukommen.

Sie ließ sich also in die bezeichnete Allee fahren und entdeckte bald Savary, den kleinen braunen Gnom, der munter seinen Proviant einsammelte. Die Gegend war menschenleer. Man hörte nur das Summen der von den süßen Früchten angelockten Fliegen.

Savary kam heran. Die Eunuchen wollten einschreiten.

„Er ist mein Vater", erklärte Angélique. „Ihr wißt doch, daß Osman Bey mir manchmal erlaubt, mit ihm zusammen zu sein."

Mißtrauisch, aber gehorsam zogen sie sich zurück.

„Es steht alles zum besten", flüsterte Savary, und seine Augen strahlten hinter den Brillengläsern.

„Habt Ihr wieder einmal Mumia mineralis gefunden?" fragte Angélique mit einem matten Lächeln.

Sie sah ihn gerührt an. Er glich immer mehr jenen bärtigen, schelmischen Kobolden, die um die steinernen Tische auf den Feldern des Poitou tanzen. Sie war versucht zu glauben, Savary sei einer der Schutzengel aus ihrer Kindheit, nach denen sie im taufeuchten Gras stundenlang ausgeschaut hatte.

„Sechs Sklaven wollen einen Fluchtversuch machen. Ihr Plan ist erfolgversprechend. Sie werden keine Metadores nehmen, weil diese Burschen allzuoft diejenigen verraten, die sie auf christlichen Boden bringen sollen. Sie haben sich die Erfahrungen entwichener Sklaven zunutze gemacht, die wieder eingefangen wurden. Sie haben die Route bis Ceuta aufgezeichnet, die Wege, die sie einschlagen, und die, die sie vermeiden müssen. Der geeignetste Moment für die Flucht wird in ein oder zwei Monaten sein. Das ist die Zeit der Tag- und Nachtgleiche, in der die Mauren nicht mehr auf den Feldern schlafen, weil es weder Getreide noch Früchte zu bewachen gibt. Man wird nur in der Nacht marschieren. Ich habe sie überredet, eine Frau mitzunehmen. Erst wollten sie nicht. Sie hätten noch nie gehört, daß eine Frau geflohen sei. Ich habe ihnen klargemacht, daß Eure Gegenwart einen Schutz für sie bedeuten werde, denn wenn man eine Frau bei ihnen sehe, werde man annehmen, es handle sich um Kaufleute und nicht um christliche Sklaven."

Angélique drückte ihm mit großer Wärme die Hand.

„Ach, mein lieber Savary, und dabei habe ich Euch im stillen vorgeworfen, daß Ihr mich meinem traurigen Schicksal überlaßt!"

„Ich habe mein Netz gesponnen, aber damit ist's noch nicht getan. Ihr müßt ja erst einmal aus der Festung heraus. Ich habe mir alle Ausgänge angesehen, die vom Harem ins Freie führen. Auf der Nordseite, wo sie dem Abfallhügel zugewandt ist, unweit des jüdischen Friedhofs, gibt es eine kleine Pforte, die nicht ständig bewacht wird. Ich habe mich beim Gesinde erkundigt. Sie führt auf einen Hof, der Hof der Verschwiegenheit heißt, und befindet sich im Erdgeschoß eines Treppenhauses, das mit dem Harem in Verbindung steht. Durch diese Pforte könnt Ihr ins Freie gelangen. Einer der Komplicen wird Euch eines Nachts draußen erwarten. Nun müßt Ihr freilich wissen, daß sich jene Pforte nur von außen öffnen läßt und daß lediglich zwei Personen einen Schlüssel für sie besitzen: der Obereunuch und Leila Aicha ... Es wird Euch schon irgendwie gelingen, einem von beiden diesen Schlüssel zu entwenden und ihn einem von uns zukommen zu lassen, der Euch dann aufschließen wird."

„Savary", seufzte Angélique, „Ihr habt solche Übung darin, Berge zu versetzen, daß Euch alles einfach erscheint. Dem Obereunuchen einen Schlüssel entwenden, dem Panther gegenübertreten ...!"

„Ihr habt doch eine Dienerin, auf die Ihr Euch verlassen könnt?"

„Ich weiß nicht recht ..."

Plötzlich legte Savary den Finger an die Lippen. Wie ein Wiesel huschte er davon, den Korb mit den Datteln unter dem Arm.

Angélique vernahm das Geräusch im Galopp sich nahender Pferde. Gleich darauf tauchte aus einer Seitenallee Moulay Ismaël auf, gefolgt von zwei Alcaiden. Als er zwischen den Bäumen die Kutsche mit den roten Vorhängen gewahrte, hielt er inne.

Mitten in der Allee ließ Savary in diesem Augenblick seinen Korb fallen und brach in Jammergeschrei aus.

Der Sultan ritt auf ihn zu. Die gespielte Angst und Ungeschicklichkeit des alten Sklaven weckten seine sadistischen Gelüste.

„Ist das nicht Osman Ferradjis kleiner christlicher ,Santon'? Man erzählt sich Wunderdinge von dir, alter Hexenmeister. Du wartest meinen Elefanten und meine Giraffe vorzüglich."

433

„Sei bedankt für deine Güte, Herr", meckerte Savary und warf sich zu Boden.

„Steh auf. Es ziemt sich nicht, daß ein Santon, ein heiliger Mensch, aus dem Gott spricht, eine so demütige Haltung annimmt."

Savary raffte sich auf und griff nach seinem Korb.

„Warte! ... Es paßt mir nicht, daß man dir den Titel eines Santons beilegt, der du in den Irrlehren deines Glaubens befangen bleibst. Wenn du Zauberkräfte besitzt, können sie nur vom Teufel kommen. Werde Mohammedaner, und ich nehme dich in meinen Hofstaat auf. Du sollst meine Träume deuten."

„Ich will es mir überlegen, Herr", versicherte Savary.

Doch Moulay Ismaël war übel gelaunt. Er hob seine Lanze und schickte sich an zuzustoßen.

„Werde Mohammedaner", wiederholte er drohend. „Mohammedaner! ... Mohammedaner ...!"

Der Sklave tat, als höre er nicht. Der König stieß ein erstes Mal zu.

Der alte Savary schwankte und griff an seine Hüfte, aus der Blut zu sickern begann. Mit der andern Hand rückte er seine Brille zurecht, dann sah er den Sultan voller Entrüstung an: „Mohammedaner? ... Ein Mensch wie ich! Für was hältst du mich, Herr?"

„Du verhöhnst die Religion Allahs!" brüllte Moulay Ismaël und bohrte ihm abermals seine Lanze in den Leib. Der Greis brach zusammen.

Entsetzt hatte Angélique die grausige Szene durch eine Spalte des Kutschenvorhangs verfolgt. Sie biß in ihre Finger, um nicht aufzuschreien. Nein, sie konnte nicht zulassen, daß man ihren alten Freund niedermetzelte. Hastig sprang sie aus der Kutsche, stürzte wie eine Wahnsinnige auf Moulay Ismaël zu und klammerte sich an seinen Sattel. „Haltet ein, Herr, haltet ein!" flehte sie auf arabisch. „Habt Erbarmen, er ist mein Vater!"

Betroffen von der Erscheinung der schönen, unbekannten Frau, deren gelöstes Haar ihr wie ein goldenes, in der Sonne aufschimmerndes Vlies über die Schultern hing, ließ er den Arm sinken.

Verstört beugte sich Angélique über Savary, richtete den kleinen Greis, der so schmächtig war, daß sie sein Gewicht kaum spürte, vorsichtig ein wenig auf und lehnte ihn an einen Baum.

434

Sein abgetragenes Gewand war blutverschmiert. Sanft nahm sie ihm die zerbrochene Brille ab. Die roten Flecke dehnten sich aus, und mit Entsetzen sah Angélique, daß das Gesicht des Greises wachsbleich wurde.

„Oh, Savary", flüsterte sie, „mein lieber, alter Savary, Ihr dürft nicht sterben!"

Der alte Apotheker griff mit zitternder Hand in eine Tasche seines Gewandes und holte ein Stückchen schwarzer, klebriger Erde hervor. Seine trüben Augen erkannten Angélique.

„Die Mumia!" sagte er mit schwacher Stimme. „Ach, Madame, niemand wird sie mehr nutzen können . . . ich allein kannte ihr Geheimnis . . . und ich scheide von hinnen . . ."

Seine Lider nahmen eine bläuliche Färbung an.

Die Gärtnersfrau, die das Drama aus der Ferne beobachtet hatte, kam eilig mit einem Trank aus Tamariskenkörnern mit Zimt und Pfeffer herbeigelaufen.

Angélique hielt ihn an die Lippen des Greises. Er schien den Duft einzuatmen. Ein Lächeln spielte um seinen Mund.

„Ach, die Gewürze", murmelte er, „der Geruch glückseliger Reisen . . . Jesus, Maria, nehmt mich auf . . ."

Das waren die letzten Worte des alten Apothekers aus der Rue du Bourg-Tibourg. Sein Kopf fiel vornüber, und er verschied.

Angélique hielt seine schlaff und kalt gewordenen Hände.

„Das ist nicht möglich!" murmelte sie verzweifelt. „Das ist doch nicht möglich!"

War das der behende, unverwüstliche Savary, der da wie ein kleiner, zerbrochener Hampelmann im grünlichen Licht des Palmenhains vor ihr lag? Es konnte nur ein böser Traum sein! Eine seiner genialen Possen! . . . Er würde wieder auftauchen und ihr zuflüstern: „Alles steht zum besten, Madame."

Aber er war tot, von Lanzenstichen durchbohrt.

Und sie glaubte eine schwere Last zu spüren, die sich auf sie niedersenkte. Die Last eines Blickes, der sie fixierte. Neben sich im Sande sah sie die Hufe eines Pferdes und hob den Kopf.

Moulay Ismaëls Schatten lag auf ihr . . .

Neunundvierzigstes Kapitel

Osman Ferradji betrat den Hammam, wo die Dienerinnen Angélique eben behilflich waren, aus dem großen, marmornen Badebecken zu steigen. Mit Mosaiken ausgelegte Stufen führten zu ihm hinunter.

Blaue, grüne und goldene Mosaikmuster schmückten auch die Gewölbe des Hammams, der, wie behauptet wurde, eine Nachahmung der türkischen Bäder von Konstantinopel war. Ein abendländischer, zum mohammedanischen Glauben übergetretener Architekt, der in der Türkei gearbeitet hatte, hatte dieses köstliche Wunder für die Bequemlichkeit der Frauen Moulay Ismaëls errichtet.

Der nach Benzoë- und Rosenparfüm duftende Dampf verwischte die Konturen der goldverzierten Säulen und erzeugte den Eindruck eines Traumpalastes aus orientalischen Märchen.

Beim Anblick des Obereunuchen suchte sie instinktiv nach einem Schleier, um sich zu bedecken. Sie hatte sich noch immer nicht daran gewöhnt, daß die Eunuchen ihrer Toilette beiwohnten, und noch weniger ertrug sie die Gegenwart des Vorstehers des Serails.

Osman Ferradjis Miene war undurchdringlich. Zwei junge Eunuchen folgten ihm, die zusammengerollte Schleier aus rosafarbenem, silberbesticktem Musselin trugen.

In schroffem Ton hieß er die Dienerinnen, sie Stück für Stück auseinanderzurollen.

„Sind es alle sieben Schleier?"

„Ja, Herr."

Mit kritischem Blick musterte er Angéliques harmonischen Körper. Es war das erstemal in ihrem Leben, daß sie darunter litt, eine Frau zu sein, und eine schöne obendrein. Sie kam sich wie ein Kunstgegenstand vor, dessen Wert von einem Sammler kühl abtaxiert wird. Es war ein widerliches, aufreizendes Gefühl, als habe man ihr ihre Seele genommen!

Mit respektvoller Hand wand Fatima um die Hüften der jungen Frau den ersten Schleier, der bis zu den Fesseln herabfiel und die wohlgeformten Beine, die sanft geschwungenen Lenden und die zarten

Schatten des Schoßes durchschimmern ließ. Zwei weitere Schleier bedeckten mit der gleichen aufreizenden Schamlosigkeit Schultern und Büste. Ein anderer, breiterer umhüllte die Arme. Der fünfte hatte die Länge einer Mantille. Dann wurde das Haar bedeckt. Der letzte Schleier war der Haick, den man später vor ihrem Gesicht befestigen würde und der nur ihre grünen Augen freiließ, denen die unterdrückten Gefühle einen ganz besonderen Glanz verliehen.

Angélique wurde in ihr Zimmer zurückgeführt. Dort suchte Osman Ferradji sie abermals auf. Angélique fand, daß seine schwarze Haut heute einen schieferblauen Schimmer zeigte. Sie selbst mochte ziemlich bleich sein unter ihrer Schminke. Sie sah ihm voll ins Gesicht.

„Für was für eine Sühnezeremonie habt Ihr mich so herrichten lassen, Osman Bey?" fragte sie in bestimmtem Ton.

„Du weißt es sehr gut, Firouzé. Ich muß dich vor Moulay Ismaël führen."

„Nein", sagte Angélique, „das wird nicht geschehen!"

Ihre Nasenflügel bebten. Sie mußte den Kopf heben, um dem Obereunuchen ins Gesicht zu sehen.

Seine Pupillen zogen sich zusammen, sie wurden scharf und glänzend wie die Spitze eines Degens.

„Du hast dich ihm gezeigt, Firouzé . . . Er hat dich gesehen! Ich hatte alle Mühe, ihm begreiflich zu machen, warum ich dich so lange vor ihm versteckte. Er hat meine Gründe gebilligt. Aber jetzt will er dich in deiner ganzen Schönheit sehen, die ihn geblendet hat."

Seine Stimme wurde leise und wie entrückt.

„Und du bist nie so schön gewesen wie heute, Firouzé! Du wirst ihn bezaubern, sei unbesorgt. Er wird nur noch für dich Augen haben, nur noch dich begehren. Alles an dir wird ihm gefallen. Deine weiße Haut, dein goldenes Haar, dein Blick! Selbst dein Stolz, der seinen an Nachgiebigkeit gewöhnten Sinn nicht befremden wird. Selbst deine Schamhaftigkeit, die so erstaunlich ist bei einer in der Liebe erfahrenen Frau und deren du dich selbst vor mir nicht erwehren kannst. Ich kenne ihn. Ich weiß, was für ein Durst ihn quält. Du kannst für ihn die Quelle sein. Du bist die Frau, die ihn lehren kann, was Schmerz und Angst bedeuten. Du kannst sein Schicksal in deinen zarten Händen halten . . . Du kannst alles, Firouzé!"

Angélique ließ sich auf ihren Diwan sinken.

„Nein", wiederholte sie, „nein, das wird nicht geschehen!"

Sie nahm eine lässige, ungezwungene Haltung ein, soweit die vielen Schleier, die sie umhüllten, es zuließen.

„Ihr habt wohl nie Französinnen in Eurer Sammlung gehabt, Osman Bey? Nun, Ihr sollt erfahren, aus welchem Stoff sie geschaffen sind ..."

Der sonst so majestätische Osman Ferradji hob die Hände an die Schläfen und begann zu stöhnen, wobei er sich wie eine wehklagende Frau wiegte.

„Ei, ei, ei! Was habe ich Allah nur getan, daß ich an einen solchen Starrkopf geraten bin!"

„Was habt Ihr?"

„Unglückselige, begreifst du nicht, daß du es nicht wagen kannst, dich Moulay Ismaël zu versagen? Ein bißchen spröde tun zu Anfang, wenn du willst ... Ein leichter Widerstand wird ihm nicht mißfallen. Aber du muß ihn als deinen Gebieter anerkennen. Andernfalls wird er dich umbringen, dich zu Tode foltern lassen."

„Nun, um so schlimmer", sagte Angélique. „Dann sterbe ich eben."

Der Obereunuch hob die Arme gen Himmel. Dann wechselte er die Taktik und neigte sich ein wenig zu ihr.

„Bist du nicht begierig, Firouzé, dich von den Armen eines Mannes umschlungen zu fühlen? Die Glut des Verlangens verzehrt dich ... Du weißt, daß Moulay Ismaël für die Liebe geschaffen ist wie für die Jagd und den Krieg, denn er hat schwarzes Blut in den Adern ... Ich werde dir etwas zu trinken geben, das dein Liebesfieber noch steigern wird. Du wirst solche Wonnen genießen, daß du nur noch in der Erwartung neuer Erfüllung leben wirst ..."

Mit heißem Gesicht stieß Angélique ihn zurück. Sie erhob sich und trat auf die Galerie hinaus. Er folgte ihr wie ein geduldig lauerndes Raubtier, erstaunt, sie in stummer Betrachtung vor einer schmalen Fensteröffnung zu finden, die den Blick auf den Platz freigab, auf dem die Sklaven arbeiteten. Und er fragte sich, welches Schauspiel ihrem eben noch von verschwiegenen weiblichen Wünschen beunruhigten Gesicht den Ausdruck des Friedens wiedergegeben hatte.

„Jeden Tag sterben in Miquenez christliche Gefangene als Märtyrer des Glaubens", murmelte Angélique. „Um ihm treu zu bleiben, unter-

438

werfen sie sich der Arbeit, dem Hunger, den Schlägen und Folterungen. Und dennoch sind die meisten von ihnen nur einfache Seeleute, ungebildet und ohne Erziehung ... Und ich, Angélique de Sancé de Monteloup, die Könige und Kreuzfahrer unter ihre Ahnen zählt, sollte nicht fähig sein, ihrem Beispiel zu folgen? Man hat mir gewiß keine Lanze gegen die Brust gedrückt und gefordert: ‚Werde Mohammedanerin!' Aber man hat mir gesagt: ‚Gib dich Moulay Ismaël, dem Christenpeiniger, dem, der deinen alten Savary umgebracht hat!' Und das ist dasselbe, als ob man von mir verlangte, meinen Glauben zu verleugnen. Ich verleugne meinen Glauben nicht, Osman Ferradji!"

„Dann sind dir die schlimmsten Foltern gewiß."

„Gott und meine Ahnen werden mir beistehen."

Osman Ferradji seufzte. Für den Augenblick war er am Ende mit seinem Latein. Allerdings wußte er genau, daß er sie schließlich doch noch dazu bringen würde, klein beizugeben. Wenn er ihr die Folterwerkzeuge des Henkers zeigte und einige der verschiedenen Todesarten schilderte, die Moulay Ismaël sich für seine Frauen ausgedacht hatte, würde sie sich schon ihrer Widerspenstigkeit begeben. Aber die Zeit drängte ... Der Sultan wartete ungeduldig.

„Hör zu, Firouzé", sagte er. „Bin ich nicht wie ein Freund zu dir gewesen? Ich habe mein Wort gehalten, und ohne deine eigene Unvorsichtigkeit hätte Moulay Ismaël dich heute nicht zu sich beschieden. Wärst du mir zuliebe bereit, dich wenigstens vorstellen zu lassen? Moulay Ismaël erwartet uns. Ich weiß keine Ausflüchte mehr, dich ihm zu entziehen. Selbst mir wird er den Kopf abschlagen lassen. Aber das Vorstellen verpflichtet zu nichts ... Wer weiß, womöglich mißfällst du ihm sogar?"

„Wäre das nicht die beste Lösung?"

„Ich habe dem König gesagt, daß du sehr spröde bist. Ich könnte ihn dazu bewegen, sich noch ein wenig zu gedulden."

Wozu? dachte Angélique. Weil ich in der Zwischenzeit Angst bekommen und schwach werden könnte? Aber vielleicht verschafft mir der Aufschub auch die Möglichkeit zu fliehen ...

„Ich willige ein – um Euretwillen", sagte sie.

Indessen lehnte sie es zornig ab, sich, wie vorgeschrieben, von zehn Eunuchen eskortieren zu lassen.

„Ich will nicht, daß man mich wie eine Gefangene wegführt oder wie einen Hammel, den man zur Schlachtbank schleppt!"

Osman Ferradji, zu jedem Vergleich bereit, gab nach. Er würde sie allein begleiten, nur mit einem kleinen Eunuchen zur Seite, der die Schleier halten sollte, die der Vorsteher des Serails nacheinander abnehmen würde.

Moulay Ismaël wartete in einem kleinen Raum, in den er sich mit Vorliebe zurückzog, um zu meditieren. Von Räucherpfannen aufsteigende Dämpfe erfüllten das Zimmer mit Wohlgerüchen.

Angélique war es, als befinde sie sich zum erstenmal in seiner Gegenwart. Sie war nicht mehr durch die Schranken der Fremdheit von ihm getrennt. Heute sah sie das Raubtier, in dessen Gewalt sie seit langem lebte.

Er richtete sich auf, als sie eintraten. Der Obereunuch und sein Gehilfe warfen sich nieder und berührten mit der Stirn den Boden. Dann erhob sich Osman Ferradji, trat hinter Angélique und faßte sie bei den Schultern, um sie sanft vor den Sultan zu schieben.

Dieser blickte gespannt auf die verschleierte Gestalt. Die goldbraunen Augen des Königs begegneten denen Angéliques. Sie senkte die Lider. Zum erstenmal seit Monaten betrachtete ein Mann sie als begehrenswerte Frau. Sie wußte, daß er beim Sichtbarwerden ihres Gesichts, das die Hand des Obereunuchen eben entblößte, jenes überraschte Entzücken empfinden würde, das der Anblick ihrer vollkommenen Züge, ihres üppigen und ein wenig spöttischen Mundes bei so vielen Männern ausgelöst hatte. Sie wußte, daß die breiten Nasenflügel beim Anblick des wie goldene Seide über die Schultern fließenden Haars beben würden.

Die Hände Osman Ferradjis berührten sie, und da sie hartnäckig die Augen gesenkt hielt, sah sie nichts mehr – und wollte auch nichts mehr sehen – als diese tanzenden, langen schwarzen Hände mit den roten Nägeln und den Rubin- und Diamantringen. Seltsam! Nie hatte sie bisher bemerkt, daß ihre Innenflächen so blaß waren, wie ausgefärbt...

Sie bemühte sich, an etwas anderes zu denken, um das qualvolle Gefühl ertragen zu können, den Blicken des Mannes ausgesetzt zu werden, dem sie bestimmt war. Dennoch erschauerte sie unwillkürlich, als ihre Arme entblößt wurden, und Osman Ferradji streifte mit leisem Druck ihre Haut, um sie an die Gefahr zu mahnen ... Er griff nach dem sechsten Schleier, der ihre Brüste, ihre schlanke Taille und ihren Rücken enthüllen würde, der geschmeidig und lang wie der eines jungen Mädchens war.

Der König sagte auf arabisch zu ihm:

„Laß ... Verletze sie nicht. Ich ahne, daß sie sehr schön ist!"

Er erhob sich vom Diwan und trat zu ihr.

„Frau", sagte er auf französisch mit seiner rauhen Stimme, die so barbarisch klingen konnte, „Frau ... zeig mir ... deine Augen! ..."

Er sagte es in einem Ton, dem sie sich nicht widersetzen konnte, und sie blickte zu dem beängstigenden Gesicht auf. Sie sah seine Tätowierung neben seinen Lippen und die Poren seiner seltsam schwarzgelben Haut. Er verzog die wulstigen Lippen zu einem leisen Lächeln.

„Solche Augen habe ich nie gesehen!" sagte er auf arabisch zu Osman Ferradji. „Sie sind wohl einmalig."

„Du sagst es, Herr", stimmte der Obereunuch zu.

Er hüllte Angélique wieder in ihre Schleier. Leise mahnte er sie auf französisch: „Verneig dich vor dem König. Es wird ihm gefallen."

Angélique rührte sich nicht. Wenn Moulay Ismaël auch nur ein paar Brocken Französisch konnte, war er doch feinfühlig genug, um die Bedeutung ihres Gesichtsausdrucks zu erfassen. Er lächelte abermals, und seine Augen funkelten vergnügt und verwegen. Bei dieser einzigartigen Frau, mit der ihn der Obereunuch überrascht hatte, war er bereit, Geduld und Nachsicht zu üben. Sie barg so viele Verheißungen, daß er nicht einmal den Drang verspürte, sie sogleich erfüllt zu sehen. Diese Frau war gleichsam eine verschlossene Stadt, deren schwache Stelle man herausfinden mußte. Er würde sich beim Obereunuchen erkundigen, der sie genau kannte. Ob sie für Geschenke, für Sanftheit oder Brutalität empfänglich war? Fand sie Geschmack an der Liebe? Ja. Ihr fliehender Blick verriet ihre Erregung, die Leidenschaftlichkeit, die sie hinter der Kühle ihres schneeweißen Körpers verbarg. Nicht vor Angst zitterte sie. Eine Frau wie sie kannte keine Angst, aber schon bekam ihr Antlitz, das sich dem lastenden Blick des Königs zu entziehen suchte,

441

jenen Ausdruck der Erschöpfung und des Besiegtseins, den sie nach dem Liebesakt haben mochte. Sie war am Ende! ... Sie wollte der Fesselung entrinnen, und wie der gebannte Vogel suchte sie nach einem Ausgang, gelähmt zwischen diesen beiden grausamen Männern, die ihre Erregtheit beobachteten.

Wieder lächelte Moulay Ismaël ...

Fünfzigstes Kapitel

Man hatte Angélique in ein anderes Zimmer geführt, das größer und noch besser ausgestattet war als das bisher von ihr bewohnte.

„Warum bringt man mich nicht in meine alte Wohnung zurück?"

Die Eunuchen und Dienerinnen gaben ihr keine Antwort. Mit starrem Gesicht, hinter dem sie ihre Befriedigung verbarg, brachte Fatima der jungen Frau etwas zu essen, aber sie vermochte nichts zu sich zu nehmen. Gespannt wartete sie auf Osman Ferradjis Erscheinen. Sie wollte mit ihm reden. Als er ausblieb, ließ sie ihn rufen. Der zurückkehrende Eunuch bestellte ihr, der Vorsteher des Serails werde kommen, doch die Stunden verrannen, ohne daß er sich zeigte. Sie beklagte sich, der Geruch der Edelhölzer, mit denen die Wände verkleidet waren, verursache ihr Kopfschmerzen. Fatima entzündete auf einer Pfanne Weihrauchkörner, und der Geruch wurde noch beklemmender. Es begann zu dunkeln. Im Schein der Nachtlampe ähnelte das Gesicht der alten Sklavin dem der Hexe Melusine, die einstens im Wald von Nieul Kräuter verbrannt hatte, um den Teufel zu beschwören. Die Hexe Melusine gehörte zu jenen Frauen des Poitou, die dank einem Tropfen arabischen Bluts schwarze, feurige Augen hatten. Bis dorthin war einmal die Woge der Eroberer mit den Krummsäbeln und den grünen Bannern gedrungen ...

Angélique barg ihr Gesicht in den Kissen, gequält von dem Gefühl der Scham, das sie nicht verließ, seitdem der Blick Moulay Ismaëls den urewigen Trieb in ihr geweckt hatte. Seine Augen hatten von ihr Besitz genommen, wie seine Arme von ihr Besitz nehmen würden, und nun wartete er wohl, bis sie sich ihm von allein darbot. Sie würde der Berührung dieses fordernden Körpers nicht widerstehen können.

Ich bin dem nicht gewachsen, dachte sie, ach, ich bin nur eine Frau . . . Was kann ich tun?

Sie schlief ein, tränenüberströmt, wie ein Kind. Ihr Schlaf war unruhig. Die heiße Begierde verfolgte sie. Sie hörte die rauhe, leidenschaftliche Stimme Moulay Ismaëls: „Frau! Frau! . . ." Ein Anruf! Ein demütiges Bitten! . . .

Er stand vor ihr, über sie gebeugt, am Rande des Diwans, in den Schwaden des Weihrauchs, mit seinen großen, unergründlichen Augen und seinen wulstigen Lippen, die denen eines afrikanischen Götzenbildes glichen. Dann spürte sie seinen weichen Mund auf ihrer Schulter, die Last seines Körpers auf dem ihren. Sie empfand den köstlichen Zwang seiner Umarmung, die Kraft und Härte seiner muskulösen Brust. Vergehend schlang sie ihre Arme um diesen Körper, der sich allmählich aus einem Traumbild in Wirklichkeit verwandelte.

Ihre Hände glitten über die nach Moschus duftende Haut, streichelten die feste Hüfte, die ein stählerner Gürtel umschloß. Da stießen ihre Finger an einen kantigen, kalten Gegenstand: den Griff eines Dolches. Ihre Hand umkrallte ihn instinktiv, und jäh stieg aus früherem Leben eine Erinnerung auf: Marquise der Engel! Marquise der Engel! Entsinnst du dich des Dolches Rodogones des Ägypters, mit dem du den Großen Coesre umgebracht hast? . . . Wie sicher führtest du ihn damals, den Dolch . . . !

Und sie hielt ihn in der Hand, diesen Dolch. Ihre Finger umklammerten ihn, und die Kälte des Metalls drang in sie ein, riß sie aus ihrer Erstarrung. Mit aller Kraft zog sie ihn heraus und stieß zu . . .

Stählerne Muskeln bewahrten Moulay Ismaël vor dem Tode. Wie eine Raubkatze zuckte er im gleichen Augenblick zurück, in dem er die Klinge an seiner Kehle spürte.

443

Maßlos verblüfft, mit weit aufgerissenen Augen, kniete er auf dem Diwan, spürte er das Blut über seine Brust rinnen und wurde sich bewußt, daß der Tod um Haaresbreite an ihm vorübergegangen war . . .

Ohne Angélique aus dem Auge zu lassen – obwohl sie zu kraftlos war, um sich zu rühren –, ging er zur Wand und schlug auf einen Gong.

Osman Ferradji, der sich offenbar in der Nähe aufgehalten hatte, stürzte herein. Mit einem einzigen Blick erfaßte er die Situation. Angélique halb aufgerichtet auf ihrem Lager, den Dolch in der Hand. Moulay Ismaël blutend, schäumend vor Wut, unfähig, ein Wort zu äußern.

Der Obereunuch machte ein Zeichen. Vier Schwarze drängten herein, packten die junge Frau an den Armen, zerrten sie von ihrem Bett und warfen sie vor die Füße des Sultans.

Endlich verschaffte sich der König Luft, brüllte wie ein Stier. Hätte Allah ihn nicht beschützt, läge er jetzt mit durchgeschnittener Kehle in seinem Blut, durch die Schuld dieser verdammten Christin, die ihn mit seinem eigenen Dolch habe umbringen wollen. Er werde sie auf fürchterliche Weise zu Tode foltern lassen. Und zwar auf der Stelle . . . Auf der Stelle! . . . Man möge die Gefangenen holen, die widerspenstigsten! . . . Vor allem Franzosen. Sie sollten eine Frau ihrer eigenen Rasse büßen sehen. Sie sollten sehen, wie eine Vermessene bestraft wurde, die es wagte, Hand zu legen an die geheiligte Person des Beherrschers der Gläubigen . . .

Einundfünfzigstes Kapitel

Und nun vollzog sich alles rasch und ohne Umschweife. Man fesselte Angéliques Handgelenke und riß sie hoch, um sie an einer der Säulen des Saals festzubinden.

Ihr Rücken wurde entblößt. Die Peitschenhiebe trafen sie wie kleine Flammen, die sich allmählich zu versengendem Brande steigerten. Angélique dachte: Früher sah ich das auf den schönen Bildern meines Buchs von den heiligen Märtyrern der Kirche . . . Jetzt war sie selbst es, die an den Pfahl gebunden war. Ihr Fleisch zuckte unter den brennenden Schlägen. Sie spürte das warme Blut an ihren Beinen herunterrinnen. Und sie dachte: Es ist gar nicht so schlimm! . . .

Aber Schlimmeres würde folgen! . . . Gleichviel! Sie konnte es nicht hindern. Sie war der von der Sturzflut mitgerissene Kieselstein. Vor ihrem geistigen Auge sah sie die Gießbäche der Pyrenäen, die sie zu Anfang ihrer ersten Ehe beeindruckt hatten. Ein furchtbarer Durst überkam sie, und ihr Blick trübte sich . . .

Die Hiebe hörten auf, und nun breitete sich der Schmerz über den ganzen Körper aus und wurde unerträglich.

Man löste ihre Fesseln, doch nur, um sie umzudrehen, so daß sie mit dem Gesicht zum Saal stand, und sie aufs neue an die Säule zu binden.

Durch den Nebel, der vor ihren Augen flimmerte, sah sie den Henker mit seinem Becken voll glühender Kohlen, sah sie grauenhafte Instrumente, die er auf einem kleinen Brett zurechtlegte. Es war ein fetter Eunuch mit einem Gorillagesicht. Andere Eunuchen umringten ihn. Sie hatten keine Zeit gehabt, ihr Hinrichtungsgewand anzulegen, sie hatten nur ihre Turbane abgenommen . . .

Moulay Ismaël saß ein wenig zur Linken. Er hatte es abgelehnt, sich verbinden zu lassen, da seine Wunde harmlos war. Er wollte, daß man das Blut sehe, das bereits gerann. Er wollte jedermann zu Bewußtsein bringen, was für ein Frevel geschehen war.

Und im Hintergrund des Raums waren einige zwanzig französische Sklaven versammelt. Colin Paturel in seinen Ketten, der rothaarige Jean-Jean aus Paris, der Marquis de Kermoeur und andere, die erschüttert die weiße, halbnackte Frau anstarrten, die da gefoltert wurde. Wachen hielten sie in Schach, Peitschen und Säbel in den Fäusten.

Osman Ferradji neigte sich zu Angélique. Bedächtig, Wort für Wort betonend, sagte er auf Arabisch: „Hör zu. Der große König von Marokko ist bereit, dir deine unsinnige Tat zu vergeben. Willige ein, ihm zu gehorchen, und er läßt Gnade walten. Willigst du ein?"

Das schwarze Gesicht Osman Ferradjis schwankte im Nebel, kaum erkennbar. Das ist das letzte Gesicht, das ich in dieser Welt sehe, dachte sie. Und es ist gut so . . . Osman Ferradji ist so groß! Und die meisten Menschenwesen sind so klein, so armselig.

Dann erschien das struppige Gesicht Colin Paturels neben dem des Obereunuchen.

„Mein armes Kindchen . . . Er heißt mich Euch in unserer Sprache beschwören, einzuwilligen . . . Ihr werdet Euch doch nicht so massakrieren lassen . . . Mein armes Kindchen!"

„Warum habt Ihr Euch kreuzigen lassen, Colin Paturel?" hätte sie ihn am liebsten gefragt. Aber sie brachte nur ein einziges Wort heraus: „Nein!"

„Man wird dir die Brüste herausreißen! Man wird dich mit glühenden Zangen verstümmeln", sagte Osman Ferradji.

Angéliques Lider senkten sich wieder. Sie wollte allein bleiben mit sich und dem Schmerz. Die Gestalten erloschen. Sie waren schon sehr fern . . .

Ob es lange dauern würde?

Sie hörte die Gefangenen im Hintergrund murren und erschauerte. Was bereitete der Henker vor?

Endloses Warten. Dann wurden ihre Hände losgebunden, und sie glitt an der Säule herab, fern, ganz fern und lange, lange . . .

Als sie wieder zu sich kam, lag sie auf der Seite, ihre Wange ruhte auf einem seidenen Kissen, und sie glaubte Osman Ferradjis Hände dicht vor sich zu sehen, regungslos.

Angélique erinnerte sich ungewiß. An diese feingliedrigen Hände, deren Nägel röter waren als ihre Rubine, hatte sie sich in ihren Fieberträumen geklammert.

Sie drehte sich ein wenig. Ihr Erinnerungsvermögen kehrte voll zurück, und es überkam sie jene eigentümliche Glückseligkeit, die sie in dem Augenblick empfunden hatte, als ihre Kinder zur Welt kamen und sie begriff, daß ihre Schmerzen ausgestanden waren und sie etwas Wunderbares vollbracht hatte.

„Ist es vorbei?" fragte sie. „Bin ich gemartert worden? Bin ich standhaft gewesen?"

„Bin ich tot?" äffte Osman Ferradji sie spöttisch lächelnd nach. „Dumme, kleine Rebellin! Allah hat es nicht gut mit mir gemeint, als

446

Er dich mir schickte. Laß dir sagen: Wenn du noch am Leben bist und dir nichts Schlimmeres widerfahren ist, als daß man ein wenig deinen Rücken gegeißelt hat, so nur deshalb, weil ich Moulay Ismaël von deiner Zustimmung in Kenntnis gesetzt habe. Und da du nicht sofort in der Lage warst, deine Fügsamkeit zu beweisen, hat er zugestimmt, daß man dich wegbringt und pflegt. Drei Tage lang hast du im Fieber gelegen, und erst beim nächsten Vollmond wird man dich ihm wieder zuführen können."

Angéliques Augen füllten sich mit Tränen.

„Soll sich dann alles wiederholen? Ach, warum habt Ihr das getan, Osman Ferradji? Warum habt Ihr mich nicht gleich diesmal sterben lassen? Ein zweites Mal werde ich nicht den Mut aufbringen."

„Du wirst nachgeben?"

„Nein! Das wißt Ihr genau!"

„Nun, weine nicht, Firouzé. Du hast bis zum nächsten Vollmond Zeit, dich auf deine neuerliche Folterung vorzubereiten", sagte der Obereunuch ironisch.

Abends sah er noch einmal nach ihr.

Sie erholte sich und konnte ihren mit Pflastern bedeckten Rücken ein wenig an die Kissen lehnen.

„Ihr habt mir den Tod gestohlen, Osman Ferradji!" sagte sie. „Aber mit dem Abwarten gewinnt Ihr nichts. Ich werde nie die dritte Frau noch die Favoritin Moulay Ismaëls, und ich sage es ihm bei der nächsten Gelegenheit ins Gesicht ... Und ... alles wird sich wiederholen! Ich habe keine Angst. Gott läßt die Märtyrer seiner Gnade teilhaftig werden. Schließlich war diese Geißelung gar nicht so schlimm."

Der Obereunuch bog den Kopf zurück und erlaubte sich zu lachen, was ihm selten passierte.

„Ich habe meine Zweifel", meinte er. „Weißt du nicht, Törin, daß es verschiedene Arten des Auspeitschens gibt? Es gibt Hiebe, die Fetzen aus dem Fleisch reißen, und andere, die nur ein wenig die Haut ritzen, so daß sie blutet, wie es bei dir der Fall war. Zuweilen tränkt man auch die Peitschenriemen vorher mit einem Narkotikum, das die getroffenen

Stellen empfindungslos macht und auf das Opfer eine angenehm lähmende Wirkung ausübt. Es war nicht so schlimm? ... Nun, ich hatte Anweisung gegeben, dich zu schonen."

Angélique geriet in einen Widerstreit der Gefühle, und ihre Verwunderung überwand erst allmählich ihren Ärger über die Täuschung, der sie zum Opfer gefallen war.

„Oh, warum habt Ihr das für mich getan, Osman Bey?" fragte sie in ernstem Ton. „Ich hatte Euch doch enttäuscht. Hofft Ihr, ich würde mich noch eines anderen besinnen? Nein. Nie werde ich mich eines anderen besinnen. Niemals werde ich nachgeben. Ihr wißt genau, daß es unmöglich ist!"

„Freilich, ich weiß es", sagte der Obereunuch bitter.

Seine priesterlichen Züge wurden schlaff, und für einen Augenblick bekam er jene schmerzliche Affenmiene der vom Schicksal getroffenen Schwarzen.

„Ich habe die Stärke deines Charakters gespürt ... Du bist wie der Diamant. Nichts wird dich brechen."

„Warum dann? .. Warum überlaßt Ihr mich nicht meinem traurigen Los?"

Er schüttelte heftig den Kopf.

„Ich kann es nicht ... Nie werde ich zusehen können, wie Moulay Ismaël dich massakriert. Dich, die schönste und vollkommenste der Frauen. Ich glaube nicht, daß Allah oft ein solches Wesen wie dich geschaffen hat. Du bist *die* Frau. Endlich habe ich dich gefunden, nach so langem Suchen auf allen Märkten der Welt! ... Ich lasse es nicht zu, daß Moulay Ismaël dich hinschlachtet!"

Angélique biß sich verblüfft in die Lippen. Er sah ihren ungläubigen Blick und fuhr lächelnd fort:

„Solche Worte kommen dir in meinem Munde wunderlich vor. Ich kann dich freilich nicht begehren, aber ich kann dich bewundern. Und vielleicht hast du mein Herz entflammt ..."

Ein Herz? Er, der den Scheich Abd-el-Kharam über dem Feuer aufgehängt und, ohne mit der Wimper zu zucken, die kleine Tscherkessin zur Hinrichtung geführt hatte?

Langsam und nachdenklich begann er zu reden.

„Es ist so. Ich liebe die Harmonie deiner Schönheit und deines Gei-

stes . . . Die Vollkommenheit, mit der dein Körper deine Seele wider-
spiegelt. Du bist ein edles und absonderliches Wesen . . . Du verstehst
dich auf die Schlingen der Frau, du besitzt ihre Grausamkeit und ihre
scharfen Krallen, und du hast dir dennoch die Zärtlichkeit der Mütter
zu bewahren gewußt! . . . Du bist veränderlich wie der Horizont und
beharrlich wie die Sonne . . . Du scheinst dich allem anzupassen, und
doch ist dein Wille, gemäß deiner naiv-christlichen Artung, auf ein einziges Ziel gerichtet . . . Du gleichst allen Frauen und gleichst keiner einzigen . . . Ich liebe die hinter deiner klugen Stirn sich verbergenden
Verheißungen, die Verheißungen deiner späten Jahre . . . Ich bewun-
dere es auch, daß du Moulay Ismaël glühend begehren konntest, hem-
mungslos wie Jesebel, und dennoch versuchtest, ihn zu töten, wie Ju-
dith Holofernes tötete. Du bist das kostbare Gefäß, in das der Schöpfer die mannigfaltigen Schätze des weiblichen Geschlechts geschüttet
zu haben scheint . . ."

Er schloß:

„Ich kann es nicht zulassen, daß man dich hinschlachtet. Gott würde
mich strafen!"

Angélique hatte ihm mit einem müden Lächeln auf den Lippen zugehört.

Wenn man mich eines Tages fragen sollte, dachte sie, was die schönste Liebeserklärung war, die ich in meinem Leben bekommen habe,
werde ich antworten: Es war die des Obereunuchen Osman Ferradji,
des Haremswächters Seiner Majestät des Sultans von Marokko. Eine
kühne Hoffnung stieg in ihr auf. Sie war nahe daran, ihn zu bitten, ihr
zur Flucht zu verhelfen. Aber ihr Instinkt riet sie davon ab. Sie war
mit den strengen Gesetzen des Serails vertraut genug, um zu wissen,
daß die Komplizität des Obereunuchen eine Utopie war. Man mußte
naiv-christlich sein, wie er sagte, um sie ins Auge zu fassen.

„Was wird nun geschehen?" fragte sie.

Die Augen des Schwarzen blickten in die Ferne, durch die Wand hindurch.

„Es sind noch drei Wochen bis zum Neumond."

„Was kann vor dem Neumond geschehen?"

„Wie ungeduldig du bist! Können nicht tausend und aber tausend
Dinge in drei Wochen geschehen, da doch Allah in der Sekunde, die

unseren Worten folgt, die Welt zu zerstören vermag! . . . Firouzé, hast du Lust, auf dem Mazagreb-Turm die kühle Nachtluft zu atmen? . . . Ja? Dann folge mir. Ich werde dir die Sterne zeigen."

Die Sternwarte des Obereunuchen befand sich auf der Plattform des Mazagreb-Turms, der niederer war als die Minarette, aber höher als die Stadtmauer. Zwischen den Zinnen hindurch sah man auf das kahle, felsige Land, das im Mondlicht schimmerte. Das mächtige astronomische Fernrohr, der Sextant, die Kompasse und sonstigen schönen Präzisionsinstrumente fingen im polierten Kupfer ihrer Beschläge das zitternde Licht der Gestirne, die am klaren Nachthimmel standen.

Ein türkischer Gelehrter, den Osman Ferradji aus Konstantinopel mitgebracht hatte, ein schmächtiger, kleiner Greis, der unter der Last seines Turbans schier zusammenbrach und auf dessen Nase eine riesengroße Brille saß, diente als Assistent. Wenn Osman Ferradji sich mit Astrologie befaßte, pflegte er seinen sudanesischen Mantel umzulegen und seinen Turban aus Goldlamé zu tragen. So bewegte er sich, noch größer wirkend als sonst, unter der Kuppel des Firmaments, und nur ein silberner Strich hob sein schwarzes Profil aus dem Dunkel heraus.

Verschüchtert ließ sich Angélique ein wenig abseits auf ein paar Kissen nieder. Die Plattform des Mazagreb-Turms bot den Anblick einer Kultstätte des Geistes. Eine Frau dürfte diesen Ort nicht betreten, dachte sie. Doch der Obereunuch verachtete den Verstand der Frauen nicht, wie es sonst die Männer taten. Geschützt vor der Blendung der Sinne, beurteilte er sie nach ihrem Maßstab, mit wacher Objektivität, hielt sich die beschränkten fern und näherte sich denen, deren Geistesbildung seines Interesses würdig schien und die ihm in dieser Hinsicht etwas zu bieten hatten. Von Angélique hatte er viel gelernt, nicht nur in bezug auf das französische Tuch und das persische Nougat, sondern auch über den Charakter der Europäer im allgemeinen und den des großen Königs Ludwig XIV. im besonderen. Alle diese Auskünfte würden sich als nützlich erweisen, falls Moulay Ismaël eines Tages eine Abordnung zu dem Monarchen von Versailles schicken sollte.

Es hieße die Dinge vereinfachen, wollte man behaupten, Osman Ferradji habe endgültig seine Hoffnungen begraben, Angélique als dritte Frau Moulay Ismaëls zu sehen. Die Verwirklichung des wunderbaren Plans rückte nur in die Ferne, ins All, gleich jenen launenhaften Planeten, die man nur einmal im Leben zu sehen bekam und die trotzdem die Geschicke der Menschen lenkten. Die geheimnisvollen Konjunktionen und Quadraturen waren noch nicht klar erkennbar. Ob die Nebelsterne sich zusammenschlossen oder auseinanderstrebten? . . . In den Augen eines Christen gab es nur einen tragischen Ausweg aus dieser Situation. Aber Osman Ferradji wartete . . . Die Gestirne waren da, die ihm als erste angezeigt hatten, daß er einem bitteren Mißgeschick entgegenging. Das Schicksal der Französin kreuzte nur kurz dasjenige Moulay Ismaëls. Sie entfernte sich wie eine Sternschnuppe. Aber ging sie wirklich dem Tode entgegen? . . . Die Zeichen, die er entdeckt, hatten ihm einen Schauer über den Rücken gejagt, und seitdem war er bedrückt, als sei Azraël, der Todesengel, vorübergegangen. Bedrückt in solchem Maße, daß seine Hände nur noch furchtsam das kalte Metall des Fernrohrs berührten. Heute nacht, da er dem Himmel tiefere Geheimnisse entreißen wollte, hatte er die Frau mitgenommen, über die er die himmlischen Mächte befragte, um die magnetische Kraft zu verstärken, die, von den menschlichen Wesen ausgehend, sich mit den natürlichen Strömungen der Schöpfung verband.

Die unsichtbare Kraft, die Angélique besaß, war von ganz besonderer Natur. Er hatte ihre zauberische Wirkung zunächst nicht richtig gewertet. Heute gestand er sich ein, daß sie eines der seltenen Wesen war, dessen wahres Fluidum er in seinem ganzen Ausmaß nicht gleich einzuschätzen vermocht hatte. Ein schwerwiegendes Versäumnis, das er sich nur durch das Mysterium ihrer Weiblichkeit erklären konnte, die gleich einer trügerischen Verkleidung eine unüberwindliche Kraft umhüllte. Er hatte sich überzeugen lassen müssen, daß ihre kurtisanenhafte Schönheit einen unvermuteten Charakter und eine ungewöhnliche Bestimmung verschleierte, deren sie sich selbst nicht bewußt war.

Während er sorgfältig sein Beobachtungsgerät einstellte, fragte er sich, ob er nicht einem Trug erlegen war.

Angélique betrachtete die Sterne. Sie sah sie lieber mit bloßem Auge, klein und blinkend wie Edelsteine auf schwarzem Samt, als durch die Linse des Fernrohrs vergrößert. Was suchte Osman Ferradji eigentlich in dieser Versammlung unermeßlicher Welten?

Ihr eigener Verstand fühlte sich einer so schwer zugänglichen Wissenschaft nicht mehr gewachsen. Sie mußte daran denken, daß auch ihr Gatte, der gelehrte Graf Peyrac, sie in jenen fernen Toulouser Tagen zuweilen in sein Laboratorium mitgenommen und sich bemüht hatte, ihr einiges von seinen Forschungen zu erklären. Gewiß erschiene sie ihm jetzt dumm. Es war schon besser, er sah sie nicht wieder! Ihr Herz war so müde und so grausam ernüchtert ... Ihr Leben hatte sie auf ein Niveau hinuntergedrückt, von dem sich erheben zu wollen sinnlos war. Eine ganz gewöhnliche Frau war sie geworden. Eine Frau, die keine andere Wahl hatte, als Moulay Ismaël zu Willen zu sein oder an ihrem Starrsinn zu sterben. Sich dem König von Frankreich hinzugeben oder verbannt zu werden? Sich zu verkaufen, um nicht verkauft zu werden? Zuzuschlagen, um nicht zermalmt zu werden? ... Der Ausweg, einfach nur zu leben, sollte er unmöglich sein? Leben! ... Sie bog das Gesicht zurück, der unbegrenzten Freiheit des Himmels entgegen. Leben, Herr! ... Nicht immer zwischen Demütigung und Tod vegetieren!

Wenn ihr nur die Gefangenen zur Flucht verhalfen! Aber nun, da Savary tot war, würden sie sich nicht mehr um sie kümmern, würden sie sich nicht mit einer Frau belasten. Wenn es ihr aber gelänge, des Schlüssels der kleinen Pforte habhaft zu werden und die innere Einfriedigung des Harems hinter sich zu bringen, würde Colin Paturel sich dann weigern, sie mitzunehmen? ... Sie würde ihn auf Knien beschwören.

Wie konnte sie sich jenen Schlüssel beschaffen, den allein der Obereunuch und Leila Aicha besaßen? ...

„Warum bist du geflüchtet ...?"

Angélique zuckte zusammen. Sie hatte die Gegenwart des Obereunuchen vergessen und seine beunruhigende Fähigkeit, ihre Gedanken zu lesen. Sie öffnete den Mund, sagte jedoch nichts, denn er sah sie nicht an. Er hatte gleichsam zu sich selbst gesprochen, die Augen wie verloren auf die Sterne gerichtet.

„Warum bist du aus Kandia geflüchtet?"

Mit einer nachdenklichen Geste berührte er sein Kinn und schloß die Augen. „Warum hast du jenen christlichen Piraten verlassen, der dich gekauft hatte, den Rescator?"

Seine Stimme klang so fremd, so düster, daß Angélique nicht den Mut zu einer Antwort fand.

„Rede! Warum bist du geflüchtet? Hast du nicht gespürt, daß das Schicksal jenes Mannes und das deinige im Begriff waren, sich zu vereinigen? Antworte!... Hast du es nicht gespürt?"

Jetzt sah er sie an, und sein Ton war gebieterisch. Sie stammelte demütig: „Doch, ich habe es gespürt."

„O Firouzé!" rief er fast schmerzlich aus. „Entsinnst du dich der Worte, die ich dir gesagt habe? Man soll das Schicksal nicht zwingen wollen, und wenn einem die Zeichen etwas verkünden, darf man sie nicht ignorieren. Das jenem Manne eigentümliche Zeichen kreuzt deinen Weg, und ... ich kann nicht alles sehen, Firouzé. Ich müßte Berechnungen ohne Ende anstellen, um volle Klarheit über die höchst sonderbare Geschichte zu erlangen, die ich in den Sternen zu lesen glaube. Was ich weiß, ist, daß jener Mann der gleichen Rasse angehört wie du."

„Wollt Ihr sagen, daß er Franzose ist?" fragte sie schüchtern. „Man hält ihn für einen Spanier oder gar Marokkaner..."

„Ich weiß es nicht... Ich will sagen... Er ist von einer noch nicht geschaffenen Rasse, wie du..."

Seine Hände zeichneten geheimnisvolle Figuren in die Luft.

„Eine selbständige Spirale... die sich mit der andern vereinigt und..."

Er begann hastig auf arabisch zu sprechen. Der alte Effendi schrieb, wobei sein schwerer Turban aus grünem Musselin ins Wanken geriet. Verwirrt suchte Angélique den Sinn ihrer Erörterung zu erfassen und von ihren Gesichtern, von der Bewegung der Kompasse, die sie handhabten, und der Globusse, die sie zu Rate zogen, die Bedeutung eines Urteilsspruchs abzulesen, an dem ihr Leben hing.

Eben noch war sie weit davon entfernt gewesen, an den Rescator zu

453

denken. Ein bereits verwischtes Bild war er nur, das die jüngsten Geschehnisse völlig in den Hintergrund geschoben hatten. Und plötzlich packte sie die Erinnerung an die Erscheinung mit der schwarzen Maske, als führe ihr eine Hand an die Kehle.

Als sie bemerkte, daß Osman Ferradji abermals das astronomische Instrument auf den Himmel richtete, wagte sie ihn zu unterbrechen.

„Habt Ihr ihn gekannt, Osman Bey? Ist er nicht wie Ihr ein Zauberer?"

Bedächtig schüttelte er den Kopf.

„Mag sein, aber seine Magie stammt aus einer anderen Quelle als die meinige ... Ich bin ihm tatsächlich begegnet, diesem Christen. Er spricht Arabisch und mehrere andere Sprachen, doch seine Worte lassen sich schwer mit meinem Denken vereinbaren. Ich stehe ihm gegenüber wie ein Mensch der Vergangenheit einem Wanderer, der mit Proviant für zukünftige Zeiten beladen ist. Wer kann ihn bewillkommnen? Wer kann ihn verstehen? Niemand kann ihn noch wirklich verstehen ..."

„Aber er ist doch nur ein ganz gewöhnlicher Pirat", rief sie entrüstet aus, „ein schmutziger Silberhändler ..."

„Er sucht seinen Weg in einer Menschheit, die ihn verunglimpft. So wird er wandern bis zu dem Tage, an dem er eine neue Heimat findet. Kannst du das nicht begreifen, du, die schon so viele gegensätzliche Leben gelebt hat und vergeblich versucht, zu ihrem wahren Wesen zurückzufinden?"

Angélique zitterte am ganzen Körper. Nein, es war nicht möglich! Der Obereunuch konnte ihr Leben nicht kennen! Er konnte nicht in den Sternen gelesen haben ... Voller Grausen blickte sie forschend zum Himmel auf. Die Nacht war rein und balsamisch. Der Wüstenwind trug den Duft der Gärten von Miquenez mit sich. Es war eine Nacht wie jede andere, aber auf dem Mazagreb-Turm war sie spannungsgeladen. Angélique wäre am liebsten auf und davon gegangen, sie wollte nichts mehr wissen und fühlte sich erschöpft. Aber sie blieb regungslos sitzen, unfähig, den Blick von dem langsam sich bewegenden, auf das Firmament gerichteten Objektiv zu wenden.

Das geheime Wissen Osman Ferradjis hob einen Zipfel des über dem Unsichtbaren liegenden Schleiers. Was würde er noch verkünden? ... Ihr schien, als nähme sein Gesicht jene schiefergraue Tönung an, die seine Art des Erblassens war, und plötzlich starrte er sie mit einem entsetzten Ausdruck an, als betrachte er da zu seinen Füßen ein Unglück, das er selbst ausgelöst hatte.

„Osman Bey", schrie sie auf, „oh, was habt Ihr in den Sternen gelesen?"

Das Schweigen hielt an, zäh und bedrohlich. Der Obereunuch hatte die Lider gesenkt.

„Warum hast du dich dem Rescator durch die Flucht entzogen?" murmelte er schließlich. „Er allein wäre stark genug gewesen, um sich mit dir zu verbinden ... vielleicht auch Moulay Ismaël, aber ... ich weiß heute nicht, ob es nicht doch ein zu großes Wagnis sein würde! Du bringst den Menschen, die sich an dich binden, den Tod."

Sie schrie auf und beschwor ihn:

„Nein, Osman Bey, nein, sagt das nicht!"

Es war, als bezichtige er sie, Hand an ihren Gatten gelegt zu haben, den sie liebte. Sie ließ den Kopf sinken wie eine Sünderin und preßte die Augen zu, um die Vision anderer Gesichter zu verscheuchen, die aus der Vergangenheit aufstiegen.

„Du bringst ihnen den Tod oder die Unterjochung oder die Unruhe, die ihnen die Lebensfreude raubt. Man muß außergewöhnlich stark sein, um dem zu entgehen. All das, weil du dich darauf versteifst, dorthin zu gehen, wohin keiner dir zu folgen vermag ... Die zu schwach sind, lässest du unterwegs liegen. Die Kraft, die dir der Schöpfer verliehen hat, wird dir nicht erlauben innezuhalten, ehe du an den Ort gelangt bist, nach dem du strebst."

„Welcher Ort ist es, Osman Bey?"

„Ich weiß es nicht. Aber solange du ihn nicht erreicht hast, wirst du im Vorübergehen alles vernichten, sogar dein eigenes Leben ... Ich wollte diese Kraft bändigen, und ich habe mich getäuscht, denn sie läßt sich nicht zügeln. Du bist dir ihrer nicht voll bewußt, aber das mindert deine Gefährlichkeit nicht."

Angélique begann zu weinen, ihre Nerven ließen sie im Stich.

„Ach, Osman Bey, ich merke, Ihr bereut jetzt, daß Ihr mich nicht unter den Foltern Moulay Ismaëls habt sterben lassen! Warum nur habt Ihr heute nacht die Sterne befragt? Warum? ... Ihr wart mein Freund, und nun sagt Ihr mir so grauenhafte Dinge!"

455

Die Stimme des Obereunuchen wurde sanfter. Aber sie blieb bekümmert und wie von einer tiefen Bangigkeit verschleiert.

„Weine nicht, Firouzé! Du kannst nichts dafür, es ist kein böser Wille. Du bringst kein Unglück, sondern Glück. Aber es gibt Menschen, die zu schwach sind, um die Last eines gewissen Reichtums zu tragen. Ihnen ist nicht zu helfen. Ich bin trotz allem noch dein Freund! Es wäre gefährlich, die Verantwortung für deinen Tod auf sich zu laden, und indem ich ihn verhinderte, wollte ich zugleich Moulay Ismaël vor der Strafe des Himmels bewahren. Aber jetzt muß ich etwas Furchtbares, Übermenschliches vollbringen: Ankämpfen gegen das, was geschrieben steht. Gegen das Schicksal ankämpfen, damit du nicht stärker bist als ich . . ."

Zweiundfünfzigstes Kapitel

Eine Gruppe von Frauen bewegte sich gemächlich durch den Patio, in dem die Tauben sich tummelten. Ein Sklave, der den Mechanismus des Springbrunnens reparierte, sagte leise:

„Seid Ihr die Französin?"

Angélique hörte ihn und ließ ihre Gefährtinnen unauffällig vorausgehen. Da sie sich in dem ihnen vorbehaltenen Innenhof befanden, waren sie unbewacht. Wie konnte ein französischer Sklave hier ungestraft arbeiten? Wenn ein Eunuch ihn entdeckte, würde es ihn das Leben kosten.

Über die Wasserleitung gebeugt, die er auseinanderschraubte, flüsterte er: „Ihr seid doch die französische Gefangene?"

„Ja, aber nehmt Euch in acht. Es ist Männern untersagt, diesen Bezirk zu betreten."

„Macht Euch keine Sorgen", brummte er. „Ich bin befugt, mich im Harem frei zu bewegen. Tut so, als interessiertet Ihr Euch für die Tauben, während ich mit Euch rede . . Colin Paturel schickt mich zu Euch. Seid Ihr immer noch entschlossen zu fliehen?"

„Ja."

456

„Moulay Ismaël hat Euch geschont, weil Ihr Euch ihm gefügt habt?"
Angélique hatte nicht die Zeit, ihm die Taktik des Obereunuchen aus-
einanderzusetzen. „Ich habe mich ihm nicht gefügt, und ich werde mich
ihm nie fügen. Ich will fliehen. Helft mir!"

„Wir werden es dem alten Savary zuliebe tun, der es sich in den Kopf
gesetzt hatte, Euch hier herauszuholen. Er war Euer Vater, soviel ich
weiß. Man kann Euch nicht zurücklassen, wenn es auch die Gefahr
beträchtlich erhöht, eine Frau mitzunehmen. Nun ja. An einem noch
festzulegenden Abend wird Colin Paturel oder ein anderer Euch vor
der kleinen Pforte auf der Nordseite erwarten, die zu einem Dünger-
haufen führt. Sollte dort ein Posten stehen, wird er ihn töten. Er
schließt die Tür auf, denn sie läßt sich nur von außen öffnen, Ihr steht
hinter ihr, und er führt Euch hinaus. Das einzige, was Ihr tun müßt,
ist, Euch den Schlüssel zu verschaffen."

„Angeblich besitzt der Obereunuch den einen und die Negerin Leila
Aicha einen zweiten."

„Hm, das ist dumm. Ohne diesen Schlüssel schaffen wir's jedenfalls
nicht. Überlegt es Euch. Irgendeine Möglichkeit wird Euch schon ein-
fallen. Vielleicht könnt Ihr eine der Dienerinnen bestechen. Wenn Ihr
ihn habt, gebt Ihr ihn mir. Ihr findet mich immer hier in der Gegend.
Ich bin dabei, alle Springbrunnen der Haremshöfe zu kontrollieren.
Morgen arbeite ich im Hof der Sultanin Abechi. Sie ist eine gutmütige
Person, die mich genau kennt. Sie wird keine Geschichten machen,
wenn wir uns unterhalten."

„Was soll ich nur tun, um diesen Schlüssel zu bekommen?"

„Das muß ich schon Euch überlassen, Kindchen! Ihr habt ja noch ein
paar Tage Zeit. Wir wollen die mondlosen Nächte abwarten. Viel
Glück! Wenn Ihr mich sprechen möchtet, fragt nach Esprit Cavaillac
aus Frontignan, dem Ingenieur Seiner Majestät." Er packte sein Werkzeug zusammen und grüßte sie mit einem aufmunternden Lächeln.

Die Begegnung gab der jungen Frau neuen Mut. Man hatte sie also
nicht vergessen! Man dachte noch an sie! Man hielt ihre Flucht für
möglich! ... Nun, um so besser. Hatte nicht Osman Ferradji gesagt,

457

sie besitze die Kraft eines Vulkans? Damals, als sie sich mit ihrem zerschundenen Rücken so schwach und krank gefühlt hatte, waren ihr seine Worte wie Hohn vorgekommen. Jetzt wurde sie sich all dessen bewußt, was sie innerhalb weniger Jahre gewagt und ausgeführt hatte, und sie sah absolut nicht ein, warum ihr dieses ungeheuerliche Unternehmen nicht glücken sollte: aus dem Harem zu flüchten!

Beflügelten Schrittes umging sie den Patio, bog in eine lange Galerie ein, durchquerte ein Gärtchen, in dem zwei Feigenbäume ein flaches Wasserbecken beschatteten, betrat einen zweiten Patio und danach eine Säulenhalle, die den Wohngemächern vorgelagert war. Raminan, Führer der Leibwache der Sultanin Leila Aicha, tauchte vor ihr auf.

„Ich möchte deine Herrin sprechen", sagte Angélique zu ihm.

Unschlüssig musterte sie der Neger mit kühlem Blick. Was führte die unheimliche Rivalin, das Geschöpf des Obereunuchen, im Schilde, derentwegen Leila Aicha und Daisy-Valina sich seit acht Tagen mit ihren Hexenmeistern berieten? Die herrschsüchtige Sudanesin war sich völlig im klaren, was für Folgen Angéliques Geißelung haben würde. Ihr Widerstand war das sicherste Mittel gewesen, um Moulay Ismaël an sich zu fesseln. Daß die Rebellin ihm den Dolch an die Kehle gesetzt hatte, konnte seine Begierde nur anstacheln. Es reizte ihn, diese Tigerin zu zähmen, sie wie eine Taube girren zu machen. Er selbst hatte es Leila Aicha gestanden. Diese Frau, meinte er, könne der Liebe nicht widerstehen. Wäre er nicht so unvorsichtig gewesen, seinen Dolch im Gürtel stecken zu lassen, läge sie längst vor Lust vergehend in seinen Armen. Er verbürge sich dafür, daß er sie im Banne der Wollust halten werde. Er werde ihren Verstand einschläfern und ihren Körper bezwingen. Zum erstenmal war Moulay Ismaël von dem Ehrgeiz besessen, eine Frau an sich zu fesseln, und zu allem bereit, um ihr ein Lächeln, eine einzige Geste der Hingabe zu entlocken.

Die feinfühlige Negerin reagierte auf diese Wandlung empfindlich. Zorn und Angst erfüllten sie mit ihren dunklen Fluten. Die Französin mochte noch so ungeschickt sein, sie würde den Tyrannen für immer an sich binden, ihn am Gängelband führen wie einen zahmen Gepard, wie sie, Leila Aicha, es mit dem Panther Alchadi tat.

Auf teuflische Weise spielte Osman Ferradji das Spiel der Ausländerin mit. Er streute das Gerücht aus, die Französin liege im Sterben.

Unausgesetzt erkundigte sich der Sultan nach ihrem Befinden. Er wollte sie besuchen. Der Obereunuch erhob Einspruch. Die Kranke sei noch zu sehr verängstigt, der Anblick ihres Herrn und Gebieters könne einen neuerlichen Fieberanfall hervorrufen. Immerhin habe sie beim Empfang des Geschenks, das ihr im Auftrag Moulay Ismaëls überreicht worden sei, einer auf einer italienischen Galeere geraubten Smaragdhalskette, gelächelt. Die Französin liebe also Schmuck! . . . Sofort beschied der Sultan die Juweliere der Stadt zu sich und prüfte ihre schönsten Stücke unter der Lupe.

All diese Narrheiten brachten Leila Aicha und Daisy in Wallung. Sie hatten die verschiedensten Lösungen ins Auge gefaßt, und, da ihre Rivalin auf den Tod daniederzuliegen scheine, zunächst einmal die einfachste: durch geeignete Kräutertränke ein wenig nachzuhelfen. Aber selbst die anstelligsten Dienerinnen und geriebensten Giftmischer, die das „Heilmittel" überbringen sollten, waren an der Wachsamkeit der Wächter Osman Ferradjis gescheitert.

Und nun war die Französin plötzlich wieder da, vollkommen gesund, wie es schien, und wünschte sich mit derjenigen zu unterhalten, die sie mit ihren Verwünschungen und ihrem Haß verfolgte. Raminan führte Angélique nach einigem Überlegen in einen Raum, wo die riesige Negerin inmitten von Kohlenbecken und kupfernen Räucherpfannen thronte, in denen wohlriechende Kräuter glimmten. Daisy-Valina saß neben ihr. Auf zwei niederen Tischen standen Becher aus böhmischem Glas, aus denen die Sultaninnen ihren Pfefferminztee tranken, und eine ganze Anzahl Dosen, die Tee, Konfekt oder Tabak enthielten.

Angélique tat ein paar Schritte in den Raum hinein, dann kniete sie in demütiger Haltung auf die üppigen Teppiche nieder. So verharrte sie eine Weile vor den beiden Frauen, die sie stumm beobachteten.

Dann streifte sie den Türkisring vom Finger, den ihr einstens der persische Gesandte Bachtiari Bey geschenkt hatte, und legte ihn vor Leila Aichas Füße.

„Dies ist mein Geschenk", sagte sie auf arabisch. „Ich kann dir nichts Besseres schenken, denn ich besitze nichts anderes."

Die Augen der Negerin funkelten.

„Ich weise dein Geschenk zurück! Und du bist eine Lügnerin. Du besitzt noch die Smaragdhalskette, die dir der Sultan geschenkt hat."

459

Angélique schüttelte den Kopf und sagte zu der Engländerin auf französisch:

„Ich habe die Smaragdhalskette ausgeschlagen. Ich will nicht die Favoritin Moulay Ismaëls sein, und ich werde es nie sein ... wenn Ihr mir helft."

Die Engländerin übersetzte, und die Negerin neigte sich plötzlich Angélique mit einer gierigen, gespannten Bewegung zu.

„Was willst du damit sagen?"

„Daß es ein besseres Mittel gibt, mich aus dem Wege zu schaffen, als mich zu vergiften oder mir Vitriol ins Gesicht zu gießen: verhelft mir zur Flucht!"

Sie flüsterten lange miteinander wie Verschwörer. Angélique hatte sich den Haß zunutze gemacht, den ihre Rivalinnen ihr entgegenbrachten. Was riskierte sie denn bei diesem Abenteuer? Entweder gelang Angélique die Flucht, und sie würden sie nie mehr wiedersehen. Oder sie wurde gefaßt und würde eines grauenhaften Todes sterben müssen. Keinesfalls würde man den beiden ersten Sultaninnen ihr Verschwinden zur Last legen können, wie es der Fall wäre, wenn man sie vergiftet auffände. Sie waren für den Harem nicht verantwortlich, also auch nicht für das Entweichen einer Konkubine.

„Noch nie ist eine Frau aus dem Harem entwichen", sagte Leila Aicha. „Man wird den Obereunuchen köpfen!"

Ihre gelblichen, blutunterlaufenen Augen glühten auf.

„Ich beginne zu begreifen. Alles fügt sich zusammen ... Mein Astrolog hat in den Sternen gelesen, daß du der Anlaß zu Osman Ferradjis Tod sein wirst ..."

Ein Schauer überlief Angélique.

Er selbst hat es gewiß auch gelesen, dachte sie. Deshalb hat er mich so merkwürdig angesehen. „Jetzt werde ich gegen das Schicksal ankämpfen müssen, damit du nicht stärker bist als ich ..."

Die Beklemmung, die sie auf dem Mazagreb-Turm verspürt hatte, erfaßte sie aufs neue. Der Geruch der Kräuter, des Tees und des Tabaks war erstickend, und sie spürte, daß der Schweiß an ihren Schläfen perlte. Doch sie ließ nicht locker, bis Leila Aicha ihr schließlich nach langem Hin und Her den Schlüssel für die kleine Pforte aushändigte. Im Grunde war sie schon nach Angéliques ersten Worten für deren

460

Vorschlag eingenommen gewesen. Er würde sie von der gefährlichen Rivalin befreien und obendrein den Sturz ihres Feindes, des Obereunuchen, zur Folge haben. Er ersparte ihr zudem den Zorn Moulay Ismaëls, der es ihr nicht verziehen hätte, wenn seiner neuesten Passion durch ihre Schuld ein Leid zugefügt worden wäre.

Leila Aicha erklärte sich endlich sogar bereit, in der für die Flucht vorgesehenen Nacht Angélique selbst durch den Harem zu der kleinen Treppe zu bringen, die zum Hof der Verschwiegenheit führte, in dem sich die Geheimtür befand. So würde sie der Gefahr entgehen, von dem Panther angefallen zu werden. Auch die Wachen würden die Sultanin der Sultaninnen passieren lassen, deren Rachsucht und böses Auge sie fürchteten.

„Nur vor dem Obereunuchen müssen wir uns in acht nehmen", wandte Daisy ein. „Er allein ist gefährlich. Was wirst du ihm erzählen, wenn er dich fragt, warum du uns besucht hast?"

„Ich werde ihm sagen, ich hätte von Eurem Zorn auf mich erfahren und Euch durch geheuchelte Unterwürfigkeit besänftigen wollen."

„Möglich, daß er dir glaubt. Ja, dir wird er bestimmt glauben!"

Nachmittags suchte Angélique die Sultanin Abechi auf, eine korpulente Muselmanin spanischer Herkunft, der der König noch einige Achtung bezeigte. Sie war nahe daran gewesen, seine dritte Frau zu werden.

Im Hof entdeckte sie Esprit Cavaillac und steckte ihm heimlich den Schlüssel zu.

„Ei der Daus!" sagte er verblüfft. „Das habt Ihr schnell geschafft! Der alte Savary hat uns freilich gesagt, daß Ihr schlau und beherzt seid und daß man sich auf Euch verlassen könne wie auf einen Mann. Gut zu wissen, daß wir keine Transuse mitschleppen müssen. Ihr braucht nun also nur zu warten. Ich werde Euch wissen lassen, wann es losgeht."

Dieses Warten war das Grausamste und Beklemmendste, was Angélique je erlebt hatte. Der Gnade zweier mordlustiger und heimtückischer Frauen ausgeliefert, von dem hellseherischen Auge des Ober-

461

eunuchen bewacht, mußte sie heucheln und ihre schier unerträgliche Ungeduld bezähmen.

Ihr Rücken heilte. Sie überließ sich widerspruchslos der Pflege der alten Fatima, die ihrer Hoffnung Ausdruck verlieh, ihre Herrin habe nun endlich zu trotzen aufgehört. All die Unannehmlichkeiten, die sie habe auf sich nehmen müssen, die Salben und Arzneien, ihre gepeinigte, zerschundene Haut machten ihr doch wohl eindeutig klar, daß sie nicht die Stärkere sein werde. Wozu also der Eigensinn?

Unterdessen verbreitete sich das Gerücht, der Obereunuch beabsichtige zu verreisen. Er wolle nach seinen Schildkröten und den alten Sultaninnen sehen. Zwar würde er nur für kurze Zeit abwesend sein, aber als Angélique davon erfuhr, stieß sie einen Seufzer der Erleichterung aus.

Sie mußte diese Abwesenheit unbedingt für ihre Flucht nutzen. So würden sich die Dinge vereinfachen, und wenn der Obereunuch nicht da war, würde man ihn auch nicht köpfen können. Sie wollte an diese Möglichkeit nicht glauben, da sie fand, daß der Neger zu hoch in der Gunst seines Herrn stand, um sich wegen der Flucht einer Sklavin seinen Zorn zuzuziehen, aber zugleich mußte sie an die Prophezeiung des Astrologen Leila Aichas denken: „Er hat in den Sternen gelesen, daß du der Anlaß zu Osman Ferradjis Tod sein wirst."

Das mußte um jeden Preis vermieden werden! Die Gelegenheit dazu bot sich: seine Abreise.

Der Obereunuch erschien, um sich von ihr zu verabschieden und ihr größte Vorsicht anzuempfehlen. Man wisse, daß sie noch sehr krank. und verstört sei, daher werde Moulay Ismaël sich gedulden. Ein wahres Wunder! Sie solle sich ja nicht ihre Chancen verderben, indem sie sich an Leila Aicha anschließe, die ihr zu schaden suche! ... In kurzem sei er wieder zurück, dann werde er alles ins reine bringen. Sie könne ihm vertrauen.

„Ich vertraue Euch, Osman Bey", sagte sie.

Nachdem er abgereist war, suchte sie die Gefangenen durch den Mittelsmann Esprit Cavaillac zu bewegen, den Termin der Flucht vorzu-

462

verlegen. Colin Paturel ließ ihr sagen, man müsse die mondlosen Nächte abwarten. Aber bis dahin war der Obereunuch womöglich wieder zurück. Im Gefühl ihrer Machtlosigkeit biß sie sich die Finger wund. Würde sie ihnen begreiflich machen können, diesen barbarischen Christen, daß sie einen Wettlauf mit der Zeit, mit dem unerbittlichen Schicksal unternommen hatte? Einen ungeheuerlichen Kampf gegen das Orakel, das besagte, daß sie der Anlaß des Todes Osman Ferradjis sein werde! Und sie sah in ihren Angstträumen den Sternenhimmel auf sich herabstürzen und sie zermalmen.

Endlich teilte ihr Cavaillac mit, der König der Gefangenen habe sich ihren Vernunftgründen gebeugt. Es sei günstiger für sie, wenn sie während der Abwesenheit des Obereunuchen flüchte. Für die andern bedeute das Mondlicht freilich eine weitere Erschwernis, aber – in Gottes Namen! Colin Paturel werde die Posten niedermachen, um in den äußeren, dann in den inneren Palastbezirk eindringen zu können. Er müsse das Orangenwäldchen durchqueren, bevor er in den Hof gelange, in dem sich die kleine Pforte befinde. Man könne nur noch zu Gott beten, daß in jener Nacht Wolken das letzte Viertel des Mondes verdeckten.

Das Datum wurde festgelegt.

Am betreffenden Abend schickte ihr Leila Aicha ein Pulver, das sie in das Getränk ihrer Wächterinnen schütten sollte.

Angélique bot Rafai, der gekommen war, um sich nach ihrem Befinden zu erkundigen, Kaffee an. In Abwesenheit des Obereunuchen trug er die Verantwortung für das Serail. Der Poussah befleißigte sich seinen Pflegebefohlenen gegenüber des gleichen halb vertraulichen, halb väterlichen Tons wie Osman Ferradji. Doch was der fürstlichen Erscheinung des Obereunuchen gemäß war, paßte absolut nicht zu dem dicken Rafai. Er mußte manche spitze Bemerkung einstecken und war daher nicht nur von Angéliques Umgänglichkeit aufs angenehmste berührt, sondern trank auch bereitwillig die Tasse Kaffee, die sie ihm anbot. Worauf er mit den am Boden liegenden Dienerinnen alsbald um die Wette zu schnarchen begann.

Angélique wartete eine Weile, die ihr endlos erschien. Als sie schließlich den Ruf eines Nachtvogels vernahm, schlich sie auf Zehenspitzen
in den Patio hinunter. Dort wartete Leila Aicha und neben ihr die
zarte Gestalt Daisys. Die Engländerin trug eine Öllampe. Im Augenblick war das Licht allerdings überflüssig, denn unglückseligerweise
strahlte der Mond von einem wolkenlosen Himmel herab.

Die drei Frauen durchschritten den kleinen Garten und tauchten sodann in einen langen Bogengang. Von Zeit zu Zeit gab Leila Aicha
wunderliche, girrende Laute von sich, und Angélique begriff, daß sie
den Panther herbeilockte.

Ohne Zwischenfall langten sie am Ende des Durchgangs an. Dann
folgten sie einer Säulengalerie, die einen weiteren, nach Rosen duftenden Garten umschloß.

Plötzlich blieb die Negerin stehen.

„Dort ist er!" flüsterte Daisy und klammerte sich an Angéliques Arm.

Das Tier kam aus dem Gebüsch hervor, mit gestrafftem Körper, den
Kopf an der Erde, in der Haltung einer Katze, die im Begriff steht, sich
auf eine Maus zu stürzen.

Die schwarze Sultanin streckte ihm eine tote Taube entgegen, während sie fortfuhr, ihn mit ihren girrenden Lauten zu locken. Der Panther schien sich zu beruhigen. Er näherte sich zögernd, und Leila Aicha
befestigte eine Kette an seinem Halsband.

„Bleibt zwei Schritte hinter mir", gebot sie den beiden weißen Frauen.

Sie setzten ihren Weg fort. Angélique wunderte sich, daß sie so selten
Eunuchen begegneten, aber Leila Aicha hatte mit Bedacht den Weg
durch den Bezirk der ehemaligen, verabschiedeten Konkubinen ge-
wählt, die nie sonderlich streng bewacht wurden. Da sich in Abwesenheit des Vorstehers des Serails die Disziplin noch mehr lockerte, zogen
die Eunuchen es vor, sich in ihren Aufenthaltsräumen zu versammeln,
um dem Schachspiel zu frönen.

Verschlafene Dienerinnen, die sie vorbeigehen sahen, verneigten sich
vor der Sultanin der Sultaninnen.

Nun stiegen sie eine Treppe hinauf, die zum Bollwerk führte.

Das war die schwierigste Stelle! Sie folgten dem Wehrgang, der einer-
seits den dunklen Schlund der die Moschee umgebenden Gärten beherrschte, andererseits einen verwahrlosten Sandplatz, auf dem zu-

weilen Markt abgehalten wurde. Der Alcassave bildete gleichsam eine Stadt für sich. Moulay Ismaël hatte ihn so errichten lassen, um monatelang etwaigen Revolten Widerstand leisten zu können.

Am Ende des Wehrgangs stand auf einer Zinnenscharte mit abgewandtem Rücken ein Posten, der den Platz überwachte, die Lanze nach den Sternen gerichtet.

Die drei Frauen schlichen sich im Schatten der Zinnen heran. Ein paar Schritte von dem regungslosen Eunuchen entfernt, machte Leila Aicha eine jähe Bewegung. Sie schleuderte die tote Taube, die sie dem Panther noch nicht gegeben hatte, in die Richtung des Postens.

Das Tier machte einen Satz, um seine Beute zu fangen. Der Wächter fuhr herum, sah das Raubtier vor sich, stieß einen Entsetzensschrei aus, taumelte und stürzte in die Tiefe. Man hörte den dumpfen Aufprall seines Körpers am Fuß der Mauer.

Die Frauen warteten mit angehaltenem Atem. Würde der Schrei ihres Kameraden andere Wachen herbeilocken? Aber nichts rührte sich.

Leila Aicha beruhigte den Panther auf die gleiche Weise wie zuvor, dann nahm sie ihn wieder an die Kette und führte Angélique zum oberen Ende einer steilen Treppe, die in einen dunklen, kleinen Hof hinunterführte, der tief wie ein Brunnenschacht schien.

„Hier ist es", sagte die Negerin. „Steig hinunter! Drunten wirst du den Hof sehen und die Pforte. Wenn sie noch nicht offen ist, wartest du. Dein Komplice muß jeden Augenblick kommen. Sag ihm, er soll den Schlüssel in eine kleine Mauerritze rechts neben der Tür schieben. Morgen werde ich ihn von Raminan holen lassen. Geh jetzt!"

Angélique begann hinunterzusteigen. Sie sah noch einmal hinauf, da sie sich zu einem Wort des Dankes verpflichtet fühlte, und nie glaubte sie ein gespenstischeres Bild gesehen zu haben, als es die beiden über das Geländer gebeugten Frauen boten: die blonde Engländerin mit der hoch erhobenen Öllampe und die Negerin, die den Panther Alchadi am Halsband hielt. Sie stieg hinab. Das Lampenlicht folgte ihr nicht mehr. Die Windungen der Treppe hatten es aufgeschluckt. Sie wurde ein wenig unsicher auf den letzten Stufen, aber alsbald erkannte sie die schloßförmige Pforte, die das Mondlicht aus dem Dunkel heraushob. Sie stand offen ... Schon? Der Gefangene war offenbar vor der Zeit gekommen ...

465

Angélique näherte sich der Pforte, zögernd und unwillkürlich vor den letzten Schritten zurückscheuend.

Leise rief sie auf französisch:

„Seid Ihr es?"

Eine menschliche Gestalt bückte sich, um durch die enge Öffnung zu schlüpfen, die sie so vollkommen ausfüllte, daß Angélique in der jäh entstandenen Finsternis nicht gleich denjenigen erkennen konnte, der da eingetreten war. Sie erkannte ihn erst, als er sich aufrichtete und sein hoher Turban aus Goldlamé im Mondlicht aufglänzte.

Der Obereunuch Osman Ferradji stand vor ihr.

„Wohin gehst du, Firouzé?" fragte er in sanftem Ton.

Fassungslos lehnte sich Angélique an die Mauer. Sie wäre am liebsten in ihr verschwunden. Es kam ihr wie ein Alptraum vor.

„Wohin gehst du, Firouzé?"

Ja, er war da. Sie begann zu zittern, ihre Beine wollten sie nicht mehr tragen.

„Warum seid Ihr da", sagte sie, „ach, warum seid Ihr da? Ihr wart doch fort."

„Ich bin seit zwei Tagen wieder zurück, habe es aber nicht für erforderlich befunden, mich bemerkbar zu machen."

Dieser teuflische Osman Ferradji! Dieser heuchlerische, unerbittliche Tiger! Hochaufgerichtet stand er zwischen ihr und der in die Freiheit führenden Tür. Sie rang die Hände in einer verzweifelten Geste.

„Laßt mich fliehen", flehte sie keuchend. „Oh, laßt mich fliehen, Osman Bey! Ihr allein könnt es. Ihr seid allmächtig. Laßt mich fliehen!"

Der Obereunuch sah so empört auf sie herab, als habe sie eine Gotteslästerung ausgesprochen.

„Noch nie ist eine Frau aus dem Harem geflüchtet, seitdem ich sein Hüter bin", erklärte er in barschem Ton.

„Dann behauptet nicht, daß Ihr mich retten wollt!" rief Angélique zornig. „Behauptet nicht, daß Ihr mein Freund seid. Ihr wißt genau, daß ich hier nichts anderes zu erwarten habe als den Tod!"

„Habe ich dich nicht gebeten, mir zu vertrauen? Ach, Firouzé, warum willst du immer das Schicksal zwingen? . . . Hör zu, kleine Rebellin. Nicht, um nach den Schildkröten zu sehen, bin ich abgereist, sondern um deinen früheren Herrn zu treffen."

„Meinen früheren Herrn?" wiederholte Angélique verständnislos.

„Den Rescator, jenen christlichen Piraten, der dich in Kandia gekauft hat."

Alles drehte sich vor Angéliques Augen. Wie jedesmal, wenn dieser Name in ihrer Gegenwart fiel, geriet sie in eine Erregung, die ein Gemisch aus Hoffnung, Sehnsucht und Bedauern war, und sie wußte nicht, was sie denken sollte.

„Ich habe eines seiner Schiffe ausfindig gemacht, das im Hafen von Agadir vor Anker lag, und da der Kapitän mir seinen augenblicklichen Aufenthaltsort nannte, konnte ich durch Brieftauben eine Botschaft mit ihm tauschen . . . Er kommt . . . Er kommt, um dich abzuholen!"

„Er kommt, um mich abzuholen?" wiederholte sie ungläubig.

Und allmählich wich die Last von ihr, die ihr Herz bedrückte. Er würde sie abholen . . .

Wohl war er ein Pirat, aber doch auch ein Mensch ihrer Rasse. Damals hatte er ihr nicht die geringste Angst eingeflößt. Er brauchte nur zu erscheinen, schwarz und hager, brauchte nur seine Hand auf ihr jetzt so gedemütigtes Haupt zu legen, und die Wärme des Lebens würde wieder in sie zurückkehren. Sie würde ihm folgen und ihn fragen: „Warum habt Ihr mich in Kandia für fünfunddreißigtausend Piaster gekauft? Fandet Ihr mich so schön, oder habt Ihr wie Osman Ferradji in den Sternen gelesen, daß wir füreinander geschaffen sind?"

Was würde er erwidern? Sie entsann sich seiner gehemmten, heiseren Sprechweise, die sie hatte erschauern lassen. Zwar war er ein Unbekannter, aber sie sah sich an seinem Herzen weinen, nachdem er sie weit, weit weg von hier gebracht haben würde. Wer war er? Er war der aus der Ferne kommende Wanderer, beladen mit dem Proviant für künftige Zeiten. Er würde sie mitnehmen . . .

„Das ist unmöglich, Osman Bey. Ihr wollt Euch über mich lustig machen! Nie würde Moulay Ismaël es zulassen! Er ist keiner von denen, die ihre Beute freiwillig aus der Hand geben. Wird der Rescator mich noch einmal für den Preis eines Schiffes loskaufen müssen?"

Der Obereunuch schüttelte lächelnd den Kopf. Seine Augen bekamen

467

einen heiteren und gütigen Ausdruck wie damals, als sie ihm zum erstenmal begegnet war und ihn für einen Weisen aus dem Morgenlande gehalten hatte.

„Quäle dich nicht mehr mit Fragen, Madame Türkis", sagte er in vergnügtem Ton. „Laß dir nur sagen, daß die Sterne nicht gelogen haben. Moulay Ismaël wird allen Grund haben, der Bitte des Rescators stattzugeben. Sie kennen sich und sind einander verpflichtet. Die Schatzkammer des Königreichs ist auf den christlichen Piraten angewiesen, der ihr laufend neues Gold zuführt als Gegenleistung für das Banner Marokkos. Aber da ist noch etwas. Unser Sultan, der so streng die Gebote befolgt, kann gar nicht anders, als sich zu beugen. Denn in diesem Fall hat Allah ein Wort mitzusprechen, Firouzé. Hör zu. Jener Mann war einstens . . ."

Er hielt inne und zuckte zusammen.

Angélique sah, wie seine Augen sich weiteten, wie jener betroffene, entsetzte Ausdruck in sie trat, mit dem er sie neulich abends auf dem Mazagreb-Turm angestarrt hatte.

Abermals zuckte er zusammen. Plötzlich schoß ein Blutstrahl aus seinem Mund und bespritzte Angéliques Kleid. Dann sank er lautlos mit gekreuzten Armen zu Boden.

Hinter ihm wurde ein in Lumpen gehüllter blonder, bärtiger Riese sichtbar, dessen Hand noch den Dolch hielt, mit dem er zugestoßen hatte.

„Bereit, Kindchen?" fragte Colin Paturel.

Stumm, wie betäubt, stieg Angélique über den Leichnam des Obereunuchen hinweg und trat durch die Pforte, die der Gefangene sorgfältig hinter ihr verschloß, als sei er ihr Wächter.

Einen Moment blieben sie im Schatten der Mauer regungslos stehen. Vor ihnen lag, vom Mondlicht übergossen, der Platz, den sie überqueren mußten. Colin Paturel griff nach dem Arm der jungen Frau, und mit einem sanften Ruck, als gälte es, sich ins Wasser zu stürzen, zog er sie weiter. Mit ein paar Sätzen waren sie auf der anderen Seite, wiederum im Schutze des Schattens. Sie warteten. Nichts regte sich.

Der einzige Wächter, der sie hätte bemerken können, war vorhin von der Mauer herabgestürzt.

Sie durchschritten das Torgewölbe. Angéliques Fuß stieß gegen etwas Weiches, den am Boden liegenden Körper eines anderen Postens, den der Gefangene niedergestreckt hatte, um in den innersten Hof zu gelangen. Ein Unrathaufen zog sich wie ein Wall an der Außenseite des Palastes entlang. Angélique mußte ihn besteigen. Ihr Führer, der vor ihr herging, brummte:

„Nichts Besseres, um Spuren und Gerüche zu verwischen, falls sie morgen ihre Hunde auf uns hetzen."

Angélique verlangte keine Erklärungen. Zur Flucht entschlossen, hatte sie sich im voraus zu allem entschlossen.

Colin Paturel ließ sich in eine glitschige Gosse gleiten, in der das Wasser sich vergeblich mühte, den Unrat wegzuschwemmen. Es war gut, daß man nichts sah. Mühsam wateten sie hindurch, benommen von dem Gestank, der von der dunklen Brühe aufstieg. Ein paarmal rutschte Angélique aus und mußte sich an den Lumpen des Gefangenen halten, der sie mit einem Ruck wieder auf die Beine stellte. Wenn er sie stützte, fühlte sie sich leicht wie ein Strohhalm. Sie erinnerte sich, daß der König der Gefangenen berühmt war für seine Kraft. Einige Haremsfrauen waren einmal Zeuge gewesen, als er vor Moulay Ismaël in einem Zweikampf mit bloßen Händen einem Stier den Hals umgedreht hatte.

„Hier ist es, glaube ich", flüsterte er.

Er verschwand in der Finsternis, und sie war allein.

„Wo seid Ihr?" rief sie angstvoll.

„Hier oben. Reicht mir die Hand."

Er führte ein schwieriges Manöver durch, bei dem Angélique die Rolle eines sperrigen Paketes spielte, das in die Höhe gezogen und über den Rand einer Mauer gezerrt wird. Mit ein paar Quetschungen fand sie sich in einer dunklen Straße wieder. Sie folgte Paturel durch ein Gewirr enger Gassen, das sie an ihre Flucht durch Algier erinnerte. Das Labyrinth schien kein Ende zu nehmen.

469

„Wann verlassen wir endlich die Stadt?" fragte Angélique.

„Wir verlassen sie nicht."

Er blieb stehen und klopfte an eine Tür neben einem von rotgestrichenem Gitterwerk geschützten Fenster, das von einer Laterne beleuchtet wurde.

Ein Mann in Kaftan und schwarzem Käppchen öffnete, nachdem er durch ein Guckloch ein paar Worte mit dem Normannen gewechselt hatte.

„Das ist Samuel Cayan, der Schwiegersohn des alten Savary", murmelte Colin Paturel. „Wir befinden uns im Mellah, dem Judenviertel. Wir sind geborgen."

Vierter Teil

Die Flucht

Dreiundfünfzigstes Kapitel

Colin Paturels Finte war äußerst gewagt. Während die Wachen auf den nach Norden und Westen führenden Straßen die Flüchtigen einzuholen suchten, würden sich diese drei Tage lang inmitten des Mellah verborgen halten, wenige Schritte von ihren Peinigern entfernt, um dann gen Süden aufzubrechen.

Das gemeinsame Schicksal der verfolgten Minderheiten führte Juden und Christen zusammen. Der alte Savary hatte das Band geknüpft. Er hatte Piccinino, den Venezianer, mit dem Vater seines Schwiegersohns bekannt gemacht, jenem Cayan, auf den Moulay Ismaël so große Stücke hielt, daß er sich täglich von ihm beraten und die Mittel für seine kriegerischen Unternehmungen von ihm vorstrecken ließ. Der Araber, von Natur großzügig, wenn nicht gar leichtsinnig, kam ohne die Beleiher und Wechsler nicht aus. Die muselmanische Stadt hätte ohne das wie die Pest verhaßte Anhängsel an ihrer Flanke nicht bestehen können: das Mellah, unerschöpfliches Reservoir von Nahrungsmitteln und Silber selbst in Zeiten, da der Bevölkerung Hungersnot und Ruin drohten.

Der Araber wußte, daß die Welt ihm gehörte. Eroberung und Plünderung würden seine Truhen wieder auffüllen, wenn sie leer geworden waren. Des Juden einzige Hoffnung auf Überleben bestand darin, Ersparnisse aufzuhäufen, und die Vorahnung böser Tage veranlaßte ihn, unablässig vorzusorgen. Dem von den Afrikanern geübten primitiven Tauschhandel setzte er seine Vertrautheit mit den Börsenkursen entgegen, und durch häufige Reisen hielt er sich über die Schwankungen des Welthandels auf dem laufenden. Immer wieder gelang es ihm, Reichtümer anzusammeln, in deren Schutz er Moulay Ismaël Trotz bot und selbst davor nicht zurückschreckte, entflohenen Sklaven Asyl zu gewähren.

Zwischen diesen beiden gegensätzlichen, durch den Zwang der Not miteinander verschweißten Welten spielte sich unvermeidlicherweise ein erbitterter Kampf ab. Die Dinge spitzten sich immer mehr zu. Eines Tages mußte es zur Explosion kommen. Die Muselmanen würden, den Krummsäbel in der Faust, das Mellah überfallen. Die Macht des Säbels würde über die des Geldes siegen ... Und alles würde von vorn beginnen ...

Es war für einen Juden nicht ratsam, sich nach Einbruch der Dunkelheit in der Araberstadt aufzuhalten. Und ebensowenig für einen Muselmanen, sich im Mellah zu verspäten.

Hier also hatten die acht Flüchtlinge – außer Angélique und Colin Paturel Piccinino, der Venezianer, der Marquis de Kermoeur, Francis, der Arlesier, Jean d'Harrosteguy, der alte Caloëns und Jean-Jean aus Paris – Unterschlupf gefunden, geschützt durch eine Mauer jahrhundertealten Hasses und grimmiger Kämpfe. Drei endlose, beklemmende Tage verbrachten sie im Hause Samuels, des Sohnes von Zacharia. Am Abend des ersten hörten sie Pferde durch die enge Gasse galoppieren. Samuels Frau, Rachel, spähte durch das rote Gitter und flüsterte in einem Gemisch aus Französisch und Arabisch:

„Es sind zwei Neger von der Leibwache des Sultans. Sie wollen zu Jakob und Aaron, den Kopfeinsalzern."

Die Wachen waren gekommen, um die beiden ehrsamen Handwerker aufzufordern, ihre Fässer mit Salzlake bereitzuhalten. In seinem Zorn über die Flucht der Gefangenen hatte der König eigenhändig über zwanzig Wachen geköpft. Erst als ihm der Atem ausgegangen war, hatte er innegehalten. Die Köpfe sollten an den Straßenecken zur Schau gestellt werden, nachdem sie von Jakob und Aaron in das Salz getaucht worden waren. Ein häßliches Geschäft, dem sich ausschließlich Juden widmeten. Daher stammte auch der Name des Viertels, in dem die Einpökelung vollzogen wurde: Mellah kommt von dem Wort „mehl", das Salz bedeutet.

Ein Nachbar brachte weitere Neuigkeiten. Die zur Verfolgung der Flüchtigen ausgeschickten Soldaten waren noch nicht wiedergekommen. Offenbar fürchteten sie sich, unverrichteterdinge zurückzukehren. Und allem Anschein nach hatte sich die Kunde von der Flucht einer Sklavin aus dem Harem und dem Mord an dem Obereunuchen noch nicht verbreitet. Wie würde der Sultan da erst wüten! ... Jakob und Aaron konnten sich auf allerlei Arbeit gefaßt machen.

Wartend saß Angélique zwischen den Jüdinnen, die in ihrem reichen Goldschmuck, ihren apfelgrünen, roten, orange- oder zitronengelben Satingewändern, ihren gestreiften Schleiern, hinter denen ihre Gesichter mit dem bernsteinfarbenen Teint und den schwarzen Augen leuchteten, wie Reliquienschreine schimmerten. Neben den Männern, die in ihren schwarzen Kaftanen wie magere Katzen wirkten, verkörperten sie den Glanz und die Wohlhabenheit, ebenso wie die bildhübschen, zarten Kinder, die gleichfalls in allen Farben gekleidet waren. Sarah, die Mutter, Rachel, Ruth, die Töchter, Agar, die Schwiegertochter, der kleine Joas, Josua und das entzückende Püppchen Abigail.

Mit Angélique teilten sie das ungesäuerte Brot, den Safranreis, den portugiesischen Kabeljau und die Salzgurken. Beruhigend legte Rachel ihre Hand auf die Angéliques und lächelte ihr zu. Warum nahmen diese Männer und Frauen eine solche Gefahr auf sich? grübelte sie. Denn das Schwert, das über ihrem eigenen Haupte schwebte, schwebte auch über denen der Schoudi, der Juden, über dem schwarzen Käppchen des stillen Juweliers wie über dem Lockenhaar der kleinen Abigail, die an den Knien ihrer Mutter eingeschlafen war.

„Alles steht zum besten", sagte Rachel. Das waren nahezu die einzigen französischen Worte, die sie wußte. Und während sie sie aussprach, erinnerten ihr strahlender Blick und ihr feines Lächeln Angélique plötzlich daran, daß diese fremdartige Frau die Tochter des alten Savary war.

Sie hatte ja nicht die Zeit gehabt, den Freund zu betrauern. Und sie wurde sich bewußt, daß sie ihn noch immer erwartete. Es wollte ihr nicht in den Sinn, daß sie über die Straßen wandern würde, ohne daß er neben ihr einhertrottete, unermüdlich um sie besorgt, im Wind den „Duft glückhafter Reisen" witternd.

„Verflucht sei Moulay Ismaël!" rief sie auf arabisch aus.

„Verflucht! Hundertmal verflucht sei Moulay Ismaël!" wiederholten die Juden im murmelnden Ton der Gebete.

Am zweiten Abend kam der Handwerker Cavaillac in Begleitung eines anderen Gefangenen, des Malteserritters de Méricourt. Sie berichteten, ganz Miquenez lebe in Angst und Bangen. Endlich sei der unwahr-

475

scheinliche Skandal offenbar geworden: eine Gefangene war aus dem Harem entwichen! Man hatte den Leichnam des ermordeten Obereunuchen entdeckt. Was sagte, was tat Moulay Ismaël? Er lag ausgestreckt da, die Stirn an den Boden pressend.

„Ich hatte nur zwei Freunde, die meinem Herzen nahestanden", wiederholte er immer wieder: „Osman Ferradji und Colin, den Normannen. An ein und demselben Tage habe ich beide verloren!"

Von der Frau sagte er kein Wort. Sein Schamgefühl verbot es ihm. Doch niemand zweifelte, daß das Erwachen seines Schmerzes fürchterlich sein würde. Welche Bluttaten würden die Verzweiflung seines wunderlichen Herzen zu lindern vermögen ...?

„Wir müssen noch einen Tag hierbleiben", sagte Colin Paturel.

Den andern stand der Schweiß auf der Stirn. Sie ertrugen es nicht länger, in der trügerischen Stille des Mellah Stunden und Stunden mit Warten zu verbringen. Moulay Ismaël würde sie schließlich noch durch die Mauern hindurch wahrnehmen.

„Noch einen einzigen Tag", wiederholte der Normanne in energischem Ton.

Und ihre Gemüter beruhigten sich.

Ein weiterer Tag verging. Am nächsten Morgen, da Angélique allein im Zimmer der Frauen war, kam einer ihrer zukünftigen Fluchtgefährten, der Marquis de Kermoeur, herein und bat sie, ihm aus dem Samowar ein wenig heißes Wasser in eine Schale zu gießen. Er nutzte seine unfreiwillige Muße, um sich zu rasieren, eine Verrichtung, die ihm während seiner sechsjährigen Gefangenschaft höchst selten und nur mit Hilfe von Flaschenscherben möglich gewesen war.

„Ihr könnt von Glück sagen, mein Kind, daß Ihr diese Sorge nicht kennt", meinte er, während er ihr mit dem Finger über die Wange strich. „Mein Gott, wie zart Eure Haut ist!"

Angélique mahnte ihn, seine Schale mit beiden Händen zu halten, um sich nicht zu verbrühen, während sie das Wasser eingoß. Der bretonische Edelmann betrachtete sie wohlgefällig.

„Welche Wonne, endlich wieder einmal ein hübsches französisches

Mädchen zu Gesicht zu bekommen! Ach, meine Schöne, ich bin untröstlich, daß ich mich in solch erbärmlicher Aufmachung präsentieren muß! Aber Geduld! Sobald wir in Paris sind, werde ich mir eine weite Kniehose aus rotem Satin schneidern lassen, wie sie mich armen Gefangenen schon im Traum verfolgt."

Angélique mußte lachen.

„Seit undenklichen Zeiten trägt keiner weite Kniehosen, der etwas auf sich hält, Monsieur."

„Ach? Was trägt man dann?"

„Eine Hose, die sich über dem Knie ein wenig verengt, und einen halblangen, unten abstehenden Rock."

„Erklärt mir das genauer", beschwor sie der Marquis und setzte sich neben sie auf das Kissenpolster.

Bereitwillig beschrieb sie ihm ein paar Einzelheiten. Mit einer Perücke hätte er dem Herzog von Lauzun ähnlich gesehen. Einem Lauzun im Sträflingshemd, dessen Rücken gar oft die Stöcke der Aufseher zu spüren bekommen hätte.

„Reicht mir Eure Hand, Schätzchen", sagte er unvermittelt.

Angélique streckte sie ihm entgegen, und er küßte sie. Danach sah er die junge Frau erstaunt an.

„Ihr seid bestimmt bei Hof gewesen", rief er aus. „Man muß tausend Handküsse in der Großen Galerie empfangen haben, um diese Geste mit soviel Ungezwungenheit auszuführen. Und ich möchte sogar wetten, daß Ihr dem König vorgestellt worden seid. Ist es nicht so?"

„Monsieur, was hat das schon zu sagen?"

„Geheimnisvolle Schöne, wie heißt Ihr? Durch welche unheilvolle Fügung seid Ihr in die Hände dieser Halunken geraten?"

„Und Ihr selbst, Monsieur?"

„Marquis . . .!"

Die Stimme Colin Paturels unterbrach ihr Gespräch. Der Riese stand auf der Türschwelle, seine blauen Augen unter den buschigen Brauen suchten das Halbdunkel zu durchdringen.

Kermoeur erwiderte:

„Ja, Majestät."

Er tat es ohne Ironie. Der Marquis de Kermoeur bewunderte Colin Paturel aufrichtig, und es bereitete ihm ein seltsames Vergnügen, ihm

477

zu gehorchen, denn er hielt den Normannen für einen geborenen Führer, wie er ihm in seiner Laufbahn als Offizier der königlichen Marine
kaum je begegnet war. Als zweiundzwanzigjähriger Fähnrich in Gefangenschaft geraten, hatte er in der Leibwache des Königs der Gefangenen „gedient", denn dieser Raufbold wußte mit dem Degen und dem
Rapier umzugehen wie kein anderer im ganzen Bagno, und Colin hatte
erwirkt, daß er über dem Sklavenkittel seinen Degen tragen durfte.
Als er hörte, daß sein Chef einen dritten Fluchtversuch plante, schloß
er sich ihm sofort an. Colin der Normanne flüchtete also mit seinem
gesamten Stab.

Zum Nebenraum zurückgewandt, rief er:

„Kameraden, kommt hierher!"

Die Gefangenen stellten sich vor ihm auf. Kermoeur gesellte sich zu
ihnen.

„Kameraden, morgen abend werden wir uns auf den Weg machen.
Ich werde Euch später die letzten Anweisungen geben, aber zuvor
möchte ich euch noch etwas sagen. Wir sind acht Flüchtlinge, sieben
Männer . . . und eine Frau. Wenn diese Frau auf dem gefährlichen
Weg, der uns bevorsteht, auch eine Last für uns ist, hat sie es doch
verdient, daß wir ihr helfen, die Freiheit wiederzugewinnen. Aber ich
warne euch: wenn unser Unternehmen gelingen soll, müssen wir zu-
sammenhalten. Wir werden zwangsläufig unter Hunger, Durst, Erschöpfung und Angst leiden. Da darf es nicht auch noch Haß zwischen
uns geben . . . Ich meine den Haß zwischen Männern, die gezwungen
sind zusammenzuleben und die denselben Gegenstand begehren . . .
Ich denke, ihr habt mich verstanden . . . Nichts dergleichen, Freunde,
sonst sind wir alle verloren! Diese Frau hier – ", er wies auf Angélique,
„– ist für keinen von uns da, sie gehört keinem . . . Sie setzt genauso
wie wir ihr Leben aufs Spiel. Das ist alles. In unsern Augen ist sie keine
Frau, sondern ein Kamerad. Dem ersten, der ihr den Hof macht oder
der es ihr gegenüber an Respekt fehlen läßt, werde ich den Kopf zu-
rechtsetzen, und ihr wißt, wie", drohte er, während er die Fäuste
schüttelte. „Und wenn er rückfällig wird, werden wir ihn nach unseren
Gesetzen aburteilen, und er wird den Aasgeiern zum Fraß dienen . . ."

Wie gut er spricht, und wie hart er ist, dachte Angélique.

Sie hatte Colin Paturel so oft von der Schießscharte herab beobachtet, daß sie ihn besser kannte als er sie. Er war ihr vertraut, aber wenn sie ihn aus der Nähe betrachtete, verursachte er ihr eine Gänsehaut, und es grauste ihr vor den Spuren der Folterungen auf seinem Körper, den Verbrennungen an seinen Beinen und Armen, den kaum vernarbten, durch die Eisenringe hervorgerufenen Wunden an seinen Hand- und Fußgelenken und ganz besonders vor denen seiner von Nägeln zerrissenen Handflächen. Er war noch keine vierzig, doch seine Schläfen ergrauten bereits – das einzige Zeichen von Schwäche, das diese stählerne Natur verriet.

„Seid ihr einverstanden?" fragte er, nachdem er ihnen Zeit zum Überlegen gelassen hatte.

„Wir sind einverstanden", erwiderten sie im Chor.

Der Marquis machte indessen eine Einschränkung:

„Bis wir auf christlichem Boden sind."

„Das versteht sich von selbst, alter Schwerenöter", rief Colin vergnügt aus, indem er ihm auf die Schulter schlug. „Hinterher kann jeder tun und lassen, was ihm beliebt. Freunde, wird das ein Leben werden!"

„Ich werd' mich drei Tage lang nur vollstopfen", erklärte Jean-Jean aus Paris mit strahlenden Augen.

Im Hinausgehen schwärmten sie einander vor, was sie in der ersten Stunde tun wollten, nachdem sie im portugiesischen Mazagran oder im spanischen Ceuta angelangt sein würden.

Colin blieb zurück und trat zu Angélique.

„Ihr habt gehört, was ich gesagt habe. Seid auch Ihr einverstanden?"

„Gewiß. Ich danke Euch, Monsieur."

„Ich habe nicht nur für Euch gesprochen. Auch für uns. Es wäre unser aller Untergang, wenn sich Zwietracht bei uns einschliche. Und wer hält den Apfel der Zwietracht in ihren Händen, seitdem die Welt besteht? . . . Die Frau! Wie unser Curé aus Saint-Valéry-en-Caux immer sagte: ‚Die Frau ist die Flamme, der Mann ist Werg, und der Teufel bläst.' Ich hab' Euch zuerst nicht mitnehmen wollen. Wir haben's dann nur dem alten Savary zuliebe getan. Auch die Juden wollten selbst für Geld ohne Euch nicht mitmachen. Man kommt anfangs nur schwer an sie heran, aber wenn sie mal jemand ins Herz geschlossen haben, behandeln sie ihn als ihresgleichen. Dem alten Savary ging es so. Sie hatten ihn ins Herz geschlossen. Er bestand darauf, daß wir Euch aus dem Harem herausholen sollten, da mußten wir ihm schon den letzten Willen erfüllen. Ich hab' ihn gern gehabt, den Alten. Ein prächtiger kleiner Bursche war er. Und was er alles wußte! Hundert- und tausendmal mehr als wir alle zusammen! . . . Schön, wir nehmen Euch also mit. Aber ich muß von Euch verlangen, daß Ihr Euch zurückhaltet. Ihr seid eine Frau, die viel erlebt hat. Man merkt's an der Art, wie Ihr mit den Männern umgeht. Drum vergeßt nicht, daß diese Burschen seit Jahren der Frauen entwöhnt sind. Unnötig, sie zu schnell darauf zu stoßen, was sie entbehrt haben. Bleibt in Eurer Ecke und behaltet wie die maurischen Frauen den Schleier vor dem Gesicht. Die Mode ist gar nicht so dumm . . . Verstanden?"

Angélique ärgerte sich ein wenig. Wenn sie auch zugeben mußte, daß er im Grunde recht hatte, gefiel ihr doch der Ton, in dem er sie warnte, absolut nicht. Bildete er sich etwa ein, diese haarigen, bärtigen, bleichen und stinkenden Christen könnten sie reizen? Nicht für viel Geld hätte sie einen von ihnen haben mögen. Sie solle Abstand wahren? Nichts lieber als das! Ein wenig ironisch erwiderte sie:

„Ja, Majestät."

Der Normanne kniff die Augen zusammen.

„Ihr sollt mich nicht mehr so nennen, Kindchen. Ich habe meine Krone dem Ritter de Méricourt abgetreten. Von jetzt an bin ich Colin Paturel aus Saint-Valéry-en-Caux. Und Ihr, wie heißt Ihr?"

„Angélique."

Ein Lächeln hellte das struppige Gesicht des Anführers der Gefangenen auf, und er betrachtete sie wohlgefällig.

„Ah, Angélique . . . tugendhaft wie ein Engel. Nun, bleibt so."

Der Ritter de Méricourt war zurückgekommen.

„Ich glaube, der Augenblick ist günstig für euch", erklärte er. „Man hat – sei es Zufall, sei es Einbildung – flüchtige Sklaven auf der Straße nach Santa Cruz gesichtet. Alle Aufmerksamkeit ist dorthin gerichtet. Das ist der gegebene Moment, zu handeln."

Colin Paturel fuhr sich durch sein wirres Haar, und ein Ausdruck von Qual und Panik zeichnete sein grobes Gesicht.

„Ich frage mich plötzlich, ob ich wirklich . . . Ach, Ritter! Wenn ich an all die armen Teufel denke, die ich im Stich lasse . . ."

„Mach dir keine Skrupel, Bruder", sagte der Ritter de Méricourt sanft. „Für dich war es an der Zeit fortzugehen, sonst hätte dich der Tod deinen Kameraden genommen."

„Wenn ich auf christlichem Boden bin", sagte Colin Paturel, „werde ich die Malteserritter von deinem Schicksal in Kenntnis setzen, damit sie etwas unternehmen, um dich loszukaufen."

„Das ist nicht nötig."

„Was sagst du?"

„Ich habe nicht die Absicht, Miquenez zu verlassen. Ich bin Mönch und Priester, und ich weiß, daß mein Platz hier ist, unter den Gefangenen der Ungläubigen."

„Du wirst am Pfahl enden."

„Möglich. Aber man lehrt uns in unserem Orden, daß der Märtyrertod der einzige eines Ritters würdige Tod sei. Und nun leb wohl, geliebter Bruder . . ."

„Lebt wohl, Herr Ritter."

Die beiden Männer gaben einander den Bruderkuß. Dann umarmte Monsieur de Méricourt jeden der sechs anderen Gefangenen, die das heikle Abenteuer der Flucht wagen wollten. Mit gedämpfter Stimme nannte er sie nacheinander bei ihren Namen, wie um sich diese Namen ins Herz einzugraben.

„Piccinino, der Venezianer, Jean-Jean aus Paris, Francis, der Arlesier, Marquis de Kermoeur, Caloëns, der Flame, Jean d'Harrosteguy, der Baske."

Vor Angélique verneigte er sich stumm.

Dann traten sie alle gemeinsam in die dunkle Gasse hinaus.

Vierundfünfzigstes Kapitel

Die Christen hatten die untere Hälfte des Gesichts mit dem Burnus verdeckt. Alle waren sie auf maurische Art gekleidet, das Gesicht rasiert und mit grünen Nußschalen eingeschmiert, um es dunkler erscheinen zu lassen. Nur Jean-Jean aus Paris, der Rothaarige, trug den Kaftan und das Käppchen der Juden. Angélique, in eine gehörige Anzahl Schleier gehüllt, den Haick dicht unter den Augen zusammengezogen, segnete die Eifersucht der Mauren, die es ihr erlaubte, sich so unkenntlich zu machen.

„Und senkt den Kopf so tief wie möglich", hatte Colin Paturel ihr anempfohlen. „Maurischen Frauen mit Augen wie den Euren begegnet man hierzulande nicht!"

Daß Moulay Ismaël spezielle Anweisung gegeben hatte, nach der Frau „mit den grünen Augen" zu forschen, sagte er ihr nicht. Ihn selbst machten sein blondes Haar und sein hünenhafter Wuchs verdächtig. Jedermann wußte, daß es in ganz Marokko nur zwei Männer gab, die sechs Fuß und zehn Zoll maßen: Osman Ferradji, der Obereunuch, und Colin Paturel, der König der Gefangenen.

So hatte er es für zweckmäßig gehalten, sich für einen Kaufmann auszugeben, der einiges Vermögen besaß und es sich daher leisten konnte, auf einem Kamel zu reisen. Angélique, seine Frau, sollte ihm auf einem Maultier folgen. Die andern, seine Diener, und Jean-Jean aus Paris, sein jüdischer Verwalter, würden zu Fuß gehen und Wurfspieße, Bogen und Pfeile tragen. Musketen waren selten und überdies dem König und seiner Armee vorbehalten.

In der tiefen Finsternis, die nur eine einzige Laterne erhellte, nahm jeder seinen Platz ein. Cayan flüsterte letzte Anweisungen. In Fez würde sie sein Bruder, ein Rabbi, am Wadi Cebon erwarten. Er würde ihnen in seinem Hause Herberge gewähren und einen zuverlässigen Führer für den Weg nach Xauen mitgeben, wo man sie einem anderen Metador anvertrauen werde, dessen Gewerbe es ihm erlaube, häufig die Stadt Ceuta zu betreten. Dieser Metador werde sie durch die Stellungen der die Stadt belagernden Mauren bringen, sie in den Felsen verbergen und dann den Gouverneur benachrichtigen, der Schaluppen oder eine Abteilung Soldaten schicken würde, um sie zu holen. Er empfahl ihnen außerdem, auf ihr Verhalten zu achten, nicht zu vergessen, zu den richtigen Zeiten gen Mekka gewandt zwanzigmal mit der Stirn die Erde zu berühren, und vor allem, wenn sie ein natürliches Bedürfnis verspürten, nicht im Stehen ihr Wasser abzuschlagen, denn falls jemand sie aus der Ferne beobachte, genüge das schon, um sie als Christen kenntlich zu machen. Lauter kleine Dinge, die eine große Bedeutung hätten. Glücklicherweise sprächen alle Flüchtlinge Arabisch und seien mit den Gebräuchen vertraut. Angélique als maurische Frau brauche nur eines zu tun: schweigen!

Das Kamel setzte sich mit langen Schritten in Bewegung. Langsam zogen sie durch die schmalen Gewölbe der Straßen, stumm wie die Finsternis um sie her.

Bliebe es doch ewig Nacht! dachte Angélique.

Ein frischerer Windhauch schien ihnen scharfen Rauchgeruch entgegenzuwehen. Sie erkannte, daß die blinden Flächen der Mellah-Mauern gewichen und durch Hütten aus Bambus und Schilfrohr abgelöst worden waren. Die Türen standen offen, hier und dort sah man die rote Blume eines kleinen Feuers, dessen Rauch zwischen den dürren Blättern der Dächer entwich. Rings um den Herd hockten Gestalten. Es waren die Wohnstätten der schwarzen Leibgarde des Königs, die auf dieser Seite des Mellah eine Art Vorstadt bildeten. Hunde bellten hinter den Flüchtlingen her.

Ein Gemurmel aus rauhen Kehlen ließ sich vernehmen, Schatten tauchten auf und näherten sich ihnen. Indessen wurde kein Licht angezündet, die Schwarzen fanden sich mühelos im Dunkeln zurecht. Jean-Jean aus Paris erklärte, sein Herr hier, Mohammed Raschid, Kaufmann aus Fez, befinde sich auf dem Wege nach Hause, er reise in der Nacht, um die glühende Hitze zu vermeiden. Der gute, kleine Kanzlist ahmte sogar die singende Sprechweise der Juden nach, und die Neger ließen sich täuschen.

Hütten, Hütten ... und der durchdringende Geruch der Kuhmist-

feuer und der im Öl der Pfannen schmorenden getrockneten Fische . . .
Endlich, nachdem diese erste Gefahr überstanden war, gelangten sie
auf einen einigermaßen erkennbaren Weg, dem sie die ganze Nacht
hindurch folgten. Es begann zu tagen, und ängstlich sah Angélique
zum Himmel auf, der erst eine grünliche, dann eine rosige Tönung annahm. In der Dämmerung war eine mit spärlichen Olivenbäumen bestandene Landschaft zu erkennen, die allmählich in die öde Weite der
Wüste überzugehen schien.

Eine Hütte tauchte an einer Wegbiegung auf. Angélique hatte nicht
den Mut, eine Frage zu stellen. Das Gefühl, nicht zu wissen, wo sie
sich befand, steigerte ihre Angst. Ihre aktive Natur begehrte auf bei
dem Gedanken, daß sie gewissermaßen nur noch ein Warenballen war,
den man auf einem Maultier transportierte. Wenn das Mißlingen oder
der Tod unausbleiblich war, wollte sie sich wenigstens darauf ein-
stellen können! Wie weit war es bis Fez, wo ein Jude ihnen einen
Führer stellen sollte? . . . Die Karawane zog weiter. Hatte Colin Paturel
die Hütte übersehen? Als ein Araber aus ihr heraustrat, unterdrückte
Angélique nur mit Mühe einen Aufschrei.

Doch der Mann kam auf sie zu, als habe er sie erwartet. Paturel ließ
sein Kamel in die Knie gehen und stieg ab.

„Kommt herunter, Kindchen", sagte der alte Caloëns zu Angélique.
Säcke mit Lebensmitteln wurden herangebracht und unter ihnen verteilt. Auch Angélique bekam einen, der ebenso groß wie die der andern war. Der Marquis de Kermoeur glaubte Einspruch erheben zu
müssen:

„Wie kann man den schwachen Schultern einer Frau eine solche Last
aufbürden! Ich finde das unschicklich, Majestät!"

„Muß ein Muselmane nicht Verdacht schöpfen, wenn er eine Frau
mit leeren Händen hinter Männern hertrotten sieht, die wie Packesel
beladen sind?" gab Colin Paturel zurück. „Das können wir uns nicht
leisten. Es besteht immer noch Gefahr, daß wir beobachtet werden."

Er selbst hob die Last auf die Schultern der jungen Frau.

„Ihr dürft es uns nicht verargen, Kindchen. Im übrigen gehen wir
nicht mehr weit. Wir werden uns den Tag über verbergen und in der
Nacht weiterziehen."

Der Araber hatte das Kamel und das Maultier beim Zügel gefaßt

484

und im Schatten eines Olivenbaums angebunden. Dann forderte er die Flüchtlinge auf, in die Hütte zu treten, wo ihm Piccinino Geldstücke auf den Tisch zählte. Darauf setzten sie ihren Weg fort. Bald tauchte hinter einem Hügel ein ausgedehntes Schilfgebiet auf, das einen Fluß zu säumen schien.

„Wir werden uns den Tag über in diesem Bruch verstecken", erklärte Colin Paturel. „Und zwar einzeln, damit wir nicht zuviel Schilf niedertreten und uns dadurch verraten. Nach Einbruch der Dunkelheit werde ich den Ruf der Wildtaube nachahmen, und auf dieses Zeichen hin versammeln wir uns am Rande jenes Wäldchens dort drüben. Jeder hat ein wenig Wasser und Proviant . . . Bis heute abend also."

Sie zerstreuten sich zwischen den hohen, scharfkantigen Schäften. Der Boden war teils schwammig, teils rissig von der Trockenheit. Angélique fand eine Stelle, die mit ein wenig Moos bedeckt war. Müde ließ sie sich nieder und streckte sich aus. Es würde ein langer Tag werden. Brütende Hitze lag über dem Bruch; Mücken und andere Insekten umschwirrten sie unaufhörlich. Zum Glück war sie durch ihre zahlreichen Schleier geschützt. Sie trank einen Schluck Wasser und aß einen Zwieback. Der Himmel über ihr schien zu glühen, und die langen, spitzigen Blätter des Schilfs hoben sich dunkel gegen ihn ab.

Angélique schlief ein; beim Erwachen hörte sie Stimmen und glaubte, ihre Gefährten suchten sie. Aber es war noch nicht Abend. Der Himmel blendete noch immer wie glühender Stahl. Plötzlich sah sie, wenige Schritte von ihr entfernt, zwischen dem Schilf eine in eine weiße Djellaba gehüllte Gestalt auftauchen. Das braune Gesicht war ihr nicht zugewandt, und sie konnte daher seine Züge nicht erkennen.

War es der Arlesier oder der Venezianer? überlegte sie.

Jetzt wandte sich ihr der Mann halb zu. Seine dunkle Gesichtsfarbe war zweifellos echt. Ein Maure!

Angélique blieb das Herz stehen. Der Maure hatte sie noch nicht bemerkt. Er sprach mit einem Begleiter, den sie nicht sah.

„Hier taugt das Schilf nicht viel. Es ist an vielen Stellen von einem Tier niedergetrampelt worden. Gehen wir aufs andere Ufer, und wenn wir dort kein besseres finden, kommen wir zurück."

Sie hörte, wie sie sich entfernten, und konnte ihr Glück kaum fassen. Plötzlich fuhr sie zusammen. Nicht weit entfernt, ließ sich eine andere

485

Stimme vernehmen. Sie erkannte sie. Es war Francis, der Arlesier, der zu singen begonnen hatte.

Dieser Idiot, dachte sie. Er muß ja die Mauren auf sich aufmerksam machen. Sie wagte es nicht, sofort zu ihm zu laufen und ihn zum Schweigen zu bringen. Als sich nichts rührte, schlich sie nach einer Weile zu der Stelle, wo sie den unvorsichtigen Provenzalen vermutete.

„Wer ist da?" fragte er. „Ach, Ihr seid's, bezaubernde Angélique!"

Sie bebte vor Zorn.

„Seid Ihr verrückt, so laut zu singen? Eben sind Mauren vorbeigekommen, um Schilfrohr zu schneiden. Ein wahres Wunder, daß sie Euch nicht gehört haben."

Der muntere Bursche wurde bleich.

„Sackerment! Daran habe ich nicht gedacht! Ich bin plötzlich so glücklich darüber gewesen, zum erstenmal nach acht Jahren wieder frei zu sein, und da sind mir alte Weisen aus meiner Heimat in den Sinn gekommen. Meint Ihr, sie haben mich gehört?"

„Hoffentlich nicht. Und jetzt keinen Laut mehr!"

„Eigentlich, wenn es nur zwei waren . . .", stieß der Provenzale zwischen den Zähnen hervor.

Er zog sein Messer aus dem Gürtel, um die Klinge zu prüfen, und geriet dabei aufs neue ins Träumen.

„Ich hatte eine Braut in der Nähe von Arles. Glaubt Ihr, daß sie auf mich gewartet hat?"

„Das sollte mich wundern", sagte Angélique kühl. „Acht Jahre sind eine lange Zeit . . . Vermutlich hat sie inzwischen einen Haufen Kinder . . . von einem andern."

„Ah, meint Ihr?" sagte er ernüchtert.

Wenigstens würde er nun nicht mehr singen, um der Freude seines Herzens Ausdruck zu geben. Schweigend lauschten sie dem Rauschen des Schilfs. Angélique hob die Augen und unterdrückte einen Seufzer der Erleichterung. Endlich färbte sich der Himmel rosig. Die verbündete Nacht nahte mit ihren Sternen, die sie leiten würden.

„In welche Himmelsrichtung wandern wir?" fragte sie.

„Gen Süden."

„Was sagt Ihr?"

„Es ist die einzige Richtung, in die Moulay Ismaël seine Häscher ver-

mutlich nicht ausschickt. Welcher Sklave flüchtet schon nach Süden, der
Wüste zu? . . . Später biegen wir nach Osten ab, dann ziehen wir wieder nordwärts, in gehörigem Abstand an Miquenez und Fez vorbei,
um unter Führung eines Metadors Ceuta oder Melville zu erreichen.
Der Umweg verlängert die Reise zwar beträchtlich, aber er vermindert
die Gefahren. Die Maus narrt die große Katze. Während sie uns im
Norden oder Westen sucht, sind wir im Süden und Osten. Es steht zu
hoffen, daß sie es aufgegeben hat, wenn wir wieder die richtige Richtung einschlagen werden. Tatsache ist jedenfalls, daß die, die den direkten Weg einschlagen, nie zum Ziel kommen. Warum sollte man also
nicht einmal das Gegenteil versuchen? Wir dürfen nicht vergessen,
daß es die Dorfältesten den Kopf kostet, wenn sie flüchtige christliche
Gefangene vorbeiziehen lassen. Und sie passen auf, das könnt Ihr mir
glauben. Sie haben Hetzhunde, die darauf dressiert sind, die Christen
aufzuspüren."

„Pst!" machte sie. „Habt Ihr nicht das Zeichen gehört?"

Fünfundfünfzigstes Kapitel

Es war Nacht geworden über dem Bruch. Zu wiederholten Malen
erscholl der sanfte Ruf der Wildtaube. Mit äußerster Behutsamkeit
kamen die Flüchtlinge aus ihren Verstecken. Stumm sammelten sie sich,
stellten fest, daß sie vollzählig waren, und machten sich wieder auf den
Weg.

Sie marschierten die ganze Nacht hindurch, bald durch Wald, bald
durch felsiges Gelände, in dessen Unübersichtlichkeit sie sich nur mit
Mühe zurechtfanden. Sie mieden die Siedlungen und orientierten sich
nach dem Hundegebell und dem Krähen der Hähne. Die Nächte waren
kühl, aber noch immer schliefen viele Mauren auf den Feldern, um
ihre noch nicht gepflückte oder gemähte Ernte zu schützen. Piccininos
Nase nahm den leisesten Rauchgeruch wahr, und das scharfe Gehör
des Marquis de Kermoeur das geringste verdächtige Geräusch. Häufig
preßte er das Ohr an den Boden. Sie mußten sich in einem Dickicht

verbergen, um zwei Reiter vorüberziehen zu lassen, die glücklicherweise nicht von Hunden begleitet waren.

Am Morgen versteckten sie sich in einem Gehölz und verbrachten einen weiteren Tag mit Warten. Der Durst begann sie zu plagen, denn ihr Wasservorrat war erschöpft. Sie machten sich in dem Gehölz auf die Suche, und das Quaken eines Froschs führte sie zu einer von Insekten wimmelnden Lache, deren Wasser sie durch ein Tuch filterten. Angélique hatte sich in einiger Entfernung von den Männern niedergelegt. Sie dachte sehnsüchtig an das Bad der Sultaninnen mit seinem klaren, parfümierten Wasser und seinen fürsorglichen Dienerinnen. Ach, wenn sie doch baden, ihre Kleider ablegen könnte, die an ihrem schweißnassen Körper klebten! Und dieser grausame Colin Paturel zwang sie auch noch, ihr Gesicht zu verschleiern! . . .

Angélique versank in Betrachtungen über das traurige Los der muselmanischen Frauen der unteren Schichten. Jetzt endlich begriff sie, daß die Aufnahme in einen Harem, das bequeme Leben im Serail für sie das höchste Glück bedeuten mußte. Keine Plackerei, kein Durst, kein Hunger wie der, der sie nun zu quälen begann. Ein Magen, der es gewohnt ist, mit Süßigkeiten überfüttert zu werden, vermag sich nicht von einem Tag zum andern auf das Stückchen trockenen Zwieback umzustellen, das der knauserige Paturel ihnen zuteilte.

Die Gefangenen litten weniger als sie. Ihre Kost unterschied sich nicht wesentlich von der des Bagno, und sie würden mit noch weniger bestehen können.

Angélique hörte sie miteinander plaudern.

„Entsinnst du dich jenes Tages", sagte der Baske Jean d'Harrosteguy, „als du dem Pascha Ibrahim bei seinem Besuch in Salé ein Stück von unserem verschimmelten Brot zu essen gabst? Der Türke erklärte sich bereit, Moulay Ismaël deswegen Vorstellungen zu machen. Hat es darüber ein Palaver gegeben?"

„Um ein Haar wäre es zwischen der Hohen Pforte und dem Königreich Marokko zum Krieg gekommen, bloß der Sklaven wegen."

„Die Türken haben keinen Einfluß mehr auf diese Gesellschaft", sagte Colin Paturel. „Trotz ihres riesigen Reichs fürchten sie unseren fanatischen Ismaël. Wer weiß, ob er nicht noch Konstantinopel erzittern macht?"

„Immerhin hast du es erreicht, daß wir Kuskus bekamen und vor allem Branntwein und Wein."

„Ich habe ihnen klargemacht, daß Christen nicht arbeiten können, wenn sie nur Wasser zu trinken kriegen. Und da ihm an der raschen Fertigstellung seiner Moschee lag . . ."

Angélique hörte sie lachen.

Ob nicht die Zeit der Gefangenschaft bei den Barbaresken für diese Männer die erfreulichste Erinnerung ihres Lebens bleiben wird? fragte sie sich.

Als es dunkel geworden war, zogen sie weiter. Der Mond ging auf, eine goldene Sichel inmitten der Sterne. Gegen Mitternacht näherten sie sich einem Weiler, dessen Hunde anschlugen. Colin Paturel machte halt.

„Es hilft nichts, wir müssen durch, sonst verirren wir uns."

„Wir könnten versuchen, uns durch das Gehölz zur Linken zu schlagen", meinte der Marquis de Kermoeur.

Nach kurzer Beratung drangen sie in den Wald, dessen dorniges Gestrüpp sich jedoch als so dicht und unwegsam erwies, daß sie nach ungefähr einer halben Meile mit blutenden Händen und zerrissenen Kleidern umkehrten. Angélique hatte eine Sandale verloren, aber sie wagte nicht, es zu sagen. Von neuem gelangten die Gefangenen an den Rand des Weilers. Man mußte einen Entschluß fassen.

„Durchqueren wir ihn", sagte Colin Paturel, „und Gott befohlen!"

So rasch sie konnten, lautlos wie Gespenster, schlichen sie zwischen den sich eng aneinanderdrängenden Lehmhütten hindurch. Hunde bellten, aber niemand rührte sich. Erst aus dem letzten Haus rief ein Mann sie an. Ohne innezuhalten, antwortete ihm Colin Paturel, sie seien auf dem Weg zu dem berühmten wundertätigen Santon Adour Smali und hätten es eilig, denn er habe ihnen anempfohlen, vor Sonnenaufgang bei ihm zu sein, sonst könne er nicht für die Wirksamkeit seiner Zaubermittel bürgen. Der Maure gab sich zufrieden.

Nachdem diese Gefahr überstanden war, setzten die Gefangenen ohne Pause ihren Fluchtweg fort. Sie schlugen einen Seitenweg ein,

489

falls die Bewohner des Weilers sich eines andern besinnen und sie verfolgen sollten. Doch die Leute dieser Gegend waren es nicht gewohnt, daß Gefangene in südlicher Richtung flüchteten, und ihre Hunde waren nicht darauf abgerichtet, sie zu verfolgen.

Im Morgengrauen machten sie endlich Rast. Völlig erschöpft ließ sich Angélique zu Boden fallen. Von der Angst vorwärtsgetrieben, war sie wie eine Schlafwandlerin dahingeschritten, und erst jetzt wurde sie sich bewußt, daß ihr bloßer Fuß von den spitzen Steinen des Wegs zerschunden war und unerträglich zu schmerzen begann.

„Fehlt Euch was, Kindchen?" fragte Colin Paturel.

„Ich habe eine Sandale verloren", erwiderte sie, angesichts dieser Katastrophe den Tränen nahe.

Den Normannen schien es nicht zu erschüttern. Er stellte seinen Sack ab und entnahm ihm ein zweites Paar Frauensandalen.

„Ich habe Rachel, Samuels Frau, in weiser Voraussicht gebeten, mir ein Ersatzpaar für Euch mitzugeben. Wir Männer können notfalls barfuß gehen, aber was Euch angeht, mußte man Vorsorge treffen."

Er kniete vor ihr nieder, ein Fläschchen in der Hand, tränkte ein Stückchen Leinwand mit dem Balsam und benetzte damit ihre Wunden.

„Warum habt Ihr es nicht eher gesagt?" fragte er. „Bevor Euer Fuß so schlimm wurde?"

„Wir mußten doch das Dorf hinter uns bringen. Ich habe nichts gespürt. Ich hatte solche Angst!"

Ihr Fuß wirkte in der kraftvollen Hand des Normannen zart und zerbrechlich. Er verband ihn mit Scharpie, dann sah er sie mit seinen blauen Augen aufmerksam an.

„Ihr hattet Angst und seid trotzdem marschiert? Das ist tapfer! Ihr seid ein guter Kamerad!"

Ich verstehe, warum man ihn König genannt hat, sagte sie sich eine Weile später. Er ängstigt und beruhigt zugleich.

Sie hatte die feste Überzeugung, daß Colin Paturel unüberwindlich war. Unter seinem Schutz würde sie auf christlichen Boden gelangen, wie groß auch die Leiden sein mochten, die ihr noch bevorstanden. Das ihnen feindliche Land, die unbarmherzigen Verfolger, die Gefahr, die ständig ihren Weg beschattete, einen Weg, der ebenso bedroht war wie der des Seiltänzers auf dem über der Leere gespannten Seil – alles das würde ihm nichts anhaben können. Seine Kraft würde sie über alle Hindernisse hinwegtragen . . .

Sie schlief ein, hinter den heißen Steinen verborgen, das Gesicht an die Erde gepreßt, in der Hoffnung, dort ein wenig Kühlung zu finden. Das öde, mit vereinzelten Palmen bestandene Land gemahnte bereits an die Wüste. Weit und breit war weder ein Rinnsal noch ein Tümpel zu sehen. Nur in den Niederungen schimmerten schneeweiß große Salzfladen, Rückstände ausgetrockneter Wasserlachen. Colin Paturel sammelte ein paar Brocken auf und schob sie in seinen Sack, im Gedanken an die Wildbretorgien, die sie zu veranstalten gedachten, wenn sie wieder im Norden sein würden. Man würde Gazellen und Wildschweine töten, man würde sie, nachdem man sie mit Salz, Thymian und Piment eingerieben hatte, über einem prächtigen Feuer braten und dann verschlingen und klares Quellwasser dazu trinken.

Mein Gott! Wo war dieses klare Wasser? Die Zunge klebte ihnen am Gaumen vor Durst.

Der Durst weckte Angélique. Ihre Wange war von der Sonne verbrannt, da der Schleier sich während des Schlafs verschoben hatte, und schmerzte bei der leisesten Berührung. Hinter dem Felsen, der sie verbarg, hörte sie dumpfe Schläge. Es war Colin Paturel, der, unbekümmert um Durst und Müdigkeit, die Rast genutzt hatte, um aus einem entwurzelten jungen Baumstamm eine riesige Keule zu formen. Er probierte sie aus, indem er sie gegen einen Felsen hieb.

„Das ist eine Waffe, die ebensoviel taugt wie der Degen des Marquis de Kermoeur", meinte er triumphierend. „Zwar ist keiner geschickter als er, wenn es gilt, einen Schmerbauch zu durchbohren, aber um einem Mauren Vernunft beizubringen, ist mein Prügel gerade recht."

Die Dämmerung sank in feurigen Schleiern herab. Trübsinnig blickten die Flüchtlinge nach den Hügeln, deren Dürre das abendliche Licht verwischte.

Die Höhlungen der Täler waren wie mit blauem Samt ausgepolstert, und man glaubte Bäche in ihnen schimmern zu sehen.

„Colin, wir haben Durst!"

„Geduldet Euch, Kameraden. Das Gebirge, das wir durchqueren werden, birgt in seinen tiefen Schluchten Quellen. Noch vor morgen abend werden wir uns satt trinken können."

Den Dürstenden schien diese Aussicht allzu fern, doch in Ermangelung einer besseren gaben sie sich mit ihr zufrieden. Colin Paturel teilte an jeden ein Stück einer Nuß aus, die im Innern Afrikas wächst und die die schwarzen Wachen Moulay Ismaëls zu kauen pflegten, wenn sie einen langen Marsch vor sich hatten. Sie schmeckte bitter. Man mußte sie möglichst lange im Mund behalten, denn sie gab Kraft und milderte die Qualen des Hungers und des Dursts.

Nach Einbruch der Dunkelheit zogen sie weiter. Sehr bald erreichten sie das Felsmassiv. Es herrschte nahezu vollkommene Finsternis, der Mond leuchtete zu schwach, um sie zu leiten und ihnen die günstigsten Durchgänge zu zeigen. Zuweilen mußten sie sich an den Felsen hochziehen, um nach kurzer Rast von neuem durch Spalten und Schründe weiterzuklettern. Sie kamen nur äußerst langsam vorwärts. Unter ihren Füßen lösten sich Steinbrocken, die sie hinunterrollen und in fernen Abgründen dumpf aufschlagen hörten. Die Luft wurde eisig, sie trocknete den Schweiß auf ihren Stirnen und ließ sie in ihrer feuchten Kleidung erschauern. Colin, der sie führte, schlug zu wiederholten Malen Feuer, um sich zurechtzufinden. Aber das war gefährlich, denn man mußte damit rechnen, daß die Araber der Ebene das Licht inmitten der unzugänglichen Felsen bemerkten.

Angélique kletterte unermüdlich. Sie staunte selbst über ihre Ausdauer, die sie zweifellos der Wirkung der Kolanuß verdankte. Die hellen Burnusse ihrer Gefährten hoben sich vom Berghang ab, und es glückte ihr, nicht zurückzubleiben. Plötzlich vernahm sie ein lawinenartiges Geräusch. Etwas glitt an ihr vorbei, wurde von der Finsternis verschlungen, dann erscholl ein fürchterlicher Schrei, und das Echo eines dumpfen Aufpralls stieg aus der unsichtbaren Tiefe herauf.

An einen Felsvorsprung geklammert, blieb sie regungslos stehen.

Die Stimme des Basken schrie:

„Paturel, einer ist abgestürzt!"

„Wer?"

„Ich weiß nicht."

„Die Kleine?"

Angéliques Zähne klapperten, sie war unfähig, einen Laut hervorzubringen.

„Angélique!" schrie der Anführer, überzeugt, daß die unerfahrene junge Frau tödlich abgestürzt war. Wie leichtsinnig, daß er Caloëns nicht veranlaßt hatte, sie unter seine Fittiche zu nehmen, Caloëns, der achtsam war wie eine alte Geiß. Sie hatten sie sich selbst überlassen, und nun ...

„Angélique!" brüllte er, als könne das Echo seiner Stimme das bereits eingetretene Unglück noch abwenden.

Das Wunder geschah.

„Ich bin da", vermochte sie endlich zu stammeln.

„Gut, rührt Euch nicht von der Stelle. Jean, der Baske? ..."

„Hier!"

„Jean-Jean aus Paris?"

„Hier!"

„Francis, der Arlesier?"

Keine Antwort ...

„Francis, der Arlesier? ... Piccinino?"

„Hier."

„Der Marquis Caloëns?"

„Hier! Hier!"

„Also Francis", sagte Colin Paturel, während er vorsichtig zu ihnen herabstieg.

Sie sammelten sich, befragten einander über die Umstände des Dramas. Der Arlesier mußte einige Meter über Angélique gewesen sein. Sie sagte, sie habe gehört, wie er infolge eines Fehltritts ins Rutschen gekommen und mit dem Geröll schreiend in den Abgrund gestürzt sei.

„Wir müssen warten, bis es Tag wird", entschied der Normanne.

Sie warteten, vor Kälte schlotternd, und ihre Glieder wurden steif in der unbequemen Haltung, zu der sie die Felsennischen zwangen. Rasch und klar brach der Tag an. Die Berge schimmerten rötlich unter einem zitronengelben Himmel, an dem ein Adler kreiste. Im Gegenlicht der aufgehenden Sonne wirkte der Raubvogel wie das in Bronze geprägte

Wappentier des Heiligen Römischen Reichs. Langsam senkte er sich über eine Schlucht herab.

Der Normanne verfolgte seinen majestätischen Flug.

„Dort muß es sein!" murmelte er.

Beim ersten Schein der Morgenröte hatte er diejenigen gemustert, die ihn umringten, immer noch hoffend, dem lustigen Gesicht des Provenzalen mit den schwarzen Augen und dem gelockten Bart zu begegnen. Aber er blieb verschwunden . . .

Schließlich entdeckten sie ihn am Fuß des Abgrunds, ein weißer Fleck inmitten der zackigen, schwarzen Felsen.

„Vielleicht ist er nur verletzt?"

„Kermoeur, reich mir das Seil!"

Es wurde um einen Felsen geschlungen, und Colin Paturel wand das andere Ende um seine Hüfte, mit der Geschicklichkeit des Seemanns, dessen Finger im Knüpfen und Schlingen von Tauen geübt sind. Im Augenblick, da er sich ins Leere hinunterlassen wollte, besann er sich eines anderen, nachdem er einen Blick auf den bedrohlich sich nähernden Adler geworfen hatte.

„Reicht mir meine Keule."

Er befestigte sie an seinem Gürtel.

Ihr Gewicht mußte ihm beim Abstieg hinderlich sein, aber er wurde gut mit ihr fertig.

Über den Abgrund gebeugt, verfolgten die Gefährten atemlos jede seiner Bewegungen. Sie sahen, wie er auf dem Felsvorsprung Fuß faßte, auf dem der Körper lag, wie er sich über ihn neigte, ihn umdrehte. Dann legte er die Hand über die Lider des Provenzalen und bekreuzigte sich.

„Francis! . . . Ach, Francis!" flüsterte Jean-Jean aus Paris bewegt.

Sie wußten alle, was mit ihm dahinging. Unauslöschliche Erinnerungen an Fron und Folter, an Hoffen und Gelächter in der verfluchten Welt der Sklaven, an jene Lieder, die der Provenzale zum bestirnten afrikanischen Himmel emporgesandt hatte, wenn der kühle Nachtwind die Palmen wiegte. Angélique teilte ihren tiefen Schmerz. Am liebsten hätte sie ihnen die Hand gedrückt, soviel unerwartete Menschlichkeit war plötzlich aus diesen ausgehöhlten, geschwärzten Gesichtern zu lesen.

„Vorsicht, Colin! Der Adler!" schrie unversehens der Marquis de Kermoeur.

Der Vogel, der sich wieder hochgeschwungen hatte, als verzichte er auf seine Beute, schoß jählings wie ein Blitz vom Himmel herab. Sie hörten im Vorbeifliegen das Rauschen seiner weit ausgebreiteten Schwingen, die im nächsten Moment Colin Paturel vor ihren Blicken verbargen. Eine Weile vermochten sie dem Kampf nicht zu folgen, der sich dort unten zwischen Mensch und Tier abspielte, dann sahen sie endlich aufs neue den König der Gefangenen seine Keule schwingen.

Er hatte keinen sicheren Stand auf der schmalen Felsplatte, aber er kämpfte mit einer Kaltblütigkeit und Kraft, als verfüge er über die nötige Bewegungsfreiheit. Er hatte sich am äußersten Rand des Abgrunds postiert und nicht an die Rückwand, die ihn behindert hätte. Beim geringsten Fehltritt oder falsch berechneten Ausfall wäre er ins Leere gestürzt. Er schlug auf seinen Gegner ein, ohne sich eine Atempause zu gönnen. Zu wiederholten Malen hatte der Adler sich schon entfernt. Einer seiner Flügel hing zerschmettert herab, aber immer wieder kam er zurück, mit gefährlich funkelndem Blick und vorgestreckten Krallen.

Endlich bekam ihn Colin Paturel mit der freien Hand beim Hals zu fassen. Er ließ seine Keule los, riß sein Messer aus der Scheide, schnitt dem Raubvogel die Kehle durch und schleuderte ihn in den Abgrund.

„Jesus! Heilige Jungfrau!" murmelte der alte Caloëns.

Alle waren sie leichenblaß, und der Schweiß rann ihnen über die Gesichter.

„Nun, was ist? Wollt ihr mich nicht hochziehen? Was habt ihr denn da droben?"

„Ja, Majestät. Gleich!"

Colin Paturel hatte sich den Leichnam des Provenzalen auf die Schulter geladen, und mit dieser zusätzlichen Last ging der Aufstieg langsam und mühselig vonstatten. Oben angelangt, blieb der Normanne eine Weile keuchend auf den Knien liegen. Das Blut rann aus seiner Brust durch den von den Klauen des Vogels zerrissenen Burnus.

„Ich hätte ihn drunten lassen können", sagte er, „aber ich habe nicht den Mut dazu gehabt. Francis hat's nicht verdient, daß man ihn den Aasgeiern überläßt."

„Du hast recht, Colin! Er soll ein christliches Begräbnis haben."

Während sie die Steine wegscharrten und sich mit ihren Hirschfängern mühten, ein Grab auszuheben, trat Angélique zu Colin Paturel, der auf einem Felsen saß.

„Laßt mich Eure Wunden versorgen, wie Ihr gestern die meinen versorgt habt, Colin."

„Soll mir recht sein, mein Schätzchen. Die Bestie hat mir tüchtig zugesetzt. Nehmt die Branntweinflasche aus meinem Beutel und tut Euer Werk!"

Er zuckte nicht mit der Wimper, während sie die tiefen Schrammen auf seiner Brust mit Alkohol benetzte. Sie spürte, wie ihr Respekt vor ihm wuchs bei der Berührung mit diesem Körper, der seinem Schöpfer alle Ehre machte.

Doch Colin Paturel dachte nicht mehr an den Kampf mit dem Adler. Er dachte an Francis, den Arlesier, und das Herz tat ihm weh, viel mehr noch als die aufgerissene Brust . . .

Sechsundfünfzigstes Kapitel

Drei Tage lang irrten sie so durch die öde, glühende Felsenlandschaft. Der Durst wurde immer quälender. Sie wanderten nicht mehr während der Nacht, um sich nicht der Gefahr eines neuerlichen Unglücks auszusetzen. Die Gegend war fast unbewohnt. Am zweiten Tag indessen riefen zwei maurische Hirten, die ihre Schafe auf einem Grashang weiden ließen, sie über eine Schlucht hinweg an. Argwöhnisch betrachteten sie den zerlumpten Trupp, in dem eine Frau und der schwarze Kaftan eines Juden zu erkennen waren.

Colin Paturel antwortete ihnen, sie seien auf dem Wege nach Meld'-jani. Die Hirten ließen verwunderte Ausrufe hören. Wie man nur so töricht sein könne, durch das Gebirge nach Meld'jani zu reisen, obwohl es doch eine viel kürzere Straße durch die Ebene gebe, die Moulay Ismaël kürzlich von seinen Schwarzen habe ausbauen lassen! . . . Ob sie Fremde seien, die man in die Irre geführt habe? . . . Oder Banditen? Oder etwa gar entwichene Christen? ... Nachdem die Hirten unter spöttischem Gelächter die letztere Vermutung geäußert hatten, wurden sie plötzlich stutzig. Sie tuschelten miteinander, wobei sie immer wieder tückische Blicke auf die Reisenden jenseits der Schlucht warfen.

„Gib mir deinen Bogen, Jean d'Harrosteguy", sagte Colin Paturel, „und du, Piccinino, stell dich vor mich, damit sie nicht sehen, was ich vorhabe."

Plötzlich kreischten die Mauren auf und liefen Hals über Kopf davon. Doch die Pfeile des Normannen trafen sie in den Rücken, und durchbohrt rollten sie über den Hang hinunter, während ihre Schafe blökend zu Tal rannten und sich in Schründen die Beine brachen.

„Nun besteht keine Gefahr mehr, daß sie Alarm schlagen. Das ganze Dorf hätte uns auf der Paßhöhe aufgelauert."

Bis dorthin blieben sie auf der Hut. Sie sahen die Straße, von der die Hirten gesprochen hatten. Aber es schien ihnen ausgeschlossen, sie zu benutzen. Ihre zerrissene Kleidung, ihr erschöpftes, beunruhigendes Aussehen würden bei jedem, der ihnen begegnete, Verdacht erregen.

Es half nichts, sie mußten auch weiterhin durch das scharfe Felsgestein klettern, unter der glühenden Sonne und dem lastenden, indigofarbenen Himmel, mit blutenden Füßen und vom Durst geschwollener Zunge. Gegen Abend sahen sie in der Tiefe einer Schlucht das rettende Wasser schimmern, und trotz der steilen Felswände entschlossen sie sich hinunterzusteigen.

Doch als sie schon fast den Boden der Schlucht erreicht hatten, vernahmen sie ein unheimliches Knurren.

„Löwen. Es sind Löwen!"

Sie hielten inne, ans Gestein gepreßt, während die Raubtiere, durch die herabstürzenden Felsbrocken beunruhigt, ein schauerliches Gebrüll ausstießen. Angélique sah die gelbbraunen Gestalten der mächtigen Bestien sich ein paar Schritte unter ihr bewegen. Sie klammerte sich an einen Wacholderstrauch, in dem grausigen Gefühl, daß seine Wurzeln nicht standhalten würden.

Der Normanne, der sich ein Stück über ihr befand, sah, wie sie bleich wurde und ein Ausdruck panischer Angst in ihre Augen trat.

„Angélique!" rief er.

Wenn er einen Befehl gab, veränderte sich seine für gewöhnlich gemessene, ruhige Stimme. Man konnte sich dem Zwang dieses sonoren, knappen Tons nicht entziehen.

„Schaut nicht hinunter, Kindchen! Bleibt stehen. Reicht mir die Hand."

Er zog sie hoch wie eine Strohpuppe, und sie schmiegte sich an ihn, barg die Stirn an seiner Schulter, um dem gespenstischen Anblick zu entrinnen.

Geduldig wartete er, bis sie zu zittern aufhörte, und als das Gebrüll nachließ, rief er:

„Steigen wir wieder hinauf, Kameraden! Es hat keinen Sinn . . ."

„Und das Wasser? Das Wasser?" stöhnte Jean-Jean aus Paris.

„Hol dir welches, wenn du Lust hast!"

Am Abend dieses Tages setzte sich Angélique abseits, während die Gefangenen sich um ein kümmerliches Feuer lagerten, in dessen Asche sie Wurzelknollen rösten wollten.

Sie lehnte die Stirn an einen Stein und wurde von grausamen Visionen gefoltert: sie sah Sorbett vor sich, eisgekühlte Getränke, glitzerndes Wasser unter Palmen.

„Ich möchte mich waschen! Trinken! Ich kann nicht mehr. Ich kann nicht mehr weitergehen."

Eine Hand legte sich behutsam auf ihren Kopf. Eine so mächtige Hand konnte nur dem Normannen gehören. Da sie nicht die Kraft hatte, sich zu bewegen, zog er sie sanft an den Haaren, um sie zu zwingen, zu ihm aufzusehen, und sie bemerkte eine lederne Kürbisflasche, die er ihr reichte.

Benommen und fragend starrte sie ihn an.

„Das ist für Euch", sagte er. „Wir haben es für Euch aufbewahrt. Jeder hat den letzten Tropfen seines eigenen Vorrats beigesteuert."

Sie trank das lauwarme Wasser, als sei es Nektar. Der Gedanke, daß diese rauhen Männer sich ihr zuliebe beraubt hatten, belebte ihren Mut.

„Danke. Morgen wird es besser gehen", sagte sie mit einem mühsamen Lächeln.

„Sicher! Wenn jemand unterwegs schlappmachen sollte – Ihr seid es gewiß nicht", erwiderte er mit einer inneren Überzeugung, die sie bewegte.

Die Männer halten mich immer für viel stärker, als ich bin, dachte sie, während sie sich ein wenig getröstet auf ihrer harten Lagerstätte ausstreckte.

Sie fühlte sich unendlich einsam, eingeschlossen in ihre Erschöpfung, in ihr Elend und ihre Angst wie in einen Bergstollen, der sie von der ganzen Welt isolierte. Ob Dante, als er in die Höllenkreise hinabstieg und den dreiköpfigen Cerberus bellen hörte, die gleiche Empfindung verspürt hatte? War so die Hölle? Sicherlich, doch ohne die Geste, mit der der Gefährte das letzte Glas Wasser reichte. Ohne die Hoffnung. Nun, die Hoffnung blieb. „Eines Tages werden wir die Kirchtürme einer christlichen Stadt am Horizont erblicken, eines Tages werden wir aufatmen, werden wir trinken . . ."

Siebenundfünfzigstes Kapitel

Am folgenden Tage stiegen sie in die Ebene hinab. Wieder sahen sie Löwen, die die Reste eines Pferdes verschlangen, was die Vermutung nahelegte, daß sie sich in der Nähe eines Dorfes befanden. Hundegebell drang zu ihnen, und aufs neue wichen sie in Richtung auf das Gebirge aus. Als sie jedoch einen Brunnen sichteten, kehrten sie aller Gefahr zum Trotz in die bewohnte Gegend zurück. Glücklicherweise war nirgends ein Mensch zu sehen. In aller Eile wurde ein Seil um den schlanksten der Männer, Jean-Jean aus Paris, geknüpft, der mit zwei Kürbisflaschen in den Brunnen stieg. Sie hörten ihn unten einen Schrei ausstoßen, im Wasser herumpantschen und ausspucken, worauf sie ihn rasch wieder heraufzogen.

Der arme Bursche erbrach sich die Seele aus dem Leib. Er war auf einen Tierkadaver getreten, der den Grund des Brunnens ausfüllte. Vom Durst getrieben, hatte er sich trotzdem hinabgebeugt, um zu trinken, aber das Wasser, das er aus dem Bauch des toten Tiers geschöpft hatte, war so faulig gewesen, daß er auf der Stelle sterben zu müssen vermeinte. Den ganzen Tag über schüttelte ihn der Brechreiz, und er schleppte sich nur mühsam fort. Die auf dem Brunnengrund angestauten Gase hatten ihn vergiftet.

Die Qual dieses Tages schien kein Ende nehmen zu wollen. Doch gegen Abend winkte die Rettung in Gestalt einer bläulich schimmernden Wasserfläche in der Tiefe eines von Feigen- und Granatbäumen beschatteten Tälchens. Ohne recht an dieses Wunder glauben zu können, stiegen sie den Hang hinab. Der alte Caloëns kam als erster drunten an und lief auf das mit weißem Kies bedeckte Ufer zu. Er war nur noch wenige Schritte vom Wasser entfernt, als ein dumpfes Knurren ertönte und eine Löwin über den Greis herfiel.

Der Normanne sprang hinzu und hieb mehrmals mit seiner Keule auf das Raubtier ein. Er zerschmetterte ihm den Kopf und die Wirbelsäule. Die Löwin brach zusammen und blieb in Todeszuckungen liegen.

Der Schrei des Marquis de Kermoeur vermischte sich mit neuerlichem Gebrüll.

„Sieh dich vor, Paturel!"

Mit erhobenem Degen hatte er sich zwischen den Normannen und einen aus dem Dickicht zum Sprung ansetzenden männlichen Löwen gestürzt. Der Degen durchbohrte das Raubtier in der Gegend des Herzens, doch bevor es verendete, riß es mit zwei wütenden Prankenhieben den Leib des bretonischen Edelmannes auf, so daß die Eingeweide hervorquollen.

So wurde die idyllische Oase innerhalb weniger Augenblicke zum Schauplatz eines Gemetzels. Das Blut der Menschen und Raubtiere rann ins klare Wasser.

Die Keule in der Faust, wartete Colin Paturel auf das Auftauchen weiterer Raubtiere. Aber die Stätte hatte ihren Frieden zurückgewonnen. Offenbar hatten die Sklaven ein einzelnes, in der Brunst befindliches Paar aufgestört.

„Haltet nach beiden Richtungen mit den Lanzen Wache!"

Er beugte sich über den Marquis de Kermoeur.

„Kamerad, du hast mir das Leben gerettet!"

Die glasig werdenden Augen des Marquis suchten ihn zu erkennen.

„Ja, Majestät", stammelte er.

Seine Sinne verwirrten sich, Erinnerungen stiegen in ihm auf.

„Euer Majestät . . . in Versailles . . . Versailles . . ."

Mit diesem Zauberwort auf den Lippen verschied er.

Caloëns atmete noch. Seine Schulter war aufgerissen, der Knochen lag bloß. „Wasser", murmelte er gierig, „Wasser . . . !"

Colin schöpfte mit einer Kürbisflasche das so teuer erkaufte Wasser und gab ihm zu trinken.

So stark war seine Ausstrahlung auf die Gefährten, daß sie, tief betroffen, trotz ihres quälenden Durstes nicht daran dachten, sich dem Wadi zu nähern.

„Trinkt doch, ihr Dummköpfe!" rief er ihnen zornig zu.

Zum zweitenmal mußte er einem seiner Kameraden, die lebend in die Freiheit zu führen er sich geschworen hatte, die Augen zudrücken. Und es war zu erwarten, daß er bald ein drittes Mal diesen traurigen Dienst würde verrichten müssen.

Unter überhängenden Schlinggewächsen entdeckten sie den Schlupfwinkel der Raubtiere, in dem noch die Reste einer Gazelle herumlagen. Man trug den Verletzten in die Grotte und bettete ihn auf ein Lager aus dürrem Gras. Colin hatte die letzten Tropfen des Branntweinvorrats auf seine Wunden geträufelt und ihn nach bestem Vermögen verbunden. Nun mußte man abwarten, wie sich das Befinden des Greises gestalten würde. Vielleicht würde er doch genesen? Er war ja von zäher, kräftiger Konstitution. Aber sehr lange konnte man an diesem Ort nicht bleiben, dessen Wasser Tiere und Menschen anlockte.

Paturel zählte an seinen Fingern die Tage ab, die ihnen bis zu dem verabredeten Treffen am Wadi Cebon noch zur Verfügung standen. Selbst wenn sie sich heute abend wieder auf den Weg machten, was angesichts des mit dem Tode ringenden Caloëns unmöglich war, würden sie zwei Tage zu spät kommen. Er beschloß, zunächst einmal die Nacht hier zu verbringen. Man mußte den Marquis begraben und sich über die Situation klarwerden. Alle bedurften dringend einer Ruhepause. Morgen würde man weitersehen.

Als es finster geworden war, schlich sich Angélique aus der Grotte. Weder die Angst vor den Löwen noch die Sorge um den Greis, dessen schwaches Röcheln das Dunkel durchdrang, vermochten sie von dem drängenden Verlangen abzubringen, ins Wasser zu tauchen. Einer nach dem andern hatten die Gefangenen die Wonnen des Bades genossen, während sie an der Seite des Verwundeten geblieben war.

Caloëns wollte sie bei sich haben, von dem jäh erwachten Bedürfnis des leidenden Mannes nach der mütterlichen, Linderung spendenden Frau erfaßt, die Verständnis für sein Klagen hat und es geduldig erträgt.

„Kindchen, halt mir die Hand, Kindchen, geh nicht fort."

„Ich bin ja da, Großväterchen."

„Gib mir noch einmal von diesem köstlichen Wasser zu trinken."

Sie hatte ihm das Gesicht gewaschen und sich bemüht, ihn so bequem wie möglich auf sein Graslager zu betten. Seine Schmerzen wurden von Minute zu Minute unerträglicher.

Colin Paturel verteilte die letzten Zwiebacke. Noch blieb ein Vorrat an Linsen. Indessen verbot der Normanne, Feuer zu machen.

Nun schritt Angélique durch die Finsternis. Das Mondlicht drang sacht ins Gehölz, in dem die goldenen Funken der tanzenden Glühwürmchen aufblitzten und erloschen. Die Quelle tauchte auf, ein glatter Spiegel, nur am Rande des Felsens getrübt, aus dem das Wasser kaum hörbar hervorquoll. Das Quaken eines Froschs und das ununterbrochene Zirpen der Grillen waren die einzigen Geräusche in der großen Stille.

Die junge Frau streifte ihre verstaubten, vom Schweiß dieser strapaziösen Tage durchtränkten Gewänder ab. Sie stieß einen Seufzer der Erleichterung aus, während sie sich in das kühle Wasser gleiten ließ. Nie in ihrem Leben glaubte sie ein solch köstliches Gefühl empfunden zu haben. Nachdem sie sich ausgiebig begossen hatte, reinigte sie ihre Kleider mit Ausnahme des Burnus, in den sie sich später hüllen wollte, bis der Nachtwind ihre andern Sachen getrocknet haben würde. Sie wusch auch ihr sandverklebtes, glanzlos gewordenes Haar; es war eine Lust, zu spüren, wie es sich unter ihren Fingern neu belebte.

Der Mond kam hinter einer Palme hervor und ließ das silberne Band der Quelle aufleuchten, bis in die dunkle Schlucht hinein, in der sie verschwand. Angélique schwang sich auf einen Stein und setzte ihre Schultern der eisigen Dusche aus. Das Wasser war wirklich die schönste Erfindung des Schöpfers! Sie mußte an den Wasserträger denken, der mit dem Ruf: „Wer will reines, gesundes Wasser? Es ist eines der vier Elemente . . ." durch die Straßen von Paris zog.

Sie blickte auf und sah die Sterne zwischen den Fächern der Palmen zwinkern. Das Wasser rann über ihren nackten Körper, der im Mondlicht glänzte, und sie glaubte ihr Spiegelbild im dunklen Becken zu erkennen.

„Ich lebe noch", murmelte sie vor sich hin. „Ich lebe noch!"

Nach und nach schwanden äußerlich und innerlich die Spuren der vergangenen Mühsal. Lange blieb sie so sitzen, bis zu dem Augenblick, in dem das Knacken von Reisig im Unterholz sie zusammenzucken ließ.

Jäh kehrte ihre Angst zurück. Sie erinnerte sich der lauernden Raubtiere, der feindseligen Mauren. Die idyllische Landschaft wurde wieder zur tückischen Falle, der sie seit endlosen Tagen zu entrinnen suchten. Sie glitt ins Wasser zurück, um ans Ufer zu waten. Jetzt war sie ganz sicher: jemand beobachtete sie, im Dickicht verborgen. Das Dasein als gejagtes Wild hatte ihre Sinne geschärft. Sie spürte die Gefahr auf ihrer Haut. Ein Tier oder ein Maure? . . . Sie wickelte sich in ihren Burnus und lief mit bloßen Füßen durch das Gestrüpp der Schlinggewächse und stachligen Agaven, die sie verletzten. Mit voller Wucht prallte sie gegen eine menschliche Gestalt, stieß einen schwachen Schrei aus und glaubte, schwindlig vor Entsetzen, zu Boden zu stürzen, als sie im letzten Augenblick noch im kreidigen Licht des Mondes den blonden Bart Colin Paturels erkannte. Ein Funke blitzte auf dem Grund der tiefen Augenhöhlen des normannischen Riesen auf. Doch seine Stimme klang beherrscht, als er sagte:

„Seid Ihr wahnsinnig? Ihr seid allein baden gegangen? . . . Und die Löwen, die Leoparden, die zum Trinken kommen könnten? Oder gar die Mauren, die sich in dieser Gegend herumtreiben?"

Angélique wäre am liebsten an diese breite, Kraft ausstrahlende Brust gesunken, um ihren Schrecken zu überwinden, der um so heftiger gewesen war, als er sie in einem Augenblick friedlichster Stille, seltenen und fast unnatürlichen Wohlbehagens überfallen hatte. Ihr Leben lang würde sie an die Quelle der Oase denken! Die Glückseligkeit des Paradieses mußte von dieser Art sein . . .

Nun war sie zu den Männern zurückgekehrt, in den Kampf um die Erhaltung ihres Lebens.

„Die Mauren?" fragte sie mit zitternder Stimme. „Ich glaube, sie sind da. Eben hat mich jemand beobachtet, dessen bin ich gewiß."

„Das war ich. Ich bin auf die Suche nach Euch gegangen, als mich Eure lange Abwesenheit zu beunruhigen begann . . . Kommt jetzt. Und macht mir nicht wieder solche Dummheiten, sonst erwürge ich Euch mit meinen Händen, so wahr ich Paturel heiße."

Eine Spur Ironie milderte den drohenden Ton. Aber er scherzte nicht. Sie spürte, daß er tatsächlich gute Lust hatte, sie zu erwürgen oder doch wenigstens zu schlagen und zu schütteln.

Während sie ihm folgte, wurde ihr plötzlich klar, daß er sie gesehen haben mußte, während sie badete. Sie geriet in Verlegenheit. Doch dann sagte sie sich, daß es gleichgültig war. Er war ein gefühlloser Mensch, der sie mit der geringschätzigen Herablassung behandelte, die der Starke gegenüber dem Schwachen empfand, dem hinderlichen Wesen, mit dem er sich wider seinen Willen hatte belasten müssen. Im Grunde ihres Herzens grollte sie ihm, weil er sie gezwungen hatte, sich wie eine Aussätzige den anderen Gefangenen fernzuhalten. Nur wenn es galt, Verletzte zu versorgen, durfte sie sich unter sie mischen. Und es war schwerer, soviel Not in der Absonderung, allein und ungeliebt zu ertragen. Er mochte nicht unrecht haben, aber er war hart, unerbittlich, und er beeindruckte sie noch immer bis zur Einschüchterung. Diese durchbohrenden blauen Augen, die auf den ersten Blick ihre Müdigkeit, ihre Angst registrierten oder ihr unbesonnenes Tun durchschauten, verachteten sie ein wenig, wie ihr schien. Er hegt für mich die gleiche Geringschätzung wie der Hirtenhund für das blöde Schaf, sagte sie sich.

Sie setzte sich neben Caloëns, aber ihr Blick kehrte unwillkürlich immer wieder zu dem struppigen Profil des Anführers zurück, das von dem gedämpften Licht einer Laterne beleuchtet wurde. Mit einem Stöckchen zeichnet Colin Paturel eine Skizze der zu verfolgenden Route in den Sand und erläuterte sie dem Venezianer, dem Basken und Jean-Jean aus Paris. „Ihr macht am Waldrand halt. Wenn ihr an einem Ast der zweiten Eiche ein rotes Taschentuch seht, geht ihr weiter und ahmt den Ruf des Regenpfeifers nach. Dann wird der Rabbi aus dem Dickicht hervorkommen ..."

„Kindchen, bist du da?" fragte die kraftlose Stimme des alten Caloëns. „Gib mir die Hand. Ich hatte ein Kind, eine zehnjährige Tochter, die mir mit ihrer Mütze zuwinkte, als ich vor zwanzig Jahren aufs Meer hinausfuhr. Sie muß dir jetzt ähneln. Sie hieß Mariejke."

„Ihr werdet sie wiedersehen, Großväterchen."

„Nein, ich glaub's nicht. Der Tod wird mich holen. Und es ist besser so. Was sollte Mariejke mit einem alten Seemannsvater anfangen, der nach zwanzig Jahren aus der Sklaverei zurückkehrt, um über die schönen Fliesen ihrer Küche zu schlurfen und von fernen, sonnigen Ländern zu faseln? Es ist besser so ... Ich bin froh, daß ich in der Erde Marokkos ruhen werde. Laß dir sagen, Kindchen ... ich hatte schon angefangen, mich zu grämen, daß ich Moulay Ismaël nicht mehr wie den Zorn Gottes durch meine Gärten in Miquenez werde galoppieren sehen ... Ich hätte besser daran getan zu warten, bis er mir mit seinem Stock den Schädel einschlägt ..."

Achtundfünfzigstes Kapitel

Die drei Männer, der Venezianer, der Pariser und der Baske, brachen in der Abenddämmerung auf. Colin Paturel hatte Angélique herbeigewinkt.

„Ich bleibe bei dem Alten", sagte er. „Wir können ihn weder mitnehmen noch allein hier zurücklassen. Müssen eben abwarten! Die andern werden weiterziehen, um die Verabredung mit Rabbi Cayan nicht zu versäumen. Sie werden ihm berichten und dann beratschlagen, was am besten zu tun ist. Was wollt Ihr, mit ihnen gehen oder nachkommen?"

„Ich tue, was Ihr für richtig haltet."

„Ich glaube, Ihr bleibt besser hier. Die andern können ohne Euch rascher marschieren, und die Zeit drängt."

Angélique neigte den Kopf und machte Anstalten, zu dem Greis zurückzukehren. Colin Paturel hielt sie auf; er schien seine nüchternen Worte zu bereuen.

„Ich glaube auch", sagte er, daß der alte Caloëns Eurer bedarf, um in Frieden zu sterben. Aber wenn Ihr lieber weiter wollt . . ."

„Ich bleibe!"

Man verteilte den Rest des Proviants und den Vorrat an Pfeilen. Colin Paturel behielt einen Bogen, einen Köcher, seine Keule, einen Kompaß und den Degen des Marquis de Kermoeur.

Sobald es dunkel geworden war, entfernten sich die drei Männer, nachdem sie noch einen Augenblick am Grabe des bretonischen Edelmannes verweilt hatten. Dem alten Caloëns, der immer mehr verfiel, verheimlichte man ihren Abmarsch. Von der Angst des Sterbenden erfaßt, klammerte er sich an Angéliques Hand, und die ganze Kraft des widerstandsfähigen alten Körpers kehrte noch einmal zurück, als er sich, nachdem er die Nacht und den folgenden Tag hindurch gerungen hatte, auf seinem Lager aufrichtete. Colin Paturel hatte alle Mühe, ihn festzuhalten, und der Alte wehrte sich mit verbissener Energie gegen ihn, wie er sich gegen den Tod wehrte.

„Du kriegst mich nicht!" ächzte er. „Du kriegst mich nicht!"

Er schien plötzlich das Gesicht vor sich zu erkennen.

„Ach, Colin, mein Junge", sagte er mit matter Stimme, „es ist wohl Zeit zu gehen, meinst du nicht?"

„Ja, Kamerad, es ist Zeit. Geh!" befahl die ruhige Stimme des Königs.

Und in kindlichem Vertrauen verschied der alte Caloëns in den Armen des Normannen.

Erschüttert von dem schrecklichen Todeskampf, begann Angélique zu weinen, während sie die beiden betrachtete, den hageren Greis mit dem kahlen Schädel und den schlohweißen Schläfen, der an der Brust des Mannes lehnte wie an der seines Sohnes. Colin Paturel drückte ihm die Augen zu und kreuzte seine Arme.

„Hilf mir ihn tragen", sagte er. „Das Grab ist bereits ausgehoben. Wir müssen uns beeilen. Danach brechen wir auf."

Sie betteten ihn neben den Marquis de Kermoeur und deckten ihn hastig mit Erde zu. Angélique wollte zwei Kreuze schnitzen.

„Keine Kreuze!" sagte der Normanne. „Falls Mauren kommen sollten, würden sie merken, daß hier vor kurzem Christen begraben worden sind, und uns verfolgen."

Und von neuem setzten sie die mühselige Wanderung durch das in Mondlicht getauchte Land fort. Angélique, die sich nach der zweitägigen Pause ausgeruht fühlte, hatte sich vorgenommen, Colin Paturel keinen Anlaß zu dem Vorwurf zu geben, daß sie ihn aufhalte. Aber trotz aller guten Vorsätze war sie seinen Riesenschritten nicht gewachsen, und es zermürbte sie, daß er immer wieder stehenblieb und sich nach ihr umwandte, hochaufgereckt wie eine Statue, die Keule über der Schulter. Wenn sie doch endlich auf die andern stießen, die, wenn auch knurrend und fluchend, wenigstens wie gewöhnliche Sterbliche ausschritten, nicht wie Helden der Sagenwelt, gefeit gegen das menschliche Versagen!

Wurde er denn nie müde, dieser Teufelskerl? Hatte er nie Angst? War er unempfindlich für alle Schmerzen, für die des Körpers wie die der Seele?

Im Grunde war er ein roher Mensch. Sie hatte es sich schon einmal gesagt, aber dieser Marsch allein mit ihm bestärkte sie in ihrem Urteil. Indessen kamen sie so gut voran, daß sie am Abend des folgenden Tages am Rande des Eichenwäldchens anlangten, wo man sich mit dem Juden treffen wollte.

Colin Paturel machte halt. Er kniff die Augen zusammen, und sie wunderte sich, daß er zum Himmel aufsah. Sie folgte seinem Blick, und plötzlich schien es ihr, als werde die Sonne von einem Schwarm von Geiern verdunkelt, die sich langsam von den Bäumen aufschwangen. Die Ankömmlinge hatten sie offenbar gestört. Sie kreisten eine Weile, dann senkten sie sich, die nackten Hälse ausgestreckt, wieder herab und ließen sich auf einer großen Eiche nieder, die ihre Äste über die Wegegabelung breitete. Schließlich entdeckte Angélique, was sie anlockte.

„Dort hängen zwei Leichen", sagte sie mit erstickter Stimme.

Der Normanne hatte sie bereits gesehen.

„Es sind zwei Juden. Ich erkenne ihre Kaftane. Bleibt hier. Ich werde um das Wäldchen herumgehen und vorsichtig zu ihnen hinkriechen. Was auch geschehen mag, bewegt Euch nicht!"

Neunundfünfzigstes Kapitel

Es war ein endloses, qualvolles Warten.

Die Geier schlugen mit den Flügeln, und an ihrer Unruhe, ihren schrillen Schreien merkte Angélique, daß Paturel sich ihnen näherte. Aber sie konnte ihn nicht sehen.

Plötzlich tauchte er hinter ihr geräuschlos wieder auf.

„Nun?"

„Der eine ist ein Jude, den ich nicht kenne, vermutlich Rabbi Cayan. Der andere ist ... Jean-Jean aus Paris."

„Mein Gott!" rief sie aus und barg das Gesicht in den Händen.

Es war zuviel! Immer klarer zeichnete sich das unvermeidliche Mißlingen der Flucht ab. Am vereinbarten Treffpunkt angekommen, waren die Christen in eine Falle geraten.

„Ich habe im Westen ein Dorf gesehen. Das Dorf der Mauren, die sie aufgehängt haben. Vielleicht sind der Venezianer und Jean d'Harrosteguy noch dort, vielleicht sind sie eingesperrt ... Ich werde es feststellen."

„Das ist doch Wahnsinn!"

„Man muß alles versuchen! Ich habe am Berg eine Grotte entdeckt. Ihr werdet Euch darin verbergen und auf mich warten."

Niemals hätte sie gewagt, sich gegen seine Befehle aufzulehnen. Aber sie wußte, daß es Wahnsinn war. Er würde nicht wiederkommen, und jene Grotte, deren Eingang Wacholdersträucher verdeckten, würde ihr Grab sein. Vergeblich würde sie auf die Rückkehr der zweifellos toten Gefährten warten.

Colin Paturel brachte sie zur Grotte und übergab ihr den Proviant, die Kürbisflasche mit dem letzten Wasser. Er ließ sogar seine Keule zurück und behielt nur seinen Dolch im Gürtel. Er gab Angélique den Feuerschwamm und den Flintstein. Wenn ein Tier kommen sollte, brauche sie nur ein kleines Feuer aus dürrem Gras zu entzünden, um es zu verscheuchen.

Ohne ein weiteres Wort verließ er die Grotte und entfernte sich.

Und sie begann zu warten. Die Nacht kam, und mit ihr kamen die unheimlichen Rufe der durch das Dickicht streifenden Tiere. Ein raschelndes, kratzendes Geräusch schien die ganze Höhle zu füllen. Hin und wieder, wenn sie es nicht mehr ertrug, schlug sie Feuer und leuchtete rings umher, ohne jedoch etwas Beunruhigendes zu bemerken. Schließlich entdeckte sie an der Decke des Gewölbes merkwürdige, schwarzsamtene Säckchen, die in Klumpen aneinanderhingen, und sie begriff: es waren Fledermäuse!

Von dort kam jenes Rauschen, kamen jene schrillen Schreie, die sie zusammenzucken ließen.

Sie bemühte sich, nicht mehr zu denken und sich in Geduld zu fassen. Ein Knacken draußen ließ sie hoffnungsvoll aufhorchen. War es schon der Normanne, der mit dem Venezianer und dem Basken zurückkam? Wie schön, wenn man wieder vereinigt wäre! . . . Doch gleich darauf ertönte in nächster Nähe ein grausiges Geheul. Eine Hyäne streifte umher. Ihr trauriges, gleichsam verzweifeltes Kreischen verebbte. Sie schlich offenbar zum Kreuzweg hinunter, dorthin, wo der Leichnam Jean-Jeans aus Paris baumelte. Er war gestorben, der lustige Kanzlist, der Busenfreund Colin Paturels, und sicher hatten ihm die Aasgeier bereits die spöttischen Augen ausgehackt. Er war gestorben, wie der Arlesier, der bretonische Edelmann und der alte flämische Seemann gestorben waren. Wie sie alle nacheinander sterben würden . . . Das Königreich Marokko gab seine Gefangenen nicht heraus! . . . Moulay Ismaël würde Sieger bleiben.

Was sollte aus ihr werden, wenn keiner wiederkam? Sie wußte ja nicht einmal, wo sie sich befand. Was würde geschehen, wenn sie, von Hunger und Ungewißheit getrieben, ihren Unterschlupf verließ? Von den Mauren konnte sie keine Hilfe erwarten, auch nicht von ihren Frauen, diesen unterwürfigen und verängstigten Geschöpfen. Sie würde aufgegriffen und zum Sultan zurückgebracht werden. Und Osman Ferradji würde nicht mehr da sein, um sie zu schützen.

Ein Seufzer entrang sich ihren Lippen:

„Ach, Osman Ferradji, wenn Eure großmütige Seele in Mahomets Paradies weilt . . .“

Den Morgen kündigte ihr das Gekreisch der Geier an, die aufs neue über den Gehängten zu kreisen begannen. Milchiger Nebel drang in die Grotte. Angélique reckte sich, steif geworden durch die Bewegungslosigkeit, in der sie all diese Stunden verbracht hatte, und es wollte ihr scheinen, als sei dies die härteste Prüfung, die ihr je vom Schicksal auferlegt worden war. Harren, nicht handeln können, nicht schreien, nicht sich beklagen ...! Sie kauerte sich zusammen, ihr Herz pochte wie das eines furchtsamen Hasen, und sie rührte sich nicht, weil Colin Paturel es ihr so befohlen hatte. Und schon ging die Sonne auf.

Die Gefangenen kamen nicht ... sie würden nie mehr kommen ...

Sie wartete und hoffte weiter, weil sie nicht wahrhaben wollte, daß das Schicksal so erbarmungslos sei, doch bald verlor sie aufs neue den Mut. Als dann plötzlich die massive Gestalt Colin Paturels den Eingang der Grotte versperrte, erfaßte sie ein so stürmisches Gefühl der Erlösung und Freude, daß sie ihm entgegenstürzte und sich an seinen Arm klammerte, um die Gewißheit zu haben, daß er tatsächlich endlich da sei!

„Ihr seid wiedergekommen! Ach, Ihr seid wiedergekommen!"

Er schien sie weder zu sehen noch den heftigen Druck ihrer Finger zu spüren, und seine unheimliche Stummheit weckte schließlich düstere Ahnungen in Angélique.

„Und die andern?" fragte sie. „Habt Ihr sie gesehn?"

„Ja, ich habe sie gesehen. Sie waren bis zur Unkenntlichkeit verstümmelt. Sie sind auf alle möglichen Arten gefoltert worden, bevor man sie schließlich am Fuß der Kasbah pfählte ... Ich weiß nicht, und ich werde es nie erfahren, wer uns verraten hat, jedenfalls ist Moulay Ismaël über unseren Weg unterrichtet gewesen. Ich habe die Mauren belauscht ... Der Sultan hat seine Wut an Miquenez ausgelassen. Das Mellah ist nur noch ein Beinhaus. Alle Juden sind niedergemetzelt worden."

Alle Juden! ... Und die kleine Abigail ... und Rachel ... und Samuel, der ‚prächtige Bursche' ...

„Die Leute im Dorf waren benachrichtigt worden. Der Rabbi hat als Lockvogel gedient. Sie hatten Anweisung, die Juden aufzuhängen und die Christen unverzüglich zu foltern. Sie haben Jean-Jean aufgehängt, weil sie ihn in seinem Kaftan gleichfalls für einen Juden hielten. Ich

510

habe ihn eben im Vorbeigehen losgeknüpft und ihn mitgenommen . . .
das heißt, was die Geier von ihm übriggelassen haben. Ich werde ihn
begraben . . . !"

Er setzte sich und starrte die rotgeäderten Felsen an, die das Morgenlicht purpurn färbte, und sagte trübsinnig:

„Alle meine Kameraden sind tot . . . !"

Das Kinn auf die Faust gestützt, blieb er eine ganze Weile sitzen.
Dann richtete er sich mühsam auf und ging hinaus. Sie hörte, wie er
mit Hilfe seines Hirschfängers die steinige Erde aushob, und ging
ihrerseits hinaus, um ihm bei dem traurigen Geschäft der Bestattung
behilflich zu sein.

Aber er rief ihr in barschem Ton zu:

„Bleibt weg! Das ist kein Anblick für Euch . . ."

Erschauernd wandte sie sich ab. Ihre Hände waren gefaltet, aber obwohl es sie dazu drängte, vermochte sie nicht zu beten.

Mit den weitausholenden Bewegungen eines an Erdarbeit gewöhnten
Mannes waltete der Normanne seines Totengräberamtes. Als die Erde
zu einem kleinen Hügel aufgehäuft war, sah sie ihn in einem plötzlichen Entschluß ein Stück Holz zerbrechen und ein Kreuz daraus formen. Mit grimmiger Geste pflanzte er es auf.

„Ich werde das Kreuz setzen", sagte er. „Diesmal werde ich es setzen,
dieses Kreuz!"

Wieder hockte er sich in die Grotte und brütete finster vor sich hin.

Angélique versuchte ihm zuzureden, aber er hörte sie nicht. Gegen
Mittag legte sie eine Handvoll Datteln auf ein Feigenblatt und brachte
sie ihm.

Colin Paturel hob den Kopf. Die harten Knöchel seiner Faust hinterließen weiße Spuren auf seiner braungegerbten Stirn. Verblüfft starrte
er die junge Frau an, die sich über ihn beugte, und sein Blick drückte
unverhüllt seine Enttäuschung und seinen Groll aus: „Ach so, diese da
ist ja noch da!"

Er aß schweigend. Seitdem er ihr jenen seltsamen, abwesenden Blick
zugeworfen hatte, fühlte sich Angélique wie gelähmt, aufs neue von

511

einer Angst erfaßt, die zu präzisieren sie sich scheute. Sie mußte auf der Hut sein, die Augen offen behalten ... Gleichwohl vermochte sie der Müdigkeit nicht mehr zu widerstehen, die ihre Lider bleiern schwer machte. Einen Tag und eine Nacht war sie fast pausenlos marschiert, und in der vergangenen Nacht hatte sie keinen Moment die Augen zutun können.

Schließlich schlief sie, in einem Winkel der Grotte zusammengerollt, ein.

Als sie erwachte, war sie allein. Zwar hatte sie sich allmählich an dieses einsame Erwachen gewöhnt, da sie sich stets abseits von den andern schlafen legte, aber diesmal kam ihr die Stille unheimlich vor. Sie sah sich um, und allmählich wurde ihr klar, was geschehen war. Der letzte Zwieback und der Linsenvorrat lagen samt der Wasserflasche fein säuberlich geordnet auf einem Stein, neben einem Wurfspieß und einem Hirschfänger. Aber der Bogen, die Pfeile und die Keule Colins waren verschwunden. Er war also weitergezogen. Er hatte sie im Stich gelassen!

Lange Zeit lag Angélique wie zerschmettert da und weinte leise, den Kopf zwischen den Armen vergraben.

„Ach, das habt Ihr mir angetan!" flüsterte sie vor sich hin. „Wie schlecht von Euch. Gott wird Euch strafen!"

Aber sie war nicht ganz sicher, ob Gott Colin Paturel nicht recht geben würde, da er ihm solche Prüfungen auferlegt hatte. Sie war nur eine Frau, mit der Erbsünde belastet und verantwortlich für das Unglück der Menschheit, ein verächtlicher Gegenstand, den man ergriff oder von sich stieß, wie einem gerade zumute war ...

„Nun, was gibt's, Kindchen? Kleine Trübsinnsanwandlung?"

Die in dem Gewölbe widerhallende Stimme des Normannen wirkte wie ein Donnerschlag auf sie. Er stand da, vor ihr, einen gestreiften Frischling mit blutverschmiertem Rüssel über der Schulter.

„Ich ... ich habe geglaubt, Ihr wärt fortgegangen", stammelte sie, nach Fassung ringend.

„Fortgegangen? ... Woher denn! Ich habe mir gesagt, daß wir etwas

Ordentliches zwischen die Zähne bekommen müssen, und ich hatte das Glück, ein Wildschweinferkel zu erwischen. Und nun finde ich Euch hier in Tränen aufgelöst vor . . ."

„Ich glaubte, Ihr hättet mich im Stich gelassen."

Die Augen des Mannes wurden immer größer, und seine Brauen hoben sich, als habe er noch nie etwas derart Verblüffendes gehört.

„Na, so was!" sagte er. „Nein, so was! Ihr scheint mich ja für einen schönen Halunken zu halten! Euch im Stich lassen . . . ich? Ausgerechnet Euch im Stich lassen, ich, der ich . . ."

Die Zornesröte stieg ihm ins Gesicht.

„Ich, der ich mich für Euch in Stücke hacken ließe", schimpfte er mit leidenschaftlichem Ungestüm.

Er warf seine Beute auf die Erde und ging hinaus, um dürres Holz zu sammeln, das er inmitten der Grotte mit heftigen Bewegungen aufschichtete. Als sein Feuerschwamm nicht zünden wollte, fluchte er wie ein Tempelritter.

Angélique kniete sich neben ihm nieder und legte ihre Hand auf die seine.

„Vergebt mir, Colin. Es war dumm von mir. Ich hätte natürlich daran denken sollen, daß Ihr unzählige Male Euer Leben für Eure Brüder eingesetzt habt. Aber ich war ja keiner von ihnen, und ich bin nur eine Frau."

„Ein Grund mehr . . .", brummte er.

Er überwand sich, zu ihr aufzusehen, und die Härte seines Blicks milderte sich, während er sie beim Kinn faßte.

„Hör gut zu, Kindchen, und laß es dir ein für allemal gesagt sein. Du bist unseresgleichen, eine christliche Gefangene in der Berberei. Man hat dich an die Säule gebunden und gefoltert, und du hast dich nicht gebeugt. Du hast Durst und Angst gelitten, ohne dich jemals zu beklagen. Einer solch beherzten Frau wie dir bin ich in meinem ganzen Leben nicht begegnet. Du bist soviel wert wie alle andern zusammengenommen, und wenn sie marschiert sind, die Kameraden, wie sie marschiert sind, ohne sich entmutigen zu lassen, so deshalb, weil du da warst mit deiner Standhaftigkeit und weil sie vor dir nicht kleinmütig erscheinen wollten. Jetzt bleiben wir allein zurück, du und ich. Wir sind auf Leben und Tod miteinander verbunden. Wir werden gemeinsam die Freiheit erringen. Aber wenn du stirbst, dann sterbe ich neben dir, ich schwöre es!"

„Das dürft Ihr nicht sagen", murmelte sie, fast erschrocken. „Allein, Colin, hättet Ihr alle Aussicht, es zu schaffen."

„Du auch, mein Kind. Du bist aus Stahl geschaffen, aus gutem, geschmeidigem Stahl wie der Degen des armen Kermoeur. Ich glaube, ich kenne dich jetzt genau."

Ein ungeformtes Gefühl verschleierte seine tiefliegenden blauen Augen, und seine rauhe Stirn legte sich unter der Anstrengung des Nachdenkens in Falten.

„Wir beide zusammen . . . wir sind unüberwindlich."

Angélique durchzuckte es. Wer hatte ihr das schon einmal gesagt? Ein anderer König: Ludwig XIV.! Und damals war sein Blick auf die gleiche Weise in sie gedrungen. Bestand nicht, genau besehen, zwischen dem gewitzten Normannen mit dem scharfen Verstand, der ungewöhnlichen Kraft, und dem großen Monarchen der Franzosen in bezug auf Charakter und Temperament eine gewisse Verwandtschaft? Die Völker haben einen Instinkt dafür, wer zum Herrschen geschaffen ist, und in der Knechtschaft hatte sich Colin auf klassische Art kraft seines Edelmuts, seiner Klugheit und seiner Körperstärke zum König aufgeschwungen.

Angélique sah ihn lächelnd an.

„Ihr habt mir das Vertrauen zurückgegeben. Das Vertrauen in Euch und in mich selbst. Ja, ich glaube, daß wir die Freiheit gewinnen werden." Ein Schauer überlief sie. „Es muß so sein. Ich würde nicht noch einmal den Mut aufbringen, mich foltern zu lassen. Ich würde lieber alles andere hinnehmen . . ."

„Unsinn! Du wirst ihn haben, den Mut. Man hat ihn immer. Ein zweites, ein drittes Mal, und jedesmal, wenn man weiß, daß es darauf ankommt . . . Glaub mir!"

Er betrachtete mit leisem, ironischem Lächeln die Narben seiner Hände.

„Es ist eine gute Sache, nicht sterben zu wollen", sagte er. „Vorausgesetzt, daß man keine Angst vor dem Sterben hat. Der Tod gehört nun einmal zu unserem Dasein. Ich war immer der Ansicht, daß man ihn als einen guten Weggenossen betrachten sollte. So schreiten wir dahin mit dem Leben und dem Tod als Weggenossen. Beide haben die gleichen Rechte auf uns. Sie dürfen nicht zu Schreckgespenstern für uns werden. Weder das eine noch der andere. Hauptsache, der Verstand bleibt nicht auf der Strecke ... Genug geschwatzt, Kindchen. Wir werden uns einen Festschmaus bereiten. Schau dir das hübsche Feuer an, das uns das Herz erwärmt. Seit langem das erste, das wir betrachten ..."

„Ist es nicht gefährlich? Wenn die Mauren den Rauch bemerken?"

„Sie schlafen auf ihren Lorbeeren. Sie glauben, wir seien alle tot. Der Venezianer und der Baske – ach, die guten Burschen! – haben ihnen gesagt, die andern seien von den Löwen gefressen worden, nur sie beide seien übriggeblieben. Die Frau? Sie fragten, was aus ihr geworden sei. Im Gebirge umgekommen, durch einen Schlangenbiß. Die Nachricht ist Moulay Ismaël überbracht worden. Es ist also alles in bester Ordnung. Fachen wir das Feuer an. Wir müssen unbedingt etwas für unsere Stimmung tun. Meinst du nicht?"

„Ich fühle mich schon wohler!" sagte sie und betrachtete ihn liebevoll. Colin Paturels Achtung wirkte belebend auf sie. Es war die schönste Belohnung für die Ausdauer, die sie bisher bewiesen hatte.

„Jetzt, da ich weiß, daß Ihr mein Freund seid, werde ich keine Angst mehr haben. Das Leben ist einfach für Euch, Colin Paturel."

„Abwarten!" sagte er, plötzlich ernst werdend. „Manchmal sage ich mir, daß ich vielleicht das Schlimmste noch nicht hinter mir habe. Genug! Es hat keinen Sinn, sich finstere Gedanken zu machen."

Sie rieben den Frischling mit Natron, Thymian und Wacholderbeeren ein, dann brieten sie ihn, indem sie den Degen des Marquis als Spieß benutzten. Während der nächsten Stunde gaben sie sich ganz der Vorbereitung des Schmauses hin. Der köstliche Duft des gerösteten Fleischs ließ sie vor Ungeduld vergehen, und mit wahrer Gier verschlangen sie die ersten Bissen.

„Der geeignete Augenblick, um schöne Reden über die Ewigkeit zu führen", meinte schließlich der Normanne spöttisch. „Aber der Magen will eben zuerst befriedigt sein. Ein Sakermentsferkelchen! Ich werd' mir die Finger bis zum Ellenbogen nach ihm lecken!"

„Ich habe noch nie etwas so Gutes gegessen", versicherte Angélique aus tiefster Überzeugung.

„Nun, angeblich werden die Sultaninnen mit Fettammern gefüttert. Was gab es denn im Harem zu essen? Erzähl. Das wird unser Menü bereichern!"

„Nein, ich möchte nicht an den Harem denken."

Sie verstummten. Gesättigt, erfrischt durch das klare Wasser, das aus einer Quelle am Fuße des Berghangs floß, an der der Normanne auf dem Rückweg von der Jagd seine Kürbisflasche gefüllt hatte, genossen sie ihre Siesta.

„Colin, wo habt Ihr soviel tiefgründiges Wissen erworben? Eure Worte öffnen die Pforte zu weitläufigen Betrachtungen, das habe ich oft festgestellt. Wer hat Euch unterwiesen?"

„Das Meer. Und die Wüste ... und die Knechtschaft. Kindchen, was man erlebt, belehrt ebensogut wie die Bücher. Ich sehe nicht ein, warum das, was man da drinnen hat", sagte er, indem er sich an die Stirn klopfte, „nicht gelegentlich zum Nachdenken dienen sollte."

Er mußte lachen. Wenn er lachte, verjüngten ihn seine plötzlich inmitten des struppigen Barts aufblitzenden weißen Zähne, und seine für gewöhnlich ernsten, harten Augen funkelten schelmisch.

„Weitläufige Betrachtungen ...!" wiederholte er. „Komisch! Weil ich gesagt habe, daß das Leben und der Tod unsere Wegbegleiter seien? Leuchtet dir das nicht ein? ... Wie lebst denn du?"

„Ich weiß nicht", sagte Angélique kopfschüttelnd. „Ich glaube, ich bin im Grunde ziemlich dumm und oberflächlich und habe über nichts richtig nachgedacht."

Sie hielt inne, ihre Augen weiteten sich, und sie sah, daß das Gesicht ihres Gesprächspartners den gleichen beunruhigten Ausdruck angenommen hatte. Er faßte sie beim Handgelenk. Sie lauschten mit angehaltenem Atem.

Das Geräusch, das sie aufgeschreckt hatte, wiederholte sich: Pferdegewieher! ...

Der Normanne stand auf und näherte sich auf Zehenspitzen dem Eingang der Grotte. Angélique folgte ihm. Am Fuß des Hügels verhielten vier arabische Reiter und spähten zu den Felsen hinauf, aus denen sie verdächtigen Rauch hatten dringen sehen.

Ihre hohen, spitzen Helme, die über den schneeweißen Burnussen glänzten, wiesen sie als Soldaten der Riffarmee aus, der die Belagerung der spanischen Küstenstädte oblag und die auch einige Standorte im Landesinnern unterhielt. Einer der Mauren trug eine Muskete. Die andern waren mit Lanzen bewaffnet.

Die drei Lanzenträger stiegen ab und begannen den Hügel in Richtung auf die Höhle zu erklimmen, während der Araber mit der Muskete im Sattel blieb und die Pferde hütete.

„Reich mir meinen Bogen", murmelte Colin Paturel. „Wie viele Pfeile sind noch im Köcher?"

„Drei."

„Und vier Männer! Verdammt! Aber ich werd's schon schaffen."

Ohne die sich nähernden Mauren aus den Augen zu lassen, nahm er die Waffe, stemmte den Fuß auf einen Felsen, um sicheren Stand zu haben, und setzte den Pfeil an. Seine Bewegungen waren überlegt, langsamer als gewöhnlich.

Er schoß. Der Reiter mit der Muskete glitt vom Sattel, und sein Aufschrei ging im Gewieher der scheuenden Pferde unter. Die im Aufstieg befindlichen Araber begriffen nicht sofort, was vorging.

Der zweite Pfeil traf einen von ihnen mitten ins Herz und streckte ihn nieder.

Die beiden andern zögerten einen Moment, dann stürzten sie weiter.

Zum dritten Mal spannte Colin Paturel seinen Bogen, und der Pfeil durchbohrte aus nächster Nähe den ersten der Mauren. Der andere machte eiligst kehrt und lief den Hügel hinunter zu den Pferden.

Doch der Normanne hatte den nun nutzlos gewordenen Bogen schon weggeworfen. Er griff nach der Keule und holte mit ein paar Sätzen seinen Gegner ein, der den Krummsäbel ziehend, sich ihm zuwandte. Wie zwei sprungbereite Raubtiere kreisten sie umeinander. Dann trat Colin Paturels Keule in Aktion.

In wenigen Augenblicken lag der Araber trotz seines Helms mit zerschmettertem Gesicht und gebrochenem Genick auf der Erde. Der Normanne schlug auf ihn ein, bis er sich nicht mehr regte.

Dann ging er zu dem Mann mit der Muskete. Auch der war tot. Keiner der drei Pfeile hatte sein Ziel verfehlt.

„Das war meine Waffe, als ich noch in den Wäldern der Normandie wilderte, damals, in meinen jungen Jahren", vertraute er aufgeräumt Angélique an, die ihm gefolgt war und die nervösen Pferde beruhigte.

517

Das Morden war allmählich zu sehr Bestandteil ihres Lebens geworden, als daß sie sich sonderlich darüber aufgehalten hätten. Selbst die junge Frau warf nur einen flüchtigen Blick auf die vier zwischen den Wacholdersträuchern liegenden Leichen.

„Wir werden die Pferde mitnehmen. Jeder von uns reitet auf einem und führt ein zweites am Zügel. Die Leichen verbergen wir in der Höhle, das wird die Nachforschungen erschweren. Da die Pferde nicht herrenlos zur Kasbah zurückkehren, können sie keinen Alarm auslösen, und ihr Ausbleiben wird erst viel später auffallen."

Beide setzten Maurenhelme auf, hüllten sich in Burnusse, und nachdem sie die Spuren des Gemetzels beseitigt hatten, jagten sie in gestrecktem Galopp die Straße entlang.

Den Alkaiden, die drei Tage später auf die Suche nach den verschwundenen Soldaten ausgesandt wurden, erzählten die Dorfbewohner, sie hätten zwei Reiter durch ihre Ortschaft preschen sehen, deren jeder ein Reservepferd mitgeführt habe. Sie hätten sich wohlweislich gehütet, sie anzurufen oder gar aufzuhalten, denn wie könne sich ein armer Fellah edlen Kriegern gegenüber ein solches Verhalten erlauben! Die Pferde wurden am Fuß des Riffgebirges aufgefunden. Man hielt die Banditen für die Schuldigen, deren Untaten die Gegend in Unruhe versetzten, und eine Strafexpedition wurde nach ihren Schlupfwinkeln entsandt.

Sechzigstes Kapitel

Colin Paturel und Angélique hatte die Pferde gleich am ersten Steilhang zurückgelassen, den nur Maultiere zu erklimmen vermochten.

Die anstrengendste Etappe stand ihnen bevor, zugleich aber auch die letzte. Nach Überwindung dieser kahlen Ausläufer des Riff würde das Meer auftauchen. Überdies kannte der Normanne, der zu Beginn seiner Gefangenschaft zwei Jahre lang in der geheimnisvollen, heiligen Stadt Mechaouane gelebt hatte, die Gegend genau, die sie durchwandern würden. Er kannte ihre Rauheit, ihre zahllosen Gefahren, aber auch die kürzesten Pfade, und er wußte, daß sie, je höher sie stiegen, um so sicherer vor gefährlichen Begegnungen sein würden. Ihre einzigen Feinde würden das Gebirge, die kalten Nächte, die glühende Sonne, der Hunger und der Durst sein, aber die Menschen würden sie in Frieden lassen, und Löwen gab es in dieser Gegend kaum. Immerhin mußte man vor den Wildschweinen auf der Hut sein. Affen, Gazellen und Stachelschweine brauchte man nicht zu fürchten, sie würden Wildbret liefern. Er hatte die Muskete samt Munition mitgenommen, den Proviant, der sich in den Satteltaschen der Soldaten befunden hatte, die derben, warmen Burnusse, die sie schützen würden.

„Noch ein paar Tage, dann werden wir Ceuta vor uns liegen sehen."

„Wie viele Tage?" fragte Angélique.

Der Normanne wollte sich nicht festlegen. Es käme ganz darauf an. Wenn alles gut ginge, konnte man sagen: vierzehn Tage ... wenn widrige Umstände einträten ...

Ein widriger Umstand trat eines Nachmittags ein, während sie über glühendheißes Gestein kletterten. Angélique hatte einen Felsvorsprung genutzt, der sie vor ihrem Gefährten verbarg, um sich auf einen großen Stein zu setzen. Er sollte nicht sehen, wie ermattet sie war. Immer wieder hatte er sie für ihre Ausdauer gelobt, aber der seinen war sie nicht gewachsen. Er wurde nie müde. Ohne sie wäre er bestimmt Tag und Nacht marschiert und hätte nur gelegentlich innegehalten, um sich eine Stunde lang auszuruhen.

Auf ihrem Felsen sitzend, suchte Angélique wieder zu Atem zu kommen, als sie plötzlich einen heftigen Schmerz an ihrer Wade verspürte. Sie beugte sich vor und sah gerade noch, wie ein Reptil blitzartig unter den Steinen verschwand.

„Eine Schlange hat mich gebissen."

Die wirre Vorstellung von etwas Zwangsläufigem erwachte in ihr. „Die Frau ist durch einen Schlangenbiß ums Leben gekommen", hatten der Venezianer und der Baske gesagt, bevor sie starben. Die Vergangenheit hatte die Gegenwart vorweggenommen, aber die Zeit existierte nicht, und was geschrieben steht, steht geschrieben! ...

Sie war indessen so geistesgegenwärtig, ihren Gürtel zu lösen und mit ihm das Bein unterhalb des Knies abzubinden. Wie versteinert saß sie da, während ihr tausend Gedanken durch den Kopf jagten.

Was wird Colin Paturel sagen? Er wird es mir nie verzeihen! . . . Ich kann nicht mehr gehen . . . Ich muß sterben . . .

Der Schatten ihres Gefährten fiel über sie. Da er sie aus dem Auge verloren hatte, war er umgekehrt.

„Was ist denn?"

Angélique bemühte sich zu lächeln.

„Ich hoffe, es ist nicht schlimm, aber ich . . . ich glaube, ich bin von einer Schlange gebissen worden."

Er kam zu ihr und kniete sich nieder, um das Bein zu untersuchen, das zu schwellen und schwarz zu werden begann. Dann zog er sein Messer, prüfte die Schneide mit dem Finger, zündete hastig eine Handvoll dürrer Halme an und hielt die Klinge darüber.

„Was habt Ihr mit mir vor?" fragte die junge Frau erschrocken.

Er gab keine Antwort. Mit einem festen Griff packte er ihr Fußgelenk und schnitt an der Bißstelle ein Stück Fleisch heraus, wobei er zugleich die Wunde mit der glühenden Klinge ausbrannte.

Unter dem rasenden Schmerz schrie Angélique auf und verlor das Bewußtsein.

Als sie wieder zu sich kam, senkte sich die Abenddämmerung über das Gebirge. Sie lag unter einem der Burnusse, die sie als Decke benützten, und Colin Paturel trat heran, um ihr eine Tasse heißen, starken Pfefferminztee einzuflößen.

„Na, nun geht's schon besser, Kindchen. Das Schlimmste ist überstanden."

Und als sie einigermaßen ihre Sinne gesammelt hatte:

„Ich mußte dein hübsches Bein verunstalten. Schade! Du wirst nicht mehr deinen Rock heben können, um unter der Ulme die Bourrée zu tanzen, armes Mädchen! . . . Aber ich mußte es tun, sonst hätte deine letzte Stunde geschlagen!"

„Ich danke Euch", sagte sie mit matter Stimme.

Sie spürte die ausgebrannte Wunde, die er mit kühlenden Blättern bedeckt und dann verbunden hatte. „Die hübschesten Beine von Versailles . . ." Das war einmal gewesen. Gleich den andern, würde auch

520

sie Spuren ihrer Gefangenschaft in der Berberei an ihrem Körper zu-
rückbehalten. Ruhmvolle Spuren, die sie beim Überstreifen ihrer gold-
gestreiften Seidenstrümpfe in Rührung versetzen oder zu einer Grimasse veranlassen würden ... später. Er sah sie lächeln.

„Bravo! Die Tapferkeit ist dir nicht abhanden gekommen. Wir wollen
uns wieder auf den Weg machen."

Sie sah ihn an, ein wenig verstört, aber bereits willens, ihm zu gehorchen.

„Glaubt Ihr, daß ich gehen kann?"

„Kommt nicht in Frage. Während der nächsten acht Tage wirst du
nicht auftreten können; die Gefahr, daß deine Wunde sich entzündet,
ist zu groß. Mach dir keine Sorgen. Ich werde dich tragen."

Einundsechzigstes Kapitel

Auf solche Weise setzten sie den mühsamen Aufstieg fort. Der nor-
mannische Herkules krümmte sich kaum unter dieser neuen Last, er
ging im gleichen gemessenen Schritt. Da seine Keule ihn zu sehr be-
hinderte, hatte er sie wegwerfen müssen. Er trug die Muskete und den
Sack mit den Nahrungsmitteln über der Schulter. Die junge Frau hing
auf seinem Rücken, beide Arme um seinen Hals geschlungen, und er
spürte den Duft ihres Haars, wenn sie zuweilen erschöpft die Stirn
an seinen Nacken lehnte. Das war das Härteste, das Schwierigste.
Härter als die Strapaze, als der endlose, beschwerliche Marsch unter
dem kalten Gesicht des Mondes, der ihnen durch die öde Landschaft
folgte und ihren wunderlich geformten, zweiköpfigen Schatten auf den
aschgrauen Boden warf.

Sie zu tragen, diese köstliche und drückende, an ihn geklammerte
Last zu spüren, ihre Lenden unter seinen Händen, die sie stützten ...

Angélique machte sich Vorwürfe, daß sie ihrem Gefährten soviel
Beschwerlichkeit zumutete. Sie machte sich Vorwürfe, daß sie es genoß,
wie ein Kind von diesem kräftigen Rücken getragen zu werden. Freilich hatten sich die derben Schultern im Laufe eines zwölfjährigen

Sklavendaseins an drückendere Lasten gewöhnt. Berühmt für seine Kraft, waren ihm übermenschliche Leistungen abgefordert worden. Seine Muskeln, ja selbst sein Herz, über alles menschliche Maß hinaus beansprucht, hatten eine ungewöhnliche Widerstandskraft erlangt. Kaum daß er langsamer ausschritt, kaum daß sein Atem in der nächtlichen Stille ein wenig rauher klang.

Staunend und zu träumen vermeinend, betrachtete Angélique die zauberhafte Landschaft. Zu viele Nächte war sie wie blind vor sich hin marschiert, einzig darauf bedacht, nicht zurückzubleiben. Jetzt entdeckte sie, daß der tiefblaue Himmel von unergründlicher Tiefe war und die Sterne golden funkelten. Ein gleichsam ausgeschmückter Himmel, auf dem sich, von einem feinen Pinsel in Weiß und Silber gezeichnet, die Umrisse der fernen Berge zur Linken abhoben, in deren Schluchten die Bänder der Wadis schimmerten.

Auch heute wieder war sie dem Tod entronnen. Und abermals sang jubelnd das Blut in ihren Adern: Ich lebe! Lebe!

Sie mußte eingeschlafen sein, denn plötzlich färbte sich der Himmel vor ihr rosig, dann rot. Der Normanne schritt noch immer langsam und überlegt dahin. Angélique überkam ein jähes Gefühl der Zärtlichkeit und Verehrung, und fast hätte sie den derben Nacken geküßt, der ihren Lippen so nahe war.

„Colin", flehte sie, „ach, ich bitte Euch, bleibt stehen, ruht Euch aus! Ihr müßt am Ende Eurer Kräfte sein."

Schweigend gehorchte er. Er ließ sie zu Boden gleiten und setzte sich ein paar Schritte von ihr entfernt, weit vorgeneigt, nieder.

Sie sah, wie seine Schultern sich unter dem überstürzten Atem bewegten.

Es ist zuviel, dachte sie. Selbst ein Mann von seiner Ausdauer ist einer solchen Strapaze nicht gewachsen.

Wenn sie doch nur ein wenig gehen könnte! Sie fühlte sich ausgeruht, stark und tatenfroh. Aber sobald sie den Fuß aufsetzte, warnte sie ein stechender Schmerz davor, unvernünftig zu sein und ihren Zustand zu verschlimmern. Sie humpelte zu dem Proviantsack, nahm ein paar Datteln und Feigen heraus und brachte sie samt der Kürbisflasche Colin Paturel.

Der Normanne hob den Kopf. Sein Gesicht wirkte erschöpft, sein

522

Blick war leer. Er starrte die Nahrung an, offenbar sah er sie nicht einmal.

„Laß das", sagte er barsch. „Kümmere dich nicht um mich."

„Ihr könnt nicht mehr, Colin, und es ist meine Schuld. Ach, ich bin verzweifelt!"

„Laß das", wiederholte er fast zornig.

Er schüttelte seine Wikingermähne wie ein gereizter Löwe.

„Mach dir keine Sorgen. Eine Stunde Schlaf, dann wird es schon wieder gehen."

Er ließ seine Stirn auf die Knie sinken. Sie entfernte sich ein paar Schritte und legte sich nieder, nachdem sie ein paar getrocknete Früchte gegessen hatte. Die Luft war kühl, und meilenweit in der Runde war kein Dorf, keine Spur menschlichen Lebens zu sehen. Es war köstlich!

Da sie nichts Besseres zu tun wußte, gab sie sich wieder dem Schlaf hin. Als sie die Augen aufschlug, kam Colin Paturel von der Jagd zurück, ein Rehkitz über der Schulter.

„Colin, Ihr seid wahnsinnig!" rief Angélique aus. „Ihr müßt ja todmüde sein."

Der Normanne zuckte die Achseln.

„Für was hältst du mich, Kindchen? Für einen Weichling von deiner Sorte?"

Er war in grämlicher Stimmung und vermied es, sie anzuschauen. Angélique wurde unruhig, da sie befürchtete, er verheimliche ihr eine neue Gefahr.

„Könnten uns die Mauren hier überfallen, Colin?"

„Glaub' ich nicht. Um ganz sicher zu gehen, werden wir in der Schlucht Feuer machen."

Angéliques Bein hatte sich immerhin so gebessert, daß sie, wenn auch sehr behutsam, zum Bach hinuntersteigen konnte.

Und dort begegneten sie zum letztenmal einem Raubtier. Sie bemerkten es zu spät, jenseits des Bachs. Es war eine Löwin, die sich in der Haltung einer lauernden großen Katze duckte. Mit einem einzigen Satz hätte sie sie erreichen können.

Colin Paturel blieb regungslos wie eine Bildsäule stehen. Er ließ die Löwin nicht aus den Augen und begann ruhig auf sie einzureden. Nach einer Weile wich das verblüffte Tier verstohlen zurück. Man sah seine

523

Augen hinter einem Gesträuch leuchten, dann kennzeichnete die Bewegung der Gräser seinen Rückzugsweg.

Der Normanne stieß einen Seufzer aus, der sämtliche holländischen Windmühlen in Bewegung hätte setzen können. Er legte den Arm um Angéliques Schultern und drückte sie an sich.

„Mir scheint, der Himmel ist mit uns. Was mag in dem Gehirn dieses Tiers vorgegangen sein, daß es uns in Frieden ließ?"

„Ihr habt arabisch mit ihm gesprochen. Was habt Ihr ihm gesagt?"

„Weiß ich's? Ich war mir nicht einmal bewußt, welche Sprache ich gebrauchte. Ich dachte nur, ich könnte versuchen, mich mit ihm zu verständigen. Mit einem Mauren wäre mir das nicht gelungen."

Sein Blick glitt zu dem verstörten Gesicht der jungen Frau herab.

„Du hast keinen Schrei ausgestoßen. Du bist nicht einmal zusammengezuckt. ... Gut so, Schätzchen."

Angéliques Wangen bekamen wieder Farbe. Der Arm Colin Paturels war ein unüberwindlicher Schutzwall. Sein Druck verlieh ihr Kraft. Sie blickte auf und lächelte ihn vertrauensvoll an.

„In Eurer Nähe verspüre ich keine Angst."

Der Normanne biß die Zähne zusammen, und von neuem verdüsterte sich sein Gesicht.

„Bleiben wir nicht hier", brummte er. „Man soll nicht mutwillig mit dem Schicksal spielen. Gehen wir ein Stück weiter."

Sie füllten ihre Gurden am Bach und suchten nach einer Felsennische abseits des Ufers, um Feuer zu machen. Aber diese Mahlzeit verschaffte ihnen kein Wohlbehagen, sie stillte lediglich ihren Hunger. Die Atmosphäre blieb drückend. Colin Paturel starrte mit gerunzelter Stirn vor sich hin und tat kaum den Mund auf. Angélique gab sich vergeblich Mühe, das Schweigen zu brechen, und schließlich beschlich sie eine leise Unruhe, die sie sich nicht zu erklären vermochte. Warum war Colin Paturel so mißmutig und ruhelos? Grollte er ihr, weil sie durch ihre Verletzung aufgehalten wurden? Was für eine Gefahr witterte er, und was hatten die flüchtigen Blicke zu bedeuten, die er ihr unter seinen dichten, blonden Brauen hervor hin und wieder verstohlen zuwarf?

Der Abendwind strich über sie hinweg wie ein samtener Flügel. Das erlöschende Licht tauchte die Berge, den Himmel, die Täler in dunkle,

524

weiche Pastellfarben. In der beginnenden Dämmerung wandte Angélique ihr bleiches, verängstigtes Gesicht Colin Paturel zu.

„Ich . . . ich denke, ich könnte heute nacht marschieren", sagte sie.

Er schüttelte den Kopf.

„Nein, Kindchen, das kannst du nicht. Hab keine Angst. Ich werde dich tragen."

Seine Stimme klang seltsam bekümmert.

Ach, Colin, hätte sie fast ausgerufen, was ist das nur? Gehen wir beide dem Tod entgegen?

An seinen Rücken geschmiegt, mit beiden Armen seinen Hals umschlingend, fühlte sie sich nicht so gelöst wie in der vergangenen Nacht. Die Atemzüge des Mannes hallten in ihr zugleich mit den dumpfen Schlägen seines Herzens wider und erinnerten sie an jene erregenden Geständnisse der Wollust, die so viele keuchende Männer in ihren Armen gemacht hatten. Damals schien sie es gewesen zu sein, die sie trug, und nun spürte sie, in der Schläfrigkeit, die sie überkam, die Stirn am feuchten, muskulösen Nacken ihres Gefährten bergend, daß sie ihn mit der Last ihrer unwiderstehlichen Weiblichkeit beschwerte.

Die aufgehende Sonne zeigte ihnen Zedern, die mit ihrem weit ausgreifendem Geäst den Berghang bedeckten. Ihnen zu Füßen breitete sich ein spärlicher, mit sternförmigen weißen Blumen durchsetzter Rasen aus, und der unvergleichliche Duft des Holzes würzte jeden Windhauch.

Colin Paturel überquerte einen schäumenden Gebirgsbach, dann stieg er wieder aufwärts und entdeckte den Eingang einer kleinen Grotte mit sandigem Boden.

„Hier wollen wir rasten", sagte er. „Offenbar ist die Höhle von keinem Tier bewohnt. Vielleicht können wir es wagen, Feuer zu machen."

Er stieß die Worte zwischen den Zähnen hervor, und seine Stimme klang heiser. War es die Erschöpfung? . . . Beklommen verfolgte ihn Angélique mit dem Blick. Etwas Rätselhaftes war um ihn, und sie glaubte, die Ungewißheit nicht mehr ertragen zu können. Vielleicht fühlte er sich krank? Oder war er nun doch am Ende mit seinen Kräften? Nie war ihr der Gedanke gekommen, auch er könne eines Tages ermatten. Wie schrecklich das wäre! Aber sie würde ihn nicht im Stich lassen! Sie würde ihn pflegen, ihn aufmuntern, wie er sie immer aufgemuntert hatte.

Er entzog sich den fragenden grünen Augen, die ihn anstarrten.

„Ich werde schlafen", erklärte er lakonisch.

Er ging hinaus. Angélique seufzte. Die Stätte hatte einen eigenen Reiz und regte sie zum Träumen an. Wenn sie nur nicht wieder irgendeine verhängnisvolle Falle barg!

Sie verteilte die kärgliche Nahrung auf einem flachen Stein: die getrockneten Feigen, die am Tag zuvor gebratenen Wildbretstücke. Die Gurden waren leer. Das Rauschen des Gebirgsbachs drunten lockte sie. Ohne sonderliche Anstrengung stieg sie hinunter und dachte rechtzeitig daran, sich behutsam umzuschauen, aber nur ein paar buntschillernde Vögel tummelten sich an den Ufern.

Angélique füllte die Gurden, dann wusch sie sich gründlich in dem eiskalten Wasser. Ihre Haut prickelte. Sie beugte sich über eine Lache in der Höhlung eines Felsens und sah sich plötzlich wie in einem Spiegel. Fast hätte sie vor Verwunderung einen Schrei ausgestoßen.

Die Frau, die sich da spiegelte, blond unter dem indigoblauen Himmel, schien eine Zwanzigjährige zu sein. Die verfeinerten Züge, die durch bläuliche Ringe größer wirkenden, an weite Horizonte gewöhnten und nun mit einer neuen Sanftmut fragend blickenden Augen, die leicht geschwungenen, ungeschminkten, aufgesprungenen Lippen waren nicht mehr die einer Frau mit bitteren Erfahrungen, sondern die eines jungen Mädchens von ungekünsteltem Wesen, das sich seiner selbst noch nicht bewußt ist und sich ohne jede Verstellung gibt. Die rauhen Winde, die unbarmherzige Sonne, der Verzicht auf jegliche Koketterie in dieser Zeit der Prüfungen hatten ihrem früher allzu geschickt zur Geltung gebrachten Gesicht etwas Jungfräuliches zurückgegeben. Freilich, ihr Teint war schlimm: braun wie der einer Zigeunerin, aber als Kontrast wurde ihr Haar blond wie ein Mondstrahl auf dem Sand. Mit ihrem abgezehrten, zarten, in der Hülle des wollenen Burnus schier ertrinkenden Körpers, ihren aufgelösten Flechten, ihren bloßen Füßen wirkte sie wie ein Naturkind.

Sie nahm die Binde von ihrem Bein ab. Die Brandwunde war geheilt, aber die häßliche Narbe würde bleiben. In Gottes Namen! Gelassen legte sie den Verband wieder um. Während des Badens vorhin war sie sich der Schlankheit ihrer Taille und ihrer Beine bewußt geworden, die das im Harem angesetzte Fett wieder verloren hatten. Alles in allem betrachtet, war sie noch gut dabei weggekommen.

Ein letztes Mal neigte sie sich über den improvisierten Spiegel und lächelte sich zu.

„Ich glaube, ich kann mich noch sehen lassen", sagte sie zu den Vögeln, die sie zutraulich betrachteten.

Sie summte vor sich hin, während sie den Hang wieder hinaufstieg. Plötzlich hielt sie inne. Sie hatte Colin Paturel erblickt, der zwischen den weißen Blüten im Gras lag.

Er hatte einen Arm unter seinen Kopf geschoben und regte sich nicht.

Von neuem überkam sie jene unerklärliche Unruhe, und sie näherte sich ihm auf Zehenspitzen, um ihn zu beobachten.

Der Normanne schlief. Sein ruhiger, gleichmäßiger Atem hob seine breite, behaarte Brust, die der halb geöffnete Burnus entblößte. Nein, er war nicht krank. Die gebräunte Haut, die Gelöstheit seines Gesichts und seiner ganzen Haltung waren die eines von Gesundheit strotzenden Mannes, der nach harter Mühsal neue Kräfte sammelt. Und während sie ihn betrachtete, wie er schlafend unter den Zedern lag, fand sie, daß er aussah wie Adam. Es war soviel urtümliche Vollkommenheit in diesem riesigen, kraftvollen Körper, an diesem schlichten Manne, dem umherstreifenden Jäger, dem Richter und Hirten seines Volks.

Fasziniert kniete sie nieder. Der Wind bewegte eine Strähne auf der zerfurchten Stirn. Sie berührte sie mit der Hand und strich sie sanft zurück.

Colin Paturel schlug die Augen auf. Der Blick, den er auf sie heftete, schien ihr seltsam. Der Normanne hatte sichtliche Mühe, in die Wirklichkeit zu finden.

„Was ist?" stammelte er mit rauher Stimme. „Die Mauren?"

„Nein, alles ist friedlich. Ich habe Euch betrachtet, während Ihr schlieft. Ach, Colin, starrt mich nicht so an!" schrie sie plötzlich fassungslos auf. „Ihr macht mir Angst! Was habt Ihr nur seit ein paar Tagen? Was geht denn vor? Wenn uns eine Gefahr droht, sagt es mir.

527

Ich bin durchaus fähig, Eure Sorgen zu teilen, aber ich ertrage Euren ... ja, das ist es: Euren Groll auf mich nicht mehr. Zuweilen ist mir, als ob Ihr mich verachtet, als ob Ihr mir zürnt. Weshalb? Weil ich von der Schlange gebissen worden bin und wir deshalb langsamer vorankommen? Ich begreife nichts mehr. Ihr seid so großmütig gewesen. Ich glaubte ... Colin, um Himmels willen, wenn Ihr mir etwas vorzuwerfen habt, sagt es mir, aber ich ertrage das nicht mehr ... Wenn Ihr mich haßt – was soll aus mir werden?"

Die Tränen standen ihr in den Augen. Ihren einzigen und letzten Freund zu verlieren, erschien ihr als die schlimmste Prüfung. Er stand jetzt vor ihr und starrte sie so ausdruckslos an, daß man hätte meinen können, er habe ihr gar nicht zugehört. Sein Blick lastete auf ihr, und sie dachte bei sich, daß es den von ihrem Monarchen im Bagno von Miquenez abgeurteilten Gefangenen unter seinen Augen nicht eben wohl zumut gewesen sein mochte.

„Was ich dir vorwerfe?" sagte er schließlich. „Zu sein, was du bist: eine Frau." Er runzelte die Stirn, und seine Augen bekamen einen harten, bösen Ausdruck.

„Ich bin kein Heiliger, meine Schöne. Bilde dir das nur nicht ein. Ich bin ein Seemann, ein alter Flibustier. Morden, plündern, mit den Wellen kämpfen, in den Häfen herumlungern und den Mädchen nachjagen, das ist mein Leben. Und selbst in der Gefangenschaft ist mir der Sinn danach nicht vergangen. Immer bin ich auf Frauen aus gewesen. Ich nahm, was ich kriegen konnte. Wählerisch durfte ich nicht sein. Wenn Moulay Ismaël mich belohnen wollte, schickte er mir eine seiner Negerinnen. Es ist selten genug passiert. Diese zwölf Jahre waren eine Zeit des Fastens und der Enthaltsamkeit, das kann man wohl sagen! ... Wenn man dann, nach zwölf solchen Jahren, plötzlich mit einer Frau zusammenlebt ..."

Er kam in Hitze und verbarg seine Verlegenheit hinter Zorn.

„Kannst du's denn nicht verstehen? ... Hast du vielleicht nicht auch dein Leben genossen, bevor du an Moulay Ismaël verkauft wurdest? Wenn man in deine kecken Augen schaut, möchte man's eigentlich annehmen ... Hast du dir nie überlegt, daß es für einen Burschen wie mich unerträglich sein muß, auf solche Art Tage und Nächte mit einer Frau zu verbringen? ... Und was für einer Frau!"

Er schloß die Lider. Sein derbes Gesicht leuchtete in einem Ausdruck naiv-schwärmerischer Ekstase auf.

„Der schönsten, die ich je gesehen habe!"

Und in gedämpftem Ton, gleichsam zu sich selbst, sprach er weiter:

„Deine Augen ... wie die Tiefe des Meeres ... sie schauen mich an, flehend ... Deine Hand auf der meinen, dein Duft, dein Lächeln ... Wenn mir wenigstens dein Körper nicht so vertraut wäre. Aber ich hab' dich gesehen ... als du an die Säule gefesselt warst und die schwarzen Teufel dich mit glühenden Zangen malträtieren wollten. Und auch neulich nachts hab' ich dich gesehen, als du im Wasserfall badetest ... Und nun muß ich dich auch noch auf dem Rücken tragen ..."

Er redete sich in Zorn.

„Nein ... es ist nicht zu ertragen ... Was der heilige Antonius erduldet hat, war nichts dagegen. Es gibt Tage, an denen ich tatsächlich wünschte, ich wäre wieder ans Kreuz gebunden oder ans Neue Tor genagelt und die Geier hackten mit ihren Schnäbeln nach mir ... Und da fragst du dich noch, warum ich gallig bin!"

Er hob die Fäuste und rief den Himmel zum Zeugen seiner Qualen an. Dann wandte er sich fluchend ab und entfernte sich mit großen Schritten nach der Höhle.

Zutiefst betroffen über diesen Ausbruch blieb Angélique zurück.

Ach, nur das also war es! sagte sie zu sich.

Ein Lächeln streifte ihre Lippen. Ringsum bewegte ein sanfter Wind die breiten Segel der Zedern und verwehte ihren durchdringenden Wohlgeruch. Angéliques Haare streichelten ihre Wangen, ihre halb entblößten Schultern, von denen der Burnus herabgeglitten war. Vorhin hatte sie sich in der Wasserlache gesehen, wie Colin Paturel sie sah: ein veredeltes, schmales, goldumrahmtes Gesicht, dessen große Augen etwas rätselvoll Durchscheinendes hatten. Sie mußte daran denken, daß sie das Verlangen verspürt hatte, mit ihren Lippen den gebeugten Nacken des Mannes zu berühren, und daß, als die Nacht gekommen war und mit ihr das Grausen vor der wilden, gefahrvollen

529

Gegend, das unwiderstehliche Bedürfnis sie erfaßt hatte, Schutz zu suchen an seiner warmen, breiten Brust. Ungeformte Vorläufer eines tieferen Verlangens, das in ihrem Blut schlummerte und das sie nicht hatte wecken wollen.

Jetzt, da er gesprochen hatte, spreizte sich der uralte Trieb in ihr wie ein Vogel. Ihre ausgeruhten Glieder spürten das Leben in den Adern kreisen. Das Leben! . . . Sie pflückte eine weiße Bergblume und hielt sie an ihre Lippen.

Ihre Brust wölbte sich. Sie holte ein paarmal tief Atem. Die lauernde Angst hatte sich verzogen. Der Himmel war klar, die Luft rein und durchduftet.

Angélique stand auf. Mit bloßen Füßen lief sie über das weiche Gras zur Höhle.

Colin Paturel stand am Eingang, an einen Felsen gelehnt. Mit gekreuzten Armen betrachtete er das gelblich und blaßgrün getönte Land, das sich am Fuße des Gebirges ausbreitete, aber seine Gedanken schienen in eine andere Richtung zu gehen, und sein Rücken wirkte wie der eines völlig ratlosen Mannes, der überlegt, wie er sich aus dem bösen Handel herausziehen soll, auf den er sich törichterweise eingelassen hat.

Er hörte sie nicht kommen. Sie blieb stehen und betrachtete ihn gerührt.

Guter Colin! Gutes, tapferes Herz! Unbeugsam und bescheiden. Wie groß und stämmig er war! . . . Nie würden ihre Arme ihn umfassen können . . .

Sie schlich neben ihn, und er sah sie erst, als sie ihre Wange an seinen Arm lehnte.

Er zuckte heftig zusammen und machte sich frei.

„Hast du nicht begriffen, was ich dir vorhin erklärt habe?" fragte er barsch.

„Doch, ich glaube, ich habe begriffen", murmelte sie.

Sanft glitten ihre Hände über Colin Paturels Brust zu seinen breiten Schultern.

Er wich noch weiter zurück und errötete.

„O nein!" sagte er. „Das ist es nicht! . . . Nein, du hast nicht begriffen. Nein, ich habe dich um nichts gebeten. Kindchen, mein armes

Kindchen . . . was glaubst du denn?" Er ergriff ihre beiden Hände, um sie sich fernzuhalten. Wenn sie ihn berühren, wenn er noch einmal diese zärtliche Annäherung spüren sollte, würde er erliegen, würde er die Besinnung verlieren.

„Was glaubst du denn! Nachdem ich mir solche Mühe gegeben habe, dich nichts merken zu lassen . . . Ich hätte nie den Mund aufgetan, du hättest nie etwas erfahren, wenn du nicht über mich hergefallen wärst . . . als ich erwachte . . . aus einem Schlaf voller Träume von dir . . . Vergiß meine Worte . . . Ich könnte es mir nie verzeihen. Ich weiß ja . . . Ich ahne es, Ärmste! Du hast das Sklavenleben der Frauen kennengelernt, das nicht minder schwer ist als das der Männer. Schlimm genug, daß man dich verkauft hat, daß du von einer Hand in die andere gewandert bist. Ich will auf keinen Fall ein Besitzer mehr sein, der dich mit Gewalt nimmt."

Angéliques Augen leuchteten auf. Colin Paturels Hände strahlten ihre Wärme auf sie aus, und die Verwirrung, die sich in seinen Zügen malte, rührte sie. Nie zuvor hatte sie bemerkt, wie fleischig und frisch seine von dem blonden Bart umrahmten Lippen waren. Wohl war er stark genug, sie sich fern zu halten, aber er kannte die Macht ihres Blickes nicht. Und abermals lehnte sie an seinem Herzen, hob sie die Arme zu ihm empor.

„Geh, Kindchen . . .", murmelte er. „Ich bin nur ein Mann."

„Und ich", sagte sie mit einem zaghaften Lächeln, „ich bin nur eine Frau . . . Ach, Colin, lieber Colin, haben wir nicht genug zu ertragen, was über unsere Kräfte geht? Ich meine, daß dies uns zu unserem Trost beschert wird."

Und sie barg die Stirn an seiner Brust, wie sie es während dieser entbehrungsreichen Reise unbewußt ersehnt hatte. Und sie berauschte sich an seiner Kraft, an dem Mannesgeruch, den sie endlich zu genießen wagte, während sie mit scheuen Küssen seine Haut berührte.

Der Normanne empfing dieses Geständnis wie ein Baum den Blitz: mit einem Beben, das ihn bis ins Innerste erschütterte. Er neigte den Kopf. Ein grenzenloses Staunen erfaßte ihn. Dieses für seinen Geschmack ein klein wenig zu stolze, ein klein wenig zu intelligente Geschöpf, das das Schicksal ihm für die grausame Irrfahrt zur Gefährtin bestimmt hatte, erwies sich plötzlich als eine Frau wie jede andere, einschmeichelnd und aufdringlich, jenen Hafenmädchen gleich, die sich den schmucken, blondbärtigen Burschen an den Hals werfen.

An ihn geschmiegt, konnte ihr die Leidenschaft nicht entgehen, die in ihm erwachte, und sie erwiderte sie mit einer kaum wahrnehmbaren Bewegung ihres ganzen erregten Körpers, scheu aus Schamgefühl, aber bereits hingegeben. Wortlos lockte sie ihn mit jenen girrenden Kehllauten der verliebten Tauben, die manche von der Sinnenlust bedrängte Frauen ausstoßen.

Fassungslos bog er ihren Kopf zurück, um ihr ins Gesicht zu schauen. „Wie ist das möglich?" stammelte er.

Statt einer Antwort ließ sie sich an seine Schulter sinken.

Da nahm er sie in seine Arme. Er zitterte. Er trug sie in den hintersten Winkel der Höhle, als scheue er das Tageslicht. Dorthin, wo es dunkel war und der Sand kühl und weich.

Der instinktivste aller Triebe der Welt, der das Blut eines Colin Paturel in Wallung brachte, hatte die Gewalt einer Sturzflut, die alles mit sich riß, auch den Damm, den sein wacher Verstand so lange gegen die heftige Begierde aufgerichtet hatte. Nun erlag er ihr ganz und gar, trunken von der Macht, die die Frau ihm verlieh. Er verschlang sie wie ein Ausgehungerter, konnte sich nicht satt fühlen an ihrer glatten Nacktheit, ihrem fließendem Haar, ihren zarten Brüsten.

So gierig und ungeduldig war er nach all der heimlichen Qual, daß er ihr fast Gewalt antat. Immer wieder forderte er das Geständnis ihres Körpers, verging auf ihr, blieb stumm und wie vom Blitz getroffen liegen, während seine Arme sie eifersüchtig wie einen kostbaren Schatz umklammerten.

Die Finsternis hatte sich verdichtet, als Angélique die Augen aufschlug. Draußen schien das Dämmerlicht zu erlöschen.

Die junge Frau regte sich, eingezwängt in den eisernen Ring der Arme Colin Paturels. Er flüsterte:

„Schläfst du?"

„Ich habe geschlafen."

„Zürnst du mir?"

„Ihr wißt sehr wohl, daß ich nicht zürne."

„Ich bin ein roher Geselle, nicht wahr, sag es ruhig . . . So sag es doch!"

„Nein . . . Habt Ihr nicht gespürt, daß Ihr mich glücklich gemacht habt?"

„Wirklich? . . . Dann mußt du jetzt ‚du' zu mir sagen."

„Wenn du es willst . . . Colin, meinst du nicht, daß es draußen dunkel genug für den Aufbruch ist?"

„Ja, mein Lämmchen."

Frohen Herzens zogen sie weiter auf dem steinigen Pfad. Er trug sie auf dem Rücken, und sie lehnte den Kopf an seinen kräftigen Nacken. Nichts trennte sie mehr. Sie hatten das Bündnis ihrer beider bedrohten Leben besiegelt, und die Gefahren, die Leiden würden nicht mehr aus ihnen selbst kommen.

Colin Paturel würde nicht mehr mit zum Zerreißen gespannten Nerven einherschreiten, vom höllischen Feuer geplagt wie ein Verdammter, von der Angst besessen, sich zu verraten. Und Angélique brauchte sich nicht mehr vor seinem barschen Wesen und seinen giftigen Blicken zu ängstigen. Sie würde sich nicht mehr einsam fühlen. Wenn es sie danach verlangte, konnte sie die Lippen auf jene rauhen Narben drücken, die seinen Hals zeichneten, seitdem Moulay Ismaël ihn zehn Tage lang einen mit Stacheln versehenen Eisenring hatte tragen lassen.

„Vorsicht, mein Herzchen", sagte er lachend. „Halt dich ruhig. Wir haben noch ein tüchtiges Stück Weg vor uns."

Er verging vor Verlangen, sie herabgleiten zu lassen, um sie zu küssen, sie im Mondenschein in den Sand zu legen, um aufs neue den Rausch zu verspüren, den er neben ihr genossen. Er beherrschte sich. Es lag noch ein gutes Stück Weg vor ihnen, jawohl, und das Kind war müde. Man mußte daran denken, daß sie Hunger litt und daß sie von einer dieser widerlichen Hornvipern gebissen worden war! Er selbst hatte es in einem gewissen Augenblick teuflischerweise vergessen – Rohling, der er war! . . . Er war es nicht gewohnt, mit den Frauen sanft umzugehen, aber bei dieser hier würde er es lernen.

Hätte er sie doch verwöhnen, ihr alle Mühsal ersparen können! Hätte er ihr nur einen mit köstlichen Gerichten bedeckten Tisch herbeizaubern, ihr die Zuflucht jenes „breiten, weißbezogenen Betts mit den Immergrünsträußchen an den vier Ecken" bieten können, von dem ein altes Volkslied spricht ... In Ceuta würden sie gemeinsam aus der Quelle trinken, an der Odysseus sich sieben Jahre lang gelabt hatte, als die Augen der Kalypso, der Tochter des Atlas, ihn in ihrem Bann hielten. So jedenfalls erzählten die Seeleute ...

Er träumte mit offenen Augen. Sie schlief, an ihn gelehnt, denn sie war müde. Er selbst, er war nicht müde! Er trug alles Glück der Welt auf seinem Rücken.

Im Morgengrauen machten sie halt. Sie streckten sich auf einer mit kurzem Gras bewachsenen Hochfläche aus. Jetzt suchten sie keine Deckung mehr, denn sie fühlten sich vor jeder Überraschung sicher. Ihre Augen begegneten einander fragend. Diesmal hatte er keine Scheu mehr vor ihr. Er wollte sie ganz erforschen, und er konnte ihr Gesicht betrachten, das Gesicht einer selig Ersterbenden, hintenübergeneigt in die Flut ihres schönen Haars.

Und wieder überkam ihn ein namenloses Glücksgefühl.

„Ja, es ist wirklich wahr, daß du das Lieben liebst! ... Ich hätte es nicht gedacht."

„Ich liebe auch dich, Colin."

„Pst! Du sollst diese Worte nicht aussprechen ... noch nicht. Ist dir jetzt wohl?"

„Ja."

„Habe ich dich wirklich glücklich gemacht?"

„O ja, sehr!"

„Schlaf, mein Lämmchen."

So genossen sie es, ausgehungert und aller Mittel bar, einander zu lieben. Der Drang, der sie zur Vereinigung trieb, war so mächtig wie der, zur Quelle zu eilen, um aus ihr die Kraft zum Überleben zu schöpfen. Das Vergessen aller Schmerzen und die Rache am Schicksal waren die Triebfedern ihrer Umarmungen, trugen sie über die Spring-

534

flut der Hoffnung hinweg, und während sie einander küßten, wuchs in ihnen die köstliche Erkenntnis, daß die Liebe geschaffen worden sei als Trost für den ersten Mann und die erste Frau, um ihnen die schwere Pilgerfahrt auf Erden zu erleichtern.

Nie hatte Angélique in den Armen eines so großen und kräftig gebauten Mannes gelegen. Immer wieder setzte sie sich auf seine Knie, schmiegte sie sich an diesen massiven Körper, und während seine Hände sie streichelten, küßten sie sich, mit gesenkten Augen, lange, andachtsvoll.

„Weißt du noch, was ich den armen Kameraden befohlen hatte?" fragte er leise: „‚Sie ist für keinen von euch da, und sie wird keinem gehören...' Und nun hab' ich dich genommen, und du bist mein. Ich bin ein rechter Halunke!"

„Ich war es ja, die dich gewollt hat."

„Ich habe es damals gesagt, um mich vor dir zu schützen. Ich wollte eine Schranke aufrichten. Und ich sagte mir: Nun bist du gezwungen, es zu ertragen..."

„Du wirktest so streng, so hart."

„Und du hast nie etwas gesagt. Du hast alles demütig hingenommen, als wolltest du dich entschuldigen, daß du da seist. Ich wußte es immer, wenn du Angst hattest oder nicht mehr weiterkonntest. Damals schon hätte ich dich am liebsten getragen. Aber da war der Pakt mit den Kameraden."

„Es war besser so. Ihr wart es, der recht hatte, Majestät."

„Zuweilen, wenn ich dich beobachtete, lächeltest du. Dein Lächeln ist das, was ich am meisten an dir liebe. Du hast mich angelächelt, als die Schlange dich gebissen hatte, als du am Wege auf mich wartetest... Als hättest du Angst vor mir gehabt, mehr noch als vor dem Tode... Mein Gott! Ich wußte nicht, was Schmerz bedeutet, vor jenem Augenblick, da ich glaubte, du seist verloren. Wärst du gestorben, ich hätte mich neben dich gelegt und wäre nie wieder aufgestanden!"

„Lieb mich nicht so sehr, Colin, lieb mich nicht so sehr! Aber küß mich noch einmal."

Zweiundsechzigstes Kapitel

Die Riflandschaft ringsum hatte sich verändert. Die Zedern und die grasbewachsenen Hänge waren verschwunden, es gab kein Wild mehr und auch keine Quellen. Aufs neue wurden die Flüchtlinge von Hunger und Durst gequält. Indessen war Angéliques Bein nun völlig geheilt, und sie hatte ihren Gefährten schließlich dahin gebracht, daß er sie hin und wieder ein Stück gehen ließ. Da sie auf diese Weise langsamer vorwärtskamen, wanderten sie Tag und Nacht in kleinen Etappen. Es war ein unsagbar mühseliges Klettern durch dunkle Schluchten und dichtes Gestrüpp.

Angélique getraute sich nicht mehr zu fragen, ob sie noch weit vom Ziel entfernt seien. Es schien mit der rotgelben Wand der Berge immer mehr in die Ferne zu rücken.

Angélique blieb stehen.

Diesmal werde ich sterben, sagte sie sich.

Ihre Schwäche wuchs, wurde unermeßlich. In ihren Ohren klang ein wirres Brausen auf, etwas wie Kirchengeläut, und dieses Warnzeichen erfüllte sie mit Entsetzen.

Diesmal ist es der Tod ...

Sie sank in die Knie und stieß einen schwachen Schrei aus. Colin Paturel, der fast schon auf der Höhe einer Felswand angelangt war, deren Grat sich scharf am klaren Himmel abzeichnete, kam zu ihr zurück.

Er kniete nieder und legte seinen Arm um sie. Sie schluchzte ohne Tränen.

„Was ist, Liebste? Komm, nur noch ein wenig Mut ..."

Er streichelte ihre Wange und küßte sie auf die ausgetrockneten Lippen, wie um ihr seine unerschöpfliche Kraft mitzuteilen.

„Steh auf, ich trage dich ein Stückchen."

Aber sie schüttelte verzweifelt den Kopf.

„Nein, Colin ... Diesmal ist es zu spät. Ich muß sterben. Ich höre schon mein Totengeläut."

„Narreteien, all das! Faß Mut! Jenseits dieser Felswand ..."

Er hielt inne und starrte lauschend vor sich hin.

„Was ist Colin? Die Mauren?"

„Nein, aber auch ich ... höre wirklich ..."

Er richtete sich jäh auf und schrie mit erstickter Stimme:

„Ich höre die Glocken!"

Wie ein Wahnsinniger stürzte er kletternd und stolpernd zum Gipfel des Felsens hinauf. Sie sah ihn gestikulieren und hörte ihn etwas brüllen, das sie nicht verstehen konnte. Aber alle Müdigkeit vergessend und ohne sich um die kantigen Steine zu kümmern, die sie verletzten, sprang sie auf und eilte ihm nach.

„Das Meer!!!"

Das war es, was der Normanne schrie. Als sie bei ihm anlangte, packte er sie beim Arm und riß sie an sich. Eng umschlungen standen sie wie geblendet da und trauten ihren Augen nicht.

Vor ihnen lag das Meer, leuchtend und von schäumenden Wogen gekräuselt, und zur Linken eine von Glockentürmen starrende, mauerumschlossene Stadt.

Ceuta! Das spanische Ceuta! Die das Angelus läutenden Glocken der Kathedrale San Angelo waren es, die sie gehört und für eine Halluzination ihrer erschöpften Sinne gehalten hatten.

„Ceuta!" murmelte der Normanne. „Ceuta!"

Aber sein Freudenrausch wich sehr bald nüchternen, besorgten Überlegungen. Denn Ceuta war ja eine von den Mauren belagerte Stadt! ... Ein ferner Kanonenschuß hallte in den Ausläufern des Berges Acho wider, und eine Rauchwolke erhob sich von der Stadtmauer und löste sich langsam in der friedlichen Abenddämmerung auf.

„Gehen wir dort hinüber", murmelte Colin Paturel und führte seine Gefährtin in den Schutz eines Felsens. Während sie sich ausruhte, schlich er kriechend am Kamm entlang.

Er kam zurück, nachdem er dicht am Fuß des Steilhangs das Lager der Mauren mit seinen unzähligen Zelten und grünen Bannern entdeckt hatte. Um weniges wären sie auf ihrem abenteuerlichen Marsch den Wachposten in die Hände gelaufen.

Nun mußte man die Nacht abwarten. Er hatte sich einen Plan zurechtgelegt. Bevor der Mond aufging, würden sie sich den Berg hinunterschleichen und die Küste erreichen. Von Klippe zu Klippe klet-

537

ternd, mußten sie versuchen, bis zur Landenge zu gelangen, auf der die Stadt lag, um dort bis an den Fuß der Mauer zu kriechen, wo sie sich den spanischen Wachen bemerkbar machen würden.

Nach Einbruch der Dunkelheit machten sie sich unter Zurücklassung ihrer Waffen und Habseligkeiten mit äußerster Vorsicht an den Abstieg. Als sie eben die Küste erreicht hatten, vernahmen sie das Geräusch im Schritt gehender Pferde. Drei Araber ritten vorbei, die ins Lager zurückkehrten. Zum Glück hatten sie ihre gefährlichen Spürhunde nicht bei sich.

Sobald sie sich entfernt hatten, überquerten Colin Paturel und Angélique hastig den Strand und tauchten zwischen den Uferfelsen unter. Und nun wateten sie durch das Wasser, tastend, sich an den rauhen Muscheln schürfend, zuweilen in ein Wasserloch stolpernd, sich wieder hochschwingend und immer darauf bedacht, sich nicht aufzurichten, denn allmählich hatte sich das Mondlicht ausgebreitet. Die steile Masse der Stadt schien nah mit ihren silbern blinkenden Zinnen und dunkel zum besternten Himmel aufragenden Türmen.

Der Anblick, von dem sie so lange geträumt, stärkte ihren Mut.

Der erste Bastionsturm war nicht mehr fern, als der Klang arabischer Stimmen, den sie durch die Brandung vernahmen, sie veranlaßte, stehenzubleiben und sich so eng wie möglich an die glitschige Klippe zu schmiegen, um sich nicht von ihr abzuheben. Ein Trupp maurischer Reiter tauchte auf. Ihre spitzen Helme glänzten im Mondlicht. Sie stiegen ab und lagerten sich am Strand, wo sie ein großes Feuer entzündeten.

Sie waren kaum ein paar Schritte entfernt, so daß Colin Paturel ihre Gespräche belauschen konnte. Ein übler Dienst sei das, den der Alkaid ihnen da aufbrumme, erklärte einer von ihnen, direkt unter der Stadtmauer von Ceuta Wache zu halten. Die beste Gelegenheit, sich im Morgengrauen von diesen verteufelten spanischen Bogenschützen einen Pfeil mitten ins Herz jagen zu lassen. Aber der Alkaid Ali behaupte, diese Stelle müsse zur Nachtzeit bewacht sein, weil die Metadores entwichene Christen hier vorbeizuführen pflegten.

„Sie werden bei Tagesanbruch verschwinden", flüsterte der Normanne Angélique zu. „So lange müssen wir aushalten."

Aushalten, bis zur Brust im eisigen Salzwasser stehend, das in ihren

Wunden brannte, gegen die Brandung und die Müdigkeit ankämpfend, um nicht den festen Halt zu verlieren ...

Endlich, kurz vor dem Morgengrauen, erhoben sich die Mauren, sattelten ihre Pferde, und als die Sonne den Horizont zu röten begann, galoppierten sie nach dem Lager.

Mit letzter Kraft stemmten sich Colin Paturel und Angélique aus dem Wasser und krochen auf den Knien weiter, benommen und wie trunken vor Erschöpfung. Als sie einen Augenblick lang Atem schöpften, tauchte ein neuer Trupp maurischer Reiter hinter der Bergkante auf, bemerkte sie, brach in wildes Geheul aus und preschte auf die Flüchtlinge zu.

„Komm", sagte Colin Paturel zu Angélique.

Der Raum, der zwischen ihnen und der Stadt lag, erschien ihnen endlos wie die Wüste. Einander bei der Hand haltend, rannten, flogen sie, ohne mehr ihre aufgerissenen bloßen Füße zu spüren, von dem einzigen Gedanken beflügelt: laufen, laufen, das Tor erreichen.

Die Araber, die sie verfolgten, waren mit Musketen bewaffnet, einer im Pferdegalopp nicht so leicht zu handhabenden Waffe. Eine Hakenbüchse hätte das Ziel nicht verfehlt, das sie auf dem kahlen, flachen Sandstrand boten. Doch die Kugeln pfiffen dicht an ihnen vorbei.

Plötzlich war es Angélique, als tauchten auch vor ihr Reiter auf.

„Jetzt ist es aus ... Wir sind umzingelt."

Ihr Herz versagte. Sie taumelte, rollte zwischen die Pferdehufe. Die Gestalt des Normannen stürzte über sie, und bevor sie das Bewußtsein verlor, hörte sie noch das Echo seiner keuchenden Stimme:

„Christen! ... Gefangene Christen ... Um Christi willen, amigos! ... Um Christi willen ...!"

Dreiundsechzigstes Kapitel

„Warum hast du soviel Pfeffer in die Schokolade getan, David? Ich habe es dir hundertmal gesagt: weniger Pfeffer, weniger Zimt. Wir wollen doch nicht das abscheuliche spanische Gebräu fabrizieren . . ."

Angélique ereiferte sich und sah nicht ein, warum sie sich aufs neue damit plagen sollte, den Parisern die Schokolade aufzudrängen. Zu ihrem Verdruß mußte sie sich eingestehen, daß sie es nie schaffen würde, solange dieser bornierte David nicht davon abzubringen war, dem Getränk eine Dosis Pfefferkörner und Zimt beizugeben, mit der man Tote zum Leben erwecken konnte! Sie stieß die Tasse mit einer heftigen Bewegung zurück, spürte die Flüssigkeit auf ihrer Haut brennen und vernahm einen verzweifelten Ausruf.

Mühsam schlug Angélique die Augen auf. Sie lag in einem Bett, dessen weiße Bezüge von der widerlichen schwarzen Schokolade beschmutzt waren, die sie eben verschüttet hatte. Eine Frau, deren Mantille ein hübsches, brünettes Gesicht umrahmte, bemühte sich, die Spuren des Mißgeschicks wegzuwischen.

„Es tut mir furchtbar leid", stammelte Angélique.

Die Frau machte ein beglücktes Gesicht. Sie begann zungenfertig auf spanisch zu reden, drückte Angélique mehrmals mit Wärme die Hände und warf sich schließlich vor einer in Goldbrokat gekleideten und mit Diamanten gekrönten Statue der Heiligen Jungfrau auf die Knie, die unter der Öllampe eines kleinen Hausaltars thronte.

Angélique hörte ihre Gastgeberin der Jungfrau Maria dafür danken, daß sie die Französin nach drei Tagen Fieberwahn endlich habe gesunden lassen.

Danach rief die Spanierin eine maurische Magd herbei, und gemeinsam ersetzten sie das Bettzeug durch frisches, das mit Blumen bestickt war und nach Veilchen duftete.

Es war ein verblüffendes Gefühl, so bequem zwischen Laken liegend zu erwachen, unter dem Baldachin eines riesigen Bettes mit Säulen aus vergoldetem Holz.

Die Kranke bewegte vorsichtig den Kopf. Ihr Nacken war noch steif und schmerzte. Ihre Augen brannten, sie hatten sich noch nicht an das Halbdunkel gewöhnt. Durch ein Gitterfenster mit schmiedeeisernen Verzierungen fielen spärliche, grelle Lichtstrahlen, die das Muster des Gitters auf den Marmorfußboden zeichneten. Aber der übrige Teil des Raums, der mit Möbeln und spanischen Nippsachen vollgestopft war, unter ihnen zwei kleine Windhunde und ein als Page verkleideter Zwerg mit wulstigen Lippen, hatte den düster-geheimnisvollen Charakter eines Harems.

Das dumpfe Geräusch von Detonationen drang zuweilen bis in diese ausgepolsterte Zuflucht der Zitadelle, und Angélique erinnerte sich: die Kanonen von Ceuta! . . .

Ceuta, dieser äußerste Vorposten Spaniens, an seinen glühendheißen Felsen geklammert, mit seinen Glocken die Erde Mohammeds festhaltend. Das von den Kugeln und Kartätschen hundertmal angeschlagene Geläut der Kathedrale vermischte sich noch immer mit dem dumpfen Dröhnen der Geschütze.

Vor dem Hausaltar kniend, bekreuzigte sich die Spanierin und betete das Angelus. Ihr schien dies eine ausgesprochen friedliche Zeit, und das Echo der Kanonen war ihr ein vertrautes Geräusch. Ihr Sohn war in Ceuta geboren, und schon jetzt pflegte der sechs Jahre alte „muchacho" der erste zu sein, wenn es galt, mit den andern Kindern der Garnison die Wälle zu besteigen, um die Mauren zu beschimpfen. Der Haß auf den Mauren lag dem Spanier im Blut, sein Denken und sein Blick blieben sehr viel mehr auf Afrika gerichtet als auf Europa. Der Andalusier erinnerte sich des arabischen Zwingherrn, der ihm seine dunkle Hautfarbe und seine blendendweißen Zähne vererbt hatte, und der Kastilianer des jahrhundertelang Schritt für Schritt zurückgedrängten Feindes. Die Kunst der Guerilla übten beide Rassen gleichermaßen. Ihr Wagemut trieb die belagerten Spanier häufig dazu, die schützenden Mauern zu verlassen, um die Truppen des Alkaid Ali zu beunruhigen.

Ein Trupp Caballeros in schwarzen Helmen, die langen Lanzen in den Fäusten, hatte bei der Rückkehr von einem nächtlichen Ausfall zwei flüchtige christliche Sklaven bemerkt, die auf die Zitadelle zuliefen. Sie hatten die verfolgenden Araber aufgehalten, und in ihrer Mitte waren Colin Paturel und seine Gefährtin zusammengebrochen.

Es war zu einem erbitterten Handgemenge gekommen. Schließlich hatte sich der Trupp mit den beiden geretteten Gefangenen in den Schutz der Stadttore zurückziehen können.

Angélique verstand genügend Spanisch, um das Wesentliche dieses langen, weitschweifigen Berichts zu erfassen, den die redselige spanische Dame, ihren Vortrag immer wieder durch himmelwärts gerichtete Blicke unterbrechend, ihr gab.

„Santa Maria! In welchem Zustand seid Ihr gewesen, Ärmste! Eure zerrissene Kleidung völlig durchnäßt, Eure hübschen Füße zerschunden, Euer aufgelöstes Haar voller Sand! Gleichwohl, man ist es hier so wenig gewohnt, eine entwichene Gefangene aufzunehmen, daß man sofort Monsieur de Breteuil, den Gesandten des Königs von Frankreich, benachrichtigt hat."

Angélique fuhr zusammen. Monsieur de Breteuil? Der Name war ihr nicht unbekannt. Sie war diesem Diplomaten in Versailles begegnet. Doña Ines de Los Cobos y Perrandez beteuerte in höchsten Tönen: „Jawohl, jawohl!" Monsieur de Breteuil befinde sich tatsächlich in besonderer Mission in Ceuta. Er sei kürzlich mit der Brigantine „La Royale" eingetroffen, um im Auftrage Ludwigs XIV. einer vornehmen Dame zu Hilfe zu kommen, die, wie verlaute, im Verlauf einer abenteuerlichen Reise in die Hände Moulay Ismaëls geraten sei.

Angélique schloß die Augen, ihr Herz klopfte spürbar. So hatte also die dem Pater de Valombreuze anvertraute Botschaft ihren Empfänger erreicht! Der Monarch hatte den Ruf der Abtrünnigen vernommen. Monsieur de Breteuil, mit Vollmachten wie auch mit üppigen Geschenken versehen, um den Barbareskenherrscher günstig zu stimmen, sollte versuchen, nach Miquenez zu gelangen und dort, koste es, was es wolle, die Freilassung der unbesonnenen Marquise aushandeln.

Auf die Nachricht hin, daß eine halbtote, aus den marokkanischen Harems entwichene Frau sich in den Mauern Ceutas befinde, war der französische Diplomat sofort in das kleine Redemptoristenkloster geeilt, wohin man die Unglücklichen gebracht hatte.

Den Edelmann hatten Grausen und Zweifel befallen beim Anblick

dieser beiden Kreaturen, die sich, wie es schien, im letzten Stadium
der Entkräftung befanden . . . Nein, diese bejammernswürdige Sklavin
konnte nicht die schöne Marquise du Plessis-Bellière sein . . .

Angéliques Hand glitt sacht über das Laken. Sie suchte etwas, eine
andere, schwielige und gute Hand, an die sie die ihrige schmiegen
wollte. Wo war er, ihr Gefährte? Was mochte mit ihm geschehen sein?
Die Angst begann auf ihrem Herzen zu lasten wie ein Stein, den sie
nicht mehr wegzuheben vermochte. Sie wagte keine Frage zu stellen.
Überdies hatte sie nicht die Kraft zu sprechen. Sie entsann sich nur,
daß er zusammen mit ihr zwischen die Hufe der spanischen Pferde
gestürzt war.

Jetzt stand Monsieur de Breteuil neben ihrem Lager. Die Locken seiner
Perücke fielen, sorgfältig geordnet, über sein Gewand aus goldbestickter Seide. Den Hut unterm Arm, grüßte er sie mit höfischem Zere-
moniell.

„Madame, man hat mir die hocherfreuliche Nachricht von Eurer Ge-
sundung überbracht, und ich bin stehenden Fußes zu Euch geeilt."

„Ich danke Euch, Monsieur", sagte Angélique.

Sie mußte eingeschlafen sein, während die Spanierin redete, vorhin –
oder war das gar gestern gewesen? Jedenfalls fühlte sie sich völlig
ausgeruht. Sie sah sich nach Doña Ines um, doch diese hatte sich zurückgezogen, da sie männlichen Besuch im intimsten Gemach einer
Frau mißbilligte. Aber diese Franzosen haben ja so lockere Sitten! . . .

Monsieur de Breteuil setzte sich auf einen Ebenholzschemel, holte aus
seinen Rockschößen eine Konfektdose hervor, bot sie Angélique an
und begann, Zuckerwerk zu naschen. Er freue sich, wie er sagte, daß
sein Auftrag eine so rasche und vollkommene Erledigung gefunden
habe. Dank der Beherztheit von Madame du Plessis-Bellière, die aus
eigener Kraft der Sklaverei entronnen sei, in die ihre Unbesonnenheit
und die Mißachtung der Befehle des Königs sie hätten geraten lassen,
erübrigten sich die für Moulay Ismaël vorgesehenen Geschenke. Der
Zorn des Königs sei, weiß Gott, groß gewesen, als er von dem un-
qualifizierbaren Verhalten der Marschallin du Plessis Kenntnis erhal-

ten habe. Monsieur de La Reynie, verantwortlich für ihr Verbleiben in der Stadt, habe eine scharfe Rüge einstecken müssen; es habe nicht viel gefehlt, und dieser ehrenwerte hohe Beamte wäre wegen Fahrlässigkeit seines Amts als Polizeipräfekt enthoben worden. Der Hof – und die Polizei – hätten lange darüber nachgegrübelt, welcher Mittel die schöne Marquise sich bedient haben mochte, um aus Paris zu entweichen. Es hieß, sie habe einen hohen Polizeibeamten verführt, der sie, als Profos verkleidet, habe passieren lassen ... Aber das Komischste sei zweifellos die naive Genugtuung des Ritters de Rochebrune gewesen, der sich dem König gegenüber gebrüstet habe, Madame du Plessis-Bellière in Malta aufgenommen zu haben. Es sei ihm unbegreiflich gewesen, warum man ihn fortan mit solch auffallender Kühle behandelt habe.

Monsieur de Breteuil lachte dezent hinter seinen Manschetten. Seine wunderlichen Augen – runde, blöde Augen wie die eines Hahns, dachte Angélique – schielten nach der jungen Frau. Schon im voraus leckte er sich die Lippen beim Gedanken an den Bericht ihrer Abenteuer, den sie ihm geben und den er als erster entgegennehmen würde. Noch wirkte sie matt und wie geistesabwesend, aber sie würde bestimmt ihre Vitalität zurückgewinnen. Sie war ja schon völlig verwandelt, und nur mit Mühe erkannte er in ihr das bejammernswerte menschliche Wrack wieder, vor dem er ein paar Tage zuvor gestanden. Er erzählte: Er hatte sie halbnackt in ihren durchnäßten Lumpen daliegen sehen, wachsbleich, mit blutenden Füßen und blaumränderten, geschlossenen Augen. In den Armen eines struppigen Riesen, der sich mühte, ihr den mit Rum versetzten Kräutertee einzuflößen, den der Bruder Krankenpfleger vom Klosterhospital bereitet hatte. In welch erbärmlichen Zustand doch die Gefangenschaft bei diesen grausamen Barbaren zivilisierte Menschen versetzen konnte!

Herr des Himmels! War das denn möglich? War dies wirklich die bildschöne Marquise, die er in Versailles hatte tanzen sehen und die der König an der Hand durch den Park geführt hatte?

Er traute seinen Augen nicht. Nein, das konnte nicht die Frau sein, um derentwillen Seine Majestät ihn gebeten hatte, sich nach Marokko aufzumachen und bei Moulay Ismaël all seine diplomatischen Talente spielen zu lassen. Gleichwohl machte ihn irgend etwas an dieser armseligen Kreatur unsicher, vielleicht ihr Haar und die Zartheit ihrer Glieder.

Auf Befragen hatte der Gefangene, der sie begleitete, erklärt, er kenne den Zunamen dieser Frau nicht, er wisse nur, daß sie Angélique heiße.

Sie war es also! Angélique du Plessis-Bellière! Die Angebetete des Königs Ludwig XIV.! Die Gattin des großen, vor dem Feind gefallenen Marschalls! Die Rivalin Madame de Montespans und das Kleinod von Versailles!

Unverzüglich war sie zum Gouverneur, Don de Los Cobos y Perrandez, gebracht worden, dessen Frau sie unter ihre persönliche Obhut genommen hatte.

Angélique schluckte mühsam. Hunger und Durst hatten merkwürdige Reaktionen in ihr bewirkt. Der Anblick jedweder Nahrung, und seien es ein paar Stückchen Zuckerwerk, ließ sie vor Gier vergehen, aber sobald sie etwas zu sich genommen hatte, wurde ihr übel.

„Und mein Gefährte, was ist aus ihm geworden?" fragte sie.

Monsieur de Breteuil wußte es nicht. Vermutlich hätten die Redemptoristenpatres sich seiner angenommen, ihm zu essen gegeben und ihn anständig eingekleidet. Der Edelmann stand auf und verabschiedete sich. Er wünsche Madame du Plessis rasche Genesung und Erholung. Sie müsse verstehen, daß er den Wunsch habe, diese belagerte Festung möglichst bald wieder zu verlassen. Erst heute früh sei ihm eine steinerne Kanonenkugel vor die Füße gerollt, als er auf dem Wall ein bißchen frische Luft geschöpft habe. Offen gesagt, dieser Platz sei auf die Dauer nicht zu halten. Zu essen gäbe es hier nur Saubohnen und gepökelten Kabeljau. Kein anderer würde sich dermaßen festklammern wie diese verwünschten Spanier, die fast ebenso barbarisch und asketisch seien wie die Mauren. Er seufzte, fegte die Fliesen mit den Federn seines Huts und küßte ihr die Hand.

Als er gegangen war, schien es ihr, als habe in seinen Augen eine bösartige Ironie gefunkelt, deren Anlaß sie sich nicht zu erklären vermochte.

Gegen Abend war Doña Ines ihr behilflich, aufzustehen und ein paar Schritte zu machen. Am nächsten Morgen zog sie die französischen Kleidungsstücke an, die Monsieur de Breteuil in seinem Gepäck mitgebracht hatte. Die spanische Edelfrau, in ihre Hüftwulste und riesigen Reifröcke gezwängt, sah bewundernd und neidvoll zu, wie die Französin den geschmeidigen Seidenstoff um ihre schmalen Hüften drapierte. Angélique bat sie um Creme für ihr Gesicht. Sie bürstete ausgiebig ihr Haar vor einem von Engelchen umrahmten Spiegel, der sie an eine gewisse Wasserlache in einem ausgehöhlten Felsen erinnerte. Wie damals, sah sie ihr von der Sonne gebleichtes Haar in ihm, das ein rührendes, scheues Jungmädchengesicht einrahmte. Sie betrachtete sich prüfend, legte die Hand auf ihre Brust, wo eine goldene Linie die Grenze zwischen der gebräunten und der nicht der Sonne ausgesetzt gewesenen Haut bildete. Sie war gezeichnet, ja, tief gezeichnet. Und dennoch war sie nicht gealtert. *Sie war anders!* Sie legte eine goldene Halskette an, um den schroffen Übergang zu verdecken.

Der Schnürleib gab ihr Halt, und sie fühlte sich durchaus nicht unwohl darin. Aber zuweilen machte sie noch instinktiv eine suchende Armbewegung, als wolle sie den herabgeglittenen Burnus wieder über ihre entblößten Schultern ziehen.

Dann sah sie sich in ihrem Gemach um, dessen schwarze Wandbehänge die Mauersteine der Festung nur mangelhaft verdeckten.

Halb Kasbah, halb Kastell, glich sie wie alle Häuser Ceutas den maurischen Bauten. Fensterlos auf der Straßenseite, sich öffnend nach den mit kümmerlichen Zypressen bepflanzten Patios, aus denen die von den Kartätschen verscheuchten Tauben geflüchtet waren. Nur ein paar Störche ließen sich noch aus alter Gewohnheit auf dem Rand der Wälle nieder.

Indessen bot eine neben Angéliques Gemach befindliche Loggia die Möglichkeit, das Treiben der zum Hafen hinunterführenden engen Gasse zu beobachten. Man konnte die in dem befestigten Becken versammelten Masten und Rahen sehen, das intensiv blaue Meer und ganz in der Ferne die rötliche Küstenlinie Spaniens.

Über die Balustrade gelehnt, blickte sie träumerisch in jene Richtung, nach dem europäischen Ufer, als sie zwei Matrosen am Haus vorbeikommen sah, die zum Hafen gingen. Sie waren barfuß, hatten

rote Wollmützen auf ihre Köpfe gezogen und trugen ihre großen See-
mannssäcke auf der Schulter. Der eine hatte goldene Ohrringe. Die
Gestalt des andern kam Angélique vertraut vor. An wen erinnerten
sie nur diese breiten Schultern unter dem Seemannsrock aus blauem
Tuch, um den in Hüfthöhe eine rotweiße Binde geschlungen war? Erst
als er unter das Torgewölbe vor der Treppe zum Hafen trat und seine
Silhouette sich schwarz im grellen Licht abzeichnete, erkannte sie ihn.

„Colin! Colin Paturel!"

Der Mann wandte sich um. Ja, er war es! Sie winkte ihm aufgeregt.
Ihre Kehle war wie zugeschnürt, sie brachte kein Wort hervor. Er
zögerte, dann kehrte er um, den Blick auf die vornehm gekleidete Frau
gerichtet, die sich da droben über die Brüstung der Loggia lehnte. Endlich vermochte sie ihm zuzurufen:

„Die Tür unten ist offen. Kommt rasch herauf!"

Ihre Hände, die den Fächer hielten, waren eiskalt geworden. Als sie
sich umwandte, stand er bereits vor ihr im Türrahmen.

So fremd war er ihr in seiner Mütze, seiner schweren Kleidung, mit
seinen harten, kalten Augen, daß sie auf seine Hände schauen mußte,
nach den Narben, die die Nägel hinterlassen hatten, um ihn wiederzuerkennen.

Irgend etwas würde sterben! Sie wußte nicht, was, aber es war ihr
bereits klar, daß sie nicht mehr „du" zu ihm würde sagen können.

„Wie geht es Euch, Colin?" fragte sie in herzlichem Ton.

„Gut . . . und Euch auch, wie ich sehe."

Er fixierte sie mit seinen blauen Augen, deren durchdringendes Leuchten unter den buschigen Brauen ihr so vertraut war: Colin Paturel,
der König der Gefangenen!

Und er sah sie mit der goldenen Kette um den Hals, ihrem wohl-
geordneten Haar, den weiten, abstehenden Röcken und dem Fächer
zwischen den Fingern.

„Wohin wolltet Ihr mit diesem Sack auf der Schulter?" fragte sie
weiter, um das Schweigen zu überbrücken.

„Ich war auf dem Weg zum Hafen. Ich will an Bord der ‚Bonnaven-
ture' gehen, eines Handelsschiffes, das nach Ostindien segelt."

Angélique fühlte sich bis zu den Lippen erbleichen. Sie schrie auf:

„Ihr wolltet fortgehen . . . ohne mir Lebewohl zu sagen?"

Colin Paturel holte tief Atem, sein Blick wurde noch härter.

„Ich bin Colin Paturel aus Saint-Valéry-en-Caux", sagte er. „Und Ihr ... Ihr seid eine vornehme Dame, wie es scheint, eine Marquise!... Die Frau eines Marschalls ... Und der König von Frankreich schickt ein Schiff, um Euch abzuholen ... Ist es nicht so?"

„Ja, es ist so", stammelte sie, „aber das ist dennoch kein Grund, fortzugehen, ohne mir Lebewohl zu sagen."

„Manchmal kann es ein Grund sein", sagte er düster.

Seine Augen wichen ihr aus, es schien, als rücke er ihr fern, als verlasse er das Halbdunkel des Raums, in dem es leise nach Weihrauch duftete.

„Zuweilen, wenn Ihr schlieft, betrachtete ich Euch und sagte mir: ich weiß nichts von diesem Mädchen und sie von mir ebenso wenig. Wir sind beide gefangene Christen in der Berberei, das ist alles, was uns verbindet. Aber ... ich spüre, daß sie ist wie ich. Sie hat gelitten, sie ist gedemütigt, beschmutzt worden ... Aber, Teufel noch eins, sie läßt den Kopf nicht hängen. Sie hat sich behauptet, hat der Welt ins Auge geschaut. Ja, sie ist von meiner Art, das spüre ich ... Und deshalb sagte ich mir: eines Tages, später, wenn wir diese Hölle hinter uns haben und gemeinsam in einem Hafen landen, einem richtigen, heimatlichen Hafen ... mit einem grauen Himmel darüber, von dem der Regen fällt, dann will ich versuchen, sie ein wenig zum Reden zu bringen ... Und wenn sie allein steht auf der Welt ... und wenn sie Lust hat, dann nehme ich sie mit in meine Heimat, nach Saint-Valéry-en-Caux. Dort hab' ich ein Häuschen. Nichts Großartiges, aber schmuck, mit einem Strohdach und drei Apfelbäumen. Ich hab' auch ein paar Goldfüchse, die unterm Herdstein versteckt liegen. Vielleicht, wenn das Fleckchen Erde ihr gefällt, geb' ich das Seemannsleben auf ... gibt sie das Umherwandern auf ... Wir würden zwei Kühe kaufen ..."

Er brach ab, straffte sich mit zusammengebissenen Zähnen, und sein Blick bekam jenen hochmütigen, beängstigenden Ausdruck, mit dem er dem grausamen Moulay Ismaël getrotzt hatte.

„Nun ja, Ihr seid eben nichts für mich. Mehr gibt's da nicht zu sagen!"

Der Zorn übermannte ihn. Er brummte:

„Ich hätte alles verziehen ... Ich hätte Eure ganze Vergangenheit hingenommen. Aber nicht das! . . . Hätte ich es gewußt, wäre ich Euch nicht einmal mit der Zange zu nahe gekommen. Die Vornehmen, die hab' ich von jeher nicht ausstehen können."

Angélique schrie empört auf.

„Colin, das ist nicht wahr! . . . Ihr lügt. Und der Ritter de Méricourt? . . . Und der Marquis de Kermoeur?"

Er warf einen flüchtigen Blick nach dem Fenster, als suche er jenseits der Wälle Ceutas die Mauern von Miquenez.

„Das war dort drüben . . . das war etwas anderes. Wir waren alle Christen, arme Sklaven . . ."

Und plötzlich neigte er den Kopf, als trüge er noch auf seinen Schultern die mächtigen Steine, die die Chaouchs Moulay Ismaëls ihn hatten schleppen lassen.

„Ich könnte die Folterungen vergessen", sagte er mit dumpfer Stimme, „ich könnte das Kreuz vergessen. Aber das werde ich nie vergessen können . . . Ihr habt mich beschwert, Madame, Ihr habt mich beschwert . . ."

Und sie wußte, mit welcher Last sie sein Herz beschwert hatte, die er sein Leben lang mit sich schleppen würde. Die Erinnerung an zwei in der Stille der Einöde flüsternde Stimmen.

„. . . Ich liebe auch dich, Colin."

„Pst! Du sollst diese Worte nicht aussprechen . . . Noch nicht. Fühlst du dich wohl jetzt?"

„Ja."

„Habe ich dich wirklich glücklich gemacht?"

„O ja, sehr."

„Schlaf, mein Lämmchen . . ."

Angéliques Mundwinkel begannen zu zucken, und die hohe Gestalt Colin Paturels verwischte sich, schien sich hinter dem Schleier ihrer Tränen zu entfernen.

Er bückte sich, hob seinen Sack auf, warf ihn über die Schulter und nahm seine Wollmütze ab.

„Lebt wohl, Madame! Gute Reise!"

Er ging hinaus.

Nein, nicht so. Nicht mit diesem feindseligen, trotzigen Blick. Colin! Colin, mein Bruder! . . .

Sie stürzte in die Galerie, beugte sich über das Treppengeländer. Aber er war bereits drunten. Sah er, aufblickend, die Tränen auf ihren Wangen? Nahm er sie mit sich, gleichsam als Balsam für seine Wunden?

Nie würde sie es erfahren! Sie blieb wie erstarrt stehen, von wehen Schluchzern geschüttelt.

Dann ging sie hinaus auf den Wall. Sie ertrug die Enge nicht mehr. Die niederen Decken, die Mauern bedrückten sie wie die eines Gefängnisses. Sie wollte den Seewind atmen, um sich von der Beklemmung zu befreien. Auf dem offenen Meer kreuzten berberische Barken. Die Hafenkanonen schützten die auslaufenden Schiffe. Eines glitt eben hinaus, mit geblähten weißen Segeln vor dem azurnen Himmel. Ob es Colin Paturel an Bord hatte, den König der Gefangenen, den armen normannischen Seemann mit seinem Schmerz? Wie unsinnig das Leben ist! dachte Angélique. Und sie weinte ganz leise, geblendet vom Glanz des Gischts am Fuß der Zitadelle.

O Mittelmeer! Mare nostro! Nostra madre!

Unsere Mutter. Blaue Wiege, weiter, herber Schoß der Menschheit, Hexenkessel der brodelnden Leidenschaften!

Angélique hatte sich auf seine trügerischen Wogen gewagt und die Trümmer ihres Traums und ihrer Hoffnung für Trugbilder dahingegeben. Es schien, als habe sie diese Reise nur unternommen, um das allzu hartnäckige Bild ihres Gatten zu tilgen, um zu entdecken, daß nun sogar die Erinnerung an ihn in ihr ausgelöscht war. An diesen Ufern, die so viele Reiche hatten zerfallen sehen, verwandelte sich alles wieder zu Staub!

Sie war es müde und fand, daß sie um eines unerreichbaren Zieles, um eines Hirngespinstes willen genug geopfert habe.

Wie der kleine Cantor, das erste Opfer, „Vater, Vater!" gerufen hatte, bevor er in den Fluten versunken war, so hatte sie „Liebster!" gerufen, aber es war keine Antwort gekommen.

Im Augenblick weinte sie weniger über ihre Niederlage und ihre Enttäuschung, als vielmehr in Gedanken an unvergeßliche Gesichter: Osman Ferradjis, des Obereunuchen, Savarys, des Apothekers, Colin Paturels, des Gekreuzigten, und bis hin zu jenem wunderlichen Moulay Ismaël, für den Gebet Sinnenlust bedeutete.

Und bis hin zu jener finsteren Gestalt, dem Mephisto der Meere, dem Rescator, von dem der Magier gesagt hatte:

„Warum bist du ihm entwichen? Die Sterne erzählen deine Geschichte und die seinige, die ungewöhnlichste Geschichte der Welt!"

In der Ferne brüllte die irre Stimme Escrainvilles: „Dir wird sie ihr liebestrunkenes Gesicht zeigen, verdammter Zauberer des Mittelmeers . . ."

Aber das hatte nicht gestimmt. Noch einmal hatte der trügerische Wind alle Geschicke verwirrt, und ihr liebestrunkenes Gesicht hatte sie nur einem armen Seemann dargeboten, der es mit sich tragen würde wie einen im unwahrscheinlichsten aller Abenteuer geraubten Schatz.

Alles war unklar, alles war aufs neue in Frage gestellt. Indessen begann Angélique eine Tatsache in diesem Chaos zu erkennen: Die Frau, deren verjüngter Körper sich in der Wasserlache der Oase gespiegelt, hatte nichts mehr gemein mit der, die vor kaum einem Jahr Madame de Montespan unter den Kronleuchtern von Versailles herausgefordert hatte.

Damals war das eine schon leicht verderbte, lüsterne, durchtriebene Frau gewesen, die Intrigen nachspürte und selbst gern im trüben fischte. Ihre Moral hatte durch den Umgang mit so vielen abstoßenden Menschen gelitten.

Allein die Erinnerung verursachte ihr Übelkeit. Niemals, sagte sie sich, niemals würde sie unter jene Menschen zurückkehren können. Die von Zedernduft erfüllte Luft, die sie eingeatmet, hatte sie geläutert. Die Wüstensonne hatte die giftigen Triebe versengt.

Von nun an würde sie „SIE" immer so sehen, wie sie waren; sie würde die eitle Beschränktheit, die einem Breteuil im Gesicht geschrieben stand, nicht mehr ertragen und ihr nicht mit Höflichkeit begegnen können.

Gewiß, sie würde Florimond und Charles-Henri holen, aber dann würde sie wieder verschwinden, um nie mehr zurückzukehren!

Und wohin? . . .

Mein Gott, konnte man nicht eine Welt auf dieser Erde schaffen, wo ein Breteuil nicht das Recht haben würde, einen Colin Paturel zu verachten, wo ein Colin Paturel sich nicht gedemütigt zu fühlen brauchte

551

durch seine unerfüllbare Liebe zu einer vornehmen Dame des Hofs? Eine neue Welt, in der nur die Gütigen, Beherzten, Klugen etwas galten?

Sollte es nicht ein unberührtes Fleckchen Erde geben für die Menschen, die guten Willens sind?

Wo, Herr, wo ist diese Erde? . . .

Sinnend ging sie zurück. Sie wollte noch heute abend mit Monsieur de Breteuil sprechen. Der König hatte ein Schiff geschickt, um sie abzuholen. Von panischer Angst erfaßt, um einer ausweglosen Situation zu entrinnen, hatte sie sich an ihn gewandt. Er hatte sie nicht im Stich gelassen. Aber Angélique wollte nicht aufs neue in die Falle geraten. War sie dem König gegenüber verpflichtet? Noch war, sagte sie sich, in dieser Hinsicht nichts abgemacht worden. Die Schachpartie stand noch ziemlich genau wie im vergangenen Jahr. Und um sich nicht zu sehr mit Dankesschuld zu beschweren, erklärte sie dem französischen Diplomaten, sie könne es nicht verantworten, ihn noch länger in Ceuta zurückzuhalten. Sie selbst sehe sich genötigt, ihren Aufenthalt auszudehnen, da sie sich noch recht schwach fühle, aber Monsieur de Breteuil könne nach Frankreich zurückkehren und dem König vom glücklichen Gelingen seines Auftrags berichten. Wenn sich auch die vorgesehenen Ausgaben erübrigten, da es ihr aus eigener Kraft gelungen sei, Moulay Ismaël zu entkommen, bleibe sie nichtsdestoweniger Seiner Majestät für die ihr erwiesene unerhörte Güte verbunden.

Der Diplomat sah sie mit einem dünnen Lächeln an, innerlich jubelnd vor boshafter Freude. Er hatte sie nie gemocht. Er konnte nicht vergessen, daß sie gelegentlich des Besuchs Bachtiari Beys dort Erfolg gehabt hatte, wo er selbst samt seinen Kollegen abgeblitzt war.

Er erklärte, Madame du Plessis-Bellière befinde sich da leider im Irrtum. Ob sie sich nicht denken könne, daß Seine Majestät ihr gegenüber tiefen Groll hege? . . . Schließlich handle es sich doch um einen Fall beispiellosen Ungehorsams, und der König pflege ein solches an Auflehnung grenzendes Verhalten nicht auf die leichte Schulter zu nehmen. Madame du Plessis-Bellière sei dank ihres Einflusses, ihrer zahlreichen

Beziehungen, ihrer hohen Stellung bei Hofe eine viel zu bedeutende Persönlichkeit, als daß ihre Handlungsweise nicht unheilvolle Überlegungen zur Folge hätte. Man habe sich ins Fäustchen gelacht über den dem König gespielten „großartigen Streich", und die Pamphletisten hätten sich ein Vergnügen daraus gemacht, das mysteriöse Entkommen der schönen Amazone in Verse zu setzen. Ein solches Maß an Unannehmlichkeiten könne der König nicht ohne weiteres hinnehmen ...

Wenn seine unerhörte Großzügigkeit ihn auch dazu getrieben habe, derjenigen zu Hilfe zu kommen, die durch eigene Schuld in eine so traurige Situation gekommen sei, so erlaube ihm seine Monarchenwürde nicht, einfach darüber hinwegzugehen. Und die Klugheit gebiete ihm, einer Person zu mißtrauen, die sich offensichtlich das skandalöse Verhalten der weiblichen Anhänger der Fronde unseligen Angedenkens zueigen mache ...

Angélique wurde allmählich wütend und unterbrach endlich seine Strafpredigt.

„Nun, ein Grund mehr, die Großzügigkeit Seiner Majestät nicht über Gebühr in Anspruch zu nehmen. Kehrt nach Frankreich zurück, Monsieur. Ich werde auf eigene Kosten heimreisen."

„Das kommt nicht in Frage, Madame."

„Und warum nicht?"

„Weil ich Befehl habe, Euch zu verhaften, Madame, im Namen des Königs."